Reader's Digest Auswahlbücher

Die Kurzfassungen in diesem Buch erscheinen
mit Genehmigung der Autoren und Verleger

599 (226)
Printed in Germany
ISBN 3 87070 829 8

Reader's Digest Auswahlbücher

VERLAG DAS BESTE
STUTTGART · ZÜRICH · WIEN

INHALT

Evita Wolff

Im Schatten des Pferdemondes

Der junge Tierarzt Eric Gustavson ist Spezialist für schwierige Pferde. Seine Fähigkeit, das Vertrauen verschreckter oder mißhandelter Tiere zu erringen, ist überaus gefragt. Auch die attraktive Emily Fargus, Besitzerin des schottischen Gestüts Sunrise, hat von Erics Gabe gehört. Deshalb bittet sie ihn, die verstörte Araberstute Solitaire zu heilen. Für Eric erweist sich diese Aufgabe als bisher schwierigste Herausforderung in seinem Leben.

Jeffery Deaver

Mord auf Bestellung

Drei Zeugen sollen einen bislang unantastbaren Waffenhändler endlich vor Gericht bringen. Aber noch bevor sie ihre Aussage machen können, ist der erste bereits tot. Rasch wird klar, daß ein kaltblütiger Killer auf sie angesetzt ist. Nur einer kann ihn aufhalten: Lincoln Rhyme, ein brillanter Kriminalist, der gelähmt im Rollstuhl sitzt. Ihm bleiben nur wenige Stunden, um dem Killer eine Falle zu stellen.

James Vance Marshall
Ums nackte Leben

Wie kann ein einzelner Mensch ohne Nahrungsvorräte die mörderischen Bedingungen des antarktischen Winters überstehen? Kapitänleutnant James Lockwood, einziger Überlebender eines britischen Marinekommandos, sieht sich nach seiner Rettung vielen Fragen ausgesetzt. Doch er gibt nur lückenhaft Auskunft zum Schicksal seiner Kameraden. Hat Lockwood Gründe, einen Gedächtnisverlust vorzutäuschen?

Carol Doumani
Der China-Chip

An ihrem ersten Hochzeitstag stellt Karen Matthews fest, daß ihr scheinbar mustergültiger Gatte ein Doppelleben führt. Heimlich folgt sie ihm auf eine „Geschäftsreise" nach China und gerät unvermittelt zwischen die Fronten konkurrierender Geheimdienste, die allesamt danach trachten, eine sensationelle Erfindung in ihren Besitz zu bringen.

Im Schatten des
PFERDE

MONDES
EVITA WOLFF

Das Gestüt Sunrise gleicht einem Paradies, doch der Schein trügt. Denn weshalb sonst geht die Stute Solitaire plötzlich auf Menschen los? Und wer stiehlt das Vieh von den Gestütsweiden? Bei der Suche nach Antworten erfährt Eric, daß nicht nur die Stute gefährlich ist.

Eric folgte unbeirrbar einer Maxime: „Tu, wovor du dich am meisten fürchtest. Wende die Energie der Angst ins Positive, und du wirst daran wachsen.“ Damit hatte er viele Pferde geheilt. Er war zuversichtlich, mit dieser Maxime auch Sir Lancelot wieder auf den ihm bestimmten Weg führen zu können. Die Hufe sanken tief in den schweren, feuchten Boden. Gute Arbeit, dachte Eric, Peter bekam das Wässern der Reitbahn immer besser in den Griff. Es war wichtig, daß der Boden gut durchfeuchtet war; das wirkte besänftigend auf das Temperament eines nervösen Pferdes.

Das Pferd zeigte seine Unruhe, als sie sich der gefürchteten Stelle näherten. Der goldbraune Hengst schnaubte, doch er versuchte nicht, aus dem Zügel zu kommen; er blieb konzentriert, war jetzt gelöster, nachdem er die gefürchtete Ecke mit Hilfe der sanften Stimme überwunden hatte; und damit war auch seine Angst vor allen anderen Dingen, die ihm bedrohlich erschienen, ein wenig mehr geschwunden. Er fühlte die anerkennende Hand seines Reiters auf dem Nacken, und der Trab wurde leichter, raumgreifender. „Siehst du, jetzt wird's.“ Er verstand die Worte nicht, aber er hörte den sanften Klang, die Aufrichtigkeit – das war keiner, der ihn beschwatzte. Der Mann, der auf ihm saß, der ihn dazu veranlaßte, Dinge zu tun, vor denen er sich fürchtete – dieser Mann war derselbe, der ihm Hafer und Heu brachte, der seine Box sauberhielt und abends frisches Stroh darin aufschüttete. Er sprach zu ihm mit einer warmen, freundlichen Stimme und streichelte ihn. Und manchmal lehnte sich der Mann auch zutraulich gegen ihn.

Ein Jahrhundertpferd für den Dressursport – so hatte die Fachpresse Sir Lancelot noch vor wenigen Monaten genannt. Doch während eines Turniers, gerade als er aus leicht anmutender Piaffe in das schmale Eck der Dressurbahn einbog, war ein Rottweiler unvermutet auf ihn zugeschnellt und hatte beim Anprall einen Schmerz in seinem Schultermuskel verursacht, so daß Sir Lancelot seine Reiterin abwarf. Fetzen von Erinnerungsbildern waberten noch immer in ihm, Laute und Gerüche: das Schreien, der Geruch von Blut. Es gab kein Entkommen für ihn aus diesem Viereck, das die Menschen ersonnen hatten, er ertrank in diesem Meer von Gesichtern, wurde überflutet von Rufen und Schreien, von hektischen Bewegungen um ihn. Der Instinkt des Hengstes hatte ihm trotz seiner Angst befohlen, seine Reiterin zu verteidigen. Er hatte sich über ihr aufgebäumt, um den Hund anzugreifen. Doch im Niederkommen vermochten seine Augen Hund und Mensch nicht mehr zu unterscheiden.

Darauf gab es das übliche Geschrei in der Presse – PFERD TÖTET REITERIN! – und Sir Lancelot wurde als bösartig abgestempelt: Zum Teufel mit seinem hervorragenden Stammbaum, mit seinen hervorragenden Leistungen. Vergessen das Staunen der Fachkundigen über das Vermögen des gerade Neunjährigen. Sir Lancelots Schicksal schien besiegelt – Notschlachtung aus triftigem Grund.

Simon Turner, *Sir* Simon, zufälliger Zeuge des unheilvollen Auftritts, erwarb das Pferd zum Spottpreis und brachte es zu Eric. Simon Turner hatte eine Nase für schwierige, aber wertvolle Pferde, die er günstig erwerben konnte, und er hatte in Eric den Spezialisten, der seit seiner Kinderzeit seine unvergleichliche Einfühlungsgabe und ebenso seine Reitkunst kultiviert und ausgearbeitet hatte und aus „Ausschuß“ wieder Hochleistungspferde machen konnte. Eric beherrschte jede Disziplin. Er war ein wagemutiger Militaryreiter und ein hervorragender Polospieler. Sein Leben war den Sportpferden gewidmet. Der einstige Waisenjunge, der sich von klein auf unwiderstehlich von Pferden angezogen fühlte und alles, was mit dem Pferdesport zusammenhängt, gelernt hatte, war einen weiten Weg gekommen. Jetzt war er ein qualifizierter Tierarzt, auf traumatisierte Pferde spezialisiert.

„Und noch einmal die Ecke, schön unverkrampft, schön machst du das.“ Eric sprach leise. Der Hengst zog den Kopf näher an die Brust, sein Nacken wölbte sich, seine Beine traten sicher und geschmeidig. Er wußte, alles war wieder richtig, denn er war im Einklang mit seinem Reiter.

Doch dann – ein plötzliches Kreischen über dem Kies der Auffahrt, ein quakendes Geräusch. „Nur eine Hupe, mein Freund“, murmelte die sanfte Stimme über ihm, und beinah schon war er wieder beruhigt, doch da schallte eine laute Stimme aus dem heruntergelassenen Fenster des Wagens zu ihm herüber, er legte die Ohren an und schoß voran in Panik.

Da war kein Ruck am Kopf, kein Reißen im Maul, um ihn aufzuhalten, wie er es kürzlich kennengelernt hatte, als schlechtriechende Männer ihn auf Viehtransporter hinauf- und wieder hinabgezwungen hatten. Da war nur die sanfte Stimme, die zu ihm sprach. Er begann, wieder auf sie zu hören, fühlte leise Gewichtsverlagerungen, die ihn zu einer bestimmten Richtung überredeten, fühlte Hände auf seinem Hals, die nur über sein Fell fuhren und ihn zur Ruhe brachten. Schweißnaß kam er in der Mitte der Reitbahn zum Stehen und kaute heftig auf dem Gebiß der Trense. Sir Lancelot zitterte.

Erics Gesicht war hochrot, er ballte die in Handschuhen steckenden Hände. Was zum Teufel war denn in Turner gefahren, daß er in einem solchen Tempo auf einen Pferdehof donnerte und brüllte, wenn einer mit einem Pferd draußen arbeitete. Er sah den Ankömmlingen entgegen, die aus dem Wagen stiegen und auf ihn zukamen: Turners hohe, magere, aufrechte Gestalt – typischer Militär – und ein schlankes Bürschchen in Reithosen und glänzend gewienerten, hohen Reitstiefeln. Sie sahen nicht aus, als hätten sie schon viel Kontakt mit dem Schweiß eines hart arbeitenden Pferdes gehabt.

Eric machte sich nicht die Mühe, ihnen entgegenzureiten. Ein bißchen Schmutz würde diesen schicken Stiefeln nicht schaden. Er hatte heute sechs von Turners Pferden durchgearbeitet, die Schwierigkeiten psychischer Art hatten. Lance war der Schwierigste von allen; aber er war auch ein Künstler, ein geborener Tänzer; es war die reine Freude, ihn zu reiten. Eric merkte in diesem Augenblick, wie verschwitzt er war. Die Dusche heute abend würde eine Wohltat sein.

Die Ankömmlinge waren herangekommen, etwas außer Atem vom Stapfen über den schweren Boden.

„Macht sich gut, hab ich von weitem schon gesehen“, sagte Turner zur Begrüßung. „Irgendwelche Schwierigkeiten gehabt mit ihm heute?“

„Nicht, bis Sie angedonnert kamen“, antwortete Eric grimmig. Turner war ein ehemaliger Militaryreiter. Mindestens zwei Dutzend Sportpokale hatte er gewonnen. Er hatte einen Adelstitel und ein Vermögen geerbt und sein Herz und seine Mittel dem Pferdesport verschrieben. Und dieser Turner brauste nun auf seinen Hof und benahm sich wie einer, der von Pferden nicht die leiseste Ahnung hat. Turner und Eric kannten einander seit Erics frühen Schultagen; damals hatte er angefangen, mit Turners Pferden zu arbeiten. Diese Arbeit hatte ihm sein Studium finanziert, und etliche von Turners hochgespannten Vollblütern hatte er zu sanfteren Zeitgenossen gemacht.

„Tut mir leid“, stieß Turner hervor, „ich war … na ja, ein bißchen aufgeregt.“

„Vielleicht sollten Sie uns vorstellen, Sir Simon“, meinte Turners Begleiter.

Eric war erstaunt. Das war die Stimme einer Frau! Was er für einen jungen Mann gehalten hatte, entpuppte sich als eine Frau mittleren Alters, die ihr Haar unter ihrer Sportkappe verbarg und die feine Falten auf der Stirn, um Mund und Augen hatte. Das Knabenhafte ihrer Figur hatte ihn getäuscht. Sofort saß er ab, zog seine Handschuhe aus und streckte ihr die Rechte entgegen: „Verzeihen Sie meine Unaufmerksamkeit, Madam, ich hielt Sie… Mein Name ist Eric. Eric Gustavson."

„Gustavson", murmelte sie, ergriff seine Hand, drückte sie leicht und lächelte ihn an. „Ich bin Emily Fargus."

Eric unterdrückte einen Pfiff. Die Familie Fargus war bekannt für ihre Pferdezucht.

„Gustavson", wiederholte Emily Fargus. „Das ist wohl ein schwedischer Name?"

„Meine Familie stammt aus Norwegen, Madam." So hatte man es ihm erzählt. Er hatte seine Eltern nie kennengelernt.

„Norwegen? Ist es schön da?"

Eric errötete. „Ich weiß nicht, Madam. Ich bin hier geboren."

„So? Norwegen bedeutet für mich Mitternachtssonne, Wikinger und kühles Wetter – und Ibsen. Kennen Sie Ibsen?"

„Ja, Madam, ein wenig. ‚Nora' habe ich gelesen."

„Zum Teufel!" polterte Turner, „was stehen wir hier rum und reden über Bücher! Es geht doch um was ganz anderes!"

Die laute Stimme war zuviel für Sir Lancelot: Ausschlagen konnte er nicht, denn Eric, den er auf keinen Fall verletzen wollte, war zu nahe. Doch er stieg hoch mit einem wilden Schnauben und warf sich herum, um zu fliehen.

Eric hielt den Zügel in der Hand und reagierte beinahe noch schneller als das Pferd. Als es stieg, hielt er den Zügel fest, der ihm in die Rechte schnitt, und als die Vorderhufe sich nach dem Aufbäumen tief in den schweren Boden gruben, zog er sich blitzschnell in den Sattel, beruhigte das Tier mit seiner Stimme und seinen Händen und brachte es endlich schweißgebadet zum Stehen. Lance würde noch sehr viel Zeit brauchen, bevor er sich lärmenden Fremden auch nur auf Armlänge nähern konnte. In Eric kochte die Wut. Ein paar Tage noch – dann hätte er behutsam begonnen, den Hengst, der seine Verkrampfung zunehmend verlor, Geräuschen auszusetzen. Womöglich hatte Turner die Rekonvaleszenz des Pferdes um Wochen zurückgeworfen.

„Komm näher, Eric", bat Turner. „Wir wollen was mit dir bereden. Es ist wichtig!"

„Geht nicht. Sie haben ihn verstört. Ich kann Lance jetzt nicht allein lassen.“

Turner sagte etwas zu Emily Fargus – Eric konnte nur verstehen „manchmal verflucht eigensinnig“ – und kam dann auf ihn zugestapft. Lance warf den Kopf hoch und trat einen halben Schritt zurück, und Eric nahm die Zügel etwas kürzer. „Bleiben Sie lieber stehen“, sagte er. „Sie bringen ihn bloß wieder in Panik.“

Turner blieb wie angenagelt stehen. „Dann komm gefälligst da runter, steig in den Wagen und fahr mit uns mit. Mrs. Fargus und ich haben was Wichtiges mit dir zu besprechen!“

„Kann nicht“, beharrte Eric. „Wenn er heute abend seine Lektion nicht kriegt, muß ich wieder bei Null anfangen. Dann wären all die Wochen umsonst – und all das Geld, das Sie mir bezahlt haben, um Lance wieder in Ordnung zu bringen.“

Emily Fargus war Turner gefolgt und stand jetzt neben ihm. „Der junge Mann hat recht“, warf sie ein. „Wir sollten die Lektion heute abend nicht abbrechen. Was wir mit Mr. Gustavson zu besprechen haben, hat auch bis morgen Zeit.“ Sie blickte zu Eric hinauf: „Wenn wir nur am Zaun stehen, können Sie dann mit ihm arbeiten?“

„Ich denke schon, Madam.“

„Gut. Dann wollen wir uns zurückziehen und Ihnen zuschauen. Es interessiert mich, wie Sie mit gestörten Pferden arbeiten.“

Eric beobachtete, wie Emily Fargus und Sir Simon über den schweren Sand gingen, schließlich den Bohlenzaun erreichten, der die Reitbahn umgrenzte, und die Unterarme auf die oberste Stange stützten. Er lehnte sich leicht im Sattel vor. „Das war haarig, aber wir machen das schon. Die beiden werden eine hübsche Vorstellung kriegen. Vergiß sie ganz einfach. Ich bin ja da.“ Ein leichter Schenkeldruck, und der Hengst setzte sich in Bewegung. Zuerst ritt Eric ihn in einem kleinen Kreis, in sicherer Entfernung von den Zuschauern, aber allmählich weitete er den Durchmesser des Kreises aus, sprach auf den Hengst ein und beruhigte ihn, bis er die Gestalten jenseits der Reitbahn kaum mehr beachtete, dann ließ er ihn eine Volte traben, die gut gelang, und wechselte darauf von Mitteltrab in gestreckten Trab. Eric nahm die Zügel auf und legte die Schenkel fester an das Pferd, und aus dem fließenden Trab vollzog sich mühelos die Wandlung zu den kurzen, hohen, anmutigen Bewegungen einer Piaffe, in der das Pferd unter sich tritt. Eric brauchte nicht nach den beiden Gestalten da am Zaun zu blicken, um ihrer Anerkennung, ja Bewunderung sicher zu sein. „Und jetzt werden wir noch ein kleines Extra dazugeben", murmelte er, lenkte Lance in die Mitte der Reitbahn, verlagerte sein Gewicht, es schien, als spiele er mit den Zügeln, und der Hengst hob sich scheinbar schwerelos in eine vollendete Levade und verharrte in dieser Position sekundenlang unter seinem Reiter, bis dieser die Zügel freigab, gleichzeitig die Schenkel fester nahm – und aus der graziösen Levade wurde eine kriegerisch anmutende Kapriole.

Eric hörte ein leises Luftschnappen vom Zaun her. Die Kapriole gilt als die schwierigste Übung der Hohen Schule. Formvollendet springen sie nur speziell für den Dressursport gezüchtete Pferde, die über Jahre sorgfältig geschult worden sind. Etwa im zwanzigsten Lebensjahr ist ein Lipizzaner, der Inbegriff der Hohen Schule, in der Lage, diese Übung zu vollbringen. Sir Lancelot war erst neun Jahre alt, er war ein hochgezüchtetes englisches Vollblut, und er stellte alle anderen in den Schatten. Er war ein Naturtalent, wie es vielleicht einmal in hundert Jahren geboren wird.

„Wunderbar hast du das gemacht – und das vor Fremden! Vielleicht gar nicht schlecht, daß sie da sind, da gewöhnst du dich gleich wieder ein bißchen an Zuschauer."

In der Konzentration auf die Arbeit hatte der Hengst seine Angst vergessen. Er war entspannt: sein Reiter war zufrieden mit ihm; er wußte, er hatte seine Sache gut gemacht. „Jetzt", sagte die Stimme über ihm, „jetzt noch ein kleiner Galopp, um dich zu lockern, dann Trockenreiten – und Box. – Also los!" Die Zügel wurden nachgegeben – er fiel auf den Schenkeldruck seines Reiters in einen mehr und mehr raumgreifenden Galopp entlang der Reitbahn. Eric klopfte anerkennend seinen Hals. „Wunderbar. Wollen wir jetzt langsam Feierabend machen?"

Der Hengst fiel auf das vertraute Wort hin in leichten Trab und kam dann durch einen leichten Zug am Zügel zum Stehen. Aus der Entfernung konnte Eric gerade noch hören, was am Zaun gesprochen wurde.

„Wunderbar", schwärmte Emily Fargus, zu Turner gewandt. „Sie sagten doch, dieses Pferd sei völlig verstört gewesen, als Sie es gekauft haben. Und jetzt! Es ist wieder ein perfektes Dressurpferd!"

„Solange Eric auf ihm sitzt. Er gewinnt schnell das Vertrauen verstörter Pferde, ich weiß nicht, wie er's macht, er scheint sie irgendwie zu verstehen und weiß dann, wie er sie behandeln muß. Aber es kostet noch mal soviel Zeit, um sie dazu zu bringen, auch unter einem anderen gut zu gehen."

„Es ist einen Versuch wert", sagte Emily Fargus entschlossen. „Sie wissen es ja, Sir Simon – es geht mir nicht mal um Reitbarkeit. Aber die Stute läßt sich nicht einmal mehr anfassen."

„Ich weiß, ein Jammer – und dazu die beste aus Ihrer Zucht."

„Immer war sie so zutraulich, aber seit sie zurück ist, hat sie vor allem Angst. Keiner kann sich ihr mehr nähern."

„Eric könnte es, denke ich."

„Ja, jetzt denke ich das auch. Aber wird er den ganzen Weg bis nach Schottland auf sich nehmen, bloß um meine Stute wenigstens anzusehen?"

„Das müssen Sie ihn selbst fragen, Madam. Aber ich denke, er wird es tun. Pferde liebt er über alles. Er kann manchmal furchtbar eigensinnig sein – aber immer nur aus gutem Grund. Noch jedes Pferd, und sei es noch so verstört, hat er wieder hingekriegt."

„Ja, dann ..., wir sollten ihm den Fall morgen vortragen."

Eric sah, wie die beiden sich abwandten, Turner winkte flüchtig. Emily Fargus hob die Hand. „Auf Wiedersehen, also morgen, Mr. Gustavson." Er sah ihnen nach, sie kletterten in den Kombi, der Motor brummte, und bald war der Wagen fort.

DER MOND sandte sein Licht durch die Fenster aus buntem Glas im Hausflur, als Eric endlich die Tür zu seiner Wohnung aufschloß. Er ging in die geräumige Küche. Ohne Licht zu machen, tastete seine Hand nach der Zigarettenschachtel und dem Feuerzeug, die auf dem großen Kiefernholztisch an ihrer gewohnten Stelle lagen. Er nestelte eine Zigarette hervor und zündete sie an. Tief zog er den Rauch ein. Mitunter war eine Zigarette eben notwendig.

Wie heute. Müde, wie er war, konnte er doch nicht abschalten. Er rauchte zu Ende, schloß das Fenster, streifte seine Kleidung ab und ging ins Bad. In der Duschkabine schoß das Wasser über ihn, warm und entspannend. Die Unruhe aber, die konnte nichts wegspülen: Emily Fargus wollte, daß er sich um eine ihrer Stuten kümmerte.

„ES MACHT Ihnen wirklich nichts aus, Mr. Gustavson?" hatte sie ihn gefragt. „Es ist eine ziemlich weite Fahrt."

Eine ganze Stunde lang hatten sie miteinander gesprochen, und Mrs. Fargus war noch immer nervös. Eric war ganz ruhig. Der Pferdeanhänger mit Lance war angekoppelt; seine Bedingung war erfüllt worden. „Ich wollte Schottland schon immer mal kennenlernen, Madam", erklärte er.

Sie glitt hinter das Lenkrad und steckte den Sicherheitsgurt ein. „Das freut mich. Es ist schön. Ich hoffe, Sie werden es mögen."

„Na ja", meinte Turner vom Rücksitz aus, „Schafe und Hügel und so weiter."

„Und die *marchairs* – die fangen doch jetzt an zu blühen, Mrs. Fargus?"

„Die *marchairs* – oh ja!"

„Was sind *marchairs?*" fragte Turner.

„Das sind die Wiesen auf den Ausläufern der Felsen, die in den Atlantik ragen. Ein wahres Blumenmeer breitet sich da im Sommer aus", erwiderte Emily Fargus.

Voller Neugier nahm Eric die ihnen entgegensausende Landschaft auf. Jemand hatte ihm erzählt, Schottland sei kahl – aber da waren in ihrem Blätterschmuck glänzende Bäume, üppig wuchernde Blumen, satte Wiesen, da waren lebhafte Bäche, sprudelnde Flüsse, überschäumende Wasserfälle. Es gab wenig Verkehr, und alles in allem war dies eine freundliche, stille Idylle. Und natürlich gab es neben zahlreichen Kaninchen tatsächlich eine Unmenge Schafe. Wie Wattebäusche sah man sie auf den grünen Weiden.

Im Rahmen des Studiums hatte er viel über sie gelernt, aber Pferde waren die Liebe seines Lebens, und was für ein unverschämtes Glück war es, daß die Arbeit mit ihnen ihm seinen Lebensunterhalt sicherte. Er war spezialisiert auf ihre typischen Krankheiten und Anfälligkeiten, auf ihre Psychosen und Neurosen, und hoffte, daß die Arbeit mit ihnen genügend Geld einbringen würde, um einmal seinen großen Traum zu verwirklichen – ein eigenes Gestüt zu haben, auf dem er epochemachende Vollblutpferde züchten würde. Er wollte Land, er wollte Siege, und vor allem wollte er *eigene* hochblütige Pferde. Er wollte das, seit er ein kleiner Junge war. Doch früh war ihm klargeworden, daß es dazu mehr brauchte als Träume und Können und Gebete. Dazu brauchte es Kapital. Darum lebte er so spartanisch wie möglich, legte jeden Penny auf die Seite und schlug niemals einen Auftrag aus, selbst wenn es bedeutete, zwanzig Stunden täglich zu arbeiten.

Aber mehr noch als Ehrgeiz und Sparsamkeit brauchte es zur Erfüllung dieses Traums den geeigneten Boden, die geeigneten Pferde, um eine Zucht zu begründen – wie die der Familie Fargus. Bald würde er diese Herde sehen und sich sein eigenes Bild davon machen können. Bei diesem Gedanken schlug sein Herz schneller.

„Wir sind bald da", sagte Emily Fargus. Eric setzte sich auf. Von hinten kam ein leises Schnarchen. Turner war in der Sommerhitze eingenickt. „Sehen Sie, Mr. Gustavson? Da vorn, hinter dem Waldgürtel, da liegen die Weiden unseres Anwesens."

„Sunrise – ich habe mich schon gefragt, ob der Name Ihres Gestüts wohl mit Sham, dem Urvater des englischen Vollblutes, zu tun hat."

„Gewiß." Sie nickte eifrig. Heute trug sie ihr Haar offen. Es war eine weiche, wellige, beinah schulterlange Masse von der Farbe eines Rehfells im Sommer, durchzogen mit einigen Silberfäden. „Sie wissen, daß Sham das arabische Wort für Sonne ist? Vor vielen Jahren gelangte die Familie Fargus in den Besitz einer erbarmungswürdig aussehenden Stute. Sie war schon recht alt, es war eigentlich nichts mehr von ihr zu erwarten. Sie hatte einen Kohlewagen gezogen, war auf der abschüssigen Straße gestrauchelt und gestürzt, niemand konnte sie mehr auf die Beine bringen –"

„So ähnlich ging es auch mit Sham in seinen schlechtesten Zeiten, wenn ich mich der Geschichte recht entsinne. Und dann?"

„Der Mann, von dem ich spreche, kaufte die Stute für eine Handvoll Pennies und brachte sie auf seinen Hof, damit sie in Frieden sterben könnte. Aber sie erholte sich, und eines Nachts brach ein junger Vollbluthengst in ihre Weide ein und deckte sie, sie wurde trächtig und brachte ein prachtvolles Fohlen zur Welt. Es wurde der Begründer der Fargus-Zucht."

„Aber – ich nehme an, Sie wollen sagen, diese Stute sei ein Nachkomme Shams gewesen – aber woher nahm Ihr Ahn die Gewißheit, sie sei edelsten Geblüts?!"

„Sie hatte Papiere." Emily Fargus schaltete einen Gang zurück, denn jetzt fiel die Straße steil ab. Sie hatten die Anhöhe eines Buchenwaldes hinter sich und fuhren in ein dunkles Tal. „Als Hugh Fargus sie aus Mitleid erwarb, gab ihm der Besitzer einen Bogen gerollten Papiers mit. Er sagte, er habe das Papier bekommen, wie alle Besitzer vor ihm. – Er wußte nicht, was für eine Kostbarkeit sich in seinem Besitz befand. Wahrscheinlich konnte er kaum lesen. Dieses Papier besagte, daß die Stute aus der Linie von Man o' War stammte, und damit läßt sich ihr Blut bis auf den Begründer des englischen Vollblutes, den Godolphin Arabian, auf Sham, zurückführen."

„Aber Shams Papiere, sein Stammbaum, gingen verloren auf seiner Odyssee!"

„Shams Papiere, ja, die wohl. Darum durfte er seinerzeit nicht in New Market zum Rennen antreten, und darum wurde seinem Nachkommen Man o' War die Aufnahme in das British Stud Book verweigert. Seine Anhänger wünschten daher nichts sehnlicher, als daß

Man o' War in New Market ein Rennen laufen würde; es hätte diesen Makel in ihren Augen erträglicher gemacht. Doch Man o' War wurde von seinem Besitzer aus dem Rennsport genommen, kurz bevor er sein viertes Lebensjahr erreichte."

„Ich erinnere mich", sagte Eric eifrig, „es war nach seinem einundzwanzigsten Rennen, in dem er Sir Barton, den großen Sprinter aus Kanada, um sieben Längen geschlagen hatte. Sein Besitzer wußte, daß Man o' War als Vierjähriger ein Handicap würde tragen müssen, höher als je ein Pferd vor ihm. Und er fürchtete –"

„Daß Man o' Wars Beine sich unter dieser Last beugen und sein großes Kämpferherz darüber brechen könnte", vollendete Emily Fargus seinen Satz. „Und auch wir haben es immer so gehalten, Mr. Gustavson, immer steht das Wohl unserer Pferde, der Erben Man o' Wars, an erster Stelle."

Eric nickte und schwieg.

Dann war das Tor zu Sunrise da, und als Emily Fargus stoppte, schlüpfte Eric hinaus und öffnete das weite Tor. Die Auffahrt war gewunden und führte durch einen dichten Buchenwald. Farne säumten den Wegrand, und der Waldboden war übersät von diesen kleinen weißen, duftenden Blumen, deren Namen er immer wieder vergaß.

„Ist das Meer weit weg?" fragte er.

„Nein, Mr. Gustavson. Ein Teil unseres Geländes reicht direkt an den Atlantik heran. Sie können auf *unserem* Land die *marchairs* in Augenschein nehmen."

„Sagen Sie doch Eric, Madam, bitte."

„Vielen Dank – Eric, sehr gern. Wollen Sie mich dann nicht auch bei meinem Vornamen nennen?"

„Gern, Emily."

Plötzlich lag das Anwesen vor ihnen. Im Hintergrund funkelte der Atlantik. Emily hielt den Wagen an. Sie standen auf der Kuppe eines Hügels. Unter ihnen breitete sich ein weites, von hohen, grünen Hügeln eingeschlossenes Tal mit saftigen Wiesen aus. Es gab einen großzügig geschnittenen Abreiteplatz und einige große Koppeln, aber, von deren Begrenzungen abgesehen, keine Zäune. Die Wiesen erstreckten sich bis zu den hochragenden Felsausläufern, die steil ins Meer abfielen.

Das Herrenhaus lag auf der grünen Weite wie eine Perle auf grünem Samt, eine solide Schönheit mit hohen Bogenfenstern, fein geformten Erkern, weitläufigen Terrassen und einer breiten Freitreppe. Die unmittelbar angrenzenden Stallungen befanden sich etwa in der Mitte des waldlosen Landes, das sich weit unter ihnen ausdehnte. Hie und da erhoben sich Felsformationen jäh aus dem glänzenden Grün der Weiden, einige Trampelpfade durchschnitten das hochstehende Gras. Und während die Auffahrt vor dem Haus in einen weiten Platz mündete, führten diese schmalen Pfade alle zum Meer, das aus dieser Entfernung still zu sein schien, eine glatte, funkelnde Fläche, die unter dem Sonnenschein das Blau des Himmels spiegelte.

Lance stampfte im Pferdeanhänger, der Wagen vibrierte. „Lance ist ungeduldig."

Emily legte den Gang ein. „Gefällt es Ihnen, Eric?"

„Gibt es jemanden, dem es nicht gefällt?!"

„Ich weiß nicht. Ich kann nur sagen, *ich* liebe es."

Langsam rollte der Wagen den steilen Abhang hinunter, geschoben von dem schweren Anhänger. Als sie sich auf ebener Fläche befanden, sagte Eric: „Es ist so viel schöner, als ich es erwartet habe, es ist, als ob man in eine andere Welt kommt, so friedlich, so harmonisch –"

„Sie ist alles andere als das", unterbrach Emily ihn beinah heftig und parkte den Wagen unmittelbar vor den Ställen. Eric stieg aus, löste die Verriegelung der Verladctür und ließ die schwere Rampe langsam zu Boden. „Keine Sorge, alter Junge", beruhigte er Lance, „ich hole dich jetzt raus aus deinem Schwitzkasten." Er fingerte den Strick frei, dann drückte er leicht gegen die muskulöse Brust des Pferdes, und Lance trippelte vorsichtig rückwärts über die Rampe des Anhängers.

„Wie stolz müssen Sie sein, Eric", sagte Emily, „daß Sie dieses Pferd, verstört, wie es war, so weit gebracht haben."

„Stolz – nein, dankbar bin ich, daß Lance mir traut. Ich würde ihn jetzt gern in seine Box bringen."

Sie wies auf die Stallungen: „Sie können ihn einstellen, wo Sie wollen. Unsere Pferde sind alle auf der Weide."

Eric löste die Schnapphalterung des Führstricks, und Sir Lancelot folgte ihm. Gesäuberte Boxen überall, den ganzen ersten Stallgang entlang. Es war schön hier, weiträumig und sehr gepflegt. Aber es war auch einsam und gespenstisch, als habe dieser Stall für lange Zeit kein Leben mehr beherbergt.

„Könnte er nicht auf die Weide?" fragte er Emily. Es war ein unbehaglicher Gedanke, Lance hier ganz allein zu lassen. „Zu den anderen?"

„Unmöglich, Eric! Dann würde er sich mit Excalibur auseinandersetzen müssen!"

„Oh, Sie haben einen Hengst auf Ihrem Gestüt?"

„Ja, Excalibur. Er ist unser Beschäler. Er ist einer der Nachfahren der Stute, von der ich Ihnen erzählt habe."

„Verstehe. Lance bleibt also hinter Schloß und Riegel." Der Schock ließ nach und mit ihm Erics Höflichkeit.

„Ich hätte Ihnen das eher sagen sollen, Eric, es tut mir leid. Sehen Sie – ich hoffte, Sie würden mit mir hierherkommen, aber ich rechnete nicht mit einem weiteren Hengst."

„Wie sollten Sie wissen, daß ich auf Lance bestehen würde?"

„Ich – ich hätte es mir wohl denken müssen. Wir werden eine Lösung für Sir Lancelot finden. Vielleicht könnten wir ihn auf eine der Rinderkoppeln bringen."

„Ihre Pferde laufen frei?"

„Über das ganze Gelände", bestätigte sie.

„Aber die Rinder sind eingezäunt?"

„Ja, sie sind hinter den Hügeln."

„Glauben Sie denn, daß ein Zaun, der sicher nicht hoch ist, da er ja nur für Rinder aufgestellt wurde, ein Hindernis ist für einen freilaufenden Hengst, der einen Rivalen in seinem Revier wittert?!"

Sie schwieg.

„Emily!" Eric war nahe daran, die Fassung zu verlieren. „Lance hätte niemals hierherkommen dürfen!"

„Sie… Sie wären nicht ohne ihn zu uns gekommen, das haben Sie mehr als deutlich gemacht, und da… da habe ich nichts von Excalibur gesagt. Ich entschuldige mich, Eric, aber ich brauche Sie so sehr – ich hätte alles getan, damit Sie hierherkommen. Wenn wir die Hengste weit genug auseinanderhalten, was soll dann schon geschehen?"

„Selbst wenn es Zäune gäbe – ein Hengst mit einer Herde wird immer den Rivalen wittern und ihn schließlich finden und versuchen, ihn zu vernichten." Er hakte den Strick wieder in die Öse an Lances Halfter ein. „Komm, Lance."

„Wohin wollen Sie?" Ihre Stimme klang schrill.

„Zurück. Glauben Sie, ich würde das Leben eines Pferdes aufs Spiel setzen? Sie haben mich gelinkt, Madam."

„Eric, bitte, bleiben Sie! Wenn Sie wüßten, was hier geschieht!"

„Es interessiert mich nicht. Ich sehe nur, daß Ihnen mein Pferd nichts gilt, daß Sie sein Leben bereitwillig riskieren, nur um mich hierherzubekommen. Tut mir leid, aber so läuft das nicht. Darf ich mir Ihren Wagen borgen? Ich bringe ihn sofort zurück, wenn ich Lance sicher dort habe, wo er hingehört." Lance prustete, als Eric ihn wieder die Planke hinaufführte.

„Eric!“ Emily Fargus war neben ihm, als er das Seil sorgfältig festzurrte. „Mr. Turner war im Bilde, ich bat ihn, nichts zu sagen.“

„Turner war im Bilde? Jetzt verstehe ich gar nichts mehr!“ Schließlich ging es um sein Pferd, wie konnte er Lance aufs Spiel setzen?

„Eric, bitte, wenn wir Sir Lancelot im Stall halten und tagsüber bei den Kühen – es gibt Wächter für unsere Kühe, die würden Excalibur verscheuchen, wenn er versuchen sollte, Sir Lancelot anzugreifen. Und in der Nacht wäre er ja im Stall. Eric – bitte! Sir Lancelot wird in Sicherheit sein, und Solitaire … vielleicht können Sie ihr helfen.“

Eric ließ den Strick los. „Solitaire? Ist das ihr Name?“

Bislang hatten sie nur über „die Stute“ gesprochen, über ihr rätselhaftes Verschwinden, ihr ebenso rätselhaftes Wiederauftauchen und über die erschreckende Veränderung ihres Wesens. Nicht ein einziges Mal war ihr Name genannt worden.

„Sie ist einzigartig, darum gaben wir ihr diesen Namen. Morgen werden Sie sie sehen, wenn wir die Herde gefunden und Excalibur dazu gebracht haben, die Stuten zu uns zu bringen. Bitte, Eric, bleiben Sie!“

„Also gut … ich bin bereit, es zu versuchen. Ich bleibe nur, weil mich diese Stute wirklich interessiert.“ Er hatte noch immer das Bedürfnis, Emily zu packen und zu schütteln.

„Ich danke Ihnen, Eric. Sie sind unsere letzte Hoffnung!“

„Wir werden sehen“, sagte er kurz und führte Lance wieder zurück zum Stall. Im Stallgang blieb er stehen und löste das Halfterseil: „Geh, such dir den Platz, wo du bleiben willst.“ Der Hengst setzte sich in Bewegung. Vor der dritten Box zur Linken blieb er stehen.

„Nummer drei.“ Eric öffnete die Tür. Der Hengst tat einen Schritt, und seine Fesseln versanken tief in duftendem Stroh. Er schob die Nase in den leeren Futtertrog.

„Es ist noch keine Futterzeit, Junge.“

Das Pferd erkundete darauf die automatische Tränke und trank.

„Aber natürlich gibt es Futter für ihn! Er hat ja schließlich eine lange Fahrt hinter sich!“ Emily trug eilig einen Eimer mit Hafer und Melasse herbei und einen zweiten mit zerkleinerten Möhren, unter die Leinsamen gemischt war. Eric nahm ihr die Eimer ab, trat in die Box und schüttete das Futter in den Trog. Danach brachte er seine Taschen in die Sattelkammer. Waffenstillstand, dachte er. Aber er würde nicht vergessen, daß Emily Fargus und Sir Simon ihn getäuscht hatten.

Am Abend holte er Lance aus dem Stall, legte ihm eine Trense an, zog sich auf den bloßen Rücken und ritt hinaus. Beim Klang der Hufe auf dem Kopfsteinpflaster des Hofes erhob sich ein grauweißer Schäferhund aus einer Ecke, kam zu ihnen, umkreiste sie mehrmals in vorsichtigem Abstand, lief schließlich voraus und blieb dann stehen. „Du siehst aus wie ein Wolf", fand Eric. „Könntest du uns einen Weg zeigen? Ich möchte an einen Ort, wo uns niemand anstarren kann."

Im Haus hatte ihn jeder angestarrt: der alte Großvater, der seinen knüppelartigen Gehstock immer dicht bei seinem Stuhl hatte, Louise, Emilys fünfzehnjährige Tochter, Emily selbst, und auch Turner. Alle hatten ihn beobachtet – mit kleinen, schnellen Seitenblicken. Die eigenartig gespannte Atmosphäre war ihm auf die Nerven gegangen und hatte ihn ermüdet. Er mußte allein sein, wünschte nur den Kontakt mit Geschöpfen, die ihn nicht täuschen würden.

„Halten Sie sich besser von dem Hund fern!" rief unvermittelt eine schrille Stimme. Der grelle Ton traf Mann, Pferd und Hund gleichermaßen. Der Hund duckte sich, der Hengst warf den Kopf hoch und Eric blickte suchend am Haus hinauf. Im oberen Stock wurde hastig ein Fenster geschlossen.

„Zeig uns einen Ort, wo wir allein sein können", wiederholte Eric, und der Hund bellte kurz und lief voraus. Ohne Aufforderung setzte sich Lance in Bewegung. Der Hund stürzte sich in das hohe Gras und verschwand beinahe unter den Halmen. Sie folgten einer der schmalen Fährten, die zum Meer führten. Dann senkte sich der Boden, das Gras war hier ganz kurz, ein dichter, grüner Teppich, durchsetzt von einer Vielfalt von Blumen; eine Fülle von Farben, Formen und Düften: die *marchairs.* Der Hund hatte sie auf einen Ausläufer der Felsen geführt, die unmittelbar in den Atlantik stießen. Eric glitt von Lances Rücken. Er begegnete dem Blick des Hundes, vor dem man ihn eben gewarnt hatte. Waren diese Augen kalt, tückisch? „Sicher hast du einen Namen." Der Hund kam ein wenig näher, wedelte schwach. „Ich weiß deinen Namen nicht", fuhr Eric fort, „aber ich werde dich Wolf nennen, denn du siehst so aus."

Der Hund kam näher, seine Blicke glitten zwischen dem hohen, starken Pferd und dem Mann mit der sanften Stimme hin und her.

„Wolf", sagte Eric leise und streckte die Hand aus, so tief, daß sie bestenfalls die Schulter des Hundes erreichen würde: Hunde, die einem Fremden begegnen, wollen nicht von oben angefaßt werden. Die Hand, die sie erreichen will, muß tiefer als in Höhe ihrer Schnauze angeboten werden, als eine Geste, die um Vertrauen bittet. Der Hund kam zu ihm, ließ sich berühren, drängte sich an ihn, schmiegte sich auch an Lance, der ihn interessiert beschnupperte. Das war ein gutes

Zeichen, dachte Eric. Wenn der scheue Lance ein Wesen in seiner Nähe zuließ, konnte es nicht schlecht sein.

„Wolf!“ Der Hund, der ein wenig herumgestreunt war, schnellte herum, mächtige Muskeln bewegten sich leicht und geschmeidig unter dem hellen Pelz, und Eric beschlich ein Gefühl des Entsetzens, denn dieser Hund war eine vollendete Kampfmaschine. Unmittelbar vor Eric kam er zum Stehen und schnellte auf die Hinterbeine, seine Vorderpfoten hoben sich, er stieß ein kurzes, dumpfes Grollen aus, sein scharfes Gebiß war entblößt – und dann erkannte Eric das Lachen in seinen Augen, wußte, daß das Grollen ein Laut der Freude war, und er faßte die Vorderpfoten und ließ sich einfach in diesen weichen Pelz hineinfallen; in einem Knäuel rollten sie zu Boden und balgten sich zum Spaß. „Wolf“, keuchte Eric schließlich atemlos und schob den Hund ein wenig von sich, „du bist ein großartiger Kerl. Ich wette, du hast uns gerade an deinen Lieblingsplatz geführt. Warum mögen die anderen dich nicht?“ Er rappelte sich hoch und schnipste Grashalme von seiner Kleidung.

Der Abend malte drei dunkle Silhouetten gegen die glühende Pracht des Sonnenuntergangs, der das tiefe Blau des Atlantiks in Purpurtöne verwandelte. Eric hockte unmittelbar am Abgrund und ließ seine Beine in die Tiefe baumeln; zu seiner Linken saß Wolf, und Erics Arm lag um ihn, und rechts von ihm stand Lances fürstliche Gestalt.

Plötzlich sagte eine Stimme hinter ihnen: „Ich dachte, Sie legen so viel Wert darauf, daß mit diesem Pferd jeden Tag gründlich gearbeitet wird?“

Eric wandte sich um und sagte geduldig: „Louise, es war hart für ihn heute, die lange Reise, und im Stall war er allein und hinter verschlossenen Türen, da Ihre Mutter es nicht für nötig hielt, mich darüber in Kenntnis zu setzen, daß dieses Gestüt einen Hengst hat.“

„*Dafür* haben Sie Verständnis, aber nicht für das Verhalten meiner Mutter! Und wie Sie sich heute nachmittag aufgeführt haben – nicht nur der Gastgeber hat die Pflicht der Höflichkeit, aber das scheint Ihnen nicht bewußt zu sein! Und warum haben Sie nicht gefragt, ob wir einen Hengst hier haben?“

Eric erhob sich. „Es gibt Gestüte, die sich der Hengste von Deckstationen bedienen. Ich habe gelesen, dies sei eines davon. Warum sollte ich fragen? Und was Ihre andere Bemerkung anbelangt, ich bin mir keiner Schuld bewußt. Wann immer ich etwas fragte, wurde mir das Wort abgeschnitten, oder man antwortete mir mit Schweigen. *Ich* finde *das* nicht sehr höflich, Miss.“

„Aber Sie haben ja auch immer von den ganz falschen Sachen angefangen! Es ist schwer für uns, sehr schwer! Es wird Mutter leichterfallen, Ihnen alles zu erklären, wenn Sie die Stute erst gesehen haben." Sie trat einen Schritt näher, aber da ließ Wolf ein feindliches Grollen hören. „Oh, *den* haben Sie bei sich?!"

„Was haben Sie und Ihre Leute gegen diesen Hund? Irgend jemand hat mich vorhin vor ihm gewarnt. Er ist ein guter Kerl."

„Guter Kerl? Was kann gut sein, was von *denen da oben* kommt?!"

„Von *denen da oben*? Was meinen Sie?"

„Er gehört nicht zu uns! Er hat hier nichts zu suchen!"

„Aber er ist ein netter Hund! Was spielt es für eine Rolle, wem er gehört?"

„Das – das werden Sie noch erfahren!" Sie wirbelte herum und wurde von der Dämmerung verschluckt. Eric starrte ihr nach und dachte an seinen Enthusiasmus beim ersten Anblick von Sunrise – offenbar gab es hier aber mehr Schrecken als Wunder.

Eric erwachte durch eine leichte Bewegung unter seinem Kopf und öffnete die Augen. Er hatte in Wolfs warmen Pelz gekuschelt geschlafen. Eric schoß hoch – wo war Lance?

Der Hengst stand in der Nähe, die Zügel schleiften im taufeuchten Gras, sein Kopf berührte den Boden. Lance schlief. Die Feuchtigkeit des Bodens mochte ihn abgehalten haben, sich niederzulegen. Erleichtert sank Eric zurück in Wolfs Pelz. „Eine großartige Heizdecke bist du", murmelte er und schloß wieder die Augen. Er hatte die Nacht nicht im Freien verbringen wollen. Der Schlaf war einfach über ihn gekommen, aber er sollte so etwas nicht noch einmal tun. Wie nun, wenn Excalibur den Rivalen gewittert hätte?

Nach einer Weile öffnete er erneut die Augen. Der Morgen war eisfarben, da waren das salzige Aroma des Meeres und der erdige Atem des Landes, in den sich, noch schwach, die Düfte der Blumen mengten. Eric stand auf und blickte sich um. Die Sonne war noch nicht aufgegangen, und da war eine Transparenz in der Luft und ein magischer Schimmer, als sei die Welt in der vergangenen Nacht neu erschaffen worden. Er breitete die Arme aus und sog die Luft ein. Wolf kam zu ihm und schmiegte sich an seine Beine, und sie gingen zu Lance hinüber. Eric legte ihm eine Hand auf den Hals und zupfte mit der anderen liebevoll an Wolfs Ohren.

Plötzlich schienen Wolfs Beine unter ihm wegzuschmelzen, und während er niedersank, ließ er ein gequältes, verängstigtes Fiepen hören. Eric war sofort auf den Knien bei ihm, hielt ihn, sprach zu ihm; aber er fühlte, wie der Hundekörper immer steifer wurde, und entsetzt beobachtete er, daß die Augen starr und blicklos wurden. Das Wimmern wurde schwächer und hörte schließlich ganz auf. Er zog Wolfs Lefzen hoch und sah, daß die Schleimhäute unnatürlich blaß waren.

Was konnte einen offensichtlich kerngesunden Hund in nur wenigen Sekunden zu einem wimmernden Fellbündel machen? Eric drehte Wolf auf den Rücken, untersuchte die oberen Luftwege nach Erbrochenem oder ob sich etwa eine Schwellung als Zeichen einer allergischen Reaktion dort fand – nichts. Wolfs Herz schlug, langsam, aber rhythmisch. Auch seine Atmung war verlangsamt. Seine Augen waren glasig.

Eric hob den Hund auf seine Arme. „Hör zu, Lance", sagte er, „jetzt ist nicht die Zeit, empfindlich zu sein. Ich werde dir Wolf auf den Rücken legen und hinter ihm aufsitzen. Wir müssen zurück. Ich habe hier keine Instrumente, keine Medikamente, nichts. Wolf braucht Hilfe."

Auf einmal spannte sich der Hund in seinen Armen, er strampelte und zuckte, sein Kopf ruckte zu Eric herum. Seine Augen waren so lebhaft wie zuvor. Er sprang zu Boden, schien wieder der alte zu sein. Er bellte und richtete sich an Eric auf, wedelte vehement. Doch dann wandelte sich der Ausdruck der lebhaften Augen erneut. Wolfs Ohren zuckten, er tat einen mächtigen Satz die Anhöhe hinauf und war mit zwei weiteren Sätzen zwischen den Felsen verschwunden, die zum Hochplateau führten, als folge er einem unhörbaren Befehl.

Eric rannte hinterher, blieb dann aber ratlos stehen und spähte nach allen Richtungen. Was war geschehen? Er hörte Lance aus der Senke wiehern – ein kampfeslüsterner Laut, wie er ihn nie zuvor von ihm gehört hatte. Aus der Ferne erklang ein anderer Schrei, gellend, vibrierend vor Zorn, und auf einer der fernen Hügelkuppen, die noch zum Land der Fargus' gehören mußten, erhob sich im Schimmer der Morgenröte die Silhouette eines sich aufbäumenden Pferdes. Seine Herausforderung klang über die weite Distanz gedämpft, aber völlig klar zu ihnen. Es konnte nur Excalibur sein, der seinen Herausforderer aus der Ferne ausgemacht hatte und ihn bedrohte. Als Eric weiterrannte, hörte er, wie Steine den Abhang hinunterpolterten, und wurde beinah wahnsinnig bei dem Gedanken, was Lance zustoßen könnte. Endlich fand er sich schweißgebadet vor dem den steilen Abhang hinaufstürmenden Hengst, richtete sich auf und breitete beide Arme weit zur

Seite. „Ho-ho!“ rief er. „Ho-ho!“ Der Hengst scheute, er stieß die Vorderhufe in den nachgiebigen Schotter, strauchelte und verlor das Gleichgewicht. Es schien für endlose Sekunden, als würde er fallen und über die Klippe ins Meer rutschen. Doch seine eisenharten Fesseln retteten ihn. Sie waren in die Tiefen des trügerischen Pfads gerammt wie Stützpfeiler und bewahrten seine Hinterbeine, die auf den losen Steinen ausglitten, davor, jede Richtung zu verlieren. Lance schnaufte, sammelte sich und stand wieder auf seinen vier Hufen.

Keuchend und schwitzend standen Mann und Pferd voreinander. Doch gerade als Eric die Hand nach Lance ausstreckte, erscholl von der fernen Hügelkuppe erneut die triumphierende Herausforderung des Herrn von Sunrise.

Lance warf den Kopf hoch und erwiderte, er schob Eric beiseite und kämpfte sich seinen Weg nach oben. Eric wußte, daß er ihn nicht mehr durch herkömmliche Mittel beeinflussen konnte. Er blieb strauchelnd, fallend und sich wieder aufrappelnd an der Seite des wildgewordenen Hengstes, bis sie die Anhöhe erreicht hatten; dann faßte er in die Mähne, nahm die Zügel kurz und zog sich auf den Rücken des Hengstes. Lance stieg und schmetterte seine Herausforderung in den jungen Morgen. Von fern kam die Antwort Excaliburs. Gebe Gott, daß diese beiden nicht aufeinandertrafen!

Eric mußte alle Tricks anwenden, um Lance in die Richtung der Stallungen zu zwingen. Immer wieder stieg der Hengst und schwenkte in die entgegengesetzte Richtung, doch Eric trieb ihn vorwärts, durch Überredung, durch Zwang. Sir Lancelots Blut kochte. Aus vielen Schürfwunden blutend, vor Erschöpfung taumelnd, riß Eric schließlich die schwere Stalltür hinter Sir Lancelot ins Schloß. Hier im Stall war er vorläufig sicher. Eric schaltete das Licht ein, und Lance bäumte sich auf und drängte gegen die Tür. Eric hängte sich dem Pferd an den Hals und preßte es auf die Erde zurück. Doch Lance stieg erneut und riß ihn hilflos wie eine Gliederpuppe in die Luft.

Eric hatte genug. Als Lances Vorderhufe auf den Betonboden der Stallgasse schmetterten, packte er das Pferd am Maul und versuchte, seine Hand in die hintere Partie des Kiefers zu schieben, um das Maul zu öffnen. Er wurde dabei mehrfach gegen die Wände geworfen, und es blieb nicht aus, daß das wildgewordene Pferd ihn zu Boden trat. Doch schließlich gelang es ihm. Eine Hand so tief im hinteren, zahnlosen Teil des Pferdemauls, daß sie ein keuchendes Würgen provozierte, faßte er mit der anderen die Trense und drängte mit gezielten Fußtritten den immer wieder aufbegehrenden Hengst in seine Box und warf die Tür zu. Er wußte, der Hengst hätte auf nichts anderes reagiert, aber er haßte es, gegen Lance auf diese Weise vorzugehen. Lance attackierte die Tür mit Schlägen seiner Hinterhand.

Eric hörte Rufe und Poltern von draußen; der Lärm hatte das ganze Haus auf die Beine gebracht. Er rannte zur Sattelkammer und begann fieberhaft in seinen Taschen zu wühlen, bis seine zitternden Finger das Fläschchen umschlossen, das er suchte. Er hatte das Betäubungsmittel noch niemals anwenden müssen, aber jetzt blieb ihm keine Wahl. Das eingeschlossene Pferd würde sich umbringen, wenn er es nicht unter Kontrolle brachte. Er konnte nicht riskieren, die Boxentür zu öffnen. Er kletterte über die Futtermulde auf die Mauer und ließ sich in eine Ecke fallen. Lance beachtete ihn nicht. Eric sah, daß die Tür unter dem Ansturm in den Angeln nachgab. Eilig zog er eine ausreichende Dosis des Ketamins in die Spritze, drängte sich an Lance und injizierte die Flüssigkeit in die Kruppe. Dann drückte er sich gegen die Mauer und wartete ab.

Stunden schienen zu vergehen. Die Türangeln lockerten sich immer mehr. Nur noch wenige Tritte, und Lance würde frei sein. Eric beobachtete mit wachsender Verzweiflung den wie irren Hengst und sprang von einer Ecke der Box in die andere, um nicht getroffen zu werden.

Doch auf einmal blieb der Hengst mit einem schwachen Wiehern stehen, sein Kopf fiel herunter, die Beine gaben unter ihm nach, und er rollte auf die Seite. Eric kniete neben ihm. „Tut mir leid, mein Junge." Er ließ seine Hand über den Hals gleiten. Lance war so naß, als sei er gerade aus dem Wasser gekommen. Sein Kopf fiel ins Stroh, seine Augen verdrehten sich: die Erschöpfung und das Ketamin hatten ihre Wirkung getan.

Zitternd schleppte sich Eric zur Stalltür und zog den schweren Holzbalken zurück, der sie von innen verriegelt hatte. Sofort war er eingekreist von allen Mitgliedern des Haushalts. Eine Flut von Fragen prasselte auf ihn ein, und er schüttelte benommen den Kopf. „Bitte nicht alle auf einmal!"

„Er hat recht", Emily Fargus verschaffte sich Gehör. „Er ist in einem furchtbaren Zustand. Milly, geh ins Haus und setze Wasser auf."

„Ja, Ma'am."

Turner hatte sich aus der Traube von Menschen herausgeschält und war zu Lances Box gegangen. „Was ist passiert?"

„Ich mußte ihm 'ne Spritze verpassen. Wir trafen draußen auf Excalibur, und Lance – ich hab nicht gewußt, daß er den Killerinstinkt in sich hat, Sir Simon. Fragen Sie mich nicht, wie ich ihn bis hierher gebracht habe. Dabei war der andere Hengst noch weit weg. Es war sozusagen nur ein verbaler Schlagabtausch der beiden, aber Lance wurde zum Berserker."

„Das wäre nicht passiert, wenn Sie ihn im Stall gelassen hätten, wie es abgesprochen war!"

Eric drehte sich nicht nach der Sprecherin um. Er kannte Louises Stimme. „Ich wiederhole mich ungern, Miss. Denken Sie daran, was ich Ihnen zu diesem Thema gestern abend gesagt habe."

„Ach, jetzt ist es Mutters Schuld, daß Sie mit Ihrem Pferd nicht fertig wurden? Vielleicht sind Sie doch nicht so gut mit Pferden, wie behauptet wird. Ich habe Mutter gleich gesagt, sie soll die Finger von Ihnen lassen. Wer weiß, was Sie mit Solitaire machen werden!"

„Louise! Es reicht, du wirst dich entschuldigen!" donnerte der Großvater.

Sie wollte auffahren, aber statt dessen biß sie sich auf die Lippen und murmelte etwas.

„Vater." Emily legte ihm die Hand auf den Arm, und Eric wandte sich ab.

„Ich muß mich jetzt um Lance kümmern. Er hat 'ne Menge Schrammen abgekriegt, und außerdem ist er völlig naßgeschwitzt."

„Eric, kommen Sie ins Haus! Sie sind übel zugerichtet. Einer meiner Leute kann sich um das Pferd kümmern." Emilys weiche Stimme klang besorgt. Es war lange her, daß sich jemand um ihn gesorgt hatte. Aber dann sagte sie: „Wir wollen doch, daß Sie uns gesund erhalten bleiben", und etwas klickte. Nicht er war wichtig. Das, was er für sie tun sollte, war wichtig. Wie schon einmal stellte sie das Wohl ihrer Pferde über alles andere. Und diese Denkart hätte Lance das Leben kosten können. Eric schüttelte den Kopf.

„Das Wasser wird jetzt soweit sein", sagte der Großvater. „Brauchen Sie noch etwas?"

„Verbandszeug, Jod."

Die Gruppe zerstreute sich. Eric ging zurück in die Box und begann, Lance mit Bündeln frischen Strohs abzureiben. Turner brachte ihm heißes Wasser und Medikamente. „Helfen Sie mir mal, ihn auf die andere Seite zu drehen?"

Gemeinsam stemmten sie sich gegen den bewegungslosen Pferdekörper und rollten ihn herum. Eric trocknete weiter das triefende Fell. Lance hob langsam und benommen den Kopf und witterte. Er versuchte sich zu orientieren. Eric sprach leise auf ihn ein. Nach einer Weile stemmte Lance die Vorderhufe auf und drückte sich mit den

Vorderbeinen und dem freiliegenden Hinterbein hoch. Er schwankte ein wenig. Eric machte sich daran, Lances Schürfwunden zu versorgen. „Wir hätten niemals herkommen dürfen“, fand er. „Lance muß hier weg.“

„Gut, dann sag ich daheim Bescheid. Einer meiner Leute kann ihn holen“, willigte Turner ein.

Daran hatte Eric auch schon gedacht. Und am liebsten wäre er mitgefahren. Aber irgend etwas fesselte ihn. Die bloße Erwähnung Solitaires rührte etwas in ihm an. Ein Gefühl sagte ihm, diese Stute werde sein Leben beeinflussen wie kein Pferd vor ihr. Er mußte sie sehen. Erst danach würde er sich endgültig entscheiden können. Ohne Turner anzusehen, sagte er: „Vielleicht hat Louise ja recht. Vielleicht werde ich mit der Stute nicht fertig. Dann hat sich die ganze Angelegenheit sowieso in kurzer Zeit erledigt, wir können zu dritt zurückfahren, und ich brauche die Arbeit mit Lance nicht zu unterbrechen.“

„Hier willst du ihn aber doch auch nicht lassen?“

„Natürlich nicht. Es wird sich ja wohl ein Bed & Breakfast finden lassen, das einen Stall hat und eine Koppel.“

„Stall und Koppel sehe ich ein, aber was willst du mit Bed & Breakfast? – Oh! Verstehe! Du willst auch von hier weg. Wegen Louise? Ehrlich, Eric, ich hätte dich nicht für so empfindlich gehalten! Die Kleine ist doch fast noch ein Kind.“

Eric schwieg. Wie sollte er Turner erklären, daß ihn nicht nur die Atmosphäre in diesem Haus bedrückte, sondern daß er nicht mit dieser Falschheit leben konnte? Zumal Turner dasselbe Spiel spielte. Er legte den letzten Verband an, streifte eine Decke über Lances noch feuchten Rücken und führte den Hengst in eine andere Box. Der Hengst war sanft wie ein Lamm. Eric schüttete ihm Futter in den Trog, allerdings ohne viel Hoffnung. Lance würde wahrscheinlich nur trinken nach dem großen Flüssigkeitsverlust, und ein Tag ohne Futter kostet ein hochgezüchtetes Pferd viel Kraft.

„Ich gehe jetzt ins Haus und wasche mich, dann packe ich meine Sachen und verlasse diese gastlichen Hallen. Ob Emily Fargus mir ihren Transporter leiht für die Fahrt ins Dorf?“

„Du wirst sie entsetzlich vor den Kopf stoßen, Eric. Die Schotten halten sich viel auf ihre Gastfreundschaft zugute. Selbst die angeheirateten Schotten.“

„Wie meinen Sie das – angeheiratet?“ Sie gingen über den Hof.

„Mrs. Fargus ist keine Schottin. Sie hat den Sohn vom alten Fargus geheiratet, doch ihr Mann ist vor einiger Zeit bei einem Reitunfall ums Leben gekommen. Seither leitet sie das Gestüt, weil der alte Mann zwar verflucht eigensinnig ist, aber sonst zu nichts taugt. Emily läßt ihn den Patriarchen spielen. Ich bin dir sehr dankbar, Eric. Du hast Lance das Leben gerettet."

Eric schwieg. Sie erreichten die Tür zu Sunrise House, wo ihnen eine Bedienstete öffnete. „Wünschen die Herren Frühstück?" fragte das Mädchen.

„Ja, gern", nahm Sir Simon an, „Tee, natürlich, und Toast, nicht zu dunkel geröstet. Und es wäre großartig, Miss, wenn wir Rührei mit Schinken und heiße Würstchen haben könnten. Und Lachs und Shortbread, dazu gehört natürlich ein Tropfen Whisky. Wird dir auch guttun, Eric. Mit einem Tropfen, meine Liebe, meine ich natürlich eine Flasche."

„Ich verstehe, eine… eine Flasche, Sir", und sie verschwand eilig. Im Salon, in den sie eine weitere Bedienstete führte, hing ein Spiegel über dem Kamin. Auf dem Kaminsims lagen eine Zigarettenschatulle und ein Feuerzeug. Eine Zigarette ist gerade das, was ich jetzt brauche, dachte Eric. Er streckte die Hand aus, aber dann sah er sein Gesicht in dem großen Spiegel. Ihm wurde übel. Er nahm eine Zigarette aus dem Ebenholzkästchen, zündete sie an und rauchte einige Züge, ehe er sich erneut betrachtete. Auf den ersten Blick wirkte sein Gesicht wie eine zerschlagene Masse, aber es waren nur ein paar Schürfwunden, deren Blut das ganze Gesicht verklebt hatte.

„Du solltest dich waschen vor dem Frühstück", riet Turner.

Eric warf seine Zigarette in den Kamin, drehte sich wortlos um und ging in den oberen Stock, wo ihm am Vortag ein Zimmer angewiesen worden war. Er bewegte sich langsam, denn jetzt setzten die Schmerzen ein, und er war froh, daß ihm niemand begegnete. Er ging ins angrenzende Bad und begann, sein Gesicht mit einem in Wasser getauchten Lappen zu betupfen, aber das Blut war festgeklebt. Müde blickte er sich im Badezimmer um. Die Badewanne sah einladend aus. Er drehte die Hähne auf und streifte sein zerrissenes, blut- und schweißverkrustetes Hemd ab und beförderte es in den Papierkorb. Dem Hemd folgten die Hosen. Endlich ließ er sich ins Wasser gleiten, angelte sich ein Handtuch, tauchte es ins Wasser, drückte es aus und legte es sich über das Gesicht. Herrlich! Er wurde schläfrig vor Wohlbehagen und rief sich zur Disziplin. Er konnte jetzt nicht schlafen. Er mußte sein menschliches Aussehen zurückgewinnen und dann Lance so schnell wie möglich von hier wegbringen. Das Plätschern des Wassers schreckte ihn auf; er war doch eingenickt. Er zog das Handtuch von seinen Augen, weil er fühlte, daß er nicht allein war.

Emily stand in der Tür. Sprachlos starrte er sie an.

„Ich... ich habe geklopft", stammelte sie und starrte zurück wie hypnotisiert. „Wir warteten mit dem Frühstück, und als Sie nicht kamen, dachte ich, Sie wären vielleicht ohnmächtig geworden."

„Wieso haben Sie nicht Turner geschickt?" knurrte er.

„Sir Simon hat, während wir auf Sie warteten, eine halbe Flasche Whisky ausgetrunken."

Eric kannte das. Zuerst war es Tee mit Whisky, dann Whisky mit Tee. Es war erstaunlich, wie schnell Turner der Alkohol zu Kopf stieg. Wahrscheinlich lag er jetzt, alle viere von sich gestreckt, auf der Couch.

Es war ihm peinlich, in der Badewanne zu liegen, vor einer damenhaft gekleideten Frau, die ihn mit ihren Blicken verschlang. „Wie Sie sehen, bin ich nicht ohnmächtig", sagte er. „Ich werde gleich unten sein, Ma'am." Er merkte, wie ihm das Blut zu Kopf stieg. Wie konnte sie nur dastehen und ihn so anstarren?

„Sie haben da eine Wunde an der Schulter, die ziemlich..." Sie machte eine Bewegung, als wolle sie auf ihn zutreten.

Er wandte ihr den Rücken zu. „Danke, Ma'am, ich komme schon zurecht."

Sie verschwand. Eric stieß einen Seufzer aus. Was war los mit dieser Frau? Möglicherweise hatte sie keinen Mann mehr im Bett gehabt, seit ihr Gatte tot war – und er mußte zugeben, daß es nicht an ihrem Aussehen liegen konnte. Er schlüpfte aus dem Wasser und spähte dabei mißtrauisch nach der Tür. Eher Mangel an Gelegenheit – wann kam sie schon einmal von ihrem Gestüt weg? Aber den ersten einigermaßen attraktiven Mann, der auf dieses Gestüt kam, einwickeln zu wollen? Bestimmt hatte Turner ihr von seinem Plan erzählt, das Gestüt zu verlassen; Turner konnte nie den Mund halten, wenn er getrunken hatte. Nachdenklich trocknete sich Eric ab. Vielleicht hatte sie gehofft, ihn zum Bleiben zu veranlassen, wenn sie eine Affäre mit ihm begann. Vielleicht hatte sie Angst, daß er sich weniger auf Solitaire einlassen würde, wenn er außerhalb des Gestüts logierte? Wenn seine Vermutung zutraf, dann war Emily Fargus nicht nur eine sehr ehrgeizige Frau, die mit allen Mitteln versuchte zu erreichen, was sie wollte; dann hatte sie zudem völlig den Sinn für die Wirklichkeit verloren.

„Warum sind Sie nicht eingebogen? Da war ein Schild mit Bed & Breakfast!“

„Willst du in einem Cottage wohnen? Du bist hier im Land der Burgen und Schlösser.“ Turner klang ein wenig spöttisch.

„Warum nicht? Halten Sie bitte.“ Eric rannte zurück, stieß die Gartenpforte auf, lief über einen Kiesweg auf das kleine Gebäude zu und läutete. Nach einer Weile wurde die Tür geöffnet, eine kleine ältere Frau mit bemehlten Armen stand vor ihm. „Guten Tag, Mrs. Hickman.“ Er hatte den Namen am Briefkasten gelesen. „Sie haben das Schild mit Bed & Breakfast da, und – ich möchte wissen, ob Sie eine Möglichkeit haben, mein Pferd und mich unterzubringen.“

Sie blickte auf den Transporter, den Turner langsam zurückgesetzt hatte. „Ist das nicht der Wagen von den Fargus?“

„Ganz recht.“

„Warum bleiben Sie denn nicht bei denen? Die haben doch genug Platz. Wir sind hier nicht auf Pferde eingerichtet.“

„Das Pferd auf dem Anhänger ist ein Hengst.“

„Und er versteht sich nicht mit dem Roten?“

„Wir hatten heute früh so etwas wie eine Begegnung mit ihm.“

„Tja …“ Sie sah ihn an. „Sie können sich ja mal ansehen, was wir zu bieten haben.“

„Könnten wir mit dem Stall anfangen?“

„Sicher. Kommen Sie rein, wir gehen dann durch die Hintertür.“

Eric folgte ihr. „Ich habe mich noch nicht vorgestellt, Mrs. Hickman. Mein Name ist Eric Gustavson.“

„Freut mich, Mr. Gustavson.“ Die Küche, in der Mrs. Hickman ihre Arme unter fließendem Wasser abspülte, war groß und behaglich, mit einem schwarzweiß gewürfelten Steinboden und schweren Möbeln.

„Ich hoffe, ich störe Sie nicht bei etwas, das nicht warten kann, Mrs. Hickman“, sagte er höflich und streichelte die große rote Katze, die geschmeidig von einem Stuhl geglitten war und schnurrend um seine Knöchel strich.

Mrs. Hickman drehte sich um, ihre Arme mit einem Tuch abreibend. „*Nay,* der Teig muß jetzt sowieso aufgehen. Ich habe gerade Tee fertig. Wollen Sie 'ne Tasse?“

„Also, ich weiß wirklich nicht, Mrs. Hickman …“

„Ach, kommen Sie.“ Sie machte eine Ecke auf dem riesigen Küchentisch frei von Backutensilien, forderte ihn mit einer Handbewegung zum Setzen auf, goß zwei große irdene Becher voll und schob Eric Sahne und Zucker hin. Dann machte sie sich mit abgewandtem Rücken an der Anrichte zu schaffen. Als sie sich ihm gegenübersetzte, schob sie ihm einen Teller mit heißen, gebutterten Scones hin.

„Oh, Mrs. Hickman, das ist sehr freundlich, aber..."

„Ich backe immer Scones, wenn ich Hefezopf backe. Essen Sie, frisch sind sie am besten."

Eric nahm einen Scone und hätte jeden Eid geschworen, niemals etwas Köstlicheres gegessen zu haben.

„Sind Sie mit dem Roten aneinandergeraten?" fragte sie unvermittelt.

„Der Rote – Excalibur?"

„Excalibur, ja, das ist wohl der Name. Ich hab ihn nie gesehen. Hier in der Gegend heißt er nur der Rote. Soll ein tolles Pferd sein."

„Ich hab ihn nur von weitem gesehen. Aber wenn die Geschichte mit seiner Abstammung stimmt, will ich gerne glauben, daß er großartig ist."

„Die Fargus' sind schon lange hier, beinahe so lange wie meine Familie und die meines Mannes. Immer haben sie sich da oben für sich gehalten mit ihren Pferden und haben sie gehütet wie Juwelen. Schätze, es wird ihnen nicht schmecken, daß sie die Cochans jetzt zu Nachbarn haben."

„Wer sind die Cochans?"

„Die haben das Land auf den Hügeln über dem Fargus-Besitz gepachtet."

„Auf den Hügeln?" Eric hörte Louises Stimme: Was kann gut sein, was *von denen da oben* kommt?

„Ja, die Pacht liegt ziemlich hoch. Kein guter Boden. Zu kalkhaltig, zu viele Felsen. Und komische Leute."

„Und was tun sie?"

„Ach, ein bißchen von allem – Schweinezucht, Kühe, Pferde. Die gehören nicht hierher. Wollen sich nicht anpassen. Möchten Sie jetzt den Stall sehen?"

„Ja, sicher." Eric hätte gern noch mehr gehört.

„Wir haben sonst nie Gäste mit Pferden", bekannte Mrs. Hickman, als sie durch den Garten gingen. „Wenn die Leute reiten wollen, mieten sie sich Pferde von Billy am anderen Ende des Dorfes."

Sie gingen auf ein niedriges hölzernes Gebäude zu, und Mrs. Hickman öffnete die Flügeltüren. Das Tageslicht flutete in einen großen, leeren Raum mit einem höckerigen Steinboden und einem die ganze Länge der gegenüberliegenden Wand einnehmenden steinernen Trog.

„Hier könnten Sie Ihr Pferd unterbringen. Mein Mann benutzt es als Garage und – auch unser Sohn, wenn er uns mal besuchen kommt. Er hat Arbeit unten im Süden gefunden, hinter den Borders. Er kommt nicht oft, ist ja auch ein weiter Weg. Früher war das hier der Kuhstall. Wir haben die Kühe aber schon vor Jahren abgeschafft; lohnte sich nicht mehr, und mein Mann hatte auch Schwierigkeiten mit dem Melken. Timothy, unser Tierarzt, hat gesagt, mein Mann habe nicht die richtige Technik."

Eric prüfte den Boden und die Wände. Es gab hier nichts, woran ein Pferd sich verletzen konnte. „Stroh könnten wir im Dorf bekommen?"

„Stroh haben wir, junger Mann. Wir halten noch Hühner. Futter für Ihr Pferd kriegen Sie bei Billy. Und Wasser – kommen Sie, ich zeig's Ihnen."

Sie führte ihn wieder ins Freie. Als sie um die Ecke des Gebäudes bogen, blieb Eric wie angewurzelt stehen: vor ihnen lag so etwas wie ein verwunschener Garten, eingerahmt von einem halbhohen schmiedeeisernen Zaun, über dessen graziöse Bögen sich blühende Heckenrosen ergossen. Das dichte Gras war kurz gehalten. In der Mitte des grünen Teppichs erhob sich ein kleiner Springbrunnen aus weißem Stein.

„Überrascht?"

„Ich kann's nicht glauben. Und Lance dürfte aus diesem Brunnen trinken?"

„Ihr Pferd, ja warum nicht? Besseres Wasser finden Sie nicht im Umkreis von achtzig Kilometern. Es ist unsere eigene Quelle. Sie speist das Haus, wir kochen und backen mit dem Wasser, und wir haben eine Vorrichtung, es zu erhitzen, so daß wir damit auch baden können."

„Aber seine Hufe werden vielleicht diesen schönen Rasen aufreißen!"

„Ach du meine Güte! Das Gras wird schon wieder nachwachsen. Als Sie vorhin kamen, da drehte sich Ihr Lance um, und ich konnte sein Gesicht über der Klappe sehen. Das ist ein hübsches Pferd – ich würde mich freuen, wenn ich am Fenster stehen und auf ein nettes Pferd schauen könnte. Aber Sie haben Ihr Zimmer noch nicht gesehen. Vielleicht mögen Sie's nicht."

„Ich bin sicher, daß ich es mag." Sein Zimmer mochte einer Besenkammer gleichen, es war ihm egal.

„Ihr Pferd ist auch mit dem Roten zusammengetroffen?"

„So wie ich, aus der Ferne." Und noch ehe er es sich versah, sprudelten die Ereignisse des frühen Morgens aus ihm heraus.

„Liebe Güte, Mr. Gustavson, Sie haben ja was mitgemacht! Ich hab mich schon gefragt, was wohl mit Ihrem Gesicht passiert ist." Ohne recht zu wissen, wie, fand sich Eric an dem großen Tisch in der Küche wieder, und eine Platte und ein weiterer Becher Tee standen vor ihm. Auf der Platte fand er das, was man in dieser Gegend *Pie* nennt – einen großen Batzen knusprigen Teigs, beladen mit Schinken, hartgekochtem Ei, geschmolzenem Käse und Tomatenscheiben. Eric spülte diese Köstlichkeit mit seinem Tee hinunter und blickte schließlich zu Mrs. Hickman, die ihm gegenübersaß, an ihrem Tee nippte und ihn beobachtete. Die Scones hatten seinen Appetit nur geweckt, der Pie jedoch hatte seine Kraftlosigkeit beendet. Er war wieder er selbst, als er sich vom Tisch erhob.

„*Gee,* das seh ich gern, Mr. Gustavson."

„Warum sagen Sie nicht Eric?"

„Eric. Ich glaube, mein Pie hat Ihnen gutgetan. Wollen wir dann Ihr Pferd holen?"

„Es gehört nicht mir", erklärte er, während sie auf den Transporter zugingen. „Lance gehört dem Herrn, der am Steuer sitzt. Ich bin sein, hm – sein Bereiter. Und sein Name ist eigentlich nicht Lance, sondern Sir Lancelot."

Ein Blick durch die Windschutzscheibe auf Turners Gesicht sagte genug. Er mußte eingeschlafen sein, kurz nachdem Eric aus dem Wagen gesprungen war. Das erklärte, warum er noch nicht zur Eile gedrängt hatte. Eric ließ die schwere Ladeklappe herunter, ging hinauf zu Lance und löste den Führstrick. Lance trippelte die Rampe hinunter und stand dann hoch aufgereckt im Sonnenschein. Die stolze Haltung, vereint mit der hochgezüchteten Schönheit seiner Rasse, machte die zahlreichen Verbände vergessen.

„Oh – das ist ja Prince Charming!" Mrs. Hickman starrte Sir Lancelot an, ging mehrmals um ihn herum. „Mein Lebtag habe ich kein so einmalig schönes Pferd gesehen! Ich würde ihn gern anfassen. Darf ich?"

„Nur keine schnellen Bewegungen in seiner Nähe", warnte Eric eilig. Er war nicht sicher, welche Auswirkungen die Ereignisse des vergangenen Morgens auf Lance gehabt hatten. Atemlos beobachtete er Mrs. Hickmans Annäherung und machte sich darauf gefaßt, sie notfalls blitzschnell aus der Gefahrenzone zu bringen.

„*Aye,* das ist aber ein wirklich schönes Pferd", schmeichelte sie und streckte Lance die Hände flach hin. Lances Ohren wanderten langsam nach vorn, und seine Nüstern bebten, als er ihren Geruch sondierte. Sein Kopf schob sich neugierig vor Mrs. Hickmans Gesicht, und Eric beobachtete ungläubig, wie die beiden laute Atemzüge austauschten, wie einander fremde Pferde es tun. Lance schubste Mrs. Hickman mit dem Maul an, und sie antwortete mit einem Lachen. „Was für ein Feiner du bist! Hast es gern, wenn du gestreichelt wirst, nicht?"

Eric führte das Pferd um das Haus herum, vorbei am Hühnerauslauf, und Mrs. Hickman ging an Lances rechter Seite. Als Lance beim unvertrauten Anblick der flatternden, scharrenden Hühner stutzte, schob sie ihm einen Ellenbogen in die Flanke: „Die tun dir nichts, Prince Charming!" Lance schnaubte und ging ruhig weiter. Eric merkte, daß der Hengst hier nicht nur räumlich gut untergebracht war.

Im Garten beobachtete Mrs. Hickman interessiert, wie Eric das Halfterseil um Lances linkes Vorderbein, knapp oberhalb des Hufes, schlang. „Das ist schlau", sagte sie anerkennend. „Beim Grasen stört es ihn nicht, aber er kann auch nicht schnell laufen. Wissen Sie was, ich hole was, das wird ihn halten, bis wir fertig sind."

Sie ging ins Haus und kam mit zwei Körben zurück. In einem waren frische Möhren, noch mit dem grünen Busch, in dem anderen kleine, eingeschrumpelte Äpfel. Sie schüttete beides vor Lance auf. Der Hengst schnupperte und machte sich sofort darüber her. Eric stieß einen Seufzer der Erleichterung aus: es würde also keinen Fastentag für Lance geben. „Mrs. Hickman –"

„Denken Sie an die Bezahlung? Ihr Zimmer kostet Sie zwei Pfund und die Unterbringung des Pferdes – sagen wir, ein Pfund. Und wenn ich dem schönen Prinzen Möhren oder Äpfel oder altes Brot gebe, das ist in Ordnung. Ich werd es nicht auf Ihre Rechnung setzen."

„Das meinte ich nicht, Mrs. Hickman. Lance – ich würde mein letztes Hemd für ihn geben. Aber Sie sind so – freundlich!"

„Sehen Sie, Eric, ich kann mir meine Gäste aussuchen. Sicher ist's nett, wenn ein bißchen mehr in der Haushaltskasse ist, aber es geht auch ohne. Wenn ich Sie nicht hätte leiden können, wär mir schon eine passende Ausrede eingefallen. Und jetzt lassen Sie uns das Stroh holen. Und nennen Sie mich Claire."

Sie trugen die Strohballen in den Stall, und bald war der blanke Boden dick gepolstert. Eric führte Lance hinein, und Claire schüttete Äpfel und Möhren in den Trog, sah eine Weile zu, wie er fraß, und marschierte schließlich resolut auf den Wagen zu. „Sie brauchen Futter", erinnerte sie Eric. „Billy hat alles. Schieben wir diesen betrunkenen Menschen zur Seite. Ich zeige Ihnen den Weg."

Gemeinsam bugsierten sie den tief schlafenden Turner auf den Rücksitz und koppelten den Anhänger ab. Eric startete den Wagen. Während sie der schmalen Dorfstraße folgten, sah er sich um. Die meisten Häuser sahen aus wie das der Hickmans, unauffällig und adrett, und in den meisten Gärten blühte eine ähnliche Blumenpracht wie in Claires Garten. Er drehte das Wagenfenster hinunter und atmete tief die aromatische Seeluft ein. „Ich habe immer gehört, Schottland habe ein rauhes Klima."

„*Nay,* nicht hier im Westen. Der Golfstrom ist unser Segen. Das Wetter wechselt dadurch zwar häufiger, aber es ist fast immer mild. Wenn Sie etwas länger bleiben, können Sie mit Ihrem Lance die Gegend erkunden." Sie fragte nicht, was er mit den Fargus' zu tun hatte; Eric hatte schon bald gemerkt, daß Claire ihre Nase nicht in anderer Leute Angelegenheiten steckte.

„Kennen Sie Solitaire?" fragte er rundheraus.

„Ich hab von ihr gehört. Die ganze Gegend stand Kopf, als durchsickerte, was Everett – das war der Sohn vom alten Fargus – für eine horrende Summe für sie ausgegeben hat, und dabei war sie bloß ein Fohlen von ein paar Monaten."

Das war eine neue Information für Eric. Er war immer davon ausgegangen, daß Solitaire aus der Herde der Fargus' stammte.

„Da ist Billys Hof."

Er bog nach rechts ab und fuhr langsam über eine gewundene Anfahrt. Zu beiden Seiten des Weges waren die Wiesen eingezäunt. Zur Linken türmten sich kegelförmig aufgeschichtete Strohhaufen, zwischen ihnen grasten Schafe. Auf der anderen Weide grasten Rinder – zottige schwarze Galloways –, und auf einer Koppel sah Eric einige Pferde. Sie fuhren über eine alte Steinbrücke, unter der sich ein Bach hindurchzwängte, vorbei an den Farmgebäuden und auf den Hof. Eine mollige kleine Frau in Claires Alter kam ihnen entgegen. Sie sah zu Eric hin, der ausgestiegen war und Claire die Tür aufhielt.

„Mary, darf ich dir Mr. Gustavson vorstellen? Er wird einige Tage bei uns bleiben. Eric, dies ist Mary MacKinnan."

„Freut mich sehr, Ma'am." Sie schüttelten einander die Hände. „Claire sagte, ich könne Pferdefutter von Ihrem Mann kaufen."

„O ja!" Mrs. MacKinnan hatte Turner auf dem Rücksitz entdeckt und versuchte, nicht nach ihm zu schielen.

„Ein Opfer des ausgezeichneten schottischen Whiskys, Ma'am", erklärte Eric beiläufig.

„O ja", sagte sie. „Billy ist bei den Pferden."

„Die wollte ich sowieso gern kennenlernen." Eric drehte sich um. „Hat mich sehr gefreut, Mrs. MacKinnan." Er kletterte über den Zaun und hielt auf die Gruppe der Pferde zu. Sie waren knapp größer als Ponys, zottig, und sie wirkten hart und ausdauernd. Als er näher kam, sah er, daß ein Mann, es mußte Billy sein, in einer ihm nur zu vertrauten Haltung dicht hinter einem der Pferde stand, dessen Leib aufgetrieben war. Er beschleunigte seinen Schritt. „Guten Tag, Sir. Kann ich Ihnen helfen?“

Der Mann richtete sich auf. Er war groß und vierschrötig, mit einem vor Anstrengung geröteten Gesicht, aus dem zwei hellblaue Augen den Fremden einzuschätzen versuchten. „Helfen?“ Er seifte langsam seine Arme und Hände in einem Eimer ab. Eric hatte sofort die Situation erfaßt: Posterior-anteriore Präsentation eines großen Fohlens in einer kleinen Stute.

„Wann hat sie das Fruchtwasser verloren?“ Er tastete den geschwollenen Rumpf ab und krempelte seine Ärmel auf.

„Muß schon länger her sein“, sagte Billy. „Ich fand sie vor etwa ’ner Stunde, als ich ihnen Heu bringen wollte. Ist zu früh für sie, sie wär’ eigentlich erst nächste Woche dran. Ich weiß nicht, ob das Fohlen noch lebt. Der Hintern liegt genau, wie er nicht liegen soll.“

Eric nickte. Er bemerkte, daß die Stute kaum mehr preßte. Es war keine Zeit zu verlieren. „Könnte ich frisches heißes Wasser haben, bitte? Ein sauberes Handtuch, und – haben Sie ein Gleitmittel? Vaseline? Melkfett?“

„*Aye* – Wasser, Seife, Handtuch, Melkfett.“

„Und bringen Sie auch Stricke mit, so dünn und so sauber wie möglich.“

Der große schwere Mann hastete mit überraschender Geschwindigkeit über die Wiese auf die Stallgebäude zu. Eric streichelte das Gesicht der kleinen Stute. Als Billy in erstaunlich kurzer Zeit wieder da war, tauchte er seine Arme in das heiße Wasser. „Haben Sie versucht, den Tierarzt zu erreichen?“

„Der alte Timmy liegt seit einer Woche krank im Bett. Ist nicht mehr der Jüngste.“

„Wohnt er weit von hier?“ Eric schob seine eingefettete Hand in die Vagina der zitternden Stute. Wenn er bloß eine stimulierende Injektion geben könnte, die die Stute zu erneutem Pressen veranlaßte! Dieser Timmy hatte die Medikamente, die ihm fehlten.

„*Aye,* im nächsten Dorf. Fünfundzwanzig Kilometer von hier.“

Fünfundzwanzig Kilometer hin, Erklärungen und Kramen nach dem Notwendigen, fünfundzwanzig Kilometer zurück! Eric unterdrückte einen Fluch und schloß die Augen, während seine Hand herumtastete. Da war die Kruppe… da, ein Hinterhuf… das linke Hinterbein, unter den Leib gezogen. Dann das rechte, grotesk verdreht. Er hatte keine

Ahnung, ob das Fohlen noch lebte. Er tastete und schob, und mit Geduld und Vorsicht gelang es ihm schließlich, die verdrehten Gliedmaßen auszurichten. Aber es schien unmöglich, das Fohlen umzudrehen. Er kehrte zum Eimer zurück, wusch sich hastig die Arme und tauchte die Stricke ins Wasser. Wenn er bloß ein Antiseptikum hätte. Aber das Fohlen mußte heraus, damit wenigstens das Muttertier eine Chance hatte.

„Hören Sie. Wir müssen das Fohlen mit dem Hintern zuerst rausziehen. Die Stute ist schon zu erledigt, sie preßt nicht mehr. Ich sage Ihnen, wann Sie anfangen müssen zu ziehen – und sachte, sachte. Okay?"

„Ich bin soweit", sagte Billy.

Endlich gelang es Eric, die Hinterbeine glatt längs nebeneinander auszurichten und den Strick um die Fesseln zu schlingen. „Jetzt ziehen, Billy", keuchte er. Er dirigierte die zarten Glieder mit seiner Handfläche, spürte, wie schließlich die winzigen Hufe darüberglitten, und fühlte, wie das Fohlen aus der Gebärmutter schwand, bis er nur noch das Schnäuzchen streifte. Er war nicht sicher, ob es gezuckt hatte. Das kleine Tier war zu lange ohne die schützende Flüssigkeit gewesen, die es mit Nahrung und Sauerstoff versorgt hatte. Es konnte nicht mehr am Leben sein. Seine Augen ruhten traurig auf dem nassen Bündel, das ein prächtiges Fohlen hätte sein können. Er löste die Stricke, dann drehte er den kleinen Kopf zu sich herum, befreite die Nüstern von den Resten der Plazenta und strich über den dünnen Hals zur Brust. Kein Atem.

„Tut mir leid, Billy." Doch plötzlich erstarrte er, beugte sich tiefer, legte sein Ohr gegen den Thorax – ganz schwach war da ein leises Sausen. „Mr. MacKinnan", rief er und drehte das Fohlen auf den Rücken, „helfen Sie mir! Überstrecken Sie den Kopf! Halten Sie seine Vorderbeine!"

Er begann eine resolute Herzmassage und blies in Abständen seinen Atem in die kleinen Nüstern. Er wartete, fing von vorn an.

„Es hat keinen Sinn. Wenigstens haben Sie die Stute gerettet", meinte Billy schließlich resigniert.

Da zuckte der kleine Körper plötzlich, die Beine flatterten und brachten den Körper auf die Seite – und die Augen öffneten sich, das Köpfchen hob sich und ein Flüstern von einem Wiehern entschlüpfte der schmalen Brust. Die Stute, die bis dahin apathisch mit gesenktem Kopf gestanden hatte, drehte sich um, schnüffelte an ihrem Fohlen und begann es zu lecken. Die rauhe Zunge stimulierte die Blutzirkulation, und das kleine Tier war innerhalb weniger Minuten auf den Beinen und suchte nach dem Euter der Mutter.

Für eine Weile standen die beiden Männer starr und staunten. Billy legte Eric die Hand auf die Schulter. „Das war ein Meisterstück.“

„Das war meine erste Geburt.“

„Sie machen Spaß! Sie sind doch ’n richtiger Veterinär?“

„Schon, aber ich arbeite nur mit traumatisierten oder neurotischen Pferden – mache sie wieder reitbar. Ich habe keine Erfahrung in der üblichen tierärztlichen Praxis.“

„Na, Hut ab vor Ihrer Courage!“ sagte Billy. „Sie haben die Stute *und* das Fohlen gerettet!“ Er stieß Eric in die Rippen. „Darauf müssen wir einen heben!“

„Danke, Billy, danke sehr. Aber Ihre Stute braucht ein Antiseptikum, und ich hab meine Medikamente noch in dem Anhänger, mit dem wir mein Pferd herunterbrachten. Ich fahre schnell rüber.“

Billy hatte frisches heißes Wasser und frische Handtücher bereit, als Eric zurückkam, und die Nachbehandlung der kleinen Stute wurde so etwas wie eine Feier, mit Mary MacKinnan und Claire und einigen der Farmarbeiter als Publikum. Schließlich richtete Eric sich auf. „Sie sollte jetzt okay sein.“

Die gespreizten Beine des Füllens zitterten vor Spannung, das kleine hungrige Maul stieß gegen das pralle, dunkle Euter der Stute, die eifrigen Schluckbewegungen und das leise Grunzen sprachen für sich: der kleine Hengst hatte es geschafft.

„Ich weiß nicht mal Ihren Namen!“ Billy hieb ihm herzhaft auf die schmerzende Schulter.

„Eric. Eric Gustavson.“

„Kommen Sie, Eric, Sie sehen ziemlich erledigt aus. Mutter wird Ihnen Tee geben.“

„Wissen Sie, Billy, eigentlich kam ich, um Futter zu kaufen, vielleicht sollten wir das erst mal erledigen.“

„Gern, Eric, was brauchen Sie?“

Bald hatte Billy das Nötige aus seinen Stallungen herbeigeschafft, und gemeinsam machten er und Eric sich daran, die Heuballen und die Säcke mit Futter in den Geländewagen zu laden. „Würd’ Ihr Pferd gern mal sehen“, sagte Billy.

„Er gehört nicht mir, aber ich wollte Sie fragen, ob ich mit ihm auf eine Ihrer Weiden darf.“

„Klar, Platz haben wir genug.“

„Vielen Dank. Was schulde ich Ihnen, Billy?“

„Was schulde ich *Ihnen?*“ Billy deutete auf die Weiden. „Maudie. Das Fohlen.“

„Sie glauben doch nicht, daß ich Ihnen was dafür berechne? Ich hab doch gesagt, womit ich mein Geld verdiene – es war ein Zufall, daß ich ein wenig helfen konnte.“

„Womit Sie Ihr Geld sonst verdienen, ist mir gleich, aber Sie haben die Arbeit eines Veterinärs geleistet, und ich glaube, mancher Ihrer Kollegen hätte das Handtuch geworfen und den Abdecker gerufen; aber Sie haben's gemacht, obwohl es Ihr erster Fall war. Ich schulde Ihnen 'ne Menge, Mann“, sagte Billy ruhig. „Und merken Sie sich dies – bieten Sie Leuten Ihre Dienste nie umsonst an.“ Er zog sein Scheckheft aus der Innentasche seiner Joppe, legte es auf das Wagendach und schob es Eric mit einem Kugelschreiber hin.

Na gut, wenn es nicht anders ging: „Sagen wir, hundertfünfzig Pfund?“ Hundertfünfzig Pfund war die ganze Stute nicht wert, nicht einmal mit dem Fohlen. Doch weder der Ausdruck noch die Farbe von Billys Gesicht veränderten sich, während seine Frau nach Luft schnappte. Ruhig sagte er nur: „Tragen Sie es ein, ich unterzeichne.“

Eric lachte und schob das Scheckheft zurück. „Niemals. Bin froh, daß ich Maudie helfen konnte. Und jetzt sagen Sie mir, wieviel Sie für das Futter bekommen.“

Billy nahm sein Scheckheft. „Bei Gott, Sie sind ein seltsamer Heiliger, Eric. Nehmen Sie das bißchen Futter, und trinken Sie eine Tasse Tee mit uns.“

Eric fühlte sich bei diesen Worten seltsam befangen. Es war wie der Ruf einer Familie, die er nie gehabt hatte. Es war eine Versuchung, mit diesen freundlichen Menschen in der Küche zu sitzen, Tee zu trinken, zu plaudern; aber sein Blick fiel durch die Heckscheibe auf Turner, der noch immer halb bewußtlos auf dem Rücksitz lag. „Vielen Dank, Billy, Mrs. MacKinnan, aber ich glaube, ich kümmere mich besser um meinen Freund hier. Er macht eine sehr schwere Zeit durch. Ich kann Ihnen nicht sagen, was es ist, aber ich habe den Eindruck, es braucht einen Felsen, um in einer Situation wie seiner nicht der Versuchung nach einer gewissen Erleichterung dann und wann zu erliegen.“ Er wartete keine Antwort ab, öffnete die Tür für Claire, schloß sie hinter ihr und schüttelte den MacKinnans die Hände. Als sie wieder auf der Hauptstraße des Dorfes waren, sagte er bedauernd: „Jetzt ist Ihr Hefeteig sicher nicht mehr zu gebrauchen, Claire.“

Claire sah ihn von der Seite an, das klargeschnittene Profil, den harten jungen Körper. So viele junge Menschen verließen diese Gegend.

Wie Davy. Davy war nicht glücklich gewesen hier. Er hatte das Land, das Meer, die Leute nicht gemocht, er war ausgebrochen. Er fühlte sich in einer kleinen grauen Stadt in der Mitte Englands wohler als auf den hohen, kargen Hügeln seiner Heimat. Dieser war anders. Sie wünschte, er würde bleiben.

War das wirklich erst gestern gewesen, als er das Tor zu Sunrise für Emily geöffnet hatte? Seither war so viel geschehen, und dabei hatte er noch nicht einmal einen Blick auf Solitaire, den Grund seines Hierseins, werfen können. Eric stoppte, um das Tor wieder zu schließen, und als er auf den Fahrersitz zurückglitt, gab Turner plötzlich einen gequälten Laut von sich: „Das Fohlen!"

Eric wandte sich nach ihm um. „Welches Fohlen?"

Turner öffnete ein Auge und wischte sich mit einer fahrigen Bewegung übers Gesicht. „Solitaires Fohlen", murmelte er.

Eric erstarrte: „Solitaire ist trächtig?" Er rüttelte Turner, aber der war schon wieder zurückgedriftet in die Nebel seiner Whiskybewußtlosigkeit.

Eric umklammerte das Lenkrad mit beiden Händen, bot alle Willenskraft auf, um nicht auf das Steuer einzuhämmern. Eine verstörte, *trächtige* Stute! Wenn Solitaire so schlimm dran war wie Lance damals, würde es nicht ausbleiben, daß sie sich massiv wehrte. Das war in der Anfangsphase einer Behandlung, während er ein Gespür für das Pferd entwickeln mußte, immer ein schwer einschätzbares Risiko. Wie weit ging die Bereitschaft des Pferdes, sich selbst zu verletzen, nur um von den Menschen fortzukommen? Er hatte Pferde kennengelernt – und Lance gehörte dazu –, die eher bereit waren, sich sämtliche Knochen im Leib zu zerschlagen, als sich noch einmal auf Menschen einzulassen. Die meisten Menschen reagierten darauf mit Zwang und Brutalität. Und natürlich wandten diese Pferde die ihnen aufgezwungenen Maßstäbe zunächst einmal auf alle Menschen an. Es dauerte seine Zeit, bis sie wirklich glauben konnten, daß es anders ging.

Es konnte nur eine Entscheidung für ihn geben. Er würde Solitaire erst betreuen, nachdem sie gefohlt hatte. Er wollte nicht riskieren, daß sie ihr Fohlen verlor.

Als er auf Sunrise anlangte, stürmte ihm Louise entgegen. „Wo waren

Sie so lange? Meine Mutter bezahlt Ihnen die Zeit – und Sie verschwinden einfach, Sie kümmern sich nicht um Ihre Verpflichtungen!"

„Ich mußte einen Platz für Lance suchen, und dann gab es unten im Dorf eine schwierige Geburt, ich mußte helfen."

„Ach, Lügen, nichts als Lügen!"

Sie stand unmittelbar vor ihm, im Schein der Lampen der Frontterrasse sah er ihr Gesicht. Wie haßverzerrt es war! Er trat einen Schritt näher zu ihr, und sie wich zurück.

„Bleiben Sie mir vom Leib! Gehen Sie!"

„Ich gehe, junge Lady, aber vorher will ich eine Antwort."

Plötzlich schwang die Tür zu Sunrise House auf, und das aus der Halle flutende Licht zeichnete Emilys Silhouette scharf nach. „Was geht hier vor?!" Louise wandte sich von Eric ab und stürzte die Stufen der Freitreppe hinauf in die Arme ihrer Mutter. Emily herzte sie und schickte sie dann ins Haus. „Mr. Gustavson – was ist hier vorgefallen?" Langsam kam Emily die Treppe hinunter und blieb auf der letzten Stufe stehen. In dem weichen Licht wirkte sie um zehn Jahre jünger. Sie war schön. Sie trug ein taubengraues, seidig schimmerndes Kleid, das ihre Schultern freiließ und ihre zarte Figur zur Geltung brachte.

„Emily, warum haben Sie mir nicht gesagt, daß Solitaire trächtig ist?"

„Aber das ist sie nicht, sie ist viel zu jung!"

„Wie kann dann Turner von Solitaires Fohlen sprechen?"

„Lassen Sie ihn uns erst einmal ins Haus bringen, Eric."

Turner taumelte auf unsicheren Beinen zwischen ihnen; es war ein gutes Stück Arbeit, ihn die Stufen hinauf in die Halle und dann in das obere Stockwerk zu schaffen. Er warf sich sofort aufs Bett. Eric mühte sich ab, ihm die Jacke auszuziehen.

„Warum sind Sie gegangen, Eric?"

„Lance konnte nicht hierbleiben. Und ich kann ihn nicht allein lassen."

Sie standen dicht beieinander in dem schwach erleuchteten Flur, und Eric blickte auf sie nieder. Ihre Hand lag auf seinem Arm, und die Schultern hoben sich glatt und mädchenhaft aus diesem Kleid, das den Ansatz ihrer Brüste sehen ließ. Das Blut begann in seinen Ohren zu sausen. Er wandte sich um und eilte die Treppe hinunter.

Sie folgte ihm. „Man könnte meinen, Sie haben Angst vor mir, Eric. Lassen Sie uns ein Glas miteinander trinken, und dann fahre ich Sie zu Ihrem Logis." Nun stand sie an der Schwelle zum Salon.

Er zögerte. „Ein Glas, okay."

Sie trat zur Bar. „Was möchten Sie?“

„Gin Tonic.“

Er sah sich in dem großen, elegant, aber ziemlich düster eingerichteten Raum mit den schweren, dunklen Möbeln um, während Emily die Drinks mixte. Die Fenster waren von samtenen purpurnen Vorhängen verdeckt, die den Raum gegen die Welt abschotteten. Eine Ahnung begann ihn zu beschleichen von der Einsamkeit, die diese Frau zuweilen empfinden mußte, wenn sie hier allein saß.

„Sind Sie nie auf den Gedanken gekommen, wieder zu heiraten?“ fragte er, als er ihr seinen Drink abnahm.

„Setzen wir uns?“ Sie glitt in einen tiefen Sessel nahe beim Feuer, das knöchellange, an den Seiten geschlitzte Kleid gestattete für einen Moment den Blick auf ihre schlanken Beine, dann sank der Stoff wieder verhüllend nieder. „Warum fragen Sie mich das?“

„Ich ... stellte Sie mir gerade vor, wie Sie hier sitzen, allein mit Ihren Gedanken, Ihren Sorgen und Wünschen.“

„Und mit meinen Rechnungen.“ Sie nickte zu einem kleinen Tisch hin, der, wie Eric jetzt sah, mit Papieren übersät war. „Die Pferdezucht, Eric, ist kein einträgliches Geschäft. Die Steuern sind erdrükkend, und Sie wissen, wie selten es gelingt, ein Pferd aufzuziehen, das durch seine Leistungen wirklich Geld einbringt. Wir finanzieren uns durch die Rinder und Schafe, durch den Holzhandel und etwas Landwirtschaft. Aber es gibt hier keine großen zusammenhängenden Ackerflächen, wie Sie es aus England kennen. Das war immer der Fluch der Schotten. Es gibt hier einfach zuviel Wasser und zu viele Felsen.“ Sie nippte an ihrem Glas. „Es braucht einen großen Angestelltenstab, um ein Anwesen wie Sunrise in Gang zu halten; ich mußte kürzlich sogar dazu übergehen, die Bewirtschaftung mit Leiharbeitern und nur wenigen Festangestellten zu betreiben. Jetzt werden uns die Cochans noch mehr Ärger bereiten können, aber ich hatte keine andere Wahl.“

„Cochans?“

„Sie haben das Land im Norden, über unserem, seit einigen Monaten gepachtet. Seither gibt es immer wieder Unfrieden. Immer wieder fehlen einige Schafe oder ein paar Kälber. Unsere Wächter können ja nicht überall sein, und seit ich das Personal einschränken mußte, sind sie überlastet, besonders nachts.“

„Sie meinen, die Cochans bestehlen Sie?“

„Haben Sie eine andere Erklärung? Wir haben früher auch ab und an mal ein Tier verloren, aber durch Unfälle – wir fanden es dann irgendwann in einer Schlucht –, doch seit die Cochans hier sind, sind es keine vereinzelten Verluste mehr."

„Haben Sie nicht die Polizei verständigt?"

„Gewiß doch. Die nächste Polizeistelle ist aber an die dreißig Kilometer von hier entfernt, und bevor es denen gelungen war, einen Mann für eine solche ‚Kleinigkeit' abzustellen, war auf dem Hof der Cochans nichts mehr zu entdecken, was eigentlich zu Sunrise gehörte. Ich vermute, sie schaffen die Tiere gleich in der Nacht weg und verkaufen sie irgendwo, oder sie schlachten sie. Aber ich habe keine Beweise. Mir wurde zu verstehen gegeben, daß ich schon etwas mehr in der Hand haben müßte, damit noch einmal ein Beamter hier herauskommt. Kürzlich verschwand ein Bullenkalb, auf das ich große Hoffnungen als Zuchtbulle setzte, aber die Polizei weigerte sich, mir noch einmal zu helfen, und die Cochans, ganz beleidigte Unschuld, erwirkten eine Verfügung, die mir verbietet, ihr Land zu betreten."

„Das klingt nach einer verdammt ernsten Sache."

„Das ist es. Solange sie nicht auf frischer Tat erwischt werden, habe ich nicht das geringste gegen sie in der Hand. Und wie soll das jemals gelingen, wenn sie immer gerade an einer Stelle zuschlagen, die unbewacht ist?"

„Warum bringen Sie die Rinder und die Schafe nicht in den Stall, wenigstens nachts?"

„Oh, sie haben ihre Scheunen draußen; aber im Sommer lassen wir sie nachts laufen."

„Um Heu zu sparen?"

Sie wich seinem Blick aus. „Everett hat es immer so gehalten."

„Sie sollten es aber doch tun. Die Wächter könnten mit ihren Hunden nachts im Stall bleiben und hätten die Übersicht über die ganze Herde. Emily, selbst wenn Sie zum Winter Heu dazukaufen müßten – denken Sie nicht, daß das besser als der andauernde Verlust von Tieren ist?"

Sie senkte nachdenklich den Kopf. „Gut, ich werde das veranlassen. Eric, sagen Sie Vater nichts von diesem Gespräch. Er weiß nichts vom Verschwinden der Tiere, es würde ihn zu sehr aufregen. Er hat schon einen Hirnschlag hinter sich."

„Natürlich." Alle Last lag allein auf ihren Schultern. Sie konnte nicht einmal mit ihrem Schwiegervater darüber sprechen. Emily hatte sich offenbar Louise anvertraut, aber konnte eine Fünfzehnjährige eine Hilfe sein?

Doch ihn ging das nichts an. Er war engagiert worden, um sich um

Solitaire zu kümmern, und nicht, um die übrigen Probleme des Gestüts zu lösen. Und doch beschäftigte sich sein Geist bereits lebhaft mit dieser Situation. Das also hatte Emily gemeint, als sie am ersten Tag gesagt hatte, die Welt hier oben sei alles andere als harmonisch, und er dachte wieder an Louises zornige Worte: *Was kann gut sein, was von denen da oben kommt?* Wolf. Gehörte Wolf dorthin, dann benutzten sie ihn vielleicht dazu, um ein paar Schafe von Emilys Herde abzusondern und zu ihrem Gebiet zu treiben, benutzten diesen feinen Hund für ihre Schurkereien. Eric ballte die Fäuste.

Emily fuhr fort: „Hinzu kommt in unseren Kreisen, daß man nach außen glänzen muß – das bedeutet, einen Wagen wie den meinen zu fahren, eine tadellose Ausrüstung zu haben und niemals in mehrfach getragener Kleidung auf einer Reitsportveranstaltung zu erscheinen; schließlich steht der Ruf der Familie auf dem Spiel, und an dem Ruf hängt auch das Ansehen unserer Pferde. So ist das in der High-Society des Pferdesports, Eric. Sir Simon hat sich einen Namen gemacht durch seine reiterlichen Leistungen, und er hat inzwischen durch sein Erbe ein gewaltiges Vermögen im Rücken. Keiner der Fargus' hat jemals wirklich viel Geld gehabt; und keiner von ihnen war jemals ein herausragender Reiter. Der Unfall meines Mannes ist ein Beleg dafür. Er hatte es sich in den Kopf gesetzt, ein Pferd zu reiten, das einfach zu hitzig für ihn war, und das ist ihm zum Verhängnis geworden." Sie schwieg und schwenkte ihr Glas. „Wir haben unseren Leumund über eine außergewöhnliche und wertvolle Blutlinie erlangt, und Solitaire ist sehr wichtig für uns. Everett erwarb sie als Fohlen – ich glaube, ich erwähnte das noch nicht. Als ausgewachsenes, ausgebildetes Pferd hätten wir sie uns nicht leisten können. Everetts Hoffnung ging dahin, daß eine Stute mit einem so reinen Stammbaum, einer so großartigen Veranlagung wie Solitaire, im Verein mit Excaliburs Abstammung, unseren Blutbestand, und damit die Absatzmöglichkeiten für unsere Pferde, verbessern würde. Und jetzt, da sie endlich das Alter erreicht hat, um ein Fohlen zu empfangen, muß dieses Unglück geschehen. Sie wissen ja, es ist die Stute, die das Fohlen erzieht. Läßt sich die Stute nicht berühren, hält es das Fohlen ebenso, weil es das Verhalten der Mutter nachahmt. Darum ist es wichtig, daß Solitaire so bald wie möglich wieder zu dem fügsamen Geschöpf wird, das sie einmal war. Sie wird bald wieder rossig werden."

„Ich verstehe", sagte Eric. Nach diesem Gespräch beurteilte er Emily Fargus anders. Nicht persönlicher Ehrgeiz trieb sie also, sondern schlichte wirtschaftliche Notwendigkeit, um den Ruf der Familie zu wahren, koste es, was es wolle. Er konnte noch immer nicht gutheißen, daß sie alles für das Erreichen ihres Ziels tat; aber er konnte es besser nachvollziehen, und in gewisser Weise bewunderte er sie. Schließlich war sie nur angeheiratet; nach dem Tod ihres Mannes hätte sie sich zurückziehen und ihrem Schwiegervater alles überlassen können. Aber sie hatte den Kampf aufgenommen, versuchte, den Traum von Everett Fargus Wirklichkeit werden zu lassen.

„Sie müssen Ihren Mann sehr geliebt haben", sagte er weich, wohl wissend, daß er sich auf gefährlichen Grund begab.

„Weil ich sein Lebenswerk gegen alle Widerstände fortführe, meinen Sie das?"

„Ja", antwortete er.

„Wissen Sie, als ich Everett kennenlernte, war ich wie geblendet. Er war nicht nur ein sehr gutaussehender Mann; er war voller Humor und Lebensfreude, geistreich und weltgewandt. Und als er mich nach Sunrise brachte...", sie stockte. „Sunrise, und diese Landschaft hier... es war wie etwas, das ich immer haben wollte. Nach Sunrise zu kommen war wie zu einem Ort *zurück*zukommen, nach dem ich mich immer gesehnt hatte – ohne ihn je zuvor gesehen zu haben. Das ist verrückt, nicht?"

„Das finde ich nicht", widersprach Eric ruhig. Er hatte am Morgen dasselbe empfunden. „So ist es also nicht nur wegen Everett, daß Sie die harte Arbeit auf sich nehmen?"

„Es sieht so aus. Bis heute abend war mir das nicht klar. Sie sind ein guter Zuhörer, Eric. Möchten Sie noch etwas trinken?"

„Nein... ich sollte gehen."

Sie erhob sich, nahm ihm sein Glas ab und trug es zur Bar. „Ich fahre Sie."

„Das ist nicht nötig. Es ist ja nicht so weit."

„Ich möchte aber."

Er half ihr in ihr leichtes Cape und fühlte die Wärme ihrer Schultern unter seinen Handflächen. Emily lehnte ihren Rücken an seine Brust. „Warum bleibst du nicht hier heute nacht?" flüsterte sie. „Niemand wird uns stören..." Sie drehte sich um und berührte mit einer Fingerkuppe die Schwellung um sein Auge.

Er ergriff ihre Hand und führte sie sanft an seine Lippen. „Sie sind eine sehr attraktive Frau, Emily." Er sah sie an, und sie las in seinem Blick, daß er ihr nicht verziehen hatte.

„Und Sie sind – ein vollendeter Gentleman. Verzeihen Sie, daß ich schwach geworden bin."

Eric sah nach Lance, tätschelte ihn und fragte, ob es ihm gutgegangen sei, und zu seinem Erstaunen entdeckte er die große rote Katze, die er mittags in der Küche kennengelernt hatte, unmittelbar neben Lances Füßen. Sie sprang mit einem unglaublichen Satz auf den Rücken des Hengstes und betrachtete Eric von ihrer Warte aus wohlwollend. Lance war nicht einmal zusammengezuckt, als die sanften Pfoten auf seinem Rücken landeten, sondern wandte nur den Kopf, als das weiche Fellbündel sich knapp hinter seinem Widerrist zusammenrollte.

„Dir geht's gut hier, das sehe ich." Eric kraulte mit einer Hand die Katze, seine andere Hand strich Lances lange helle Stirnlocke zusammen und legte sie ihm zwischen die Augen.

Dann läutete er an der Haustür. Der hochgewachsene, kräftig gebaute ältere Mann, der ihm die Tür öffnete, mußte Mr. Hickman sein. Er reichte ihm die Hand und musterte ihn. „Eric, nicht?"

„Ja, Sir."

„Kommen Sie rein und vergessen Sie den Sir. Ich bin David. Claire hat gerade einen Pie fertig." Sie gingen in die Küche und setzten sich dort vor den Kamin.

Hauchdünne Scheiben Räucherlachs rieben sich an dünn aufgeschnittenem Schinken und einem großen Stück eines weißen Käses, Räucherwürstchen, kaltem Hackbraten und einem Laib kernigen Brotes. Claire brachte außerdem frische Butter, Senf, Pfeffer und Salz und einen Becher Milch.

„Claire!" protestierte Eric. „Das geht wirklich nicht! Dies ist Bed & *Breakfast!*"

„Essen Sie", forderte ihn David auf und nestelte an seiner Pfeife. „Stört Sie's, wenn ich rauche?"

„Gar nicht, ich nehme selbst ab und zu gern einen Zug."

„Ich bin oben, Lieber, ja? Muß mich um die Wäsche kümmern." Claire lächelte ihnen zu, und beide sahen ihr nach, als sie den Raum verließ.

„Eine wunderbare Frau." David seufzte. „Ich hätte keine bessere bekommen können." Er betrachtete Eric, der ein Würstchen zerteilte und mit Senf bestrich. Eric hatte nicht gewußt, daß er so hungrig war.

„Seit ich zurück bin von meiner Runde –", begann David, „ich bin Schmied, hat Claire Ihnen das erzählt?" Eric schüttelte den Kopf.

„Seit ich zurück bin, liegt mir meine Frau mit Ihrem Lobgesang in den Ohren. Ich wurde schon richtig eifersüchtig auf Sie. Als Sie dann heute abend vor mir standen, hab ich Claire plötzlich begriffen. Sie hat es nie verwunden, daß unser Davy seine Heimat verlassen hat. Sie wollte, daß er Farmer wird. Aber Davy – den hat's in den Knochen gejuckt, seit er ein kleiner Junge war, in die Stadt zu kommen; Sie wissen schon, Bars, Diskotheken, Gesellschaft. Die meisten jungen Leute verlassen das Dorf, sobald sie können." David zog an seiner Pfeife. „Er ist jetzt vier Jahre weg. Wir schreiben ihm, wir rufen ihn an. Vor ein paar Monaten haben wir ihn zum ersten Mal besucht. Es war sein vierundzwanzigster Geburtstag. Wir kamen uns wie Hinterwäldler vor. Er nahm uns in Empfang, als würde er sich für uns schämen. Er war piekfein angezogen, und seine Freunde auch. Es war eine lange Nacht, und keiner sprach mit uns. Nicht mal Davy. Zu besonderen Gelegenheiten, zu Weihnachten oder Geburtstagen – aber nur, wenn ‚er sich freimachen kann' – kommt er zu uns..."

„Ja, Ihre Frau sagte, er besuche Sie ab und zu." Eric war sehr verlegen.

„Selten genug. Sagen Sie, Eric, wie oft besuchen Sie Ihre Leute? Rufen *Sie* sie dann und wann mal an? Schreiben Sie Ihnen?"

„Ich...", Eric schob seinen Teller zurück, „ich habe keine Leute." Er hatte schon vor sehr langer Zeit gelernt, daß Drumherumgerede nichts nutzte. Es war einfacher, den Gesprächspartner mit der Wahrheit zu konfrontieren. „Ich kenne meine Eltern nicht. Ich weiß nicht, ob ich Geschwister oder andere Verwandte habe. Ich bin gleich nach der Geburt in ein Heim gebracht worden; man gab mir dort, als ich ein wenig älter wurde und Dinge anstellte, wie kleine Jungs sie eben anstellen, gern zu verstehen, daß sich meine Erzeuger ganz zu Recht von einer Plage befreit hatten, als sie mich abschoben."

„Gütiger Andreas!" David starrte ihn entsetzt an.

„Immerhin hatten sie – meine Eltern – den Anstand, mir einen Namen zu geben und ihre Stammdaten zu hinterlassen. Als ich alt genug war, hätte ich sie vielleicht sogar finden können, aber ich glaube nicht, daß es viel Sinn haben würde."

David musterte ihn und schwieg. Wie konnte dieser Junge so ruhig sein? Wie alt mochte er sein? Mitte Zwanzig, Anfang Dreißig – Zeit genug jedenfalls, um zu erkennen, daß sein Leben allein in seiner Hand lag. Und es hatte den Anschein, als habe er es sehr gut in der Hand. David studierte Erics Gesicht. Ihm gefiel, was er sah. Aufrichtigkeit und Kraft. Empfindsamkeit und Willensstärke. Sanftmut und eine verborgene Intensität.

Claire kam mit einem Wäschekorb zurück, als David gerade dabei war, eine Whiskyflasche und drei Gläser aus dem Schrank zu holen.

„Setz dich, Claire“, bat er, indem er die Gläser füllte. „Wir wollen auf den Helden des Tages trinken.“

„Moment, David –“

„Denken Sie, ich hätte erst von Claire erfahren, was Sie heute für Billy getan haben? Ich schaute bei den MacKinnans vorbei, um zu fragen, wann ihre Pferde beschlagen werden sollen, und da erzählten sie mir von Maudie und dem Fohlen. Und jetzt – ex und hopp!“

David hielt ihm sein Glas hin, und Eric stieß mit ihm und Claire an. Als alle ihr Glas auf einen Zug leer getrunken hatten, streckte David die Füße gegen das Feuer. „Erzählen Sie doch ein bißchen, Eric“, bat er. „Diese Sache mit den Fargus' und dieser teuren Stute, Solitaire, nicht?“

„Sie war für längere Zeit vom Gelände verschwunden und ist eines Tages völlig unzugänglich wiederaufgetaucht. Mehr weiß ich auch noch nicht.“

„Und Sie sollen sie zähmen?“

„Ich würde es eher eine Therapie nennen. Zähmen, das klingt nach Cowboymanier, nach Beine zusammenbinden und Peitschengeknall, nach Ohren verdrehen und in die Knie zwingen; brechen, mit einem Wort. Als ich ein kleiner Junge war, habe ich mal mit angesehen, wie ein Pferd gebrochen wurde. Es war ein prächtiger kastanienbrauner Zweijähriger, und ich fragte mich, wie ein so herrliches Pferd auf einen so schäbigen Hof gehören konnte. Ein Mann mit einem Sattel ging zu dem Pferd. Er warf ihm den Sattel auf den Rücken. Das Pferd bäumte sich auf und schlug aus. Der Mann versuchte es wieder, aber bald hatte er genug. Er holte ein Seil, wand es dem Fohlen um die Vorderbeine und trieb es mit einer langen Peitsche vorwärts. Er schrie, und das Pferd versuchte zu laufen, weil es Angst vor der Peitsche und seiner Stimme hatte, aber weil seine Beine gebunden waren, fiel es hin. Der Mann schlug es und schrie, damit es aufstand, und trieb es wieder an, und es fiel wieder hin. Schließlich war das Tier schwarz vor Schweiß und gesprenkelt mit weißen Schaumflöckchen. Es muß überall Schmerzen vom dauernden Hinfallen gehabt haben. Dann warf der Mann dem Pferd den Sattel auf den Rücken. Diesmal brauchte er nur noch zu schreien, und da blieb es zitternd stehen und ließ alles mit sich machen. Als er es schließlich losband und wegging, ohne ihm Wasser zu geben, sein Fell zu trocknen, stand es da, mit hängendem Kopf, ausgepumpt, ein Bild der Niederlage. Ich schlich zu ihm, wollte es trösten und streckte meine Hand nach ihm aus. Es begriff, daß ich kleiner und schwächer war – daß *ich* ihm nicht weh tun konnte. Es hat mich gebissen, mehrmals. Es hatte seinen Stolz verloren. Es war niederträchtig geworden."

„Das hätte Sie eigentlich für immer von Pferden kurieren sollen", meinte David nach einer Weile.

„Es hat das Gegenteil bewirkt. Ich hatte ja gesehen, warum das Pferd so geworden war."

„Ich habe in meinem Beruf einen ganzen Haufen widerlicher Gäule kennengelernt", erzählte David. „Ich hab immer gedacht, die sind von Natur aus so. Ich muß oft ganz schön nachhelfen, damit sie sich beschlagen lassen."

„Ich glaube nicht, daß ein Tier bösartig geboren wird; es sei denn, es gibt von vornherein ernsthafte Funktionsstörungen in seinem Hirn. Gerade Pferde sind von ihrem Naturell her hochanständige Tiere: Ein Pferd wird niemals auf etwas Lebendiges treten, das vor ihm auf dem Boden liegt, egal, wie aufgeregt es ist; es wird versuchen, das Hindernis zu umgehen oder über es hinwegzuspringen. Ebensowenig rennt ein Pferd einen Menschen um, der vor ihm steht: Wenn man ruhig stehenbleibt und die Arme ausbreitet und ihm beruhigend zuruft, bleibt es stehen; im schlimmsten Fall macht es kehrt, aber es rennt nicht einfach gegen das lebendige Hindernis."

„Wie kommt's dann aber, daß viele sich so schlecht beschlagen lassen?"

„David, Sie sind ein Fremder, und Sie bringen allerhand Sachen herbei, die die Pferde ebenfalls nicht kennen. Dann ist da das Feuer, das Zurechtschlagen der Hufeisen, das Einschlagen der Hufnägel; wenn das Pferd davon auch nichts fühlt, es sind doch lauter fremde, beunruhigende Geräusche und Gerüche. Pferde sind Fluchttiere. Das ist ihre Natur. Kann ein Pferd aber nicht fliehen, muß es sich wehren."

„Es heißt aber doch immer wieder, daß Pferde nichts vergessen", beharrte David. „Da sollte man doch meinen, daß sie lernen, wie harmlos das Ganze eigentlich ist."

„Woran sich das Pferd beim neuen Beschlagen erinnert, sind die Angst und das Unbehagen vom letzten Mal. So eine Art... Zahnarztsyndrom."

„Von der Seite habe ich die Sache noch gar nicht gesehen."

Eric stellte sein Glas auf den Tisch und blinzelte zur Uhr auf dem Küchenschrank. „Reichlich spät, und ich muß früh raus. Besser, ich gehe schlafen", beschloß er.

Claire legte ihre Stickerei weg. „Wird auch Zeit für uns. Kommen Sie, Eric, ich zeige Ihnen Ihr Zimmer."

Eric schleppte seine Taschen, die er bislang im Flur hatte stehenlassen, hinter ihr her über die Treppe ins obere Stockwerk, dann einen Flur entlang, und blieb überrascht an der Tür seines Zimmers stehen. Auf der Kommode stand eine Duftlampe, deren brennendes Teelicht den Raum in ein wohltuendes Halbdunkel tauchte. Ein frischer Duft von Orangenblüten erfüllte die Luft. „Als ich vorhin oben war, habe ich's angezündet", erklärte Claire.

Der Raum schien ihm entgegenzukommen. Lag dieser Eindruck an dem goldenen Licht? War es das mit warmen Decken belegte Bett oder die schlichten Möbel? Oder die Bilder an den Wänden, aus denen die Seele dieses Landes zu atmen schien? Irgend etwas sagte ihm, daß dies nicht der gewöhnliche Gästeraum war. Offenbar war dies Davys Zimmer. Er schluckte hart. „Das ist ein wunderschönes Zimmer, Claire", sagte er. „Claire, ich bin sehr froh, daß ich hier bei Ihnen sein darf. Und ich weiß, daß Lance ebenso froh ist. Ihre schöne rote Katze ist bei ihm, wußten Sie das?"

„Ja", sagte Claire. „Missy hat sich in ihn verliebt. Das ist eine Auszeichnung. Sie ist wählerisch. Das Badezimmer ist gleich nebenan. Es gehört Ihnen. David und ich haben unten unser Schlafzimmer und das Bad."

„Danke", sagte er leise.

EIN GRELL aus der tiefen Pferdebrust gerissener, lang hallender Schrei, mit dem ein Hengst seinem Herausforderer antwortet, ließ Eric aus dem Bett springen. Er stürmte im Pyjama, auf bloßen Füßen, die Treppe hinunter, vorbei an Claire und David Hickman, die in ihren Morgenmänteln auf der Schwelle ihres Schlafzimmers standen, rannte zu dem Gebäude, das Lance ganz für sich hatte, und öffnete die Tür nur so weit, daß er hindurchschlüpfen konnte. Atemlos tastete er nach dem Lichtschalter, und Lance drängte sich heftig gegen ihn. „Ist ja gut, alter Junge, schon gut." Erics Stimme klang beiläufig, aber er wußte, daß Lance eine ferne Botschaft empfangen und sie stolz und herausfordernd beantwortet hatte. „Ist gut, Junge, gut." Würde die Kraft seiner Stimme ausreichen? Oder würde er ihm wieder eine Spritze geben müssen?

Lance stand beinah unmerklich zitternd still, jede Faser gespannt. Er schnaubte, dann stand er mit gerecktem Kopf still, offenkundig wartete er auf eine erneute Herausforderung. „Lance!" warnte Eric.

Er wußte, *er* würde Excalibur nicht hören können, denn der befand sich sehr wahrscheinlich nicht in der Nähe von Sunrise House, sondern irgendwo weit draußen; Lances Reaktion würde ihm verraten, ob Excalibur einen Hengst jenseits seines Territoriums bedrohte.

Lances Ohren spielten unablässig. Aber es schien keine Herausforderung mehr zu kommen. Er entspannte sich schließlich, schnaubte in das Stroh und scharrte lässig. Eric redete ihm gut zu und gab ihm noch etwas Hafer.

Da öffnete sich die Stalltür einen Spalt, und Claire schlüpfte herein. „Eric! Das war ja ein ganz schreckliches Wiehern, so was habe ich noch nie gehört. Was ist denn bloß los?"

„Ich denke, Lance hat eine Botschaft von Excalibur bekommen. Emily Fargus hatte recht, als sie sagte, Excalibur fordere keinen Hengst außerhalb seines Territoriums heraus. Excalibur ist wohl klargeworden, daß es keinen Gegner mehr auf seinem Land gibt; da ist er jetzt zufrieden und schweigt. Ich denke, wir können jetzt wieder ins Haus gehen."

Beim Frühstück beobachtete Eric durch das Küchenfenster, was man in dieser Gegend unter wechselhaftem Wetter versteht. Nach seiner Erfahrung hätte es nach dem prachtvollen Sonnenaufgang ein Tag mit Sonne und blauem Himmel werden sollen. Doch die Sonne zog sich bald hinter graue, tiefhängende Wolken zurück, und Wind kam auf. Böen rüttelten am Haus, das er ungern verließ. David ging mit, er wollte ihn zum Anwesen der Fargus' hinauffahren. „Gegen Mittag wird es wieder aufklaren", versprach er.

„Sie setzen diese Fahrt aber unbedingt auf meine Rechnung, David", forderte Eric, nachdem der Wagen das Tor von Sunrise passiert hatte.

David schwieg. Dann hielt er auf demselben Hügel, auf dem auch Emily gehalten hatte, und Sunrise lag vor ihnen. Aber heute waren das Grün der Wiesen und das Haus verdunkelt vom Schatten der tiefziehenden Wolken, und der Atlantik war eine aufgewühlte graugrüne Masse. David ließ den Wagen im Leerlauf hinunterrollen. „Vergessen Sie Zahlen, mein Junge", sagte er ruhig. „Claire und ich – wir tun, was wir wollen." Eric gab es auf. Herzlich verabschiedete er sich von David, der ihn fragte: „Wann soll ich Sie abholen?"

„Oh, Mrs. Fargus wird mich vielleicht fahren. Wenn nicht – es ist doch ein hübscher Spaziergang."

„Es wird vielleicht dunkel sein. Claire ist immer ängstlich, wenn einer ihrer Gäste im Dunkeln umhergeistert. Und warum lassen Sie uns nicht ein bißchen Spaß? Jeder von uns tut jeden Tag das gleiche. Es ist schön, junges Leben in *unserem* Leben zu haben. Claire liebt es, und ich hab es auch gern. Also machen Sie sich keine Gedanken über

‚Kosten‘ oder ‚Zeit‘! Wir würden’s nicht tun, wenn uns nicht danach wäre. Also – wann soll ich hier sein?“

„Ich kann Ihnen keine Zeit sagen, da ich nicht weiß, was vor mir liegt.“

„Sagen wir – acht Uhr heute abend. Vielleicht müssen Sie auf mich warten, vielleicht muß ich auf Sie warten.“

Gegen Mittag riß der Wind die tiefhängenden Wolken auf, wie David es prophezeit hatte, so daß sich ein tiefblauer Sommerhimmel über ihren Köpfen spannte. Dies also war die Macht des Golfstroms. Sie hielten im Geländewagen auf einer Hügelkuppe und blickten sich nach der Herde der Zuchtstuten um, nach denen sie seit dem Morgen suchten. Dicht gepackt saßen auf dem Rücksitz Turner, Louise und Grandpa Fargus, der darauf bestanden hatte, mitgenommen zu werden. Er hatte Emily eine abgewetzte Metallpfeife entgegengestreckt: „Everett hat ihn immer damit gerufen!“

„Vater, ich kann damit auch umgehen. Ich kenne Everetts Signal.“

Doch der alte Mann war unnachgiebig geblieben, und nun saß er im Fond und genoß als einziger diesen Ausflug. Turner sah grau, elend und tief beschämt aus; sein üblicher Zustand nach einer Alkoholorgie. Alle hatten es gründlich satt, nach den Pferden zu suchen.

Außer Grandpa. Er nahm den neuerlichen Halt zum Anlaß, um steifbeinig auszusteigen und das in die Luft zu schmettern, was als „Everetts Signal“ bezeichnet wurde, eine Kaskade von kurzen und langen Tönen in einer bestimmten Reihenfolge.

Wenn sie die Stuten fanden, würden sie die gesamte Herde zu den Ställen bringen müssen, obgleich es nur um Solitaire ging. Der Hengst duldete es nicht, daß eines seiner Schutzbefohlenen von fremder Hand entfernt wurde. Nur wenn er die Stute oder das Fohlen sicher auf der Koppel oder im Stall wußte, gab er die Verantwortung ab. Dann sorgten sich die Zweibeiner um seinen Schützling. Er akzeptierte das.

Aber wo war die Herde? Und warum folgte Excalibur nicht dem Laut der Pfeife? Sie waren bereits am Rudel der Einjährigen vorbeigekommen, kräftigen Jungtieren, die sich zu prachtvollen großen Vollblutpferden entwickeln würden. Wo aber waren die Zuchtstuten? Die Herde konnte ganz in der Nähe sein oder auch kilometerweit entfernt. Solange Excalibur sich nicht entschloß, freiwillig zu ihnen zu stoßen, konnten sie nur hoffen, die Stuten durch weiteres Suchen zu entdecken.

Eric hatte das Bedürfnis, seine langen Beine zu strecken. Er trat neben Grandpa. „Wir könnten es mit Hafer versuchen, Sir“, schlug er vor.

„Tja, junger Mann, wenn wir Excalibur wenigstens in Sichtweite hätten – wenn er den Hafer riechen könnte –“

„Mir ist da ein Gedanke gekommen. Ich zeig's Ihnen, wenn ich darf, Sir.“ Eric ging zum Kofferraum, um den Hafereimer zu holen, und warf durch die Heckscheibe einen Blick auf das eingefallene alte Gesicht mit dem sorgfältig gestutzten Backenbart und der gepflegten Mähne aus schlohweißem Haar. Er vermutete, daß Everett ihm sehr ähnlich gesehen hatte, und konnte verstehen, daß Emily „wie geblendet“ von ihm gewesen war, denn unter den Runzeln ließ sich die aristokratische Knochenstruktur erkennen: das scharf gezeichnete Kinn, die hohen Jochbögen, die hohe, breite Stirn. Der Mund hatte wohl immer schon diesen Zug von Eigenwillen und Persönlichkeit besessen. Er fand, daß Grandpa Ehrfurcht verdiente.

Er kam mit dem Hafereimer wieder zu ihm, stellte ihn auf den höchsten Punkt der Umgebung, suchte sich cinen kleinen, kräftigen Ast und begann gegen den Eimer zu schlagen. „Würden Sie jetzt bitte noch cinmal pfeifen, Sir?“

Grandpa tat das. „Wozu soll das gut sein?“ fragtc er dann.

„Das Pfeifen trägt sehr weit; ich bin sicher, daß Excalibur es gehört hat. Aber das Geräusch, das ich eben verursachte, müßte ihn an das Klappern von Hafereimern erinnern.“

Wieder schlug er gegen den Eimer. Die anderen waren nun auch ausgestiegen und beobachteten Erics seltsames Treiben aus der Nähe.

„Wieso machst du das?“ fragte Turncr.

„Er macht sich wichtig! Das ist alles!“ sagte Louise laut.

„Louise! Wo bleiben deine Manieren!“ wies Grandpa sie zurecht.

Plötzlich ertönte etwas wie unterirdischer Donner aus der Ferne, aber er verhallte nicht, sondern kam näher und schwoll an.

„Sie kommen!“ rief Emily. Ein Pferdekopf erschien auf der gegenüberliegenden Höhe.

„Das ist Resistance, unsere Leitstute“, erklärte Grandpa.

Resistance erklomm den gegenüberliegenden Hügelkamm und schoß dann den steilen, von Schründen zerfurchten Abhang hinunter, mit der Sicherheit einer Bergziege. Ebenso trittsicher erreichte die Herde die Kammhöhe und folgte der Leitstute über den steil abfallenden Grund. Die Fohlen rutschten auf den Hinterläufen die Hänge hinunter und flogen in weitem Sprung über Felsbrocken, mit einer

Sicherheit, die der der Stuten in nichts nachstand. Es war eine atemberaubende Flut von Füchsen, Falben, Kastanienroten und einigen wenigen Rappen, eine Pracht glänzender, vor Gesundheit strotzender Pferdeleiber. Und da war er endlich: Excalibur.

Er drängte ein paar Nachzügler über den Kamm, jagte sie über den Abgrund, sie umkreisend, sie in die Schenkel zwickend, Seite an Seite mit ihnen galoppierend und sie in die Richtung, in die er sie haben wollte, drängend – eine machtvolle, rotschlängelnde Flamme.

Eric sah die Stuten und Fohlen kaum. Selbst Solitaire war für den Augenblick vergessen. Sein Blick war wie festgenagelt an Excalibur.

Excalibur, der Nachfahre des großen roten Rennpferdes Man o' War, Nachfahre auch des feurigen kleinen goldfarbenen Araberhengstes Sham, konnte sein Erbe nicht leugnen, wie viele Blutlinien auch immer in seine lange Ahnenreihe eingekreuzt worden waren; in ihm schien sich das Erbgut der beiden einzigartigen Hengste zu einer Symbiose verschmolzen zu haben: Er besaß die massive körperliche Präsenz und die ganz eigenartige Farbe von Big Red, ein leuchtendes Rotgold, und ebenso die Grazie Shams: die hohe Kruppe, den kompakten Rumpf, die langen Beine, die tiefe weite Brust, die sehr weiten Nüstern und den langen Hals, der sich muskelbepackt aufwölbte. Er kam heran wie vom Wind getragen in mühelos federndem Trab. Er beachtete die Menschen nicht, sondern ordnete resolut seine Stuten. Schließlich, nachdem er sich Gehorsam verschafft hatte und seine Herde auf der Talsohle angelangt war, erklomm er mühelos die steile Anhöhe und kam schnurgerade auf sie zu. Sein reiches Langhaar war ein wenig heller als sein Fell und umwehte ihn wie fliegende Fahnen. Der Hengst näherte sich ihnen, die Ohren straff gespitzt, neugierig, ohne einen Anflug von Furcht.

Als er den Kamm beinahe erreicht hatte, wichen alle außer Turner und Eric um mehrere Meter zurück.

„Geht weg von ihm!" rief Emily. „Man kann ihm nicht trauen!"

Turner zog sich zurück zu der kleinen Gruppe, doch noch bevor Eric sich umwenden konnte, schlug Excalibur mit dem Kopf nach dem Hafereimer. Eric zog den Eimer instinktiv weg, und der Hengst stieg voller Zorn.

„Streuen Sie den Hafer auf die Erde, Eric! Bitte! Er kennt es nicht anders!"

Eric wich dem mächtigen Körper behende aus, und als der Hengst landete, verpaßte er ihm rechts und links einen gehörigen Klaps auf die Kinnbacken. Excalibur schnaubte verwirrt und stand still. Er wartete verblüfft ab. So etwas war ihm noch nie geschehen.

„Dir hat wohl nie jemand Benehmen beigebracht?“ Erics Stimme hatte einen dunklen Klang. Die Ohren des Pferdes schoben sich langsam nach vorn. Eric nahm eine Handvoll Hafer aus dem Eimer, den er mit der anderen Hand hinter seinem Rücken hielt, und bot Excalibur Hafer von seiner Handfläche an. Der Hengst prustete empört und trat zwei Schritte von dem Geruch der menschlichen Hand zurück. Doch seine Nüstern dehnten sich nach dem verführerischen Geruch des Hafers, der ihm erneut hingehalten wurde, und Erics Stimme wurde sanft und einschmeichelnd: „Komm, mein Junge, nimm es von meiner Hand. Sei nicht gar so erhaben, Excalibur…“ Der mächtige Hengst stand unschlüssig. Da war der Hafer, den er wollte, und da war überdies eine nie zuvor gekannte Kraft in der Stimme eines dieser Zweibeiner, die er immer nur als Wesen angesehen hatte, die Hafer, Heu und Wasser gaben. Aber dieses zweibeinige Wesen schien ihn gar nicht zu fürchten. Excalibur streckte den Kopf vor und atmete den Geruch dieses Fremden ein. Er bemerkte nicht die Spur von Angst. Fragend ließ er die Ohren spielen.

„Du kannst Hafer haben“, sagte Eric. „Einen ganzen Eimer voll. Aber zuerst nimmst du ihn von meiner Hand.“ Er fühlte die Strömungen zwischen dem Hengst und sich. Er wußte, was in Excalibur in diesen Augenblicken vorging, wußte um das stumme Aufbegehren, das sich nur in dem leisen Flattern seiner Flanken zeigte, wußte um den damit widerstreitenden Wunsch, geborgen in einer starken Hand zu sein, die Nahrung und Schutz gab – die ihn endlich einmal ruhen ließ. In diese Hand, die ihm den köstlichen Hafer hinhielt, konnte er die Verantwortung für seine Herde legen. Excalibur sog Erics Wesen noch einmal tief in sich hinein. Endlich schob sich sein samtiges Maul in Erics Handfläche und las behutsam die Körner auf. Seine großen dunklen Augen ruhten fragend und verwundert auf diesem unbegreiflichen Geschöpf.

Eric ging noch einen Schritt weiter. Er nahm den Hafereimer hinter seinem Rücken hervor und präsentierte ihn Excalibur. Wieder wich der Hengst zurück – der Geruch des Metalls war ihm widerlich. Eric sprach leise zu ihm. Niemals hatte der Hengst eine solche Stimme gehört. Sie vergewisserte ihn seiner eigenen Kraft und gestattete ihm doch, sich der Entspannung hinzugeben, seinen Kopf in den Eimer mit Hafer zu tauchen, in dem allmählich nicht nur die Nase, sondern auch die Augen verschwanden – neben seinen unablässig spielenden Ohren seine wichtigsten Sinnesorgane, um über seine Stuten zu wachen.

„Mußt dich nicht um sie sorgen, mein Junge“, sagte die leise dunkle

Stimme beruhigend. „Ruh dich ein wenig aus, ich achte auf sie." Und tatsächlich blickte Eric beständig entweder auf die ruhig grasende Stutenherde oder auf Excaliburs Gesicht, das in den Hafer eintauchte und mahlend wieder daraus hervorsah. Während er den langsam leichter werdenden Eimer hielt, begannen Erics Gedanken zu schweifen. Auf seine Frage, wie die Pferde eingebracht würden, hatte ihm Grandpa geantwortet: „Wir rufen Excalibur mit der Pfeife. Wir geben ihm Hafer, aber nur wenig, damit er auf den Geschmack kommt. Dann stellen wir den Hafereimer in den Kofferraum und achten darauf, daß er sieht, was wir tun. Wir fahren langsam vor ihm her, und er folgt uns, weil er den ganzen Eimer Hafer will, nicht nur das bißchen. Und die Stuten folgen ihm."

Was für eine entwürdigende Prozedur! Und alles nur aus Angst vor einem freien, starken Geschöpf! Eric wußte, Excalibur kam nicht nur wegen des Hafers. Er war wie ein König, der sich bereit erklärt, einen anderen König anzuerkennen. Nur – da war kein anderer König. Es hatte Everett gegeben und nach ihm Emily, die erschrocken zurücksprang, wenn er sich nur näherte.

Das mußte sich ändern, dachte Eric. Der Herr über die Zuchtstuten und der Herr über das Gestüt sollen zusammenarbeiten. Er ließ den leeren Eimer stehen, senkte eine Hand in die lange Mähne und legte die andere leicht auf den hohen Widerrist. Excalibur stand still und wandte ihm kurz den Kopf zu. Fast unmerklich schwang Eric sich auf den mächtigen Hengst, der während seines acht Jahre dauernden Lebens nie von menschlicher Hand berührt und niemals geritten worden war. Excalibur stieg, schlug aus; aber da war diese Stimme über ihm, die ihm Hafer gegeben hatte, und freundliche, sanfte Berührungen, wie er sie nie zuvor erlebt hatte. Er stand still und blickte sich sehr unschlüssig nach dieser Gestalt um.

Eric genoß es, mit einem intelligenten Pferd zu tun zu haben, das niemals Ängste hatte ausstehen müssen, die es nicht begreifen konnte. Bei Excalibur galt es nur, ihn zur Mitarbeit zu veranlassen. Er schob seine Hände unter die lange, windverwirrte Mähne des Hengstes. Sanft ermunterte er ihn durch Gewichtsverlagerungen und durch seine Stimme zu Schritt, zu Trab, langsam die Senke hinunter, auf die Stuten zu, und schließlich schien der Hengst ihn vergessen zu haben: worauf Eric fast schwindlig wurde, denn die blitzschnellen Manöver, das heftig-drohende Heranpreschen und abrupte Steilen über dem Genick einer widerspenstigen Stute, das geschickte Ausschlagen mit verkürzter Hinterhand eines Hengstes, der seine Stuten antreibt, hatte er nie erlebt – er hatte auf bockenden Pferden gesessen, die alle Tricks beherrschten, um sich des Reiters zu entledigen, doch dies war anders: er wurde durchgeschüttelt, seine Schenkel gerieten immer wieder zwischen Pferdeleiber, und nicht einen Augenblick lang war der Körper des Hengstes gerade unter ihm, sondern in einer ständigen Wellenbewegung, so daß er hin und her geschleudert wurde und sich manchmal an der Mähne festklammern mußte.

Er verlor nicht den Kopf. Er mußte Excalibur beweisen, daß eine Zusammenarbeit zwischen Hengst und Mensch nicht nur möglich, sondern erstrebenswert ist. Excalibur hätte sich, nachdem er den ganzen Eimer leer gefressen hatte, leicht entscheiden können, seine Schützlinge wieder weit in die Ferne zu bringen; darum verwandte Eric sein ganzes reiterliches Geschick darauf, daß der Hengst die Stuten tatsächlich nach Sunrise House trieb. Dies war das härteste Stück Reitarbeit, das er je geleistet hatte. Er war mehr als zufrieden, als er auf dem Rücken des Hengstes hinter der letzten Stute in die Koppel trabte, aber auch froh, wieder auf seine eigenen zwei Beine zurückgleiten zu können, im Bewußtsein, daß ihm sämtliche Muskeln gezerrt worden waren.

„Eric!" rief Emily von außerhalb der Koppel. „Sie haben die Pferde wunderbar eingebracht – denken Sie, Sie könnten uns helfen, sie auch in den Stall zu bringen?"

Eric hielt Excalibur die leere Handfläche vor die Nase. Der Hengst schauderte, schnaubte, stieg. Eric blieb ruhig. Er kannte das seit Kindesbeinen – steilende Pferde, die sich seinem Willen widersetzen wollten. „Laß das", sagte er dunkel, als der Hengst unmittelbar vor ihm seine Vorderläufe niederkrachen ließ, und gab ihm einen kurzen Schlag auf den Hals. Excalibur schnaubte heftig, streckte ihm dann aber den Kopf entgegen. Sein Maul fuhr prüfend und auch verspielt an Erics Kleidung auf und ab; plötzlich nahm er einen Hemdknopf zwischen seine Zähne und versuchte, ihn abzubeißen. Darauf gab es einen Klaps auf seine rechte Wange. „Kommst du", sagte Eric ruhig und schob die Rechte unter sein Kinn. Excalibur folgte ihm. Und mit ihm all seine Stuten. Als sie nur eine Hälfte der Flügeltür geöffnet fanden, neben der ein Stallarbeiter, bewaffnet mit einer Gerte, stand, stauten sie sich vor dem Gebäude und betraten dann gesittet, eine hinter der anderen, den Stall und verteilten sich von allein auf die Boxen. Nie waren die Zuchtstuten auf Sunrise leichter eingebracht worden.

Darauf folgte emsiges Arbeiten: Hafereimer und geschnittene Möhren wurden in die Futterkrippen gefüllt, Heu wurde aufgeschüttet und über die Boxentüren geschleudert; Excalibur allein weigerte sich, in den

Stall zu gehen. Eric verstand das. Er geleitete ihn auf die nahe Koppel zurück, wo er ständig ein Auge auf den Stall und seine Stuten haben konnte, ohne auf dreimal drei Metern eingepfercht zu sein. Selbst die Umzäunung der Koppel mußte schrecklich für ihn sein; nur erduldbar, weil er sich niemals von seiner Herde trennen würde. Edward, der Stallknecht, kam mit einem Eimer Hafer für ihn angelaufen.

„Was ist in dem Eimer? Etwa Hafer?"

„Sicher, Sir."

„Mann Gottes, soll denn dieser Hengst eine Kolik kriegen? Er hat seit Monaten nur Gras gefressen, und jetzt plötzlich zwei Eimer Hafer?! Geben Sie ihm lieber kleingeschnittene Möhren, aber nicht zuviel, nur ein paar Handvoll, und einige Forken Heu. Und sehen Sie zu, daß er genug Wasser hat. Aber nicht zu kalt!"

„J-ja, Sir!"

Als Eric durch den Zaun schlüpfte, fand er Grandpa, der auf ihn gewartet hatte. „Die anderen sind schon ins Haus gegangen, Junge", sagte er und legte Eric die Hand auf die Schulter. „Wie fühlen Sie sich?"

„Wie ein Stück Schlachtfleisch, das Bekanntschaft mit dem Fleischwolf gemacht hat, Sir."

„*Aye,* das glaub ich gern. War 'n richtiges Husarenstück, Junge. Kommen Sie ins Haus. Sie müssen sich ein bißchen frisch machen und ausruhen, und vor allem essen und trinken."

Bevor sie das Haus betraten, sah sich Eric noch einmal um. Excalibur hatte den Kopf über die oberste Bohle des Zauns geschoben und sah ihnen nach.

„Das hab ich noch nie gesehen", gestand Grandpa. „Wenn er sonst auf seine Stuten wartete, rannte er ruhelos herum oder blickte nach dem Stall. Aber niemals nach dem Haus. Der guckt Ihnen nach, Junge."

Beim Mittagessen gab es kein anderes Thema als seinen Ritt auf Excalibur. Eric schwieg. Aber als Turner nach seinem dritten Glas Wein ihn gar mit Alexander dem Großen verglich und Excalibur mit Bukephalos, legte er sein Besteck auf den Teller. „Sir Simon", sagte er, „die Legende besagt, daß Bukephalos Angst vor seinem eigenen Schatten hatte. Niemand konnte ihn besteigen, weil niemand die Möglichkeit in Betracht zog, daß ein Pferd von dieser Wucht und Stärke Furcht vor etwas haben könnte. Alexander fand den Grund für seine Angst, stellte das Pferd gegen das Licht, bestieg es und konnte es fortan reiten. Es war ein Trick. Es gibt aber nichts, wovor Excalibur sich fürchtet, außer dem Verlust seiner Stuten."

„Sie benutzten ja wohl auch einen Trick bei Excalibur?!" schaltete sich Louise ein. Bis jetzt hatte sie sich nicht an dem Gespräch beteiligt. Betretenes Schweigen breitete sich aus.

„Nein", entgegnete Eric kühl.

Aller Augen waren entsetzt auf Louise gerichtet, die Eric feindselig musterte und unbeirrt fortfuhr: „Bestimmt haben Sie etwas in seinen Hafer getan, das ihn ruhiger machte. Wir haben's bloß nicht gesehen, weil wir alle auf den Hengst schauten. Wieso sonst hätten Sie so lange dastehen sollen, ihn Hafer aus dem Eimer fressen lassen, statt ihn auf den Boden zu streuen – Sie haben gewartet, bis das Zeug zu wirken anfing."

„Hätte es ein ‚Zeug' gegeben, Louise, dann hätte es auf dem Boden wohl ebenso gewirkt wie im Eimer."

„Louise", sagte Grandpa mühsam beherrscht, „du vergißt, daß Master Eric ganz allein vor diesem riesigen, sich aufbäumenden Pferd stand und es fertigbrachte, es Hafer aus seiner Hand fressen zu lassen. Und wenn du dein Gehirn ein wenig bemühen würdest, bevor du unseren Gast beleidigst, würde dir einfallen, daß der Hengst den Hafer aus der Hand nahm, *bevor* Eric ihm den Eimer reichte. Und noch etwas: Er hat uns bewiesen, daß Excalibur keineswegs so unnahbar ist, wie wir immer glaubten. Das wird uns in Zukunft eine große Hilfe sein."

Louise schwieg bockig.

Zu ihrer Tochter gewandt, sagte Emily: „Du bist offenbar nicht in der Lage, Liebling, zu verstehen, was für eine großartige Leistung Eric vollbracht hat. Natürlich hat er nichts in Excaliburs Hafer getan. Wäre der Hengst betäubt gewesen, hätte er sich anders verhalten. Aber er brachte die Stuten nicht anders ein als gewöhnlich, nur – williger."

„Dieser Hengst war nicht anders als sonst auch, junge Dame", sagte Grandpa. „Der einzige Unterschied ist, daß er diesmal seinen Meister trug."

„Nein", widersprach Eric schnell, „verzeihen Sie, Sir, aber ‚Meister' ist ein schreckliches Wort. Ich versuche immer, die Achtung des Pferdes zu erringen. Wenn es sich selbst achtet und mich achtet, dann ist kein Raum mehr für Angst oder Zorn. Achtung schafft Vertrauen."

„Ach!" kam es spitz von Louise. „Sie bilden sich wahrhaftig ein, Sie besäßen die Achtung, das Vertrauen dieses roten Teufels? Mein Vater war ein großer Pferdekenner, aber er sagte immer, Excalibur sei ein großartiger Vererber, aber ein wahrer Drache, wenn es zum Kontakt mit Menschen komme. Und da er heute friedlicher war als gewöhnlich, wird mich niemand von dem Gedanken abbringen können, daß Sie ihm irgend etwas in seinen Hafer gemischt haben, als wir's nicht sahen."

Eric konnte alles von seinen Pferden ertragen. Er konnte ihr Mißtrauen, ihre Wut, ihre Aggressivität ertragen, die Schmerzen und auch die Enttäuschungen, die sie ihm zufügten. Aber menschliche Dummheit und Starrköpfigkeit verursachten ihm Übelkeit. „Bitte entschuldigen Sie mich", sagte er und verließ den Raum. Emily sprang auf, um ihm zu folgen.

„Setzen Sie sich, Emily", riet ihr Turner. „Lassen Sie ihn. Wenn er verletzt worden ist, sind ihm Menschen nur hinderlich. Er geht dann zu den Pferden. Bei ihnen findet er Ruhe."

Eric brauchte frische Luft. Eine Minute noch, und er hätte Louise unmißverständlich zu verstehen gegeben, daß ihr Vater offensichtlich keine Ahnung von Pferden gehabt hatte. Großer Pferdekenner! Ein Gestütsleiter, der den Zuchthengst so sehr fürchtet, daß er nicht einmal versucht, ihn zur Zusammenarbeit zu bringen, sondern sich schäbiger Tricks bedient, um sein Ziel auf leichte und gefahrlose – und für beide Seiten entwürdigende – Weise zu erreichen. Hätte Everett auch nur das geringste von Pferden verstanden, dann hätte er das als zukünftigen Zuchthengst ausersehene Füllen zumindest an die Gegenwart der Zweibeiner gewöhnt, hätte ihm auf sanfte Weise beigebracht, daß der Hengst zumindest dem Willen *eines* Menschen, eben dem, dem er traut, gehorchen muß. Statt dessen hatte Everett zugelassen, daß die prachtvolle Vollblutherde verwilderte unter der Herrschaft eines wilden Hengstes. Es war kein Zufall, daß es kaum Zäune auf Sunrise gab. Auf einem gut organisierten Gestüt gibt es Koppeln – mitunter sehr weitläufige –, auf denen die Pferde frei streifen können, aber es gibt auch Zäune, und Zäune bedeuten die Herrschaft des Menschen. Vollblutpferde läßt man nicht zum Spaß herumlaufen. Sie werden gehalten, um zu arbeiten. Aber es hatte ganz den Anschein, als sei die großartige Herde der Fargus' verkommen zu einem Rudel zufällig Gebärender, von deren Leibesfrüchten dann Wunderpferde erwartet wurden, die hervorragende Leistungen erbringen sollten, ohne je auch nur die lenkende Hand eines Menschen erfahren zu haben.

Doch er hatte nicht das Herz, Louise die schwerwiegenden Fehler ihres Großvaters und seiner Vorfahren, ihres Vaters und ihrer Mutter nicht nur in der Gestütsführung, sondern auch in der Handhabung der Pferde, insbesondere des Zuchthengstes, vor Augen zu führen.

Excalibur stand in der Nähe des Zaunes und rupfte Gras. Eric schlüpfte zwischen den Bohlen hindurch und sprach den Hengst an, während er langsam auf ihn zuging. Die aufmerksamen Ohren richteten sich ihm zu. Eric blieb stehen und wartete, ein wenig abgewandt, um jegliche Spannung zwischen ihnen zu vermeiden. Excalibur begann wieder zu grasen, wobei er sich dem stillstehenden Mann langsam, wie unabsichtlich näherte. Der Mann könnte doch jetzt den Arm ausstrecken und ihn streicheln? Aber er rührte sich nicht.

Eric lächelte. Es hatte etwas Rührendes, wie sich das Pferd an ihn heranschlich und dabei versuchte, unbeteiligt zu tun. Schließlich stieß Excalibur ihn vorsichtig an.

„Hallo, mein Junge", sagte Eric, als habe er ihn erst jetzt bemerkt. Er drehte sich zu ihm um und hielt ihm die flachen, gespreizten Hände entgegen, die der Hengst beschnupperte. Dann begann dieser, mit seiner rauhen Zunge das Salz von den Handflächen zu lecken. Eric hielt still und sprach nicht mehr. Er lehnte die Wange an den mächtigen Hals. „Schön hier in der Sonne, nicht?" murmelte er schläfrig.

Seine Müdigkeit schien in das Pferd einzusinken; Excalibur senkte immer häufiger den Kopf. Seine Beine beugten sich schließlich, und er ließ sich langsam zu Boden sinken. Auch Eric ließ sich niedersinken. „Ich glaube, du hast dich nie ausruhen können, nicht einmal im Schlaf", flüsterte Eric und schmiegte sich an den Hengst. „Immer auf der Wacht." Seine Hand strich über Excaliburs Hals. Der Hengst streckte sich lang aus und lag ganz still. Eric lag zusammengerollt auf seinem Hals.

„Das ist ja nicht zu glauben! Seht euch das an!" Grandpa Fargus, dem das lastende Schweigen, das Erics Fortgehen hervorgerufen hatte, schließlich so sehr auf die Nerven gegangen war, daß er seine Serviette auf den Teller geworfen hatte, war aufgesprungen und zum Fenster gehumpelt. „Emily! Sieh dir das an!"

Emily hastete an seine Seite. Auch Louise schlich sich näher heran und spähte aus dem anderen Fenster. Sie sah Eric und den mächtigen roten Hengst in stiller Eintracht auf der Koppel liegen. Turner tauchte hinter ihr auf.

„Sie sehen doch jetzt wohl, daß er mit Pferden umgehen kann", sagte er, „besser als irgendein anderer. Er ist ein Zauberer mit Pferden."

Louise fuhr herum zu ihm. „Er ist ein Scharlatan! Es ist immer noch die Auswirkung des Mittels, das er ihm gegeben hat! Er ist – nicht besser als mein Daddy! Er will ihn verdrängen! Seine Stelle will er einnehmen, das ist es! Dazu bedient er sich dieser Tricks!"

„Louise, du gehst besser auf dein Zimmer", sagte Emily. „Du hast uns wirklich unmöglich gemacht vor diesem jungen Mann. Du wirst dich gesittet in seiner Gegenwart aufführen, Louise!"

Louise schwieg.

„Geh auf dein Zimmer! Wann immer Eric im Haus ist, wirst du dein Zimmer nicht verlassen! Wenn er zum Essen bleibt, wirst du deine Mahlzeit auf deinem Zimmer einnehmen! Ich will nicht noch einmal einen solchen Affront erleben wie heute; ist das klar?!“

„Ja, Mama.“

„Gut. Später werden wir sprechen.“

Eric erwachte, als die Sonne ein wenig weitergewandert war und ihm die Nase kitzelte. In der Tiefe seines Schlafes spürte der Hengst die Veränderung und hob den Kopf, noch ehe Eric sich auch nur gerührt hatte. Eric setzte sich mühsam auf. Es würde einige Tage brauchen, bis er sich wieder so leicht bewegen konnte wie sonst.

Der Hengst folgte Eric bis zum Zaun. Als Eric sich zwischen den Bohlen hindurchzwängte, drängte er Hals und Brust gegen die Balken und schlug aus. Eric streichelte seinen Kopf. „Ich kann nicht bei dir bleiben, Junge. Muß mich um deine Verlobte kümmern.“ Steifbeinig ging er über den gepflasterten Hof zum Stall.

Das Sonnenlicht flutete in staubigen Bahnen durch die hohen Fenster und die offene Flügeltür in den Stall. Neugierige Köpfe schoben sich zu beiden Seiten über die Boxentüren. Eric nahm langsam die Parade ab. Ohne Zweifel, diese Herde war eine Ansammlung von Juwelen. Aber es war Zeit, Solitaires Bekanntschaft zu machen.

Über der dritten Box auf der linken Seite erschien kein Pferdekopf. Eric trat erwartungsvoll näher. „Da bist du also endlich, Solitaire“, sagte er leise. Die Stute warf bereits bei der ersten Silbe den Kopf hoch und sprang mit einem weiten Satz an die gegenüberliegende Wand. Sie zitterte. Eric betrachtete sie durch die über der Futtermulde angebrachten Gitterstäbe.

Solitaire trug ihren Namen zu Recht: Sie war wirklich einzigartig. Sie war kein englisches Vollblut, sondern rein arabisch gezogen, schön wie ein Traum. Das staubdurchwirkte Licht überfloß sie und ließ ihr glattes, glänzendes Fell in einem anthrazitfarbenen Ton aufleuchten. Wie Excalibur war sie ohne das geringste Abzeichen. Mähne und Schweif waren von einem schimmernden Silber. Doch der Eindruck von überwältigender Schönheit wurde verdorben durch den krampfhaft hochgebogenen Kopf und die wie irr starrenden Augen, die das Weiße zeigten. Hätte er es nicht besser gewußt, wäre Eric auf die Diagnose Tetanus verfallen. Bei dieser Krankheit verkrampfen sich nach und nach sämtliche Muskelpartien, die Sinnesorgane werden überempfindlich; ein Lichtstrahl, ein Laut genügen dann schon, um das hilflose Geschöpf in veitstanzähnliche Krämpfe zu werfen.

Als er wieder zu ihr sprach, drückte sie sich noch enger an die Wand und versuchte, daran hochzuklettern. Er fühlte ihre Angst, aber er fand keinen Weg zu ihr. Mit einem eisigen Gefühl im Magen wandte er sich ab. Es war offensichtlich, daß sie nicht einmal den Klang einer menschlichen Stimme ertragen konnte. Langsam beruhigte Solitaire sich wieder.

Wenn er nun schwieg, „Pferd spielte", sich ihr näherte, wie Pferde sich einander nähern? Er ging äußerst behutsam auf die Box zu. Nervös warf sie den Kopf hoch und wich zurück zur Wand. Als er sich am Türriegel zu schaffen machte, stampfte sie, stieg und schlug mit den Hinterläufen gegen die Wand.

„Master Eric?" Edwards kurze, gedrungene Gestalt kam über die Stallgasse eilig auf ihn zu. „Sie wollen doch nicht in die Box gehen?"

„Ruhe, um Himmels willen! Sehen Sie, was Sie angerichtet haben!" Eric packte Edward am Ärmel und zog ihn ins Freie. Die Schläge der Stute brachten den Stall zum Vibrieren und verursachten Unruhe unter den übrigen Stuten. „Kein Wort in Solitaires Nähe!" fauchte Eric und lauschte nach dem schnaubenden und wiehernden Chor hinter ihnen. Excalibur jagte in weiten Kreisen auf der Koppel herum, drängte gegen die Holzbohlen und stieg so hoch, als wolle er versuchen, sich hinüberzuziehen.

Eric schloß schnell die Stalltüren und zog Edward weiter, bis sie außer Hörweite waren. Vom Haus her kamen Emily, Sir Simon und Grandpa auf sie zu, beunruhigt von dem Lärm.

„Sie ist nicht nur eine Gefahr für sich selbst", murmelte Eric fassungslos. „Sie mischt die ganze Herde auf. Wir müssen sie isolieren." Vor seinem geistigen Auge zogen schreckliche Bilder vorüber, während er sprach – Stuten außer Rand und Band, die versuchten, aus der erzwungenen Enge auszubrechen, sich tiefe Fleischwunden zuzogen und zerschnittene Fesseln, wenn sie sich an die Gitter der Futtermulden hängten, um nach draußen zu gelangen. Eine Stampede auf offenem Feld ist schlimm genug; in einem Stall ist sie tödlich. Er hatte es einmal erlebt.

„Bin ich froh, daß ich Sie daran hindern konnte, in die Box zu gehen; die hätte Sie zertreten. Es wird immer schlimmer mit ihr. Sie wurde nervös beim Klang von Stimmen, aber richtig eklig war sie nur, wenn man versuchte, sie anzufassen. Dieses Pferd taugt nur noch zum Erschießen", sagte Edward.

Ganz offensichtlich war Solitaire ein sehr ernster Fall. Jedes andere Pferd hatte Eric bisher über kurz oder lang durch seine Stimme erreicht, hatte damit eine Basis schaffen können, auf der allmählich Vertrauen gewachsen war. Solitaire jedoch hatte ihn von vornherein dieses Werkzeugs beraubt.

Emily hatte im Näherkommen Edwards Worte gehört. Angstvoll sah sie Eric an. „Ist es so schlimm, wie er sagt, Eric? Bleibt nichts anderes? Sie haben Solitaire jetzt gesehen, ich verlasse mich auf Ihre Entscheidung."

Wenn nicht gerade auf diese Stute so große Hoffnungen für den Zuchtstamm gesetzt worden wären! Aber jedes Fohlen, das sie warf, würde genauso wild und menschenscheu werden wie sie selbst. „Die Stute war schließlich nicht von Anfang an so", meinte Eric. „Ich weiß nicht, was mit ihr geschehen ist, aber kein Pferd wird wie sie, wenn es nicht schwer mißhandelt worden ist. Das ist offensichtlich in der Zeit geschehen, als sie von der Herde getrennt war."

„Heißt das, Sie wollen es mit ihr versuchen?!"

„Ja."

„O Eric!" Emily umarmte ihn ungestüm.

„Zuerst müssen wir sie von den anderen trennen. Sie wird sich wahrscheinlich wie eine Wilde aufführen, aber wir können nicht die Gesundheit aller anderen aufs Spiel setzen. Emily, besteht die Möglichkeit, ein paar der Stuten, die dieses Jahr kein Fohlen haben, von Solitaire entfernt hier beim Haus zu behalten?"

„Ja. Wir können die Stuten in den nächsten Stallgang bringen und die Zwischentür verriegeln. Aber was beabsichtigen Sie damit?"

„Zweierlei. Zum einen ist Solitaire dann nicht ganz verwaist. Sie wird die Nähe der anderen spüren. Zum anderen halte ich es für gut, einige Reitpferde jederzeit greifbar zu haben. Falls wir die Herde noch einmal suchen müssen, können wir uns verteilen und werden sie so schneller finden als mit dem Wagen."

Sie wählten Velvet, Garnet, Piquet, Peach, Celebration und Margravine, legten ihnen Halfter um und führten sie in den zweiten Stallgang. Jede Stute erhielt noch ein wenig Hafer und Heu, um sie zu beschäftigen. Dann wurden die Türen und Fenster verschlossen. Eric bat Edward, zur Sicherheit bei ihnen zu bleiben.

„Wir werden jetzt erst mal Excalibur aus der Koppel lassen", erklärte Eric. Er öffnete das Tor. Excalibur trabte auf ihn zu, bis er unmittelbar vor ihm stand. Emily wich hinter den Schutz des hohen Zaunes zurück, als der Hengst sich näherte.

Eric strich über das Fell des Roten. „Höre, Majestät", sagte er leise. „Wir lassen die Stuten jetzt aus den Boxen – nicht alle, weil wir einige von ihnen brauchen. Resistance wird die übrigen führen, und du treibst sie von hinten. Und du sorgst dafür, daß es keine Rangelei gibt. Emily, würden Sie Resistance aus der Box lassen?"

Eine nach der anderen traten die Stuten auf die Stallgasse, wurden zum Ausgang geleitet, wo sie einen Augenblick stehenblieben, geblendet vom hellen Tageslicht, um dann zögernd auf den Hof zu treten. Excalibur drängte sie in einem dichten Pulk hinter Resistance zusammen. Es gab keinerlei Aufregung. In weniger als zehn Minuten war die Herde versammelt wie ein Regiment.

„Türen schließen!" kommandierte Eric. Er hörte, daß Solitaire, ahnend, daß sie zurückgelassen werden sollte, in ihrer Box zu rascheln begann. Excalibur blieb in Erics Nähe stehen. Seine Flanken bebten nach der schweren Arbeit. Er senkte den Kopf und scharrte heftig auf dem Pflaster. Es war die stolze Art eines Wildlings, um etwas zu bitten.

Eric trat zwei Schritte näher, zog sein Flanellhemd aus und rieb Excaliburs Gesicht und Hals mit dem weichen Stoff. Der Hengst schnaufte leise. „Wenn wir mal ein wenig Zeit haben, dann werde ich dich mit einer ganz weichen Bürste putzen. Aber jetzt mußt du gehen, mein Junge." Er gab ihm einen kleinen auffordernden Klaps auf die Kruppe. Excalibur stand, ohne sich zu rühren. „Also gut." Eric zog sich mühsam auf den hohen Rücken. „Zurück ins Paradies, mein Junge."

Dieser Ritt aus dem Tal hinaus war immerhin sanfter als der, der die Stuten eingebracht hatte, aber doch noch schlimm genug: Sobald eine Stute ausscherte, war Excalibur hinter ihr her, schlagend, beißend. Eric hatte nichts anderes erwartet. Der Hengst erfüllte nur seine Aufgabe. Als sie schließlich in das dritte Tal hinabgetaucht waren und Excalibur sich endlich zu Schrittempo gemäßigt hatte, hob Eric das rechte Bein über den Widerrist und ließ sich hinuntergleiten. „Du mußt jetzt ohne mich weitergehen."

Oben auf dem Hügel hielt der Geländewagen der Fargus', ein Arm winkte aus dem offenen Fenster, Emilys Stimme klang zu ihnen herunter: „Eric! Ich bin Ihnen nachgefahren, damit Sie nicht den ganzen Weg zu Fuß zurückgehen müssen!"

Excalibur war in zwei Atemzügen mitten unter seiner Herde, die er vehement über die nächste Hügelkuppe trieb.

Eric atmete schwer, als er den Wagen erreichte, der ihm über den steilen Abhang nicht hatte entgegenfahren können. Er fand sein Hemd auf dem Beifahrersitz, zog es über und stopfte es in die Reithose.

„Sie haben ihn wirklich um den Finger gewickelt", empfing ihn Emily, als er auf den Beifahrersitz glitt. „Können Sie sich jedem Pferd so schnell nähern wie Excalibur? Uns gegenüber gab er sich immer mißtrauisch, es war kaum ein Auskommen mit ihm."

Eric schwieg. Wie sollte er ihr, ohne sie zu verletzen, begreiflich machen, daß der Hengst nur aufgrund der Vorurteile und des daraus resultierenden Verhaltens so unnahbar erschienen war? Daß das Tier heute gelernt hatte, daß Freundschaft mit Zweibeinern möglich ist? „Emily, Excalibur ist ein durch und durch gesundes Pferd", sagte er schließlich. „Er ruht in sich selbst. Er vertraut auf sich. Und gerade durch seine Furchtlosigkeit konnte ein Band zwischen ihm und mir geknüpft werden."

„Aber Sie – hatten Sie denn keine Angst, als er vor Ihnen herumwirbelte?"

„Ich bin beinah mein Leben lang mit schwierigen Pferden umgegangen. Excalibur ist nicht eigentlich schwierig. Er ist bloß – einschüchternd. Wahrscheinlich bin ich gegen einschüchternde Eindrücke ziemlich abgestumpft."

Sie lächelte und wandte ihm den Kopf zu. „Sie mögen alles mögliche sein, Eric, aber abgestumpft sind Sie gewiß nicht."

„Emily, Achtung! Da ist ein Zaun!" Er griff in die Mitte des Wagens und riß die Handbremse hoch. Stockend hielt der Wagen eine Handbreit vor einem hohen Drahtzaun, über dessen oberster Reihe Stacheldraht blitzte. Emily lehnte sich mit einem leisen Schreckenslaut in ihren Sitz zurück und stellte den Motor ab. „Ich kenne diese Gegend nicht sehr gut, jedenfalls nicht mit dem Wagen. Ich wußte nicht, daß der Zaun so nahe war. Danke."

„Ist das da drüben das Gebiet Ihrer Nachbarn? Der Cochans?"

„Ja."

Ein Drahtzaun bildete also die Grenze. Es konnte nicht schwierig sein, ihn an einer Stelle zu durchschneiden, ein paar Tiere durch die Lücke zu treiben und dann den Draht zu erneuern, so daß kein Loch zu sehen war.

Emily startete den Wagen wieder. „Es gibt einen Weg entlang des Zauns, er müßte ganz hier in der Nähe anfangen." Sie fuhren dicht am Zaun entlang, bis sich etwas wie ein Weg vor ihnen öffnete, gerade breit genug für den Wagen. „Eric, ich habe darüber nachgedacht, was Sie vorhin über die Angst sagten. Solitaire hat große Angst, nicht wahr?"

„Ich habe niemals ein Pferd gesehen, das so voller Angst war. Wenn sie nur die Stimme eines Menschen hört, scheint sie nahe daran, den Verstand zu verlieren."

„Vielleicht ist ihr Gehirn nicht… richtig? Irgendeine Krankheit?"

„Ich weiß es nicht, Emily, aber es gibt Möglichkeiten, das herauszufinden; dazu müßte sie allerdings betäubt werden. Aber irgendwie glaube ich nicht, daß dies die Fährte ist; ich hatte den Eindruck, sie sei hochintelligent, aber zerfressen von Angst. Es muß eine äußere Ursache dafür geben, und ich will diese Ursache finden."

Sein Blick wurde plötzlich von einer der Kiefern gefesselt, die, etwas üppiger als ihre Nachbarn, dicht am Zaun auf dem Land der Cochans stand: Oben auf dem Baum, auf einem der Äste, lag eine Gestalt. Ein Tier, eine Raubkatze? Eric konnte sich den Anblick des hingekauerten Wesens zunächst nicht anders erklären. Auf einmal aber bewegte sich die Gestalt, und da sah er die lange schwarze Mähne, das schmale Oval eines dunklen Gesichts, darin dunkle Augen, die aufzuglühen schienen, als ihr Blick seinen traf – vorüber war all dies in der Sekunde, die der Wagen brauchte, um den Baum hinter sich zu lassen. Eric starrte zurück. Eine junge Frau, ein Mädchen, lag da auf dem Ast der Kiefer, graziös und schön.

„Haben Sie das gesehen? Da lag jemand auf einer der Kiefern! Drüben auf dem Cochan-Land, aber ganz dicht beim Zaun. Sie lag da und sah zu uns herunter. Es war eine junge Frau. Etwas älter als Louise vielleicht."

„Ich wußte nicht, daß die Cochans auch ein Mädchen haben. Ich habe bei meinem einzigen Besuch dort nur männliche Familienangehörige gesehen. Ist ja auch egal. Solange sie auf ihrem Land bleibt, kann sie soviel auf Bäumen liegen, wie sie will." Emily schüttelte den Kopf. „Bitte, Eric, lassen Sie uns das Thema wechseln."

Noch bevor sie in Sichtweite der Stallungen gelangt waren, hörten sie die Schreie. Emily gab Gas, der Wagen schoß über das glatte Kopfsteinpflaster des Hofes und schleuderte wie ein Kreisel, bevor er ruckend zum Stillstand kam, nur Zentimeter von Grandpa entfernt, der, mit aschfahlem Gesicht auf seinen Knüttelstock gestützt, mitten auf dem Platz stand.

„Es ist zwecklos", sagte er. „Ich werde ein Gewehr holen. Sehen Sie sich an, was sie getan hat. Edward – sie hat ihn getötet!"

„Edward ge– Was ist hier passiert?"

„Da!" Der zitternde Knüttelstock wies auf ein Bündel nahe der Stallwand. „Da liegt er! Er war ein so feiner Kerl, unser Edward – fing schon als Junge bei uns an und hat unserer Familie immer die Treue gehalten; und jetzt hat dieses Monstrum ihn getötet!" Tränen strömten über Grandpas Wangen.

Emily war plötzlich da. „Er muß sich setzen", sagte sie. Der alte Mann ließ sich zur Freitreppe führen und sank nieder.

„Ich sehe nach Edward", erbot sich Eric. „Bleiben Sie bei Ihrem Schwiegervater. Rufen Sie Louise oder eines der Dienstmädchen. Wir brauchen einen Krankenwagen." Er kniete neben Edward, beugte sich über ihn. Die Schreie der eingeschlossenen Stute gellten in seinen Ohren. Seine Finger legten sich auf Edwards Halsschlagader – und da – da war ein Puls! Eilig befreite er Edwards Oberkörper von der Kleidung und blickte auf zwei tiefrote hufförmige Druckstellen, die an den Rändern schon blau zu werden begannen – eine direkt über dem Herzen, die zweite zwischen den Rippenbögen. Eric erhob sich und rannte durch den Eingang des zweiten Stallgangs, wo sie die Reitstuten untergebracht hatten, traf dort auf die Hilfsarbeiter, die ihr Bestes taten, um die sechs Stuten ruhig zu halten, griff einen Strohballen und schob ihn Edward unter die Füße. Darauf traktierte er das leichenblasse Gesicht mit kleinen Klapsen. Edwards Lider flatterten. Er blinzelte und blickte ihn endlich an. „Die ist verrückt, Master E–" Er mußte husten und würgen, und Eric zog den Strohballen unter seinen Beinen weg und schob ihn stützend gegen seinen Rücken.

Edward hustete sich schier die Lunge aus dem Leib. Eric zerrte ein Taschentuch aus der Gesäßtasche seiner Reithose. Es war zerknüllt, aber sauber, und Edward nahm es mit einem dankbaren Blick. Eric untersuchte ihn gründlich. Keine Frakturen. „Ob Sie es bis zum Haus schaffen?"

„Will's versuchen, Sir."

Eric half ihm auf. Er mußte ihn beinah tragen. Grandpa erhob sich, als sie über den Hof auf ihn zuwankten, und umarmte Edward. „Dachte, es wär vorbei mit dir, Junge!"

„*Nay,* Mylord", keuchte Edward. „Wird schon wieder."

Eric und Emily brachten die beiden mit vereinten Kräften in den Salon, wo sie sich nebeneinander auf die breite Couch fallen ließen. Edward nahm mit zitternder Hand einen Whisky entgegen und kippte ihn hinunter. Danach mußte er wieder husten.

Grandpa stürzte bereits seinen zweiten Whisky hinunter. „Sie wird keine zweite Gelegenheit haben, je wieder so was zu tun, Junge."

„Vater!" rief Emily. „Bevor du noch einmal davon sprichst, Solitaire zu erschießen, bestehe ich darauf zu erfahren, was geschehen ist!"

Edwards Gesicht war nach dem hastig getrunkenen Whisky hochrot, aber er sprach überlegt und klar. „Es war folgendermaßen, Mylady. Master Eric hatte mich ja geheißen, auf die Reitstuten zu achten, und sie waren auch ganz schön zappelig, aber keine von ihnen machte wirklich Mucken. Solitaire aber wurde lauter und lauter. Zuerst hörte ich sie schlagen und wiehern und dann das Krachen von Holz. Ich rief die anderen Jungs, damit sie auf die Stuten achteten. Irgendwie hatte ich das Gefühl, als hätte ich besonders für Solitaire die Verantwortung. Master Eric war ja weggeritten, und Mylady war ihm nachgefahren, da waren Mylord und ich eben auf uns gestellt, und ich sagte: ‚Mylord, ich muß sie aus ihrer Box lassen, bevor sie sich alles zerschlägt.'"

„Und ich", fiel Grandpa ein, „erlaubte es ihm. Kannst du mir verzeihen, Edward?"

„Mylord, da ist nichts zu verzeihen. Ich war es, der nicht aufgepaßt hat. Ich muß vergessen haben, wie verrückt Solitaire ist. Ich näherte mich jedenfalls vom zweiten Stall her ihrer Box und sah, wie sie sich gegen die Wände warf. Sie hätte sich umgebracht in der Box."

„Und Sie ließen sie heraus, weil Sie hofften, daß sie sich auf der Stallgasse weniger verletzen könnte?" fragte Eric.

„So ist's, Sir. Aber als ich ihre Tür öffnete, schoß sie heraus, rammte mich gezielt, so daß ich beinah fiel, und fegte auf die Stallgasse; und gerade als ich mich an ihr vorbeischleichen wollte, um zum Zugang des zweiten Stallgangs zu gelangen – denn ich wollte nicht durch die Stalltür, sie wäre mir bestimmt nachgekommen, hätte die Tür aufgedrückt und wäre weggelaufen –, da drehte sie mir auf einmal ihre Hinterhand zu. Ich habe die Hufe nicht kommen sehen."

„Die Jungs haben ihn dann aus der Gefahrenzone gezogen und ihn nach draußen gelegt, weil sie ihn für tot hielten, wie ich ja auch", ergänzte Grandpa. „Sie hatten genug mit den Reitstuten zu tun. Und dann fing Solitaire zu schreien an." Er richtete sich unsicher an der Couchlehne auf. „Emily. Sei so gut, hol mir ein Gewehr aus dem Schrank."

Emily wurde bleich. Eric stellte sich vor Grandpa. „Sir – bevor Sie zu der letzten Lösung greifen, lassen Sie es mich mit ihr versuchen. Sie erinnert sich voller Angst an Dinge, die ihr geschehen sind. Sie ist nicht verrückt oder krank. Sie ist unfähig zu vertrauen! Lassen Sie es mich versuchen, Sir."

Grandpa ließ sich wieder mühsam auf der Couch nieder. „Ich bin dafür, sie zu erschießen“, murmelte er. „Ich kann kein Pferd auf meinem Gestüt dulden, das Menschen angreift.“

„Wenn etwas geschehen sollte, Sir, trage nur ich die Verantwortung. Ich tue es aus freiem Entschluß.“

Grandpa schenkte sich noch etwas Whisky ein. „Ich wünschte, Sie täten es nicht, mein Junge“, gab er schließlich nach.

„Danke, Sir.“ Eric drehte sich um und verließ das Haus. Als er über den Hof ging, bemerkte er wieder die Steifheit seiner Muskeln. Der zweite Ritt auf Excalibur und die Anstrengungen der vergangenen Stunde hatten die Schmerzen noch verstärkt. Beim Stall lauschte er über das endlos anhaltende Schreien nach den Lauten von Solitaires Hufen, um festzustellen, wo sie war. Er öffnete die Tür leise und vorsichtig, schlüpfte hinein und zog die Tür hinter sich zu, verriegelte sie aber nicht mit dem schweren Holzbalken.

Im selben Augenblick, als Eric den Stall betrat, erstarben Solitaires Schreie, und er sah die Stute auf sich zurasen wie eine Lokomotive. Er hätte versuchen können, eine der Boxentüren zu entriegeln und sich in Sicherheit zu bringen, aber sein steifer, wunder Körper bewegte sich nicht schnell genug. Er blieb darum stehen, breitete die Arme nach beiden Seiten aus und schwenkte sie heftig, ohne einen Laut von sich zu geben. Wenn er sie nicht mit seiner Stimme provozierte, würde sie anhalten.

Sie war heran; aus ihrem letzten Galoppsprung schnellte sie sich vor und schlug gezielt mit beiden Vorderhufen nach ihm, er wich zurück, aber wieder war er nicht schnell genug, und der linke Huf erwischte seine rechte Schulter scharf wie ein Messer. Sein Arm fiel herab, plötzlich gelähmt. Im Niederkommen schwang ihr Schädel bösartig und traf ihn wuchtig seitlich am Kopf, die gebleckten Zähne packten den anderen Arm und ließen erst los, als Eric fiel.

Ungeschützt, halb betäubt, lag er jetzt vor ihr in der Stallgasse und versuchte unbeholfen, sich wegzurollen, aber ihr Kopf schlug weiter nach ihm, und ihre Hufe stampften klirrend auf dem harten Grund. Sie stieg und stieß dabei ein würgendes Kreischen aus. Er schnellte zur Wand, kam auf die Füße und warf sich gegen Solitaire, gerade als ihre Hufe auf die Stelle der Stallgasse krachten, wo er eben noch gelegen hatte. Seine Stiefel trafen sie mit der ganzen Wucht seines Sprunges an Hals und Widerrist, aber dann wurde es schwarz um ihn. Er merkte nicht einmal mehr, daß er zu Boden sank. Für den Bruchteil eines Atemzugs war die Stute betäubt; dann schüttelte sie sich und wandte sich ihrem hilflosen Opfer zu. Sie hob den rechten Vorderhuf und richtete ihn gegen Eric, um ihm den Schädel zu spalten.

Ein Kratzen, Quietschen und Scharren von draußen lenkte sie kurz ab. Licht drang in ihr Gefängnis, als die Tür einen Spaltbreit geöffnet wurde. „Eric?"

Solitaire wirbelte herum, sprang auf das Licht zu. Die Tür wurde Emily aus der Hand gerissen, sie selbst zu Boden geworfen, als die Stute hinausraste, über den Hof und die weite Grünfläche jagte und in Sekundenschnelle hinter dem Hügelkamm verschwand.

Benommen rappelte Emily sich auf und lief in den Stall. In diesem Augenblick fuhr der Krankenwagen auf den Hof. Emily schrie. Die Sanitäter waren sofort bei Eric.

„Sieht nicht gut aus", sagte der eine. „Los, auf die Trage mit ihm."

Eric kam zu sich. Er sah die weißen Kittel. „Nicht!"

Der zweite Sanitäter beugte sich über ihn. Er hatte hellbraunes Haar, verständige Augen und kräftige Hände. „Es muß sein, Sir. Sie sind übel zugerichtet. Wir bringen Sie ins Krankenhaus. Beruhigen Sie sich. Sagen Sie mir Ihren Namen?"

„Eric. Wie heißen Sie?"

„Hugh."

Die Trage wurde in den Krankenwagen gehievt. Eric wollte sich aufrichten, aber ihm wurde übel, und Hugh drückte ihn sanft zurück. Unter sich spürte er ein leises Schwanken – sie fuhren. Er fühlte noch einen unangenehmen Druck an seinem Oberarm, darauf einen Stich, ein kurzes Druckgefühl, als seine Vene unter der Injektion anschwoll – und zu seiner Benommenheit und Schwäche gesellte sich endlos scheinende Schwärze.

Als Eric sich seines Körpers bewußt wurde, fühlte er, daß er sich nicht bewegen konnte. Er zerrte – da waren mechanische Widerstände. Er riß die Augen auf und schloß sie sofort wieder, weil ihm selbst das weiche Licht eines sinkenden Tages weh tat. Aber er hatte doch einen Blick auf die breiten leinernen Gurte erhascht, die Beine, Oberkörper, Hals und Arme umspannten. Eine Gestalt verdeckte das schmerzhafte Licht, und er konnte die Augen öffnen, ohne daß ihm schier der Schädel platzte.

„Sie müssen sich ruhig verhalten, Eric", sagte die Stimme. „Sie dürfen sich nicht anstrengen." Eric blinzelte und fixierte mit einiger Mühe die Gestalt einer Frau mit ergrauenden Haaren unter weißer Schwesternhaube. „Ich werde Dr. Mercury holen."

Wieder sank er in ein Meer von Dunkelheit, doch nicht so tief wie zuvor. Die leichte Berührung einer Hand auf seinem Arm holte ihn an die Oberfläche. Er hob langsam die Lider, aber er sah nicht mehr als einen weißen Kittel. „Nehmen Sie das weg, Doktor. Sie müssen mich nicht fesseln."

Geschickte Hände lösten die demütigenden Gurte. „Wollen Sie sich selbst verletzen?"

„Hugh?"

„Ja, ich bin's, Hugh. Dr. Mercury hat Sie gründlich untersucht. Wollte unbedingt hier sein, wenn Sie aus der Narkose erwachen, aber es gibt 'ne akute Appendizitis auf Station II. Ich mußte Sie lahmlegen, Eric, Sie hätten eine Schädelfraktur haben können. Es tut mir leid."

„Wie geht es ihm? Wird er wieder gesund?" Claire Hickman schoß auf Dr. Mercury zu, sobald sie den Raum verlassen hatte. Die anderen umstanden sie gleich darauf, begierig auf ihre Antwort wartend.

Dr. Mercury blieb stehen. „Er hat eine schwere Gehirnerschütterung und viele Quetschungen und eine Lähmung in seinem rechten Arm. Aber wenn er sich ruhig hält, wird er bald wieder ganz der alte sein."

„Können wir zu ihm?" fragte Claire.

Die junge Ärztin blickte sich unter ihnen um. „Keinesfalls alle", entschied sie. „Er schläft jetzt, und er muß Ruhe haben." Dr. Mercury war in der kleinen Klinik in dem kleinen schottischen Ort Kirkrose bekannt für ihre unorthodoxen Entscheidungen: *„Einen* Besucher kann ich schon verantworten." Ihr Blick blieb an Claire hängen. „Sie sind nicht seine Mutter, nicht? Ihr Name ist Hickman und seiner Gustavson."

„Er wohnt bei uns. Wir haben ihn ins Herz geschlossen wie einen Sohn. Nicht, David?"

„Aye, Frau Doktor, das stimmt", bestätigte David Hickman. „Er hat niemanden, keine Familie."

„Außer Ihnen beiden, will mir scheinen."

Emily wandte sich um und fand den Ausgang. Sie konnte ihm nicht geben, was diese beiden ihm gaben. Und sie hatte ihn getäuscht. Nie wieder würde sie seinen innersten Kern erreichen können, wie es ihr zum Beginn ihrer Begegnung fast gelungen war.

Erics scheues Lächeln leuchtete auf. „Claire."

„Schschsch." Sie kam leise zu seinem Bett. „Nicht sprechen", hauchte sie. „Dr. Mercury sagt, ich darf Sie kurz sehen, aber Sie sollen sich nicht anstrengen." Claire umfaßte seine linke Hand, und er sah einen feuchten Schimmer in ihren Augen. „David hatte wie verabredet auf Sie gewartet, und als Sie nicht kamen, fuhr er runter zum Haus. Der alte Fargus erzählte ihm, was passiert war und daß Mrs. Fargus mit zum Krankenhaus gefahren sei. Er war sehr aufgeregt. David kam dann nach Hause und holte mich ab, und seitdem sind wir hier, seit gestern abend."

Erics Augen huschten erschrocken zum Fenster. Das Licht wurde blau. Hugh mußte ihm eine ganz hübsche Portion verpaßt haben, wenn er jetzt erst aufgewacht war. Lance – er haßte es, seinen Verpflichtungen nicht nachkommen zu können. Als habe sie seine Gedanken gelesen, sagte Claire: „Ich habe Billy angerufen. Er versorgt Sir Lancelot mit Futter und Wasser. Ich hab ihm gesagt, er soll die Eimer einfach durch die Tür schieben und gar nicht erst versuchen, in den Stall zu gehen. Und morgen kann ich mich wieder um Prince Charming kümmern."

„Danke, Claire."

„Schschsch." Claire wandte sich zur Tür um, durch die jemand im weißen Kittel trat. „Ich weiß, Dr. Mercury", sagte sie. „Zeit zu gehen." Sie neigte sich ein wenig über Eric. „Morgen komme ich wieder."

„Danke, Claire", flüsterte er wieder.

Claires rauhe Hand strich über seine Wange: „Komm bald zurück. Wir vermissen dich." Dann drückte sie einen Kuß auf seine Schläfe und war fort.

Dr. Mercury hatte still an der Wand gestanden und beobachtet, die Hände in die Kitteltaschen gegraben. Als Claire den Raum verlassen hatte, trat sie zu dem Patienten. „Mein Name ist Mercury. Elaine Mercury." Sie hatte eine hübsche Stimme, weich und melodisch. Seine Lippen bewegten sich. „Was haben Sie gesagt, Mr. Gustavson?"

„Fayre Elaine."

„*Fayre* Elaine?!"

„Steinbeck. ‚Meine Reisen mit Charly', erstes Kapitel."

„Ich bin Ihre Ärztin. Ich muß weitere Untersuchungen vornehmen, jetzt, da Sie wach sind."

„Sie passen überhaupt nicht ins Bild", murmelte er, während sie tastete. Dann ließ sie Lichtstrahlen in seine Augen fallen und klopfte seine Wirbelsäule ab. „Sagen Sie, wenn es weh tut." Sie überprüfte seine Reflexe. „Alles soweit in Ordnung. Der Arm wird auch bald wieder funktionieren. Was meinten Sie, ich passe nicht ins Bild?"

„Helle Haut und rotes Haar wie eine Keltin und dunkle Augen wie eine Piktin. Wie geht das zusammen?"

Dr. Mercury zwinkerte schelmisch. „Ich bin eben eine Mischung."

Die tiefblauen Schatten um seine Augen wurden noch dunkler. Kurz bevor Eric das Bewußtsein wieder verlor, murmelte er: „Ich denke, Sie sind eine sehr schöne Mischung."

Das Leben im Krankenhaus war eine neue Erfahrung für Eric. Er, der früh erwachsen geworden war und seit langem selbst für sein Wohlergehen sorgte, wurde entmündigt. Es gab für alles festgelegte Zeiten: für die Hygiene, die Mahlzeiten, die Untersuchungen. Er unterdrückte einen Wutausbruch, als ihm nicht erlaubt wurde, unter die Dusche zu gehen. Hugh wusch ihn im Bett, nachdem er eine gummierte Unterlage auf die Matratze gelegt hatte.

„Verflucht, ich kann das selbst!"

„Können Sie nicht. Es geht nach Dr. Mercury, und ihre Order lautet, Sie dürfen nicht länger als fünf Minuten auf den Beinen sein. Seien Sie froh, daß sie Ihnen wenigstens fünf Minuten zugestanden hat, um aufs Klo zu gehen."

„Ich werde mit ihr reden."

„Das können Sie tun, aber ich hab's noch nie erlebt, daß Dr. Mercury eine Anordnung widerrufen hat. Und zu Recht. Sie ist eine verflixt gute Ärztin."

„Sie sieht aus wie ein Teenager. Nicht älter als siebzehn."

„Legen Sie neun Jahre drauf, dann stimmt's."

„Wann lassen Sie mich aufstehen, Dr. Mercury?" fragte Eric bei der Visite.

„Wenn ich es verantworten kann."

„Aber ich bin in Ordnung! Was macht schon ein bißchen Schädelbrummen!"

„Eric! Haben Sie Geduld mit sich! Was Ihnen passierte, ist keine Kleinigkeit, Sie brauchen Zeit, um sich zu erholen. Sie sind Tierarzt; Ihnen muß ich nicht erklären, was geschieht, wenn ein Schädel derart traktiert wird wie der Ihre. Dieses Pferd hätte Sie umbringen können. Also verhalten Sie sich ruhig und folgen Sie den Anweisungen."

Er folgte den Anweisungen und unterdrückte die heftigen Anflüge von Rebellion. Er schlief lange erholsame Stunden während des Tages, und sobald das Licht sank, war er für die Welt nicht mehr zu haben. Es schien, als habe sich über die Jahre seines anstrengenden Lebens eine Müdigkeit angesammelt, die er jetzt wegschlief. Wenn er wach war, wollte er gern lesen, aber die Buchstaben verschwammen ihm vor den Augen.

Nach zwei Wochen erhielt Emily Fargus die Erlaubnis, ihn zu besuchen. Sie kam auf ihn zu, zierlich und schön, gefolgt von Dr. Mercury.

„Eric, es tut mir leid.“ Emily zog den kleinen Schemel an sein Bett. „Ich hoffe, daß Sie Solitaire nicht in Bausch und Bogen verurteilen. Sie ist jetzt wieder bei den anderen. Nur deswegen ist sie noch am Leben. Wäre sie nicht geflohen, hätte Vater sie erschossen. Er bringt nicht die Kraft auf, die Herde zu suchen, und ich habe mich geweigert, sie mit dem Wagen aufzuspüren. Übrigens – Vater und ich haben miteinander gesprochen. Wir bitten Sie, die Leitung des Gestüts zu übernehmen, sobald es Ihnen bessergeht, Eric.“

Er blinzelte und wischte sich über die Stirn, als helfe ihm das, seine plötzlich ineinanderschießenden Gedanken zu ordnen. Emily fuhr stockend fort: „Diese Bitte hat nichts mit Solitaire zu tun. Es ist – auch wegen Excalibur. Ich könnte ihn nie so handhaben, wie Sie es tun, und Vater gab mir sehr eindringlich zu verstehen, wie viele Vorteile es hat, wenn der Zuchthengst und der Leiter des Gestüts miteinander und nicht gegeneinander arbeiten. Wir haben bis jetzt immer davon Abstand genommen, unsere Hengste als Beschäler auch für fremde Stuten einzusetzen –, keiner konnte ja mit ihnen umgehen. Wenn Sie die Aufsicht hätten, würde eine Beschälung ebenso geordnet vor sich gehen wie das Einbringen der Stuten, und es ist ein einträgliches Geschäft. Was sagen Sie dazu?“

Was konnte er dazu sagen? Dieses Angebot, diese „Bitte“, wie sie es nannte, bedeutete das, wonach er sich immer gesehnt hatte – Land und Pferde. Land, über das er verfügen konnte, Pferde, die ihm nicht weggenommen wurden. Er könnte das Gestüt straffer und effizienter organisieren. Die Fohlen konnten von ihm zu Poloponys oder Jagdpferden ausgebildet werden und brächten auf den Auktionen gute Preise. Vielleicht ließen sich Rennpferde züchten – Excalibur war edelsten Blutes, und Solitaire war wie geschaffen für die Zucht von Rennpferden, die hohe Gewinngelder einbrächten.

Aber wiederum wäre es nicht sein eigen. Die entbehrungsreichen Jahre seiner frühen Jugend hatten einen Hunger in ihm entstehen lassen, den nur eigener Besitz zu stillen vermochte. Selbst wenn er bei den Fargus' genau das tun konnte, wovon er immer geträumt hatte – niemals würde dieser Hunger dadurch gestillt werden. Er wollte kein Arrangement. Er wollte eigenes Land und eigene Pferde. Er wollte nicht verwalten. Er wollte besitzen.

Er schwieg und starrte an die gegenüberliegende Wand. Dr. Mercury rührte sich. „Mrs. Fargus, Mr. Gustavson ist wohl noch nicht wieder soweit hergestellt –“

„Bitte, lassen Sie mich noch eines sagen. Es fällt mir nicht leicht.

Eric, wenn Sie es noch einmal mit Solitaire versuchten, wenn es Ihnen gelänge, sie einigermaßen fügsam zu machen – dann wird ihr erstes Fohlen Ihnen gehören. Das Fohlen ist zwar Mr. Turner versprochen. Aber sie wird weitere Fohlen haben – lenkbare Fohlen, wenn sie selbst wieder lenkbar ist. Sir Simon muß dann eben ein Jahr länger warten."

„An Ihrer Stelle, Mr. Gustavson", schaltete sich Dr. Mercury abermals ein, „würde ich mich diesem Pferd nie mehr nähern. Es hat Sie beinahe umgebracht. Und mir scheint, daß es das wieder versuchen wird." Eric sah zu ihr auf. Sie las die Zerrissenheit in seinem Blick. „Ich bin Humanmedizinerin, keine Tierärztin. Aber ich weiß, daß Pferde sehr empfindsame Geschöpfe sind. Wenn Sie ein weiteres Mal vor dieser Stute stehen, werden Ihre Erinnerungen bei Ihnen sein – Entsetzen, Unglaube, Furcht. Sie wird es spüren. Und sie wird sich erinnern, daß sie Sie schon einmal geschlagen hat."

Emily maß sie mit einem flammenden Blick. „Es ist Mr. Gustavsons Entscheidung, nicht Ihre!"

„Richtig. Aber ich sehe, daß Sie Mr. Gustavson gezielt an seinem empfindlichsten Punkt angreifen und dabei vergessen, daß Sie ihn auch darum bitten, sein Leben zu wagen."

„Er weiß, was er wagen würde!"

„Ich muß darüber nachdenken", sagte Eric mühsam.

„Mrs. Fargus?" Elaine Mercury geleitete die Besucherin zur Tür. „Wenn ich gewußt hätte, worüber Sie mit ihm sprechen wollen, hätte ich Sie nicht zu ihm gelassen. Dies war Ihr letzter Besuch für einige Zeit. Sie haben mir nicht die Wahrheit gesagt. Sie sagten, Sie wollten ihn nur sehen."

„Wann kann ich ihn wiedersehen?"

„An dem Tag, an dem ich seine Entlassungspapiere unterzeichne", kam es knapp und kühl zurück.

Als Eric nach Sunrise zurückkam, waren die hübschen weißen Blumen schon längst verblüht. Das Laub der Buchen und Birken hatte die dunkle Tönung des Hochsommers angenommen. Er war gut erholt, sein rechter Arm hatte Kraft und Beweglichkeit zurückgewonnen, und von einem gelegentlichen kleinen Schwindel abgesehen war auch sein Schädel wieder in Ordnung.

Er hatte Dr. Mercury versprechen müssen, daß er sich schonen würde. „Ich warne Sie, Mr. Gustavson", hatte sie lächelnd gesagt und ihren Arm um Claires Schultern gelegt, „Mrs. Hickman und ich haben einen Pakt geschlossen – sie wird mir berichten, wenn Sie sich nicht an Ihr Versprechen halten."

Claire hatte eifrig eingeworfen: „Wir würden uns freuen, wenn Sie uns mal besuchen kämen. Ich möchte ein Festessen für Sie geben."

„Lassen Sie sich das nicht entgehen, Dr. Mercury. Claire ist die beste Köchin der Welt." Die Pies und die Süßigkeiten, die Claire ins Krankenhaus geschleppt hatte, waren stets der Höhepunkt von Erics Tag gewesen.

„Nun, wir werden sehen, ob der Dienstplan es zuläßt. Aber ich nehme gern an, Mrs. Hickman, vielen Dank."

„Ob sie es ernst gemeint hat, daß sie uns mal besuchen kommen will?" fragte Claire vom Rücksitz aus.

Elaine Mercury hatte auch auf Eric einen tiefen Eindruck gemacht. „Sie hat sicher viel um die Ohren." Er dehnte und streckte sich. Es war herrlich, wieder einen Körper zu haben, der ihm gehorchte. Lance war ein wenig rundlich geworden. Er hatte nicht viel Bewegung in dem kleinen Garten gehabt, und Claire hatte es mit dem Füttern etwas zu gut gemeint. Er hatte ihn am Morgen auf Billys Koppel gebracht, damit er herumtoben konnte. Seltsam nahm sich dieser seidige Aristokrat neben den wetterharten Ponys aus. Maudies kleiner Hengst war inzwischen tüchtig gewachsen.

Es war ein gutes Gefühl, auf den eigenen zwei Beinen einhermarschieren zu können, das Gras unter seinen Stiefeln zu spüren. Heute abend würde er Lance reiten, und nichts würde ihn davon abhalten.

In Sunrise House wurde er bereits erwartet. Der alte Fargus hatte ihn vom Fenster des Salons aus gesehen und kam ihm entgegengehumpelt. Herzhaft schüttelte er Eric die Hand. „Sir Simon war ein paar Tage weg und ist erst gestern zurückgekehrt. Kommen Sie, mein Junge." Er hinkte neben Eric her und warf ihm kleine Seitenblicke zu. Offensichtlich fragte er sich, ob Eric eine Entscheidung hinsichtlich der Gestütsleitung getroffen hatte, wagte jedoch nicht zu fragen.

Turner kam auf Eric zugestürmt. Es gab eine bärenartige Umarmung. „Hörte gestern erst, was mit dir passiert ist, Junge. Üble Sache."

„Na, es ist vorbei. Wo waren Sie denn?"

„Ich dachte, es wär gut, zu Hause auf dem Gestüt nach dem Rechten zu sehen. Jetzt habe ich meinen Wagen mitgebracht. Die sechs Pferde, die du in Arbeit hast, sind schon wieder ein bißchen verwildert, es wird Zeit, daß ihre Schulung weitergeht. Du weißt, daß ich sie auf der Herbstauktion verkaufen möchte. Ich will ja nicht drängen", setzte er hinzu, „und natürlich kannst du nichts dafür, daß du wochenlang im Krankenhaus warst, aber –"

Eric bemerkte, daß Emily und ihr Schwiegervater unruhige Blicke wechselten. Er mußte ihnen sobald wie möglich sagen, daß er ihre „Bitte" nicht erfüllen würde. Aber Solitaire – er mußte es versuchen. Emily hätte keinen stärkeren Anreiz finden können, als ihm ihr erstes Fohlen in Aussicht zu stellen. Es war unwiderstehlich. Dauernd hatte er seither gerechnet – das Fohlen würde in etwa einem Jahr zur Welt kommen. In zwei weiteren Jahren könnte es der Grundstock zu seinem Lebenstraum sein.

Eric wandte sich an Mr. Fargus. „Ich halte es für besser, wenn Sie nicht mitkommen, Sir. Es wird vielleicht ein langer, anstrengender Ritt, bis wir die Herde gefunden haben. Und auch Mrs. Fargus sollte hierbleiben." Er verließ den Salon, gefolgt von Turner.

„Es scheint, du hast einen Plan."

„Im Krankenhaus hatte ich genug Zeit zum Überlegen. Aber ich will nicht vorher darüber reden."

Es war ein gutes Gefühl, endlich wieder ein Pferd aus der Box zu holen, es zu satteln und zu trensen. Peach war die Stute, die er reiten wollte, eine seidige Schönheit von hellem Rot. Turner hatte sich für Margravine entschieden, und Edward, der dringend darum gebeten hatte, mitgenommen zu werden, wollte Garnet reiten. So waren es drei Füchse, die vom Anwesen aufbrachen, und über Peachs Sattel hing ein Sack mit Hafer. Eric verließ sich auf den Instinkt der Stuten. Ihr natürlicher Drang, die Herde wiederzufinden, war der Metallpfeife vorzuziehen.

Die Herde war näher beim Haus als bei der ersten Begegnung. Excalibur war schon von weitem auf dem höchsten Aussichtspunkt der Gegend zu erkennen, und Eric ließ seine Stute laufen. Als sie schnell die Steigung erklomm, wirbelte der Hengst herum und kam ihnen entgegen. Er umkreiste die Stute und trieb sie zu den anderen. Eric ließ sich aus dem Sattel gleiten. „Hast du mich vergessen, mein Junge?"

Beim Klang der Stimme blieb der Rote stehen, hob den Kopf und witterte intensiv. Da war der Geruch von Hafer in seinen Nüstern, den Eric ihm auf der ausgestreckten Hand anbot; aber da war auch diese leichte Berührung auf seinem Widerrist, da war die warme dunkle Stimme, da war – endlich – sein Freund! Er schob seinen Kopf in Erics Arme. „Du hast mir gefehlt, mein Junge." Lance hatte sich bei ihrem

Wiedersehen genauso wie Excalibur verhalten. Die Freundschaft der Tiere – er war bereit, auf alles zu verzichten, nur nicht darauf.

Es war eine wilde Jagd hinter den Stuten her. Als Turner merkte, daß es nicht auf Sunrise House, auf die Ställe zuging, lenkte er Margravine in Erics Nähe: „Wo willst du hin?“ schrie er.

„Zum Meer! Los, kommen Sie!“

Ehe Turner es sich versah, war Margravine eingekeilt in eine Flut von schnaubenden Leibern, und er mit ihr. Jetzt galt es, im Sattel zu bleiben, denn die Stute hatte sich der Kontrolle des Hengstes untergeordnet und war unzugänglich für Turners Befehle.

Endlich kam die Herde auf einer sich in den Atlantik streckenden Landzunge zur Ruhe. Turner ließ sich aus dem Sattel fallen. Er sah zu seinem Erstaunen, daß Eric seine Kleidung abstreifte. „Was ist jetzt los? Willst du ein Sonnenbad nehmen?“

Eric war nackt bis auf die Badehose. „Keine Spur. Es geht um Solitaire.“ Die Idee war ihm gekommen, als Hugh ihn gewaschen hatte. Er ging auf Excalibur zu, der seine Stuten in Schach hielt, und zog sich auf seinen Rücken, nachdem er sich ausgiebig hatte beschnuppern lassen, damit der Hengst seine veränderte Erscheinung akzeptierte: „1. Akt, 1. Szene. Es wird drei Hauptdarsteller geben, mein Junge – dich, Resistance, und mich. Wenn die erste Szene glatt über die Bühne geht, wird es in der 2. Szene eine vierte Hauptperson geben, nämlich Solitaire. Wenn Resistance zurückscheut, dann mußt du die ganze Arbeit machen. Du mußt sie treiben wie noch nie. Sie *müssen* gehorchen.“ Seine Hand fuhr über Excaliburs Hals.

Excalibur verschmolz mit seinem Reiter zu einer Einheit. Er setzte sich in Bewegung und trieb die Stuten zum Meer. Die ersten stockten, als ihnen die kleinen schaumgekrönten Ausläufer um die Fesseln leckten, doch der Wille des Hengstes drängte sie voran. Resistance war die erste, die ihre Hufe auf den Kies setzte. Sie rutschte tiefer und quiekte, als das Wasser ihre Brust umspülte, riß den Kopf hoch, als unversehens kein Grund mehr unter ihr war; aber dann fand sie Gefallen an dieser neuen, fast schwerelosen Art der Fortbewegung.

Als das Wasser Excalibur und ihn traf, war es Eric, als seien sie in die Fluten eines Polarsees getaucht. Er hatte nicht erwartet, daß das Wasser so kalt sein würde. Excalibur prustete. Eric saß nicht mehr auf seinem Rücken, sondern berührte, neben ihm schwimmend, nur seinen Hals. „Wir müssen weit raus, Junge.“ Excalibur trieb seine Herde, hinter ihm schwimmend, weiter hinaus ins Meer. Turner und Edward standen fassungslos am Ufer.

Als sie mehr als einen Kilometer vom Land entfernt waren, lenkte Eric den Hengst sacht in die Mitte der Herde, wo Solitaire schwamm. Es war typisch, daß sie sich in der Mitte hielt, wo sie geschützt war von den Körpern der anderen. Aber das schützte sie nicht vor *ihm*. Er glitt zu ihr heran und legte ihr die Hand auf den Hals. All ihr Sträuben nützte ihr jetzt nichts: Sie versank im Wasser, wenn sie sich zu erbittert wehrte, und wenn sie wieder auftauchte, war immer diese beängstigende Nähe da – und doch, diese Stimme war sanft und verständnisvoll... Gab es vielleicht doch einen Weg zurück? Sie fühlte die Tiefe unter sich. Rechts und links von ihr drehten die anderen Pferde ab und strebten wieder dem Ufer zu, aber sie wurde von dem Hengst weitergetrieben in dieses fremde, kalte Element.

Eine Wärme gab es. Eine Quelle von Sanftheit und Ruhe in ihrer steigenden Panik. Leichte Hände und eine freundliche Stimme. Das war anders als die ihr aufgezwungenen Gewichte und die Gurte und das Schreien. Diese Stimme würde sie nicht des Nachts anschreien. Wenn sie unter die Oberfläche sank, war da ein kräftiger Zug an ihrer Mähne, zwei verschlungene Hände unter ihrer Kehle, die ihren Kopf über die Oberfläche hielten, und eine Stimme, die ein wenig atemlos murmelte: „Da habe ich dich tatsächlich buchstäblich an der Mähne herausgezogen aus deinem Sumpf. Hab jetzt keine Angst mehr, kleines Mädchen." Sie ergab sich. Sie ließ zu, daß sich die Arme um ihren Hals legten, nicht, weil sie sich nicht wehren konnte, sondern weil sie es wollte und wünschte.

ALS SOLITAIRE, naß und keuchend, über den Kies auf das feste Land watete, schüttelte sie heftig das Wasser aus Fell und Langhaar und wehrte sich nicht, als Eric zu ihr sprach und sanft ihren Hals streichelte.

„Eric!" Turner näherte sich langsam, um die Stute nicht zu erschrecken. „Eine Glanzleistung nenne ich das! Wie bist du bloß auf diese grandiose Idee gekommen?"

Solitaire verhielt sich ruhig, als er sich näherte; Eric hatte nicht auf einen solchen Erfolg zu hoffen gewagt. Sein Gefühl sagte ihm jedoch, daß dieses Kapitel noch nicht beendet war. Aber sie stand still, ließ sich von ihm und Turner berühren, scheute nicht, wenn sie sprachen. Eric streifte seine Kleidung über. Doch als Edward sich den Weg zu ihnen bahnte und näher kam, zuckten Solitaires Ohren, in ihre Augen trat der Ausdruck von Angst – als er sich auf zehn Meter genähert hatte, bäumte sie sich auf. Der nasse Kies kreischte unter ihren Hufen, und schon war sie davon. Wie ein Keil schob sie sich in die Masse der wartenden Herde und verhielt dort, schwer atmend.

Eric überwachte die Inbesitznahme des Stalles durch die Stuten; er ließ sie nur einzeln herein, und als Solitaire in die Stallgasse kam, schloß er die Tür hinter ihr. Halbdunkel war um sie.

Würde sie sich an das Gefecht erinnern, das sie einander hier geliefert hatten? Würde sie wieder verrückt spielen? Mit einem raschen Blick hatte er sich versichert, daß die erste Boxentür geöffnet war, so daß er sich notfalls darin in Sicherheit bringen konnte. Doch er fühlte keine Ablehnung. Sie ging auf ihre Box zu, blieb stehen und wandte ihm den Kopf zu. „Solitaire?" Ein leises Schnauben.

Eric ging langsam, mit weit vorgestreckten Händen, auf sie zu. Sie drehte sich zu ihm um – und kam ihm einen kleinen Schritt entgegen. Ihr Kopf glitt auf und nieder an ihm, sie untersuchte ihn von den Haarspitzen bis zu den Zehen. Er berührte ihr feines Gesicht, strich ihr das silberne Mondhaar zwischen den Augen zusammen. Sie schien das ebenso gern zu haben wie Excalibur. Was war nur auf der Landzunge geschehen, das sie wieder scheu und angstvoll gemacht hatte? Jetzt war sie friedlich und zugänglich. „Du solltest dich jetzt ausruhen, Prinzessin, es war ein harter Tag." Er drückte gegen ihre Schulter, und sie ging friedlich in ihre Box.

„Ich werde jetzt die anderen holen", sagte er. Sie blickte ihm durch die Gitterstäbe der Futtermulde nach.

„Die anderen" waren nicht nur der Rest der Stuten, sondern auch Turner, Emily und Grandpa Fargus. Louise schlich sich hinter ihnen her, aber niemand schickte sie auf ihr Zimmer; alle waren viel zu gespannt. „Ich hätte gern, daß wir uns vor Solitaires Box herumtreiben – uns unterhalten, ein bißchen hin und her gehen, sie gelegentlich streicheln."

Der Klang der Stimmen störte Solitaire nicht. Sie hatte ihren Hafer gefressen und fühlte sich behaglich. Genüßlich kaute sie ihr Heu und schob ab und zu den Kopf über die Tür oder die Krippe, jeder konnte sie berühren.

„Eric!" jubelte Emily schließlich, „was für ein Wunder haben Sie da vollbracht! Und in nur einem Tag! Ich dachte zwar, daß es Ihnen gelingen würde, aber ich glaubte, Sie würden viel mehr Zeit brauchen!"

„Ich hab da so ein Gefühl, daß es nicht ganz so einfach ist." Er rief Edward, den er gebeten hatte, vor dem Stall zu warten, herein. Und sobald Solitaire ihn entdeckte, sprang sie in die äußerste Ecke ihrer Box und schlug unter hohen, spitzen Schreien wieder verzweifelt gegen die weißgetünchten Wände aus.

„Gehen wir. Ich denke, sie wird sich jetzt schneller beruhigen als früher.“

Als die kleine Gruppe den Stall verlassen hatte, kehrte Eric um, öffnete Solitaires Box und blieb still stehen. „Prinzessin – liebes kleines Mädchen –“ Sie ging nicht auf ihn los. Für einige Minuten noch schlug sie gegen die Wände, aber dann begann sie, auf ihn zu hören. Er trat zu ihr, und sie ließ sich berühren, ja, sie beschnupperte ihn wieder interessiert und ließ zu, daß er ihren Kopf gegen seine Brust zog. „Du bist nicht wahnsinnig“, flüsterte er. „Im Wasser, in der Kälte, als du in Todesangst warst, da hast du den Unterschied begriffen… den Unterschied zwischen denen, die dich so verstört haben, und denen, die nur dein Bestes wollen und dir kein Leid zufügen werden. Wenn ich nur herausfinden kann, wer oder was dich so verstört hat, werde ich dir helfen. Edward kann es doch nicht sein. Du kennst ihn, seit du auf dieses Gestüt kamst. Er ist ein anständiger Bursche.“

„Ich fühle mich wie ein Wurm.“ Edward blickte Eric kläglich an, als dieser aus dem Stall kam. „Von allen läßt sie sich jetzt anfassen, aber sobald ich in ihre Nähe komme, springt sie in die Luft. Und ich hab ihr nie was getan! Ich bin sogar zu ihr gegangen, als sie so wild war, und hab sie aus ihrer Box gelassen, und dafür hat sie mich beinahe umgebracht!“

„Wir wissen das, Edward. Aber es muß etwas an Ihnen sein, das ihre Erinnerung an ihre schwärzeste Zeit weckt. Und solange dieses ‚Etwas‘ nicht ausfindig gemacht werden kann, wird die Stute nie vollständig zurechnungsfähig sein.“

„Was wirst du tun?“ fragte Turner.

„Ich werde sie beobachten. Nur so besteht die Möglichkeit, die Lösung zu finden.“ Turners Gesicht wurde grau. Eric wußte, woran er dachte. „Mit Lance kann ich hier weiterarbeiten“, sagte er eilig. „Und die anderen… auch wenn sie jetzt schon wieder ein wenig verwildert sind, sollte ich sie in drei Wochen so weit haben, daß sie auf der Herbstauktion glänzen, wenn ich jeden Tag hart mit ihnen arbeite.“

„Eric hat in Solitaires Fall auch ein persönliches Interesse“, warf Emily leise ein. „Sir Simon, ich habe ihm Solitaires erstes Fohlen versprochen, wenn es ihm gelingt, sie fügsam zu machen.“

„Oh!“ Turner starrte auf den Teppich. „So ist das. Tja, scheint so, als wär der Pferdehandel auch nicht mehr das, was er mal war. Früher galt der Handschlag so gut wie ein unterzeichneter Vertrag.“ Er sah Emily fest in die Augen. „Ich habe Eric freigegeben, damit er hierherkommen konnte. Und ich habe mein Gestüt sträflich vernachlässigt, weil ich dabeisein wollte, wenn Solitaire wieder zugänglich ist. Sie wissen, wieviel mir an diesem Fohlen liegt."

„Sir Simon, mein Handschlag gilt! Sie werden das nächste Fohlen bekommen. Doch verstehen Sie, ich mußte Eric etwas anbieten, von dem ich wußte, daß er es sich mit aller Kraft wünscht, sonst wäre er gegangen, und die Stute hätte niemandem genützt! Ich wußte, daß Geld keinen so starken Anreiz haben könnte."

„Da kennen Sie ihn ja ganz gut, scheint's."

„Wie meinen Sie das?"

„Ich bin nicht blind, Emily. Eric ist ein hübscher Bursche. Ich kann's Ihnen nicht verdenken. Aber einen Handschlag beim Pferdehandel zu ignorieren ..." Er verließ den Raum.

IM COTTAGE der Hickmans hockte Eric unglücklich vor dem großen Küchentisch. Claire hatte zum Tee Sandwiches zubereitet, dick gebuttert, mit Schinken, Käse, Tomatenscheiben und Salatblättern belegt. „Sie essen ja nicht, Eric! Möchten Sie lieber Huhn? Oder etwas Süßes?"

„Nein, Claire, vielen Dank. Ich werd mal nach Lance sehen."

Er schlenderte die staubige Dorfstraße hinunter. Seltsam, daß seine Schritte so schwerfällig waren. Bisher hatte er es nicht als Verrat angesehen, noch einmal alles für Solitaires Fohlen zu wagen. Es hatte erst begonnen, den Geschmack von Verrat zu bekommen, als er den Schmerz in Turners Augen gesehen hatte. Turner mußte dieses Fohlen ebenso begehren wie er.

Sir Lancelot segelte mit weiten Tritten auf ihn zu und vollführte einen kleinen Tanz für seinen Freund – mit hochgereckt wehendem Schweif trabte er in einem kleinen Kreis.

„Eric! Ach, gut daß Sie da sind! Da ist ein Anruf für Sie!" Mrs. MacKinnan winkte ihm vom Küchenfenster aus.

„Eric!" Die Stimme klang belegt.

„Sir Simon?" Turner würde ihm sagen, daß er ihn nicht mehr beschäftigen konnte, und er würde Lance verlieren.

„Bin froh, daß ich dich erreicht habe. Die Hickmans gaben mir die Nummer der MacKinnans. Ich bin jetzt in einem Gasthof. Also, weswegen ich anrufe ... Es tut mir entsetzlich leid. Ich wußte wohl nicht mehr so recht, was ich sagte. Es ist dein Bier, wenn du mit Emily –"

„Hab ich nicht. Sie bot mir das Fohlen an, als ich im Krankenhaus war. Sie wußte, daß sie mir *wirklich* etwas bieten mußte, um mich dazu zu bringen, es mit Solitaire noch mal zu versuchen."

Schweigen. Dann: „Aber ich war zuerst da. Ich bot ihr ziemlich viel Geld. Du hast allerdings die Stute wieder in Ordnung gebracht."

„Nur halbwegs."

„Jedenfalls ist sie besser dran als vorher... Was ich sagen will – Das Fohlen gehört dir. Und... ich hoffe, du denkst nicht daran, mich zu verlassen. Die Pferde brauchen dich. Und darum brauche auch ich dich. Wo sollte ich einen wie dich noch einmal ausgraben? Und außerdem hab ich dich gern." Turner mußte etwas getrunken haben, sonst wäre er nicht so überschwenglich gewesen.

„Schon recht, Sir Simon." Eric rang um Beherrschung. „Genießen Sie Ihr Wochenende."

„Das werd ich, die Angelrute steht schon bereit. Aber... es wär nicht dasselbe, wenn ich dich verloren hätte." Es gab ein kleines Räuspern und ein leises *„Bye"*.

Eric hängte den Hörer auf und lehnte sich an die Wand. Das Hemd klebte ihm am Rücken.

„Mr. Gustavson?" Mary MacKinnan stand vor ihm. Sie war errötet und zerknüllte ihre Schürze.

„Was kann ich für Sie tun, Mrs. MacKinnan?"

„Oh, es ist Danny. Er ist draußen. Er braucht Hilfe. Er ist weit gefahren..."

Daniel MacIntyre war ein schmaler junger Mann mit rötlichem Haar und hellblauen Augen. Sein Kopf reichte nicht einmal bis zu Erics Schultern. Er stand ein wenig unbeholfen vor den Stufen der Küche und hatte einen zerknautschten Hut in der Hand, an dem er sich festzuhalten schien.

„Sie wollten mich sprechen, Mr. MacIntyre."

„Ja, wegen Butterbloom – eine von meinen Milchkühen."

Erics rechte Augenbraue hob sich verwundert. Danny MacIntyre sah eigentlich zu zart aus, um eine eigene Farm zu bewirtschaften. „Was fehlt ihr?"

„Sie hat grad ein Kalb gehabt, einen feinen kleinen Bullen, aber jetzt hängt da was aus ihr raus, und Timmy ist im Krankenhaus, und ich wußte mir keinen Rat, und da fielen Sie mir ein, Sir, und da dachte ich..."

„Schon recht, Mr. MacIntyre. Lassen Sie uns gehen." Prolabierter Uterus. Nach dem Lehrbuch keine seltene Angelegenheit bei Kühen. „Und nennen Sie mich nicht Sir. Ich heiße Eric."

„Oh, *aye.* Mein Name ist Danny."

„Schön. Danny, wir müssen meine Medikamente holen. Sie sind oben, auf der anderen Seite des Dorfes."

„*Aye.* Bin froh, daß Sie mitkommen." Danny erzählte, daß ein geplatzter Reifen ihn zusätzlich aufgehalten hatte, und beim Anblick seines Wagens brauchte die Wahrheit nicht in Zweifel gezogen zu werden: der zerbeulte Kombi knirschte auf den abschüssigen Passagen, als würde er jeden Moment auseinanderbrechen. „Stört Sie's, wenn ich das Radio anstelle, Eric?"

„Nicht die Spur."

Danny kippte den Schalter, er schien so ziemlich das einzige, was an diesem Auto funktionierte. Dannys Radio war auf einen amerikanischen Sender eingestellt und spielte Countrymusik. Eric hatte nie viel für Country übrig gehabt und hörte daher nicht hin, bis ein Lied erklang, das sich von den anderen abhob. Die Melodie war einnehmend, und es war eine anrührende Geschichte. Der Sänger traf nach vielen Jahren die Frau wieder, in die er einmal bedingungslos verliebt gewesen war, deren Verlust er nie hatte verwinden können. Immer hatte er gezweifelt an der Liebe zu seiner jetzigen Frau – und da war wieder *sie,* schön, funkelnd wie ein Diamant – und ebenso kalt, ebenso hart. Schon immer war sie so gewesen, doch jetzt erst erkannte er das, als er sie mit seiner Gefährtin verglich, die nicht diese Schönheit besaß, aber Wärme und die Kraft, alles mit ihm durchzustehen. Und er fand endlich Ruhe in der Gewißheit, daß Glanz nichts ist und Wärme alles; daß er die richtige Wahl getroffen hatte. Der Refrain ging Eric nicht mehr aus dem Kopf: *„Some of God's Greatest Gifts are Unanswered Prayers."* Nicht alle Gebete zu erhören, gehört zu Gottes größten Geschenken.

Sechs Milchkühe standen in Dannys kleinem Kuhstall. Erics Patientin war leicht herauszufinden – eine blaurot verfärbte Masse hing an ihrem Hinterteil, aber die Kuh rupfte unbekümmert an ihrem Heu.

„Könnte ich heißes Wasser und Seife haben, bitte?" Die Worte gingen Eric schon leichter von den Lippen als beim ersten Mal. „Und einen leeren Sack und eine starke Lampe."

Butterblooms Behandlung war ein weiterer Beweis für das Auseinanderklaffen von Theorie und Praxis: sie sagten nichts in den Lehrbüchern darüber, was für eine Knochenarbeit es ist, einen durch Beschädigung und verzögerte Behandlung aufgeschwollenen Uterus wieder in die richtige Lage im Leib der Kuh zurückzuschieben. Eric brauchte mehr als zwei Stunden.

Freude erfüllte ihn trotz der Anstrengung – er konnte es! Er hatte das Zeug zu einem richtigen Tierarzt! All die qualvollen Prüfungen hatten letztlich doch ihr Gutes gehabt. Als das große Organ korrekt eingelagert war, schlüpfte sein Arm zurück, wurde abgeseift, seine Hand wanderte zum Instrumentenkasten und wählte die sterile Nadel in der richtigen Stärke, in deren Öhr der Faden eingefädelt wurde. Butterblooms Vulva wurde mit einigen Stichen verschlossen, damit der Uterus an seinem Platz blieb. „Geben Sie ihr für eine Woche Leinöl mit ins Futter, Danny."

„*Aye,* das werd ich."

Die Arbeit ging zügig vonstatten. Als sie fertig waren, zupfte Butterbloom noch immer an ihrem Heu.

„Eric, darf ich Ihnen meine Familie vorstellen: meine Frau Lizzy und unseren Sohn, Daniel MacIntyre II." Aus Dannys Stimme klang Stolz. Eric wandte sich um, band sich den leeren Sack von der Hüfte, der seine Hosen geschützt hatte, nickte der jungen Frau freundlich zu und wollte sich dem Eimer zuwenden, um sich die Arme und den entblößten Oberkörper zu waschen, bevor er ihr die Hand schüttelte, aber sie hielt ihn auf: „Sie müssen ins Haus kommen, da können Sie sich ordentlich waschen und eine Erfrischung zu sich nehmen."

Eric wusch sich gründlich. Es gab ein neues Stück Seife für ihn und frische Leintücher, und in der Küche warteten ein Becher Tee und ein Schinkensandwich auf ihn.

„Sie haben da einen wirklich reizenden kleinen Jungen, Mrs. MacIntyre", sagte er.

„Ja, wir sind stolz auf ihn. Es lohnt sich, für ein Kind zu arbeiten."

„Oh, sicher. Viel Glück für die Dynastie, Ma'am."

„Danke sehr."

Auf der Fahrt zurück sagte Danny: „Es geht mich nichts an, aber darf ich Sie was fragen? Haben Sie selbst Kinder?"

„Nein."

„Verheiratet?"

„Nein."

„Hörte, Sie waren eine Weile im Krankenhaus. Da hatten Sie wohl noch keine rechte Gelegenheit, sich umzusehen. Warum kommen Sie nicht mal mit in unser Pub? Gutes Bier und 'ne Menge netter Mädchen."

Eric hätte antworten können, daß er viel Arbeit und wenig Zeit hatte und nicht gern in Pubs ging, aber er sagte nur: „Wo ist es denn?"

„Rufen Sie mich an, wenn Sie Lust auf einen Drink in lustiger Gesellschaft haben. Ich hole Sie dann ab."

„Okay." Wahrscheinlich würde er diesen Anruf niemals machen.

Als Danny Eric auf Billys Farm absetzte, drückte er ihm einen Zettel in die Hand: „Hier ist unsere Adresse und die Telefonnummer. Ich erwarte Ihre Rechnung. Billy sagte, Sie wollten sich nicht bezahlen lassen. So was is' gefährlich. Wenn manche Leute erst glauben, daß sie Ihre Hilfe umsonst kriegen, haben Sie die immerzu auf dem Hals. Wenn der alte Timmy noch länger ausfällt und Sie im Notfall einspringen, müssen sich die Leute darüber klar sein, daß es sie was kostet."

„Okay, Sie kriegen Ihre Rechnung." Er würde in der Gebührenverordnung für Tierärzte nachschlagen müssen. „Wenn es Schwierigkeiten mit Butterbloom geben sollte, rufen Sie an, Danny. Sie erreichen mich –"

„Weiß schon. Da ist Billy. *Aye*, Billy, ich versuche gerade Eric zu überreden, heute abend ein Bier im ‚Swordfish' mit uns zu trinken." Danny stieg aus, und Eric entging das vielsagende Zwinkern.

Billy grinste breit. „Gute Idee, Danny. Wie ist's, nach Feierabend, Eric? Wir können uns im Pub mit Danny treffen."

„Ich werd's mir überlegen."

„Danke für Butterbloom", sagte Danny.

Eric nickte ihnen geistesabwesend zu, klemmte seine Tasche unter den Arm und entfernte sich mit schnellen Schritten.

„Feiner Junge, das", meinte Billy. „Aber immer gespannt wie 'n straffes Drahtseil."

Dannys Blick folgte Erics Gestalt, bis er im Stall verschwunden war, um Lances Ausrüstung zu holen. „Ich bin sicher, ich weiß, was ihm fehlt. Sieh zu, daß du ihn loseisen kannst, Billy." Danny kletterte wieder in sein zerbeultes Vehikel und fuhr nach Hause.

Billy stellte sich an die Außenseite des Koppelzaunes, in sicherer Entfernung von Sir Lancelot, dessen Führstrick mit einem fachkundigen Knoten um einen der Zaunpfosten geschlungen war. „Wundervoll", sagte er, „was der alles kann! Dieser Sprung da zum Abschluß der Dressur..., ich hätte nicht gedacht, daß ein Pferd so was machen kann – vorn und hinten hoch, und dann sicher auf allen vier Füßen zu landen."

„Die Kapriole, meinen Sie." Eric ließ Lance zur anderen Seite treten und rieb sein Fell mit einem weichen Tuch ab. „Der Sprung stammt aus den Tagen der Schlachtrösser, die mehr zu tun hatten, als ihren Reiter unerschrocken durch ein metzelndes Kampfgetümmel zu tragen; ein solches Pferd beherrschte Kampftechniken genau wie er. Die Kapriole war eine dieser Techniken – der Sprung nach vorn trieb den Pulk der

Feinde auseinander und verlieh Lanze oder Schwert des Reiters eine Kraft, die er allein nicht hätte aufbringen können, während ihm das gleichzeitige wuchtige Ausschlagen den Rücken freihielt."

„*Aye.* Hm... haben Sie sich's überlegt? Kommen Sie heute abend mit ins Pub? Es ist Samstag, da gibt's immer 'ne besondere Unterhaltung. Letztens war eine lokale Band da, die spielte gälische Volksmusik, und die Sängerin..."

Eric löste den Knoten, lud sich Sattel und Zaum auf, nahm den Putzeimer in die linke und den Führstrick in die rechte Hand. „Heute abend lieber nicht, Billy. Ich wollte Sie bitten, mir eines Ihrer Ponys zu vermieten. Ich will hoch zu den Fargus' und nach dem Rechten sehen."

Billy war enttäuscht, folgte ihm aber zum Stall, wo Eric die Ausrüstung in die Sattelkammer trug. Als Eric zurückkam, sagte Billy: „Wenn Sie eines meiner Ponys wollen, nehmen Sie am besten Gray Beard, der ist der größte und stärkste meiner Wallache. Sie wollen sicher nicht auf einer Stute nach Sunrise?"

Sir Lancelot hatte Gray Beard schon auf der Koppel kennengelernt und folgte ihm, weil Eric auf ihm saß. Dennoch gab es eine unüberbrückbare Disharmonie: Während Gray Beard drei seiner kurzen, stoßenden Trabschritte tat, brauchte Sir Lancelot nur einen einzigen, segelte demzufolge voraus und wurde unweigerlich vom Führstrick zurückgehalten. Im Galopp war es nicht besser: auf zwei seiner Sprünge kamen vier von Gray Beard. Außerdem war das Pony nicht gewohnt, über lange Distanzen zu galoppieren, und schon gar nicht bergauf. So sehr der große Hengst sich auch bemühte, seine langen Beine kurz treten zu lassen – wieder und wieder wurde er zurückgezogen, bis er schließlich ärgerlich wurde und mit dem Kopf zu schlagen begann.

Ein anstrengender Ritt. Einmal zog er Eric fast von dem ungesattelten Ponyrücken. Sie folgten den Trampelpfaden, die das Dorf umgingen; es war zu riskant, mit dem noch immer schreckhaften Hengst mitten durch das Dorf zu reiten. Aber zu dieser Art der Fortbewegung hatte Eric auch keine Lust. Kurz entschlossen löste er den Schnappverschluß an Lances Halfter. Als der Hengst merkte, daß er frei war, blieb er verdutzt stehen: keine Behinderung mehr!

Eric war in Gray Beards holprigem Trab weitergeritten, den Hengst über die Schulter beobachtend. Jetzt rief er nach ihm. Lance senkte den Kopf, schlug aus und sprang mit allen vieren hoch, kam auf und sprang weiter mit langgestreckten Galoppsprüngen. Er umkreiste

Pony und Reiter. Er neckte Gray Beard, indem er sich halb an seiner Seite aufbäumte, als sei der Wallach eine Stute, die er einem imaginären Rudel zutreiben wollte – wieder und wieder brachte er den geduldigen Grauen aus seinem regelmäßigen Trab und hatte offenbar Vergnügen daran. Eric klopfte Gray Beards Hals: „Sieh's ihm nach, mein Junge. Die Freiheit steigt ihm ein bißchen zu Kopf."

Sir Lancelot trabte mehrere Längen vor ihnen in den Hof der Hickmans. Er wußte genau, wohin er gehörte. Am Hühnerauslauf vorüber hielt er zielstrebig auf seinen Zaubergarten zu, blieb beim Springbrunnen stehen und sah Eric und Gray Beard entgegen. Er war durstig, aber er trank nicht, denn er wußte, daß Eric zuerst die Temperatur des Wassers prüfen würde, bevor er ihm erlaubte zu trinken.

Eric rutschte von Gray Beards Rücken und tauchte seine Hand in das Wasser. Gegen Abend stellten die Hickmans die Fontäne ab. Das im Becken stehende Wasser war eben handwarm. „Okay, Jungs." Eine goldene und eine dunkelgraue Nase neigten sich einträchtig über das Wasser.

Gray Beard hob den Kopf und sah den Hickmans entgegen, als sie über den Rasen kamen.

„Ein Pony? Eines von Billys, nicht?" David sah ihn fragend an.

„Ich will noch mal zu den Fargus' hoch, und Lance kann ich nicht nehmen."

„Ich fahre Sie, das wissen Sie doch."

„Es könnte aber länger dauern, und ich will mich auch auf dem Gelände umsehen; zu Pferd ist das viel einfacher."

„Klingt ja beinah nach Unternehmen Mitternacht."

„Das könnt's werden."

Claire hatte eine kleine Sorgenfalte auf ihrer Stirn. „Ich will's Ihnen nicht ausreden, aber essen Sie wenigstens mit uns, wenn Sie die Pferde versorgt haben." Gern willigte Eric ein.

Als er schließlich das Tor zu Sunrise passiert hatte, breitete sich die Auffahrt als silbriges Band vor ihm aus, auf dem das bleiche Licht des zunehmenden Mondes die kleinste Vertiefung mit Schatten anfüllte. Auf der Kuppe am Rand des Hügels hielt er sein Pony an. Sein Blick schweifte über die weite Grasfläche. Er wußte, er würde nicht bemerkt werden, als er jetzt die Auffahrt hinunter auf die Ställe zutrabte; in Sunrise House waren nicht nur die Fenster des Salons gegen die Nacht abgeschottet.

Excalibur stand mitten auf der Koppel, ihnen zugewandt; er hatte ihr Kommen wahrscheinlich schon bemerkt, als Eric das Tor zu seinem

Territorium geöffnet hatte. Sein Fell war warm, und das Maul, das begrüßend über Erics Wange strich, war weich wie Samt.

„Hallo, mein Junge." Eric schmiegte sich an ihn und wurde sich bewußt, daß dem Hengst etwas mißbehagte – natürlich, er roch noch nach Lance. Und außerdem nach Wallach. Gray Beard hatte sich zitternd geweigert, die letzten Meter zur Koppel zurückzulegen.

Excalibur überging nach einigem Wittern und Stampfen den abstoßenden Geruch seines Freundes und stieß ihn fragend an.

„Ich wollte nachsehen, ob alles ruhig ist hier. Scheint ja alles in Ordnung zu sein, aber ich will auch noch mal nach deinem Harem sehen, ehe ich rausreite. Ich werde das Gefühl nicht los, daß die Lösung zu Solitaires Rätsel irgendwo da draußen liegt. Und ich habe auch eine Ahnung, wo ich suchen muß." Der Hengst scharrte, als Eric sich anschickte, zwischen den Bohlen hindurchzuklettern. „Du sehnst dich nach der Weite. Halte noch eine kleine Weile aus, nur noch diese Nacht."

Im Stall war alles ruhig. Eric verzichtete auf das künstliche Licht und schritt langsam die Reihen ab. Die meisten Pferde schliefen. Da und dort hob sich ein dösender Kopf. Solitaire hatte sich hingelegt; als er sie leise ansprach, hob sie den Kopf und wollte aufstehen. Eric schlüpfte in die Box, kniete neben ihr und legte ihr die Hand auf den Hals. Halb und halb erwartete er einen Ausbruch, aber sie sank ins Stroh zurück und lag ganz still. Sie verstanden sich ohne Worte. Eric spürte, wie ihr Vertrauen in ihn wuchs, wie seine Kraft und Ruhe sich auf sie übertrugen. Er drückte seine Stirn an ihre.

Der Mond strahlte von einem wolkenlosen Himmel, als er sich wieder auf Gray Beard schwang und ihn auf die Hügel zulenkte. Er hatte bald gefunden, wonach er suchte: die Rinderkoppel und daran angrenzend das Schafgehege, mit ihren jeweiligen Scheunen. Die eingezäunten Weiden waren überaus weitläufig; an Stellen, wo noch genug Gras wuchs, erstreckten sich die Zäune über die nächste Hügelkuppe. Es lag auf der Hand, daß eine zu geringe Anzahl von Hütern dieses unübersichtliche Gelände nicht ausreichend kontrollieren konnte, vor allem nicht nachts. Jetzt regte sich nichts auf den mondbeschienenen Wiesen; das Nutzvieh war in die Scheunen getrieben worden.

Als die Huftritte des Grauen sich der Rinderscheune näherten, schlug ein Hund an. Eric klopfte an die Tür und trat ein. Augenblicklich schoß ihm ein massiv gebauter Collie entgegen, mit entblößtem Gebiß und angriffslustigem Nackenfell. Eric blieb stehen, suchte seinen Blick und hielt ihn. Der Hund blieb unentschlossen stehen und wechselte verlegen von einer Vorderpfote auf die andere. Dann sank er auf die Hinterkeulen. Die Spitze seiner bauschigen Rute klopfte auf den aus Lehm gestampften Boden.

Eric hockte sich auf die Fersen und streckte die Hand tief aus. „So ein feiner, wachsamer Hund! Guter Junge! Komm zu mir, Junge." Der Collie wedelte und lief zu ihm, beschnupperte ihn. Erst jetzt sah Eric die beiden Männer an, die einander an einem kleinen Holztisch gegenübersaßen und vor seinem Eintritt Karten gespielt hatten. „Tut mir leid, daß ich Sie störe", sagte er.

„Wie haben Sie das bloß gemacht?" brachte endlich der eine hervor und zeigte auf den Hund, der sich an Eric schmiegte. „Der Prince kann Fremde nicht leiden."

„Er scheint 'ne Ausnahme zu machen, Mr. ..."

„Douglas. Aber sagen Sie ruhig Will. Das hier ist der alte Roddy."

„Freut mich sehr, Will, Roddy." Er schüttelte beiden die Hand, nickte freundlich und stellte sich vor.

„*Gee, Sie* sind das! Na, wer 'ne verrückte Frauensperson von Gaul einfangen kann, der kommt auch mit unserm Prince zurecht."

Eric ließ seinen Blick über die durch ein Gatter vom Vorraum abgetrennten Rinder schweifen. „Schöne Herde. Herefords, und wie ich sehe, haben Sie auch ein paar Hochländer darunter. War die Nacht ruhig?"

„Seit wir nachts in der Scheune sind, ist kein Tier mehr weggekommen. Das war wohl wirklich 'n guter Einfall von Mylady."

„Ja. Gute Nacht dann, Will, Roddy. Gute Nacht, Prince." Eric verließ die Scheune.

„So hätt's schon immer sein sollen", meinte Will, „daß einer da ist, der sich kümmert und auch nachts mal nach 'm Rechten sieht."

Gray Beard trug Eric, ohne zu murren, in seinem unermüdlichen Trab beinahe quer über das ganze Gelände, bis sie den Drahtzaun erreicht hatten, wo er im spitzen Winkel an den Beginn des Cochan-Landes stieß.

Eric suchte nach Schnittstellen im Zaun. Eine Öffnung würde bedeuten, daß die Cochans auf das Land der Fargus' eingedrungen waren, und es wäre dann möglich, sie auf frischer Tat zu ertappen. Dann könnte die Polizei sich nicht mehr blind und taub stellen. Er blickte zum Mond. Es mußte nach Mitternacht sein. Sie trabten bis zu einem der steilen Küstenausläufer. Auf dem Rückweg, nahe beim Grenzzaun, trafen sie wieder auf den Bach, den sie zuvor schon gekreuzt hatten. „Ich wüßte schon gern, wo der hinführt", murmelte

Eric. Willig folgte Gray Beard den Windungen des kleinen Wasserlaufs und gelangte in ein kleines ovales Tal, auf dessen Sohle sich ein beinah kreisrunder See gebildet hatte.

Der Graue streckte den Kopf nach dem murmelnden Wasser. Auch Eric war durstig. Er saß ab und ließ das Pony eine feste Stelle am Ufer suchen, wo es den Kopf zum Trinken neigen konnte. Er streifte das Zaumzeug ab und hängte es an einem Felsvorsprung auf. Dann legte er dem Pony einen Strick um den Hals. Als Gray Beard genug hatte, führte Eric ihn zu einem Busch und wand das freie Strickende um dessen Stamm. Das Wasser schmeckte prickelnd. Eric trank aus den hohlen Händen.

Der See zog Eric magisch an. Er tauchte die Hände ein und stellte überrascht fest, daß das Wasser lauwarm war. Wahrscheinlich war dieser See nicht sonderlich tief und hatte während des sonnigen Tages die Wärme aufgesogen. Ein unwiderstehliches Verlangen nach einer Erfrischung überkam ihn. Gray Beard hörte auf, am Gras zu zupfen, und beobachtete mit gespitzten Ohren, wie Eric seine Kleidung abstreifte und ins Wasser glitt. Etwa in Hüfthöhe verlor er festen Grund, ließ sich vom Wasser umgreifen und tat einige langsame Schwimmzüge. Er schwamm die Anstrengungen dieses ereignisreichen Tages weg. Er fühlte sich großartig.

Am nächsten Morgen war es nur dem guten Geruch starken Tees zu verdanken, daß er erwachte: Claire hatte ihn geweckt, aber er war gleich wieder eingeschlafen. Als der Teehauch jetzt seine Nase streifte, sprang er hoch, sauste unter die Dusche und sprang in seine Kleider. An den Frühstückstisch setzte er sich nicht, sondern trank eilig eine Tasse Tee im Stehen. „Ich muß weg. Ich hab's dem Roten versprochen."

David erhob sich. „Dann los, mein Junge. Claire wird die Pferde füttern."

„Aber –"

„Nun fangen Sie nicht wieder eine Aber-Arie an, *nay*?" Energisch schob er Eric vor sich her zum Wagen, und als er ihn auf dem Beifahrersitz verstaut hatte, fragte er: „Es ist spät geworden gestern, hm?"

„Oh, tut mir leid, ich wollte Sie nicht wecken."

„So war's nicht gemeint. Wie 'n Kater sind Sie durch das Haus geschlüpft. Ich wollte mir ein Glas Milch aus der Küche holen, da hab ich dann den Lichtschein oben gesehen." Natürlich war es anders: Er hatte gehört, wie sich Claire von einer Seite auf die andere drehte und immer wieder horchte; und wenn seine Claire nicht zur Ruhe kam, konnte auch er nicht schlafen, obwohl er sich immer wieder gesagt hatte, der Junge wisse schon, was er tue. Dann aber war er doch erleichtert, als er die sachten Tritte auf der Treppe gehört hatte. „Was hat es denn mit diesem Versprechen auf sich? Können Pferde so was überhaupt verstehen?"

„Nicht alle, denke ich. Aber Excalibur gehört zu denen, die verstehen. Vielleicht nicht die Worte, aber die Bedeutung. Jedenfalls habe ich ihm versprochen, er müsse nur noch eine Nacht auf der Koppel zubringen, und ich habe verschlafen."

„Sie sollten sich nicht zuviel zumuten, Junge", mahnte David. „Es waren über zwanzig Stunden harte Arbeit gestern." Aber er fuhr so schnell, daß er nicht einmal seine geliebte Pfeife entzünden konnte. „Ich hab den Roten noch nie gesehen. Da hab ich Claire ja was zu erzählen."

Der Rote stand hoch aufgerichtet. In der Ecke war ihm Hafer hingestreut worden, Heu lag aufgeschüttet daneben, aber offenbar hatte er das Futter nicht angerührt. Er hatte gewartet.

„Entschuldige bitte", sagte Eric. „Ich habe verschlafen." Er legte dem Hengst die Arme um den Hals, und Excalibur rührte sich nicht. Eine ganze Weile standen sie so, wie versunken in stummer Zwiesprache.

Dann sprengte der Hengst die lockere Fessel der Arme und begann, Eric mit federnden Tritten zu umkreisen, wobei er ihn auffordernd mit der Nase anstieß. Sie trabten und rannten quer über die Koppel, umkreisten einander und stießen sich an: zwei Bündel Übermut. Vom Zaun erklang Beifall: David war zu den von ihrer Ankunft angelockten Fargus' und Turner, Edward und den Stallarbeitern getreten, und alle applaudierten. Entgegen seiner sonstigen Abneigung gegen solche Auftritte blieb Eric stehen und verbeugte sich vor ihnen. Aus dem Augenwinkel beobachtete er ungläubig, daß Excalibur ihm die Verneigung nachtat, indem er sich auf das linke Vorderbein senkte, das rechte unter den Leib zog und den stolzen Kopf neigte. „Du bist ja ein Showpferd, Junge!" sagte Eric.

Emily und die anderen begrüßten ihn, und Grandpa Fargus lud David und ihn zum Frühstück ein. Eric blickte nach Excalibur zurück, dessen Nase tief in seinem Hafer steckte. Auf diesen Blick hin hob er den Kopf und malmte friedlich weiter. Du bist ja da, sagte die Gebärde.

Die Herde graste im Tal von Sunrise House. Es war, wie Eric geahnt hatte: Excalibur wollte nur aus der Umzäunung hinaus und seine Herde um sich haben. So konnte er jederzeit sein Land durchstreifen oder aber nahe am Haus bleiben und diese Wesen beobachten, die ihm bislang so fremd erschienen waren, für die er aber allmählich Interesse entwickelte.

Nach dem Frühstück begaben sie sich alle nach draußen und beobachteten, wie die Zuchtstuten, die aus dem Stall kamen, von Resistance und Excalibur geordnet wurden. „Was für ein Pferd!“ sagte David. Er und Eric standen ein wenig abseits von den anderen. „Ich hörte, wie Sie zu ihm sagten, er sei ein Showpferd. Sie könnten diese Veranlagung fördern, vor allem, da Sie ja nun die Leitung des Gestüts übernehmen.“

In Erics Augen stand das blanke Entsetzen: „Excalibur als Showpferd?! Um Gottes willen, das war ein Scherz!“ Dann erst fiel ihm Davids Nachsatz auf, und er flüsterte hitzig: „Wer sagt, daß ich das Gestüt künftig leiten werde?“

„*Aye,* die Spatzen pfeifen's ja schon von den Dächern, seit der alte Fargus mit Rob Doharty plauschte.“

„Wer ist Rob Doharty?“

„Ein Futterhändler. Hat Spezialsachen, Vitaminpräparate und solches Zeugs. Rob is 'n netter Kerl, aber wie alle Vertreter kann er die Klappe nicht halten.“

Emily trat zu den beiden, und Grandpa humpelte ihr nach. Jetzt war es also soweit. Eric richtete den Blick auf Louise. „Es ist vielleicht besser, Sie kommen auch, Louise. Sie auch, Edward.“

„Worum geht's?“ wollte Turner wissen.

Es war Eric äußerst unangenehm, öffentlich klären zu müssen, was er eigentlich unter vier Augen hatte besprechen wollen. Er riß sich zusammen und sagte ohne Umschweife: „Ich werde die Verwaltung dieses Gestüts nicht übernehmen.“

Turner stieß einen Seufzer der Erleichterung aus. Emily sagte hastig: „Eric, Sie könnten dieses Gestüt auf Vordermann bringen – es rentabel machen.“

„Emily, ich bin bei Sir Simon angestellt. Ich kann nicht frei entscheiden.“

„Das sagte ich Ihnen ja schon, als ich Eric für Solitaire freistellte“, bestätigte Turner. „Solange ich nicht bereit bin, den Vertrag vorzeitig aufzukündigen, muß Eric drei Monate warten, bevor er mich verlassen kann.“

Grandioser Lügner! Eric hatte im Alter von zwölf Jahren bei ihm um

Arbeit vorgesprochen. Es hatte einen Handschlag gegeben. Nichts Schriftliches. Hätte er darauf bestanden, er hätte sich sofort von Turner trennen können.

Jetzt wurde Turner bestürmt. Nur David und Louise schwiegen. Turner zeigte sich kompromißbereit. Er schlug vor, die sechs Pferde, die Eric in Arbeit hatte, von seinem Gestüt herüberschaffen zu lassen, und sah Eric dabei fragend an. Ein beinah unmerkliches Nicken war die Antwort. „So können wir alle noch gründlicher nachdenken“, schloß er. „In drei Monaten fließt viel Wasser die Themse hinunter.“

„David, würden Sie mir einen Gefallen tun?“ bat Eric.

„Sicher, mein Junge.“

„Könnten Sie in den Stall gehen – den ersten Stallgang, meine ich, zur dritten Box auf der linken Seite; die Box mit der zierlichen dunkelgrauen Stute.“

„Ah, das Teufelsweib, was?“

„Das ist sie nicht. Aber seien Sie dennoch vorsichtig. Wenn Sie ruhig bleibt, sprechen Sie bitte mit ihr.“

„Aye.“ David verschwand im Stall. Eric wartete. Alles blieb ruhig. Schließlich kam David zurückgeschlendert. „Bildschönes kleines Ding. Nett noch dazu – legte mir ihr Schnäuzchen auf den Arm, als ich die Hand nach ihr ausstreckte.“

„Sie haben sie angefaßt?“

„Ich war in ihrer Box. Die Kleine ist wie ein Lämmchen.“

Also gab es auch bei David und Edward nicht den gemeinsamen Faktor. Was nur hatte Edward an sich, das die Stute immer wieder aus der Fassung brachte?

„Was haben Sie jetzt vor?“

„Will sehen, ob die Kleine sich ein Halfter anlegen läßt.“

„Stört Sie's, wenn ich dabei bin?“

„Es stört mich nicht, aber wird Claire nicht auf Sie warten?“

„Ich ruf sie an.“

Als David zurückkam, stand Solitaire gehalftert in der Stallgasse, und Eric bürstete gewissenhaft ihr Fell.

„Im Salon geht's noch hoch her“, berichtete David. „Die Fargus' und Edward gegen Turner. Es geht jetzt um die Zeit nach den drei Monaten. Die Fargus' wollen Sie, und Turner will Sie. Was *Sie* wollen, interessiert keine der Parteien. Nebenbei, was *wollen* Sie eigentlich?“

Zum ersten Mal war Eric kurz davor, einem anderen Menschen von seinem Traum zu erzählen. Doch er schwieg, und David hatte Verständnis für Erics Zurückhaltung.

„War's schwierig, ihr das Halfter überzustreifen?"

„Überhaupt nicht. Kommen Sie mit, David? Ich möchte wissen, wie sie sich draußen am Halfter aufführt."

Solitaire verhielt sich, als sei sie mit einem Halfter zur Welt gekommen. Sie folgte Eric, sobald er sich in Bewegung setzte, sie stand, wenn er stehenblieb, und als er auf der Koppel die Longe ausrollte und auffordernd schnalzte, trabte sie um ihn herum – ruhig, gleichmäßig, wie ein gut geschultes Pferd. Eric schüttelte den Kopf. „David", sagte er, „würden Sie bitte Edward holen?"

„Sicher."

Kaum erfaßten die Augen der Stute Edwards Gestalt am Kopf der Freitreppe, war alle Fügsamkeit dahin. Sie riß Eric die Longe aus der Hand und rannte blindlings über die Koppel auf den massiven Holzzaun zu.

„Sie wird versuchen, durch den Zaun zu brechen", flüsterte David. „Sie wird sich umbringen."

„Nein. Wir haben Hilfe, David, sehen Sie."

Excalibur hatte zu grasen aufgehört, als die Stute aus dem Stall geführt worden war, aber er hatte sie nicht gerufen, sondern geschwiegen und beobachtet. Als die Stute kopflos auf den Zaun zurannte, begriff er die stumme Bitte, die sein Freund ihm beim Verlassen des Stalls über die Entfernung mitgeteilt hatte: *Sei wachsam und zur Stelle, wenn es nötig ist.*

Es war nötig: Zwei, drei mächtige Sätze quer durch die verwirrt auseinanderlaufenden Stuten, ein Heranpreschen an den Zaun – er stellte Solitaire und hob sich auf die Hinterhand. Solitaire stieg ihrerseits, aber bereits im Aufbäumen wich sie vor ihm zurück. Als sie dicht am Koppelzaun entlangraste, blieb der Hengst auf gleicher Höhe mit ihr, bis er sie so eingeschüchtert hatte, daß sie in ihrer Not zu Eric lief und ihm ihr Halfter geradezu in die Hände drängte. Hier war doch Freundlichkeit und Ruhe. Erschöpft und verstört drückte sie ihren Kopf gegen Erics Brust. Die kosende dunkle Stimme tröstete sie. Sie folgte der Stimme, die sie zum Stall zurückgeleitete. Eric brachte sie in ihre Box, trocknete und bürstete ihr Fell.

„Sie haben gewußt, daß der Hengst eingreifen würde", folgerte David. „Woher? Sie sprechen nicht zu ihm, und doch tut er das Richtige. Irgendwie erreichen Sie ihn. Gibt es einen Trick?"

„Es ist eine Art ... Strom, ein Fließen. Ich kann die Wellenlänge der Tiere erfassen und mich darauf einstellen."

„Klingt ganz simpel. Kann es aber nicht sein, sonst könnt's ja jeder."

„Es ist auch nicht einfach. Meistens kostet es sehr viel Kraft."

„Die Kleine hat Sie gern."

„Gern haben, Vertrauen, David – das ist nur der halbe Weg. Ich muß herausfinden, was sie so verstört hat. Tiere sprechen nur durch ihre Handlungen." Eric schleppte einen Putzkasten und mehrere Eimer über die Wiese und stellte seine Last in Excaliburs Nähe ab. „Zeit, ein anderes Versprechen einzulösen, Junge."

Der Hengst kam näher, blieb in sicherer Entfernung stehen und sog die Gerüche von Plastik, Pferd und verschiedenen Salben und Fetten ein. Erst als Eric mit beiden Händen in den Kasten griff und darin herumwühlte, kam er ganz nahe heran. Seine Ohren vernahmen zum ersten Mal das Geräusch einer Kardätsche, die an einem Striegel ausgestrichen wird. Eric hielt ihm die beiden Werkzeuge hin und ließ Excalibur die Geräte eingehend beriechen. Er zuckte zurück, als Eric sanft mit der Kardätsche über seine Nase strich, aber gleich schob er den Kopf wieder vor: das war nicht unangenehm. Es war wie Streicheln, nur keine glatte Berührung wie von Erics Händen, sondern tiefer. Er streckte den Kopf entspannt nach vorn und schloß halb die Augen. Nur seine Ohren achteten jetzt auf die Herde; alle anderen Sinne waren diesem einzigartigen Vergnügen hingegeben. Und es war nicht nur diese Bürstenmassage – danach kam eine zweite mit einer noch sanfteren Bürste, und auch sein windzerzaustes Langhaar wurde vorsichtig entwirrt, geglättet, gekämmt und ein wenig getrimmt. Seine Hufe wurden zuerst mit einer trockenen, dann mit einer nassen Bürste gereinigt, außen und innen. Eric kratzte den Huf aus und schnitt mit einem scharfen Hufmesser behutsam loses Horn weg. Excalibur lauschte auf die seltsamen Geräusche, und manchmal drehte er den Kopf, um zu erkunden, was Eric da tat. Er bekam Augen, Nüstern und die Genitalien mit warmem Wasser und einem neuen Schwamm gewaschen. Ganz zum Schluß kam das weiche Tuch: Es schmeichelte über sein Gesicht und über den Körper. Als Eric fertig war, wandte Excalibur den Kopf und beschnüffelte seine Beine. Er tat zwei Schritte, trabte an, schlug aus und umkreiste seine Stuten, funkelnd in seinem neuen Glanz.

„Ein Märchenprinz", sagte David, der jetzt zu Eric trat. „Damit haben Sie ihm wirklich eine Freude gemacht, mein Junge. Wenn ich das Claire erzähle! Ein Wildhengst, der sich nicht von der Stelle rührt, wenn er geputzt wird!"

Erics Blick folgte Excalibur, der stolz wie ein Paradepferd einhertrabte und sich von seinen Stuten bewundern ließ. „Er ist richtig ein bißchen eitel, nicht?"

David wurde wieder praktisch. „Ich hab Claire versprochen, daß wir zum Mittagessen zurück sind, und es wird Zeit. Es gibt gegrilltes Huhn mit Folienkartoffeln und jungen Erbsen, und zum Nachtisch Erdbeerkuchen."

Sie verabschiedeten sich von den Fargus' und dem bekümmerten Edward. Eric sah ihm in die Augen. „Früher oder später, Edward –"

„Ja, Master Eric. Ich hoffe, Sie finden den Wurm viel, viel früher als später."

Eric kam jedoch nicht in den Genuß des Erdbeerkuchens. Als er an einem Hühnerflügel knabberte, klingelte das Telefon.

„Es ist der alte Mr. Muir von der anderen Seite der Hügel." Claire hielt den Hörer gegen die Brust. „Seine Hündin Duchess hat Wehen, aber es geht nicht voran, sagt er."

Eric wischte sich hastig Lippen und Hände mit einer Serviette ab und stand auf. „Können Sie mich fahren, David?"

„Was für 'ne Frage!"

Nur gut, daß er sich im Krankenhaus Gedanken auch darüber gemacht hatte, was geschehen würde, wenn der Tierarzt der Gemeinde über längere Zeit ausfallen oder gar nicht mehr wiederkommen würde. Er hatte Medikamente, Operationsmaterial und Instrumente gekauft.

Mr. Muir war ein kleiner, gebeugter, weißhaariger Herr mit lebhaften Augen, die umwölkt von Sorge um seine geliebte Hündin waren. Freundlich sagte er, als er ihnen die Tür öffnete: „Freut mich, Sie kennenzulernen, junger Mann. Duchess ist in der Küche."

Duchess war eine schöne West-Highland-White-Terrier-Dame und in großer Bedrängnis. Ihr kleiner Leib war hoch geschwollen, sie hechelte mit trockener Zunge und verzweifelten Augen. Eric kniete neben ihrem Korb, streichelte sie und sprach beruhigend auf sie ein. „Ich werde dich jetzt untersuchen, Duchess, keine Angst. Nur ruhig… Da ist ein großer Welpe ganz vorn, Mr. Muir, der liegt quer und versperrt den Ausgang. Ich richte ihn aus", sein Finger tat es, während er sprach, „und ziehe ihn mit dieser Zange heraus. Aber erst muß Duchess noch eine Spritze bekommen, damit sie weiter pressen kann." Er rasierte ein wenig Fell weg, desinfizierte die nackte Haut und ließ die Nadel in die gestaute Vene gleiten. Duchess wimmerte nicht einmal. Die kleine weiße Stummelrute klopfte schwach auf das Deckenpolster. Eric sah einen Schimmer in den fast schwarzen Augen. Sie wußte, daß er ihr helfen würde.

„Ich werde den kleinen Kerl herausziehen, und bis dahin wird die Spritze zu wirken anfangen. Es ist ein Spezialinstrument, Mr. Muir, aber ich fürchte, der erste Welpe wird nicht mehr am Leben sein. Er war lange eingeklemmt."

Eine Wolke tiefer Traurigkeit zog über die Wangen des alten Mannes, aber er sagte nur: „Oh! *Aye, aye.*"

Eric schloß die Backen des Instrumentes um das nachgiebige Köpfchen des Welpen, dann zog er sacht und stetig. Das kleine rosige Wesen rutschte ihm entgegen, und er fing es auf seiner Handfläche auf und legte es sacht beiseite, wo die Hündin es nicht sehen konnte. Wie er erwartet hatte, atmete es nicht mehr. Behutsam untersuchte er den Uterus der kleinen Hündin. „Die anderen scheinen alle wohlauf zu sein – die warten nur drauf, daß sie endlich an die Reihe kommen. Und die Injektion beginnt schon zu wirken – sehen Sie, wie sie preßt?"

Doch Mr. Muir wandte den Kopf ab, und Eric hörte sein trockenes Schlucken. So entging dem alten Herrn, daß Duchess einen Welpen nach dem anderen mühelos hervorbrachte und gründlich ableckte. Währenddessen legte Eric den kleinen Totgeborenen auf seiner Handfläche auf den Rücken und blies sanft in dessen Nasenlöcher. Er versuchte es mehrere Male, und endlich tat das Hündchen einen eigenen Atemzug. Eric setzte es behutsam in den Korb zu den anderen, die sich bereits um das geschwollene Gesäuge ihrer Mutter drängten.

Dic Welpen seufzten zufrieden in ihrer Hingabe an die mütterliche Fürsorge und die Milch; und schließlich fand Mr. Muir durch diesen friedlichen Chor dcn Mut, den Kopf zu wenden. „Ist's vorbei, junger Mann?"

„*Aye,* Sir. Sie haben wunderhübsche stramme Welpen und eine sehr stolze kleine Mutter."

„Und das... Tote, haben Sie's schon weggetan?"

Eric zeigte auf den kleinen Rüden: „Da ist er. Er brauchte bloß ein bißchen länger als die anderen, um sich mit der Wirklichkeit anzufreunden."

„Das werd ich Ihnen nie vergessen", sagte Mr. Muir mit belegter Stimme. „Wir sollten das begießen. Ein Drink wird uns allen guttun. Sherry? Malt?"

„Malt."

Um die gespannte Atmosphäre zu lockern, wurde Eric sachlich. „Es könnte sein, Mr. Muir, daß es zu Schwierigkeiten kommt. Wenn Duchess plötzlich anfängt zu zittern und hechelnd zu atmen, dann müssen Sie mich sofort anrufen. Egal, zu welcher Zeit."

Als sie auf dem Rückweg waren, sagte Eric scheu: „Ich hab da über

Ihren und Claires Kopf hinweg eine Entscheidung getroffen; wenn wirklich eine Komplikation mit Duchess eintreten sollte, werden *Sie* ja auch vom Telefon geweckt – vielleicht sollte ich den Apparat an mein Bett nehmen?“

David hüllte sich in eine dichte Rauchwolke, um sein Gesicht zu verbergen. „Nicht nötig. So ist's eben, wenn man einen Tierarzt in der Familie hat. Sie sind einer, glaub ich, der den kleinsten Funken anfachen kann.“

Der Mond war etwas voller und schien noch heller als in der vergangenen Nacht. Eric ritt aufmerksam den blinkenden Zaun entlang. Er würde ihn kontrollieren und vielleicht, wenn alles ruhig war, einen Abstecher zu dem kleinen See machen. Gray Beards wacher Verstand hatte sich bereits gestern diese öde Strecke eingeprägt.

Plötzlich jedoch warf er den Kopf hoch, als ihm der Geruch von Pferden in die Nase stieg: Stuten. Und mitten unter ihnen nahm er einen sehr scharfen Geruch wahr, den des Hengstes. Gray Beard kannte diesen Geruch, und er legte keinerlei Wert darauf, diesem Geschöpf zu begegnen. Er lief schneller und passierte mit geduckten Ohren die Stelle, an der die Herde friedlich in einer kleinen windgeschützten Schlucht graste. Erst nachdem sie die Herde hinter sich gelassen hatten, fiel er wieder in seinen stoischen Trab.

In der Stille der Nacht hörte Eric im Näherkommen das Rauschen des Baches, der den stillen See erschaffen hatte. Unwillkürlich verhielt er das Pony, als er das Klingen von Metall hörte. Gray Beard hatte es auch gehört und blieb von allein stehen.

Eric holte das Seil aus seinem Rucksack und band das Pony an einem Baum fest. Geschmeidig glitt er auf das leise Klingen zu, und jetzt hörte er in der Ferne dunkles Muhen, den hellen Laut von Kälbern und Hufgetrappel. Aber die Laute kamen nicht von der Cochan-Seite, sondern klangen, als entfernten sich die Tiere über das Gelände des Gestüts. Verwirrt schlich er näher.

Da war eine Gestalt am Zaun, klein und schmal und dunkel gekleidet. Als sie am Zaun fingerte, sah er sie im Profil, aber er konnte die Züge nicht ausmachen, denn sie waren von einer Skimaske verdeckt. Er schlich näher und wartete, bis die Gestalt dicht an ihm vorbeikam; dann schnellte sein Arm vor, seine Hand griff den Fußknöchel und brachte den Maskierten zu Fall. Er kniete über seinem Opfer, das heftig strampelte und kleine hitzige Laute von sich gab, riß die Maske fort und erstarrte. „Louise!“ Sie fuhr fort, sich mit aller Kraft zu wehren. „Louise, hören Sie auf, ich bin's doch, Eric!“ Er packte sie bei den Schultern und schüttelte sie.

„Wenn Sie mich verraten, werd ich Ihnen was antun!“ Sie hatte ihre kleinen Fäuste freibekommen und hämmerte gegen seine Brust.

Er stand auf, packte sie, riß sie hoch und drückte sie an sich, ihre Hände mit einer Hand auf ihrem Rücken festhaltend.

„Kein Wort!“ wimmerte sie. „Kein Wort, versprechen Sie's.“

„Das weiß ich noch nicht.“ Zögernd lockerte er seinen Griff. „Lassen Sie mich erst mal Ihre Geschichte hören. Kommen Sie, Sie zittern ja.“ Er streifte seine Jacke ab und hängte sie um ihre Schultern.

„Haben Sie vielleicht eine Zigarette?“

„In meinem Rucksack. Er ist drüben beim Pony. Kommen Sie. Ich hätte nicht geglaubt, daß Sie rauchen, Louise.“

„Was dachten Sie denn? Daß ich mit Puppen spiele?!“

„Ich hielt Sie für eine vorlaute, verzogene und ziemlich eingebildete Göre.“

Sie hatten Gray Beard erreicht, und Eric hielt Louise das Zigarettenpäckchen hin. Er entzündete auch eine für sich, ließ sich neben Gray Beard mit gekreuzten Beinen auf dem Boden nieder und zog Louise am Ärmel seiner Jacke neben sich. Ohne Widerstreben gehorchte sie. „Was hatten Sie da am Zaun zu tun?“

„Ich zeige es Ihnen.“ Sie rappelte sich auf und ging dicht am Zaun entlang den Weg zurück zu der Stelle, wo er sie gepackt hatte. „Hier, sehen Sie!“ Mit einer Hand machte sie sich am Zaun zu schaffen, wo er um einen der Stützbalken lief; das Metall klimperte leise, und eine Öffnung war im Zaun. „*Die* haben das gemacht.“ Sie nickte zum Land der Cochans hin. „Der Zaun ist hier so bearbeitet, daß er nur um den Balken gehakt werden muß. Es hat ziemlich lange gedauert, bis ich ihnen auf die Schliche gekommen bin. Das ist gar nicht dumm, sehen Sie? Statt den Zaun aufzuschneiden und wieder zu reparieren, haben sie sich eine Art Tor gebastelt.“

Eric stieß einen leisen Pfiff aus, beugte sich nieder und nahm den Zaun in Augenschein. „Saubere Arbeit“, sagte er, „so gut wie unsichtbar. Ich bin gestern nacht den ganzen Zaun abgeritten und habe nichts bemerkt.“

„Um es zu sehen, müßte man im hellen Tageslicht den Zaun Zentimeter für Zentimeter absuchen.“

„Und das haben Sie getan?"

„Bald nachdem die Cochans das Land gepachtet hatten, verschwand ein Kalb, das Mutter als Bullen aufziehen wollte. Sie hat sich sehr geärgert, weil die Polizei …"

„Ihre Mutter erzählte mir davon."

„Mir hat das keine Ruhe gelassen. Ich habe manchmal beinah die ganze Nacht draußen verbracht und gewartet, daß sie es wieder tun."

„Und Ihre Mutter weiß nichts davon?"

„Mama sitzt oft so lange über ihren Büchern, bis sie einschläft. Sie ist froh, wenn man sie nicht stört."

„Aber Sie sind doch nicht zu Fuß über das riesige Gelände gewandert?"

„Ich hab ein Fahrrad. Es ist da im Busch versteckt."

Eric wußte nicht, was er sagen sollte. Dieses Mädchen, das er für ein verzärteltes Pflänzchen gehalten hatte, war nachts auf einem Fahrrad über unwegsamstes Gelände gefahren, um seiner Mutter zu helfen. Louise hatte ihr Geheimnis ebenso für sich behalten wie die Erschöpfung, die sie nach einer solchen Nacht verspüren mußte. Schließlich fuhr sie ja auch noch jeden Morgen zur Schule in Kirkrose. Jetzt verstand er ihre Gereiztheit. „Louise", sagte er leise, „ich muß mich bei Ihnen entschuldigen. Akzeptieren Sie das?"

„Klar." Sie legte ihre Hand in seine.

„Louise, haben Sie je die Cochans beobachtet, wie sie Tiere von Ihrem Gelände wegtrieben?"

„Nein, sie machen es nicht selbst, sonst hätte ich die Polizei schon dazu gekriegt herzukommen, damit sie sie in flagranti ertappt; aber es ist der Hund."

„Welcher Hund?" fragte Eric tonlos, obwohl er die Antwort kannte.

„Der grauweiße Schäferhund, den Sie bei sich hatten an Ihrem ersten Abend hier. *Sie* haben ihn abgerichtet. Zuerst dachte ich, wenn ich fotografieren könnte, wie er's tut … aber dann fiel mir ein, die Cochans würden nur sagen, er sei ein Wilderer, und sie hätten keinen Anteil daran, und wahrscheinlich würden sie ihn töten und einen anderen Hund abrichten … und ich wollte nicht verantwortlich sein für den Tod eines Tieres, das nur tut, was ihm befohlen wird."

Für diese Worte hätte er sie umarmen können. „Wieso sagten Sie damals nichts davon – an meinem ersten Abend hier?"

„Wie konnte ich? Hätten Sie's geglaubt? Sie hatten sich mit dem Hund angefreundet, und Sie waren ein Fremder."

„Was ich nicht verstehe", sagte er, „gestern noch war ich bei den

Hirten, und die sagten, seit die Tiere in den Scheunen sind, ist nichts mehr vorgefallen.“

Louise zuckte die Schultern. „Wenn Sie dort waren, wissen Sie auch, wie unübersichtlich die Koppeln sind. Und *die da oben* lassen den Hund beinah jeden Tag über unser Gelände stromern. Wenn er versprengte Tiere findet, scheint er sie zum Zaun zu treiben, als gehörten sie zu *denen da oben.* Wahrscheinlich wollten die Hirten morgen früh Meldung im Haus machen, daß nun doch wieder einige fehlen; die Mühe können sie sich jetzt sparen. Sie werden sich nur wundern, wenn sie draußen auf die Ausreißer treffen.“

„Aber wie kommt der Hund durch das Tor im Zaun?“

„Sie öffnen es natürlich für ihn.“

„Kann man sie nicht beim Öffnen oder Schließen stellen?“

„Sie ziehen es aus sicherer Entfernung mit Drähten auf. Die würden bei einer Nachtaufnahme nicht auf dem Foto erscheinen. Sie sind hinter Bäumen versteckt. Und sie haben das Tor so gearbeitet, daß es in seine Fassung springt, wenn die Drähte nachgelassen werden.“

„Aber wie bekommen *Sie* die Tiere zurück? Sind sie nicht eingesperrt? Schlägt der Hund nicht an, wenn Sie auf das Gelände kommen?“

„Natürlich sperren sie die Tiere ein, aber diese Bruchbuden von Ställen! Es ist nicht schwer, ein paar Planken zu lösen, die Tiere herauszulassen und die Planken wieder lose zu befestigen. Und der Hund – ja, das ist merkwürdig, er muckst sich nie, wenn ich da bin, so, als habe er keine Lust, sein Revier zu verteidigen.“

„Aber die Leute? Wenn von denen einer Sie je sehen sollte –“

„Die sind jeden Abend stockbetrunken. Ich höre ihr Grölen aus dem Haus.“ Louise tastete nach einer weiteren Zigarette. „Ich glaube, Sie haben das Recht zu wissen, warum ich so eklig zu Ihnen war“, fuhr sie fort. „Ich sah, wie Mutter Sie beobachtete, sie hatte dieses besondere Lächeln, wenn sie mit Ihnen sprach, diese leuchtenden Augen. So wie Mutter Sie ansieht, hat sie nur meinen Vater angesehen. Vater war einer wie Sie: groß und gut gewachsen. Ich hielt Sie für so was wie einen Mitgiftjäger und auch für einen Quacksalber und Betrüger. Ich konnte nicht verstehen, wie Sie Excalibur so zutraulich machen konnten, wenn mein Daddy ihm nicht einmal in die Nähe zu kommen wagte. Ich war ziemlich unfair zu Ihnen, ich weiß das jetzt. Aber ich fing erst an nachzudenken, als Sie sagten, Sie würden die Gestütsleitung nicht haben wollen.“

„Haben Sie eigentlich keine Freunde? Sie leben hier oben so

abgeschieden, verbringen nach der Schule den ganzen Tag auf Sunrise. Sie sollten Kontakt mit Gleichaltrigen haben, Louise, jungen Leuten, mit denen Sie über alles sprechen können. Sie sollten sich nicht hier oben vergraben und versuchen, die Arbeit eines Erwachsenen zu tun. Haben Sie nicht Verwandtschaft in Glasgow? Würde es Ihnen Spaß machen, die mal zu besuchen, vielleicht in Museen und ins Theater zu gehen, auf Partys ..."

„Wer wird dann hier aufpassen?"

„Ab jetzt passe ich hier auf, und Sie verbringen die Nächte in Ihrem Bett."

„Was wollen Sie denn tun?"

„Es sollte sich ein Weg finden lassen, ihnen das Handwerk zu legen, dann wird niemand mehr aufpassen müssen. Und Sie können mit ruhigem Gewissen Spaß haben."

Louise erhob sich. „Ich werd's mir überlegen. Und jetzt gehe ich nach Hause. Ich sehe Sie dann morgen." Sie lächelte ihn an und ging den schmalen Weg hinunter. Die Dunkelheit sog ihre schwarzgekleidete Gestalt bald auf, doch wenig später sah er sie auf dem Rad hügelabwärts schießen.

VOLLMOND. Nur in den milden und klaren Nächten des Hochsommers an einer Küste des nördlichen Europa besitzt der Vollmond diese eigentümliche Tönung von rötlichem Gelb, das nur langsam von seinem rauchverhangen wirkenden Gesicht weicht, um der silbrigen Farbe der Mitternacht Raum zu geben. Dieser große gelbliche Mond zog mit majestätischer Ruhe über die Wipfel der Wälder und übergoß alles mit seinem milden rötlichen Licht. Eric trabte auf Gray Beard durch die stille Nacht, und als sie endlich die Stelle am Grenzzaun erreicht hatten, wo er gestern mit Louise gesessen hatte, hatte der Mond seine warme Tönung verloren. Nun stand er als kalt leuchtende Scheibe hoch am Himmel und ließ den dicken Draht aufblinken.

Ein anstrengender Tag lag hinter Eric. Die sechs Pferde waren eingetroffen, die er für Turner trainierte. Es waren vier Wallache und zwei Stuten, so waren keine Schwierigkeiten mit Excalibur zu befürchten. Sie brauchten vor allem Ruhe, viel Einfühlungsvermögen und Sanftheit, beim Training ebenso wie im Umgang mit ihnen im Stall und auf der Koppel. Freudig hatten sie Eric begrüßt, geschmeidig und glatt waren sie unter ihm gegangen, doch der fremde Stall, die Vielzahl von neuen Eindrücken hatte sie zunächst sehr verunsichert und mitunter ein wenig bockig gemacht. Dennoch – alle waren nach der Übungsstunde ruhig und entspannt gewesen.

Eric war heute auch wieder zu zwei dringenden Fällen gerufen worden und hatte, während er mit einem Kälbchen kämpfte, das sich weigerte, auf die Welt gebracht zu werden, und später, als er einer Kuh ihre an einem Stacheldrahtzaun abgerissene Zitze annähte und dabei immer wieder von ihr getreten wurde, aus tiefstem Herzen um die baldige Genesung des Gemeindetierarztes gefleht. Er merkte nach den vergangenen harten Tagen und Nächten, daß das sprudelnde Überschäumen, das ihn nach dem Verlassen des Krankenhauses erfüllt hatte, schnell abgeebbt war. Die zusätzliche Arbeit bei den Farmern hatte ihn so erschöpft, daß ihm alle Knochen schmerzten, als er schließlich seine letzte Aufgabe für den Tag erledigt hatte und ein wenig schwindelig von Lance geglitten war.

Es blieb noch der Kontrollritt. Er hatte vor, die ganze Nacht hier draußen zu verbringen. Deshalb hatte er sich ein paar Decken von Claire geliehen und auch ihren Imbiß dankbar angenommen. Es würde eine lange Nacht werden. Wenn er zu schläfrig wurde, würde er ein paar Runden schwimmen. Aber lange konnte es so nicht weitergehen: kein Mensch kann den ganzen Tag hart arbeiten und sich dann auch noch die Nacht um die Ohren schlagen. Auf dem Weg hierher war er mehrmals auf dem Pony eingenickt, und nur sein über viele Jahre trainierter Gleichgewichtssinn hatte verhindert, daß er vom Pferd fiel, das ihn, ebenfalls halb schlafwandelnd, die bekannte Strecke entlangtrug.

Er saß ab und führte das Pony die Anhöhe hinunter. Seine Schritte waren schleppend. Er schloß die Augen und lehnte sich gegen Gray Beard. Er sollte sich doch lieber ein wenig hinlegen. Zwei Stunden... Er stand noch immer an das Pony gelehnt, als er bereits fest schlief.

Was ihn geweckt hatte, wußte er nicht. Er fühlte nur eine unerklärliche Unruhe. Eric sah sich um. Sie standen, umgeben von dichten Sträuchern und knorrigen kleinen Bäumen, ungefähr in der Mitte zwischen dem am Grenzzaun entlangführenden Pfad und dem kleinen See. Das Sprudeln des kleinen Baches klang frisch in die Stille und weckte seinen Durst. Gray Beard rutschte an seiner Seite die abschüssigen Stellen hinunter und strebte dem Bach zu. Auch er war durstig. Doch dann verharrte er und blickte mit gespitzten Ohren zum See hinüber. Und da sah es auch Eric: Die silberglänzende Oberfläche des Wassers zeigte dunkle Furchen, verursacht durch die Bewegungen eines Wesens. Er neigte sich vor und sah – eine Frau! Emily? Louise? Aber weder Emily noch Louise hatten so langes Haar. Ein Stein löste sich und polterte laut in die Tiefe. Da hob sie den Kopf und blickte in seine Richtung. Und dann rief sie seinen Namen.

Sie kam auf ihn zu und traf ihn auf der flachen Talsohle, ihr nackter Körper glänzend vor Nässe. Sein Blick streifte scheu über die straffe Wölbung ihrer Hüften, die langen, wohlgeformten Beine. Sie lächelte ihn unbefangen an. „Ich dachte schon, du kommst nicht mehr", sagte sie.

Er räusperte sich. Wie konnte sie so zutraulich sein? Sie kannten einander nicht. Kannten einander nicht? Eine Kiefer, eine lang auf einem Ast ausgestreckte Gestalt, wie ein Blitzstrahl durchzuckte Eric dieses Wiedererkennen. Er öffnete seinen Rucksack und zerrte ein großes Badetuch daraus hervor, das er ihr mit einer brüsken Bewegung hinhielt: „Legen Sie das lieber um, Sie erkälten sich sonst!"

Sie nahm das Tuch, strich damit über ihre von Wasserperlen benetzte Haut und ließ es dann an sich heruntergleiten. „Das brauche ich nicht, Eric."

„Woher kennen Sie meinen Namen?" fragte er.

Sie kam näher. „Jeder hier kennt dich. Du bist hier so etwas wie eine Berühmtheit."

„Wer sind Sie?"

„Juanita", antwortete sie erstaunt. „Du hast mich schon gesehen. Ich lag auf der Kiefer. Du hast mir direkt in die Augen gesehen."

„Sie lagen auf einer Kiefer! Warum?"

„Sie ist mein Fluchtpunkt. Von der Kiefer aus schaue ich auf... Besseres."

„Besseres? Was heißt das?"

„Besseres, als meine Familie hat. Ich habe das schon oft getan. Und dann sah ich dich, und es ließ mir keine Ruhe mehr."

„Wo ist deine Kleidung? Ich hole sie dir."

„Gefalle ich dir nicht? Ich liebe dich sehr. Ich liebe, wie du aussiehst, wie du dich bewegst, wie du sprichst... Es macht dich wohl nervös, daß ich nichts anhabe?"

„O... ja!"

„Dann ziehe ich mich an", sagte sie fröhlich. „Du bist drollig. So schüchtern." Sie schlüpfte in ihre nahe beim Ufer liegenden Kleider, kam zu ihm zurück und legte ihm die Hand in den Nacken. „Du hast mich kaum angesehen... Du bist wirklich schüchtern... und auch sehr schön. Ich habe mir schon seit langem gewünscht, in deiner Nähe zu sein. Seit ich dich zum ersten Mal sah. Und noch mehr, seit ich dich schwimmen sah.“ Ihre Lippen drängten gegen seine.

Er wich zurück. „Laß mich zufrieden! Du hast kein Recht, hier zu sein. Es ist nicht dein Land.“

„Auch nicht deines.“

„Ich gebe acht.“

„Worauf?“

„Das weißt du sehr gut.“

„Nein.“

„Juanita“, sagte er, „ich bewundere deine Aufopferung für deine Familie, aber du mußt gehen.“

„Aufopferung? Wovon redest du, *caro?*“

„Du hast mich beobachtet. Ich habe es gemerkt. Und ich kenne den Grund dafür. Du mußt jetzt gehen, Juanita.“

Sie hängte sich an seinen Hals und begann zu weinen. „Bitte schick mich nicht fort! Ich will bei dir bleiben ... nur diese Nacht!“

Kalte Abwehr klumpte sich in seinem Magen zusammen. „Es reicht“, gab er kalt zurück. „Hör auf damit. Ich bitte dich zu gehen.“

„Du hast keine Vorstellung davon, wie es bei uns aussieht! Verstehst du nicht, ich muß da raus. Ich ertrage es nicht länger.“

„Was?“

„Wie sie sind, mein Vater, meine Onkel, meine Brüder. Meine Mutter hat sich für sie abgeschuftet, bis sie starb.“ Diese neuen Tränen waren echt. „Mutter war einmal eine schöne Frau. Sie hatte viele Verehrer. Dann begegnete sie meinem Vater. Er machte ihr den Hof – aber als sie in die Heirat eingewilligt hatte, wurde sie zur Sklavin. Viele Männer, die aus Südamerika kommen, bringen ihrer Ehefrau keine Achtung mehr entgegen.“

„Wenn Frauen das wissen – warum heiraten sie solche Kerle?“

„Eine Frau *muß* verheiratet sein, ab einem gewissen Alter. Und natürlich hofft jede, daß *ihr* Mann anders ist.“

„Und jetzt bist du die Sklavin?“

„*Sí.* Ich muß ihnen den Haushalt führen: putzen, kochen, ihre Wäsche versorgen, sie bedienen und –“

„Gelegentlich fremde Männer umgarnen? Zu ihren Zwecken?“

Sie senkte den Kopf. „*Sí.*“

„Und auch heute nacht.“

Bevor sie antworten konnte, nahm sein feines Ohr Laute wahr. Laute von Tieren. Es war geschehen. Wolf war losgelassen worden und kam jetzt wieder zurück. Mit seiner Beute. Und Juanita war ausgeschickt worden, um ihn abzulenken für den Fall, daß er wieder auf Wachposition war. Die Laute kamen näher. Er hörte klagendes Blöken und Muhen und das Hecheln eines Hundes. Er ließ Juanita stehen und rannte den steilen Pfad hinauf, auf das Tor zu. Gray Beard trabte ihm nach. Eric hatte den Pfad erreicht. Eine Gruppe von Schafen und Färsen trottete ihm entgegen, getrieben von einem Schäferhund mit grauweißem Fell. „Wolf!“ Der Hund zögerte. Die Herde, die seine nachlassende Wachsamkeit sofort spürte, begann sich eilig zu zerstreuen. Er achtete nicht darauf.

„Wolf!“ Vielleicht erkannte der Hund seine Stimme. Sie trafen aufeinander, wo der Pfad zum See auf den Weg am Grenzzaun stieß. „Wolf!“ Ein großer Ball aus Fell wirbelte im bleichen Licht des Mondes auf ihn zu, sprang in die Luft, preßte seine kräftigen Vorderpfoten gegen seine Schultern und versuchte, sein Gesicht zu lecken. Eric gab seinem Ansturm nach; sie purzelten auf die Erde. Der Hund war wie toll vor Freude. Doch plötzlich winselte er und sank nieder in eine Lähmung, wie Eric sie schon einmal erlebt hatte. Er rappelte sich auf. Diesmal würde er das Geheimnis ergründen, das Wolfs Besitzern ermöglichte, ihn zu manipulieren.

Als dieser Gedanke durch seinen Kopf schoß, vernahm er ein Rauschen, wie Wind in Bäumen es nie hervorbringen würde – das mußten sie sein! Sie mußten ja das Tor öffnen… Aber das Rauschen verriet, daß sie sich davongemacht hatten. Er prallte gegen Juanita, als sie den kurzen, steilen Pfad erklomm. Er sah das kleine Gerät in ihrer Hand und entriß es ihr. „Was ist das?“ fragte er.

„Er gehorcht so schlecht. Damit können wir ihn kontrollieren.“

Eric musterte das Ding. Es war ein Elektroschockgerät, das über sehr weite Distanzen reichte. Er begann zu verstehen. Kalt sah er sie an. „Sicher habt ihr auch eine dieser unhörbaren Hundepfeifen?“

„Für Menschen unhörbar. Ja. Hier ist sie.“ Bevor sie die Hand schließen konnte, hatte er die Pfeife an sich gebracht. „Gib sie mir wieder! Es ist unsere einzige!“

„Das freut mich“, sagte er und warf die Pfeife und das Elektroschockgerät in weitem Bogen in den See. „So also habt ihr ihn fortgerufen, als er bei mir war…, zuerst der Schock und dann der Ruf mit der Hundepfeife.“

„Vater tut das, wenn er zu lange ausbleibt. Er ist nicht gern bei uns. Man muß ihn zwingen zurückzukommen. Warum regst du dich so auf. Es ist doch bloß ein Hund!“

Sie hätte keine ungeeignetere Wortwahl treffen können. „*Bloß* ein

Hund! Danke, Miss Cochan. Damit haben Sie alle noch offenen Fragen beantwortet." Er schwang sich auf das Pony. Ihre Schönheit ließ ihn nun kalt. Ihre demütigende Situation in der Familie ebenso: Sie achtete Tiere nicht. Ihm war übel. Ohne ein Wort wendete er das Pony. Wolf schien an seinem Bein zu kleben. Gray Beard trabte an.

Nebel kam plötzlich auf. Er behinderte die Sicht und schlich sich mit feuchter Kühle in ihre Knochen. Sie alle zitterten am ganzen Leib, als sie endlich das Cottage der Hickmans erreichten. Claire und David fuhren hoch, als sie das Trappen der beschlagenen Hufe vernahmen. „Ich helfe Eric mit dem Pony", sagte David und tastete nach seinem Morgenmantel. Claire nickte. „Ich koche ihm einen Kakao."

„Sie sollten nicht aufsein." Erics Stimme klang dünn. „Tut mir leid, daß wir Sie geweckt haben." Er tappte ins Bad. Vor der Tür ließ sich der Hund nieder, mit flachen Ohren und leise winselnd. Als Eric auf den Flur zurückkam, war Wolf sofort an seiner Seite und drängte sich an ihn. Claire kam Eric entgegen und legte eine Decke um seine Schultern. Sie drückte ihn auf einen Stuhl in der Küche und hüllte auch Wolf in eine Decke.

„Jetzt gibt es einen guten, starken Kakao", kündigte sie fürsorglich an.

Ein Schüttelfrost saß Eric in den Gliedern. „Darf er hier sein? Ich mußte ihn da wegholen..."

Claire lächelte. „Keine Sorge, Junge. Ein feiner Hund ist das. Er bekommt auch Kakao, wenn er mag."

David stapfte herein und streifte die Joppe ab, die er über seiner Nachtkleidung getragen hatte. „Der Graue ist versorgt, mein Junge. Lance nahm ihn..., wie soll ich sagen, großmütig auf, und – na, was für 'n netter Hund!" Wolf wedelte schüchtern. „Du hättest doch wohl auch gern eine Schale Kakao?"

Sie beobachteten, wie Wolf sich der flachen Schale näherte – Claire hatte einen Schuß kalter Milch hinzugegeben. Aber er sah zu Eric auf. Eric hob seinen großen Becher und nahm einen Schluck. Es war heiß und wohltuend. Nun neigte sich auch Wolf zu seiner Schale und leerte sie.

„Und jetzt", fand David, „jetzt sollten wir uns vielleicht über das Vorgefallene unterhalten?"

Eric sah in ihre Gesichter. Er konnte ihnen trauen, und so begann er zu sprechen.

Eric spürte ihre Gegenwart in der Tiefe seines erschöpften Schlafes und erwachte davon. Unruhig zog er einen weiten Pullover und Jeans über seinen Pyjama und schlüpfte in Socken und Tennisschuhe mit dicken Sohlen. Wolf hockte dicht neben ihm und hechelte verlegen und unglücklich. Er streichelte den schmalen Kopf. „Du mußt keine Angst haben, Junge."

Er war an der Tür und öffnete sie, bevor die Glocke erklang. Eine Gruppe von Männern stand auf der Treppe. Sie starrten ihn unter dem schwachen Nachtlicht feindselig an.

„Was kann ich für Sie tun?"

„Tochter sagt, Hund hier." Die Worte waren nahezu unverständlich. Der Sprecher schob sich vor, eine kleine kugelige Gestalt mit einem Vollmondgesicht und einer Halbglatze. So also sah Juanitas Vater aus. „Wir hier gekommen, Hund holen."

„Ja, ich habe tatsächlich einen Hund hier", sagte Eric, „wir werden sehen, ob er zu Ihnen gehört." Er wandte sich um und sagte leise: „Wolf!" Wolf kam aus dem Hintergrund heran und stand neben ihm. Er war jetzt nicht mehr ängstlich. Eric konnte die Wellen von Haß, die von ihm ausgingen, geradezu körperlich spüren.

„Chucho!" kam es befehlend aus dem Dunkel. Eric zuckte zusammen. „Chucho" bedeutet im Spanischen „Köter".

Wolf knurrte. Als der Mann ihn packen wollte, grub der Hund die Zähne in seine Hand. Der Mann stieß einen spanischen Fluch aus, bevor Wolf losließ.

„Sind Sie sicher, daß das Ihr Hund ist?" fragte Eric. „Ich kenne keinen Hund, der einen Menschen anfällt, dem er sich zugehörig fühlt."

Sie drangen wortlos auf ihn ein. Er sah Messer blitzen. Wenn er die Tür zuschlug, würden sie sie eintreten.

„Weg mit euch!" Eine scharfe Stimme, das Schnappen einer Schrotflinte, die gespannt wurde, verursachte Panik unter den Besuchern und scheuchte sie weg. Eric starrte in die Nacht, bis David seinen Arm um ihn legte. „Sie sind fort, mein Junge. Wenn Sie einen Zeugen brauchen …, den haben Sie."

„Ich brauche Beweise." Das runde rote Gesicht des Polizisten verfärbte sich um einige Grade.

„Aber ich habe es gesehen und gehört!" ereiferte sich David.

„Nun, Sir, wie ich die Sache sehe, hat Mr. Gustavson den Hund widerrechtlich an sich gebracht, und die Cochans haben das Recht, auf seiner Herausgabe zu bestehen. Daß sie es nicht tun, spricht für ihre Friedfertigkeit."

„Friedfertig! Sie kamen mit Messern und wollten Mr. Gustavson an die Kehle! Der einzige Grund, aus dem sie sich ruhig verhalten, ist, daß Eric das Elektroschockgerät und die Pfeife weggeworfen hat: sie können den Hund jetzt nicht mehr zwingen, zu ihnen zu kommen. Diese Leute haben den Hund mißhandelt. Er will bei Mr. Gustavson bleiben. Diese Leute haben versucht, mit Gewalt in mein Haus einzudringen, um den Hund wieder an sich zu bringen. Mit Messern."

„Nun, Sir, dafür haben Sie keine Beweise."

„Zum Donnerwetter! Dachten Sie, ich käme mit Polaroidfotos hierher? Ich bin froh, daß sie verschwanden, als ich mit meiner Schrotflinte auf sie anlegte!"

„Bitte, Sir, es hat keinen Sinn, sich zu ereifern. Außerdem könnte ich Sie belangen, anderen Menschen mit einer Schußwaffe gegenübergetreten zu sein."

„Ich habe eine Lizenz für das Gewehr!"

„Wohl kaum, um damit auf Menschen zu zielen, Sir."

„Beim heiligen Andreas, was sind Sie bloß für ein Hansw..."

Eric griff ein: „Keine Beleidigungen, David", raunte er. „Wir sollten verschwinden. Leute wie der sind nicht zu überzeugen." Er warf dem Beamten einen kalten Blick zu und drängte David aus der Amtsstube. „Wir sitzen am kürzeren Hebel. Lassen Sie uns fahren."

NIE ZUVOR hatte Eric einen Freund gehabt wie Wolf. Er war immer um ihn: neben seinen Füßen, wenn er in der Küche der Hickmans saß, und im Heck des Wagens, wenn er zu einem eiligen Fall gerufen wurde. Er lag dicht neben seinem Bett und wartete außerhalb der Koppel auf ihn, wenn er mit Lance oder den anderen sechs Pferden Turners arbeitete. Er war dabei, als die Sechs auf den Transporter verladen wurden. Als Turner anrief und das Ergebnis der Auktion verkündete, war Eric überglücklich.

„Zweihundertdreiundzwanzigtausend für Pearl!" wiederholte er Turners Worte.

Turner räusperte sich. „Wie sieht's denn mit der kleinen Araberstute aus?"

„Wenig Änderung, Sir Simon. Edward ist noch immer das Schreckgespenst für sie, und ich kriege den Grund nicht heraus. Davon abgesehen – sie müßte bald auf die Weide zu den anderen gelassen werden, damit Excalibur sie decken kann."

„Die Sache dauert mir zu lange. Du solltest dich allmählich davonmachen, Eric."

Turner hatte recht. Er sollte Lance auf einen Transporter führen und ihn nach Mittelengland zurückbringen, ihm den allerletzten Schliff geben und seinem Verkauf zusehen. Aber er wollte Lance nicht hergeben – er liebte ihn. „Sir Simon, ich muß dieser Stute beikommen. Lassen Sie die neuen Pferde hierherschaffen. Ich bin sicher, daß die Fargus' nichts dagegen haben. Sind Hengste dabei?"

„Nein."

„Gut. Geben Sie Peter einen Transporter. Wie viele sind's denn?"

„Fünf. Prachtpferde. Aber eben –"

„Ein bißchen schwierig."

„Ja. Aber keines ist so schlimm dran wie Sir Lancelot. Wir sprechen uns, Junge." Turner legte auf.

WENN Eric gehofft hatte, nach dem Verkauf der geheilten Pferde nun etwas mehr Ruhe zu finden, hatte er sich getäuscht. Die Gemeinde hatte auf den alten Tierarzt Timmy gewartet, und als sich die Nachricht von seinem Ableben herumsprach, war die Bestürzung groß.

Nach dem Begräbnis brach ein wahrer Sturm über Eric herein. Notgedrungen mußte er sich einen alten Austin Morris für die Visiten zulegen. Im Kofferraum klapperten seine Medikamente und Instrumente, und auf dem Beifahrersitz hockte Wolf.

Dann kamen die fünf von Turner. Er war mehr als vollbeschäftigt: fünf schwierige Pferde, Lance, Solitaire und dazu Koliken, Geburten, Verletzungen ... und die lang aufgeschobenen Fälle wie Holzzungen, steife Glieder, Zahnprobleme. Eines Sonntags ratterte er in dem kleinen Wagen todmüde zum Haus der Hickmans zurück. Er blickte auf den Himmel und sah den Mond. Er war voll gerundet: Einen Monat war es nun schon her, seit er Louises Geheimnis gelüftet und Wolf zu sich genommen hatte.

Es war erst Nachmittag, doch er fühlte sich wie gerädert. Er war um zwei Uhr früh zu einer kalbenden Kuh gerufen worden, darauf um fünf Uhr morgens zu einer Sau mit Krämpfen und um sieben Uhr zu einem Pferd mit Kolik. Dann hatte er sich um die fünf und um Solitaire gekümmert, und gerade, als er die Stute auf die Koppel zu den Reitstuten ließ, war der Anruf von Brian gekommen: eine Kuh, die offenbar mit einer anderen zusammengerempelt war, eine ausgerenkte

Hüfte. Es hatte ihn viel Schweiß und die Mitarbeit mehrerer Nachbarn gekostet.

Als er sich dem Cottage der Hickmans näherte, sah er den Wagen auf der Straße stehen. Es war ein schicker Japaner, dunkelblau-metallic lackiert. Besuch. Davy, dachte er, ließ den kleinen Austin hinter dem eleganten Wagen stehen, winkte Wolf und ging in das Haus. Nach der Dusche schlüpfte er in frische Kleidung, rasierte sich und ging hinunter in die Küche.

Dort saß Claire dem Besucher gegenüber. Als Eric das dunkelrote Haar sah, das heute in reicher Lockenflut auf die Schultern seiner Trägerin fiel, rief er: „*Fayre* Elaine!"

Als sie sich zu ihm umwandte, hatte er sich beide Hände erschrocken über den Mund gelegt. Sein Gesicht war brennend rot geworden unter seiner Sonnenbräune. „Entschuldigung, Dr. Mercury. Das ... ist mir so rausgerutscht."

Sie erhob sich, kam lächelnd auf ihn zu und reichte ihm die Hand. „‚*Fayre* Elaine' klingt doch sehr hübsch. Trinken Sie Tee mit uns, Eric. Ich habe übrigens ‚Meine Reise mit Charly' gelesen, nachdem Sie mich darauf aufmerksam machten. Es hat mir sehr gefallen."

John Steinbecks Bücher waren ein Thema, für das Eric sich immer erwärmen konnte. Bald waren Elaine und er in ein Gespräch über ihre Lieblingsbücher vertieft. Claire goß ihnen Tee nach und legte appetitliche Happen auf ihre Teller. Tee und Happen verschwanden unter eifrigem Geplauder. In einer Gesprächspause, in der sich die beiden jungen Leute nur ansahen, warf Claire ein: „Zeigen Sie doch Elaine unseren Prince Charming! Sie hat Pferde sehr gern."

„Tatsächlich? Und reiten Sie auch?"

„Ach, nicht besonders gut, ich habe ja wenig Zeit. Aber ich mag es. Es ist auch schön, ein Pferd vor und nach dem Reiten zu striegeln und so weiter."

„Sie könnten ihr auch Solitaire zeigen", sagte Claire. „Ich mache Ihnen einen Proviantkorb zurecht."

„Sir Lancelot ist wirklich ein beeindruckendes Pferd", sagte Elaine später, als sie mit dem Picknickkorb zu einem Küstenausläufer gelaufen waren. „Er ist unglaublich schön und dazu noch ein Genie ... Er hat eine Ausstrahlung, die mich verblüfft. Als ich vor ihm stand, hatte ich das Gefühl, etwas würde mich von den Füßen reißen."

„Wenn Sie das spüren können, Elaine, dann sind Sie etwas Besonderes. Die wenigsten Menschen können das."

Sie musterte ihn. „Ihr Job ist sicher nicht leicht."

„Nicht unbedingt."

„Aber er macht Ihnen Freude."

„Es ist gut, helfen zu können."

Sie goß ihm Wein nach. „Ja, ich weiß, was Sie meinen." Sie dachte dabei an endlos scheinende Einsätze, an fünfunddreißig Stunden Arbeit ohne Schlaf. „Aber wollen Sie das Ihr Leben lang machen?"

Irgendwann wirst du es nicht mehr können. Irgendwann wirst du zu alt sein dafür. Irgendwann kommt ein junges Pferd, krank vor Angst, und schlägt dich nieder, bevor du es erreichen kannst.

„Ganz sicher nicht." Er streckte sich aus.

„Und was *wollen* Sie?"

Er zögerte und trank einen Schluck Wein. Er sah sie forschend an. Und dann, in der spätsommerlichen Pracht der *marchairs,* gaben seine Barrieren nach, und er sprach zum ersten Mal zu einem anderen Menschen von seinem Traum.

„Es wäre Ihnen gleich, wo Sie Ihr Gestüt haben?"

„Guter Boden. Gute Pferde. Das zählt."

„Ich verstehe. Ich würde dieses Land niemals verlassen. Es gehört zu mir. Und ich zu ihm."

Er räusperte sich. „Ich kann das verstehen." Er erkannte Liebe, wenn er sie sah, und er sah auch die Konsequenzen, die sich daraus ergaben. „Für die Pferdezucht wäre allerdings ... Irland mit seinen fetten Wiesen viel besser geeignet. Oder auch Kent, unten in England."

Ihr Blick verdunkelte sich, aber sie nickte: „Sie werden nicht mehr sehr lange hiersein, nicht wahr?"

„Das ist abzusehen." Auf einmal fühlte er sich niedergeschlagen. Seine Augenlider wurden schwer. Elaine sah, daß er versuchte, wach zu bleiben. Dann übermannte ihn die Müdigkeit. Sie nahm behutsam das Glas aus seiner Hand, streifte ihre Bluse ab und legte sie über sein Gesicht.

Als Eric erwachte, blinzelte er verwirrt. Etwas Weiches rutschte von seinem Gesicht, und seine Sicht wurde klar: Der Tag verblaßte, abendliche Schatten begannen aus der Erde zu kriechen. Er sah zu Elaine hinüber, die im ärmellosen Shirt im Schneidersitz auf der Decke saß, den schläfrigen Wolf kraulte und zum Meer blickte. „Es tut mir leid. Ich wollte nicht einschlafen."

„Sie waren erschöpft. Fühlen Sie sich jetzt ein wenig ausgeruhter?"

„Das war sehr lieb von Ihnen – die Bluse, meine ich. Danke."

Seine Augen, die Sehnsucht darin, machten sie unruhig. Dieser tiefe, dunkle Blick paßte nicht zu der ruhigen Stimme. Sie lächelte beklommen und schwieg, als er sich aufrichtete und eine Hand sanft über ihre Wange streichen ließ.

„Ich möchte nicht zudringlich sein“, flüsterte er. „Aber Sie sind wirklich eine wunderschöne Mischung, Elaine.“ Scheu strichen seine Hände ihre bloßen Arme entlang und schoben sich behutsam in die dunkelroten Haare. Sie machte eine kaum wahrnehmbare Bewegung auf ihn zu und hauchte einen Kuß auf seine Lippen. Die leichte Berührung genügte. Hitze flammte zwischen ihnen auf. Nie zuvor hatte er sich so nach einer Frau gesehnt. Elaine schmiegte sich in seine Umarmung. Doch im selben Moment rückten sie voneinander ab.

„Es tut mir leid“, murmelte Eric.

„Mir auch. Ich weiß nicht, was da über mich kam.“

Ihre Blicke tauchten ineinander. Sie wußten beide, was zwischen sie gekommen war – die Gewißheit, zueinander zu gehören und doch bald getrennt zu sein.

Sir Lancelot spielte an den Balken der Garagentür herum, und plötzlich öffnete sich die Tür einen Spaltbreit. Verblüfft schob er den Kopf vor. Die Tür schwang auf. Zögernd trat er hinaus. Die dunkelblaue Nacht war warm und lockte mit erregenden Düften. Zielstrebig setzte er sich in Trab. Er beschleunigte kaum, bevor er federnd über das Tor setzte. Er hielt auf der Kuppe, und die Weite des Anwesens lag vor ihm. Prüfend sondierten seine Nüstern die Luft. Der Geruch, der ihn angelockt hatte, kam von dort unten. Er warf den Kopf hoch und wieherte triumphierend. Ein dünnes Wiehern aus der Koppel antwortete, und er jagte in gestrecktem Galopp die Anhöhe hinunter. Solitaire kam ihm entgegen. Ihre Nasen berührten sich durch die Latten, es folgte das tiefe Schnauben und rituelle Ausschlagen, dann wendeten beide Pferde auf der Hinterhand und jagten nebeneinander zu beiden Seiten des Zauns entlang. Es war der dritte Tag von Solitaires Rosse, und sie war sehr interessiert an diesem Hengst. Lance streifte um den Zaun zum Tor. Seine Nase stieß probeweise gegen den Holzbalken, der als Riegel diente. Der Balken bewegte sich, als er seine Nase unter ihn schob, und das Tor schwang auf. Er drängte durch die Reitstuten auf Solitaire zu, sonderte sie von den anderen ab, umtanzte sie, und schließlich trieb er sie mit behutsamen Kopfstößen aus der Koppel ins Freie. Seite an Seite galoppierten die beiden Pferde über die weite Wiese.

Elaine und Eric saßen noch immer auf dem Küstenausläufer. Die

Spannung zwischen ihnen vibrierte fortwährend, doch sie sprachen von ihrer Arbeit, von ihrer Zeit an der Universität, von Hobbys, Abneigungen und Vorlieben.

„Ist noch Wein da?"

Elaine sah in dem großen Picknickkorb nach. „Claire hat uns reichlich versorgt. Möchten Sie roten oder weißen?"

„Trinken Sie auch noch ein Glas?"

„Ich muß noch fahren", gab sie zu bedenken.

„Warum übernachten Sie nicht bei den Hickmans? Es gibt genug Platz. Sie könnten morgen ganz früh zurückfahren, dann sind Sie rechtzeitig zum Dienst da."

„Ich muß morgen nicht arbeiten."

Ein freudiger Schreck durchzuckte ihn, und impulsiv ergriff er ihre Hand. Seine Augen sagten, was ihn seine Schüchternheit nicht herausbringen ließ.

Sie wandte den Blick ab. „Nun, dann trinke ich noch ein Glas Weißwein." Sie entzog ihm ihre Hand. Plötzlich hob sie lauschend den Kopf. „Was ist das? Es klingt wie Donner."

Eric hatte es auch gehört. „Das ist die Herde der Fargus'. Wenn Sie Glück haben, begegnen Sie vielleicht noch Excalibur. Ich frage mich nur, warum er die Herde in der Nacht über das Gelände treibt. Vielleicht hat sie etwas erschreckt." Cochans, dachte er mit aufschießender Panik.

Dann klang ein gellender wilder Ruf zu ihnen. Eric hatte ihn schon einmal gehört, es war Excaliburs Herausforderung. Und dieser Ruf wurde von einem ganz ähnlichen beantwortet. Er erbleichte und stand rasch auf. „O nein, bitte nicht!"

Sie erklommen den Abhang, und auf der weiten Wiese kam ihnen der Pulk der Zuchtstuten von Sunrise entgegen. Excalibur umkreiste sie. Er reckte den Kopf nach allen Seiten und scharrte, daß die Erde aufgerissen wurde. Dann hob er sich auf die Hinterhand und wieherte erneut. Plötzlich tauchten aus der Richtung des Hauses zwei Pferde auf der Hügelkuppe auf, und Eric griff sich stöhnend an die Stirn. „O nein!"

Atemlos beobachtete er, wie Sir Lancelot sich von der grazilen Silhouette der Stute löste, auf die Herde zutrabte und etwa hundert Meter vor ihr verharrte. Er warf den Kopf hoch: Auf diesen Kampf hatte er lange gewartet. Nun war die Zeit gekommen, und er war bereit.

Excalibur gab keinen Laut von sich, blieb ebenso unbeweglich wie sein Widersacher. Abschätzend musterten sich die Gegner, der goldene und der rote Hengst. Stumm nahmen sie Maß.

Eric rannte los, aber es war zu spät. Die Hengste stürmten mit hoch aufgereckten Köpfen, steil aufgestellten Schweifen und donnernden Hufen aufeinander los und hatten sich schon auf die Hinterbeine gerissen, gegeneinander schnappend und schlagend, bevor Eric sie erreichen konnte. Er mußte zurückspringen, als Excalibur blitzschnell herumwirbelte und mit der Hinterhand gegen Sir Lancelots Kopf zielte. Der Schlag verfehlte sein Ziel nur knapp; Lance stieß einen wütenden Schrei aus, vollführte eine Drehung und hämmerte mit den Vorderhufen auf Excaliburs Rücken ein. Blutige Flecken zeigten sich auf dem rotglänzenden Fell. Wieder schlug Excalibur aus. Er traf Sir Lancelots Brust und ließ ihn taumeln. Eric hatte seinen Gürtel gelöst, warf sich mitten zwischen die tobenden Hengste und teilte mit dem Gürtel Hiebe nach allen Seiten aus. Doch sie nahmen weder ihn, die Schläge noch seine Stimme wahr. Als sich beide erneut aufbäumten, traf ihn ein Vorderhuf. Er ging nieder und versuchte, aus der Gefahrenzone zu kriechen, als er plötzlich Hände fühlte, die ihn packten und ihm halfen, sich über das Gras zu schleppen, bis er außer Reichweite der Kämpfenden war. „Die bringen sich um", ächzte er.

„Sie können nichts tun. Es war Wahnsinn, was Sie da eben versucht haben", versetzte Elaine.

Schwer atmend starrte er auf die Pferde, die, zwei Naturgewalten gleich, aufeinander prallten. Excalibur war der erfahrenere Kämpfer. Wenn Sir Lancelot aufgab – und das schien aufgrund seiner Unerfahrenheit unvermeidlich –, dann würde Excalibur ihn nicht schonen. Sir Lancelot besaß Feuer, doch der zerstörerischen Wucht eines kampferprobten Hengstes konnte er nicht standhalten. Er *mußte* aufgeben; und Excalibur würde ihn jagen, zur Strecke bringen und ihm den Schädel spalten.

Da drang Unruhe aus dem Pulk der Stuten, verängstigtes Wiehern, und Excalibur hörte, daß sie sich in Bewegung setzten. Etwas bedrohte sie. Er schnappte noch einmal nach Lance, dann wurde seine Besorgnis übermächtig; er schnellte herum und setzte seiner Herde nach. Bald hatte er sie eingeholt, umkreiste sie und trieb sie über die Hügel. Solitaire war unter ihnen.

Eric schwang sich auf Lances Rücken und zwang ihn herum. Er mußte alle Aufmerksamkeit auf das Pferd richten und hoffte, als er in vollem Galopp davonstob, daß Elaine das Richtige tun würde.

Die junge Frau streichelte Wolf, der neben ihren Füßen kauerte.

„Das hast du wirklich gut gemacht, mein Lieber. Hast sie sehr eingeschüchtert." Wolf hatte sich an die Stuten geschlichen und mit seinen scharfen Zähnen einige Fesseln geritzt. Bellen war nicht nötig gewesen. Die Furcht der Stuten hatte die ganze Herde in Bewegung gesetzt.

„Guter Junge", lobte Elaine. „Laß uns zum Wagen gehen, ja?" Sie nahm den Picknickkorb auf, und Wolf folgte ihr. Sie verstaute den Korb im Fond des Wagens, fuhr zum Haus der Hickmans und parkte davor.

Elaine traf Eric in der Garage der Hickmans. „Wie geht es ihm? Sie haben ihn angebunden?"

„Bisher wußte ich nicht, daß er Riegel öffnen kann." Er bürstete vorsichtig Sir Lancelots verkrustetes Fell und vermied es, Elaine das Gesicht zuzuwenden. „Er hat Schrammen und Prellungen, aber keine ernsthaften Verletzungen. Er ist nicht nur hier herausgekommen, er hat auch Solitaire aus der Koppel befreit."

„Er ist ein Kluger." Sie näherte sich ihm langsam.

„Seine Klugheit hätte ihn das Leben kosten können. Bleiben Sie lieber weg von ihm!"

„Aber er sieht ganz friedlich aus! Sehen Sie, er dreht mir den Kopf zu!" Sie las ein Bündel Heu auf und hielt es Lance hin. Er zupfte es aus ihrer Hand. Er wirkte angeregt nach seinem Abenteuer, aber keineswegs übernervös. Eric ließ ihn herumtreten, um die andere Seite zu putzen, und verbarg sich hinter ihm. Doch Elaine hatte genug gesehen. Sie schlüpfte unter Sir Lancelots Hals hindurch auf Erics Seite. „Lassen Sie mich das ansehen, Eric." Vorsichtig umfaßte sie sein Gesicht und schob das Haar aus der Stirn. „Es ist eine Schnittwunde. Glücklicherweise nicht tief. Ich möchte das versorgen. Haben Sie ein Desinfektionsmittel, Heilsalbe, Pflaster?"

Im Haus der Hickmans war es bereits dunkel. Eric schloß die Tür nahezu lautlos auf. „Ich bringe Ihnen frische Bettwäsche", flüsterte er. „Sie können mein Zimmer haben, es ist groß und gemütlich. Ich nehme den kleinen Gästeraum."

„*Ich* nehme den kleinen Gästeraum", beharrte sie. „Und jetzt werde ich mich um Ihre Verletzung kümmern."

„Ich brauche erst eine Dusche."

Als er barfüßig und in Pyjama und Morgenmantel wieder vor ihr stand, fragte sie: „Haben Sie vielleicht auch einen Pyjama für mich?"

„Oh, sicher." Er griff in den Kleiderschrank und reichte ihr dann einen Pyjama. „Sie werden darin ertrinken."

„Macht nichts. Wo sind Ihre Medikamente?"

„Gleich hier, in der Tasche."

„Ich werde Sie gleich versorgen."

„Aber nein. Eigentlich kann ich das selbst. Gehen Sie duschen. Ich habe frische Handtücher für Sie rausgelegt." Seine Kehle war so eng, daß er Mühe hatte, die Laute hervorzubringen. „Und ich habe einen Spiegel hier. Ich komme schon zurecht."

„Ja. Dann – gute Nacht."

„Gute Nacht."

Es war eine qualvolle Nacht. Der Vollmond quälte ihn; aber es war vor allem sein Verlangen, das durch seine Träume jagte und ihm keine Ruhe ließ. Sie war ihm so nah! Aber er hatte ihre Entscheidung zu respektieren.

Claire zeigte keine Überraschung, als Elaine zum Frühstück erschien. „Hatten Sie einen netten Abend, Elaine? Haben Sie gut geschlafen? Möchten Sie lieber Kaffee oder Tee? Sie haben doch noch ein bißchen Zeit?"

„Heute muß ich nicht arbeiten, Claire. Ich wollte eigentlich nicht hier übernachten, aber es war spät, und Eric sagte, es sei Platz –"

„Völlig in Ordnung, meine Liebe."

Kurz darauf betrat Eric die Küche, und als Claire sein Gesicht sah, erschrak sie. Es war nicht nur das breite Pflaster auf seiner Stirn, es war vor allem, wie er aussah: Die Wangen waren bleich unter der Sonnenbräune, so daß sein Gesicht gelblich wirkte, tiefe Schatten lagen unter den Augen, und die Augen selbst glänzten wie die eines Fiebernden. Aber er lächelte ihnen beiden zu und wünschte einen guten Morgen.

Claire wandte sich wieder zum Herd, ergriff die Pfanne, in der die Würste leise zischten, und verteilte den Inhalt auf den Tellern. Nach und nach lockte sie die Ereignisse aus den beiden heraus und stocherte darauf nachdenklich in ihrem Rührei herum. Dies war nicht die erste Nacht, die sich Eric der Pferde wegen um die Ohren geschlagen hatte, aber nie hatte er danach so elend ausgesehen. Die Verletzung konnte ihn nicht so mitgenommen haben. Es konnte nur eines sein …

ERIC saß wie an seinem ersten Abend in diesem Land auf einem Ausläufer der schroff ins Meer abfallenden Felsen und ließ die Beine über den Abgrund baumeln. Unter ihm wogte und flüsterte der Atlantik. Wie am ersten Abend waren auch Lance und Wolf bei ihm; doch dieser Ort gehörte nicht zum Fargus-Land, sondern der Gemeinde. Ohne die Gesellschaft der beiden Tiere hätte er sich sicher noch verlassener und trostloser gefühlt als in seiner Kindheit. Vor zwei Stunden hatte er Elaine verabschiedet, hatte dann Lance aufgetrenst und war hierhergeritten.

Nun war sie also fort. Es war ein ereignisreicher Tag gewesen. Sie hatten als erstes die Herde aufgesucht – auf zwei von Billys Ponys: Emily hatte Elaine gestern höflich, aber frostig begrüßt. Eric hatte sie nicht um zwei der Reitstuten bitten wollen. Er hatte Excaliburs Verletzungen behandelt und ihn sogar in Elaines Nähe locken können. Anders als Emily war sie nicht im geringsten verängstigt vor dem riesigen Hengst, als er sich ihr schließlich näherte, sondern zeigte eine Art faszinierter Bewunderung für ihn. Ihre Hand strich zart über Excaliburs schmale Nase. Der Hengst hatte still gestanden und sich voller Behagen gedehnt. Solitaire hatte ein wenig Fangen mit Eric gespielt, bevor sie geruhte, stehenzubleiben und sich anfassen zu lassen.

„Werden Sie sie bei der Herde lassen, Eric?"

„Fürs erste, ja. Wenn sie hochträchtig ist, kommt sie in den Stall. Ich will nichts riskieren."

„Aber wie können Sie sicher sein, daß sie trächtig ist?"

„Nun – wenn es nicht Lance war, wird es Excalibur sein. Sie ist jung und gesund. Aber natürlich wird sie untersucht werden."

Noch vor dem Mittagessen hatte er mit Lance gearbeitet, und wie am Vortag war Elaine voller Bewunderung gewesen. „Ich werde nie so reiten können. Sie haben sicher früh damit angefangen?"

„Mit vier Jahren. Möchten Sie ihn reiten? Der Vorfall der letzten Nacht scheint ihm nichts ausgemacht zu haben. Ich habe eher das Gefühl, es hat ihm eine ganze Menge Selbstbewußtsein zurückgegeben. Kommen Sie, Elaine. Er muß noch trockengeritten werden."

Ein kleines Zögern, dann war die schlanke Gestalt zwischen den Bohlen hindurchgeschlüpft. Es war das reine Entzücken gewesen, sie zu beobachten, ihre Einfühlsamkeit, die Freundlichkeit dem Hengst gegenüber.

In der kühlen Luft im letzten Schimmer des Sonnenuntergangs zog Eric die Beine an und legte die Arme um die Knie. Bei seiner Entlassung aus der Klinik hatte er nicht geglaubt, Elaine je wiederzusehen. Er hatte es bedauert, sich aber damit abgefunden. Ein einziger Nachmittag hatte genügt, um alles zu verändern. Und jetzt war sie fort, und selbst wenn er sie noch einmal durch Zufall wiedersehen sollte, durfte er sich nichts erhoffen. Er mußte gehen. Und sie mußte bleiben. So einfach, so furchtbar einfach war das.

Eric war zu der Überzeugung gelangt, daß es am besten sei, diese zwei Tage als einen Sturm im Wasserglas anzusehen. Er sagte sich, daß seine Gefühle mit ihm durchgegangen seien, und das hatte mit den Anstrengungen zu tun gehabt – mit dem harten Tag, der hinter ihm gelegen hatte, als Elaine angekommen war, mit dem nächtlichen Kampf der Hengste und den darauffolgenden schlaflosen Stunden, in denen er vermeinte, ihren leisen Atem im Nebenzimmer zu hören.

Und außerdem war für eine Frau kein Platz in seinem Leben: Es geschah immer wieder, daß er sogar die Arbeit mit einem der Pferde unterbrechen mußte, weil ihn ein Farmer zu Hilfe rief. Er brachte es nicht übers Herz, sie abzuweisen, aber er begann zu mahnen: „Vielleicht sollten Sie sich mal mit dem Bürgermeister kurzschließen, damit er sich um einen anderen Tierarzt bemüht. Wäre doch ein abendfüllendes Thema bei der nächsten Gemeindeversammlung."

„*Gee*, einen wie Sie kriegen wir nicht wieder, Mr. Gustavson! Soll ich Ihnen mal sagen, wie viele Tiere unter Timmys Behandlung gestorben sind? Oder wie viele danach nichts mehr taugten?"

„Ich bin sicher, Sie irren sich. Es gibt wenige Berufe wie den des Tierarztes, in denen die Linie zwischen völligem Versagen und Triumph so schmal ist. Ich bin sicher, daß Timmy sehr gut war. Und es ist wirklich nicht mein Job. Und außerdem, Mr. Sims", Eric ließ das geschwollene Hinterbein der Kuh sinken und richtete sich zu voller Größe über dem beleibten kleinen Farmer auf, „außerdem haben Sie Ihre letzte Rechnung noch nicht bezahlt, und ich habe sie Ihnen vor mehr als drei Wochen zugeschickt. Ein niedergelassener Kollege wäre verpflichtet, die Behandlung vorzunehmen. Ich bin das nicht."

„Sie kriegen Ihr Geld", stieß Mr. Sims hervor. „Ich werd Ihnen einen Scheck geben, gleich heute. Ich muß Ihre Rechnung ... vergessen haben."

„Na schön. Und ich wäre Ihnen dankbar, wenn Sie das Thema bei der nächsten Gemeindesitzung zur Sprache brächten. Sie brauchen einen niedergelassenen Tierarzt. Ich hoffe, ich habe meinen Standpunkt klargemacht."

„*Aye*, vollkommen. Äh, kümmern Sie sich nun trotzdem um meine Kuh?"

„Nun ... ja." Eric hatte nie die Absicht gehabt, es nicht zu tun. „Aber Sie denken an den Gemeinderat?"

„*Aye*. Und an Ihren Scheck. Ich hole ihn sofort." Mr. Sims hastete aus dem Stall. Eric sah ihm schmunzelnd nach und erblickte dabei Wolf, der wedelnd Bekanntschaft mit der Colliehündin der Sims' schloß. Der gedämpfte Sonnenschein eines milden Herbsttages spielte auf dem Fell der Tiere. Die Landschaft leuchtete, und der stetige leichte Wind trug einen stärkeren Geruch von Seetang und Salz als im Sommer. Er fühlte, wie sich seine Seele diesem Land einmal mehr öffnete – eine Empfindung, die er jeden Tag wieder erlebte: Er liebte dieses Land. Und er liebte die Hickmans. Und die Arbeit als Tierarzt. Alle wollten, daß er blieb, weil sie ihn achteten und schätzten, weil sie seine Hilfe brauchten oder sogar, weil sie ihn mochten. Und auch er wollte bleiben. Aber wenn er mit dieser Arbeit fortfuhr *und* die Pferde behandelte, würde er sehr bald aufgerieben sein. Die Nächte, in denen er mehr als vier Stunden Schlaf bekam, waren selten. Und wenn er die Pferde zugunsten der Arbeit als Tierarzt aufgab, bedeutete das, seinen Traum aufzugeben, und das konnte er nicht. Dieser Traum hatte ihn durch seine Kindheit getragen und ihn alle Schmerzen, Enttäuschungen und Demütigungen hinnehmen lassen. Ihn aufzugeben hieße, sich selbst aufzugeben.

Schließlich würde er sich in Connemara oder Kent ebenso verlieben. Außerdem würde er nun bald über die notwendigen Mittel verfügen, um den Traum von seinem eigenen Gestüt Wirklichkeit werden zu lassen. Über all die Jahre hatte sich eine erkleckliche Summe angesammelt. Er sollte sich bald nach einem geeigneten Landstück umsehen. Spätestens, wenn Solitaires Fohlen geboren war.

„ZWILLINGE!" Emily starrte ihn entsetzt an. „Sind Sie ganz sicher, Eric?"

Er hob die Schultern, war ebenso verzweifelt wie sie. „Ganz sicher. Ich bat einen erfahrenen Kollegen sie zu untersuchen, als ich mit ihr in Glasgow war: er kam zu dem gleichen Schluß. Solitaire trägt Zwillinge."

„Das ist eine Katastrophe. Sie wird sie abstoßen."

Mit etwa achtzigprozentiger Wahrscheinlichkeit, dachte Eric.

„Wenn wir eines wegspritzen?" fragte Emily zaghaft.

„Der Kollege riet davon ab. Er sagte, manche Stuten reagierten sehr sensibel auf einen solchen Eingriff. Solitaire spürt, daß sie neues Leben trägt, aber natürlich ist sie nicht in der Lage zu begreifen, daß es zu ihrem Besten geschieht, wenn ein Teil dieses Lebens unwirksam gemacht wird. Sie wird nur den Verlust fühlen und gleichgültig werden. Der Instinkt der Arterhaltung, der einer Stute bestimmte Verhaltensweisen auferlegt, wird absterben."

Emily schwieg lange. „Das heißt, wenn ich Sie richtig verstanden habe", sagte sie schließlich, „daß die Wahrscheinlichkeit, beide Fohlen zu verlieren, noch größer ist, wenn eines weggespritzt wird, als wenn wir nicht eingreifen."

„Ich fürchte, ja."

„Wie sind Solitaires Chancen, wenn wir nichts unternehmen?"

„Sie müßte unter ständiger Aufsicht sein und sehr sorgfältig gepflegt werden. Sie dürfte nicht draußen bei der Herde bleiben. Die Koppel und der Stall wären besser für sie."

„Ihr erstes Fohlen ist Ihnen versprochen, Eric. Ich stehe zu meinem Wort. Tun Sie alles, was in Ihrer Macht steht, um diese Zwillingsfohlen auf die Welt zu bringen, und beide gehören Ihnen. Ich will nur, daß der Stute nichts geschieht."

Das bedeutete, daß er noch für geraume Zeit hierbleiben mußte. Auf Solitaires Nachkommen sollte sein Traum gebaut werden. Aber er hätte es ohnedies nicht über sich gebracht, die kleine Stute, die er liebgewonnen hatte, mit ihrem Schicksal allein zu lassen.

ERIC stieg, von Wolf gefolgt, aus seinem kleinen Austin und sah Danny über den Hof auf sich zukommen. „Was gibt es diesmal, Danny?"

Sie schüttelten einander die Hände zur Begrüßung.

„Daisy steht nicht auf." Dannys verhärmtes Gesicht war unglücklich.

„Daisy? Die habe ich doch vor ein paar Tagen wegen Milchfieber behandelt?"

„*Aye*. Aber sie steht nicht auf. Lizzy macht Wasser für Sie heiß. Ich hole es gleich." Danny trottete zum Haus und kam mit einem Eimer heißem Wasser, einem Stück Seife und einem Handtuch zurück.

Eric schob seinen Arm in die Kuh. Ja, ganz wie er gedacht hatte. Nach der Geburt waren die Hüftgelenke noch nicht wieder so, wie sie sein sollten. Er seifte seinen Arm ab und fragte: „Wie heißt der Abdecker hier, Danny? Ich brauche ein frisches Schaffell."

Danny war in kürzester Zeit wieder da. Im Stall legte Eric das noch blutige Fell eines frisch geschlachteten Schafs auf die Hinterpartie der Kuh, trat zurück in die Stallgasse und zündete sich ruhig eine Zigarette an. Die Kuh zeigte eine zunehmende Unruhe. Sie warf den Kopf auf und nieder, schlug mit ihm nach dem Fell auf ihrer Rückfront. Im Liegen konnte sie das Fell nicht loswerden; schließlich stemmte sie sich auf und schüttelte es ab. Eric öffnete die Tür ihres Verschlags und scheuchte sie die Stallgasse entlang. Ihr Trott war tadellos. Als sie in den Verschlag zurückgekehrt war, schloß er die Tür.

„Manchmal passiert das, Danny. Der Ring der Beckenknochen bleibt nach der Geburt locker, und sie stehen dann nicht auf. So ein frisch abgezogenes Fell entwickelt eine Hitze wie eine zu hoch eingestellte Heizdecke. Und das machte Daisy so ruhelos, daß sie aufstand, nur, um diese Hitze los zu sein."

„Das is 'n Trick!" meinte Danny anerkennend. „Und jetzt ist sie in Ordnung?"

„So gut wie neu."

Danny packte seinen Arm. „Heute müssen Sie aber mit in den Swordfish kommen, Eric! Ich will Ihnen unbedingt einen Drink spendieren!"

Eric zögerte. „Die haben ein Telefon?" fragte er.

„*Aye.*"

Ein Besuch in einem Pub würde eine nette Abwechslung zu seinem Grübeln sein. Ja, es wäre schön, einmal *einen* Abend zu verleben, an dem er nicht grübelte: über die überraschende Ruhe, die die Cochans hielten, über Elaine. Und auch ein Bier in freundlicher Gesellschaft wäre nett. Er würde Claire Bescheid geben für den Fall, daß ein dringender Anruf kam.

Der Swordfish war ein kleines Pub mit dunkel gebeizten Tischen und Stühlen, rauchverhangenem Licht, freundlicher, flinker Bedienung – und vollgestopft bis zum Rand mit Gästen. Eric kämpfte sich mißgelaunt hinter Danny bis zur Theke durch.

„Das beste Nutbrown-Ale der Gegend kriegen Sie hier!" Danny schob sich zwischen zwei Farmer, so daß er gerade noch die Spitze seines Ellenbogens auf den Tresen stützen konnte, und ließ seinen Blick liebevoll über die Menschenmasse schweifen, deren Anblick allein kalten Schweiß über Erics Haut prickeln ließ. Gütiger Himmel, warum war er mitgegangen? Er haßte Menschenansammlungen. Er versuchte, ein paar Worte mit Danny zu wechseln, doch schließlich blickte er nur in sein Bier und nahm einen großen Schluck. Er würde sein Glas so schnell wie möglich leeren und dann schleunigst das Weite suchen.

Da tippte ihm jemand auf die Schulter. Er fuhr herum und starrte in ein freundlich lächelndes Gesicht. „Hugh!"

„Es ist ein bißchen laut hier, nicht? Ich schlage vor, wir gehen in die Ecke." Die „Ecke" entpuppte sich als ein kleiner Nebenraum, in den der Lärm nur gedämpft drang. Eric lehnte sich auf der Holzbank zurück und atmete auf.

Hugh grinste ihn an. „Es ist das erste Mal, daß ich Sie hier sehe, Eric."

Fast wäre Eric damit herausgeplatzt, daß es bestimmt auch das letzte Mal sein würde. Statt dessen nickte er und blickte aus dem Fenster. Gegenüber erhob sich die von verborgenen Strahlern warm beleuchtete Fassade eines schönen Restaurants aus dem Dunkel. Er las den Schriftzug auf dem Schild: BONNIE PRINCE CHARLIE.

Danny folgte seinem Blick. „Nette Hütte, was?"

„Rechnet sich so was hier überhaupt?"

„Der Laden läuft gut", sagte Hugh, „es gehört hier in der Gegend zum guten Ton, alle großen Feiern im Prince Charlie ausrichten zu lassen: Taufen, Hochzeiten, Beerdigungen. Dann sind da die Touristen – das Essen drüben ist wirklich klasse. Und wie ist's Ihnen inzwischen ergangen, Eric?"

„Ziemlich viel Arbeit, aber das ist okay." Eric fühlte wieder die tiefe Sympathie zwischen ihnen, die sich während seines Aufenthaltes in der Klinik entwickelt hatte. Man mußte Hugh einfach gern haben. Zwischen den drei Männern entspann sich eine angeregte Unterhaltung. Aber Danny hatte seinen Vorsatz nicht vergessen. Als das Bier in ihren Krügen zur Neige ging, stand er auf. „Ich werd mal Bridget aktivieren, damit sie uns nicht vergißt."

Danny war nicht allein, als er zurückkam. Mit großem Ernst stellte er die drei Mädchen vor. Jackie war dunkelhaarig und blauäugig, Gwen hatte blondes, welliges Haar wie Joyce, aber braune Augen, während die von Joyce blaugrau waren; ihnen allen war gemein, daß sie jung waren, vielleicht Anfang Zwanzig, hübsch, und das Bedürfnis zu gefallen ausstrahlten. Jackie und Joyce waren knapp mittelgroß und fraulich geformt; Gwen jedoch war hochgewachsen, feingliedrig und schlank. Erics Blick klebte vom ersten Moment an ihr.

„Ich kenne euch vom Sehen." Hugh erhob sich, strahlte und komplimentierte sie auf die Holzbank. „Ihr gehört zur neuen Garde der Schwesternschülerinnen."

„Ja, das stimmt." Sie lächelten. Bridget kam mit einem vollbeladenen Tablett.

„Ich hab die drei an ihrem Tisch sitzen sehen", erklärte Danny, „und da dachte ich, es wär doch fein, wenn wir den Abend miteinander verbringen würden. Der dunkelhaarige Adonis hier ist Eric Gustavson, er vertritt unseren alten Tierarzt. Der Gentleman neben ihm hört auf den Namen Hugh Ferguson. Und dieser junge Mann ist Daniel MacIntyre." Danny nahm einen Zug aus seinem Bierkrug: „Und ich muß

Sie enttäuschen, meine Damen, *ich* bin nicht mehr zu haben: bin glücklich verheiratet. Diese beiden Gentlemen suchen noch nach der Richtigen.“ Er grinste, und das Lächeln der Mädchen vertiefte sich.

Die Stunden vergingen, das Bier floß reichlich, die Unterhaltung plätscherte unbeschwert dahin, und zumindest in Dannys Stimme mischte sich irgendwann ein deutliches Schlurfen. Schließlich faßte Hugh Jackie um die Taille und zog sie im Aufstehen mit sich. „Ich möchte nicht dafür verantwortlich sein, daß eine von euch ihren Dienst morgen früh nicht rechtzeitig antreten kann. Danny, schaffst du's bis nach Hause?“

„Es ist vielleicht besser, wenn ich ihn fahre“, sagte Joyce.

Nachdem die Rechnung bezahlt war, trieb Hugh alle hinaus in die frische Luft. „Ich fahre Danny“, schlug er in einem Ton vor, der keinen Widerspruch duldete, „dann hat er morgen früh auch gleich seinen Wagen da, und die Mädchen könnten mit meinem Auto hinterherkommen. Ich fahre euch dann heim.“

Gwen gähnte, und Hugh blickte kurz zwischen ihr und Eric hin und her. „Wenn du sehr müde bist, Gwen, wird Eric dich sicher gleich zum Wohnheim fahren, nicht?“

„Sicher. Wenn sie es möchte.“

„Gern. Das wäre wirklich nett.“ Gwen lächelte Eric an.

Die drei Schwesternschülerinnen teilten sich ein Zimmer im Wohnheim und führten darin ein harmonisches Zusammenleben. Es war weit nach Mitternacht, als Gwen leise die Tür aufschloß. Sofort ging die Nachttischlampe an Joyces Bett an.

„Hast du nicht gesagt, du wärst so müde? Warum kommst du dann erst jetzt?!“ Joyces große runde Augen waren erstaunt. Und Gwen war einmal mehr von ihrer beispiellosen Naivität erstaunt.

Jackie stützte sich auf einen Ellenbogen. „Also erzähl, hat's geklappt, Gwenny?“

„Ich muß mich jetzt abschminken.“ Gwen streifte ihren Mantel ab und verschwand im Badezimmer.

„Geklappt?“ fragte Joyce. „Was denn geklappt?“

Jackie blickte sie durchdringend an.

„Oh.“ Joyce war sehr jung und sehr naiv. „Ich verstehe. Sie war also gar nicht müde. Sie wollte mit ihm allein sein –“

„Haarscharf erfaßt, meine Liebe.“ Gwen kam zurück, in Nachthemd und Morgenmantel, mit einer dicken Cremeschicht auf dem Gesicht.

„Was ist passiert?“ Jackie starrte sie fragend an.

Gwen zupfte ein Kosmetiktuch aus der Kartonbox auf ihrem Nachttisch, um die Creme zu entfernen. „Wir waren noch essen. Chinesisch. In dem neueröffneten Imbiß."

„Und – dann?"

„Oh, er war reizend", sagte Gwen, „höflich und zuvorkommend, und wir hatten grünen Tee und ein herrliches Essen, und er erzählte sehr interessant von seiner Arbeit mit den Tieren, und dann fragte er mich, ob mir die Ausbildung Spaß mache. Was ich in meiner Freizeit tue. Ob ich lesen würde, und wenn ja, was, und was mich daran interessiere. Ich wußte kaum, was ich sagen sollte. Er ist wirklich attraktiv, aber er ist für mich mindestens fünf Nummern zu groß."

„Gwen! Er hat den ganzen Abend mit dir geflirtet!"

„Er war interessiert. Ich hab's verpatzt. Bei manchen Männern darf man die – Sache nicht einfach übers Knie brechen. Er – er ist eben nicht wie die anderen. Da ist eine andere", fügte sie hinzu. „Eine, die seine Interessen teilt. Die auf gleicher Wellenlänge mit ihm liegt."

„Und – weißt du, wer es ist?!"

„Ich bin ziemlich sicher, Jackie."

„Wer?"

„Es ist nicht wichtig, Jackie. Aber gegen *sie* hat niemand eine Chance bei ihm."

DER SWORDFISH war für Eric zu einem festen Anlaufpunkt geworden. Manchmal geschah es gerade um die Mittagszeit herum, wenn die meisten Pubs geschlossen waren, daß er Durst auf ein kaltes Bier bekam. Der Swordfish war von morgens bis abends geöffnet, und Danny hatte recht: hier bekam man das beste Nutbrown-Ale in der ganzen Gegend.

Überdies breitete sich tagsüber eine angenehme Stille in der dunklen Gaststube aus. Heute war der leere Gastraum noch dunkler als gewöhnlich. Das Jahr näherte sich dem Winter, die Tage wurden kurz. Seit einer Woche lag ein ungewöhnlich hartnäckiger Nebel über der Gegend, der alles mit einem dünnen, feuchten Schimmer benetzte. Eric grub die Zähne tief in ein dickes Schinkensandwich, nippte an seinem Bier und schauderte leise, als die Flüssigkeit in seinen Magen hinunterfloß. Er hätte sich heute vielleicht doch lieber einen Tee bestellen sollen. Oder einen heißen Kakao wie für Wolf, der nach seinem Mittagessen behaglich vor seiner Schale kauerte und sie beinahe lautlos leerte.

„Schöner Hund." Bridget wischte die Theke ab. Sie wirkte eher männlich mit ihrem kurzen Haar und ihren rauhen Zügen. Bestimmt war sie nicht älter als Ende Zwanzig.

Im Gegensatz zu ihrem gegerbten Aussehen war ihre Stimme weich und voll kehliger Untertöne, und Eric kannte sie jetzt lange genug, um zu wissen, daß diese Stimme viel mehr ihr freundliches Wesen widerspiegelte als ihr Gesicht. Er lächelte sie an. Doch dann erstarrte sein Blick und blieb an etwas hängen, das er über ihre Schulter hinweg durch das Fenster sah. Er wurde bleich, und eine kleine Ader begann an seiner linken Schläfe zu klopfen. Bridget drehte sich um, aber sie sah nur die eindrucksvolle Fassade des Bonnie Prince Charlie. Wie immer parkten ein paar Wagen davor. Was gab's da draußen bloß so zu starren?

„Trinken Sie noch einen. Aufs Haus. Einen Whisky – gegen die Kälte."

„Nein, danke." Eric legte Geld auf die Theke und war verschwunden.

Draußen nagte er unschlüssig an der Unterlippe, blickte zwischen seinem Morris und dem Prince Charlie hin und her. „Was soll ich bloß machen, Junge?" fragte er schließlich Wolf. Der setzte sich auf die Hinterbeine und gähnte verlegen. Mit dem Gefühl, daß er es sich nie würde verzeihen können, wenn er jetzt einfach davonfuhr, setzte sich Eric in Bewegung. Wie zufällig strich seine Hand im Vorübergehen über den nassen dunkelblauen Metalliclack des Wagens, der seine Aufmerksamkeit in der Gaststube des Swordfish auf sich gezogen hatte.

Was hatte Elaine im Prince Charlie zu tun? Wie würde sie ihn ansehen, wenn er jetzt so unvermutet vor ihr auftauchte? Ich habe das Recht, ihr einfach nur guten Tag zu sagen. Wir sind wie Freunde auseinandergegangen.

Würden die da drin ihn in seiner Arbeitskleidung und mit Wolf an seiner Seite überhaupt hineinlassen? Er öffnete entschlossen die massive Tür des Restaurants, die in einen kleinen Vorraum führte. An dessen Wänden hing unter den Argusaugen eines kleinen verhutzelten Männleins, das sich mit seinem Stuhl hinter einem niedrigen Tisch verbarrikadiert hatte, die Garderobe der Gäste. Eric blieb stehen: Eine elegant gekleidete, hochgewachsene, schlanke Frau mit aufgesteckten dunkelroten Haaren stand mit dem Rücken zu ihm, und der kleine Mann huschte diensteifrig herbei, um ihr in den Mantel zu helfen. Doch Eric nahm den Mantel vom Bügel und sah dabei den Garderobier mit einem so einschüchternden Blick an, daß dieser sich hinter sein Tischchen flüchtete.

Elaine hörte eine vertraute Stimme: „Erlauben Sie, daß ich Ihnen helfe, Dr. Mercury." Sie schlüpfte in die Ärmel und drehte sich um. Ein Leuchten glitt über ihre Züge.

„Es ist schön, Sie wiederzusehen, Eric. Wie geht es Ihnen?"

„Danke, bestens. Und Ihnen?" Er überlegte, wie er es anstellen könnte, daß sie noch ein wenig Zeit miteinander verbrachten, als ein großer, kräftiger Mann aus dem Speisesaal trat und seine Hand unter Elaines Ellenbogen schob. „Du bist soweit, meine Liebe, ja?" Er nickte Eric freundlich zu.

„Darf ich die Herren miteinander bekannt machen? Alan Perth. Eric Gustavson."

Verdammt, er ist sympathisch, dachte Eric, als er Alan Perth die Hand reichte. Sieht auch gut aus.

„Du bist ja auch da, mein Lieber." Elaine beugte sich über den wedelnden Wolf und streichelte ihn.

Stumm beobachtete Eric, wie Perth sich währenddessen seinen Mantel überstreifte. Seine und Elaines elegante Kleidung stachen von Erics Arbeitskluft ab wie Diamanten von Kohlenstaub. Es war eine hirnverbrannte Idee gewesen, dieses noble Etablissement in seinem Aufzug aufzusuchen; und wie hatte er annehmen können, daß eine Frau wie Elaine allein bleiben würde?

„Kommen Sie öfter hierher, Eric?" Taktvoll versuchte sie, die Jeans und die legere Lederjacke zu übersehen.

„Nein, ich sah Ihren Wagen im Vorbeifahren. Dachte, ich sollte kurz anhalten und hallo sagen."

„Das ist sehr aufmerksam von Ihnen", sagte Alan Perth, bevor Elaine antworten konnte. Er legte den Arm um sie und blickte mit einem liebevollen Lächeln auf sie nieder. „Natürlich ist Elaine eine Frau, die jede Aufmerksamkeit verdient."

„Ich bin ganz Ihrer Ansicht. Ja, also dann, ich muß weiter." Eric streckte Perth die Hand hin. „Hat mich sehr gefreut, Sie kennenzulernen, Mr. Perth."

„Mich ebenso, Mr. Gustavson."

Eric reichte Elaine die Hand und zog sie zurück, bevor Elaine sie umschließen konnte. „Einen schönen Tag wünsche ich Ihnen."

Er ging über die Straße zu seinem Wagen und öffnete die Tür für Wolf. Dann ließ er sich selbst auf den Fahrersitz nieder und drehte den Zündschlüssel. Als der Motor ansprang, glitt der elegante japanische Wagen mit einem kurzen Hupen an ihm vorbei. Er starrte den Rücklichtern nach, bis die Nebelwand sie verschluckt hatte.

Der Weihnachtsmarkt von Kirkrose glich der kunstvollen Illustration eines Dickens-Romans. Eine dünne Schneeschicht überstäubte die Dächer der Häuser, die den Dorfplatz säumten, und ebenso die kleinen Verkaufsbuden und die zwischen ihnen aufgestellten, mit Lichterketten verzierten Tannen. An den kleinen Buden konnte man Grillwürstchen bekommen, Liebesäpfel und Lebkuchen. Es gab Punsch, Kaffee und Tee.

Eric hielt sich an den Tee, während er an Claires Seite über den sanft erleuchteten Platz schlenderte. Es war ein Sonntag, aber bei seiner Arbeit machte das keinen Unterschied. „Wie wär's mit einem Glühwein?" fragte eine melodische Stimme.

„Elaine!"

Sie drückte ihm einen Becher in die Hand. „Trinken Sie einen Schluck. Sie sind ganz blaß! Hab ich Sie so erschreckt?"

Da stand er nun, seinen Teebecher in der einen, den Glühwein in der anderen Hand, und hätte am liebsten beides weggeworfen, um Elaine in seine Arme zu nehmen. „Ja", gab er zu, „Sie haben mich erschreckt…, aber es ist… schön, Sie wiederzusehen."

Claire sagte unschuldig: „Ich will nach einem Paar Hausstiefel für David suchen. Ihr jungen Leute braucht nicht auf mich zu warten. Sie kommen doch auf einen Sprung mit zu uns, Elaine?" Sie nahm Eric den Teebecher aus der Hand und fügte hinzu: „Trinken Sie lieber einen Schluck Glühwein. Sie sind wirklich blaß."

„Sehr gern." Elaine schob ihren Arm unter Erics. Er blickte auf die ungebändigte Flut der langen dunkelroten Locken hinab, auf das ebenmäßig geschnittene Gesicht und konnte nicht glauben, daß sie an seiner Seite ging.

„Wo ist denn Ihr Freund?" fragte er so beiläufig wie möglich.

„Mein Freund? Wen meinen Sie?" Sie waren an den Außenbezirk des erleuchteten Marktplatzes gelangt und blieben auf der Grenze zwischen winterlicher Dunkelheit und sanftem Lichterglanz stehen.

„Den Mann, mit dem Sie im Prince Charlie waren."

Sie stutzte, sagte „Oh!" und schüttelte den Kopf. „Geben Sie mir einen Schluck?" Sie nahm den Becher aus seiner Hand. „Ich dachte, Sie wären gar nicht mehr hier."

„Es ist immer noch die Stute. Wollen Sie meine Frage nicht beantworten, Elaine?"

„Doch, natürlich. Er ist schon ein Freund, aber nicht so, wie Sie das zu meinen scheinen… Er ist mein Halbbruder. Erwähnte ich das nicht? Hm, nein, Sie waren ja gleich wieder fort. Alan und ich sehen uns nicht sehr oft; er hat eine Praxis oben im Norden, aber wenn wir uns treffen können, veranstalten wir immer so etwas wie eine kleine Feier. Hat er Sie etwa beunruhigt?"

„Er hat mich beunruhigt", gestand er leise. „Sehr." Er nahm ihr den Becher ab und goß den Wein in den Schnee. Den leeren Becher steckte er in seine Manteltasche.

„Warum tun Sie das? Was wollen Sie mit dem Ding?"

„Es behalten."

„Warum denn?"

„Um… um… Sie haben Ihren Standpunkt ja klargemacht, also… Ich darf nicht hoffen, aber ich… möchte gern etwas haben, das…"

Er wollte sich abwenden, aber sie faßte nach den Aufschlägen seines Lodenmantels und zwang ihn sanft, sie anzusehen. „Standpunkte können geändert werden, Eric. Ich habe meinen geändert."

„Was… was heißt das?"

„Weißt du das nicht?"

Er schüttelte den Kopf.

„Ich möchte bei dir sein, Eric. Gleichgültig, was du tust. Und wo du es tust."

„Bei mir", wiederholte er benommen. „*Wo* auch immer." Er wurde noch eine Spur blasser.

Sie liebte ihren Beruf. Sie liebte ihr Land. Aber an *seiner* Seite würde sie jedes Land lieben können, und es gab überall Menschen, denen sie helfen konnte. „Mir ist kalt", sagte sie. „Ich hätte jetzt gern einen Tee. Ich kenne einen Platz, wo es zum Tee wunderbare Scones gibt."

„Aber Claire!" wandte er ein. „Sie muß Bescheid wissen…"

„Eric – glaubst du wirklich, es sei ein Zufall, daß wir uns heute begegnet sind? Ich bin nur froh, daß Claire dich überreden konnte. Sie sagte, es würde nicht leicht werden, weil du Gedränge nicht ausstehen kannst. Aber sie ist eben eine fabelhafte Frau."

„Oh!" Er erinnerte sich jetzt an Claires beiläufige Bemerkungen über die heimelige Schönheit des Weihnachtsmarktes, die sie seit einigen Tagen immer wieder ins Gespräch eingeflochten hatte. „Eine Verschwörung!"

„Wenn du es so nennen willst." Sie waren bei Elaines Wagen angelangt. „Sie kann uns jederzeit erreichen, falls es einen dringenden Fall für dich gibt. Sie hat meine Telefonnummer und die meines Handys."

Sie hielten vor einem gepflegten Mehrfamilienhaus aus grauem Stein mit großen, weiß abgesetzten Fenstern und weißen Giebeln. Eric blickte sich um: weit und breit war weder ein Café noch ein Restaurant zu sehen.

Elaine lächelte ihn an. „Da sind wir. Die Scones sind übrigens nach Claires Rezept gebacken."

„Sie erscheinen mir sehr durchtrieben, Dr. Mercury."

Sie stiegen aus. Wolf hüpfte auf die Straße, und sie betraten das Haus. Die weiße Tür im zweiten Stockwerk öffnete sich auf einen hellen Flur, dessen Wände mit Glasmalereien geschmückt waren. „Gib mir deinen Mantel", forderte ihn Elaine auf, hängte Mantel und Schal auf einen Bügel, zog seine Handschuhe aus seiner Manteltasche und legte sie auf ein niedriges Tischchen neben ihre eigenen. „Wenn du dir die Hände waschen willst, das Badezimmer ist rechts."

Doch er kam ihr in die Küche nach. „Ich könnte den Tisch decken", schlug er vor.

„Nicht nötig. Ich habe auch Kakao für Wolf. Warum setzt du dich nicht wenigstens?"

Er nickte und zog sich einen Stuhl heran. Wolf war bereits durch die Wohnung gestromert, er fühlte, daß er hier willkommen war. Nun schob er seinen Kopf um die Küchentür und schnupperte.

Elaine bemerkte ihn: „Wolf, warum kommst du denn nicht herein?"

„Er geht nie in eine fremde Küche, bevor es ihm erlaubt wird. Manche Leute mögen das nicht."

„Hast du ihn dazu erzogen?"

„Das war nicht nötig."

„Wolf!" Elaine hockte sich auf den Boden und streckte ihm die Hand entgegen. „Komm doch her! Ich finde, in eine anständige Küche gehört ein Hund." Wolf kam zu ihr, heftig wedelnd.

Erics Blick umfing ihre niedergekauerte Gestalt, die ihm den Rücken zuwandte. Unter der Kleidung zeichneten sich die Konturen ihres Körpers beunruhigend deutlich ab. Er hielt es für das Beste, aus dem Fenster zu blicken.

Elaine führte ihn ins Wohnzimmer, und er fand in dem behaglichen Raum einen geschmackvoll gedeckten Tisch mit verschiedenen Kuchensorten sowie Schalen mit Scones. „Willst du dich nicht setzen? Ich hole Kakao und Tee." Als sie mit einem Tablett zurückkam, sagte sie etwas verlegen: „Du wunderst dich sicher darüber, daß ich den Tisch vorbereitet habe, so, als sei ich sicher, daß du mitkommen würdest. Aber so war's nicht." Sie schenkte seine Tasse voll. Er reichte ihr auch ihre Tasse, und sie wußte, er sah, daß ihre Hände nicht ganz ruhig waren. Sie stellte Wolf seinen Kakao hin und hatte damit einen guten Vorwand, Eric nicht ansehen zu müssen. „Ich hoffte nur, daß du mich begleiten würdest."

Er lächelte und hob seine Tasse an die Lippen. „Das ist schön. Wir sitzen uns gegenüber und nippen an unserem Tee."

„Willst du gar nichts essen?" fragte sie.

„Ich hätte gern eines von diesen." Er deutete auf die Nußrollen, mit deren Zubereitung sie sich viel Mühe gegeben hatte. Aber er rührte weder seine Kuchengabel noch das Gebäck an. Durstig trank er seine Tasse leer, und Elaine hielt die Kanne bereit, um sie erneut zu füllen; ihre Hände streiften einander, und der überspringende Funke ließ sie und ihn zusammenzucken. Er nahm ihr die Kanne aus der Hand, stellte sie sacht auf den Tisch und stand auf.

Nicht einmal zu träumen gewagt hatte sie, daß Liebe so sein kann. Was immer ihr widerfahren mochte, niemals würde sie diese Leidenschaft und tiefe Zärtlichkeit vergessen können. Eine Kerze in einer entfernten Ecke war die einzige Lichtquelle. Im Schein dieser Kerze hatte sie in sein Gesicht gesehen. Sie erinnerte sich an den verlangenden dunklen Blick, der sich zu Scheu gewandelt hatte, als er sich über sie neigte. Sie kannte den Grund für diese Scheu, für diese stumme Frage, ob er ihr trauen könne. In dieser Sekunde hatte sie seine tiefen Wunden gefühlt, als wären es ihre eigenen. Er war ein Heiler, der selbst der Heilung bedurfte.

Ihre Hände legten sich um sein Gesicht, und ihre Blicke tauchten ineinander. *Wenn ich nur Worte hätte, um zu sagen, wie ich dich liebe.*

IN DEN nächsten Tagen lernte Eric, wie sich Glück anfühlt. Er war durchdrungen davon, und sein Kopf schien immer ein wenig zu leicht zu sein, als habe er gerade ein Glas Champagner getrunken. Elaine war in sein Leben getreten und streute Zuversicht, Wärme und Liebe aus.

Der Gedanke an sie verließ ihn nie. Sie war immer um ihn, selbst wenn sie nicht beieinander sein konnten: sie legte sich neben ihm schlafen und hielt ihn in ihren Armen wie in ihrer ersten gemeinsamen Nacht, sie war bei ihm, wenn er duschte und sich rasierte, sie saß ihm unsichtbar am Tisch der Hickmans gegenüber, stand am Zaun der Koppel, wenn er mit den Pferden arbeitete, und begleitete ihn auf seinen Runden. Dieser Zauber wirkte sich auch auf seine Umgebung aus. Claires Gesicht war nie sonniger gewesen.

„Mr. Gustavson, Sie sind heute ja wieder mal glänzender Laune!" bemerkte auch Mr. Sims.

„Ist das ein Wunder an einem herrlichen Tag wie diesem?“

Mr. Sims warf einen sprechenden Blick zum düster dräuenden Himmel, dessen niedrige Wolkendecke Schnee erwarten ließ. „Ich habe bei der letzten Gemeindesitzung angeregt, daß der Bürgermeister sich um einen Tierarzt für unsere Gegend kümmern soll. So, wie Sie's wollten.“

„Tatsächlich?“ Eric hatte nicht zugehört. Das ging ihm seit einigen Tagen ziemlich oft so. Außerdem hatte er das Stethoskop in den Ohren und konzentrierte sich auf die Untersuchung der Kuh. Seit Tagen hatte das Tier keine Nahrung mehr aufgenommen. „Wissen Sie, Mr. Sims, ich bin sicher, sie hat irgend etwas gefressen, das selbst eine Kuh nicht verdauen kann, so etwas wie einen Draht. Ich werde sie wohl aufschneiden müssen.“

„Eine Operation?!“

„Genau“, bestätigte Eric. „Aber es wird keine große Sache. Ich muß einen kleinen Schnitt in den ersten Magen machen, die Obstruktion entfernen und ihn wieder zunähen. Wird vielleicht eine Stunde dauern, und dann ist sie wie neu.“

„Jedenfalls gab es ein großes Geschrei.“

Eric blickte ihn verständnislos an.

„Bei der Gemeindeversammlung. Mr. Gustavson, warum können Sie nicht einfach bleiben? Sie hätten hören sollen, wie alle sich aufregten, weil Sie wegwollen. Wir alle wollen, daß Sie bleiben. Warum machen Sie nicht hier eine Praxis auf? Wir brauchen Sie. Timmys Praxis ist verwaist. Übernehmen Sie die doch einfach, und bleiben Sie.“

Was undenkbar erschienen war, bekam plötzlich eine greifbare Gestalt. Wichtiger als das Gestüt waren Claire und David und … Elaine. Er sah sie wieder vor sich: das zarte Gesicht, die Entschlossenheit in den dunklen Augen, als sie ihm mitteilte, sie werde eher auf ihr Land als auf ihn verzichten.

„Sie haben Ihren Tierarzt, Mr. Sims. Ich werde bleiben.“

Vier hohe Kerzen erleuchteten Elaines Wohnzimmer, eine in jeder Ecke. Eric kauerte bei der Stereoanlage. Dann setzte er sich auf die Couch und nahm Elaine in die Arme. Wolf streckte sich zufrieden zu ihren Füßen. Sie kannte das Lied nicht, das gleich darauf erklang, aber die Geschichte berührte sie, vor allem der Refrain: *„Some of God's greatest gifts are unanswered prayers.“* Fragend blickte sie ihn an.

„Ich bin nicht sehr begabt dafür, jemanden auf die Folter zu spannen“, sagte er. Stockend berichtete er von dem Gespräch mit Mr. Sims und der Entscheidung, die er getroffen hatte.

Fassungslos starrte sie ihn an. „Aber es war das Wichtigste in deinem Leben! Was hat dich dazu gebracht, deine Meinung zu ändern?“

„Was hat dich dazu gebracht, deine zu ändern?“

Sie schüttelte den Kopf. „Ich will nicht, daß du ein so großes Opfer für mich bringst. Irgendwann würdest du es bedauern und mir dann vielleicht die Schuld geben.“

„Ich will versuchen, es zu erklären. Ich wollte dieses Gestüt, solange ich denken kann. Ich glaube, dieser Wunsch nach einem Gestüt war wie Mutter und Vater für mich, tröstete mich über alles hinweg... Und als du gesagt hast, wie sehr du dich deiner Heimat verbunden fühlst... als ich glauben mußte, daß es keinen Sinn hat mit uns beiden, da verbiß ich mich noch mehr. Wenn ich schon nicht mit der Frau zusammensein konnte, in die ich mich verliebt hatte, dann wollte ich diesen Traum verwirklichen, und zwar so schnell wie möglich. Nicht einmal meine Gefühle für David und Claire hätten mich daran hindern können.“

Nachdenklich hatte sie ihm zugehört, den Kopf an seine Schulter geschmiegt. Jetzt richtete sie sich ein wenig auf. „Die beiden lieben dich wirklich sehr, weißt du. Vielleicht mehr als ihren eigenen Sohn.“

„Und ich liebe sie auch. Immer habe ich mir Eltern wie sie gewünscht. Aber –“

„Kinder verlassen nun mal das Elternhaus.“

„Ja“, sagte er, „so wird's wohl sein. Und dann, an diesem Tag auf dem Weihnachtsmarkt, als ich endlich begriff, daß es dir ernst ist... Weißt du, ich habe nie Zugang zu Menschen finden können, wie es bei den Tieren möglich ist –“

„Weil du Angst vor ihnen hast – hattest?“ ergänzte sie.

„Ich weiß es nicht“, sagte er wahrheitsgemäß.

„Aber vor mir doch nicht?!“

„O nein! Das wollte ich eben sagen – als ich das begriffen hatte, schien eine Mauer einzustürzen, die bislang zwischen den Menschen und mir gestanden hatte.“

„Dieses Lied, Unanswered prayers..., es hat mit deiner Entscheidung zu tun, nicht?“

„Manchmal“, erklärte er versonnen, „beten Menschen um das Falsche. Als Kind betete ich um dieses Gestüt, und später setzte ich alles daran, um es zu bekommen. Doch dann erkannte ich, daß ich bereits viel mehr habe, als mir das Gestüt geben könnte. Mein Leben ist so reich – ich habe jetzt eine wundervolle kleine Fee in meinem Leben... und ich habe... ja, denk nur, Elaine, ich *habe* Eltern. Sechsundzwanzig ist vielleicht ein etwas ungewöhnliches Alter, um sich Eltern zuzulegen, aber ich bin dankbar, daß es sie gibt. Und was das Lied betrifft – ich habe außer Menschen, die ich liebe und die mich lieben, einen wunderbaren Beruf, *und* ich bin in einem Land, wie ich es mir schöner nicht vorstellen könnte – worum mehr könnte ich Gott bitten? Unerhörte Gebete können manchmal wirklich die größten Gaben sein. Ich habe jetzt mehr, als ich je hätte, wenn ich einsam auf meinem Gestüt sitzen würde."

„Aber du wärst ja nicht allein", wandte sie ein. „Ich wäre ja auch da."

„Aber ich will gar kein Gestüt mehr." Es war ihm wirklich ernst. Sie konnte es in seinen Augen sehen. Sie war sich dessen sicher, weil sie seiner Liebe sicher war.

Abende wie dieser waren kostbar. Abende, an denen sie Zeit miteinander verbringen konnten: Oft wurde sie sehr lange im Krankenhaus festgehalten, oder er mußte die halbe Nacht in Kälte, Schmutz und Blut zubringen.

Sie hatten sich angewöhnt, einander anzurufen, wenn sie aufbrachen. Eric hatte jetzt zwei Heime; und wenn es sich irgend einrichten ließ, verbrachten sie die Nacht gemeinsam in Elaines Wohnung. Abende wie der heutige waren selten und würden es auch bleiben. Abende ohne das Klingeln des Telefons, ohne das aufdringliche Quieken des Piepers.

„Ich habe heute kurz mit Claire telefoniert", erzählte sie, „ich wollte wissen, wie es ihr geht."

„Ich weiß schon", sagte er leise. „Davy."

„Glaubst du das? Daß er über die Weihnachtsfeiertage nicht kommen kann, weil seine Freundin im Krankenhaus liegt?"

„Vielleicht hat er eine Freundin. Aber daß sie im Krankenhaus liegt, glaub ich nicht."

„Es wird wohl kein schönes Fest für die beiden werden, wenn ihr Sohn sich unter einem fadenscheinigen Vorwand davor drückt, es mit ihnen zu feiern."

„Ich verstehe diesen Burschen nicht. Wer so wunderbare Eltern hat, sollte jede Gelegenheit nutzen, um mit ihnen –"

„Du solltest ihn nicht zu hart beurteilen, Eric. Er ist nicht anders als viele, die hier aufwachsen. Du kennst das Land jetzt. Es ist einsam."

„Aber wie kann er Claire und David *das* antun?"

„Weißt du, ich dachte, es wäre nett, wenn wir vier Weihnachten hier verbringen würden."

„Hier bei dir?" fragte Eric erfreut.

„Hier bei *uns*", korrigierte sie sanft. Nie zuvor hatte sie einem Mann den Schlüssel zu ihrer Wohnung gegeben: Dies war ihre Burg. Nicht einmal Alan besaß einen Schlüssel. „Mein Truthahn ist vorzüglich", sagte sie lockend. „Und dazu geschmorte Pilze und..."

„Hör auf. Mir läuft das Wasser im Mund zusammen. Das wird ein schönes Fest."

Doch Erinnerungen verdüsterten plötzlich seine Augen: Weihnachten war immer so kalt gewesen. Die Ruhe auf den Straßen. Die vorbeihuschende Freundlichkeit der Menschen – die nichts mit ihm zu tun hatte. Er hatte keinen ihm nahestehenden Menschen, zu dem er eilen konnte.

Es gab die Pferde. Sie wußten nichts von dem Fest, aber er gab ihnen eine zusätzliche Futterration und redete mit ihnen. Manchmal hatte er es sogar vorgezogen, im Stall zu schlafen, wenn die Erinnerungen an die Weihnachtsfeiern im Waisenhaus zu lebhaft waren. Er erinnerte sich an brennende Tränen, die er als Vierjähriger in der Nacht in seinem Bett vergossen hatte: niemand wollte ihn haben. Gerade zur Weihnachtszeit gab es viele Adoptionen. Er wurde von vielen kritischen Augenpaaren gemustert, aber niemand zeigte Interesse. „Du bist anders als andere Kinder", wurde ihm gesagt. „Du hast etwas an dir, das in Menschen Ablehnung hervorruft."

Wie ein Feuermal waren diese Worte gewesen. Tiere lehnten ihn nicht ab. Und er hatte diese Vorliebe für Pferde. In ihrer Nähe, wenn sie versorgt worden waren, gab es Ruhe, Geborgenheit, Zuneigung. So hatte er begonnen, sie verstehen zu lernen, und hatte begriffen, was für sie wichtig war.

Und dann war da Ted gewesen, der erste Mensch, der ihm das Gefühl gab, etwas wert zu sein: „Kleiner, du bist was Besonderes. Viele Kinder wollen Pferde tätscheln und reiten lernen, aber wenn sie erst mal herausfinden, welch harte Arbeit es ist, reiten zu lernen – ein Pferd zu führen, statt es zu zwingen! –, geben sie auf. Oder sie werden zu harten Reitern, und dann gibt's keine Verbindung mehr zwischen Pferd und Reiter. Du hast gute, sensible Hände, Junge."

Sanftmut, unendliche Geduld und Sensibilität für die Tiere waren die Werkzeuge, die Ted in ihm verfeinert hatte bis zur Vollendung.

„Eric!" Elaine sprach ihn zum dritten Mal an und war bereits besorgt angesichts dieser starren Augen und des bleichen Gesichts.

Er blinzelte. „Du hast gesagt, daß wir alle Weihnachten feiern sollten, nicht?“

„Ja.“ Sie umarmte ihn, um mit ihrer Körperwärme wieder Farbe in sein blasses Gesicht zu bringen.

„Das wäre schön“, murmelte er. Ein Weihnachtsfest im Kreis der Lieben – so ähnlich hieß es doch? Und zum ersten Mal in seinem Leben begann er zaghaft, sich darauf zu freuen.

REGENTROPFEN hämmerten an die Fenster und rannen die Scheiben hinunter. Eric saß in der Küche der Hickmans und rieb sein Haar mit einem Handtuch trocken, während Claire Wolf abrieb: „Was für ein Regen! Zwei Sekunden vom Wagen ins Haus, und schon waren wir durchtränkt! Aber es wird gleich wieder sonnig werden.“ Die Bestätigung ihrer Worte folgte auf dem Fuße: der Himmel riß auf, und die Sonne schien blaß auf eine dampfende Welt. „Es braucht ein paar Jahre, bis man ein Gespür für das Wetter hier kriegt. Aber du hast ja Zeit.“

Es gab Zeit. Niemals hatte sie ein schöneres Weihnachtsgeschenk erhalten als dieses: Als Eric, den Arm um Elaine gelegt, die Worte ausgesprochen hatte, die zu hören sie sich gewünscht hatte: „Ich werde bleiben.“ Dieses Weihnachtsfest hatte ihr die Furcht davor genommen, ihn hergeben zu müssen. Es fiel ihr schwer, ihre Freude darüber zu verbergen.

„Lieber, du siehst ganz blaß und durchfroren aus. Ich habe etwas Italienisches ausprobiert. Möchtest du?“

Eric legte das Handtuch beiseite und lächelte. „Du hast etwas Italienisches versucht? Ich dachte, du hältst dich immer an die Küche deiner Mutter.“

„Du weißt doch sicher noch, wie begeistert ich von Elaines Truthahn war und daß wir dann ins Gespräch kamen über ausländische Gerichte?“

„Natürlich.“ Er stand auf, trat zum Fenster und blickte nachdenklich auf den windgezausten Garten hinaus, die Hände in den Hosentaschen: Turner wußte noch nichts von seinem Entschluß. Eric suchte noch immer nach einer Möglichkeit, die Arbeiten miteinander zu kombinieren. Er konnte Turner nicht einfach im Stich lassen. Es mußte sich eine Lösung finden lassen, die alle zufriedenstellte. Moment… Er erinnerte sich an das aufgeweckte Gesicht des jungen Mannes, den er an der Universität von Glasgow kennengelernt hatte, als er Solitaire dorthin zur Untersuchung gebracht hatte. Das wäre eine Möglichkeit, die in Betracht gezogen werden sollte…

Claire war mit ihren Kochkünsten beschäftigt: „Es hat mir keine Ruhe gelassen. Ich wollte endlich eines dieser Rezepte probieren. Und jetzt wirst du essen."

Auf seinem Teller fand er eine appetitlich aussehende Mischung von Tortellini, Spiral- und Röhrchennudeln in einer fruchtig-würzigen Tomatensoße mit reichlich Hackfleisch. Nach dem ersten Bissen verdrehte er die Augen: „Das ist ... nicht zu beschreiben!"

Er hatte gerade seinen Teller geleert, als das Telefon klingelte.

Claire hob ab. „Ja, er ist da", sagte sie dann und bedeckte die Sprechmuschel mit einer Hand. „Für dich", flüsterte sie. „Mrs. Fargus."

„Emily?" Er lauschte angespannt. Dann versprach er: „Bin schon unterwegs", hängte ein, umarmte Claire hastig und winkte Wolf.

Solitaire lag flach atmend und leise stöhnend auf der Seite. Sie hatte sich nicht gerührt, als Emily, Grandpa und Louise zu ihr getreten waren, doch als Edward in die Box spähte, war sie aufgefahren. Edward war geflohen, mehr um ihretwillen als seinetwegen.

Der Kopf der Stute hob sich, und sie wieherte leise, als sie Eric am Eingang ihrer Box wahrnahm. Er kniete sich neben sie ins Stroh und umfaßte ihren Kopf. „Prinzessin, hörst du mich?" Das kleine dunkle Maul tastete sich zu ihm, ihre dünnen Nüstern vibrierten. Eric blickte zu Emily auf: „Haben Sie ein Feldbett oder eine Klappliege?"

„Ich fürchte, nein, Eric."

„Macht nichts." Es würde nicht das erste Mal sein, daß er das Strohbett mit einem Pferd teilte. „Ich fragte nur, weil ..., von heute an werde ich bei ihr schlafen. Und tagsüber, wenn ich zu tun habe, wäre es gut, sie auf die Koppel zu lassen, die ganz nah beim Haus ist. Und die Reitstuten sollten auch dabeisein." Auch wenn Solitaire nicht mehr die Mutter des Begründers seines Gestüts sein würde, niemals könnte er sie im Stich lassen.

Elaine war etwas bestürzt, als er sie anrief und ihr die neue Situation erklärte. Aber dann sagte sie: „Würde es dich stören, wenn ich dich dort besuche?"

„Elaine ..." Sein Herz tat zwei laute Schläge. „Ich sehne mich nach dir", flüsterte er beklommen. Wie hatte er je ohne sie leben können?

„Ich komme zu dir, sobald ich kann."

Im Schneidersitz saßen sie dann unter der Notbeleuchtung des Stalls einander im Stroh gegenüber und nippten an einem Aperitif, den Elaine mitgebracht hatte. Elaine wollte Erics Glas noch mal füllen. Er hielt die Hand darüber. „Lieber nicht. Ich will nicht zu tief schlafen."

„Dann will ich auch nichts mehr.“ Sie verstaute die Flasche in der großen Kühlbox, aus der sie zuvor kaltes Brathuhn, frisches Brot und einen Salat gezaubert hatte.

„Und war das ernst gemeint, was du vorhin am Telefon gesagt hast?“

„Ganz ernst, Eric.“

„Es kann niemand hier herein, der Riegel ist vorgelegt. Ich habe Decken ausgelegt in der Nachbarbox, mehrere Schichten. Das Stroh wird nicht stechen.“

DER FRÜHLING kam in diesem Jahr wie ein Eroberer. Über Nacht brachte er laue Luftmassen mit, die der Erde Gras und die ersten zarten Blumen entlockten. Noch ein wenig schüchtern zwitscherten Vögel auf den kahlen Bäumen. Das Land erwachte.

Solitaire bummelte mit gesenktem Kopf über die Koppel und naschte an den ersten zarten Grasspitzen. Sie war schon recht stark. Seltsam nahm sich dieser große Leib an ihrem zierlichen Körper aus, denn ihr übriges Äußeres hatte sich nicht verändert. Noch immer besaß sie diesen feinen Kopf mit den großen, beredten Augen, ihr Hals wölbte sich anmutig, und ihre Fesseln waren unverändert schlank. Seit Eric den größten Teil der Nacht neben ihr verbrachte, war sie ruhiger geworden. Wie die meisten Tiere hatte sie ein feines Zeitempfinden. Langsam ging sie zum Koppelzaun und lehnte ihr kleines Maul auf eine der massiven Bohlen, um auf die Auffahrt zu blicken. Bald würde er kommen. Aus der Ferne hörte sie den Wagen, lauschte auf das vertraute Geräusch, als das Tor geschlossen wurde.

Solitaire war nicht die einzige, die wartete: ein dumpfes Trommeln näherte sich stetig – Excalibur und seine Stuten kamen aus den Hügeln. Als der kleine Morris vor dem Stall hielt, überschwemmte die Woge der Pferde die für gewöhnlich leeren Weiden außerhalb der Koppeln. Excalibur löste sich aus dem Pulk und kam auf Eric zu, den Schweif hoch getragen.

„Hallo, Wildfang.“

Excalibur drückte sein Maul gegen Erics Schulter.

Auch Emily kannte die Zeit, in der Eric zu ihnen kam. Als sie ihn jetzt neben Excalibur stehen sah, bemerkte sie die Veränderung an ihm: ein Leuchten, das plötzlich um ihn war. Sie blieb in vorsichtiger Entfernung stehen, und der Hengst wandte sich um und trabte zu seinen Stuten. Er wollte nicht in der Nähe von Menschen sein, die ihn fürchteten. Emily reichte Eric die Hand. „Es ist gerade Zeit zum Abendessen. Kommen Sie, Eric, leisten Sie uns Gesellschaft.“

„Nein, vielen Dank. Wir – Elaine und ich –, wir möchten ein kleines Festessen veranstalten, wissen Sie, nur wir beide.“

„Ein Festessen? Wäre es sehr indiskret zu fragen, was Sie feiern wollen?“

„Wir wollen feiern, daß wir ein Kind bekommen“, sagte Eric. Er schaute zur Auffahrt. „Entschuldigen Sie mich bitte.“ Als der elegante blaue Wagen auf sie zuglitt, lief er ihm voll jungenhafter Ungeduld entgegen.

Aus der Entfernung beobachtete Emily, wie er die Fahrertür aufriß, Elaine aus dem Wagen half und sie in seine Arme schloß. Sie sah den Kuß und die Zärtlichkeit seiner Hände, die über die langen roten Locken glitten.

Mit einer heftigen Bewegung wandte sie sich ab. Elaines Gegenwart auf ihrem Gestüt hatte sie zähneknirschend hingenommen. Zwar hatten die beiden ihre Beziehung sehr diskret gehalten, und als Emily am ersten Abend in den Stall getreten war, hatte sie nur das Murmeln ihrer Stimmen gehört. Sie hatte sich zurückgezogen in der Erwartung, daß Elaine bald wieder fahren würde. Aber als eine Stunde danach der Stall verriegelt wurde und der blaue Wagen bis zum Morgen im Hof stehenblieb, ahnte sie, daß es für sie keine Hoffnung mehr gab. Und nun hatte sie die bittere Gewißheit. Diese Frau war von Beginn an ihre Widersacherin gewesen.

Beinahe unmerklich ging der warme Frühling in den Sommer über. Die Tage waren lang und hell. Der Wind mäßigte sich zu einem steten Flüstern, das tagsüber kühlend über die Haut schmeichelte und nachts zu einem Murmeln sank. In einer dieser Nächte stand Solitaire still in ihrer Box und blickte durch das hochgelegene, vergitterte Fenster in den Himmel. Ihr Instinkt war stark genug, um ihr zu diktieren, daß sie sich ruhig verhalten mußte. Doch die Angst war um sie. Angst und Haß. Ihr Gedächtnis wanderte zurück: Da waren harte Hände und laute Stimmen, der Druck von ungeheuren Gewichten, die sie zerbrechen wollten, und dieses entsetzliche Schreien. Noch in der Erinnerung rebellierten ihre Nerven dagegen. Sie erinnerte sich daran, wie sie gefangen worden war: Ein wenig abseits von der Herde hatte sie gestanden, friedlich grasend, sich ihrer Einmaligkeit nicht bewußt. Dann war da ein Stechen in ihrem Hals gewesen – ein aus einem Blasrohr abgeschnellter Pfeil, dessen Spitze mit einem Betäubungsmittel getränkt war. Als Excalibur ihr Niedergehen bemerkt hatte, hatte er sie berochen und mit der Nase angestoßen, sich dann abgewandt und seine Herde fortgetrieben. Und sie war in einen dunklen Stall geschleppt worden.

Als die Tür sich in derselben Nacht das nächste Mal öffnete, hatte sie in die Schwärze eines Transporters gestarrt. Jemand hatte das Halfter gepackt und daran gezogen, aber sie hatte sich vor seinem Geruch geekelt und die Beine gegen den Boden gestemmt. Sie war an sanfte Behandlung gewöhnt. Die anderen waren gekommen und hatten sie von hinten zu schieben versucht, aber sie hatte sich geweigert. Da war sie geschlagen worden, zum ersten Mal in ihrem Leben. Die Empfindung der Beleidigung war viel stärker als der Schmerz. In diesen Augenblicken hatte sie gelernt zu hassen.

Als sie nicht auf die Beine zu bringen war, hatte man sie niedergeworfen. Sie hatten ihr das Maul mit schmutzigen Tüchern zusammengebunden und ihre Beine aneinandergefesselt. Über Stunden hatte man sie liegengelassen. Dann hatten sie wieder versucht, sie auf den Transporter zu zwingen, und als sie erneut gegen sie kämpfte, hatten sie ihr Gewichte aufgepackt, die ihr die Beine gebeugt hatten.

Sie war ihnen entkommen, als sie ihr die Beine auseinanderbinden mußten für einen weiteren Versuch, sie auf den Transporter zu treiben. In diesen Minuten hatte sie das gezielte, tödliche Schlagen gelernt und eine brennende, panische Angst vor Zweibeinern.

Ihr Kopf streckte sich entspannt. Sie war frei. *Er* hatte sie befreit. Er hatte ihr die Furcht genommen. Doch die Quelle der Angst konnte er ebensowenig auswischen wie die Erinnerung an die Stimmen, die ihr gefolgt waren, als ihr der Ausbruch gelungen war; diese Stimmen, die sie über das Gelände getrieben hatten, auf dem sie, halb erstickt von den Fetzen um ihre Nase, immer wieder von dem glänzenden Drahtzaun aufgehalten worden war. In tiefster Verzweiflung schließlich hatte sie sich nach Tagen zwischen den Drahtsträngen hindurchgezwängt und war zu ihrer Herde gestoßen. Die Stimmen waren ihr gefolgt; doch der Hengst war gegen die Eindringlinge gestürmt und hatte sie vertrieben. Die Stimmen waren wiedergekommen, beinahe jedesmal, wenn die Herde sich in der Nähe des Grenzzauns aufgehalten hatte. So hatte Excalibur begonnen, diese Gegend zu meiden. Doch da war Solitaire der Klang einer menschlichen Stimme bereits unerträglich geworden. Bis zu jenem Tag, an dem sie in eisiges Wasser getrieben worden war und gelernt hatte, auf diese weiche dunkle Stimme zu hören. *Er* hatte ihr das Vertrauen zurückgegeben.

Solitaire hörte das Atmen aus der Box nebenan. Selbst seine ruhigen Atemzüge gaben ihr das Gefühl, beschützt zu sein. Und ein anderer Atem war bei ihm, der sich im gleichen Rhythmus wie seiner hob und senkte. Sie hörte Harmonie in diesem gemeinsamen Atmen. Und doch spürte Solitaire eine Unruhe, eine Bedrohung, die von irgendwo dort draußen kam.

AN DIESEM Abend herrschte ein ungewöhnliches Treiben im Hause Cochan. Die Männer saßen nicht wie sonst über ihren Karten, sondern machten sich draußen auf dem Hof an dem kleinen Transporter zu schaffen. Die Reifen wurden aufgepumpt, Benzin und Kühlwasser nachgefüllt. Juanita beobachtete sie durch die fadenscheinigen Gardinen. Sie sah, wie sie die Behälter auf die Ladefläche wuchteten. Große Behälter, die schon seit einiger Zeit in dem Schuppen mit dem Whiskykrug aufbewahrt worden waren. Sie hörte, wie ihr ältester Bruder den Jüngsten anschnauzte.

„Macht schon!“ drängte ihr Vater. „Wir haben schließlich nicht die ganze Nacht Zeit, der Weg ist weit.“

Die Männer brachen auf mit viel Türengeknall und lautem Gelächter, als Onkel Pedro eine unflätige Bemerkung machte. Seine Worte waren der Schlüssel! Juanita wußte nun, welches Ziel sie hatten und was sie mit den Behältern planten. Die Mosaiksteine ergaben schlagartig ein Bild. Alles, was sie in den letzten Tagen gehört und kaum verstanden hatte, schoß auf einmal zusammen zu einer furchtbaren Vision. Sie stürzte in die Küche und riß die Schublade auf, in die ihr Vater das Paar dicker Stahlschlösser geworfen hatte: Sie war leer. „*Madrecita*“, wimmerte sie, „was soll ich tun?“

Plötzlich war sie von Kraft und Entschlossenheit erfüllt. Wieder riß sie die Schublade auf, und ein triumphierendes Lächeln huschte über ihr Gesicht, als sie schnell nach etwas griff und es sorgsam in ihrer Bluse barg. Sie lief über den Hof und in den Wald hinein. Sie würde die Abkürzung über das weitläufige Gelände nehmen. Es war ein halsbrecherischer Weg, aber sie hatte keine andere Wahl.

Edward war der erste, der den gestörten Frieden der Nacht bemerkte. Er hatte sich in seinem Bett aufgesetzt, um ein Glas Wasser zu trinken und eine der kleinen Pillen zu nehmen, die ihm der Arzt gegen seine Schlaflosigkeit verschrieben hatte. Durch das weit geöffnete Fenster wehte eine weiche Brise mit dem vertrauten Salzhauch – doch da war noch etwas anderes. Er schnupperte und tappte auf bloßen Füßen zum Fenster. Der Geruch wurde stärker, und er gehörte keinesfalls auf ein Gestüt. Es war besser nachzusehen. Sicher spielte ihm seine Phantasie einen Streich. Er zog seine Arbeitskleidung an und schlich leise die Treppe hinunter.

Als er am Kopf der Freitreppe stand und zum Stall hinüberblickte, wehte ihm der Wind den Geruch beißend in die Nase: Es war doch keine Einbildung gewesen! Und noch während er sich darüber klar wurde, peitschte ein Schuß durch die Dunkelheit. Er hörte, wie die Kugel gegen die Stallwand prallte, und sah, wie der Anprall Funken daraus schlug. Nur einen Herzschlag darauf erwachte etwas auf dem Boden um den Stall herum: ein waberndes blaues Wesen, das leise zischend unzählige Köpfe hob und sich mit atemberaubender Geschwindigkeit vergrößerte. Über den blauen Wurzeln wogten nun Flammen. Innerhalb weniger Sekunden war das ganze Gebäude von ihnen umschlungen. Was eben noch ein stattlicher Stall gewesen war, erhob sich nun als dunkle Masse in einem lodernden Flammenmeer. Edward riß sich aus seiner Erstarrung, als er von oben aus dem Haus einen Schrei hörte. Emily schrie: „Eric!" Der Schuß hatte sie aus dem Schlaf gerissen. Nun stand sie am Fenster.

Edward wußte: Eric und Elaine waren im Stall, Solitaire und Wolf sowie die Reitstuten und Turners fünf Vollblüter. Er rannte auf den Hof. „Holen Sie Hilfe, Mylady, ich kümmere mich um sie!"

Er sah, daß sie nickte und sich vom Fenster abwandte. Er rannte zur Stalltür und fuhr zurück: Massive Vorhängeschlösser hakten in den eisernen Verstrebungen der beiden Flügeltüren. Um diese Metallbeschläge und mit ihnen die Schlösser zu lösen, hätte er ewig gebraucht. die soliden Ställe von Sunrise waren vor Generationen gebaut worden für Generationen. Diese Metalle würden sich erst dem hartnäckigen Nagen des Feuers beugen. Und dann war es für die eingeschlossenen Geschöpfe zu spät.

„Mord", stammelte Edward. Die Axt! Die Axt, mit der er Holzscheite für den Kamin spaltete.

Die Körper der Eingeschlossenen dampften in der schier unerträglichen Hitze: Eric hatte den Schlauch, der zum Abspritzen der Pferde diente, durch mehrere andere Schläuche verlängert und ließ unentwegt Wasser gegen die glühenden Wände prasseln und auch über Elaine, Wolf, die verstörten Pferde und sich selbst.

Er war beim Knall des Schusses aufgefahren und hatte die vibrierende Unruhe der Tiere gespürt. Dann sah er durch die Fenster die Flammen, und zum ersten Mal bemerkte er, daß die Fenster vergittert waren. Aufspringen, zur Tür stürzen und den schweren Holzriegel zurückschieben waren eins gewesen. Doch die Tür hätte eine Mauer sein können. Und genauso war es mit der Hintertür. Ohne lange zu überlegen, hatte er die Pferde aus ihren Boxen auf den anderen Stallgang getrieben.

„Eric, hör doch!“ Elaine berührte seine Hand. „Hörst du das auch?“

Er lauschte durch das Prasseln der Flammen zur Tür hin. „Axtschläge“, sagte er. „Sie versuchen, die Tür mit einer Axt aufzuschlagen.“

Emily hatte Edwards Kleidung mit Wasser getränkt und ihm eine von Wasser triefende Decke umgehängt, während Grandpa und Louise sich ängstlich beieinander hielten. Edwards Wut und seine Ausdauer waren schier grenzenlos. Doch seine Arme begannen allmählich zu zittern. Er begann an seiner Kraft zu zweifeln.

Rauch wirbelte vom Dachstuhl nieder. Er quoll auch unter den Türen hindurch und fand seinen Weg durch die in der Hitze zerborstenen Fensterscheiben. Er war erstickend und mit Glutstückchen durchsetzt. Glutströme regneten auf die Stallgasse nieder.

Hämisches Gelächter begleitete Edwards Bemühungen aus dem Schatten der Anfahrt, von wo aus die Cochans das Geschehen beobachteten. Auf halbem Weg hatten sie den Schuß abgegeben und sich dann hier im Dunkel geborgen, um den Spaß nicht zu versäumen.

„Idiota“, kicherte Juanitas Vater. Sein Blick erstarrte, als er eine Gestalt über den kopfsteingepflasterten Hof hasten sah. Er kannte die Silhouette mit dem fliegenden Haar: oft genug war sie vor ihm davongelaufen, um seinen Schlägen zu entgehen. Verfluchte Hexe! Was hatte sie da unten zu suchen?

Heulen von Sirenen klang in der Ferne hinter ihnen auf. „Fahr ins Gebüsch, daß uns die Feuerwehr nicht sieht!“ drängte er seinen Bruder. „Ich werd mir das nicht entgehen lassen! Das Ende der Fargus!“

Juanitas Herz raste, das Haar hing ihr verschwitzt in die Stirn. Hoffentlich war sie nicht zu spät gekommen! „Ich habe die Schlüssel“, keuchte sie. Sie zog die Schlüssel aus ihrer Bluse hervor und warf sie Edward zu, der sie geschickt auffing. Wassergüsse löschten die Flammen um die Schlösser herum für kurze Zeit; Zeit, in der Edward gegen das Geprassel der Flammen in den Stall rief, daß Rettung nah sei, und gleichzeitig fieberhaft probierte, welcher Schlüssel zum Schloß am Haupteingang des Stalls paßte. Das Feuer flammte unter dem neuen Sauerstoffzustrom der weit geöffneten Türen hellauf. Ein Gewitter von trommelnden Pferdehufen und fliegenden Leibern brach hervor; sobald Eric die Wendung der Lage ahnte, hatte er Elaine auf einen von Turners Wallachen gehoben: „Klammere dich an die Mähne! Versuch nicht, ihn zu lenken – nur raus." Das Pferd schrie auf, als ihm ein Stück Glut auf die Kruppe fiel. Elaine wischte es geistesgegenwärtig weg und fuhr dem Wallach beruhigend über den Hals. Eric sah es mit Bewunderung, als er sich auf Peach zog. Dann öffnete sich die Tür. Wolf trieb die Pferde in einem geschlossenen Pulk ins Freie. Sie stürmten durch das rotglühende Tor nach draußen.

Erst jetzt bemerkte Eric, daß Solitaire fehlte. Er ließ sich aus dem rasenden Galopp vom Pferd fallen, wurde umgeworfen und rollte einige Meter über das Kopfsteinpflaster. Er hörte, daß Elaine voller Entsetzen seinen Namen rief, aber er hörte auch, daß das Gebälk immer mehr einstürzte. Keuchend rappelte er sich auf und rannte zurück zum Stall. Das Innere waberte von Flammen, die an den Seiten hochzukriechen begannen und über die Boxentüren leckten. Das Stroh in einigen Boxen brannte bereits lichterloh. Die Hitze, die ihm entgegenschlug, war schier unerträglich, und der beißende Qualm der Strohfeuer nahm der Luft nahezu allen Sauerstoff.

Triefend naß war er gewesen, als sie aus dem Stall entkamen, denn er hatte sie alle noch einmal mit Wasser überschüttet, doch die Hitze sog die Feuchtigkeit gierig auf; der aufsteigende Dampf wirbelte um ihn. Wo war die Stute? Er taumelte halb erstickt durch den Rauch und hustete. Ein ähnliches Husten klang von weiter hinten im Stall zu ihm. Das Husten eines Menschen. Er tastete sich auf den Laut zu: Wer war noch hier? Verschwommen machte er die Umrisse der Stute aus und bei ihr eine weibliche Gestalt, die ihre Arme um Solitaires Hals gelegt hatte und versuchte, sie vorwärts zu ziehen. Juanita! Entgeistert starrte er sie an.

„Hilf mir", wimmerte sie. „Sie bewegt sich nicht!" Um sie herum brachen glühende Stücke der hölzernen Deckenverstrebungen auf die Stallgasse und zerbarsten funkenstiebend. Eric hörte einen Schmerzenslaut hinter sich. „Wolf", wisperte er. Der Hund war ihm nachgekommen. Eilig klopfte Eric ihm die Glut von seinem Fell. In diesem Augenblick löste sich hoch über ihnen eine massive hölzerne Verstrebung und verfehlte sie knapp. Ein entsetzlicher Schrei erklang. Mann und Hund fuhren zusammen und starrten auf Juanita, die eingequetscht unter dem Balken lag. Flämmchen setzten ihre Bluse in Brand. Eric kniete und wuchtete die Last von ihr. Mit bloßen Händen klopfte er das Feuer aus. „Juanita? Hörst du mich?"

„*Sí.* Die Stute... Ich wollte sie für dich retten. Bring sie in Sicherheit. Vielleicht kannst du mich später holen."

Es würde kein Später geben. Das Gebäude würde nur noch wenige

Minuten standhalten. Eric hob Juanita auf seine Arme und trug sie aus dem Stall. Wolf stieß Solitaire in die Flanke. Sie stand starr. Sie hatte auf Eric gewartet. Die Stalltür stand offen, sie hätte hinauslaufen können, aber ihre Starre konnte nur durch ihn gelöst werden.

Wolf stieß sie erneut an. Er richtete sich auf die Hinterläufe. Seine trocken gewordene Nase stieß gegen ihre, und dann leckte er über ihr Maul. Sie blinzelte, erwachte aus ihrer Starre, begriff, daß Wolf das gleiche für sie tun würde wie Eric: ihr über die lähmende Angst hinweghelfen.

Schritt für Schritt näherten sie sich dem Ausgang, Wolf rückwärts tretend, seine Schnauze dicht an Solitaires Maul; und sie kam ihm nach. Dann war plötzlich die Sicht auf nächtlichen Himmel frei. Sie riß den Kopf hoch, tat einen mächtigen Satz ins Freie und trabte auf die Koppel zu. Wolf hinkte ihr auf wunden Pfoten nach.

Die Feuerwehr war endlich eingetroffen. Gewaltige Wasserschüsse richteten sich auf ein Gebäude, das eigentlich keines mehr war.

Elaine entdeckte Emily vor dem Stall, hastete zu ihr und stieß hervor: „Wo ist er?“

„Ich weiß nicht“, antwortete Emily. „Ich bin selbst sehr in Sorge. Der Hund ist nicht zu finden. Ich habe Eric nicht mehr gesehen, seit die Stute herauskam.“

Elaine wandte sich zum Stall. Sie *mußte* bei ihm sein. Vielleicht gab es noch Hoffnung.

„Mutter!“ sagte eine helle Stimme. „Mutter, du weißt, daß weder Eric noch Wolf im Stall sind! Wolf liegt mit verbrannten Pfoten neben Solitaire auf der Weide, und Eric hat das Mädchen ins Haus gebracht. Und das weißt du!“

„Oh… ja, richtig. Wie dumm von mir! In der Aufregung waren mir die Zusammenhänge wohl entfallen.“ Emily lächelte Elaine entschuldigend an.

Ihre Blicke tauchten ineinander: Du hättest mich in diese Flammenhölle geschickt, dachte Elaine, wandte sich kalt ab und ging auf das Haus zu.

Das junge Mädchen hastete an ihre Seite. „Mutter ist nicht böse, das dürfen Sie nicht glauben!“

Elaine blieb stehen. „Sag mir deinen Namen!“

Die Kleine sah völlig verstört aus. „Louise.“

„Louise, vielleicht wäre es gut, wenn du für eine Weile von deiner Mutter fortkämst. Bring mich zu Eric, ja?“

Das Mädchen öffnete die Tür zum Salon.

Juanita lag auf der Couch, Eric kniete vor ihr und hielt sie in den Armen. Fraktur der Rippen, Durchbohrung nahezu aller Organe durch die zerbrochenen Knochen mit unstillbarer innerer Blutung im Gefolge, das war Erics Diagnose.

Elaine trat näher. Juanitas sich trübender Blick fand den Elaines: „Da bist du... Wenn du wüßtest, wie sehr ich dich beneidet habe... und wie sehr ich dich gehaßt habe! Aber – das ist vorüber. Versprich mir, daß du ihn ewig...“ Ein würgender Husten zerschnitt ihre Worte. Blut rann ihr aus dem Mundwinkel. Elaine wischte es mit ihrer Hand fort.

„Ich verstand nicht, was Tiere ihm bedeuten“, flüsterte Juanita. „Aber dann – fing ich an nachzudenken..., begriff..., und wollte es wiedergutmachen. Ist sie, die Stute... außer Gefahr?“

„Ja“, sagte Elaine sanft. „Sie ist auf der Koppel. Der Hund hat sie herausgebracht.“

Juanita schloß erleichtert die Augen. „Wir haben ihn Chucho genannt...“ Der dünne, flache Atem tat einen letzten Hauch: *„Madrecita.* Jetzt ist es gut, nicht?“

Elaine weinte in Erics Armen. „Sie war so jung.“

„Sie war jung, doch sie hatte Erfahrungen, die für mehr als zwei Menschenleben gereicht hätten, schmerzhafte Erfahrungen. In ihrem Leben gab es keine Freude.“ Sein Blick strich über den regungslosen Körper auf der Couch.

Eric tupfte die Tränen von Elaines Wangen. „Komm, kleine Fee.“

Der Hauptmann der Feuerwehr nickte, nachdem er Eric angehört hatte. „Ich werde ein paar meiner Leute schicken, Sir.“

Bald darauf rumpelte der Transporter der Cochans auf den Hof. Ein Feuerwehrmann saß am Steuer. Den Cochans waren die Hände gebunden worden. Unterdrückt fluchend reihten sie sich vor dem Wagen auf.

„Ich habe da allerhand Interessantes entdeckt, als wir sie oben im Wald ausfindig machten“, begann der Sergeant. „Ich hielt es für besser, sie gleich dingfest zu machen, Sir.“

Sein Vorgesetzter nickte. „Was hat Sie dazu veranlaßt?“

„Sehen Sie hier, Sir, diese Behälter – da war bis vor kurzem Benzin drin. Man kann es noch riechen. Und das Gewehr – und sie haben auch eine ganze Schachtel von diesen präparierten Mistdingern, die beim Aufprall in tausend Funken zerstieben; und sie hielten sich auf einem Gelände auf, auf dem sie nichts zu suchen haben, mit Blickrichtung auf das Feuer.“

Ein gellender Schrei aus der Koppel unterbrach ihn. Ein Pferd schnellte durch deren offenes Gatter, ein zierliches dunkelgraues Pferd mit heller Mähne und hellem Schweif. Sekundenlang verharrte es schnaubend und stampfend vor ihnen und sprang plötzlich gezielt gegen einen der gefesselten Männer. Solitaire packte ihn mit den Zähnen an der Schulter und riß ihn zu sich. Sie warf ihn mit einem hohen Hufschlag nieder und hob sich auf die Hinterhand. Die Menschen standen wie erstarrt. Niemand brachte ein Wort hervor angesichts dieses überwältigenden Hasses. Außer Eric hatte noch niemand von ihnen gesehen, daß ein Pferd einen Menschen angreift.

Eric warf sich gegen Solitaire und drängte sie beiseite. Einer ihrer zum tödlichen Schlag erhobenen Hufe fiel schwer auf seine Schulter, als er sie niederzwang. „Ein Seil!" flüsterte er hastig, während ihn die Stute über das Kopfsteinpflaster zu der Stelle schob, wo der gefesselte Mann noch immer halb betäubt lag.

Allein Elaine war geistesgegenwärtig genug, seine Bitte zu erfüllen. Sie fand ein Seil im Kofferraum seines Wagens. Eric band es eilig um Solitaires Kopf und Hals sowie um die Fessel der rechten Vorderhand und knüpfte einen Knoten. Das Bein war hochgezogen und schnürte das Seil um ihre Kehle, als sie versuchte, es niederzustellen. Ihr blieb nichts anderes übrig, als auf drei Beinen zu verharren. „Verzeih, Prinzessin." Schwer atmend lehnte Eric sich gegen sie. „Sie würden dich erschießen, wenn du ihn tötest. Sie verstehen es nicht, und wie sollten sie auch?" Dies also war endlich die Gemeinsamkeit mit Edward: die Statur! Einer wie der andere war klein und gedrungen. Freilich war Edward nicht so beleibt wie Juanitas Vater, aber für die Pferdeaugen machte das keinen Unterschied.

Wie sehr hatte sich Eric gewünscht, die Cochans auf frischer Tat zu ertappen, vor Zeugen! Nun, es gab mehr als genug Zeugen. Und er würde die Wahrheit schon aus ihnen herauspressen. Wolf war bei ihm, noch bevor er ihn hatte rufen können. Grollend stellte er sich über den auf dem Boden liegenden Mann und umfaßte mit seinen messerscharfen Reißzähnen den kurzen Hals. „Ich werde diesem ... Kerl jetzt einige Fragen stellen", sagte Eric zu dem Feuerwehrhauptmann.

„Eine Aussage unter Zwang gilt nicht als rechtskräftig. Besser, Sie pfeifen den Hund zurück."

„Ich verstehe, Sir." Eric rief Wolf zu sich und trat mit ihm zu Juanitas Vater. Er half ihm auf die Beine und lehnte ihn gegen die Wand des Transporters. „Es gibt da ein paar Dinge, über die ich gern Klarheit hätte", sagte er. Es fiel ihm schwer, sich zu beherrschen. Cochans

Augen waren auf Wolf gerichtet. Er fürchtete, der Hund werde ihm erneut an die Kehle gehen. Er hörte Erics kalte Stimme, die ihn langsam und deutlich befragte. Er antwortete benommen. Ja, er hatte seine Frau und seine Tochter geschlagen – das sei doch nichts Besonderes? Ja, er hatte Vieh von den Fargus' gestohlen; sie hatten das bessere Land, ihre Tiere waren viel besser. Das sei doch verständlich? Ja, sie hatten die Stute gestohlen, um sie zu einem hohen Preis verkaufen zu können. Und als sie ihnen entflohen war, hatten sie ihr zugesetzt – natürlich.

„Was haben Sie mit ihr gemacht? Gurte? Gewichte?"

„*Sí*. Irgendwie – Willen brechen."

Eric ballte die Fäuste. Wenn er nur einmal zuschlagen dürfte! Wie entsetzlich mußte das sensible Tier gelitten haben! „Heute nacht, der Brand – Sie haben ihn gelegt?"

„*Sí.*"

„Warum?"

„Ihr alle wart da drin: du und Chucho, verfluchter Köter! Und Stute war drin. Ich wollte dich am Boden sehen, dich und Fargus, die ganze Brut!"

Elaine ließ einen leisen Laut des Entsetzens hören. Wieder ballte sich Erics Hand zur Faust. „Ihre Tochter kam in diesem Feuer um, wissen Sie das?"

„Wär sie geblieben, wo sie hingehörte, statt unsere Pläne –"

„Bringen Sie ihn weg", flüsterte Eric tonlos, „bevor ich mich vergesse."

Die Cochans wurden in den Feuerwehrwagen gestoßen. „Nehmen Sie diesen Wagen mit, ich will ihn nicht mehr sehen." Eric befreite Solitaire von dem Seil.

„Ja, Sir. Einer meiner Männer wird ihn wegfahren. Und, Sir – alle Aussagen sind zu Protokoll genommen worden."

Bevor Eric noch etwas erwidern konnte, stieß Solitaire einen seltsamen Laut aus. Mühsam schleppte sie sich auf die Koppel: sie wollte ihr Fohlen nicht vor all diesen Menschen zur Welt bringen.

„Die Aufregungen haben den Geburtsvorgang beschleunigt." Elaine zupfte an Erics Ärmel. „Was brauchst du?"

ELAINE war bei ihm, während er Solitaire half. Das Fohlen glitt schwer in ihre Arme, und die Stute fuhr im Liegen herum und leckte es eifrig. Plötzlich jedoch traf sie ein weiterer schmerzvoller Blitz. Ihr Leib krümmte sich. Es gab ein zweites Fohlen, das herauswollte, aber es lag falsch. Sie fühlte Sanftheit und Behutsamkeit um sich wie zuvor, dann eine kundige Hand und einen kraftvollen Arm in sich, und spürte, wie aus Verbogenem Richtiges wurde; ein kleiner nasser Kopf glitt auf gestreckten Vorderbeinen Elaine entgegen: „Zwei wunderbare Söhnchen hast du, Solitaire! Sieh nur!“

Die Stute richtete sich schweißbedeckt erneut auf und leckte ihre Fohlen.

Eric und Elaine traten zurück. „Sobald sie stehen können, müssen sie trinken.“ Er wischte sich mit dem Handtuch über die schweißüberströmte Stirn.

„Warum ist es so wichtig, daß sie gleich trinken?“

„Damit das Darmpech abgeht.“

„Ich kann es noch gar nicht fassen, Eric. Wir wären fast in diesem Stall... Und jetzt stehen wir da mit zwei kleinen Prachtexemplaren.“

„Die beide Ihnen gehören“, sagte eine Stimme hinter ihnen. Emily war unbemerkt zu ihnen getreten. Sie trug eine Flasche Whisky und drei Gläser. „Ich dachte, ein Schluck würde Ihnen guttun. Wie geht es der Stute?“

„Sie hat es gut überstanden.“ Während Eric sprach, gelang es dem Erstgeborenen, sich aufzurichten. Zielstrebig torkelte er zur Rückfront seiner Mutter und nahm den Sack des Euters in sein kleines Maul. Eric lächelte. Auch der andere Kleine rollte sich entschlossen auf die Brust und stemmte sich hoch.

„Sie trinken“, flüsterte Elaine. „Alles geht auf einmal so leicht.“

Emily räusperte sich. „Auch wenn diese Nacht viel Schreckliches gebracht hat, Eric, so gibt es doch auch Grund zum Feiern. Sie haben Ihre Fohlen, und ich – mein Gott, ich kann es noch gar nicht fassen –, ich bin die Cochans los!“ Sie vermied Elaines Blick, als sie den Whisky in die Gläser füllte. Hatte sie Eric davon erzählt, daß sie, Emily, sie in den unmittelbar vor dem Zusammenbruch stehenden Stall hatte schicken wollen? Sie konnte nicht mehr nachvollziehen, was in diesen Sekunden über sie gekommen war.

Sie tranken. Der Alkohol stieg den drei erschöpften Menschen zu Kopf. „Ich möchte etwas mit Ihnen besprechen, Elaine“, hörte Emily sich sagen.

„Ja. Gewiß.“ Elaine ließ sich von Emily ein Stückchen von der Koppel fortführen. „Elaine... Sie werden bemerkt haben, daß ich Ihre Anwesenheit hier nicht besonders geschätzt habe...“

„Das ließ sich nicht übersehen.“

„Und ich ging sogar so weit, daß ich Sie einer großen, einer tödlichen

Gefahr auszusetzen bereit war. Sie und Ihr Kind. In dieser Sekunde wünschte ich…"

„Sie hätten ihn für sich? Ich würde einfach nicht existieren? Ich nicht und das Kind nicht?"

„Es ist furchtbar, ich weiß das. Ich kann es selbst nicht mehr verstehen, Elaine."

„Ich glaube, ich weiß, wie Ihnen zumute war. Sie waren überreizt, Emily. Ich weiß, was ein zerfasertes Nervenkostüm einem Menschen antun kann. Denken Sie nicht mehr daran."

Emily blieb stehen. „Meine eigene Tochter schaut mich seitdem nicht mehr an… und Sie…"

„Ihre Tochter ist ein sensibles Mädchen. Sie wird sich schon wieder beruhigen. Sie kam mir nach und versicherte mir, Sie seien nicht böse. Wir sind alle nur Menschen, Emily."

„Sie… sind eine wirklich außergewöhnliche Frau, Elaine!"

„Im Augenblick bin ich vor allem eine sehr müde Frau, die sich um ihren sehr müden Mann sorgt."

„Es gibt genug Platz im Haus für Sie beide."

„Danke, Emily. Aber ich denke, daß Eric sich eher erholt, wenn er in seinem vertrauten Zimmer bei den Hickmans aufwacht. Er braucht Ruhe und Abstand."

„Sie versteht genau, was er für sie getan hat, denkst du nicht?" Eric und Elaine standen am Koppelzaun und beobachteten die übermütigen Spielereien der kleinen Hengste und das friedliche Miteinander der Stute und des Hundes. Wolf lag flach auf der Seite und streckte seine Pfoten im kühlen Gras aus, und Solitaire stand neben ihm und legte das Maul auf seine Schulter. Elaines Hand strich behutsam über Erics Rücken. Unter seinem Hemd war die Haut voller schwarzer und blauer Flecken und schmerzhafter Brandblasen. Er gab nicht zu, daß er Schmerzen hatte, aber sie bestand darauf, seine Wunden jeden Morgen und Abend zu versorgen und kühlendes Gel auf die dunklen Verfärbungen zu streichen. Emily stand nicht weit von ihnen. Sie sah die kleine Zärtlichkeit und lächelte.

„Natürlich weiß sie es", sagte Eric. Er schlüpfte durch die Bohlen und trat auf die Stute zu. „Sie ist ja ein kluges Mädchen." Solitaire kam zu ihm, und er fing ihren Kopf ein. „Und bestimmt ist sie klug genug, um noch etwas anderes zu verstehen. Emily, würden Sie Edward rufen?"

Edward näherte sich zögernd. Er zitterte. Er hatte keine Angst davor, daß sie ihn angriff, aber er fürchtete ihre Ablehnung. Eric kam ihm entgegen und legte ihm den Arm um die Schultern. Gemeinsam näherten sie sich der Stute. Sie trat zwei Schritte zurück und warf den Kopf hoch.

„Ruhig, Edward, keine Angst. Sie darf es nicht merken." Eric führte Edward bis an sie heran. Langsam streckte er die Hand aus. „Schau nur, Prinzessin, ich habe dir einen lieben alten Bekannten mitgebracht. Erkennst du ihn wieder?" Die Situation stand auf Messers Schneide: im nächsten Herzschlag würde sich entscheiden, ob sie begriffen hatte, daß es sich um unterschiedliche Männer handelte, daß dieser nichts mit den Greueltaten zu tun hatte, die ihr von dem anderen zugefügt worden waren.

Edward straffte die Schultern: Was immer geschehen mochte, er würde es tragen. Es war dieses stolze Aufrichten, das den Ausschlag gab: Der andere hatte eine nachlässige Haltung gehabt und ließ die Schultern hängen. Sie würde die Wunden, die er in ihre Seele gebrannt hatte, niemals vergessen. Niemals würde sie lernen, die Angst vor *ihm* und den Haß gegen *ihn* zu überwinden.

Aber dieser... Mit bebenden Nüstern trat sie wiederum zwei Schritte zurück und musterte ihn mit zurückgeworfenem Kopf. *Er* war neben ihm. *Er* würde nicht freiwillig die Nähe eines Wesens aufsuchen, das ihr Böses antun wollte. Sie blieb stehen und wartete.

„Sprechen Sie zu ihr", wisperte Eric. „Sagen Sie etwas. Möglicherweise erkennt sie jetzt Ihre Stimme wieder."

„Solitaire..., kennst du mich denn nicht mehr?"

Diese Stimme hatte Hafer und Heu bedeutet und Möhren und auch die kleinen Kekse, die er ihr heimlich zugesteckt hatte. Diese Stimme war gleichbedeutend mit Sanftheit und Fürsorge gewesen. Ihr Kopf kam zögernd näher. Scheu streckte Edward die Hand aus. Solitaire witterte, schnaufte unschlüssig, aber dann, plötzlich, war die Erinnerung an die Kekse übermächtig. Sie stieß ihre Nase gegen seine Brust.

„So hat sie's früher immer gemacht", flüsterte Edward. „Damit ich ihr Kekse gebe."

„Haben Sie noch welche?"

„Ja, Master Eric."

„Dann wär's vielleicht gut, ein paar zu holen."

Alle sahen zu, als Solitaire wählerisch einen Keks nach dem anderen von Edwards offener Hand nahm. Sie stieß ihn mit dem Kopf an, als er ihren Hals streichelte. „Jetzt mag sie mich wieder, nicht, Master Eric?“ Edward merkte nicht, daß Tränen über seine Wangen liefen.

ERIC und Elaine wanderten durch die verwaisten Räume. „Wir sollten die Wände neu streichen lassen. Vielleicht eierschalenfarben. Und mehrere kleine Tische, auf denen Zeitschriften liegen. Bequeme Stühle. Die Wartezimmer von Tierärzten sind im allgemeinen nicht sehr behaglich.“

Es hatte einen großen Schritt für Eric bedeutet, bis er sich dazu durchrang, seinen Fuß auf ein Territorium zu setzen, das einmal einem anderen gehört hatte. Die Praxisräume gefielen ihm, bis auf die Farben. Elaine hatte recht. Die Wohnräume bedurften ebenfalls einer Renovierung. Sie waren ähnlich großzügig angelegt wie die Praxis und würden auch einer wachsenden Familie Platz genug bieten.

„Würdest du hier bleiben wollen?“ fragte Eric.

„Und du?“

„Ich würde überall bleiben, wenn nur du da bist.“

„Dann wird es wohl Zeit, daß Sie Ihre Wohnung kündigen, Dr. Gustavson.“

„Das hab ich schon. Vor einer ganzen Weile, als ich mich entschloß, daß ich hier bleibe.“

TURNER schob sich durch die plaudernde Menge, die sich in dem Garten vor dem Haus drängte, das einst Timmy gehört hatte. Er brauchte eine Weile, bis er sich zu Eric durchgekämpft hatte; von allen Seiten hörte er freundliche Bemerkungen über Eric und Dr. Mercury, die seit genau einer Stunde und elf Minuten seine Frau war. Strahlend schön sah sie aus in ihrem Brautkleid. Daß sie schwanger war, konnte man beinahe übersehen, denn ihre Gestalt war zart geblieben, und der gewölbte Leib barg sich unter einem langen, dichten Schleier, der von ihren Schultern herabfiel.

„Nochmals meinen Glückwunsch, mein Junge.“

„Vielen Dank, Sir.“

„Zeit, daß du mit dem ‚Sir‘ aufhörst. Von wegen Zeit: Ihr hättet Hochzeit und Taufe zusammenlegen können, nicht? Wäre billiger gewesen.“

„Schon… aber ich konnte nicht warten. Es wäre nicht richtig gewesen.“

„Eigensinnig wie immer. Deine Logik ist mir manchmal wirklich rätselhaft.“

Eric reichte ihm eine Zigarre mit einem Glas Portwein. „Würden Sie denn auch zur Taufe kommen? Wir wollen ihn Alexander nennen“, fügte er hinzu.

„Netter Name. Nach Alexander dem Großen?“

„Nein. Einfach Alexander.“

Eric ergriff die günstige Gelegenheit beim Schopf. „Da gibt’s was, das ich gern mit Ihnen besprochen hätte…“

„Trifft sich gut, ich hab nämlich auch was.“

Eric führte Turner ein Stückchen abseits. „Sie haben die Fohlen gesehen“, begann er.

„Prächtige Burschen. Meinen Glückwunsch.“

„Vielen Dank.“ Eric sprach von den Schwierigkeiten, die es anfangs mit ihnen gegeben hatte. Sie seien untergewichtig gewesen, aber er habe dennoch darauf geachtet, daß sie weniger als ein Kilogramm pro Tag zunahmen, um spätere Beinschäden zu vermeiden, und beginne jetzt, sie neben der Muttermilch an Wasser und Fohlenstarter zu gewöhnen. Er wußte, wie er Turner dazu bewegen konnte, zu tun, was er wollte. Er wartete auf die Wirkung des Portweins. Er hatte die Flasche mitgenommen und goß Turner nach, während er sprach.

„Danke. Guter Stoff. Du könntest mir vielleicht die Adresse verraten, wo du ihn kaufst.“

„Klar. Sie verschicken ihre Waren auch, Sie brauchen deswegen nicht extra hier heraufzukommen.“

„Hier heraufkommen…“ Turner blickte sich nach dem Haus um und verschluckte die Frage, die ihm auf der Zunge brannte: ob Aussicht bestehe, daß Eric zu ihm zurückkam. Angesichts der Tatsachen erschien ihm die Frage jedoch unsinnig. Er grübelte, wie er das Thema, das ihm am wichtigsten war, anschneiden konnte, als Eric plötzlich sagte: „Vielleicht wäre es jetzt einfacher, wenn Sie die Pferde zu mir bringen ließen. Auf meine Kosten natürlich.“

Turners Augen leuchteten auf: „Red keinen Unfug. Wenn du dich bloß um sie kümmerst. Aber wie willst du das schaffen, Eric? Du hast jetzt eine gutgehende Tierarztpraxis und eine Familie.“

„Ich hab darüber nachgedacht, und ich glaube, ich habe eine gute Lösung gefunden.“ Eric wies zu der Menge hinüber, die sich auf die auf dem Rasen aufgestellten Bänke verteilt hatte. „Sehen Sie den jungen Burschen da mit dem roten Haar? Er ist mein Assistent. Er heißt Maximilian – Max. Ich habe ihn in Glasgow kennengelernt, als ich mit

Solitaire zur Untersuchung bei einem Kollegen war. Wir waren einander gleich sympathisch, und vor einiger Zeit rief ich ihn an und fragte, ob er Interesse an einer Assistenzstelle in einer Landarztpraxis habe. Er hat sich im Universitätsklinikum nie besonders wohl gefühlt und griff mit beiden Händen zu. Dank ihm werde ich genug Zeit haben, mich um Ihre Pferde zu kümmern."

„Du findest auch immer eine Lösung, Junge." Turner klopfte ihm auf die Schulter, leerte sein Glas und erhob keinen Protest, als Eric es wieder vollschenkte.

„Es gibt aber einen Pferdefuß: Ich mußte Elaine versprechen, daß ich das nicht ewig machen werde. Sie fürchtet, daß eines Tages, wenn ich älter bin, ein Pferd vollendet, was Solitaire angefangen hatte."

Turner paffte blaue Wolken. „Wir wollen deiner bezaubernden Frau keine Sorgen machen. Natürlich ist es klar, daß niemand eine so halsbrecherische Arbeit bis ins hohe Alter machen kann. Aber läßt sich so was nicht lehren?"

„Ich habe schon immer gedacht, daß Peter gut sein könnte. Er hat das richtige Gefühl."

„Unser Peter? Jetzt, wo du's sagst... er verlud die fünf, die jetzt hier sind, beinahe allein, ganz ohne Zwang."

Eric nickte. Eine Stellung auf seinem Gestüt würde es nun nicht mehr für Peter geben, weil es kein Gestüt geben würde; aber er könnte ihm gute Zukunftsaussichten verschaffen, wenn er ihn gewissermaßen in die Lehre nahm. „Peter könnte hier bei uns wohnen wie Max. Das Haus ist sehr geräumig."

„War's das, was du mit mir besprechen wolltest?"

„Nein."

„Worum geht's denn, mein Sohn?" Turner legte ihm den Arm um die Schultern. Der schwere Alkohol hatte ihn in eine milde Stimmung versetzt. In nüchternem Zustand konnte er so uneinnehmbar wie der Fels von Gibraltar sein.

„Ich hab Sie beobachtet, als Sie die Fohlen sahen. Sie gefallen Ihnen."

„Sicher gefallen sie mir. Bist wohl sehr stolz auf sie?"

„Sehr. Aber Sie brauchen nicht noch ein Jahr zu warten, bis Sie Ihr eigenes Fohlen aus Solitaire haben. Ich biete Ihnen eines von ihnen gegen Sir Lancelot an", sagte Eric.

Turner grinste. „Du würdest niemals um etwas bitten. Junge, Lance wäre ohnehin mein Hochzeitsgeschenk für dich gewesen."

„Nein!"

„Doch. Ich mag dir wie ein störrischer alter Militär erscheinen, aber ich sehe mehr, als du glaubst. Ich erkenne Liebe, wenn ich sie sehe. Lance gehört dir. Sowieso war er von Anfang an dein Pferd. Ach, ich vergaß, so was hörst du ja nicht gern. Aber bei dir fühlte er sich immer wohl, und ich möchte, daß das so bleibt. Behalte deine Fohlen, ich kann noch ein Jahr warten. Du hast so viel für sie gewagt, sie dir mehr als alles andere gewünscht."

„Und ich möchte, daß Sie bekommen, was Sie sich ebenso gewünscht haben", entgegnete Eric leise.

MAX WAR eine unersetzliche Hilfe. Ohne Schwierigkeiten hatte er sich in den jungen Haushalt eingefügt: ein Mann von vierunddreißig, der wirkte wie ein Zwanzigjähriger, mit einem glatten, blassen Gesicht unter den hellroten Haaren, das immer verhungert aussah, den gewaltigen Mengen, die er bei jeder Mahlzeit vertilgte, zum Trotz – Elaine pflegte ihn seines Appetits wegen nachsichtig zu necken.

Der Wind beugte die Kronen der Bäume und preßte das Gras flach. Wenn sein Ansturm nachließ, richteten sich die Pflanzen auf, als schöpften sie eilig Atem vor dem nächsten Angriff. Max kam mit dem Wagen zurück von einem schwierigen Fall.

Als er in die Küche trat, drehte sich Eric zu ihm um und sah sein strahlendes Gesicht. „Du hast es geschafft!"

„Ja. Zuerst dachte ich, es sei unmöglich, und wollte schon aufgeben, aber Mr. Colbert war ganz verzweifelt – sie ist eine seiner besten Zuchtsäue –, und ich schob und schob, und plötzlich ging das Ding zurück, einfach so." Max ließ sich auf einen Küchenstuhl fallen und streckte zufrieden die Beine von sich: Feierabend für heute.

Eric riß plötzlich den Kopf hoch. „Hast du das auch gehört?!"

Max lauschte. „Ich höre den Sturm."

Eric rannte die Treppe zum Schlafzimmer hinauf und fand Elaine bleich und schweißüberströmt. Sie versuchte, die für das Krankenhaus gepackte Tasche zu erreichen. Er fing sie auf und drückte sie sanft an sich. Max war ihm nachgekommen, überblickte sofort die Situation und nahm die Tasche auf.

Eric hob Elaine auf seine Arme, trug sie zum Wagen und hielt sie fest, während Max nach Kirkrose brauste. Er hielt sie fest, als sie auf eine Trage gelegt und in das Krankenhaus geschoben wurde. Er hielt sie fest, als die Wehen in immer kürzeren Abständen kamen, und umschloß sie in all diesen endlos scheinenden Stunden, in denen ihr Sohn geboren wurde. Noch nie hatte er sich so hilflos gefühlt.

Benommen hörte er endlich die Stimme des Chefarztes der Geburtshilfe, der sich mit kollegialer Selbstverständlichkeit Elaines angenommen hatte: „Ein gesunder Junge, Mrs. und Mr. Gustavson, meinen Glückwunsch!“ Eric fühlte sich wie zerschlagen. Blinzelnd nahm er das kleine Bündel aus den Händen der Hebamme. Er blickte in das noch gerötete, seltsam verhutzelte Gesichtchen und fühlte für den Bruchteil einer Sekunde einen Anflug von Zorn wegen der Schmerzen, die das kleine Geschöpf seiner Mutter zugefügt hatte.

„Gib ihn mir!“ verlangte Elaine und streckte beide Arme nach ihm aus. Er beobachtete, wie sie das Kind an ihre Brust zog, und plötzlich überkam ihn heiße Freude und eine überschäumende Liebe. Behutsam ließ er sich auf ihrem Bettrand nieder.

„Wir haben ein Kind“, flüsterte er fassungslos. „Einen Sohn!“

Elaine lächelte und zog seinen Kopf zu sich, streichelte die Tränen aus seinem Gesicht, die ihm über die Wangen liefen, ohne daß er es bemerkte.

„Schau ihn dir an. Er hat deine Augen!“ sagte sie. „Und bald wird er genauso aussehen wie du als kleiner Junge. Aber er wird ein glücklicher kleiner Junge sein.“

DER HERR über die Garderobe des Bonnie Prince Charlie war außerordentlich nervös, als er die Taufgesellschaft in Empfang nahm. Einige von ihnen kannte er. An Elaine erinnerte er sich von ihren früheren Besuchen her, aber sie war ohnehin eine Frau, die man nicht vergaß. Doch vor allem erinnerte er sich an den Mann, der das Baby auf dem Arm trug. Niemals würde er den Blick dieser Augen vergessen, der ihn hinter sein Tischchen gejagt hatte.

An seinem Auftreten war heute freilich nicht das geringste auszusetzen: Wilkie mutmaßte, daß sein dunkler Anzug auf ihn zugeschnitten worden war; ein unerhörter Gegensatz zu der Kleidung, die er bei ihrer ersten Begegnung getragen hatte. Auch heute hatte er allerdings wieder diesen großen Hund bei sich. Wilkie näherte sich zögernd, um dem Mann seinen Mantel abzunehmen. „Bemühen Sie sich nicht“, sagte der Mann. „Kleine Fee, würdest du Alexander eine Minute halten?“

Er streifte seinen Mantel ab und hängte ihn selbst auf einen Bügel. Der Hund wedelte. Dann fühlte Wilkie einen Geldschein in seiner Hand, ein freundliches Klopfen auf seiner Schulter. Ungläubig starrte er ihnen nach, als sie in den Speisesaal gingen.

Unter dem Tisch tastete Erics Rechte nach Elaines Hand, sein Blick ruhte auf dem schmalen Ring an seiner Linken, tauchte darauf in ihre Augen: Es hatte einer Fee bedurft, um ihn aus seinem Käfig zu befreien. Sie hatte ihn tun lassen, wovor er sich am meisten gefürchtet hatte: sich einem anderen Menschen anzuvertrauen.

„Ich sollte wohl ein paar Worte sagen", wisperte er. Er erhob sich und ließ sacht den Löffel an sein Glas klingen, und alle Blicke der kleinen Gesellschaft richteten sich erwartungsvoll auf ihn. Es gab noch andere Gäste im Speisesaal, und auch sie sahen zu ihm hinüber. Für einen Moment war die Panik wieder da, aber aus dem Augenwinkel sah er Elaine und Alexander; er räusperte sich verhalten und begann ruhig und leise zu sprechen. Seine kleine Ansprache endete mit den Worten: „Wir wollen an diesem glücklichen Tag jedoch nicht den Menschen vergessen, dem wir, meine Familie und ich, unser Leben und das Leben der Tiere verdanken." Seine Gedanken wanderten zu dem kleinen Grab, zu dem Elaine und er jeden Sonntag frische Blumen brachten. „Laßt uns für einen Augenblick Juanita Cochans gedenken." Er legte die Hände ineinander und neigte den Kopf in stummem Gebet, und die anderen taten es ihm nach.

„Gott segne sie", sagte Claire, als Eric wieder Platz genommen hatte. Sie hob ihr Glas. „Auf Juanita." Sie hoben ihre Gläser und tranken.

Turner brach mit gewohnter Geradlinigkeit den Bann. Er schnalzte anerkennend und murmelte: „Beim heiligen Georg, Junge, du findest auch immer das Richtige! Wußte gar nicht, daß du ein Weinkenner bist!"

Eric lächelte. „Es ist nicht mein Verdienst. Der Maître d'hôtel hat mir geholfen. Eigentlich hat er die Auswahl getroffen."

„So. Mit dem Herrn sollte ich mich mal unterhalten."

Elaine und Eric tauschten einen verständnisinnigen Blick: Eine gute Wahl hatten sie mit den Paten getroffen – dem feinfühligen, sensiblen Max und dem tatkräftigen, lebhaften Sir Simon. Der Name ihres Sohnes war Alexander Maximilian Simon Gustavson.

Turner hatte die Einladung, noch ein paar Tage zu bleiben, gern angenommen. Der Gästeraum der Gustavsons war behaglich, es war wunderbar ruhig hier, und Elaine kochte hervorragend.

Er strolchte hinaus in den Garten, die Hände gegen den schon beinah winterlichen Wind vergraben in seinen Jackentaschen. Die Hengstfohlen waren noch bei der Stute auf Sunrise, aber Lance schlenderte über den Rasen und zupfte an den noch vereinzelt stehenden grünen Büscheln. Die rote Katze lag auf seinem Rücken.

„Hey, Lance, alter Knabe", rief er dem Hengst zu, vergessend, wie empfindlich das Tier auf zu laute Stimmen reagierte, „das Leben kann großartig sein, nicht?“

Sir Lancelot warf den Kopf auf; die Katze wurde beinah von seinem Rücken geschleudert. Mit einem Miauen krallte sie sich in seine Mähne, versetzte ihm einen kleinen mahnenden Hieb mit ihrer unbewehrten Pfote und streckte sich wieder auf seinem Rücken aus.

Und dann kam Lance auf ihn zugetrottet, stieß ihn an und wollte gestreichelt werden.

„Junge...“ Turner streichelte die feine Nase, die sich ihm bislang immer entzogen hatte. Sein Geist huschte zurück über die Geschehnisse der Monate, seit er dieses Pferd erworben hatte. Der Hengst stieß ihn vertrauensvoll an, und Turner flüsterte: „Junge, endlich auch du?“

Foto: Hartmuth Schröder

Von der Neigung zum Erfolg

Evita Wolff wurde am 8. März 1963 bei Celle/Niedersachsen geboren. Sie studierte Tier- und Humanmedizin sowie Ernährungswissenschaften. Nach einigen Jahren im Ausland und einem längeren Aufenthalt in Berlin lebt sie heute in Hannover.

Seit frühester Jugend gehört ihre Liebe den Pferden, und in ihrem Debütroman *Im Schatten des Pferdemondes* hat sie gleich zwei ihrer Leidenschaften miteinander verknüpft – Tiere und Schriftstellerei: „Ich bin mit Pferden und Hunden aufgewachsen. Meine Mutter züchtet seit vielen Jahren Pferde." Evita Wolff liebt Tiere, doch am liebsten sind ihr nach wie vor Pferde und Hunde, da sich mit ihnen leicht Freundschaft schließen läßt. Und sie kennt auch ein Pferd, das mit der eleganten Araberstute Solitaire Ähnlichkeit hat: „Den Vollblüter Sherry, der durch grobe Behandlung so unleidlich geworden war, daß seine Reiterin – die ihn selbst zu dem gemacht hatte, was er war – sich weigerte, ihn zu reiten."

Schreiben ist für Evita Wolff ein Lebenselixier: „Seit ich in der Lage war zu denken, war ich immer besessen von dieser eigenen Welt der Phantasie: Schon als kleines Mädchen dachte ich mir Geschichten aus, die sich aus Gehörtem, Gesagtem und Empfundenem zusammensetzten; und so ist es heute noch. Ich habe unerhört hungrige Sinne."

Gibt es ein Erfolgsrezept für Autoren? „Ich denke ‚Neigung' ist das Schlüsselwort", meint Evita Wolff. „Nach meiner Erfahrung ist der erste Schritt zum Erfolg, dieser Neigung nachzugeben, der zweite, hartnäckig am Vorhaben festzuhalten, der dritte ..., das Glück zu haben, auf offene Ohren zu stoßen."

Mord auf Bestellung

JEFFERY DEAVER

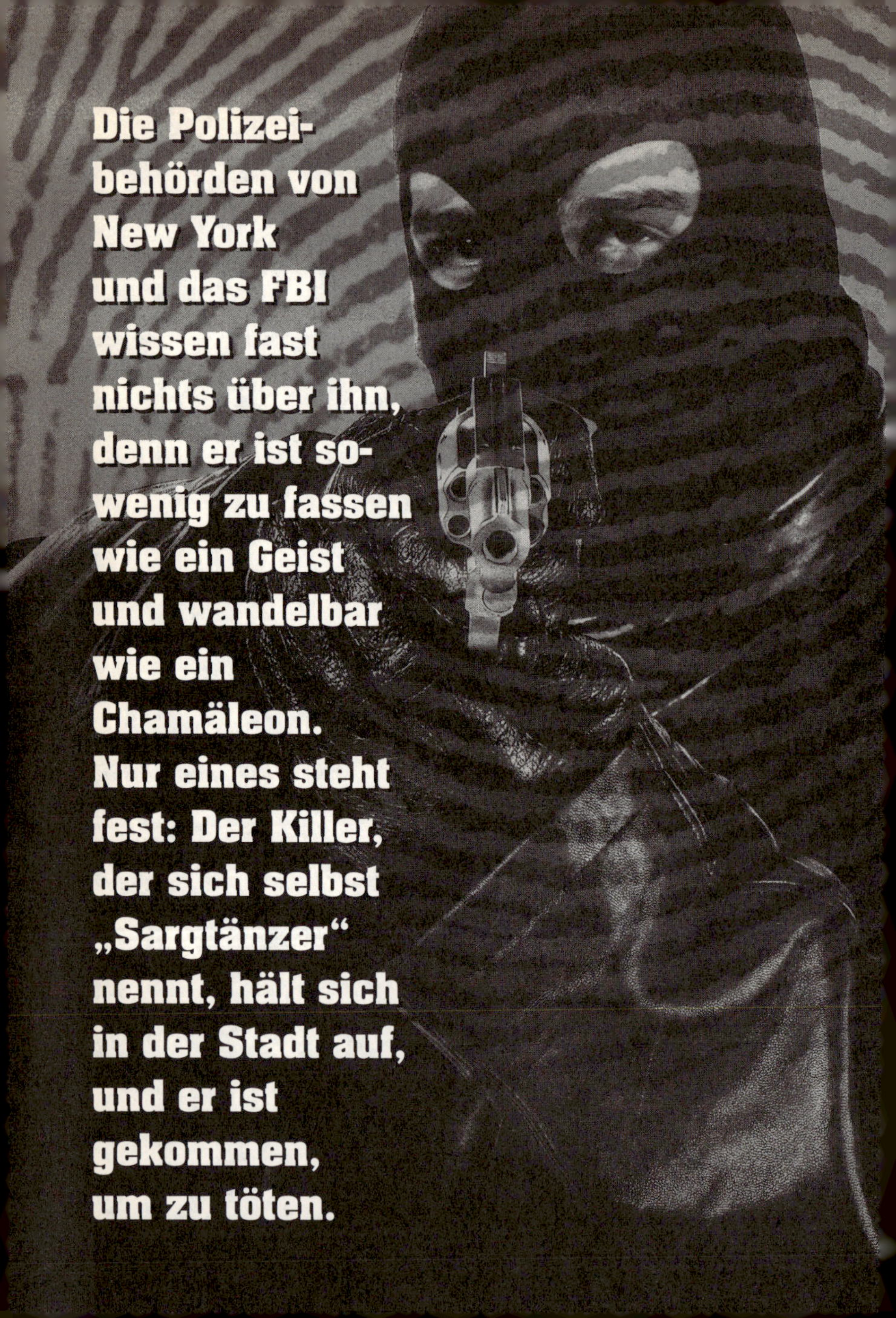
Die Polizeibehörden von New York und das FBI wissen fast nichts über ihn, denn er ist sowenig zu fassen wie ein Geist und wandelbar wie ein Chamäleon. Nur eines steht fest: Der Killer, der sich selbst „Sargtänzer“ nennt, hält sich in der Stadt auf, und er ist gekommen, um zu töten.

ERSTES KAPITEL

Als Edward Carney sich von seiner Frau Percey verabschiedete, ahnte er noch nicht, daß er sie nie mehr wiedersehen würde.

Er stieg in seinen Wagen, den er auf einem der raren Parkplätze in der 81. Straße Ost in Manhattan abgestellt hatte, und reihte sich in den vor einer Ampel stockenden Verkehr ein. Da Carney ein von Natur aus wachsamer Mann war, fiel ihm dabei ein in der Nähe seines Hauses abgestellter schwarzer Lieferwagen auf, dessen verspiegelte Scheiben schmutzbespritzt waren. Er ließ seinen Blick kurz über das verbeulte Fahrzeug gleiten und stellte fest, daß dessen Nummernschild aus West Virginia stammte. Er erinnerte sich daran, den Lieferwagen in den vergangenen Tagen schon ein paarmal in der Straße gesehen zu haben. Doch nun begann der Verkehr zu fließen. Carney schaffte es gerade noch, die Ampel beim nächsten Gelb zu passieren, und dachte nicht mehr an den Lieferwagen. Bald hatte er den Franklin D. Roosevelt Drive erreicht und fuhr auf ihm in Richtung Norden.

Zwanzig Minuten später versuchte Carney, seine Frau über das Autotelefon anzurufen. Er wunderte sich darüber, daß sie nicht abnahm. Ursprünglich hatte Percey mit ihm zusammen fliegen sollen. Gestern abend noch hatten sie eine Münze geworfen, um zu entscheiden, wer im Cockpit auf dem Pilotensitz Platz nehmen durfte. Percey hatte gewonnen und ihm triumphierend zugelächelt. Doch um drei Uhr morgens war sie mit einer schrecklichen Migräne aufgewacht, der einzigen Unpäßlichkeit, die sie vom Fliegen abhalten konnte. Sie hatten einen Ersatzmann ausfindig gemacht, der als Kopilot fungieren sollte, und dann war Percey wieder zu Bett gegangen.

Edward Carney, der mit seinen 45 Jahren immer noch einen militärisch kurzen Haarschnitt trug, neigte den Kopf zur Seite, während er in den Hörer lauschte. Aber nach wie vor vernahm er nur das Klingelzeichen. Als sich bei ihm zu Hause schließlich der Anrufbeantworter einschaltete, legte er leicht beunruhigt auf.

Nachdem er den in Westchester County gelegenen Regionalflugplatz

Mamaroneck erreicht hatte, betrat er das Bürogebäude von Hudson Air Charters. Drinnen hatte man eine Torte bereitgestellt, um den neuen Auftrag gebührend zu feiern, und jeder der etwa ein Dutzend Angestellten nahm sich ein Stück. Carney aß ein paar Bissen und unterhielt sich mit Ron Talbot über den bevorstehenden Flug. Nach seinem Schmerbauch zu urteilen, besaß Talbot eine Schwäche für Torten, doch in Wirklichkeit schlug er sich die meiste Zeit mit Zigaretten und Kaffee durch. Er war Einsatzleiter und Geschäftsführer der Firma in Personalunion. „Ich hoffe bloß, daß die Ladung pünktlich ans Ziel kommt und wir den Auftrag auch richtig kalkuliert haben", meinte er besorgt.

„Nur keine Bange", erwiderte Carney und reichte ihm den Teller mit den Resten seines Tortenstücks.

Seine Frau war ihm wieder in den Sinn gekommen. Er ging in sein Büro und griff nach dem Telefon. Aber auch jetzt wurde zu Hause nicht abgenommen. Seine Beunruhigung verwandelte sich in echte Sorge. Leute, die eine eigene Firma hatten, nahmen doch immer ab, wenn das Telefon klingelte. Carney knallte den Hörer auf den Apparat zurück und überlegte, ob er einen Nachbarn bitten sollte, nach Percey zu schauen. Aber in diesem Augenblick hielt ein großer weißer Laster vor dem neben dem Bürogebäude gelegenen Hangar, und auch Tim Randolph, der Kopilot, erschien. Es war 18 Uhr und damit Zeit, sich an die Arbeit zu machen.

Lauren, Talbots hochgewachsene brünette Assistentin, trug als Glücksbringer ihr blaues Kleid, das farblich zu dem Firmenlogo von Hudson Air paßte. Sie näherte sich Carney und flüsterte ihm ins Ohr: „Jetzt wird alles gut werden, nicht wahr?"

„Bestimmt", versicherte er ihr. Sie umarmten sich einen Moment lang. Als sie ihm ein Stück Torte für unterwegs mitgeben wollte, lehnte er ab. Er wollte so schnell wie möglich weg. Fort von dieser rührseligen Geste. Fort von dem feierlichen Rummel. Hinauf in die Lüfte.

Bald darauf hatte er es geschafft: Fast 5000 Meter über dem Erdboden steuerte er eine silbrigglänzende, windschlüpfrige Maschine vom Typ Lear 35A – der beste Privatjet, der je hergestellt wurde. Sie flogen in einen atemberaubenden Sonnenuntergang, riesigen, wogenden Wolken entgegen, die sich rosa und purpurn färbten und von gleißenden Lichtstrahlen durchbrochen wurden.

Zum O'Hare Airport in Chicago waren es knapp 1200 Kilometer; sie legten diese Strecke in weniger als zwei Stunden zurück. Da der O'Hare der meistfrequentierte Flughafen der Welt ist, wurden sie von der Flugsicherung angewiesen, über den westlichen Vorstädten in einer Höhe von 2500 Metern eine Warteschleife zu fliegen.

Zehn Minuten später gab die Flugsicherung die Daten für den Landeanflug durch. Carney schaute zu den funkelnden Sternbildern hinauf, die sich am Himmel zeigten. Schau nur, Percey, all diese Sterne, dachte er. Und dann geschah etwas, das er in seiner gesamten beruflichen Laufbahn noch nicht erlebt hatte: Die Sorge um seine Frau erfaßte ihn wie ein Fieber. Er mußte unbedingt mit ihr sprechen.

„Übernehmen Sie die Maschine", wies er Tim Randolph an.

„Verstanden", erwiderte der junge Kopilot und griff nach dem Steuerknüppel.

„Niner Charlie Juliet, gehen Sie auf 1500 Meter herunter", meldete sich die Flugsicherung wieder. „Behalten Sie die Richtung bei."

„Verstanden, Chicago", antwortete Tim.

Carney änderte die Frequenz seines Funkgeräts und nahm mit der Firmenzentrale Verbindung auf. Er bat Ron Talbot, ihn zu sich nach Hause durchzustellen. Während er wartete, ging er zusammen mit Tim die übliche Checkliste für die Landung durch.

„Chicago, Niner Charlie Juliet geht jetzt von 2000 auf 1500 Meter", meldete der Kopilot an die Flugsicherung. Währenddessen hörte Carney, wie fast 1200 Kilometer entfernt das Telefon zu klingeln begann.

Los, Percey, nimm schon ab! Wo bist du bloß?

„Niner Charlie Juliet, verringern Sie die Geschwindigkeit auf 180 Knoten", teilte die Flugsicherung mit. „Nehmen Sie mit dem Tower Verbindung auf. Guten Abend."

„Verstanden, Chicago. 180 Knoten. Guten Abend."

Es hatte schon dreimal geklingelt. Wo war Percey? Was war bloß los? Carneys Magen krampfte sich immer mehr zusammen.

Die Triebwerke heulten, die Hydraulik ächzte, und in Carneys Kopfhörer knackten atmosphärische Störgeräusche. Dann endlich war ein scharfes Klicken zu hören.

„Hallo?" meldete sich seine Frau.

Vor Erleichterung stieß Carney ein lautes Lachen aus. Doch gerade als er sprechen wollte, machte das Flugzeug plötzlich einen gewaltigen Satz. Die Explosion war so stark, daß ihm innerhalb von Sekundenbruchteilen der schwere Kopfhörer von den Ohren gerissen wurde. Überall schwirrten Trümmerstücke herum, stoben Funken.

Carney war wie betäubt, griff aber instinktiv mit der linken Hand nach dem Steuerknüppel; seine rechte war nicht mehr da. Er wandte sich zu Tim hinüber und mußte mit ansehen, wie dieser durch das Loch verschwand, das im Rumpf der Maschine klaffte.

„O Gott, nein, nein ..."

Dann brach das gesamte Cockpit von dem auseinanderfallenden Flugzeug weg und ließ die Flügel und die Triebwerke hinter sich zurück, die von einem grellen Feuerball verschlungen wurden.

„O Percey", flüsterte Carney. „Percey ..." Aber er hatte gar kein Mikrofon mehr.

AUF DEM Monitor des Computers waren die fahlgelben Sandkörner so groß wie Asteroide. Lincoln Rhyme saß nach vorn gebeugt da und starrte mit zusammengekniffenen Augen auf den Bildschirm. Sein Nacken schmerzte.

In der Ferne donnerte es. Der frühe Morgenhimmel besaß eine gelbgrüne Färbung. Ein Sturm nahte. Die Niederschläge dieses Frühjahrs übertrafen alles, was je aufgezeichnet worden war.

Sandkörner. „Vergrößern!" befahl Rhyme. Der Computer gehorchte und zeigte die Abbildung in doppelter Größe.

Merkwürdig, dachte Rhyme. „Cursor nach unten. Stopp."

Wieder beugte er sich vor und betrachtete angestrengt den Monitor. Sand ist für Kriminalisten eine wahre Fundgrube, überlegte er. Zuerst setzt er sich in der Kleidung des Bösewichts fest und fällt dann am Tatort freundlicherweise zu Boden. Auf diese Weise läßt sich nachweisen, daß sich der Verdächtige am Schauplatz des Verbrechens aufgehalten hat. Und man erhält auch Hinweise darauf, wo er zuvor gewesen ist. Lichtundurchlässiger Sand zeigt an, daß er in der Wüste war. Reingewaschener Sand verweist auf Strände. Obsidian bedeutet Hawaii, Quarz Neuengland.

Rhyme hatte allerdings nicht die geringste Ahnung, woher der Sand stammte, den er gerade untersuchte. Der Sand in der Umgebung von New York bestand überwiegend aus Quarz und Feldspat; am Long Island Sound war er körnig, am Atlantik fein wie Staub. Dieser hier jedoch war weiß, glitzernd und gezackt, mit winzigen roten Kügelchen und weißen Ringen durchsetzt. Rhyme hatte sich die ganze Nacht lang mit diesem Problem beschäftigt und eben eine Probe an einen im FBI-Labor in Washington tätigen Kollegen abgeschickt.

Eine Bewegung am Fenster zog seine Aufmerksamkeit auf sich. Die zwei Wanderfalken, die dort nisteten, machten sich auf, um im Central Park zu jagen. Tauben aufgepaßt, dachte Rhyme und beugte sich dann wieder vor.

Auf der Treppe waren eilige Schritte zu hören. Thom hatte offenbar Besucher hereingelassen, obwohl Rhyme möglichst ungestört bleiben wollte. Verärgert warf er einen Blick in Richtung Korridor. Zwei Männer näherten sich; der eine war groß und schwer, der andere das genaue Gegenteil.

Ein kurzes Klopfen an der offenen Tür, dann traten sie ein. Lon Sellitto war Detective bei der New York Polizei. Neben ihm kam sein schlankerer und jüngerer Partner Jerry Banks herein, der in seinem Anzug aus feinem grauem Wollstoff äußerst fesch aussah. Seine blonde Schmachtlocke hatte er mit Haarspray in Form gebracht.

Der rundliche Sellitto ließ seinen Blick durch das Schlafzimmer schweifen, in dem Lincoln Rhyme arbeitete. „Ist hier irgendwas verändert worden, Lincoln?"

„Nein, nichts."

„Doch", sagte Banks. „Es ist sauber und aufgeräumt."

„Das ist es allerdings", bestätigte Thom, der hinter den beiden Polizisten ins Zimmer trat und, makellos gekleidet, eine gebügelte gelbbraune Hose, ein weißes Hemd und eine geblümte Krawatte trug. Letztere hielt Rhyme für unnötig auffällig, obwohl er sie für seinen Gehilfen und Krankenpfleger selbst aus einem Versandhauskatalog bestellt hatte. Thom arbeitete nun schon mehrere Jahre für den gelähmten Rhyme, in denen er von seinem Chef zweimal gefeuert worden war und einmal selbst gekündigt hatte. Doch der Kriminalist hatte den jungen Mann danach jedesmal wieder eingestellt. Thom wußte über Querschnittslähmung so gut Bescheid wie ein Arzt. Rhyme bezeichnete ihn abwechselnd als „meine Glucke" oder „Strafe Gottes".

„Er war zwar dagegen, aber ich habe eine Putzkolonne angeheuert und gründlich saubermachen lassen", erklärte Thom den beiden Besuchern. „Danach hat er einen ganzen Tag nicht mit mir geredet."

„Die Putzerei war unnötig. Jetzt kann ich nichts mehr finden."

„Er braucht ja auch gar nichts zu finden", konterte Thom. „Das ist doch meine Aufgabe."

Rhyme war nicht nach Sticheleien zumute. Er wandte sein ebenmäßiges Gesicht Sellitto zu und fragte: „Also, was gibt's denn?"

„Ich hab da einen Fall, bei dem Sie uns behilflich sein könnten."

„Ich bin beschäftigt."

Banks zeigte auf den neuen Computer, der neben Rhymes Bett stand. „Was ist denn das?"

„Tja, er verfügt jetzt über modernste Spitzentechnologie", gab Thom Auskunft. „Zeigen Sie ihnen doch mal, was Sie da haben, Lincoln."

„Ich hab aber keine Lust dazu."

„Er geniert sich ein bißchen", meinte der junge Pfleger. „Das begreife ich nicht. Vor ein paar Tagen war er noch ganz stolz auf die neue Ausrüstung."

„Quatsch!" Momentan interessierte sich Lincoln Rhyme nur für die mikroskopisch kleinen weißen Ringe und den Sand, in dem sie eingebettet waren.

„Das Mikrofon ist mit dem Computer verbunden", erklärte Thom. „Der versteht, was Lincoln ihm mitteilt."

In Wirklichkeit war Rhyme sehr froh, daß er jetzt diesen superschnellen Computer mit Spracherkennungssoftware besaß. Alles, was sonst mit Mausklicks oder Tastenbefehlen eingegeben werden mußte, konnte er den Computer jetzt durch das gesprochene Wort ausführen lassen. Er war nun überdies in der Lage, die Heizung höher und niedriger zu stellen, die Beleuchtung ein- und auszuschalten, die Stereoanlage und den Fernseher in Betrieb zu nehmen und selbständig Telefonate zu führen.

„Auf diese Weise kann er sogar Musikstücke komponieren", teilte Thom den Besuchern mit.

„Das ist auch wirklich sehr nützlich", bemerkte Rhyme griesgrämig.

Da seine Querschnittsläsion sich auf Höhe des vierten Halswirbels befand, fiel es ihm nicht schwer, mit dem Kopf zu nicken. Er konnte auch mit den Schultern zucken, allerdings nicht ganz so abwehrend, wie er es gern gehabt hätte. Daneben beherrschte er noch ein weiteres Kunststück: Er konnte den Ringfinger seiner linken Hand ein paar Millimeter in jede beliebige Richtung bewegen.

„Spiele sind auch möglich", setzte Thom hinzu.

„Dafür habe ich rein gar nichts übrig."

Sellitto schaute sich den Computer aufmerksam an, schien aber nicht sehr beeindruckt zu sein. „Lincoln, wir und die Bundespolizei arbeiten gerade an einem schwierigen Fall", sagte er schließlich, „und sind dabei auf ein Problem gestoßen."

„Wir kommen nicht mehr weiter", präzisierte Banks.

„Wir dachten, es würde Sie vielleicht reizen, uns aus der Patsche zu helfen", fuhr Sellitto fort.

Vielleicht reizen? „Ich bin schon mit einer bestimmten Angelegenheit befaßt", erwiderte Rhyme. „Und zwar im Auftrag von Dellray." Special Agent Fred Dellray, ein altgedienter FBI-Mann, betreute die Mehrzahl der Undercoveragenten der Dienststelle in Manhattan. Er hatte früher selbst zu den besten Geheimagenten des FBI gezählt und

Belobigungen erhalten, weil es ihm gelungen war, sich überall einzuschleusen – ins Hauptquartier von Drogenbossen in Harlem ebenso wie in militante Schwarzenorganisationen. „Einer von seinen Leuten wird vermißt“, fügte Rhyme hinzu.

„Er hat's uns erzählt“, bemerkte Banks. „Komische Geschichte.“

Rhyme verdrehte die Augen. Die Formulierung mißfiel ihm, aber sie war nicht ungerechtfertigt. Der verdeckte Ermittler Tony Panelli war einige Tage zuvor gegen neun Uhr abends aus seinem Wagen verschwunden, den man im Zentrum von Manhattan gegenüber dem Federal Building geparkt fand. Der Motor lief, und die Fahrertür stand offen. Es gab keine Blutspuren, keine Indizien für einen Schußwaffengebrauch und keine Augenzeugen. In der Tat eine komische Geschichte.

Für die Untersuchung standen Dellray hervorragende FBI-Experten zur Verfügung, darunter auch das Spezialteam für Spurensicherung. Da diese Einheit jedoch von niemand anderem als Rhyme ins Leben gerufen worden war, hatte Dellray ihn um Unterstützung gebeten. Amelia Sachs, eine Polizistin, die als Rhymes Partnerin tätig war, hatte sich stundenlang mit Panellis Auto befaßt, ohne aber auf fremde Fingerabdrücke zu stoßen. Das Resultat ihrer Suche bestand lediglich aus zehn Plastikhüllen mit bedeutungslosem Zeug sowie ein paar Dutzend dieser überaus merkwürdigen Sandkörner, die jetzt auf dem Monitor abgebildet waren. Außer ihnen gab es nichts, was als Anhaltspunkt in Frage kam.

„Lincoln, die Panelli-Angelegenheit kann jemand anderes bearbeiten“, fuhr Lon Sellitto fort. „Die Aufgabe, die ich für Sie habe, müßte Sie wirklich reizen.“

Schon wieder dieses Wort: reizen. Rhyme fiel auf, daß Sellitto nicht ganz mit der Sprache herausrückte. „Okay, Lon. Um was geht's? Sagen Sie's mir.“

Sellitto nickte Banks zu. „Um Philip Hansen“, verkündete der junge Detective daraufhin in bedeutungsschwerem Ton.

Rhyme kannte diesen Namen nur aus Zeitungsartikeln. Hansen, ein erfolgreicher, auf großem Fuß lebender Geschäftsmann, besaß in Armonk im Bundesstaat New York eine Großhandelsfirma, dank derer er zum Multimillionär geworden war. Die Regierung und der Bundesstaat New York bemühten sich jedoch nach Kräften, die Firma dichtzumachen und deren Chef hinter Gitter zu bringen, weil das Unternehmen im Gegensatz zu Hansens Beteuerungen keine Restbestände gebrauchter Militärfahrzeuge verkaufte, sondern Waffen, die teils aus Armeebeständen gestohlen, teils illegal importiert worden waren. Einige Monate zuvor war in der Nähe der George-Washington-Brücke ein mit Handfeuerwaffen beladener Armeelaster, der nach New Jersey unterwegs gewesen war, von Unbekannten entführt worden. Dabei waren zwei Soldaten getötet worden. Die Staatsanwaltschaft war überzeugt, daß Hansen dahintersteckte, aber beweisen konnte sie dies nicht.

„Wir versuchen ihm auf die Schliche zu kommen“, sagte Sellitto. „Aber das ist gar nicht so einfach.“

Banks nickte. „Vergangene Woche haben wir endlich einen Durchbruch erzielt. Hansen hat einen Pilotenschein. Und seine Firma besitzt auf dem Flugplatz Mamaroneck in der Nähe von White Plains einige Lagerhäuser und Hangars. Wir haben sie unter die Lupe genommen, aber nichts gefunden. Letzte Woche passierte dann folgendes: Um Mitternacht machten noch ein paar Leute Überstunden, als der Flugplatz schon geschlossen war. Drei Augenzeugen sahen, wie ein Typ, auf den Hansens Personenbeschreibung paßt, zu dessen Privatflugzeug hinausfuhr, dort einige große Seesäcke einlud und dann abhob. Ohne Starterlaubnis, ohne einen Flugplan vorzulegen. Vierzig Minuten später kehrte er zurück und landete. Er stieg in ein Auto und fuhr mit quietschenden Reifen davon. Ohne die Seesäcke.“

„Er wußte also, daß Sie ihm gefährlich nah auf die Pelle gerückt sind, und wollte etwas loswerden, das ihn mit dem Überfall und den Morden in Verbindung bringen konnte“, folgerte Rhyme. Er ahnte allmählich, wieso sie seine Unterstützung brauchten. „Wurde die Flugsicherung auf ihn aufmerksam?“

„Die vom La Guardia Airport hatten ihn eine Weile auf dem Radarschirm. Er flog schnurstracks auf den Long Island Sound hinaus. Dann war er etwa zehn Minuten lang nicht mehr zu sehen, weil er wohl so tief flog, daß er vom Radar nicht erfaßt werden konnte.“

„Und Sie haben vermutlich errechnet, bis zu welchem Punkt er über den Sound kommen konnte, und bereits Taucher losgeschickt.“

„Stimmt genau. Wir wußten, daß Hansen abhauen würde, sobald ihm zu Ohren käme, daß wir drei Zeugen haben. Also haben wir dafür gesorgt, daß er bis Montag festsitzt. Er wurde vorläufig festgenommen.“

Rhyme lachte. „Und was sagt Mr. Hansen zu den Vorwürfen?“

„Kein Wort. Er kennt sich aus. Sein Anwalt streitet alles ab und will Anzeige wegen Freiheitsberaubung erstatten. Gelingt es uns aber, die Seesäcke zu finden, können wir am Montag vor die Grand Jury gehen, die über einen Prozeß befinden wird, und dann hat er ausgespielt.“

„Vorausgesetzt, daß die Säcke etwas Belastendes enthalten."

„Oh, da ist bestimmt was Belastendes drin."

„Weshalb sind Sie da so sicher?"

„Weil Hansen offensichtlich Angst hat. Wir gehen davon aus, daß er einen Killer beauftragt hat, die Zeugen umzubringen. Einer von ihnen ist bereits tot. Sein Flugzeug explodierte gestern nacht in der Nähe von Chicago."

Sie wollen also, daß ich die Seesäcke finde, überlegte Rhyme. „Ich brauche Karten von der Meerenge", begann er. „Und Zeichnungen von dem Flugzeug."

„Deswegen sind wir nicht hergekommen, Lincoln", sagte Sellitto.

„Nicht wegen der Seesäcke", präzisierte Banks.

Rhyme strich sich eine störende Strähne seines dunklen Haares aus der Stirn und schaute den jungen Detective verwundert an. „Nein? Weswegen denn?"

„Wir möchten, daß Sie uns helfen, den Killer zu finden, den Hansen unserer Meinung nach angeworben hat. Wir müssen ihn kriegen, bevor er die anderen beiden Zeugen kaltmacht." Sellitto schaute zum Fenster hinaus. „Lincoln, es hat ganz den Anschein, daß es sich dabei um den ‚Sargtänzer' handelt."

„Tatsächlich? Sind Sie sicher?"

Sellitto nickte. „Wir haben gehört, daß er vor ein paar Wochen einen Job in Washington abgewickelt hat. Er hat einen Kongreßmitarbeiter abgeknallt, der in Waffengeschäfte verstrickt war. Nach unseren Ermittlungen wurde von einem öffentlichen Fernsprecher vor Hansens Haus mehrmals das Hotelzimmer angerufen, in dem der Sargtänzer abgestiegen war. Lincoln, ich bin davon überzeugt, daß er es ist."

Die auf dem Bildschirm abgebildeten Sandkörner verloren für Rhyme an Interesse.

„Nun gut", sagte er mit leiser Stimme. „Wir haben also ein Problem, das gelöst werden muß."

ZWEITES KAPITEL

Sie dachte daran zurück, wie das Telefon gestern abend mit seinem grillenähnlichen Zirpen das Geräusch des Nieselregens vor ihrem Schlafzimmerfenster übertönt hatte. Sie hatte dem Apparat einen erbosten Blick zugeworfen, als ob die

Telefongesellschaft für den stechenden Schmerz in ihrem Kopf verantwortlich gewesen wäre. Schließlich war sie aufgestanden und hatte den Hörer beim vierten Klingeln abgenommen. „Hallo?"

Sie hatte nur das Rauschen einer weitergeleiteten Funkverbindung gehört. Darauf eine undeutliche Stimme und so etwas wie ein Lachen. Dann ein gewaltiges Getöse. Ein Klicken in der Leitung. Stille. Kein Freizeichen. Nur Stille, begleitet von dem Dröhnen in ihren eigenen Ohren.

„Hallo? Hallo?" Schließlich hatte sie aufgelegt und war wieder eingeschlafen. Eine halbe Stunde später hatte das Telefon erneut geläutet, und man hatte ihr mitgeteilt, daß Lear Niner Charlie Juliet beim Landeanflug auf Chicago abgestürzt war, daß ihr Mann und der junge Tim Randolph ums Leben gekommen waren.

Ein grauer Morgen war angebrochen. Percey Rachael Clay hatte inzwischen erfahren, daß der seltsame Anruf von Ed gekommen war. Ron Talbot hatte ihr mitgeteilt, daß er die Verbindung hergestellt hatte.

Sie entkorkte ihren silbernen Flachmann und nahm einen Schluck. In ihren Augen standen Tränen.

„Jetzt hörst du aber auf damit, okay?" sagte der Mann, der im Wohnzimmer auf der Couch saß. „Bitte", fügte er hinzu und deutete auf das Fläschchen.

„Na gut", antwortete Percey mit rauher Stimme. „Sofort." Sie nahm noch einen Schluck. „Was zum Teufel brachte ihn bloß auf den Gedanken, mich während des Landeanflugs anzurufen?"

„Vielleicht war er besorgt wegen deiner Migräne", vermutete Brit Hale. Wie Percey hatte auch er in der vergangenen Nacht kein Auge zugetan. Von Talbot ebenfalls informiert, war er aus Bronxville heruntergefahren, hatte die ganze Nacht bei Percey verbracht und ihr geholfen, die notwendigen Anrufe zu erledigen. Sie kannten einander schon seit Jahren. Hale war einer der ersten Piloten von Hudson Air gewesen; drei Monate hatte er ohne Bezahlung gearbeitet, bis die Firma schließlich Gewinne erzielt hatte. Zwar sah er aus wie ein strenger, verknöcherter Schullehrer, aber in Wirklichkeit war er ein lustiger, unbekümmerter Bursche und damit das genaue Gegenstück zu Percey. Er war ihr bevorzugter Kopilot.

„Ach, Brit." Sie ließ sich neben ihm auf die Couch fallen.

Hale legte einen seiner starken Arme um sie, und Percey lehnte ihren Kopf an seine Schulter. „Du wirst damit zurechtkommen, Schätzchen", tröstete er sie. „Bestimmt."

„Ich muß Talbot anrufen", murmelte sie. „Wir müssen uns um die

Firma kümmern." Edwards Tod war für viele ein schmerzlicher Verlust, und die Firma konnte dadurch in ernsthafte Schwierigkeiten geraten.

Es gab soviel zu erledigen, doch Percey saß wie gelähmt auf der Couch. Merkwürdig, ich kann mich nicht bewegen, dachte sie und fühlte sich innerlich Lichtjahre entfernt. O Gott, Ed ...

„Du brauchst einen Kaffee", entschied Hale und ging in die Küche.

Percey begriff, was er damit andeuten wollte: Schluß mit dem Alkohol! Sie schraubte den Flachmann zu und ließ ihn mit einem lauten Klirren auf den Tisch fallen. „Okay, okay." Dann stand sie auf und ging durchs Wohnzimmer. Im Spiegel erblickte sie ihr Ebenbild: das breite, flache Gesicht; das schwarze Haar mit den widerspenstigen Locken; die schlanke Figur und die schwarzen Augen, die ihre Mutter des öfteren als ihr besonderes Merkmal bezeichnet hatte. Was heißen sollte, daß Percey sonst keine Vorzüge besaß.

Sie sah aus dem Fenster, an den Bäumen vorbei, auf die Straße. Beim Anblick des Verkehrs streifte eine vage Erinnerung ihr Bewußtsein. Etwas Beunruhigendes. Aber was? Was war es bloß?

An der Haustür klingelte es, und das Gefühl verschwand. Percey öffnete die Tür und sah zwei stämmige Polizeibeamte am Eingang stehen. „Stadtpolizei New York." Sie zeigten ihre Dienstausweise. „Wir werden auf Sie aufpassen, bis der Tod Ihres Mannes aufgeklärt ist."

„Treten Sie ein", sagte Percey. „Brit Hale ist auch hier."

Als sie an den Polizisten vorbei nochmals auf die Straße schaute, wußte sie auf einmal, was ihr vorhin durch den Kopf gegangen war.

„Mir ist eben etwas eingefallen", teilte sie den Polizisten mit, und einer zog sofort sein Notizbuch heraus. „Da war ein Lieferwagen, ein schwarzer Lieferwagen ..."

„EINEN Moment", warf Rhyme ein. Lon Sellitto unterbrach seine Ausführungen.

Rhyme hörte jetzt wieder die Schritte, die näher kamen. Sie waren weder schwer noch leicht. Er wußte genau, von wem sie stammten, denn er hatte sie schon oft vernommen.

Das schöne, von langem rotem Haar umrahmte Gesicht von Amelia Sachs erschien im Treppenaufgang, und wenig später betrat sie das Zimmer. Sie trug ihre marineblaue Uniform, nur Mütze und Krawatte fehlten. In der Hand hielt sie eine Einkaufstasche.

Jerry Banks strahlte sie an. Daß er eine Schwäche für seine Kollegin hatte, war kein Geheimnis. Man konnte es ihm nicht verübeln, denn es gibt nicht viele Polizistinnen, die zuvor in der Madison Avenue als Mannequin Karriere gemacht haben, wie es bei der hochgewachsenen, hinreißenden Amelia der Fall war. Banks' Lächeln ließ sie jedoch genauso kalt wie seine sonstigen Annäherungsversuche.

„*Hi*, Jerry", sagte sie knapp, während sie Sellitto mit einem respektvollen „Sir" grüßte.

„Sie sehen müde aus", bemerkte dieser.

„Hab nicht geschlafen", erwiderte Amelia und holte ein Dutzend Plastiktüten aus ihrer Einkaufstasche. „Ich war unterwegs und hab Sand eingesammelt."

„Gut so", lobte Rhyme. „Wir haben aber inzwischen einen anderen Auftrag bekommen. In der Stadt ist jemand aufgetaucht, den wir schnappen müssen."

„Ein Killer", fügte Sellitto hinzu.

„Ein Profi?" fragte Amelia. „Organisiertes Verbrechen?"

„Profi ist er", erwiderte Rhyme. „Ob er Verbindungen zum organisierten Verbrechen hat, wissen wir nicht." Auftragskiller wurden meist aus Kreisen des organisierten Verbrechens angeheuert, waren aber gewöhnlich nur stupide Knochenbrecher. Der ‚Tänzer' zählte zu einer ganz anderen Kategorie. „Er betreibt sein Geschäft in eigener Regie. Wir nennen ihn den Sargtänzer."

Amelia zog eine Augenbraue hoch. „Wieso?"

„Ein einziges Opfer ist nahe genug an ihn herangekommen und hat lange genug gelebt, um uns Einzelheiten zu liefern. Es handelt sich um einen Weißen zwischen dreißig und vierzig. Auf dem Oberarm trägt er eine Tätowierung: Der Sensenmann tanzt vor einem Sarg mit einer Frau."

„Hast du Nachforschungen wegen der Tätowierung angestellt?" fragte Amelia.

„Klar", antwortete Rhyme. „Bis in den letzten Winkel der Erde."

Thom kam herein. „Entschuldigen Sie, ich muß Sie leider stören." Während der junge Mann seinen Chef umbettete, trat eine Gesprächspause ein. Das Umbetten sollte verhindern, daß sich in Rhymes Lunge Flüssigkeit ansammelte. Querschnittsgelähmte entwickeln zu manchen Körperteilen ein besonderes Verhältnis, fast wie zu einer Person. Nachdem Rhyme sich bei Spurensicherungsarbeiten die Wirbelsäulenverletzung zugezogen hatte, waren seine Arme und Beine seine schlimmsten Feinde geworden. Er hatte verzweifelt versucht, seine Gliedmaßen dazu zu bringen, ihm wieder zu gehorchen. Doch sie hatten sich widersetzt und waren stocksteif geblieben. Dann hatte er sich mit seiner Lunge auseinandergesetzt. Nach einjähriger Rehabilitation war es ihm schließlich gelungen, ohne das Beatmungsgerät auszukommen: Rhyme konnte wieder aus eigener Kraft atmen. Das war der einzige Sieg, den er gegen seine Verletzung errungen hatte. Er verspürte jedoch das dumpfe Gefühl, daß seine Lunge nur darauf wartete, ihm ein Schnippchen zu schlagen. Er rechnete damit, innerhalb von ein, zwei Jahren an einer Entzündung oder einem Emphysem zu sterben.

Die Vorstellung, daß vielleicht in naher Zukunft sein Ende bevorstand, schreckte Lincoln Rhyme nicht unbedingt. Er war jedoch fest entschlossen, nicht auf unschöne Weise aus dem Leben zu scheiden.

„Ist bekannt, wo sich der Mann zuletzt aufhielt?“ fragte Amelia.

„Wohl in der Washingtoner Gegend“, erwiderte Sellitto. „Das ist so gut wie alles, was wir aktuell wissen. Nur gelegentlich kommt uns was über ihn zu Ohren, Dellray noch mehr als uns. Der Sargtänzer ändert ständig sein Erscheinungsbild. Chirurgische Eingriffe an den Ohren, Gesichtsimplantate, Silikon. Mal hat er Narben, mal läßt er sie verschwinden. Er wird dicker, er wird dünner. Er arbeitet genau nach Plan. Inszeniert Ablenkungsmanöver und schlägt dann zu. Der Kerl versteht sein Handwerk.“

Rhyme schaute aus dem Fenster und fügte hinzu: „In New York trat er vor fünf Jahren zum letzten Mal in Erscheinung. Ein Auftrag in der Wall Street, den er sehr gründlich erledigt hat. Mein Team erschien am Tatort. Im Verlauf der Spurensicherung wurde ein Packen Papier aus einem Abfalleimer gezogen. Dadurch wurde eine Explosion ausgelöst, die zwei Kollegen tötete und alle Spuren vernichtete.“

„Schrecklich“, sagte Amelia. Zwischen den beiden trat ein beklommenes Schweigen ein. Amelia wurde seit über einem Jahr von Rhyme ausgebildet; sie war seine Partnerin und hatte sich auch mit ihm angefreundet. Gelegentlich übernachtete sie sogar bei ihm, mal auf der Couch, mal auf völlig keusche Art in seinem schweren Spezialbett. „Das muß sehr schwer für dich gewesen sein“, fügte sie jetzt hinzu.

Rhyme wehrte das Mitgefühl mit einem Kopfschütteln ab. Er starrte die kahle Wand an und spürte in seinem Inneren eine tiefe Verzweiflung, als er sich das schreckliche Geschehen erneut vor Augen rief.

„Ist der Sargtänzer von dem Kerl, der ihn angeheuert hatte, verpfiffen worden?“ wollte Amelia wissen.

„Der hat zwar ausgepackt, wußte aber nicht allzuviel.“ Rhyme holte tief Luft. „Er steckte Bargeld und schriftliche Anweisungen in einen toten Briefkasten. Sie haben einander nie getroffen. Das schlimmste war, daß der Bankier, der die Sache in Auftrag gegeben hatte, von ihr wieder abrückte, der Mord aber trotzdem stattfand. Der Sargtänzer hatte ihn von vornherein wissen lassen, eine Stornierung käme nicht in Frage."

Sellitto teilte Amelia nun mit, was gegen Philip Hansen vorlag. Er erwähnte die Zeugen und daß einer von ihnen inzwischen durch eine Explosion getötet worden war.

„Wer sind die anderen?" fragte Amelia.

„Zum einen Percey Clay, die Frau des Piloten, der vergangene Nacht umgekommen ist. Sie ist die Chefin der eigenen Fluggesellschaft Hudson Air. Ihr Mann war ihr Stellvertreter. Zum anderen Britton Hale, einer ihrer Piloten. Ich hab ein paar Männer beauftragt, auf die beiden aufzupassen. Und Fred Dellray sorgt gerade dafür, daß ihnen im Rahmen des Zeugenschutzprogramms eine sichere Bleibe zur Verfügung gestellt wird."

Lincoln Rhyme hörte nur noch undeutlich, was der Detective zu berichten hatte. Er dachte wieder an die Bombe, die der Sargtänzer vor fünf Jahren gelegt hatte. An den Abfalleimer, der plötzlich in die Luft gegangen war. An den Gestank der Chemikalien, der einem den Atem genommen hatte. Und an die versengten Leichen seiner Mitarbeiter.

Das Summen des Faxgeräts setzte seinen schrecklichen Erinnerungen ein Ende. Jerry Banks riß das erste Blatt heraus. „Ein Protokoll über den Flugzeugabsturz."

Rhyme schaute gespannt zu dem Gerät hinüber. „Leute, es wird Zeit, daß wir uns an die Arbeit machen."

WASCH sie runter, wasch sie gründlich runter.

Soldat, sind das etwa saubere Hände?

Sir, gleich hab ich's geschafft, Sir.

Der kräftig gebaute Mann Mitte Dreißig stand auf der Toilette eines an der Lexington Avenue gelegenen Cafés. Er war ganz in seine Aufgabe vertieft.

Schrubben, schrubben, schrubben. Stephen Kall betrachtete seine Nägel und seine großen roten Fingerknöchel. Machten einen sauberen Eindruck. *Keine Würmer mehr. Kein einziger.*

Als er den schwarzen Lieferwagen von der Straße gelenkt und weit hinten in einer Tiefgarage geparkt hatte, war ihm noch ganz wohl zumute gewesen. Aus dem Fahrzeug hatte er die Gegenstände mitgenommen, die er benötigte. Dann war er über die Rampe auf die belebte Straße hinausgegangen. Er hatte schon früher in New York gearbeitet, doch an die vielen Leute konnte er sich einfach nicht gewöhnen.

Da werd ich ganz zappelig. Da komm ich mir vor, als würden Würmer an mir hochkriechen.

Also war er auf die Toilette gegangen, um ein bißchen herumzuschrubben.

Soldat, bist du noch nicht fertig? Du hast noch zwei Ziele zu eliminieren.

Sir, ich bin gleich soweit, Sir. Ich muß aber zuerst alle Spuren beseitigen, bevor ich mit der Operation fortfahre, Sir.

Das heiße Wasser floß über seine Hände. Er benutzte eine Bürste, die er in einem Plastikbeutel stets bei sich trug. Ließ aus dem Seifenspender die rosafarbene Flüssigkeit spritzen und schrubbte weiter.

Stephen hatte sich verkleidet, aber nicht als Soldat. Er trug Jeans, ein Arbeitshemd und eine graue, mit Farbspritzern bedeckte Windjacke. An seinem Gürtel hingen ein Handy und ein Maßband. Er unterschied sich nicht von anderen Handwerkern, die in Manhattan zu tun hatten. Kein Mensch würde sich Gedanken über einen Handwerker machen, der an einem Frühlingstag Arbeitshandschuhe trug.

Er ging wieder nach draußen. Es waren immer noch viele Leute unterwegs, aber seine Hände waren sauber, und er war nicht mehr zappelig.

Stephen Kall blieb an der Ecke stehen und schaute die Straße hinunter zu dem Gebäude, welches das Haus des Ehepaares gewesen war, jetzt aber nur noch von der Frau bewohnt wurde, weil es ihren Mann in seinem Flugzeug in Stücke gerissen hatte.

Zwei Zeugen waren immer noch am Leben, und sie mußten beide ausgeschaltet werden, bevor die Grand Jury am Montag zusammentrat. Stephen warf einen Blick auf seine unförmige Armbanduhr aus Edelstahl. Es war 9.30 Uhr am Samstag morgen.

Soldat, reicht die Zeit?

Sir, ich habe immerhin noch etwas über 48 Stunden zur Verfügung, Sir. Genügend Zeit, um beide Ziele zu lokalisieren und unschädlich zu machen, Sir.

Vor dem Haus stand ein Streifenwagen. Damit hatte Stephen gerechnet. Als er den Gehsteig entlangging, kribbelten seine rotgeschrubbten Hände. Sein Rucksack war einen halben Zentner schwer, aber er spürte ihn kaum. Er stellte sich vor, ein Einheimischer zu sein und nicht Stephen Kall oder eine der vielen anderen Personen, als die er sich im Laufe der Jahre ausgegeben hatte.

Er bog plötzlich ab und betrat den Torweg des Gebäudes, das dem Haus gegenüberlag. Er stieß die Tür zur Eingangshalle auf und schaute dann zu dem großen Wohnzimmerfenster des anderen Hauses hinüber. Behutsam setzte er eine teure gelbgetönte Schießbrille auf, und sogleich verschwanden die grellen Lichtreflexe. Er konnte Gestalten erkennen, die sich drinnen umherbewegten.

Ein Bulle war dabei – nein, zwei. Und ein Mann stand mit dem Rücken zum Fenster. Vielleicht der Freund, also der andere Zeuge, den er umlegen sollte. Und da war die Frau. Klein, knabenhaft, nicht sehr attraktiv. Die weiße Bluse, die sie trug, gab ein gutes Ziel ab.

Stephen beugte sich nieder und öffnete den Reißverschluß seines Rucksacks.

IM SITZEN wurde Rhyme in seinen Rollstuhl verfrachtet. Dann nahm er den Plastikhalm in den Mund, der es ihm ermöglichte, den Rollstuhl durch Saugen und Blasen selbst zu steuern. Er fuhr in den engen Aufzug und gelangte damit hinunter ins Erdgeschoß seines Hauses, wo Thom und Amelia Sachs auf ihn warteten.

Gegen Ende des 19. Jahrhunderts, als das Haus erbaut worden war, hatte der Raum, in den Rhyme jetzt fuhr, den ans Speisezimmer angrenzenden Salon dargestellt. Er verfügte über Zierleisten und einem Parkettboden aus Eichenholz. Jetzt bildeten die beiden ineinandergehenden Zimmer ein ziemlich unordentliches Labor, in dem ein Refraktometer, ein Gaschromatograph-Massenspektrometer sowie ein kostspieliges, mit einem Röntgengerät verbundenes Elektronenmikroskop standen. Es fanden sich auch die üblichen kriminalistischen Hilfsmittel: Schutzbrillen, Gummihandschuhe und feste Schutzhandschuhe, Reagenzgläser, Meßzylinder, Bechergläser, Zangen, Skalpelle, Plastiktüten und Schalen, außerdem zwei Dutzend Eßstäbchen (Rhyme war der Ansicht, man habe mit Beweismaterial so umzugehen wie mit Speisen im Chinarestaurant).

Der Kriminalist lenkte den braunroten Rollstuhl an den Arbeitstisch. Thom setzte seinem Chef den Kopfhörer mit dem Mikrofon auf und schaltete den Computer an.

Kurz darauf erschienen Sellitto und Banks in der Tür. Fred Dellray, der gerade eingetroffen war, gesellte sich zu ihnen. Er trug einen grünen Anzug und ein scheußliches gelbes Hemd.

„Hallo, Fred."

„Hallo, Lincoln. Hallo, Amelia."

Die Polizistin erwiderte seinen Gruß mit einem Nicken.

Dellray schritt durch das Zimmer, stellte sich ans Fenster und verschränkte seine Arme. Keiner der Anwesenden, nicht einmal Rhyme, kannte den farbigen FBI-Mann näher. Dellray wohnte allein in einem kleinen Appartement, las gern Romane und philosophische Schriften und spielte mit noch größerer Begeisterung Billard in zwielichtigen Bars. Als Undercoveragent der Spitzenklasse hatte er über tausend Festnahmen bewirkt, aber dann hatte man allmählich damit rechnen müssen, daß ihn irgendein Dealer erkennen und umbringen würde. So war dem widerstrebenden Dellray nichts anderes übriggeblieben, als andere verdeckte Ermittler sowie Geheiminformanten zu betreuen.

„Von meinen Jungs bekomm ich geflüstert, wir hätten's mit dem Sargtänzer höchstpersönlich zu tun", brummelte er. „Teufel auch. Diesmal müssen wir den Mistkerl aber garantiert festnageln."

„Gibt es Einzelheiten über die Explosion von gestern abend?" fragte Amelia.

Sellitto schaute den Packen Faxmeldungen und Notizen durch. „Ed Carney ist um 18.18 Uhr abgeflogen. Hudson Air hatte eben einen neuen Auftrag an Land gezogen: Die Firma sollte für Transplantationen vorgesehene Organe zu Krankenhäusern im Mittleren Westen befördern. Soviel ich weiß, herrscht in dieser Branche heutzutage ein knallharter Konkurrenzkampf."

„Bis aufs Messer." Banks lächelte über sein eigenes Wortspiel.

„Carney hatte einen vollen Terminplan", fuhr Sellitto fort. „Zuerst Chicago, dann St. Louis, Memphis und Cleveland. In Erie sollte er eine Pause einlegen und dann heute morgen zurückfliegen."

„Waren Passagiere an Bord?" fragte Rhyme.

„Nein, nur die Fracht", erwiderte Sellitto. „Der Flug verlief zunächst ganz routinemäßig. Aber dann, etwa zehn Minuten vor der Landung in O'Hare, gab's eine Explosion."

„Liegt schon ein Bericht der Luftfahrtbehörde vor?" fragte Rhyme.

„Der kommt erst in zwei oder drei Tagen."

„So lange können wir auf keinen Fall warten!" rief Rhyme verärgert. Er hatte von der künstlichen Beatmung an seiner Kehle eine rosafarbene Narbe zurückbehalten, aber er konnte brüllen wie ein Stier.

„Ich werd einen Kumpel in Chicago anrufen", sagte Dellray. „Der ist mir noch was schuldig. Er soll mir schleunigst alles schicken, was sie dort so aufsammeln."

Rhyme nickte. „Ich brauche alles, auch die kleinste Kleinigkeit. Unbedingt."

„Lincoln, das Flugzeug befand sich anderthalbtausend Meter überm Boden, als es explodierte", gab Sellitto zu bedenken. „Die Wrackteile sind in der ganzen Gegend verstreut."

„Das ist mir egal", entgegnete Rhyme. „Ist die Suche noch im Gange?"

Dellray rief den FBI-Agenten an, der sich am Absturzort aufhielt.

„Sagen Sie ihm, daß wir alle Wrackteile brauchen, an denen sich Sprengstoffspuren nachweisen lassen – auch wenn es sich nur um ein paar Nanogramm handelt", warf Rhyme ein. „Ich muß wissen, was es mit einer möglichen Bombe auf sich hat."

Dellray gab es weiter. Dann schaute er auf und schüttelte den Kopf. „Der Absturzort wurde bereits freigegeben."

„Wie bitte?" fragte Rhyme in barschem Ton. „Nach zwölf Stunden? Das ist unentschuldbar!"

„Sie mußten die Straßen wieder für den Verkehr öffnen. Er sagt ..."

„Feuerwehrfahrzeuge!" rief Rhyme. „Man soll bei allen Feuerwehr-, Rettungs- und Polizeiwagen, die am Absturzort waren, die Reifen abkratzen und das Zeug herschicken."

Der Kollege in Chicago versprach Dellray, daß man sich so viele Einsatzfahrzeuge wie möglich vornehmen würde.

„Nicht so viele wie möglich, sondern *alle*!" brüllte Rhyme.

Dellray rollte die Augen, gab die Anweisung durch und legte auf.

„Thom! Wo stecken Sie denn?" rief Rhyme unvermittelt.

Kurz darauf erschien der vielbeschäftigte Helfer in der Tür. „Ich war in der Waschküche."

„Lassen Sie die Wäsche liegen. Wir brauchen einen Zeitplan. Gehen Sie an die große Wandtafel da drüben, und nehmen Sie sich ein Stück Kreide." Rhyme blickte zu Sellitto. „Wann werden die Zeugen der Grand Jury präsentiert?"

„Um neun am Montag morgen. Ein Kleinbus holt sie um sieben ab."

Rhyme warf einen Blick auf die Wanduhr. Jetzt war es zehn Uhr am Samstag morgen. „Wir haben genau fünfundvierzig Stunden. Thom, schreiben Sie: *1. von 45 Stunden.*" Er schaute die anderen Anwesenden an und bemerkte, daß sie erstaunt blinzelten. „Glauben Sie, daß ich übertreibe?" fragte Rhyme. „Bis Montag morgen sieben Uhr haben wir entweder den Sargtänzer gefaßt, oder unsere beiden Zeugen sind tot. Es gibt keine anderen Möglichkeiten, glauben Sie's mir."

Thom zögerte, aber dann griff er nach der Kreide und schrieb.

Das Klingeln von Banks' Handy setzte der Stille ein Ende. Der junge Detective lauschte eine Weile, dann schaute er auf. „Da wäre was."

„Was denn?" fragte Rhyme.

„Sie wissen ja, daß Mrs. Clay und Britton Hale, der andere Zeuge, von uniformierten Beamten bewacht werden. Mrs. Clay hat ihnen anscheinend erzählt, daß ein unbekannter schwarzer Lieferwagen in den letzten paar Tagen in der Nähe ihres Hauses geparkt stand. Seine Nummernschilder stammten aus einem anderen Bundesstaat."

„Hat sie sich die Nummer oder den Staat gemerkt?"

„Nein", antwortete Banks. „Sie sagte, der Lieferwagen sei gestern abend, nachdem ihr Mann zum Flugplatz losgefahren war, eine Weile weg gewesen."

Rhyme beugte den Kopf vor. „Und?"

„Heute morgen sei der Lieferwagen wieder dagewesen. Und jetzt ist er abermals verschwunden."

„Rufen Sie sofort das Hauptquartier an!" rief der Kriminalist.

EIN TAXI fuhr vor dem Haus der Frau vor. Eine alte Dame stieg aus und ging unsicheren Schrittes zur Eingangstür.

Soldat, ist das Ziel leicht zu treffen?

Sir, jeder Schuß erfordert höchste Konzentration. Ich kann jedoch einen Treffer landen, und die Wunde wird tödlich sein, Sir.

Die alte Dame stieg die Stufen hinauf und verschwand in der Eingangshalle. Stephen erblickte sie kurz darauf im Wohnzimmer der Frau wieder. Er sah etwas Weißes aufblitzen – die Bluse der jüngeren Frau. Die beiden umarmten sich. Eine weitere Gestalt kam hinzu. Ein Bulle? Nein, der Freund. Die Entfernung zu den beiden Zielpersonen betrug knapp dreißig Meter.

Stephens Lieblingswaffe, ein NATO-Gewehr des Typs „Model 40", befand sich im Lieferwagen. Unter den gegebenen Umständen benötigte er dieses Scharfschützengewehr nicht, die mit einem langen Lauf ausgestattete Beretta genügte. Er musterte das Ziel, schätzte den Einfallswinkel ab und berücksichtigte, daß das Fenster eine leichte Verzerrung bewirkte und die Schußbahn beeinflußte. Die alte Dame stand jetzt direkt am Fenster. Er wollte ihr einen Treffer im Bereich des Oberkörpers beibringen, damit sie nach vorn fiel. Dann würden die Frau und der Freund instinktiv auf sie zustürzen und ein gutes Ziel bieten.

Stephen entsicherte die Waffe. Er stieß die Tür auf und stellte den Fuß dagegen. Dann schaute er in beiden Richtungen die Straße entlang. Niemand da.

Schön durchatmen, Soldat. Immer schön durchatmen.

Er hielt die Waffe mit seinen geschmeidigen Händen fest im Griff. Langsam krümmte er den am Abzug befindlichen Finger. Er hatte die alte Frau im Visier und hielt Ausschau nach der Bluse der Witwe, die weiß war – weiß wie ein Leichentuch.

DRITTES KAPITEL *1. von 45 Stunden*

Die alte Dame wischte sich Tränen ab. Die Frau stand ihr gegenüber. Gleich würden sie beide nicht mehr leben.

Achtung, Soldat! Stephen erstarrte, nahm den Finger vom Abzug.

Ein blinkender Lichtschein. Das Blaulicht eines Polizeifahrzeugs. Zwei weitere Autos, dann ein ganzes Dutzend von links und rechts, außerdem ein Rettungswagen.

Die Waffe sichern, Soldat! Stephen ließ die Beretta sinken und trat zurück in die düstere Eingangshalle.

Polizisten sprangen dicht auf dicht aus den Fahrzeugen, verteilten sich auf dem Gehsteig und starrten zu den Dächern hinauf. Andere verschafften sich hastig Zugang zum Haus der Frau, wobei ein paar Glasscheiben zu Bruch gingen. Fünf Beamte einer Sondereinheit stellten sich in voller Einsatzmontur am Randstein auf und deckten vor dem Fenster genau die Stellen ab, die gesichert werden mußten. Hinter der Scheibe wurden die Frau und der Freund zu Boden gedrückt. Die alte Dame ebenfalls.

Noch mehr Autos. Stephen Kall fühlte sich wieder ganz seltsam. Kribbelig. Als würden Würmer an ihm emporkriechen. Schweißtropfen rannen über seine Handflächen. Er öffnete die geballte Faust und streckte die Finger, damit der Handschuh die Nässe aufsog.

Rückzug antreten, Soldat!

Es gelang ihm, das Schloß der Haupttür mit einem Schraubenzieher zu öffnen. Mit gesenktem Kopf trat er ein, ging zum Hinterausgang, der auf eine Gasse hinausführte, und machte sich aus dem Staub. Bald hatte er die Lexington Avenue erreicht und ging in südlicher Richtung zu der Tiefgarage, in der er seinen Lieferwagen abgestellt hatte.

Wieder 'ne Menge Bullen, Sir. Hier gibt's Probleme, Sir.

Etwa drei Häuserblocks weiter südlich war die Lexington Avenue abgesperrt worden. Im Umkreis des Hauses der Frau hatte die Polizei eine Ringfahndung eingeleitet: Autos wurden angehalten, Fußgänger kontrolliert und Gebäude überprüft. Stephen sah, wie zwei Polizisten einen Mann aufforderten, aus seinem Wagen zu steigen, und dann einen Stapel Decken auf dem Rücksitz durchsuchten. Die Tatsache, daß der Mann ein Weißer und etwa in seinem Alter war, bereitete Stephen Sorgen.

Seine Haut wurde immer feuchter, fing an zu jucken. Sie sind überall, suchen mich, glotzen mich an, dachte er. Auf der Straße. Aus Autos. Aus Fenstern.

Das Gesicht am Fenster fiel ihm wieder ein.

Er holte tief Luft. Es hatte sich erst kürzlich zugetragen. Stephen hatte den Auftrag erhalten, einen in Washington tätigen Kongreßmitarbeiter umzubringen. Er hatte vier Stunden lang vor dessen Haus in Alexandria, Virginia, gewartet, und als sein Opfer eingetroffen war, hatte er einen einzigen Schuß abgegeben. Der Mann war in Richtung eines Innenhofs weggekippt und nicht mehr zu sehen gewesen. Stephen hatte aber den Eindruck gehabt, ihn erledigt zu haben.

Er war über eine Backsteinmauer geklettert und hatte den Mann auf dem Boden liegen sehen. Der Schuß war tödlich gewesen.

Doch dann war etwas Merkwürdiges geschehen. Vielleicht war es nur ein Zufall gewesen, daß der Mann so dagelegen hatte. Es hatte jedoch so ausgesehen, als hätte jemand sein blutiges Hemd hochgezogen, um die winzige Einschußwunde betrachten zu können.

Stephen hatte sich abrupt umgewandt und nach demjenigen Ausschau gehalten, der dies getan haben konnte. Auf der anderen Seite des Hofes befand sich ein alter Fahrzeugschuppen mit verdreckten Fenstern. Und in einem dieser Fenster hatte Stephen ein Gesicht bemerkt, das zu ihm herüberschaute – zumindest hatte er das geglaubt. Er hatte die Person nicht genau erkennen, nicht feststellen können, ob es sich um einen Mann oder eine Frau handelte. Sie schien jedoch keine große Angst gehabt zu haben. Jedenfalls hatte sie sich nicht geduckt und war auch nicht weggelaufen.

Ein Tatzeuge, Soldat, den du übersehen hast.

Sir, ich werde sofort dafür sorgen, daß die Möglichkeit der Identifizierung wegfällt, Sir.

Doch als Stephen die Tür eingetreten hatte, war der Schuppen leer gewesen. Er hatte dagestanden und sich immer wieder langsam um die eigene Achse gedreht. Hatte er sich alles nur eingebildet? So, wie sein Stiefvater immer geglaubt hatte, in den Habichtnestern auf den Eichbäumen in West Virginia säßen Heckenschützen?

Schließlich war Stephen zurück nach Washington in sein Hotel gefahren. In den nächsten zwei Tagen hatte niemand den Kongreßmitarbeiter als vermißt gemeldet. Wer auch immer in dem Schuppen gewesen war, die Polizei hatte er nicht verständigt.

Vielleicht macht sich der Zeuge vor Angst in die Hosen, sagte sich Stephen. Aber eigentlich glaubte er das selbst nicht.

Er hatte schon einiges erlebt: Man hatte auf ihn geschossen, ihn verprügelt, ihm Messerstiche beigebracht. Und noch nie hatten ihn die Gesichter seiner Opfer heimgesucht, die der toten ebensowenig wie die der lebendigen. Das Gesicht am Fenster aber gab ihm das Gefühl, als würde ein Wurm an seinem Bein hochkriechen.

Genauso zappelig fühlte er sich jetzt auch, als er ein paar dunkle, verschmutzte Fenster passierte, die zur Straße hinausgingen. Er hoffte inständig, kein Gesicht zu erblicken, das herausschaute.

Die Tiefgarage, in der er den Lieferwagen abgestellt hatte, lag im Bereich der Ringfahndung. Wenn er hinausfuhr, würde man ihn anhalten. Stephen ging rasch hinunter und öffnete die Tür des Wagens. Er legte die Handwerkerkleidung ab, zog Bluejeans, Arbeitsschuhe, ein schwarzes T-Shirt und eine dunkelgrüne Windjacke an und setzte eine Baseballmütze auf. Der Rucksack enthielt seinen Laptop, mehrere Handys, Handfeuerwaffen, Munition, ein Fernglas, ein Tonbandgerät, Werkzeuge und einige Packungen Sprengstoff.

Das NATO-Gewehr „Model 40“ war in einem Baßgitarrenkasten untergebracht. Stephen stellte ihn zu dem Rucksack auf den Garagenboden und überlegte, was er mit dem Lieferwagen machen sollte. Er hatte das gestohlene Fahrzeug immer nur mit Handschuhen berührt. Die Fahrgestellnummer hatte er entfernt und die Nummernschilder selbst angefertigt. Dennoch beschloß er, den Wagen stehenzulassen. Er nahm den Fahrstuhl nach oben und verließ das Gebäude. Draußen mischte er sich unter die Leute, die auf dem Weg zur U-Bahn waren.

PERCEY CLAY rutschte von dem Detective weg, der sie zu Boden gedrückt hatte. Ganz in ihrer Nähe lag Eds Mutter, das Gesicht starr vor Schreck. Von zwei starken Polizisten abgeschirmt, stand Brit Hale an der Wand.

„Tut mir leid, Mrs. Clay“, bedauerte einer der Männer. „Wir –“

„Was geht hier vor?“ unterbrach ihn Hale entgeistert.

„Wir haben vom Sonderkommando einen Anruf erhalten“, erwiderte der Detective. „Dort glaubt man, daß der Mann, der Mr. Carney getötet hat, jetzt hinter Ihnen her ist. Mr. Rhyme vermutet, daß der Killer den schwarzen Lieferwagen fährt, den Mrs. Clay gesehen hat.“

„Wir haben doch bereits diese Männer als Bewachung“, entgegnete Percey barsch und schaute zu den beiden Polizisten hinüber, die schon vor einiger Zeit eingetroffen waren.

Hale schaute nach draußen. „Das sind bestimmt zwanzig Polizisten.“

„Bitte gehen Sie vom Fenster weg!“ forderte ihn der Detective mit Nachdruck auf.

Percey legte den Arm um Mrs. Carney. „Wie geht es dir, Mutter?“

„Was ist denn los hier? Was soll das alles bedeuten?“ fragte Mrs. Carney bestürzt.

„Mrs. Clay und Mr. Hale schweben möglicherweise in Lebensgefahr“, antwortete der Beamte, „weil sie Zeugen im Fall Hansen sind. Wir wurden angewiesen, sie in die Kommandozentrale zu bringen.“

Ein weiterer Polizeibeamter erschien in der Tür. „Auf der Straße ist alles in Ordnung, Sir.“

„Dann kommen Sie jetzt bitte mit. Beide.“

„Und was ist mit Eds Mutter?“ wollte Percey wissen.

„Wohnen Sie in der Gegend?“ fragte der Detective Mrs. Carney.

„Nein, ich lebe in Saddle River“, antwortete sie.

„Wir fahren Sie zurück und sorgen dafür, daß vor Ihrem Haus ein Polizist postiert wird. Sie haben mit der Angelegenheit nichts zu tun und brauchen sich meiner Meinung nach keine Sorgen zu machen.“

„O Percey!“

Die beiden Frauen umarmten sich. „Alles wird gut werden, Mutter.“ Percey kämpfte gegen Tränen an.

„Nein“, entgegnete die alte Dame. „Nichts wird jemals wieder gut werden.“ Ein Polizist führte sie zu einem Streifenwagen.

„Wo befindet sich denn die Zentrale?“ fragte Percey den neben ihr stehenden Detective.

„Bei Lincoln Rhyme. Wir werden jetzt zusammen das Haus verlassen, wobei Sie von ein paar Kollegen flankiert werden. Ziehen Sie den Kopf ein. Wir gehen schnell zu dem Kleinbus, der dort steht. Sehen Sie ihn? Steigen Sie rasch ein, schauen Sie nicht aus dem Fenster, und legen Sie den Sicherheitsgurt an, denn wir werden ein ganz schönes Tempo vorlegen. Noch Fragen?“

Percey öffnete den Flachmann und nahm einen Schluck Bourbon. „Ja. Wer zum Teufel ist Lincoln Rhyme?“

THOM erschien in der Eingangshalle und winkte den drahtigen, gut fünfzigjährigen Mann herein, der dort stand. Captain Bo Haumann war Chef der Schnellen Eingreiftruppe der New Yorker Polizei. Mit seinem Bürstenhaarschnitt und seiner strammen Haltung sah er immer noch wie der Ausbildungsunteroffizier aus, der er einst bei der Armee gewesen war.

„Es ist also tatsächlich der Sargtänzer?“ fragte er.

„Nach allem, was wir wissen, ja“, antwortete Sellitto, und Dellray nickte dazu.

„Ich habe einige 32-E-Teams in Alarmbereitschaft versetzt", sagte Haumann nach einer Weile.

Diese Teams bestanden überwiegend aus ehemaligen Soldaten, die nicht nur für Such- und Überwachungsaktionen, sondern auch für Sturmangriffe und Geiselbefreiungen bestens ausgebildet waren.

Kurz darauf trat ein schmächtiger, fast kahlköpfiger Mann ein, der eine altmodische Brille trug. Mel Cooper war der beste Labortechniker der Spurensicherung, deren Chef Lincoln Rhyme einst gewesen war. Cooper hatte sich noch nie an einem Tatort aufgehalten, noch nie einen Verdächtigen festgenommen und wußte wohl kaum noch, wie die kleine Pistole funktionierte, die er hinten an seinem alten Ledergürtel trug. Er war glücklich und zufrieden, wenn er auf einem Laborhocker sitzen und durch ein Mikroskop schauen konnte.

„Ich habe geglaubt, ich müßte mich mit Sand beschäftigen", sagte er. „Aber jetzt geht's offenbar um den Sargtänzer."

Es gibt nur einen Ort auf der Welt, an dem sich Dinge schneller herumsprechen als auf der Straße, dachte Rhyme, und das ist das Polizeipräsidium.

„Diesmal kriegen wir ihn, Lincoln", fügte Cooper hinzu.

Als Banks die Neuankömmlinge ins Bild setzte, schaute Rhyme zufällig auf und sah eine Frau an die Tür kommen, die gelassen die Anwesenden musterte.

„Mrs. Clay?" fragte er. Sie nickte. Neben ihr erschien ein schlanker Mann. Rhyme nahm an, daß es sich um Britton Hale handelte. „Bitte treten Sie ein", forderte der Kriminalist die beiden auf.

Percey schaute zuerst auf Rhyme, dann auf die Unmenge kriminaltechnischer Utensilien, in deren Nähe sich Mel Cooper gerade befand. „Nennen Sie mich Percey", sagte sie, indem sie sich erneut dem Kriminalisten zuwandte. „Und Sie sind also Lincoln Rhyme?"

„Stimmt. Ich möchte Ihnen mein Beileid zum Tod Ihres Mannes aussprechen."

Percey nickte kurz. Das Mitgefühl schien ihr unangenehm zu sein.

„Und Sie sind Mr. Hale?" fragte Rhyme den Mann neben ihr.

Der schlaksige Pilot nickte und ging auf ihn zu, um ihm die Hand zu schütteln. Dann bemerkte er, daß Rhymes Arme an den Lehnen des Rollstuhls festgegurtet waren. „Oh", murmelte er und wich errötend zurück.

Rhyme machte die beiden nun mit den anderen Teammitgliedern bekannt, Amelia Sachs ausgenommen, die auf seine Anweisung hin gerade dabei war, ihre Dienstuniform gegen Jeans und ein Sweatshirt auszutauschen. „Der Sargtänzer hat des öfteren zum Zeitvertreib auch Polizisten ermordet“, hatte Rhyme ihr erklärt. Er wollte, daß sie wie eine Zivilistin aussah.

Da ihn sein eigener Körper im Stich gelassen hatte, achtete Rhyme kaum noch auf das Erscheinungsbild anderer Menschen. Percey Clay hatte jedoch etwas Besonderes an sich. Sie war zwar nicht viel größer als eins fünfzig, besaß aber eine starke Ausstrahlung. Ihre nachtschwarzen Augen zogen die Blicke auf sich. Erst wenn man es geschafft hatte, sich aus deren Bann zu befreien, nahm man ihr Gesicht wahr, das nicht hübsch war, sondern breit und flach und ein wenig unreif wie bei einem jungen Mädchen wirkte.

Rhyme bemerkte, daß sie ihn ebenfalls musterte. Den meisten Leuten war sehr unbehaglich zumute, wenn sie zum ersten Mal mit ihm zusammentrafen. Sie zwangen sich, stets in sein Gesicht zu sehen, um nur ja keinen falschen Blick auf seinen lädierten Körper zu richten.

Auch Percey schaute zuerst in sein Gesicht, das mit den straffen Lippen und der schmalen Nase angenehm aussah und jünger als vierzig wirkte; doch dann wanderte ihr Blick über die gelähmten Gliedmaßen und den starren Körper und endete schließlich bei den Hilfsmitteln – dem Rollstuhl, dessen Steuerungseinrichtung, dem Kopfhörer mit Mikrofon und dem Computer.

Thom betrat den Raum und näherte sich Rhyme, um dessen Blutdruck zu messen. „Nein, jetzt nicht“, sagte der Kriminalist.

„Doch, jetzt“, erwiderte Thom und machte sich an die Arbeit. Schließlich legte er das Stethoskop beiseite. „Nicht schlecht, aber Sie brauchen etwas Ruhe.“

„Hauen Sie ab!“ brummte Rhyme und wandte sich wieder Percey Clay zu. Angesichts seiner Behinderung glaubten manche Besucher, besonders langsam mit ihm sprechen zu müssen, oder schalteten sogar Thom als Vermittler ein. Percey hingegen redete ganz normal mit ihm.

„Sie glauben also, daß Brit und ich in Gefahr sind?“

„Ja, Sie sind stark gefährdet.“

Amelia Sachs kam herein, und Rhyme machte sie mit den beiden Zeugen bekannt.

„Percey und ich werden also rund um die Uhr bewacht werden?“ fragte Hale in die Runde.

„Und ob“, antwortete Dellray.

„Gut“, erwiderte Hale. „Und ich glaube, Sie sollten mit diesem Philip Hansen mal ein ernstes Wörtchen reden.“

„Mit ihm reden?“ gab Sellitto zurück. „Der ist von einer Mauer des Schweigens umgeben.“

„Können Sie ihn nicht unter Druck setzen?“

„Das ist zwecklos“, bemerkte Rhyme. „Er könnte uns sowieso nichts Brauchbares mitteilen. Der Sargtänzer trifft nie mit seinen Auftraggebern zusammen und sagt ihnen nie, wie er den Job erledigen wird.“

„Der Sargtänzer?“ fragte Percey.

„Das ist der Name, den wir dem Killer gegeben haben.“

„Klingt ziemlich unheimlich“, meinte Hale.

Percey schaute in Rhymes Augen, die fast so dunkel waren wie ihre eigenen. „Was ist Ihnen eigentlich zugestoßen? Eine Schußverletzung?“

Amelia Sachs zuckte zusammen, als sie diese unverblümte Frage vernahm.

„Ich befand mich an einem Tatort, auf einer Baustelle“, antwortete Rhyme jedoch ganz gelassen. „Ein Balken fiel herunter und brach mir die Wirbelsäule.“

„Wie bei dem Schauspieler Christopher Reeve?“

„Ja.“

„Das war schlimm für ihn“, sagte Hale. „Aber er ist sehr tapfer. Ich glaube, ich hätte mich umgebracht, wenn mir so etwas zugestoßen wäre.“

Rhyme schaute zu Amelia, die seinen Blick erwiderte. Dann wandte er sich erneut an Percey.

„Wir brauchen Ihre Mithilfe. Wir müssen herausbekommen, wie der Killer es geschafft hat, die Bombe im Flugzeug unterzubringen. Fällt Ihnen dazu etwas ein?“

„Nein.“ Percey blickte Hale an. Der schüttelte den Kopf.

„Wo befand sich das Flugzeug vor dem Start?“

„In unserem Hangar. Wir haben Vorbereitungen für den neuen Auftrag getroffen.“

„Kommt man leicht in den Hangar hinein?“ fragte Sellitto.

„In den letzten zwei Tagen haben unsere Leute dort rund um die Uhr gearbeitet.“

„Kennen Sie Ihre Leute genau?“

„Aber ja, wir sind wie eine Familie“, erwiderte Hale abwehrend.

Sellitto warf Banks einen Blick zu. „Wenn Sie nichts dagegen haben, notieren wir die Namen trotzdem mal und überprüfen alle.“

„Unser Geschäftsführer wird Ihnen eine Liste geben.“

„Sie müssen den Hangar verschließen“, sagte Rhyme. „Niemand darf ihn betreten. Kein Mensch.“

Percey schaute zu Hale hinüber. „Und was ist mit Foxtrot Bravo?“

Der Pilot zog die Schultern hoch. „Ron sagte, es wird mindestens noch einen Tag dauern.“

Percey stieß einen Seufzer aus. „Der Learjet, den Ed geflogen hat, war der einzige, der für den Transportauftrag ausgerüstet war. Morgen abend ist jedoch ein weiterer Flug vorgesehen. Wir müssen ununterbrochen arbeiten, um Foxtrot Bravo, unser zweites Flugzeug, entsprechend umzurüsten. Das Risiko, daß uns der Auftrag entzogen wird, möchte ich nicht eingehen.“

„Tut mir leid“, entgegnete Rhyme. „Sie haben keine andere Wahl.“

Percey blinzelte „Wie kommen Sie dazu, mir Vorschriften zu machen?“

„Hören Sie“, sagte Dellray. „Sie ahnen ja nicht, mit was für ’nem Typ wir’s zu tun haben.“

„Ich weiß mehr als genug, schließlich hat er meinen Mann umgebracht!“ entgegnete sie in unbeugsamem Ton. „Aber ich lasse mir trotzdem keine Vorschriften machen, die dazu führen, daß wir den Auftrag verlieren.“

„Können Sie uns dann eine Stunde Zeit für die Durchsuchung geben?“ fragte Rhyme mit ruhiger Stimme.

Amelia Sachs lachte laut auf und schaute ihren Chef verwundert an. „Eine Stunde für die Durchsuchung eines Hangars? Das reicht doch nie und nimmer!“

Rhyme hielt den Blick auf Percey gerichtet. „Mit einer Stunde kann ich leben“, sagte diese schließlich.

„Rhyme, ich brauche mehr Zeit“, protestierte Amelia.

„Aber du bist doch einsame Spitze“, scherzte er. Sie lächelte jedoch nicht. „Wer kann uns dabei behilflich sein, Percey?“ fuhr Rhyme fort.

„Ron Talbot. Er ist unser Geschäftsführer und Einsatzleiter.“

Amelia Sachs schrieb den Namen in ihr Notizbuch. „Soll ich mich gleich auf den Weg machen?“

„Nein“, antwortete Rhyme. „Warte, bis die Fundstücke von der Bombe, die das Flugzeug zerstört hat, hier eingetroffen sind. Ich brauche deine Hilfe bei der Analyse.“ Dann wandte er sich an Fred Dellray. „Wie steht’s mit der sicheren Unterbringung der Zeugen?“

Der FBI-Mann richtete seine Antwort gleich an Percey und Hale. „Wir haben was, das Ihnen zusagen wird. Im Zentrum von Manhattan.

Die Bundesbehörde verwendet die Wohnung für die *Crème de la crème*. Zum Babysitten brauchen wir allerdings jemand von der New Yorker Polizei. Einen, der den Sargtänzer kennt und entsprechend auf der Hut ist."

Alle blickten auf Jerry Banks. „Was soll das heißen?" fragte der und versuchte vergeblich, seine Schmachtlocke zu glätten.

PERCEY CLAY, die eine geprüfte Flugzeug- und Triebwerksmechanikerin war und über sämtliche Lizenzen verfügte, welche die Luftfahrtbehörde Piloten erteilen konnte, hielt nichts von Aberglauben. Aber als sie jetzt in einem kugelsicheren Fahrzeug, das sie zu der geheimen Unterkunft in Manhattan bringen sollte, durch den Central Park fuhr, dachte sie: Ein Unglück kommt selten allein.

Zuerst Ed. Und jetzt das, was ihr Ron Talbot übers Handy mitteilte.

Sie saß zwischen Brit Hale und Jerry Banks. Hale schaute zu ihr hin, der junge Detective hingegen sah aus dem Fenster und richtete den Blick auf den Verkehr, die Passanten, die Bäume.

„Unser Auftraggeber US Medical gibt uns noch eine Chance." Als Talbot Atem holte, war das mit einem alarmierenden Keuchen verbunden. Er war einer der besten Piloten, mit denen Percey je zu tun gehabt hatte, mußte aber seit Jahren wegen seines schlechten Gesundheitszustands am Boden bleiben. „Es stünde ihnen frei, den Vertrag wegen Leistungsverzugs zu annullieren. Eine Ausnahmeregelung im Hinblick auf Bomben ist darin nicht festgehalten."

„Sie sind also einverstanden, daß wir morgen fliegen?"

„Ja, sind sie", erwiderte Talbot nach einer Weile.

Percey hörte, wie er sich eine Zigarette anzündete. „Jetzt mal raus mit der Sprache, Ron", fuhr sie ihn barsch an. Sie merkte ihm an, daß er die schlechten Nachrichten zurückhielt.

„Es hat mit Foxtrot Bravo zu tun", entgegnete er zögernd.

Foxtrot Bravo war Percey Clays Learjet. Bei Hudson Air wußte jeder, daß diese Maschine ihr besonderer Liebling war; sie war für Percey wie ein Kind. In den allzu vielen Nächten, in denen Ed nicht dagewesen war, hatte sie der Gedanke an das Flugzeug über ihre Einsamkeit hinweggetröstet.

„Den Jet umzurüsten wird sehr schwierig sein", fuhr Talbot fort.

„Wieso?"

„Na ja, Stu hat gekündigt", erwiderte er schließlich. Stu Marquard war ihr Chefmechaniker. „Er wechselt zu Sikorsky. Er ist bereits weg."

Percey war sprachlos. Um den Jet für den Transportauftrag von

US Medical vorzubereiten, mußte man die meisten Sitze abmontieren und Kühlkammern installieren, was umfangreiche Elektroarbeiten sowie Umbauten erforderlich machte. Percey hatte keine Ahnung, wie sie es ohne Stu Marquard schaffen sollten, die Maschine noch rechtzeitig umzurüsten.

„Was ist los?" fragte Hale, als er ihren bestürzten Gesichtsausdruck sah.

„Stu ist gegangen", antwortete sie leise. „Er hat seinen Job hingeschmissen und will sich von nun an mit Hubschraubern befassen."

Hale starrte sie schockiert an. „Ist das heute passiert?"

Percey nickte. Über das Handy meldete sich Talbot wieder zu Wort. „Stu bekam es mit der Angst zu tun. Die Leute hier wissen, daß es eine Bombe war. Jeder hier ist mit den Nerven fertig. Man hat mich schon gefragt, ob wir nicht zumachen wollen, bis die Sache geklärt ist."

„Nein, das kommt nicht in Frage", erwiderte Percey mit fester Stimme. „Alles geht ganz normal weiter."

„Also, bei Foxtrot Bravo kann ich das meiste selbst erledigen", sagte Talbot, der selbst ein ausgebildeter Flugzeugmechaniker war.

„Tu dein Möglichstes, aber schau, ob du noch einen Mechaniker finden kannst", entgegnete Percey. „Wir reden später weiter." Damit beendete sie das Gespräch.

Es war ihr unbegreiflich, daß man in der Firma alle Hände voll zu tun hatte, andererseits aber stets am Rande des Bankrotts stand. Wie Ed, wie Brit Hale und die anderen festangestellten Piloten rackerte auch sie sich ständig ab. Aber wie kam es dann, daß Hudson Air ständig pleite war? Im Monat zuvor hatten sie beinahe dichtmachen müssen, aber dann war es Ed gelungen, den Auftrag von US Medical zu ergattern. Er hatte die pünktliche Lieferung der Fracht garantiert. Doch wenn Foxtrot Bravo für den morgigen Flug nicht rechtzeitig fertig war ... An die Konsequenzen wollte Percey gar nicht denken.

Ein Blick durch das Fenster offenbarte ihr die Anzeichen des beginnenden Frühlings im Central Park, den Ed sehr gemocht hatte. Er war immer zwei Runden um das Reservoir gejoggt, und bei seiner Rückkehr hatte er sich dann zu ihr hinuntergebeugt und sie auf die Schulter geküßt.

Ed, ach Ed. All diese Sterne...

Erneut stiegen ihr Tränen in die Augen. Percey Clay traf eine Entscheidung. Sie klappte wieder ihr Handy auf.

VIERTES KAPITEL *3. von 45 Stunden*

Thom kam mit einem jungen Mann ins Labor gestürmt, einem Staatspolizisten aus Illinois, dessen Uniform zerknittert und rußig war. Er hatte zwei große Segeltuchtaschen und eine braune Mappe bei sich.

„Die Bombe!" verkündete Rhyme vergnügt. „Die Bombe ist da!"

Der junge Beamte, den die kunterbunte Ansammlung von Gesetzeshütern sichtlich verwunderte, geriet vollends in Verwirrung, als Mel Cooper ihm Taschen und Mappe entriß, während Sellitto seine Unterschrift auf die Empfangsbescheinigung und die Laufkarte kritzelte und ihm beide Dokumente wieder in die Hand drückte. „Danke", knurrte der Detective. „Und auf Wiedersehn."

Thom lächelte höflich und begleitete den Staatspolizisten hinaus.

„Steh nicht rum, Amelia!" rief Rhyme. „An die Arbeit!"

Sie lächelte verkniffen und ging zu Coopers Tisch hinüber.

Was ist heute bloß los mit ihr? überlegte Rhyme. Eine Stunde reicht aus für die Durchsuchung, deswegen braucht sie doch nicht sauer zu sein. Aber ihr selbstbewußtes Wesen gefiel ihm. „Okay, Thom, an die Tafel! Wir müssen die Beweisstücke auflisten. Machen Sie ein paar Unterteilungen. Die erste Rubrik heißt: Chicago, FO Nummer 1."

„FO? Äh, was bedeutet das?"

„Fundort", knurrte der Kriminalist. „Was denn sonst?"

Thom griff nach der Kreide, wischte ein bißchen Staub von seiner tadellos sitzenden Krawatte und fing an zu schreiben.

„Was haben wir denn so alles, Mel? Amelia, hilf ihm."

Die beiden machten sich daran, den Inhalt der Plastiktüten und -behälter, die sie aus den Segeltuchtaschen genommen hatten, in Porzellanschalen zu entleeren. Asche, Metall- und Glasfaserstücke sowie Kunststoffknäuel kamen zum Vorschein. Am Absturzort hatten die Beamten Magneten auf Laufrollen, große Staubsauger und feine Siebe eingesetzt, um Trümmerstücke aufzusammeln.

Rhyme war ein Bombenexperte. Nach dem Anschlag in der Wall Street hatte er angefangen, sich intensiv mit Sprengstoffen zu befassen, und war von der FBI-Spezialeinheit für Explosivkörper geschult worden.

Amelia stocherte in den Schalen herum. „Eigentlich hatte ich angenommen, daß sich eine Bombe bei der Detonation selbst zerstört."

„Nichts wird vollständig zerstört, Amelia. Vergiß das nicht." Als Rhyme näher heranrollte und den Inhalt der Tüten untersuchte, mußte er jedoch zugeben: „Das war eine gewaltige Explosion. Siehst du diese Aluminiumstückchen? Das Metall wurde nicht verbogen, es wurde zerfetzt. Das bedeutet, daß die Bombe eine starke Sprengkraft besessen hat. Tatsache ist jedoch, daß siebzig bis neunzig Prozent einer Bombe die Explosion überstehen. Ich bin sicher, daß wir eine Menge Anhaltspunkte finden werden."

Er bewegte seinen Rollstuhl ein Stück weiter. „Was haben wir denn da, Mel? Ich sehe eine Batterie, ich sehe einen Draht, ich sehe einen Zeitzünder. Was gibt's sonst noch? Vielleicht ein paar Stücke von einem Behälter oder der Verpackung?"

„Nichts in der Nähe des Explosionsortes", antwortete Cooper.

„Interessant", bemerkte Rhyme. „Wie hat der Täter das Ding bloß an Bord gebracht? Lon, lesen Sie mal vor, was in dem Bericht aus Chicago steht."

„‚Wegen der starken Brandeinwirkung und der umfassenden Zerstörung ist es schwierig, den Explosionsherd genau zu lokalisieren'", zitierte Sellitto. „‚Der Sprengkörper scheint sich unterhalb oder hinter dem Cockpit befunden zu haben.'"

„Ich frage mich, ob sich dort ein Frachtraum befindet. Möglicherweise..." Rhyme verstummte. Sein Kopf bewegte sich hin und her, während er die Fundstücke betrachtete. „Moment mal!" rief er plötzlich. „Mel, das Aluminium. Legen Sie's unters Mikroskop."

Cooper hatte vom Videoausgang seines Mikroskops eine Verbindung zu Rhymes Computer gelegt. Was Cooper erblickte, konnte Rhyme auf seinem Bildschirm ebenfalls sehen. Der Laborexperte begann damit, einzelne Proben auf gläserne Objektträger zu legen und diese unter das Mikroskop zu schieben.

Kurz darauf gab Rhyme die Anweisung: „Cursor nach unten. Doppelklick." Auf seinem Monitor erschien eine Vergrößerung. „Da, schauen Sie mal: Die Außenverkleidung des Flugzeugs wurde nach innen gedrückt."

„Nach innen?" fragte Amelia. „War die Bombe außen angebracht?"

„Ich glaube schon. Was sagen Sie dazu, Mel?"

„Diese Nieten sind alle nach innen gebogen. Die Bombe befand sich zweifellos an der Außenseite. Damit läßt sich auch das hier erklären..." Cooper betrachtete mit einer Lupenbrille eine Ansammlung von Metallstückchen. „Fragmente eines eisenhaltigen Metalls. Das waren Magneten. Unter der Aluminiumhülle war Stahl."

„Können wir hoffen, Fingerabdrücke zu finden, Mel?"

Als Erwiderung gab Cooper ein schwaches, skeptisches Lachen von sich. Er untersuchte die Fragmente mit Hilfe eines PoliLight-Lichtstabs, fand aber nichts. „Fehlanzeige."

„Ich möchte mal dran riechen", ließ Rhyme verlauten. „Wir wissen, daß das Zeug hochexplosiv war. Ich will herausfinden, um was für eine Art von Sprengstoff es sich handelt."

Amelia Sachs trug eine der Tüten zu Rhyme und öffnete sie. Er sog die Luft ein und erkannte den Geruch sofort wieder. „RDX."

„Tippen Sie auf C3 oder C4?" fragte Cooper.

„C3 ist es nicht", erwiderte Rhyme und schnupperte noch einmal an der Substanz, als handelte es sich dabei um einen exzellenten Bordeaux. „Kein süßlicher Geruch. Merkwürdig – jetzt rieche ich noch etwas. Untersuchen Sie's mal mit dem Spektrometer, Mel."

Cooper schob die Probe in das Gaschromatograph-Massenspektrometer, das Bestandteile trennte und bestimmte. Wurden diese Ergebnisse dann mit einer Datenbank abgeglichen, ließ sich oft die Handelsmarke feststellen.

Cooper überprüfte die Resultate. „Sie hatten recht, Lincoln. Es handelt sich um RDX. Öl ist auch dabei. Und – das ist seltsam – Stärke."

„Stärke!" rief Rhyme. „Jetzt weiß ich, was ich gerochen habe: Guar-Mehl!"

Cooper lachte, als genau diese Bezeichnung auf dem Computerbildschirm auftauchte. „Wie sind Sie darauf gekommen?"

„Weil es Militärdynamit ist. Man bekommt es nicht oft zu sehen."

„Also aus Heeresbeständen", sagte Sellitto. „Das deutet auf Hansen hin."

„Ist das Zeug schlimm?" wollte Amelia wissen.

„Schlimm?" Rhyme lachte grimmig auf. „Es detoniert mit einer Geschwindigkeit von knapp acht Kilometern pro Sekunde. Nur HMX und C4 sind noch übler. Mel, schauen Sie sich's mal genauer an."

Cooper schob weitere Proben unter sein Mikroskop, und wieder erschienen die Bilder gleichzeitig auf Rhymes Monitor. Fasern, Drahtstücke, Papierfetzen, Splitter und Staubkörner wurden sichtbar.

Sie erinnerten Rhyme an ein ähnliches Bild, das er vor Jahren unter ganz anderen Umständen betrachtet hatte. Damals hatte er durch ein Messingkaleidoskop geschaut, das er für eine gute Bekannte, die schöne, elegante Claire Trilling, als Geburtstagsgeschenk gekauft hatte. Sie hatten den Abend miteinander verbracht, dabei eine Flasche Merlot getrunken und herauszubekommen versucht, auf welche exotischen Kristalle die erstaunlichen Bilder zurückzuführen waren, die im Okular erschienen waren. Claire hatte schließlich den Boden abgeschraubt, und sie waren in Gelächter ausgebrochen: Sie hatten Metallstückchen, Holzspäne, eine zerbrochene Heftklammer und Reißnägel vorgefunden.

Rhyme schob diese Erinnerungen beiseite und konzentrierte sich wieder auf den Bildschirm. Er sah ein Stückchen gewachstes Manilapapier – die Verpackung des Militärsprengstoffs –, Fasern vom Zündkabel und ein radiergummigroßes Stück Kohlenstoff von der Batterie.

„Wo ist der Zeitzünder?" fragte Rhyme. „Ich möchte ihn mir anschauen."

Cooper hielt eine kleine Plastiktüte in die Höhe, in der sich das nun reglose, kalte Herz der Bombe befand. Es war nahezu intakt. Aha, dein erster Ausrutscher! wandte sich Rhyme in Gedanken an den Sargtänzer. Der Killer hatte die Schaltuhr in dem Metallgehäuse, das die Bombe enthalten hatte, aus Versehen hinter einer dicken Stahlstrebe angebracht, die bei der Explosion als Schutzschild gewirkt hatte.

Rhyme beugte sich mühsam vor und betrachtete das verbogene Zifferblatt. „Gleichen Sie alles mit der ERC ab, Mel."

Die *Explosives Reference Collection* des FBI ist die umfangreichste Datenbank der Welt für Sprengkörper. Cooper gab Typenbezeichnung der Schaltuhr und den Namen des Herstellers ein. Sein Modem pfiff und knackte. Nach wenigen Augenblicken waren die Ergebnisse da.

„Sieht schlecht aus", meldete Cooper. „Zu dieser Bombe gibt es keine passenden Täterprofile."

Nahezu alle Bombenleger stellen ihre Sprengkörper nach einem bestimmten Muster her; sie lernen eine Technik und halten sich meist daran. Die Gefährlichkeit des Objekts ihrer Bastelei legt es nahe, nicht allzuviel zu experimentieren. Wenn nun Teile der Bombe des Sargtänzers Übereinstimmungen mit einem früher zum Beispiel in Florida oder Kalifornien verwendeten Sprengkörper aufgewiesen hätten, wäre das Team in der Lage gewesen, anhand dieses alten Falls eventuell weitere Hinweise zu finden. Die Bombe, die der Sargtänzer in der Wall Street verwendet hatte, war anders gewesen, aber sie hatte dort ja auch einem anderen Zweck gedient. Rhyme wußte über den Killer immerhin soviel: Er paßte seine Tatwerkzeuge der jeweiligen Aufgabe an.

Als der Kriminalist Coopers Miene sah, fragte er: „Weitere schlechte Nachrichten?"

„Die Daiwana Corporation in Seoul hat letztes Jahr 142000 Stück der Schaltuhr verkauft. Sie haben keine Kodierung, mit deren Hilfe sich feststellen ließe, wohin sie gingen."

„Na großartig! Einfach toll!"

„Mit was für Herrschaften mußte unser Freund Verbindung aufnehmen, um dieses Ding herzustellen?" fragte Dellray in ironischem Ton.

Rhyme schüttelte den Kopf. „Von dem Sprengstoff und dem Zündkabel abgesehen, konnte er alles in einem Bastlergeschäft kaufen." Er dachte nach. „Aber wieso hat er das Ding außen angebracht? Percey hat angegeben, daß immer mehrere Leute zugegen gewesen sind. Und wieso haben Ed Carney und sein Kopilot es nicht entdeckt, als sie das Flugzeug inspizierten?"

„Weil der Sargtänzer die Bombe erst anbringen konnte, als er genau wußte, wer sich im Flugzeug befand", meldete sich Amelia zu Wort.

Rhyme vollzog mit seinem Rollstuhl eine rasche Drehung und schaute sie an. „Das ist die Antwort! Er hat zunächst alles beobachtet und die Bombe erst angebracht, nachdem Carney an Bord gegangen war. Du mußt rausfinden, wo er das getan hat. Sofort."

„Ich habe gerade mal eine Stunde Zeit zur Verfügung – jetzt sogar noch weniger", bemerkte Amelia in frostigem Ton und machte sich auf den Weg zur Tür.

„Noch etwas", sagte Rhyme. „Der Sargtänzer unterscheidet sich von allen anderen Verbrechern, mit denen du's bisher zu tun hattest." Wie sollte er es ihr erklären? „Was man wahrnimmt, hat in seinem Fall nicht unbedingt etwas mit der Wirklichkeit zu tun."

Amelia zog eine Augenbraue hoch, was bedeuten sollte: Komm zur Sache.

„Wenn du merkst, daß es jemand auf dich abgesehen hat, dann schieß sofort."

„Wie bitte?" fragte sie lachend.

„Amelia, paß vor allem auf dich selbst auf. Alles andere ist zweitrangig."

„Ich bin doch bloß ein ganz kleines Rädchen", entgegnete sie im Hinausgehen. „Mit mir gibt der sich gar nicht ab."

AMELIA fuhr aufs Land hinaus. Sie jagte unter knospenden Bäumen dahin, die sich tunnelartig über die Straße wölbten. Auf der einen Seite erhoben sich Felsen, auf der anderen fiel das Gelände ab. Das Gras fing an zu sprießen, und überall waren die gelben Blüten der Forsythien zu sehen.

Amelia war eine waschechte Städterin. Sie war im Städtischen Krankenhaus von Brooklyn zur Welt gekommen und lebte seither in diesem Stadtteil. Der Natur begegnete sie allenfalls sonntags im Prospect Park oder abends in den Forstreservaten auf Long Island, wo sie ihren schwarzen, an einen Haifisch erinnernden Dodge Charger mal richtig auf Touren bringen konnte. Da sie jetzt am Steuer eines Einsatzfahrzeugs der Fahndungsabteilung saß, drückte sie ganz ungefährdet durch Geschwindigkeitskontrollen aufs Gas. Sie überholte einen Lieferwagen und gelangte bald zur Ausfahrt nach Westchester County.

Sie machte sich Gedanken über die Bombe und über Percey Clay.

Sie dachte auch an Lincoln Rhyme. Heute hatte er sich ganz anders gegeben als sonst. Sie arbeiteten jetzt ein Jahr zusammen. Daß Rhyme so brillant war, fand Amelia motivierend, aber auch einschüchternd. Und es machte ihn für sie, so gestand sie sich heimlich ein, sogar äußerst anziehend.

Das bedeutete aber nicht, daß sie genau wußte, was in ihm vorging. Was war für ihn denn so besonders an dieser Geschichte mit dem Sargtänzer? Und wieso hatte er ihr für die Untersuchung des Hangars und seiner Umgebung nur eine Stunde Zeit gegeben? Amelia hatte den Eindruck, daß Rhyme mit dieser Entscheidung Percey Clay einen Gefallen hatte erweisen wollen. Das paßte jedoch gar nicht zu ihm. Ansonsten scheute er sich nicht, einen Tatort tagelang abzusperren, sofern ihm dies erforderlich erschien.

All diese Fragen gingen Amelia durch den Kopf, und es gefiel ihr nicht, daß sie keine einleuchtenden Antworten fand.

Doch jetzt hatte sie keine Zeit mehr für Spekulationen. Sie riß das Lenkrad des Wagens herum und bog in die breite Zufahrt zum Regionalflugplatz Mamaroneck ein. Ein Staatspolizist winkte sie durch.

AMELIA zog Latexhandschuhe an und streifte Gummislipper über ihre Schuhe, um sicherzustellen, daß ihre Fußabdrücke nicht mit denen des Täters verwechselt werden konnten. Dann steckte sie das Kabel des Kopfhörers und des Bügelmikrofons in das Sprechfunkgerät, das an ihrer Hüfte hing.

„Rhyme, ich bin an Ort und Stelle", meldete sie.

„Und wo genau?" ertönte im Kopfhörer die mürrische Frage.

„Dort, wo sich die Rollbahnen kreuzen. Zwischen zwei Hangarreihen. Ich habe erfahren, daß Carneys Flugzeug vor dem Start an dieser Stelle angehalten haben muß."

Beklommen betrachtete Amelia eine Baumreihe, die in einiger Entfernung stand. Sie kam sich vor wie auf dem Präsentierteller. Der Sargtänzer könnte jetzt hier sein – um Spuren zu verwischen, die er hinterlassen hatte, oder einen Polizisten umzulegen und so die Ermittlungen zu behindern. *Schieß sofort, hatte Rhyme ihr gesagt …*

Sie holte die PoliLight-Box und einen großen Koffer aus dem Laderaum des Einsatzfahrzeugs. In dem Koffer befand sich das Handwerkszeug, das sie für die Spurensicherung benötigte: Pinzetten, Bürsten, Zangen und Scheren sowie spezielle Hilfsmittel zur Sichtung von Spuren eines Schußwaffengebrauchs.

Zuerst einmal das fragliche Gelände absperren.

Sie zog ein gelbes Polizeiband um das betreffende Gebiet.

Dann die Reichweite von Fernsehkameras und Mikrofonen in Betracht ziehen.

Keine Medienpräsenz. Noch nicht. Gott sei Dank.

„Was war das eben?" fragte Rhyme über Funk.

„Ich habe Gott dafür gedankt, daß keine Reporter da sind."

„Schön und gut. Aber sag mir jetzt mal, was du gerade tust."

„Ich bin immer noch dabei abzusichern."

Als nächstes herausfinden, wie der Täter zum Tatort gelangt ist und wie er ihn verlassen hat.

Doch Amelia besaß nicht die geringste Ahnung. Er konnte von überall hierhergelangt sein, in einem Frachttransporter beispielsweise oder einem Tankfahrzeug.

Sie setzte eine Schutzbrille auf und fing an, die Rollbahn mit dem PoliLight-Strahl abzutasten. In dem gespenstischen gelbgrünen Lichtschein waren Flecken und Streifen zu sehen, aber keine Fußabdrücke.

„Gestern abend haben wir alles abgespritzt!" rief eine Stimme hinter ihr.

Amelia fuhr herum. Mehrere Männer in Overalls standen an der Absperrung. Sie ging vorsichtig zu ihnen hinüber und überprüfte ihre Ausweise. Dann scheuchte sie die Männer weg.

Kaum zu glauben: Jede Spur, jeder Fußabdruck des Sargtänzers war verschwunden. „Rhyme, der Rollweg wurde gestern abend gesäubert", meldete sie. „Offenbar mit einem Hochdruckreiniger."

„So ein Pech! Dann mach mal weiter, Amelia."

Amelia ging eine Stunde lang auf dem abgesperrten Gelände hin und her, aber sie fand nichts und erstattete Rhyme Bericht.

„Ich glaube, daß es jede Menge Spuren gibt", widersprach ihr Chef.

„Man muß sich nur ein bißchen Mühe geben. Beim Sargtänzer ist das anders als bei sonstigen Tätern."

Er fängt schon wieder damit an! dachte Amelia.

„Du mußt dich in ihn hineinversetzen", sagte Rhyme leise. „Verstehst du?"

Ihr war klar, was er meinte. Der Gedanke widerte sie zwar an, aber sie wußte sehr wohl, daß die besten Kriminalisten sich am Tatort nicht wie Polizisten verhielten, die nach Spuren suchten, sondern wie der Täter selbst - sie empfanden seine Sehnsüchte, seine Gelüste, seine Ängste. Rhyme besaß diese Gabe. Und Amelia hatte sie ebenfalls, auch wenn sie dies abzustreiten suchte.

„Rede mit mir." Rhymes Stimme hatte nun einen beinahe verführerischen Klang. „Dort, wo du jetzt bist, ist er auch gewesen. Denke das, was er auch dachte."

Amelia stellte sich vor, es wäre Nacht. Sie sah die Flugplatzbeleuchtung, hörte den Lärm der Triebwerke, roch Abgase.

„Jetzt mal los, Amelia. Du weißt, daß Ed Carney in dem Flugzeug sitzt. Du mußt die Bombe anbringen. Du willst unbedingt dein Ziel erreichen und bist zu allem bereit. Du inszenierst Ablenkungsmanöver, manipulierst Leute. Täuschung ist deine stärkste Waffe."

Sie schloß die Augen und empfand einen vagen Optimismus, eine Aufgekratztheit, eine Art Jagdfieber.

„Wo versteckst du dich?" fuhr Rhyme leise fort.

Amelia öffnete die Augen. „Hier gibt es nichts. Alle Hangars sind mit Brettern zugenagelt. Keine Lastwagen, kein Durchgang, keine Schlupfwinkel."

„Was denkst du?" fragte Rhyme sanft.

Überall Lichter. Am Boden bleiben. Es gibt kein Versteck.

Amelia wandte sich der einzigen Möglichkeit zu, die es noch gab: ein Hangar am Rande des Rollweges. Ein Fenster war kaputt und von innen vernagelt. Amelia ging langsam hinüber. Auf dem Boden lag Kies: es gab keine Fußabdrücke.

„Ein Fenster, mit einer Sperrholzplatte zugenagelt. Die Scheibe ist kaputt", meldete sie.

„Stecken noch Glasreste im Fensterrahmen? Wenn ja, sind sie schmutzig?"

„Die Ränder sind sauber. Die Scheibe wurde erst vor kurzem eingeschlagen."

„Aha. Drück mal kräftig gegen die Sperrholzplatte."

Krachend fiel diese nach innen.

„Was war das?“ rief Rhyme. „Alles in Ordnung, Amelia?“

„Nur das Sperrholz.“ Seine Besorgtheit ging Amelia auf die Nerven. Mit ihrer Halogentaschenlampe leuchtete sie ins Innere. „Leer, bis auf ein paar verstaubte Kisten. Auf dem Boden liegt Kies.“

„Der stammt von ihm!“ rief Rhyme. „Er hat ihn hineingeworfen, damit er dort stehen konnte, ohne Fußabdrücke zu hinterlassen. Okay, jetzt untersuch das Fenster, und dann kletterst du hinein. Halte aber zuerst Ausschau nach versteckten Sprengladungen. Denk an den Vorfall mit dem Abfalleimer!“

Hör auf, Rhyme. Schluß damit!

„Alles in Ordnung. Es gibt keine Fallen. Ich untersuche jetzt den Fensterrahmen.“

Das PoliLight machte lediglich einen schwachen Abdruck sichtbar, den ein Finger in einem Baumwollhandschuh hinterlassen hatte. „Keine Fasern, nur das Muster des Handschuhs.“

„Gut. Das kann nur er gewesen sein, Amelia. Kein anderer würde in einen Hangar einbrechen und dabei Baumwollhandschuhe tragen, wenn es drinnen nichts zu stehlen gibt.“

Amelia sicherte die Spuren und verstaute sie in einer Plastiktüte. „Okay, Rhyme, der Abdruck, die Glasscherben und der Kies werden in vierzig Minuten bei dir eintreffen.“

Sie legte die Proben ins Einsatzfahrzeug und fuhr rasch zu Hudson Air hinüber, wo sie ins Büro von Ron Talbot eilte. Dieser sprach gerade mit einem großgewachsenen Mann, der mit dem Rücken zur Tür stand.

„Mr. Talbot, ich habe herausgefunden, wo er sich aufgehalten hat“, berichtete Amelia. „Die Absperrung ist aufgehoben.“

Der große Mann drehte sich um. „Hallo! Wie geht’s?“ Es war Brit Hale.

Amelia wollte ihm schon zunicken, doch dann hielt sie inne. Was hatte er hier zu suchen?

Sie hörte ein leises Weinen und schaute in das Konferenzzimmer, wo sie Percey Clay neben einer hübschen brünetten Frau sitzen sah. Die Frau weinte, und Percey versuchte sie zu trösten. Jerry Banks stand mit einer Tasse Kaffee am Fenster und bewunderte den im Hangar stehenden Learjet.

Amelia konnte es kaum fassen. „Rhyme!“ rief sie in ihr Mikrofon. „Sie ist hier!“

„Wer?“ fragte er in scharfem Ton. „Wo bist du überhaupt?“

„Mrs. Clay ist hier und Hale. Und Banks auch. Bei Hudson Air.“

„Das gibt's nicht! Sie sollten doch jetzt in der Geheimunterkunft sein."

„Sind sie aber nicht. Sie stehen direkt vor mir."

„Das ist ja nicht zu fassen!" brüllte Rhyme. Eine Weile schwieg er. „Frag Banks, ob während der Fahrt die nötigen Vorsichtsmaßnahmen eingehalten wurden."

Jerry Banks mußte verlegen zugeben, daß dies nicht geschehen war. „Mrs. Clay hat darauf bestanden, zuerst hier vorbeizufahren, weil sie einen Mechaniker auftreiben wollte."

„Amelia, ich bin überzeugt, daß der Sargtänzer irgendwo lauert."

Amelias Blick wanderte zum Fenster. „Wo denn?"

„Die beiden sollen in Deckung bleiben. Ich sorge dafür, daß Dellray aus dem FBI-Posten in White Plains ein gepanzertes Fahrzeug kommen läßt."

„Die beiden dürfen den Raum nicht verlassen", wies Amelia Jerry an. Dann lief sie zur Tür und schaute auf das Flugfeld hinaus. „Wie kann er es anstellen, Rhyme?"

„Ich habe keine Ahnung. Wie ist das Gelände abgesichert?"

„Mit einem Maschendrahtzaun. An der Zufahrt stehen Staatspolizisten. Sie kontrollieren die Ausweise."

„Von Polizisten verlangen sie aber keinen Ausweis, stimmt's?"

Amelia schaute zu den uniformierten Beamten hinüber. Ihr fiel ein, daß sie von ihnen ganz lässig durchgewinkt worden war. „Rhyme, hier steht ein gutes Dutzend Dienstfahrzeuge. Er könnte jedes davon benutzt haben."

Sie rief einen der Staatspolizisten zu sich, schaute ihn und seinen Ausweis genau an und kam zu dem Schluß, daß er ein echter Polizeibeamter war. Auf ihre Anweisung hin führte er rasch bei allen uniformierten und zivil gekleideten Beamten eine Gesichtskontrolle durch und nahm Verbindung mit der Funkleitstelle auf.

„Hier sind keine unbekannten Leute, und es gibt auch keine Meldungen über verschwundene Kollegen", berichtete er bei seiner Rückkehr. „In White Plains hat eine Streife in einer Mülltonne allerdings eine Leiche entdeckt. Der Mann wurde etwa vor einer Stunde umgebracht. Er sieht ziemlich übel aus."

„Frag nach, ob die Hände und das Gesicht noch vorhanden waren", ließ sich Rhyme über den Kopfhörer vernehmen.

„Wie bitte?"

„Frag ihn!"

Amelia kam der Aufforderung nach. Der Staatspolizist blinzelte verwundert und erwiderte: „Hände hatte er keine mehr, das stimmt."

„Und wo ist die Leiche jetzt?" stieß Rhyme hervor.

Amelia gab die Frage weiter.

„In einem Fahrzeug der Gerichtsmedizin", lautete die Antwort. „Sie wird gerade in die Leichenhalle geschafft."

„Sorg dafür, daß man den Toten schnellstens zu dir bringt", wies Rhyme Amelia an. „Er hält die Antwort bereit, wie der Killer auf den Flughafen gelangte."

FÜR EINEN Scharfschützen kommt es in erster Linie nicht auf die Waffe, sondern das Zielfernrohr an. Auf dem NATO-Gewehr „Model 40" war ein 32 Zentimeter langes und 340 Gramm schweres Redfield-Zielfernrohr montiert. Ein Spitzenprodukt. Die Parallaxe war im Werk so eingestellt worden, daß das auf dem Herzen eines 500 Meter entfernten Mannes ruhende Fadenkreuz sich nicht merklich verschob, wenn der Schütze den Kopf von links nach rechts bewegte.

Mit der Waffe im Anschlag lag Stephen in seinem 300 Meter von dem Hangar und dem Bürogebäude von Hudson Air entfernten Versteck. Das 7,62-mm-NATO-Gewehr hatte den offiziellen technischen Angaben zufolge eine Reichweite von 1000 Metern, aber er hatte mit ihm auch schon über eine Distanz von 1300 Metern Treffer erzielt. Stephen betrachtete das Büro der Fluggesellschaft durch das Zielfernrohr. Er konnte die Frau nicht sehen, aber sie war da oder würde zumindest mit Sicherheit bald auftauchen. Beim Abhören seines Mitschnitts der Telefonate, welche über die von ihm angezapften Büroleitungen von Hudson Air geführt worden waren, hatte er mitbekommen, was sie zu einem Mann namens Ron gesagt hatte.

Stephen kroch auf eine kleine Erhebung, wo er immer noch von Bäumen und Gras verborgen wurde, jedoch den Hangar und das Büro besser im Blick hatte. Zwischen ihm und den Gebäuden lagen ebene Grasflächen und zwei Rollwege. Ein ideales Schußfeld – weit und offen, fast ohne jede Deckung.

Zwei Personen standen vor dem Eingang zum Büro. Die eine war ein Bezirks- oder Staatspolizist, die andere eine Frau, deren rotes Haar unter einer Baseballmütze hervorquoll. Sehr hübsch. Eine Polizistin in Zivil. Oberhalb ihrer Hüfte konnte Stephen die kantigen Umrisse einer Glock-Dienstpistole erkennen. Er klappte den Entfernungsmesser auf, richtete ihn auf das rote Haar der Frau und drehte an einem Ring. 288 Meter.

Um ihn herum raschelte das Gras. Würmer, dachte er.

Das Gesicht am Fenster ... Er richtete das Fadenkreuz auf die Brust der Polizistin.

Soldat, wie lautet das Motto des Scharfschützen?

Sir, das Motto lautet: eine Chance, ein Schuß, ein Treffer.

Die Bedingungen waren hervorragend. In der feuchten Luft würde das Geschoß noch besser fliegen. Stephen rutschte von dem Erdhügel herunter und schob fünf Patronen in die Kammer. Dann legte er sich wieder in seine Anfangsposition. Er stützte seinen linken Ellbogen fest auf dem Boden ab und legte seine Wange und den Daumen der rechten Hand oberhalb des Abzugs an den Gewehrkolben.

In den Büroräumen etwas zu erkennen war schwierig. Stephen meinte aber, die Frau eben ganz kurz zu Gesicht bekommen zu haben. Ja, sie war es. Sie stand hinter einem großen Mann, der eine Zigarette in der Hand hielt – der Freund. Aber gleich darauf geleitete ein junger blonder Mann, der am Gürtel eine Dienstmarke trug, die beiden in den hinteren Bereich des Raumes, wo sie außer Sicht waren.

Nur Geduld. Sie wird schon wiederauftauchen. Die haben ja keine Ahnung, daß du da bist. Du kannst den ganzen Tag warten.

Blaulicht blitzte auf. Ein Krankenwagen raste herbei und hielt auf dem Parkplatz an. Die rothaarige Polizistin rannte zu dem Fahrzeug hinüber.

Stephen holte tief Luft.

NACH einem kurzen Gespräch mit dem Fahrer stieg Amelia in den Wagen der Gerichtsmedizin und öffnete den Reißverschluß der Leichenhülle. Während sie Latexhandschuhe anzog, berichtete sie Rhyme über ihr Mikrofon: „Kein Ausweis vorhanden. Niemand weiß, um wen es sich handelt. Die Hände wurden mit einem scharfen Rasiermesser abgetrennt."

„Sind Percey und Hale in Sicherheit?"

„Sie sind im Büro, weit weg von den Fenstern."

„In zehn Minuten müßte der Kleinbus des FBI eintreffen. Was hat der Tote an?"

„Normale Arbeitskleidung." Amelia betrachtete den armen Kerl.

„Was war die Todesursache?"

Nach kurzer Suche fand sie es heraus. „Im Nacken eine Stichwunde von einem spitzen Messer. Er hat Übergewicht. Dicker Bauch. Gebräunte Arme. Ein billiger Ohrring. Sein Slip sieht nach Ramschtisch aus, es sind Löcher drin."

„Okay, scheint wirklich ein Arbeiter zu sein. Denken wir mal nach:

Warum hat sich der Sargtänzer trotz der abgetrennten Hände nicht bemüht, eine Identifizierung der Leiche zu verhindern? Denn dann hätte er die Zähne entfernen müssen. Gibt es vielleicht etwas anderes, das er vor uns geheimhalten möchte?"

„Etwas an den Händen des Opfers?" gab Amelia zu bedenken.

„Vielleicht. Etwas, das er von der Leiche nicht leicht abwaschen konnte."

„Öl? Schmierfett?"

„Möglicherweise lieferte der Mann Kerosin aus", vermutete Rhyme.

Amelia schaute sich auf dem Flugplatz um. Dutzende von Leuten gingen dort ihrer Arbeit nach: Treibstofflieferanten, Bodenpersonal, Handwerker sowie Bauarbeiter, die an einem der Terminals einen neuen Flügel errichteten.

„Er war schwergewichtig. Wahrscheinlich ist er heute ins Schwitzen gekommen. Vielleicht hat er sich den Kopf abgewischt oder sich gekratzt. Untersuch seine Kopfhaut, Amelia."

Sie tat es und wurde fündig. „Ich sehe Farbstreifen. Blaue. Auch ein bißchen Weiß. Es ist Farbe. Er war ein Maler."

„In dieser Tarnung ist der Sargtänzer also an den Wachen vorbeigekommen. Vermutlich war der Ausweis des Toten mit Farbe verschmiert, oder der Killer hat ihn irgendwie gefälscht. Er ist irgendwo auf dem Flugplatz. Percey und Hale sollen sich auf den Boden legen. Stell eine Wache bei ihnen auf und sorg dafür, daß sich alle anderen auf die Suche nach dem Sargtänzer machen. Die Schnelle Eingreiftruppe ist unterwegs."

PROBLEME. Stephen beobachtete die rothaarige Polizistin, die sich hinten im Krankenwagen aufhielt. Er konnte durch das Zielfernrohr nicht genau erkennen, was sie dort tat, aber er hatte plötzlich ein beklemmendes Gefühl.

Sie sprang aus dem Fahrzeug und schaute sich auf dem Flugplatz um. Mit lauter Stimme gab sie anderen Polizisten Anweisungen. Einer rannte zu seinem Auto. Dann noch einer. Stephen sah, wie die Polizistin das Gelände musterte. Er plazierte das Fadenkreuz auf ihr wohlgeformtes Kinn.

Sie hielt inne, und er sah, wie sie Selbstgespräche führte.

Nein, keine Selbstgespräche: Unter ihrer Kappe trug sie Kopfhörer und sprach in deren Mikrofon. Wie sie jetzt horchte und dann nickte, ließ vermuten, daß sie von jemandem Anweisungen bekam. Von wem? überlegte Stephen. Von jemandem, der herausgekriegt hat, daß ich hier bin. Von jemandem, der nach mir sucht. Von jemandem, der mich durch Fenster beobachten und im Nu verschwinden kann.

Ein kalter Schauer rann ihm über den Rücken, und er fing tatsächlich an zu frösteln. Das Zielfernrohr schwankte. Als er die Rothaarige wieder im Fadenkreuz hatte, sah er, daß sie auf den Lieferwagen des Malers deutete, den er umgebracht hatte. Das Auto war in etwa 70 Meter Entfernung auf einem für Baufahrzeuge reservierten Parkplatz abgestellt. Derjenige, mit dem sie redete, hatte herausgefunden, wie er auf das Flugplatzgelände gelangt war.

Das Zappeln. Schleimige Würmer krochen an seinen Beinen herauf.

Was soll ich machen? überlegte er. Eine Chance, ein Schuß ... Die Frau und der Freund sind ganz nah. Ich könnte die ganze Sache sofort erledigen. In fünf Sekunden wäre alles vorbei. Ich muß sie ins Freie kriegen, ins Schußfeld. Die Zeit drängt. Wie mache ich das am besten?

Wer eine Hirschkuh erwischen will, muß das Kitz in Gefahr bringen.

Stephen atmete langsam ein und aus. Dann visierte er sein Ziel an und drückte auf den Abzug.

Der Schuß hallte über das ganze Gelände. Alle Polizisten warfen sich auf den Boden und zogen ihre Pistolen. Noch ein Schuß, und aus dem Triebwerk des im Hangar stehenden Jets stieg ein weiteres Rauchwölkchen.

In geduckter Haltung schaute die rothaarige Polizistin umher, in der Hand hielt sie ihre Dienstwaffe. Sollte er sie erledigen?

Soldat, konzentriere dich auf dein eigentliches Ziel.

Er schoß erneut. Wieder wurde das Flugzeug beschädigt.

Plötzlich erschien die Frau. Sie zwängte sich durch die Bürotür und schlug dabei auf den jungen blonden Polizisten ein, der sie zurückhalten wollte. Sie bot noch kein gutes Ziel. Sie mußte ganz ins Freie kommen.

Noch ein Schuß. Eine Scheibe im Cockpit zerplatzte.

Mit entsetzter Miene riß die Frau sich los und rannte auf den Hangar zu, um die Tore zu schließen und ihr Flugzeug zu beschützen.

Durchladen. Stephen führte das Fadenkreuz auf ihre Brust. Der Schuß ging in dem Moment los, als der blonde Polizist sich auf die Frau stürzte und beide in einer Mulde zu Boden gingen. Ziel verfehlt. Ruhe bewahren, sagte sich Stephen.

Er vernahm mehrere rasch aufeinanderfolgende Pistolenschüsse und blickte zu der Rothaarigen hinüber. Mit zusammengekniffenen Augen hielt sie Ausschau nach seinem Mündungsfeuer.

Die fünf Patronen waren aufgebraucht. Stephen machte sein NATO-Gewehr wieder feuerbereit.

ALS AMELIA SACHS ein schwaches Glitzern sah, wußte sie, wo sich der Sargtänzer aufhielt. Der fahle Lichtschein, der durch die grauen Wolken drang, hatte sich auf seinem Zielfernrohr gespiegelt.

„Dort drüben!" rief sie zwei Kollegen zu, die in ihrem Dienstfahrzeug kauerten, und deutete dabei auf die etwa 300 Meter entfernte Baumgruppe, die sie schon bei ihrer Ankunft bemerkt hatte. Die Polizisten gaben Gas und fuhren hinter einen nahe gelegenen Hangar, um den Schützen von der Flanke her anzugreifen.

Rhymes Stimme kam über den Kopfhörer. „Amelia, was geht da vor sich?"

„Er schießt auf das Flugzeug, um Percey rauszulocken."

„Du bleibst in Deckung, Amelia. Verstanden?"

Amelia spürte, wie panische Angst in ihr aufstieg. „Percey!" schrie sie. Die Frau hatte sich erneut von Jerry Banks freigemacht und war auf die Beine gekommen. Sie rannte wieder auf das Tor des Hangars zu. „Nein!"

Amelia richtete den Blick auf die Stelle, an der sie das Glitzern des Zielfernrohrs gesehen hatte. Zu weit weg, dachte sie. Ich kann auf diese Entfernung nichts ausrichten.

Bleib ruhig, du schaffst es, mahnte sie sich. Du hast noch elf Schuß.

Der Sargtänzer feuerte erneut. Sekundenbruchteile später flog eine Kugel ganz nahe an ihrem Gesicht vorbei. Sie spürte die Druckwelle und hörte das Pfeifen. Mit einem erschrockenen Wimmern ließ sie sich auf den Bauch fallen.

Sie schaute rasch auf und hob die Pistole. Dann verlor sie die Nerven. Mit gesenktem Kopf gab sie fünf rasch aufeinanderfolgende Schüsse ab. Sie hätte jedoch genausogut Platzpatronen abfeuern können.

Los! Steh auf! Zuerst zielen und dann schießen. Du hast noch sechs Schuß im Magazin und zwei Ladestreifen an deinem Gürtel.

Doch der Gedanke an die Kugel, die sie nur knapp verfehlt hatte, hielt Amelia am Boden. Als er durchladen mußte, hattest du eine Chance, aber jetzt ist es zu spät, dachte sie. Er ist wieder schußbereit.

Ihr Mut reichte gerade noch aus, um den Kopf ein wenig zu heben. Dabei sah sie, wie Jerry Percey Clay wieder einholte und sie hinter einen fahrbaren Generator stieß. Fast gleichzeitig war das nervtötende Krachen eines neuerlichen Schusses zu hören. Banks torkelte wie ein Betrunkener. Auf seinem Gesicht war zuerst Überraschung zu erkennen, dann Bestürzung, und schließlich wurde es völlig ausdruckslos.

FÜNFTES KAPITEL *5. von 45 Stunden*

„Nun?" fragte Rhyme.

Lon Sellitto klappte sein Handy zu. „Man weiß noch nichts." Das teigige, schweißbedeckte Gesicht des Detective war blaß. Sellitto, der sich mit Ermittlungen in Mordsachen einen Namen gemacht hatte, war sonst nicht leicht aus dem Gleichgewicht zu bringen. Doch jetzt war er in Gedanken weit weg – bei Jerry Banks, der gerade in einem Krankenhaus in Westchester operiert wurde und vielleicht dem Tod entgegenging. Es war zwei Uhr am Samstag nachmittag, und Banks war schon seit einer Stunde im OP.

Sellitto, Rhyme, Cooper und Amelia Sachs befanden sich im Labor im Erdgeschoß von Rhymes Haus. Dellray war gegangen, um dafür zu sorgen, daß mit der sicheren Unterkunft alles in Ordnung war. FBI-Agenten aus White Plains waren mit Percey Clay und Brit Hale vom Flugplatz aus in südlicher Richtung losgefahren. Amelia hatte sich um die Sicherung der neuen Spuren gekümmert: im Versteck des Killers, im Lieferwagen des toten Malers sowie in dem Verpflegungstransporter, den der Sargtänzer schließlich als Fluchtfahrzeug benutzt und dann stehengelassen hatte. Dann war sie mit dem Material nach Manhattan zurückgerast.

„Was haben wir?" fragte Rhyme. „Sind Gewehrkugeln dabei?"

„Es waren Explosivgeschosse", erläuterte Amelia und nagte dabei an einem bereits übel zugerichteten Fingernagel herum. Sie war sichtlich nervös. Ihre Augenlider flatterten. „Von einem sind hier die Überreste drin." Sie zeigte auf eine Plastikhülle.

Cooper schüttete deren Inhalt in eine Porzellanschale und überprüfte ihn. „Geschosse mit Keramikspitze. Kugelsichere Westen helfen da nichts."

An der Haustür tat sich etwas. Thom kam mit zwei FBI-Agenten in den Raum. Hinter ihnen traten Percey Clay und Brit Hale ein.

„Wie geht es Mr. Banks?" wollte Percey von Sellitto wissen. Die Mienen der Anwesenden waren frostig, aber das schien sie nicht zu stören.

Der Detective antwortete nicht. „Er ist immer noch im OP“, erwiderte Rhyme an seiner Stelle.

Percey schaute besorgt drein. „Ich hoffe, er kommt durch.“

Amelia wandte sich ihr zu. „Das hoffen Sie also?“ fragte sie kühl. Sie trat näher an die kleinere Frau heran und schaute auf sie herunter. Percey wich jedoch nicht von der Stelle. „Das kommt aber reichlich spät“, fuhr Amelia fort. „Ihretwegen wurde er angeschossen.“

„Jetzt mal langsam“, versuchte Rhyme zu beschwichtigen.

„Ich habe ihn nicht gebeten, mir nachzulaufen“, erwiderte Percey kühl.

„Sie wären tot, wenn er nicht eingegriffen hätte!“

„Möglicherweise. Genau wissen wir das nicht. Ich bedauere, daß er verletzt wurde. Ich –“

„Wie sehr bedauern Sie das? Genug, um Blut zu spenden? Um ihn im Rollstuhl umherzufahren, wenn er nicht mehr gehen kann?“

„Amelia, halt dich zurück!“ fuhr Rhyme sie an. „Percey ist nicht schuld daran. Der Sargtänzer war einfach schlauer als wir.“

Amelia funkelte Percey wütend an. „Was, haben Sie denn gedacht, würde Jerry tun, als Sie in die Schußlinie liefen?“

„Nun, ich habe überhaupt nichts gedacht. Es war eine spontane Reaktion.“

„Sie tat, was jeder andere Pilot auch getan hätte“, wandte Hale ein.

„Genau“, bestätigte Rhyme. „Und genau darum geht es mir, Amelia: Es sind genau solche Überlegungen, die der Sargtänzer bei seinem Vorgehen berücksichtigt.“

„War mir ein Vergnügen, aber ich muß jetzt zum Flugplatz zurück“, bemerkte Percey trocken.

Amelia verschlug es fast die Sprache. „Wie bitte? Sind Sie übergeschnappt?“

Sellitto beendete sein dumpfes Brüten. „Kommt nicht in Frage“, widersprach auch er.

„Mein Flugzeug umzurüsten ist schon schwierig genug. Jetzt müssen wir auch noch die Beschädigungen beheben. Und da offenbar alle ausgebildeten Mechaniker von Westchester Feiglinge sind, werde ich die Reparaturen selbst durchführen.“

„Mrs. Clay, das ist keine gute Idee“, entgegnete Sellitto. „In der Geheimunterkunft wären Sie gut aufgehoben, aber anderswo können wir für Ihre Sicherheit nicht garantieren. Wenn Sie sich bis Montag in der Unterkunft aufhalten, dann –“

„Bis Montag?“ stieß Percey hervor. „Auf gar keinen Fall! Hören Sie:

Ich werde meine Maschine morgen abend fliegen, denn wir haben einen Auftrag von US Medical zu erledigen."

„Ich hätte da eine Frage", bemerkte Amelia eisig. „Wessen Leben wollen Sie eigentlich noch aufs Spiel setzen?"

Percey trat einen Schritt vor. „Ich habe gestern nacht meinen Mann verloren! Meine Firma will ich nicht auch noch verlieren! Sie können mir nicht vorschreiben, wohin ich gehen soll und wohin nicht. Dazu müßten Sie mich festnehmen."

„Okay", entgegnete Amelia. „Sie sind festgenommen." Blitzschnell ließ die Polizistin ihre Handschellen um Perceys schmale Gelenke schnappen.

„Amelia, nimm ihr sofort die Handschellen ab!" rief Rhyme erbost.

„Du bist Zivilist, du hast mir gar nichts zu befehlen", gab Amelia zurück. „Ich beschuldige sie der fahrlässigen Körperverletzung. Wenn Jerry stirbt, wird daraus fahrlässige Tötung."

„Hören Sie mal", warf Sellitto ein. „Sie begeben sich da wirklich auf dünnes Eis."

„Amelia", sagte Rhyme in eisigem Ton. Als Percey sich bewegte, gaben die Handschellen ein metallenes Geräusch von sich. „Bitte nimm Percey die Handschellen ab, und laß mich kurz mit ihr reden", fuhr Rhyme mit ruhiger Stimme fort.

Sie zögerte. Ihr Gesicht war eine ausdruckslose Maske.

„Bitte, Amelia." Ohne ein Wort zu sagen, löste sie die Handschellen.

DRAUSSEN auf dem Korridor trat Amelia ans Fenster und betrachtete ihre abgebissenen Fingernägel. Die schlimmsten Stellen hatte sie verpflastert. Eine üble Angewohnheit, dachte sie. Wieso kann ich damit nicht aufhören?

Sellitto stellte sich neben sie und schaute zu dem grauen Himmel hinauf. Weitere Frühjahrsstürme waren vorhergesagt worden. „Passen Sie mal auf", sagte der Detective leise. „Die Frau hat Mist gebaut, klar. Aber unser Fehler war, daß wir das nicht verhindert haben. Ich muß leider feststellen, daß Jerry die Sache vermasselt hat."

„Stimmt überhaupt nicht", entgegnete Amelia.

„Was wollen Sie damit sagen?"

„Jerry ist nicht schuld daran und Mrs. Clay auch nicht. *Ich* hab's vermasselt!"

„Sie? Sachs, Sie und Rhyme waren es doch, die rausgekriegt haben, daß sich der Sargtänzer auf dem Flugplatz aufhielt. Wären Sie nicht gewesen, hätte er alle abknallen können."

Amelia schüttelte den Kopf. „Schon bevor er Jerry erwischt hat, habe ich bemerkt, wo er in Stellung gegangen war. Ich hatte das Ziel vor mir. Er gab einen Schuß auf mich ab, und ich warf mich zu Boden. Ich hätte mindestens drei Sekunden Zeit gehabt, um selbst gezielt zu schießen. Ich wußte, daß er zuerst durchladen mußte. Aber ich habe nur kopflos herumgeballert."

„Sie machen sich also Vorwürfe, weil Sie nicht aufgestanden sind und diesem Kerl kein erstklassiges Ziel geboten haben?" erwiderte Sellitto spöttisch. „Hören Sie auf damit. Und glauben Sie etwa, Sie hätten ihn auf eine Entfernung von dreihundert Metern mit einer Glock 9 erwischt? Nur im Traum!"

„Mag sein, daß ich ihn nicht getroffen hätte, aber ich hätte zumindest dafür sorgen können, daß er in Deckung bleiben muß." Wie sollte sie es ihm erklären? Sie verstand es, mit Waffen umzugehen – genauso wie mit schnellen Autos. Sie hätte Jerry vor dem Unheil bewahren können. Möglicherweise hätte sie sogar den Killer erledigen können.

Amelia war wütend auf sich und wütend auf Percey Clay, die sie in diese Lage gebracht hatte. Und auf Rhyme hatte sie ebenfalls eine Wut.

Die Tür ging auf, und Percey bat Hale ins Labor. Nach einigen Minuten tauchte der Pilot wieder auf und sagte: „Er möchte, daß Sie alle wieder reinkommen."

Drinnen sah Amelia Percey in einem alten, abgewetzten Sessel an der Seite von Rhyme sitzen. Die beiden kamen ihr vor wie ein Ehepaar.

„Wir haben einen Kompromiß geschlossen", gab Rhyme bekannt. „Brit und Percey werden in Dellrays Geheimunterkunft gehen. Talbot wird die Reparaturen am Flugzeug ausführen. Und ich bin damit einverstanden, daß Percey morgen abend fliegt, ganz gleich, ob wir den Sargtänzer bis dahin gefunden haben oder nicht."

„Und wenn ich sie doch einfach festnehme?" fragte Amelia hitzig.

„Das halte ich für keine gute Idee", antwortete Rhyme. „Es würde zu weiteren gefährlichen Situationen führen – im Gericht, im Arrest, beim Transport. Der Sargtänzer könnte mehr als einmal zuschlagen."

Amelia zögerte. Dann gab sie nach und nickte zustimmend. Er hatte recht, wie so oft. Darüber hinaus hatte er sich wieder mal durchgesetzt. Sie war lediglich seine Assistentin. Eine Untergebene, mehr bedeutete sie ihm nicht.

„Ich habe folgendes vor", fuhr Rhyme fort. „Während sich Percey und Brit in der Geheimunterkunft aufhalten, stellen wir dem Sargtänzer dort eine Falle. Dabei brauche ich Ihre Hilfe, Lon."

Sellitto beugte sich vor. „Sind Sie da ganz sicher?"

Rhyme richtete die Augen auf Percey, und sie tauschten einen Blick. Amelia wußte nicht, was er zu bedeuten hatte, aber es gefiel ihr nicht.

„Ja, ich bin sicher", erwiderte Rhyme.

„Okay", sagte Sellitto. „Dann lassen Sie mal hören."

PERCEY CLAY kam die Geheimunterkunft in der 35. Straße nicht besonders sicher vor. Es handelte sich um ein dreigeschossiges Haus aus Sandstein, das wie die meisten Gebäude in der näheren Umgebung aussah.

Sie parkten in einer Seitengasse. Percey und Hale wurden durch einen Kellereingang rasch in das Haus geführt. Die Stahltür fiel zu, und die beiden sahen sich einem schlanken, liebenswürdig wirkenden Mann Ende Dreißig gegenüber, dessen Haar bereits schütter wurde.

„Hallo!" begrüßte er sie lächelnd. Er wies sich als Angehöriger der New Yorker Polizei aus und zeigte ihnen seine Dienstmarke. „Mein Name ist Roland Bell. Ab sofort verlangen Sie von jedem, mit dem Sie zusammentreffen, daß er sich ausweist – auch wenn er so charmant ist wie ich."

Als Percey seinen Tonfall vernahm, fragte sie: „Stammen Sie aus North Carolina?"

„Das ist richtig." Bell lachte. „Aus Hoggston. Und ich habe vier Jahre in Chapel Hill verbracht. Sie sind anscheinend aus Richmond."

„Das liegt lange zurück."

„Und Sie, Mr. Hale?" fragte Bell.

„Ich stamme aus Michigan", antwortete der Pilot und schüttelte dem Detective die Hand.

„Nun, ich gehöre eigentlich zur Mordkommission, aber ich lass' mich immer wieder im Zeugenschutz einsetzen, weil ich diesen Tick habe, daß Leute am Leben bleiben sollen. Ich werde also eine Weile Ihr Babysitter sein. Merken Sie sich gleich eines: Alles, was ich von Ihnen verlange, ist nur zu Ihrem eigenen Besten, okay? So, und nun möchte ich Ihnen Ihre Luxusunterkunft zeigen."

Auf dem Weg nach oben fuhr er fort: „Unsere Freunde bei der Bundesbehörde sind tüchtige Burschen. Hatten Sie von außen nicht den Eindruck, daß die Fenster zur Straße raus alles andere als einbruchsicher sind? Nun werfen Sie mal bitte einen Blick ins Vorderzimmer."

Es waren keine Fenster zu sehen. Man hatte sie mit Stahlplatten abgedeckt. „Von der Straße her sieht das wie ein dunkles Zimmer aus", erläuterte Bell. „Alle anderen Fenster sind aus schußsicherem Glas. Halten Sie sich trotzdem von ihnen fern, und lassen Sie die Vorhänge zu.

Die Feuertreppe und das Dach sind mit vielen Sensoren versehen, und es gibt jede Menge Videokameras. Hier kommt höchstens ein Gespenst rein." Er ging einen Korridor entlang. „Dort ist Ihr Zimmer, Mrs. Clay."

„Da wir unter einem Dach leben, können Sie mich ruhig Percey nennen."

„In Ordnung." Er wandte sich an Hale. „Und Sie sind ...?"

„Brit."

Die Zimmer waren klein, dunkel und sehr ruhig. Bell sagte etwas in sein Walkie-talkie, und gleich darauf erschienen zwei uniformierte Polizisten auf dem Korridor. „Die beiden werden hier postiert sein. Die ganze Zeit. Wenden Sie sich an die Beamten, wenn Sie irgend etwas brauchen."

Percey hielt ihren silbernen Flachmann in die Höhe. „Ich brauche tatsächlich was."

„Einen Schluck muß ich dankend ablehnen, denn ich bin noch im Dienst", sagte Bell grinsend. „Aber wenn es darum geht, das Fläschchen aufzufüllen, bin ich Ihnen gern behilflich."

ZUSAMMEN mit Amelia und Cooper machte sich Rhyme an die Untersuchung des auf dem Flugplatz sichergestellten Materials.

Amelia hielt eine Tüte in die Höhe. „Das stammt aus dem Hangar, in dem er auf das Flugzeug gewartet hat." Mit Coopers Hilfe verteilte sie den Inhalt auf einer sauberen Unterlage. Dann setzten die beiden Lupenbrillen auf und betrachteten die Funde. Cooper legte verschiedene Teilchen mit einer Pinzette auf einen Objektträger. „Wir haben Fasern gefunden."

Kurz darauf erblickte Rhyme die winzigen Gebilde auf seinem Monitor. „Was meinen Sie, Mel? Sind das Papierfasern?"

„Richtig."

Rhyme wies den Computer über sein Mikrofon an, das aus dem Mikroskop übertragene Bild weiterzubewegen. „Es scheinen zweierlei Fasern zu sein. Die einen sind weiß oder blaßgelb, die anderen haben eine grüne Färbung."

„Grün? Etwa Geldscheine?" überlegte Amelia.

„Mel, habt ihr genügend davon, um ein paar in den Gaschromatographen stecken zu können?"

Cooper bejahte und machte sich daran, mehrere Fasern zu testen. Danach faßte er die Ergebnisse zusammen. „Keine Baumwolle und kein Soda, es handelt sich also um billiges Papier. Die Farbe ist wasserlöslich und nicht auf Ölbasis hergestellt."

„Demnach keine Geldscheine“, folgerte Rhyme. Er ließ die Bildschirmdarstellung weiter vergrößern. „Diese gelben Streifen – ist das Klebstoff, Mel?“

Cooper schaute durch das Okular des Mikroskops. „Ja, das sieht wie die Gummierung eines Briefumschlags aus.“

Der Sargtänzer hatte also etwas in einem weißen Umschlag erhalten, vielleicht eine Nachricht. Aber was hatten die grünen Fasern zu bedeuten?

Amelia Sachs hatte inzwischen telefoniert. „Ich habe eben von Ron Talbot erfahren, daß der Hangar einer von denen ist, die Philip Hansen gepachtet hat“, berichtete sie. „Das zieht eine eindeutige Verbindung zwischen Hansen und dem Sargtänzer.“

Stimmt, dachte Rhyme. Sein Ziel war jedoch nicht so sehr, die beiden mit hieb- und stichfesten Beweisen dem Generalstaatsanwalt zu überstellen. Nein, er wollte vor allem anderen den Kopf des Killers.

„Okay, nehmen wir uns mal die anderen Funde vor.“

Rhyme fuhr ganz nahe an seinen Computer heran und befahl ihm, die Abbildungen des Zeitzünders, den man in den Flugzeugtrümmern gefunden hatte, zu vergrößern. Er hoffte, darauf könnte vielleicht der Teil eines Fingerabdrucks zu finden sein. Bombenbauer sind oft der Meinung, daß ihre Abdrücke bei der Detonation vernichtet werden; deshalb verzichten sie bei der Arbeit mit den kleineren Komponenten der Bombe darauf, Handschuhe zu tragen. Fingerabdrücke werden durch die Explosion jedoch nicht unbedingt vernichtet. Rhyme bat Cooper, den Zeitzünder mit SuperGlue zu behandeln. Als dies ergebnislos blieb, schlug er vor, ihn mit magnetischem Puder zu bestäuben. Doch auch diesmal fand Cooper nichts.

Schließlich gab Rhyme die Anweisung, den Zeitzünder mit einem Laser abzutasten. Dies war die neueste Methode, ansonsten nicht mehr erkennbare Abdrücke doch noch sichtbar zu machen. Als er das Ergebnis auf seinem Bildschirm betrachtete, stieß er zuerst ein kurzes Lachen aus. Dann kniff er die Augen zusammen und blickte erneut hin. „Schaut mal in die rechte untere Ecke!“ rief er. „Ist das nicht ...?“

Cooper und Amelia konnten jedoch nichts erkennen.

Rhymes computergestützte Darstellung hatte etwas entdeckt, das bei Coopers rein optischer Darstellung nicht zum Vorschein kam: An der Stahlstrebe, die verhindert hatte, daß der Zeitzünder in Stücke gerissen wurde, befand sich ein kaum sichtbares halbmondförmiges Gebilde aus Furchen, sich kreuzenden Linien und Gabelungen. Es war kaum eineinhalb Millimeter breit und etwa einen Zentimeter lang.

„Das ist ein Abdruck“, sagte Rhyme, als Cooper an seine Seite trat.

Der Laborspezialist starrte auf den Bildschirm. „Damit kann man nicht viel anfangen.“

Ein einziger Fingerabdruck weist etwa 150 individuelle Furchenmerkmale auf. Ein Experte vermag jedoch schon anhand von acht bis sechzehn Merkmalen eine Übereinstimmung festzustellen. Bedauerlicherweise wies der Fund jedoch nicht einmal die Hälfte davon auf. Rhyme war dennoch hoch erfreut: Er, der nicht einmal imstande war, am Mikroskop die Schärfe einzustellen, hatte etwas entdeckt, das die anderen nicht gesehen hatten. Wäre er „normal“ gewesen, wäre es ihm wahrscheinlich auch nicht aufgefallen. Rhyme machte einen Ausdruck davon und bat Thom, „grüne Fasern“ an die Tafel zu schreiben.

„RON, HIER spricht Percey. Wie geht's euch?“

„Wir sind fix und fertig“, antwortete Talbot. „Und wie geht es dir und Brit?“

„Brit ist außer sich, und ich bin's auch. Ach Ron, ein fürchterliches Schlamassel!“

„Und was ist mit dem Polizisten, der angeschossen wurde?“

„Man weiß noch nichts Genaues. Wie steht's mit Foxtrot Bravo?“

„Die Beschädigungen sind nicht ganz so schlimm, wie ich befürchtet hatte. Die Scheibe im Cockpit habe ich bereits erneuert. Der Rumpf ist intakt. An der Außenhaut gibt's allerdings viel zu reparieren. Wir versuchen auch, einen neuen Feuerlöschzylinder aufzutreiben. *Das* dürfte allerdings kein Problem sein ...“

„Woran hapert's dann?“

„Der Nachbrenner muß ersetzt werden.“

„Was? Das darf doch nicht wahr sein!“ rief Percey.

„Ich hab mich bereits mit dem Auslieferungslager in Connecticut in Verbindung gesetzt. Man wird uns morgen einen bringen, obwohl es Sonntag ist. Ich kann ihn dann in zwei bis drei Stunden installieren.“

„Da sollte ich dabeisein“, stieß Percey hervor. „Ich hab zwar versprochen, mich nicht von der Stelle zu rühren, aber ...“

„Wo bist du denn, Percey?“

Stephen Kall, der das Gespräch mithörte, nahm einen Stift in die Hand. Er drückte den Hörer fester ans Ohr. „In Manhattan“, antwortete die Frau jedoch nur. „Eine Unmenge Polizisten passen auf uns auf. Man könnte meinen, ich sei der Papst oder der Präsident.“

„Werden die Polizisten diesen Kerl schnappen?“ fragte Ron. „Sind sie ihm auf der Spur?“

Ja, wie steht's damit? dachte Stephen.

„Keine Ahnung", entgegnete sie.

Während er weiter zuhörte, schaute Stephen auf den vor ihm stehenden Laptop. Auf dem Bildschirm blinkte die Mitteilung BITTE WARTEN. Er hatte in der Nähe des Flugplatzes einen Schaltkasten angezapft; seit einer Woche wurden die Telefonate von Hudson Air übertragen und von seinem Tonbandgerät aufgezeichnet. Er wunderte sich, daß die Polizei es noch nicht entdeckt hatte.

„Ich hab mich nach weiteren Piloten umgeschaut", berichtete Ron gerade in verdrießlichem Ton.

„Wir brauchen nur einen, als Kopilot. Ich fliege die Maschine."

„Du? Das ist keine gute Idee! Ich dachte, du würdest in deinem Versteck bleiben, bis die Grand Jury zusammentritt."

„Lincoln war damit einverstanden, daß ich fliege, sofern ich bis morgen hierbleibe."

„Wer ist Lincoln?"

Ja, wer ist das? fragte sich auch Stephen.

„Tja, ein merkwürdiger Mann ..." Percey zögerte, als wüßte sie nicht recht, was sie sagen sollte. Stephen war enttäuscht, als sie nur hinzufügte: „Er bemüht sich, den Killer ausfindig zu machen. Er arbeitet mit der Polizei zusammen."

„Percey, wir könnten den Flug verschieben. Ich rede mal mit US Medical."

„Nein", entgegnete sie. „Die wollen keine Entschuldigungen hören. Wenn wir nicht fliegen, gehen sie zur Konkurrenz. Wann wird die Fracht angeliefert?"

„Zwischen sechs und sieben Uhr."

„Ich werde am späten Nachmittag eintreffen. Ich helfe dir beim Einbauen des Nachbrenners."

„Percey", sagte Talbot schnaufend, „wir werden es schon schaffen."

„Wenn wir mit den Instandsetzungsarbeiten rechtzeitig fertig werden, ist alles in Butter."

„Du mußt im Moment durch die Hölle gehen."

„Ganz so schlimm ist es nicht."

Na, das wird sich bald ändern, fügte Stephen insgeheim hinzu.

SELLITTO trat ein, und alle schauten ihm entgegen. Der Detective stöhnte. „Jerry wird durchkommen, aber er hat seinen verletzten Arm eingebüßt. Die Ärzte konnten nichts machen. Er war zu stark in Mitleidenschaft gezogen."

„Wie schrecklich“, sagte Rhyme leise. „Ist er ansprechbar?“

„Nein“, antwortete Sellitto. „Er schläft jetzt.“

Rhyme wandte sich wieder der Auflistung des Beweismaterials an der Wandtafel zu. Sie würden weiter ihrer Arbeit nachgehen, denn etwas anderes blieb ihnen nicht übrig. Dennoch war er sehr frustriert.

Der berühmte französische Kriminalist Edmond Locard hatte einmal gesagt, daß jedesmal, wenn ein Verbrecher mit einem Opfer zusammentrifft, ein Austausch von Beweismaterial stattfindet. Es mag nur unter dem Mikroskop zu erkennen sein, aber es ist dennoch vorhanden. Rhyme hatte jedoch den Eindruck, daß ein bestimmter Verbrecher imstande sein könnte, Locards These zu widerlegen: der Sargtänzer.

Er schloß die Augen und lehnte den Kopf gegen die Stütze an der Rollstuhllehne. „Fast elf. Schlafenszeit!“ hörte er Thom kurz darauf sagen.

Zu bestimmten Zeiten fällt es nicht schwer, den Körper zu vernachlässigen, ja sogar zu vergessen, daß man überhaupt einen hat – wenn man über sich hinauswächst und ohne Rücksicht auf das eigene Befinden weiterarbeitet. Lincoln Rhymes Körper jedoch durfte nicht vernachlässigt werden. Bei ihm konnten wundgelegene Stellen zu einer Blutvergiftung führen, Flüssigkeit in der Lunge zu einer Entzündung. Allein schon Erschöpfung konnte einen Schlaganfall zur Folge haben. Rhymes Leben war auf vielerlei Weise gefährdet.

„Sie gehen jetzt zu Bett“, wiederholte Thom.

„Ich muß noch –“

„Schlafen. Sie müssen schlafen.“

Rhyme fügte sich. Der Sargtänzer würde vor dem Morgen nichts mehr unternehmen. Im übrigen mußte er zugeben, daß er sehr müde war. „In Ordnung, Thom.“ Er lenkte den Rollstuhl in Richtung Aufzug. „Noch etwas“, sagte er plötzlich und wandte sich um. „Amelia, könntest du in ein paar Minuten nach oben kommen?“

Amelia nickte und schaute zu, wie sich die Fahrstuhltür schloß.

SIE LIESS ihm zehn Minuten Zeit, sich aufs Schlafengehen vorzubereiten. Sie kannte Rhymes zynischen Ausspruch, ein Krüppel wie er brauche keine Schamhaftigkeit mehr an den Tag zu legen, aber sie wußte auch, daß es ihm nicht angenehm wäre, wenn sie ihn bei bestimmten intimen Verrichtungen sehen würde. Sie nutzte die Zeit dazu, sich zu duschen und saubere Kleidung anzuziehen.

Als sie im Obergeschoß eintraf, lag Rhyme bereits in seinem Spezialbett. Das Licht war gedämpft. Rhyme rieb seinen Kopf am Kissen wie ein Bär, der seinen Rücken an einem Baum scheuert. Das Clinitron-

Bett war die bequemste Schlafstätte der Welt. Es wog eine halbe Tonne und besaß einen massiven Sockel, der Glasperlen enthielt, durch die erwärmte Luft strömte.

„Amelia, du warst gut heute."

Bis auf die Tatsache, daß Jerry Banks durch meine Schuld seinen Arm verloren hat und ich den Sargtänzer habe entwischen lassen, dachte Amelia. Sie ging zur Hausbar, goß sich einen Macallan-Malt-Whisky ein und nickte Rhyme zu.

„Nur zu!" sagte er. „Das ist der Trank des Vergessens."

Sie kickte ihre Schuhe von den Füßen und stellte sich ans Fenster. Die Wanderfalken waren wieder zu sehen. Herrliche Vögel; nur etwa 35 Zentimeter groß, aber richtig furchteinflößend mit ihrem kühn geschwungenen Schnabel.

„Wie fühlst du dich, Amelia? Mal ehrlich."

„Ich bin okay." Amelia wandte sich vom Fenster ab und nahm einen Schluck.

„Möchtest du heute nacht hierbleiben?" fragte Rhyme.

Nirgendwo schlief Amelia so gut wie bei ihm. Seit der Trennung von Nick, ihrem letzten Freund, hatte sie die Nähe eines Mannes nicht mehr genossen. Wenn sie bei Rhyme übernachtete, lagen sie beisammen und redeten. Sie erzählte ihm dann von ihren Schießturnieren, ihrer Mutter, ihrer Patentochter sowie dem ausgefüllten Leben ihres Vaters und seinem langen, traurigen Todeskampf. Rhyme sprach nicht soviel über persönliche Dinge wie sie, aber das machte nichts. Sie hörte ihm gern zu, ganz gleich, was er ihr mitteilen wollte. Seine Intelligenz versetzte sie jedes Mal wieder in Erstaunen.

Er erzählte ihr, wie New York früher gewesen war, berichtete von Mafia-Anschlägen, über die nie etwas an die Öffentlichkeit gedrungen war, sprach über Tatorte, an denen es keinerlei Spuren zu geben und die ganze Mühe vergeblich zu sein schien, bis schließlich doch noch etwas gefunden worden war, das ihm einen Hinweis auf den Täter geliefert hatte. Sein Gehirn war ständig aktiv. Amelia wußte, daß er vor seiner Verletzung in den Straßen von New York umhergestreift war, auf der Suche nach bestimmten Erd-, Glas-, Pflanzen- und Steinproben, nach konkreten Anhaltspunkten, die es ihm ermöglichen würden, einen Fall aufzuklären. Es war, als hätte sich diese Rastlosigkeit von seinen jetzt nutzlosen Beinen in seinen Geist verlagert. In Gedanken durchstreifte er die Stadt noch immer bis spät in die Nacht hinein.

Heute abend war es jedoch anders. Rhyme war geistesabwesend. Seine Mißstimmungen machten Amelia nichts aus, und das war gut so, denn er war oft schlechter Laune. Aber sie mochte es nicht, wenn er in Gedanken woanders war. Sie setzte sich auf den Rand des Bettes.

Unvermittelt brachte Rhyme den Punkt zur Sprache, der ihn offenbar bewogen hatte, sie zu sich zu bitten. „Amelia, ich möchte mit dir darüber reden, was auf dem Flugplatz passiert ist."

Sie zuckte die Schultern.

„Du hättest dein Leben aufs Spiel gesetzt, wenn du etwas unternommen hättest. Daß du in Deckung gegangen bist, war genau richtig. Der Sargtänzer hätte dich mit seinem nächsten Schuß garantiert getroffen."

„Ich hatte zwei, drei Sekunden. Ich hätte ihn erwischen können."

„Du darfst nicht leichtsinnig werden ..."

Die Leidenschaftlichkeit in ihrem Blick brachte ihn zum Schweigen. „Ich will ihn kriegen, um jeden Preis! Und ich habe das Gefühl, daß du genauso denkst. Du würdest ebenfalls Risiken eingehen. Womöglich gehst du jetzt schon bestimmte Risiken ein."

Ihre Worte besaßen eine stärkere Wirkung, als sie erwartet hatte. Rhyme blinzelte und schaute weg. Er sagte nichts mehr, nippte nur an seinem Glas.

„Ich möchte dich gern etwas fragen", fuhr Amelia spontan fort. „Wenn's dir nicht paßt, sag einfach, daß ich die Klappe halten soll."

„Ich bitte dich, wir haben doch keine Geheimnisse voreinander."

„Ich habe mit dir mal über Nick gesprochen", begann sie mit gesenktem Blick. „Ich habe dir erzählt, wie mir zumute war und wie problematisch mir die Beziehung erschien."

Rhyme nickte.

„Und ich habe dich gefragt, ob du auch schon solche Probleme gehabt hattest, vielleicht mit deiner Frau. Du hast damals geantwortet: ‚Ja, aber nicht mit Blaine.'" Amelia schaute nun auf.

Rhyme gewann seine Fassung rasch zurück, aber doch nicht schnell genug. Sie merkte, daß sie einen Nerv getroffen hatte.

„Ich erinnere mich an das Gespräch", erwiderte er.

„Wer war die Frau? Aber wenn du nicht darüber reden möchtest ..."

„Es macht mir nichts aus. Ihr Name war Claire. Claire Trilling."

„Wie hast du sie kennengelernt?"

„Nun ja ..." Rhyme lachte über sein Zögern. „Im Polizeipräsidium."

„Sie war also Polizistin?" Amelia war überrascht. „Was ist passiert?"

„Es war eine schwierige Beziehung." Rhyme schüttelte den Kopf. „Wir waren verheiratet, aber nicht miteinander."

„Und dann habt ihr euch getrennt?"

„Es hätte nicht funktioniert. Bei Blaine und mir war abzusehen, daß wir uns entweder scheiden lassen oder einander umbringen würden. Aber Claire machte sich große Sorgen wegen ihrer Tochter – daß ihr Mann die Kleine nach einer Scheidung zu sich nehmen würde."

„Triffst du Claire noch ab und zu?"

„Nein. Das gehört der Vergangenheit an. Sie ..., sie ist nicht mehr bei der Polizei."

„Habt ihr euch nach deinem Unfall getrennt?"

„Nein, vorher."

„Sie hat aber von deiner Verletzung erfahren, nicht wahr?"

Rhyme zögerte wieder. „Nein."

„Warum hast du ihr nichts davon erzählt?"

Ein kurzes Schweigen. „Ich hatte meine Gründe. Es ist schon komisch, daß du mich nach ihr fragst. Ich habe seit Jahren nicht mehr an sie gedacht." Rhyme setzte ein gleichmütiges Lächeln auf.

Amelia fühlte sich tief getroffen, denn sie merkte, daß er sie gerade angelogen hatte. Er hatte sehr wohl an diese Frau gedacht, da gab es für Amelia keine Zweifel. Sie vertraute auf ihr Gespür als Polizistin.

Die Gefühle, die sie jetzt empfand, kamen ihr lächerlich vor. Im Grunde hielt sie Eifersucht für Zeitverschwendung. So hatte sie nichts dagegen gehabt, daß Nick verdeckt gearbeitet und sich wochenlang auf der Straße herumgetrieben hatte. Und sie war auch nicht eifersüchtig auf die blonden Nutten gewesen, mit denen er – dienstlich – zusammengesessen und getrunken hatte.

Was konnte sie im Hinblick auf Rhyme denn schon erhoffen? Mit ihrer Mutter hatte sie oft über ihn gesprochen. „Ist schon richtig, daß man zu einem Krüppel wie ihm nett ist", hatte die schlaue alte Dame meist gesagt. Was eine gute Zusammenfassung dessen war, was diese Beziehung beinhalten sollte – und konnte.

Es war mehr als lächerlich: Amelia war in der Tat eifersüchtig. Aber nicht auf Claire, die zweifellos von Rhymes Unfall gehört und dennoch beschlossen hatte, ihn nicht aufzusuchen, sondern auf Percey Clay. Diese war zwar keine attraktive Frau, doch das hatte nichts zu bedeuten. Amelia konnte nicht vergessen, welchen Anblick die beiden geboten hatten, als sie Seite an Seite im Labor gesessen hatten.

Sie trank einen Schluck und dachte an die Nächte, die sie und Rhyme hier oben verbracht hatten, in denen sie über Kriminalfälle gesprochen und diesen hervorragenden Whisky getrunken hatten.

Ist ja nicht zu fassen, jetzt werde ich auch noch rührselig, dachte sie. Wie kindisch!

Sie verscheuchte den Gedanken. Dann lehnte sie sich zurück und bettete den Kopf auf das Kissen. Es ist schon erstaunlich, wie man sich den Gegebenheiten anpaßt, überlegte sie. Rhyme konnte sie natürlich nicht an sich ziehen und den Arm um sie legen. Indem er seinen Kopf zu ihrem neigte, tat er jedoch etwas Vergleichbares. In dieser Haltung waren sie schon oft eingeschlafen.

An diesem Abend spürte Amelia allerdings eine Starrheit, eine gewisse Zurückhaltung, die von Rhyme ausging. Sie fühlte, daß er sich innerlich von ihr entfernte, und sie vermochte nur noch darüber nachzudenken, wie sie ihm wieder näherkommen könnte. Als er erneut auf den Sargtänzer zu sprechen kam, vernahm sie nur einzelne Wortfetzen. Sie legte den Kopf zurück und schaute auf seine Lippen. Plötzlich beugte sie sich vor, küßte ihn auf die Wange, danach auf den Mundwinkel und schließlich mitten auf den Mund.

„Nein, Amelia... Hör zu ..."

Doch sie hörte nicht zu. Sie hatte Rhyme nie erzählt, daß sie vor einigen Monaten ein Buch mit dem Titel „Der behinderte Liebhaber" gekauft hatte. Bei der Lektüre hatte sie zu ihrer Überraschung erfahren, daß ein Querschnittsgelähmter mit Rhymes Behinderungsgrad durchaus mit einer Frau schlafen und Kinder zeugen konnte. Zwar empfand er dabei keine direkten Lustgefühle, aber die waren auch für Amelia nicht das wichtigste. Was zählte, war die Nähe, und sie vermutete, daß Rhyme genauso dachte.

Sie küßte ihn noch einmal. Stärker.

Nach einem Augenblick des Zögerns erwiderte er ihren Kuß diesmal. Es verwunderte Amelia nicht, daß er sich aufs Küssen verstand. Als sie ihn kennengelernt hatte, waren ihr zuerst seine dunklen Augen aufgefallen und gleich darauf seine wohlgeformten Lippen.

Doch dann wandte er sein Gesicht ab. „Nein, Amelia."

„Pst, sei still."

„Es ist nur ... Es könnte ja sein, daß ..."

Daß was? überlegte Amelia. Daß es nicht klappte? Es lief doch alles prima. Wie sehr hatte sie sich danach gesehnt, ihren Mund auf seinem zu spüren – ihm so nahe zu sein, wie es möglich war. Um ihm begreiflich zu machen, daß er für sie genau der Richtige war.

Sie küßte Rhyme erneut, und er erwiderte den Kuß auch dieses Mal. Wohl eine Minute lang preßten sie ihre Lippen aufeinander. Dann schüttelte Rhyme plötzlich heftig den Kopf. „Nein", flüsterte er.

Amelia hatte mit Verspieltheit gerechnet, mit Leidenschaftlichkeit, schlimmstenfalls mit einem koketten „Wir sollten das nicht tun".

Rhymes Stimme war jedoch kraftlos und klang so leer, daß es ihr in der Seele weh tat.

Ihr Gesicht wurde rot vor Scham. Ihr fiel ein, wie oft sie schon mit einem Mann ausgegangen war, der für sie nur ein guter Freund gewesen war, und wie dieser zu ihrem Entsetzen plötzlich angefangen hatte, sie wie ein Teenager zu bedrängen. In solchen Situationen hatte ihre Stimme dieselbe Ablehnung ausgedrückt, die sie jetzt bei Rhyme heraushörte. Amelia kam zu dem Schluß, daß sie für ihn wirklich nichts anderes war als eine Partnerin im Beruf, eine Kollegin, eine gute Bekannte.

„Tut mir leid, Amelia, es geht nicht. Es gibt Probleme."

Probleme? Amelia konnte keine entdecken – bis auf die Tatsache, daß er sie nicht liebte.

„Nein, es war meine Schuld", entgegnete sie brüsk. „Wie dumm von mir. Ich habe zuviel von diesem verdammten Whisky getrunken. Du weißt, den konnte ich eigentlich noch nie so richtig vertragen." Als sie sich erhob, hatte sie ein starres Lächeln im Gesicht.

„Amelia, hör mir bitte zu!"

„Nein." Amelia wollte kein Wort mehr hören. Sie wollte nur noch so schnell wie möglich weg von hier.

„Amelia ..."

„Ich muß gehen. Morgen früh bin ich wieder da."

SECHSTES KAPITEL *22. von 45 Stunden*

Kaffeegeruch durchströmte das Haus. Es war kurz nach Sonnenaufgang. Sie arbeiteten an einer Strategie, um den Sargtänzer zu schnappen.

Würde es klappen? Würde der Killer in ihre Falle laufen? Rhyme war zuversichtlich. Aber es gab noch eine andere Frage: Was würde passieren, wenn die Falle zuschnappte? Der Sargtänzer war schon äußerst gefährlich, wenn er unbehelligt seine Aufträge ausführte. Wie würde er sich dann erst verhalten, wenn er in die Enge getrieben war?

Sie schauten sich die taktische Aufstellung an, die Dellray skizziert hatte. „Sind alle an Ort und Stelle?" fragte Rhyme.

Haumanns Sonderkommando und Dellrays FBI-Eingreiftruppe standen bereit. In Tarnanzügen waren sie im Schutz der Dunkelheit durch Abwasserkanäle und Keller oder über Dächer angerückt. Rhyme war überzeugt, daß der Sargtänzer die Geheimunterkunft beobachtete.

„Lincoln, sind Sie sicher, daß er diesen Weg nimmt, um reinzukommen?“ fragte Sellitto.

Sicher? dachte Rhyme unwirsch. Wer kann beim Sargtänzer schon sicher sein? Täuschung ist seine stärkste Waffe. Mit einem schiefen Grinsen erwiderte er: „Ich bin zu 92 Prozent sicher.“

Sellitto stieß ein sarkastisches Lachen aus.

„Wir haben versucht, jeden seiner möglichen Schritte zu berücksichtigen“, sagte Dellray beruhigend.

In diesem Moment klingelte es an der Haustür. Gleich darauf erschien ein untersetzter Mann mittleren Alters, den Rhyme nicht kannte. Dellrays Stöhnen ließ allerdings vermuten, daß es Ärger geben würde.

Der Besucher wies sich aus als Reginald Eliopolos, stellvertretender Staatsanwalt im südlichen Distrikt von New York. Rhyme fiel ein, daß dieser Mann der für den Fall Hansen zuständige Anklagevertreter war.

„Sie sind Lincoln Rhyme, stimmt's? Hab schon viel von Ihnen gehört.“ Eliopolos ging auf Dellray zu. „Freut mich, Sie zu sehen, Fred. Wie mir zu Ohren gekommen ist, haben Sie eine ziemlich große Operation vorbereitet, ohne sie mit übergeordneten Stellen abzusprechen. Aber man muß ja gelegentlich improvisieren, nicht wahr?“ Dann marschierte Eliopolos zu dem Mikroskop und schaute durch das Okular. „Aha“, bemerkte er. Was er dort entdeckt haben konnte, war Rhyme schleierhaft, denn das Gerät war abgeschaltet.

„Könnten Sie vielleicht ...“, setzte er an.

„... die Jagd abblasen?“ Eliopolos fuhr herum. „Sicher. Passen Sie mal auf: Vor dem Federal Building steht ein gepanzerter Lieferwagen. Ich möchte die Zeugen im Fall Hansen in einer Stunde in diesem Fahrzeug haben. Percey Clay und Brit Hale werden dann in die Zeugenschutzeinrichtung des Bundes in Shoreham auf Long Island gebracht. Und da werden sie bleiben, bis sie vor der Grand Jury erscheinen müssen. Damit wäre die Jagd beendet. Was sagen Sie dazu?“

„Halten Sie das für eine gute Idee?“

„Ja, durchaus. Das ist unserer Meinung nach klüger, als daß die beiden von der New Yorker Polizei als Köder in einem persönlichen Rachefeldzug benutzt werden.“

Sellitto stöhnte auf, aber Eliopolos hielt seine ganze Aufmerksamkeit auf Rhyme gerichtet. „Haben Sie wirklich geglaubt, bei uns würde kein Mensch draufkommen, daß es sich bei dem Gesuchten um die Person handelt, die vor fünf Jahren zwei Ihrer Mitarbeiter umgebracht hat?“

Rhyme hatte in der Tat gehofft, daß niemand sich daran erinnern würde.

„Passen Sie mal auf", fuhr der Staatsanwalt fort. „Ich möchte keinen Kleinkrieg. Daran liegt mir nichts. Ich bin hinter Hansen her."

Rhyme hatte Philip Hansen tatsächlich fast vergessen. Als der Waffenhändler jetzt erwähnt wurde, begriff er mit einemmal, was Eliopolos im Sinn hatte. „Sie haben draußen in Shoreham einige tüchtige Agenten, nicht wahr?" fragte er ganz unschuldig. „Und Sie haben Ihre Leute aufgeklärt, wie gefährlich der Sargtänzer ist?"

Der Anklagevertreter schwieg einen Moment und erwiderte dann: „Sie sind im Bilde."

„Und wie lauten die Anweisungen?"

„Anweisungen?" fragte Eliopolos stockend. Er war nicht dumm.

Rhyme lachte und schaute Sellitto und Dellray an. „Unser Freund von der Staatsanwaltschaft will am Ende wieder über drei Zeugen verfügen, mit deren Hilfe er Hansen festnageln kann, nämlich Percey, Hale – und den Sargtänzer höchstpersönlich. Er will Percey ebenfalls als Köder benutzen." Er wandte sich wieder dem Staatsanwalt zu. „Sie befürchten, daß Ihr Beweismaterial gegen Hansen nicht besonders überzeugend ist, ganz gleich, was Mrs. Clay und Hale gesehen haben."

Eliopolos versuchte es mit Aufrichtigkeit. „Verdammt, die beiden haben ihn ja nicht einmal richtig zu Gesicht bekommen! Außerdem könnte es durchaus sein, daß wir die Seesäcke gar nicht finden oder, wenn doch, das darin befindliche Beweismaterial beschädigt ist."

„Aber wenn Sie Hansens Killer lebend erwischen, soll der dann seinen Auftraggeber verpfeifen", meldete sich Sellitto zu Wort. „Was würden Sie ihm denn in Aussicht stellen?"

„Ich weiß nicht. Das wurde noch nicht besprochen."

„Haben Sie was Schriftliches dabei?" fragte Rhyme.

„Ich habe gehofft, daß Sie kooperativ sein würden."

„Sind wir aber nicht."

„Verstehe. Ich kann in drei bis vier Stunden eine Anordnung für die Schutzhaft kriegen."

Am Sonntag morgen? dachte Rhyme. „Wir rücken die beiden nicht raus", entgegnete er. „Tun Sie, was Sie wollen."

Bei Sonnenaufgang wurde Percey Clay in der düsteren Geheimunterkunft wach. Sie stieg aus dem Bett, ging zum Fenster, schob die Vorhänge zur Seite und betrachtete den öden grauen Himmel. Dunst hing in der Luft. Sichtweite 400 Meter, schätzte sie. Sie hoffte, daß sich die Witterungsbedingungen bis zur Abflugzeit am Abend verbesserten. Sie konnte zwar bei jedem Wetter fliegen, aber es gefiel ihr, wenn sie unter sich den Boden und die Lichter und über sich die Wolken und Sterne sehen konnte. *All diese Sterne…*

Percey dachte wieder an Ed und das Telefonat, das sie mit seiner Mutter in New Jersey geführt hatte. Sie hatten über den Gedenkgottesdienst gesprochen. Jetzt war eine gute Gelegenheit, sich darüber noch weitere Gedanken zu machen und die Gästeliste aufzustellen. Doch es gelang Percey nicht; andere Dinge gingen ihr durch den Kopf. Sie drückte die Stirn an die Scheibe. Es gab so viel zu erledigen. Foxtrot Bravo mußte instand gesetzt werden, und sie mußte sich um das Navigationslogbuch kümmern.

„Hallo", sagte eine freundliche Stimme hinter ihr.

Percey wandte sich um und sah Roland Bell an der Tür stehen. „Guten Morgen", erwiderte sie.

Bell ging schnellen Schrittes auf sie zu. „Wenn Sie die Vorhänge offen haben wollen, sollten Sie lieber in Deckung gehen." Er zog sie wieder zu.

„Wie ich höre, stellt Rhyme dem Sargtänzer eine Falle, mit deren Hilfe er den Kerl garantiert fangen wird", sagte Percey.

„Nun, es heißt, daß Lincoln Rhyme immer recht hat. Darauf würde ich bei diesem Killer aber keine allzu große Wette eingehen." Bell spähte durch den Vorhang. Dann wandte er sich um und fragte: „Wie wär's mit einem Kaffee?"

AN DIESEM frühen Sonntag morgen spiegelten sich dunkle Wolken in den Fenstern des alten Hauses. Es sah nach Regen aus.

Die Frau stand im Morgenmantel an einem der Fenster. Dunkles, lockiges, zerzaustes Haar umgab ihr blasses Gesicht.

Einen Häuserblock von der Geheimunterkunft in der 35. Straße Ost entfernt, kauerte Stephen Kall auf dem Dach eines Wohngebäudes in einer dunklen Ecke unter einem Wasserspeicher und schaute durch sein Fernglas. Die Spiegelbilder der Wolken zogen über den mageren Körper der Frau hinweg. Stephen wußte, daß das Glas schußsicher war und zumindest die erste Kugel abprallen lassen würde.

Ein Mann erschien neben ihr und schloß die Vorhänge. Dann spähte er durch den Spalt und ließ seinen Blick über die Dächer wandern, auf denen sich ein Scharfschütze logischerweise aufhalten würde. Der Mann machte einen tüchtigen und gefährlichen Eindruck.

Nachdem Stephen Kall das Telefonat zwischen der Frau und Ron Talbot abgehört hatte, hatte er ein aus dem Internet heruntergeladenes Software-Programm laufen lassen. Es verfolgte den Anruf zurück und lieferte ihm eine Nummer mit der Vorwahl 212. Das hieß Manhattan. Danach hatte er es auf einen Versuch ankommen lassen.

Soldat, wie erringt man den Sieg?

Indem man jede Möglichkeit in Betracht zieht, selbst die unwahrscheinlichste, Sir.

Er hatte sich ins Internet eingeklinkt und die Telefonnummer in ein Programm eingegeben, mit dessen Hilfe man Adresse und Name des jeweiligen Anschlußinhabers in Erfahrung bringen konnte. Bei nicht im Telefonbuch eingetragenen Anschlüssen funktionierte es allerdings nicht. Stephen war sicher gewesen, daß man nicht so dumm sein würde, die Nummer einer sicheren Unterkunft im Telefonbuch aufführen zu lassen.

Er hatte jedoch falschgelegen. Auf dem Bildschirm war die Anschrift JAMES L. JOHNSON, 258 EAST 35TH STREET erschienen. Stephen hatte im Federal Building in Manhattan angerufen und darum gebeten, mit Mr. James Johnson verbunden zu werden. Als er wirklich durchgestellt worden war, hatte er aufgelegt.

Und nun befand er sich hier oben auf dem Dach, und die Frau und der Freund waren in Reichweite seiner Handfeuerwaffen. Er konzentrierte sich auf seine Aufgabe und bemühte sich, nicht weiter über die offenkundige Parallele der augenblicklichen Situation nachzugrübeln: das Gesicht am Fenster, das nach ihm Ausschau hielt.

Er fühlte sich ein bißchen zappelig, aber nicht sehr.

Der Spalt zwischen den Vorhängen verschwand. Stephen betrachtete noch einmal das Haus, in dem sich die Geheimunterkunft befand.

Es war ein frei stehendes, dreigeschossiges Sandsteingebäude. Der seitliche Durchgang zur nächsten Straße sah wie ein finsterer Burggraben aus. Die Feuertreppe war echt, doch wenn man die mit Vorhängen versehenen Fenster genau anschaute, stellte man fest, daß dahinter alles dunkel war. Vermutlich waren sie von innen her mit Stahlplatten gesichert und boten daher keinen Zugang über die Feuertreppe. Wo sich der wirkliche Notausgang befand, hatte Stephen aber bereits entdeckt: an der Stelle im Durchgang, wo man ein großes Theaterplakat auf die Backsteine geklebt hatte. Er sah die Objektive der in die Mauern eingelassenen Überwachungskameras. Immerhin standen in dem Durchgang Abfallsäcke sowie mehrere Mülltonnen. Er konnte aus einem Fenster des angrenzenden Bürogebäudes in den Durchgang klettern, die Mülltonnen als Deckung benutzen und so zum Notausgang gelangen. Denn im ersten Stock des Bürogebäudes stand tatsächlich ein Fenster offen, und der Vorhang wehte immer wieder nach draußen. Derjenige, der die Überwachungsbildschirme beobachtete, hatte sich mittlerweile bestimmt an diese Bewegungen gewöhnt. Stephen konnte sich also vom Fenster aus die knapp zwei Meter hinab in den Durchgang fallen lassen und dann hinter eine der Mülltonnen und von dort zum Notausgang schleichen.

Soldat, Lagebeurteilung.

Sir, ich bin zu dem Schluß gekommen, daß ein Einmannangriff gute Aussichten auf Erfolg hat.

Trotz dieser optimistischen Einschätzung wurde Stephen wieder kribbelig, als er sich diesen Lincoln vorstellte, der nach ihm fahndete: eine dicke, schleimige Made, die sich durch Spalten nach oben schob. Die an seinem Bein hochkroch und daran nagte.

Abwaschen! Abwaschen!

Was willst du abwaschen, Soldat? Hast du etwa die Hosen voll?

Sir, nein, Sir. Ich bin hart wie Stahl, Sir. Todbringend, Sir.

Tief durchatmen. Ruhig werden.

Stephen versteckte den Baßgitarrenkasten mit dem NATO-Gewehr unter dem Wassertank. Seine übrige Ausrüstung verstaute er in einer großen Tragetasche. Dann zog er eine Windjacke an, setzte eine Baseballmütze auf und kletterte die Feuertreppe hinunter.

Das Bürogebäude neben der Geheimunterkunft war vermutlich menschenleer. Stephen würde niemanden umzulegen brauchen. Die Eingangshalle lag verlassen da, und im Innern gab es keine Überwachungskameras. Die Tür des Haupteingangs stand offen; sie war mit einem Gummistopper festgestellt. Neben ihr waren Sackkarren für einen Möbeltransport aufgestapelt. Es war verlockend, aber es bedeutete auch, daß das Gebäude doch nicht ganz verlassen war. Da Stephen aber nicht mit irgendwelchen Möbelpackern zusammentreffen wollte, ging er wieder nach draußen und bog um die Ecke. Er schlüpfte hinter einen Kübel, in dem eine Fichte gepflanzt war, schlug mit dem Ellbogen das schmale Fenster eines dunklen Büroraumes ein und stieg ein. Fünf Minuten lang stand er mit der Pistole in der Hand regungslos da. Dann schob er sich auf den Gang hinaus.

Stephen langte vor dem Büro an, aus dem seiner Vermutung nach der Vorhang nach draußen wehte, und griff bereits nach dem Türknauf, als sein Instinkt ihm plötzlich befahl, von seinem Plan abzuweichen. Er ging zur Treppe und stieg hinunter ins muffige, höhlenartige Untergeschoß.

Leise arbeitete sich Stephen zu der Wand vor, die dem Gebäude mit der Geheimunterkunft am nächsten war. In einem düsteren, mit alten Geräten vollgestopften Lagerraum fand er ein Fenster, das sich hinaus auf den Durchgang öffnete. Da es sehr schmal war, mußte nicht nur das Glas, sondern auch der Rahmen entfernt werden. Doch sobald er draußen wäre, könnte er sich hinter den aufgestapelten Abfallsäcken verstecken.

Ich hab's geschafft, dachte Stephen. Ich hab sie alle ausgetrickst, auch den schleimigen Lincoln. Die Gewißheit bereitete ihm schon genausoviel Vergnügen, wie er bei der Beseitigung der beiden Zeugen empfinden würde.

Stephen zog einen Schraubendreher aus der Tragetasche und fing an, die grauen Glaserkittwülste aus dem Fensterrahmen zu entfernen. Er war so in seine Arbeit vertieft, daß er die Bewegung hinter sich zu spät bemerkte. Als er den Schraubendreher fallen ließ und nach seiner Beretta griff, stand der Mann bereits hinter ihm und drückte ihm eine Pistole in den Nacken. „Wenn du dich bewegst, bist du tot", hörte Stephen ihn flüstern.

VERMUTLICH ein Colt mit einem kurzen Lauf oder eine Smith & Wesson. *Riecht nach Rost, Sir.*

Soldat, was sagt uns eine rostige Waffe?

Eine Menge, Sir.

Stephen Kall hob die Hände.

„Laß die Knarre fallen und das Walkie-talkie auch!" befahl ihm der Mann. Seine hohe Stimme bebte vor Nervosität.

Was für ein Walkie-talkie? dachte Stephen.

„Los, schnell, oder ich puste dir das Gehirn weg!"

Stephen ließ seine Waffe fallen. „Ich hab kein Sprechfunkgerät", sagte er.

„Dreh dich um. Und komm ja nicht auf dumme Gedanken!"

Als Stephen sich umwandte, sah er einen knochigen kleinen Mann mit stechendem Blick vor sich. Er war schmutzig und sah krank aus. Seine Nase lief, die Augen waren bedenklich gerötet, sein dichtes braunes Haar war verfilzt. Und er stank. Der abgenutzte kurzläufige Colt zeigte auf Stephens Bauch. Der Hahn war gespannt; der Mann brauchte nur noch abzudrücken. Stephen setzte ein freundliches Lächeln auf. „Hör mal, ich mach keine Schwierigkeiten."

Nervös tastete der Mann seinen Oberkörper ab. Davon ließ er sich so ablenken, daß Stephen ihn leicht hätte umbringen können. Aber er bewegte sich nicht einen Millimeter, als die Finger des anderen an seinem Körper entlangglitten. Schließlich trat der Mann einen Schritt zurück. „Wo ist dein Partner?“

„Wer?“

„Laß den Quatsch! Du weißt genau, wen ich meine.“

Stephen fühlte sich plötzlich wieder kribbelig. „Ich hab keine Ahnung, wovon du redest.“

„Der Bulle war eben noch hier.“

„Ein Bulle?“ flüsterte Stephen. „Hier in diesem Gebäude?“ Er ging zum Fenster und schaute nach draußen.

„Stehenbleiben! Oder ich schieße!“

„Steck das Ding weg!“ verlangte Stephen. Er begann das Ausmaß seines Fehlers zu erkennen, und ihm wurde speiübel.

Die Stimme des Mannes überschlug sich. „Bleib, wo du bist!“

„Sind die auch draußen im Durchgang?“ fragte Stephen ungerührt.

Verwirrt schwieg der Mann einen Augenblick lang. „Du bist also wirklich kein Bulle?“ wollte er dann wissen.

„Sind die auch draußen im Durchgang?“ wiederholte Stephen mit fester Stimme.

„Vor einer Weile war dort ’ne ganze Anzahl. Wie’s jetzt aussieht, weiß ich nicht.“

Stephen starrte hinaus. Die Abfallsäcke waren mit Bedacht aufgestellt worden.

„Wenn du jemand ein Zeichen gibst, kannst du was erleben!“

„Ach, halt doch dein Maul!“ Ganz langsam, geduldig wie eine Boa, ließ Stephen seinen Blick durch den Durchgang schweifen. Schließlich sah er auf den Pflastersteinen einen schwachen Schatten, der sich ein wenig bewegte. Und auf dem Dach eines Gebäudes sah er beim Fahrstuhlturm ebenfalls einen unruhigen Schatten. Dieser Wurm namens Lincoln hatte damit gerechnet, daß er käme, hatte sogar geahnt, daß er vom Nachbargebäude aus den Durchgang benutzen würde.

Das Gesicht am Fenster.

Die Tür mit dem Stopper, das offene Fenster und der wehende Vorhang waren eine Einladung gewesen. Und der Durchgang bot das ideale Schußfeld. Einzig und allein sein Instinkt hatte ihn gerettet.

Dieser Lincoln hatte ihm eine Falle gestellt. Wer zum Teufel war er?

Stephen kochte vor Wut. Aber dann überlegte er: Wenn sie ihm auflauerten, gingen sie nach der üblichen Fahndungs- und Überwachungstaktik vor. Er drehte sich um. „Wie lange ist es her, daß der Bulle hier nachgeschaut hat?“

Die Augen des Mannes flackerten, und dann wurden sie vor Angst größer. Der schwarze Lauf des Colts zeigte immer noch auf Stephen. „Zehn Minuten."

„Wie ist er bewaffnet?"

„Er hat so 'n neumodisches Ding dabei, das wie 'ne Maschinenpistole aussieht."

„Wer bist du eigentlich?" fragte Stephen.

„Ich muß mich von dir nicht ausfragen lassen", antwortete der Mann abwehrend. Er bewegte die Hand, in der er den Colt hielt, und wischte sich mit dem Ärmel seine triefende Nase ab. Im Bruchteil einer Sekunde hatte Stephen ihm den Revolver entrissen und ihn zu Boden gestoßen.

„Nein! Tu mir nicht weh!"

„Maul halten!" Stephen öffnete den kleinen Colt. In der Trommel steckte keine einzige Patrone. „Der ist leer?" fragte er ungläubig.

Der Mann zuckte mit den Achseln. „Na ja, wenn man geschnappt wird und die Knarre ist nicht geladen, muß man nicht so lang in den Knast."

Stephen hatte gute Lust, den Burschen allein dafür umzulegen, weil er so blöd war, mit einer ungeladenen Waffe herumzulaufen. „Was hast du hier zu suchen?"

„Im Obergeschoß sind Arztpraxen", wimmerte der Mann. „Sonntags ist niemand da, also such ich nach Ärzteproben von Percodan, Fiorinal, Diätpillen und ähnlichem Zeug."

„Wie heißt du?" fragte Stephen und hob seine Beretta auf.

„Jodie. Eigentlich Joe D'Oforio, aber alle nennen mich Jodie."

Stephen starrte zum Fenster hinaus. Auf dem Dach des Gebäudes bewegte sich ein weiterer Schatten. „Okay, Jodie, jetzt paß mal auf. Willst du zu Geld kommen?"

„NUN, WAS tut sich?" fragte Rhyme ungeduldig.

„Er befindet sich immer noch in dem Gebäude östlich der Geheimunterkunft, er hat den Durchgang noch nicht betreten", berichtete Sellitto, der sich zusammen mit Haumann, Dellray und Amelia Sachs in einem als Postfahrzeug getarnten Lieferwagen am Ende des Blocks befand.

„Wieso nicht? Er muß zwangsläufig auf den Durchgang kommen."

„Die Männer überprüfen sämtliche Stockwerke. Im Büro ist er nicht."

Also nicht in dem Büro mit dem offenen Fenster. Verflucht! Rhyme hatte mit den anderen darüber debattiert, ob man wirklich den Vorhang wehen lassen und den Sargtänzer auf diese Weise anlocken sollte. Es war zu plump gewesen, der Killer hatte Verdacht geschöpft.

„Sind alle einsatzbereit?“ fragte Rhyme.

„Natürlich. Entspannen Sie sich.“

Aber das konnte er nicht. Fünf Minuten zuvor hatten zwei Beamte der Sondereinheit ein kaputtes Fenster entdeckt. Der Sargtänzer hatte die offenstehende Vordertür also verschmäht, war aber dennoch eingedrungen, um seinen Anschlag auszuführen. Doch dann hatte ihn irgend etwas aus dem Konzept gebracht. Jetzt befand er sich in dem Gebäude, und sie hatten keine Ahnung, wo genau er sich aufhielt. In einem dunklen Raum lauerte eine Giftschlange. Wo war er? Was hatte er vor? Rhyme verlor allmählich die Fassung. Die Risiken waren unkalkulierbar.

„Geld könnt ich schon gebrauchen“, sagte Jodie.

„Dann hilf mir, hier rauszukommen.“

„Was hast du hier zu schaffen? Sind die etwa hinter dir her?“

Stephen betrachtete das kümmerliche Männchen von Kopf bis Fuß. Ein Verlierertyp, aber kein Verrückter oder Dummkopf. Er hielt es für die beste Vorgehensweise, dem Kerl die Wahrheit zu sagen. Im übrigen würde der in wenigen Stunden sowieso nicht mehr am Leben sein.

„Ich bin hergekommen, um jemanden umzulegen.“

„Mann! Bist wohl ’n echter Gangster? Wen willst du denn umlegen?“

„Jodie, sei still! Wir sind in ’ner brenzligen Situation.“

„Wir? Ich hab nichts getan.“

„Du bist aber zur falschen Zeit am falschen Ort“, erwiderte Stephen. „Und das ist Pech, denn man wird glauben, daß du mit mir zusammenarbeitest. Also, wirst du mir helfen?“

Jodie bemühte sich, seine Ängstlichkeit zu verbergen. „Ich möcht aber nichts abkriegen.“

„Wenn du auf meiner Seite stehst, kann dir nichts passieren.“

Jodies Knopfaugen blickten nachdenklich. „Wieviel springt für mich dabei denn raus?“

„Fünftausend.“

Der kleine Schmutzfink war platt. „Tatsache?“

Stephen lachte. „Ich kriege ’ne ganze Menge Kohle für den Job. Und wenn wir hier rauskommen, könnte ich deine Hilfe noch mal brauchen.“

In der Ferne war ein Geräusch zu hören. Schritte kamen näher.

Es war dieser Polizist von der Sondereinheit, der nach ihm suchte. Stephen lauschte auf die Schritte. Es war nur einer. „Also, hilfst du mir?“

Jodie mußte nicht lange nachdenken. Wenn er sich weigerte, würde er die nächste Minute nicht mehr erleben. „Okay." Er streckte die Hand aus.

Stephen ignorierte sie. „Wie kommen wir raus?"

„Siehst du die Schlackensteine dort? Man kann sie rausziehen. Und dann kommt man in einen alten Leitungstunnel."

„Tatsächlich?" Stephen wünschte, er hätte das früher gewußt.

„Der Tunnel bringt uns zur Untergrundbahn. Dort wohne ich – in einer alten Bahnstation." Jodie ging auf die Mauer zu.

„Halt", sagte Stephen leise. „Ich möchte, daß du folgendes tust: Stell dich dort beim Eingang auf."

„Aber da sieht er mich doch gleich, sobald er reinkommt."

„Stell dich dort auf, mit erhobenen Händen."

„Er wird mich erschießen", wimmerte Jodie und fuhr sich übers Gesicht.

„Das wird er nicht tun. Verlaß dich auf mich."

Jodie seufzte. „Okay, okay."

Die Schritte kamen näher. Stephen legte die Finger an die Lippen. Dann kauerte er sich nieder.

Die Schritte wurden leiser, dann hörten sie ganz auf. Ein Mann in FBI-Einsatzmontur erschien in der Tür und schob sich gleich darauf in den Raum. An seiner Waffe war ein Scheinwerfer befestigt. Als der Lichtstrahl auf Jodies Bauch traf, tat der Polizist etwas, das Stephen in Erstaunen versetzte: Er fing an, den Abzug zu drücken.

Die Bewegung war kaum wahrnehmbar. Stephen hatte aber schon so viele Tiere und Menschen erschossen, daß er mit den Muskelbewegungen vertraut war, die dem Abfeuern einer Waffe vorangehen. Er sprang hoch, schlug dem Beamten die Maschinenpistole aus der Hand und riß ihm Kopfhörer und Mikrofon herunter. Dann rammte er dem FBI-Agenten sein Kampfmesser unter den Trizeps und paralysierte so dessen rechten Arm. Der Mann schrie vor Schmerz.

Sie haben grünes Licht, mich zu töten, dachte Stephen. Sie brauchen nicht zu warten, ob ich mich ergeben will. Sie schießen, sobald sie mich zu Gesicht bekommen. Egal, ob ich bewaffnet bin oder nicht.

„O Gott, du stichst ihn ja ab!" rief Jodie.

„Halt's Maul!" Stephen knebelte den Polizisten mit einem Lappen. „Räum das Schlupfloch frei."

Jodie starrte ihn an. „Aber ..."

„Jetzt gleich!" raunzte Stephen ihn an. „Und warte dort auf mich!"

Jodie rannte zu den Schlackensteinen. Währenddessen stellte

Stephen den FBI-Agenten auf die Beine. Sie hatten grünes Licht, ihn zu töten! Dieser Wurm namens Lincoln hatte das Todesurteil über ihn gefällt. Stephen war außer sich vor Wut.

Er verband den Kopfhörer wieder mit dem Sprechfunkgerät des Beamten, schaltete das Mikrofon ab und horchte. Zwölf bis vierzehn Polizisten meldeten sich im Verlauf ihrer Hausdurchsuchung.

Stephen hatte nicht viel Zeit. Er führte den benommenen FBI-Mann in den gelbgestrichenen Gang und zog erneut sein Messer heraus.

„VERDAMMT!" bellte Rhyme und bespritzte dabei sein Kinn mit Speichel. Als Thom an den Rollstuhl herantrat, um die Spucke wegzuwischen, wies Rhyme ihn ärgerlich zurück. „Bo?" rief der Kriminalist in sein Mikrofon.

„Ich höre", meldete sich Haumann aus dem Lieferwagen, in dem sich die Einsatzleitung befand.

„Ich glaube, er hat was spitzgekriegt und will sich durchkämpfen. Weisen Sie Ihre Agenten an, Abwehrteams zu bilden."

„Warten Sie einen Moment ... Du meine Güte!"

„Bo? Sachs? Oder sonst jemand?" Rhyme bekam jedoch keine Antwort. Dann vernahm er laute Stimmen. „Wir brauchen Hilfe! Im Untergeschoß ist eine Blutspur ... Innelman meldet sich nicht. Er war ... Innelman ist hier! Schwer verletzt. Verdammt, er blutet stark!"

„RHYME, kannst du mich hören?" fragte Amelia Sachs.

„Ja, sprich weiter."

„Ich bin vor einem Lagerraum im Untergeschoß. Hier sieht's schlimm aus." Sie schaute sich um. An den gelben Betonwänden waren überall Blutspritzer. Die Szenerie ähnelte einem Horrorgemälde. Armer Innelman, dachte sie.

Im Gang beugten sich zwei FBI-Sanitäter und Dellray mit besorgten Gesichtern über ihren Kollegen. „John, was hat er dir angetan? O Mann!" Der schlaksige Agent trat zurück, während sich die Sanitäter an die Arbeit machten. Innelmans glasige Augen waren halb geöffnet. „Ist er ...?" fragte Dellray.

„Er gibt noch Lebenszeichen von sich." Die Sanitäter legten Kompressen auf die Stichwunden, brachten an einem Arm und Bein des Verletzten Aderpressen an und sorgten für Plasmazufuhr. „Wir müssen ihn schnell in die Klinik bringen."

Sie legten Innelman auf eine Trage und eilten den Korridor entlang. Dellray folgte ihnen.

„Hat er was gesagt?“ fragte Rhyme.

„Nein. Ich weiß nicht, ob sie ihn retten können. Mist!“

„Nicht die Nerven verlieren, Amelia. Wir müssen rausfinden, wo sich der Sargtänzer aufhält – sofern er noch in der Nähe ist. Gib mir eine Beschreibung des Lagerraums.“

„Also, da ist ein Fenster, das auf den Durchgang hinausgeht. Sieht aus, als hätte er angefangen, den Kitt zu entfernen. Keine Türen.“

„Laß uns sehen, ob es was Brauchbares gibt.“

Amelia kniete sich hin und öffnete den schweren Koffer, in dem sich die Gerätschaften zum Sichern der Spuren befanden. Sie schaltete das PoliLight an und ging herum. Das Gerät enthüllte zahlreiche Fingerabdrücke, aber Amelia fand auch die blutigen Abdrücke eines Baumwollhandschuhs, die man mit bloßen Augen erkennen konnte. Sorgfältig sammelte sie die Spuren mit dem Handstaubsauger.

„Was siehst du sonst noch?“ fragte Rhyme.

„Ziemlich viel Staub. Und kleine Steinbrocken oder so was.“

„Oder so was?“ Rhyme klang angesäuert. „Riech mal.“

„Es ..., es riecht wie ... Ach, ich weiß nicht. Wie Mauerwerk eben.“

„Ich will es genauer wissen, Amelia!“

„Mörtel“, flüsterte Amelia. „Es könnte Mörtel sein. Vielleicht hat er sich einen Weg nach draußen gegraben.“ Sie leuchtete umher, bis sie zwei schlecht sitzende Schlackensteine entdeckte. „Rhyme, ich habe seinen Fluchtweg entdeckt! In der Wand sind einige Steine locker.“

„Finger weg! Laß Männer von der Eingreiftruppe kommen.“

Amelia rief mehrere Beamte zu sich. Diese entfernten die Steine und leuchteten mit den Lampen, die an ihren Maschinenpistolen festgeschraubt waren, in den Hohlraum hinein. „Alles in Ordnung!“ rief einer von ihnen.

Amelia zog ihre Waffe und zwängte sich in den kühlen, feuchten Gang. Er war schmal und führte abwärts zu einer Öffnung in der Grundmauer. Mit dem PoliLight fuhr sie über die Stellen, an denen sich der Sargtänzer zwangsläufig festgehalten haben mußte. „Hoppla! Frische Fingerabdrücke... Aber Moment – hier sind auch wieder Abdrücke von den Handschuhen. Rhyme, das kapiere ich nicht. Vielleicht hat er die Handschuhe ausgezogen, weil er meinte, er sei jetzt in Sicherheit.“ Amelia richtete den gespenstischen gelbgrünen Lichtstrahl auf den Boden. „Oh, zwei verschiedene Fußspuren. Das sind also gar nicht seine Fingerabdrücke. Er ist nicht allein. Rhyme, er hat einen Partner!“

„WAS HAST du mitgebracht?“ wollte Rhyme wissen.

Amelia Sachs war zurückgekehrt und ging nun mit Mel Cooper das Material durch, das sie am Ort des Geschehens eingesammelt hatte. Zusammen mit den Männern von der Eingreiftruppe war sie den Fußabdrücken bis zu einem Zugangstunnel der Elektrizitätsgesellschaft nachgegangen. Dort hatten sich die Spuren des Sargtänzers und seines Begleiters verloren.

Amelia gab Cooper einen der Fingerabdrücke, die sie entdeckt hatte. Er scannte ihn in den Computer ein und veranlaßte eine AFIS-Suche. Das automatische Fingerabdruck-Identifizierungssystem AFIS besitzt landesweit Zugriff auf die digitalisierten Fingerabdruck-Datenbanken der Polizei, des Militärs und der zivilen Verwaltung. Dann hielt Amelia Rhyme zwei Folien mit elektrostatischen Abbildungen hin. „Das sind die Fußabdrücke aus dem Gang. Der eine Abdruck stimmt mit einem anderen überein, den der Sargtänzer in dem Büro hinterlassen hat, durch das er eingedrungen ist.“

„Bei seinen Schuhen handelt es sich um normale Fabrikware“, stellte Rhyme fest. „Laß mich den anderen Abdruck mal genauer anschauen, Amelia.“

Die kleineren Schuhe waren am Absatz sehr abgelaufen, und die rechte Sohle wies ein großes Loch auf.

„Sieht so aus, als wäre der Freund des Sargtänzers ein Obdachloser“, vermutete Rhyme. „Daß er am Ort des Geschehens Fingerabdrücke hinterlassen hat, deutet darauf hin, daß er kein Profi ist. Er muß etwas haben, was der Sargtänzer braucht.“

„Zum Beispiel die Kenntnis, wie man aus dem Gebäude rauskommen kann“, meinte Amelia.

Cooper wandte sich weiterem Material zu. Er legte Proben auf einen Glasträger, schob diesen unter das Mikroskop und stellte die Verbindung zu Rhymes Computer her.

Der Kriminalist gab seine Anweisungen. „Befehlsmodus, Cursor nach links. Stopp. Doppelklick.“ Er betrachtete den Monitor. „Noch mehr Mörtel von den Schlackensteinen. Schmutz und Staub. Von wo stammt das, Amelia?“

„Ich habe es bei den Steinen zusammengekratzt und den Boden des Ganges abgesaugt. Außerdem habe ich ein Häufchen davon hinter einigen Kartons gefunden, wo sich offenbar jemand versteckt hatte.“

„Okay. Mel, untersuchen Sie das mal im Spektrometer. Da ist Zeug dabei, das ich auf den ersten Blick nicht erkenne.“

Der Chromatograph ratterte, während er die einzelnen Bestandteile trennte und identifizierte. Cooper schaute auf den Bildschirm und stieß ein verblüfftes Lachen aus. „Lincoln, der Bursche ist eine wandelnde Apotheke. Es werden eine ganze Menge Aufputsch- und Beruhigungsmittel angezeigt."

„Verdammt!" murmelte Sellitto. „Der Sargtänzer hat also zur Abwechslung mal einen Drogensüchtigen bei sich."

„In dem Gebäude befinden sich verschiedene Arztpraxen", sagte Amelia. „Der Kerl hat dort vermutlich Tabletten geklaut."

„Ich habe eine E-Mail bekommen", meldete Cooper. „Die AFIS-Überprüfung war negativ. Vom großen Unbekannten sind nirgendwo Fingerabdrücke gespeichert."

„Mist!" fluchte Rhyme. Warum mußte alles so kompliziert sein? „Was steckt denn hier drin, Amelia?" murmelte er dann.

Der Beutel enthielt ein Papiertaschentuch mit einem schmierigen bräunlichen Fleck. „Das Zeug habe ich an einem der Schlackensteine gefunden, die rausgenommen wurden. Ich glaube, es ist an seinen Händen gewesen."

„Wie kommst du darauf?"

„Weil ich meine Hand im Dreck gerieben und dann einen weiteren Stein weggeschoben habe. Der Fleck sah genauso aus."

Ein schlaues Köpfchen, meine Amelia, dachte Rhyme. Die vergangene Nacht kam ihm in den Sinn – wie sie zusammen im Bett gelegen hatten. Aber dann wischte er die Erinnerung beiseite. „Was ist das für Zeug, Mel?"

„Sieht wie Schmierfett aus. Mit Staub, Schmutz, Holzfasern und organischem Material durchsetzt, bei dem es sich wohl um tierisches Fleisch handelt. Die einzelnen Bestandteile sind alle sehr alt. Und schauen Sie sich das mal an."

Rhyme betrachtete auf seinem Computerbildschirm ein paar silbrig glänzende Teilchen. „Metall, das irgendwo abgeschliffen oder abgekratzt wurde. Schieben Sie alles in das Spektrometer!"

Cooper befolgte Rhymes Anweisung. „Petrochemisch. Unaufwendig raffiniert, ohne Zusätze. Eisen mit Spuren von Mangan, Silikon und Kohlenstoff."

„Einen Moment." Rhyme starrte zur Decke hinauf. „Alter Stahl, der in einer Bessemerbirne aus Roheisen hergestellt wurde."

„Hier ist noch etwas: Kohlenteer."

„Das ist Kreosot!" rief der Kriminalist. „Ich hab die Lösung! Der Sargtänzer hat seinen ersten großen Fehler gemacht. Sein Partner ist der reinste Wegweiser!"

„Und wohin zeigt der?“ fragte Amelia.

„Zur Untergrundbahn. Das Schmierfett ist alt, der Stahl stammt von altem Inventar, und das Kreosot war an Schienennägeln. Der Sargtänzer brauchte den Mann, weil er ein Versteck suchte. Sein Begleiter ist vermutlich ein obdachloser Drogenabhängiger, der in einem stillgelegten Tunnel oder einer stillgelegten U-Bahn-Station haust.“ Er verstummte, als er bemerkte, daß die anderen auf den Gang hinausstarrten, wo der Schatten eines Mannes aufgetaucht war.

„Dellray, sind Sie das?“ fragte Sellitto. „Was gibt's?“

„Innelman ist eben gestorben. Er hatte zuviel Blut verloren.“

„Das tut mir leid“, sagte Amelia.

Rhyme dachte an Dellrays Undercoveragenten Tony Panelli, der vermutlich auch nicht mehr lebte, und an die merkwürdigen Sandkörner, die der einzige Hinweis darauf waren, wo er sich aufgehalten hatte. Und nun hatte Dellray einen weiteren Kollegen verloren.

Der FBI-Agent schaute Rhyme mit einem furchterregenden Gesichtsausdruck an. „Wissen Sie, wieso Innelman abgestochen wurde? Das sollte ein Ablenkungsmanöver sein, um uns eine Weile von der Fährte fernzuhalten. Haben Sie schon Anhaltspunkte?“

„Ein paar.“ Rhyme berichtete ihm von dem obdachlosen Begleiter des Sargtänzers, den Tabletten und dem Unterschlupf irgendwo in der U-Bahn. „Es gibt aber noch mehr Spuren, die wir untersuchen müssen.“

„Spuren“, flüsterte Dellray verächtlich. „Wegen eines Ablenkungsmanövers mußte ein tüchtiger Mann sterben. Das will mir nicht in den Kopf.“

„Fred, warten Sie. Wir brauchen Sie.“

Aber Dellray gab keine Antwort und marschierte aus dem Zimmer.

SIEBTES KAPITEL *24. VON 45 Stunden*

„Das ist mein Zuhause“, sagte Jodie.

Eine Matratze, alte Kleider. Konservendosen. Ein paar Bücher. Die übelriechende U-Bahn-Station, in der Jodie hauste, war vor Jahrzehnten stillgelegt worden. Ein guter Aufenthaltsort für Würmer, dachte Stephen angewidert.

Sie hatten die drei oder vier Kilometer lange Strecke von der Geheimunterkunft bis hierher ausschließlich unterirdisch zurückgelegt, waren zunächst durch Kellergeschosse, Tunnels und riesige Kanalisationsrohre geschlichen. Schließlich hatten sie den U-Bahn-Tunnel erreicht und waren gut vorangekommen, auch wenn der schwächliche Jodie immer nach Luft geschnappt und Mühe gehabt hatte, mit Stephen Schritt zu halten.

Es gab eine Tür, die auf die Straße führte. Sie war von innen mit Brettern vernagelt. Lichtstrahlen fielen schräg durch die Ritzen herein. Stephen spähte in das trübe Frühjahrswetter hinaus. An den Straßenecken menschliche Wracks, auf dem Gehweg leere Schnapsflaschen und überall weggeworfene Ampullen.

Hinter sich hörte er es klappern. Als er sich umwandte, sah er, daß Jodie die gestohlenen Pillen in verschiedene Kaffeedosen sortierte. Stephen holte aus seiner Tragetasche fünftausend Dollar heraus. „Hier ist das Geld."

Jodies Blick ging zwischen den Banknoten und Stephens Gesicht hin und her. Schließlich streckte er seine magere Hand aus und nahm das Geld.

„Wenn du mir noch mal hilfst, kriegst du zehn Riesen dazu."

Auf Jodies rotem Gesicht erschien ein zaghaftes Lächeln. Er stöberte in seinen Kaffeedosen herum und schluckte eine Pille. „Dieses blaue Teufelchen sorgt dafür, daß man sich so richtig wohl fühlt. Willst du auch eins?"

„Äh ..., nein", antwortete Stephen.

Jodie legte sich auf die Matratze und schloß die Augen. „Zehntausend." Nach einer Weile sagte er: „Du hast ihn umgebracht, stimmt's?"

„Wen?" fragte Stephen.

„Den Bullen dort in dem Haus."

„Kann sein. Genau weiß ich's nicht. Ist auch unwichtig."

„Du warst mal Soldat, stimmt's? Hab ich gleich gemerkt."

Stephen wollte zuerst lügen, überlegte es sich plötzlich aber anders. „Nein. Aber beinahe. Mein Stiefvater war bei den Marines. Ich hab mich auch beworben, aber sie haben mich nicht genommen."

„Die haben dich abgelehnt? Ist ja nicht zu fassen! Du hast doch das Zeug zu 'nem erstklassigen Soldaten!" Jodie betrachtete Stephen von Kopf bis Fuß und nickte dabei. „Du bist kräftig, hast starke Muskeln." Er lachte. „Ich dagegen krieg selten Bewegung, höchstens wenn ich vor den Kids davonrenne, die mich ausrauben wollen. Und du siehst auch gut aus. Wie die Soldaten im Kino."

Stephen fing an, rot zu werden. „Also, das bildest du dir nur ein."

„Ich wette, deine Freundin glaubt das auch."

Stephen wurde ein bißchen zappelig. „Gibt's irgendwo Wasser?"

Jodie deutete auf eine Kiste Mineralwasser. „Hab ich geklaut.“ Stephen öffnete zwei Flaschen und fing an, sich die Hände zu waschen.

„Oder haste etwa keine Freundin?“ Das Medikament bewirkte, daß Jodie zu nuscheln begann.

„Im Moment nicht“, antwortete Stephen und fügte erläuternd hinzu: „Ich bin aber nicht schwul, falls du das denkst.“

„Tu ich nicht“, erwiderte Jodie benommen. „Hab auch keine. Kein Wunder. Seh nicht so gut aus wie du.“

Stephen spürte, daß er jetzt ganz rot im Gesicht war. Er schrubbte stärker. Seine Hände prickelten. Er empfand plötzlich das seltsame Bedürfnis, mit einem Menschen zu reden, der vielleicht Verständnis für ihn aufbringen würde. „Weißt du, ich bringe Leute nicht einfach so um. Ich mache das beruflich. Schon mein Stiefvater hat mir beigebracht, nüchtern und systematisch vorzugehen.“

„Und was ist deine Methode?“

„Du schleichst dich in die Gegend ein. Du schätzt das Risiko ab. Du erteilst jemandem den Auftrag, die Aufmerksamkeit von dem Opfer wegzulenken. Es soll so aussehen, als würdest du aus einer bestimmten Richtung kommen, aber dann stellt sich raus, daß es nur ein Junge ist, der was ausliefert. In der Zwischenzeit hast du dich dem Opfer von hinten genähert. Du isolierst es, und dann wird es eliminiert.“

„Weißte“, sagte Jodie, „man könnt meinen, daß Profikiller verrückt sind. Kommst mir aber nicht so vor.“

„Ich glaube nicht, daß ich verrückt bin“, erwiderte Stephen trocken.

„Die Leute, die du umbringst, sind das fiese Typen? Gehör'n die zur Mafia?“

„Nun, sie spielen denen, die mich dafür bezahlen, daß ich sie umbringe, übel mit.“

Jodie lachte besäuselt, mit halb geschlossenen Augen. „Was gut und böse ist, beurteil'n manche Leute anders.“

„Okay, was ist gut, was böse?“ entgegnete Stephen. „Manche Profikiller sprechen von ihren Opfern als Objekten. Es gibt einen Typ, der nennt sie Leichen. Schon bevor er sie umgebracht hat. Dadurch wird die Sache leichter für ihn, glaube ich. Mir ist das egal, ich halte mich an die Tatsachen. Zur Zeit bin ich hinter der Frau und dem Freund her. Es sind Leute, die ich umlegen muß, das ist alles.“

Jodie dachte über Stephens Worte nach. „Hör mal“, sagte er dann, „ich glaub nicht, daß du böse bist. Böses sieht unschuldig aus, erweist sich aber dann als schlecht. Du bist so, wie du bist. Find ich gut.“

Stephen errötete wieder. „Ich jage dir Angst ein, nicht wahr?“ fragte er nach einer Weile.

„Nein“, antwortete Jodie. „Aber ich möcht dich nicht zum Feind haben, weiß Gott. Ich hab den Eindruck, daß wir Freunde sind. Ich glaub nicht, daß du mir was antust.“

„Nein“, sagte Stephen. „Wir sind Partner.“

„Du hast von deinem Stiefvater gesprochen. Lebt der noch?“

„Nein, er ist gestorben.“ Stephen schaute zu, wie Jodie die Geldscheine in einem Schlitz versteckte, der in seiner schmutzigen Matratze klaffte. „Was willst du mit dem Geld anfangen?“

Jodie setzte sich auf und schaute ihn mit ernster, wenn auch etwas dümmlicher Miene an. „Ich möcht dir was zeigen.“ Er zog ein Buch aus der Tasche. Es trug den Titel „Schluß mit der Abhängigkeit“. „Ich hab's aus der Buchhandlung am St. Marks Place geklaut. Ist für Leute, die vom Alkohol oder von Drogen wegkommen wollen. Ist ziemlich gut. Da werden Kliniken erwähnt, in die man gehen kann. Ich hab eine gefunden, in New Jersey. Man bleibt vier Wochen dort, und wenn man rauskommt, ist man geheilt.“

„Das wäre nicht schlecht für dich“, sagte Stephen.

Jodie verzog das Gesicht. „Kostet aber 14 000 Dollar.“

„Da verdient jemand 'ne schöne Stange Geld.“ Stephen bekam für jeden Mord 150 000 Dollar, aber das teilte er seinem neuen Freund und Partner nicht mit.

Jodie seufzte und wischte sich die Augen. Wenn er Drogen nahm, wurde er offenbar weinerlich. Wie Stephens Stiefvater beim Trinken. „Mein Leben ist versaut“, jammerte er. „Ich bin mal aufs College gegangen. Hab dann in 'ner Firma gearbeitet. Bis ich die Kündigung bekam. Hatte schon immer 'n Drogenproblem. Na ja.“

Stephen setzte sich neben ihn. „Du kriegst das Geld, und dann gehst du in diese Klinik. Dort wird man dafür sorgen, daß du ein neues Leben beginnen kannst.“

Jodie zeigte ein mattes Lächeln. „Mein Vater hatte so 'ne Redensart. Wenn's was Schwieriges zu erledigen gab, sagte er immer: ‚Es ist kein Problem, bloß ein Faktor.‘“

„Kein Problem, bloß ein Faktor“, wiederholte Stephen. „Das gefällt mir.“ Um dies zu unterstreichen, legte er seine Hand auf Jodies Bein.

Ein Labyrinth. Das U-Bahn-System von New York hat eine Länge von über 400 Kilometern und umfaßt mehr als ein Dutzend Einzelstrecken, die vier Verwaltungsbezirke durchqueren. Mit Hilfe eines

Satelliten ein im Nordatlantik treibendes Segelboot zu finden wäre für Rhymes Team leichter gewesen, als zwei Männer aufzustöbern, die sich in der New Yorker U-Bahn versteckt hielten.

Rhyme, Sellitto, Cooper und Amelia Sachs betrachteten eine mit Tesafilm an die Wand geklebte Streckenkarte. Der Kriminalist befahl seinem Computer, eine Telefonnummer zu wählen. Kurz darauf war er mit Sam Hoddleston verbunden, dem Chef der U-Bahn-Polizei, und setzte ihn über den Sargtänzer und dessen Partner ins Bild. „Wir glauben, daß sie sich in einem stillgelegten Abschnitt aufhalten. Vermutlich in Manhattan. Wir haben eine Karte zur Hand, und mit Ihrer Unterstützung könnten wir die Sache vielleicht eingrenzen."

„Ich bin Ihnen gern behilflich", erwiderte Hoddleston.

Rhyme warf einen Blick auf das übrige Spurenmaterial, das der Begleiter des Sargtänzers hinterlassen hatte. „Der aufgefundene Schmutz besteht weitgehend aus Feldspat und Quarzsand. Es gibt kaum Gesteinsreste, keinerlei Kalkstein und keinen Glimmerschiefer aus Manhattan. Wir konzentrieren uns deshalb auf die Downtown-Gegend, wo die U-Bahn nicht auf gewachsenem Fels, sondern auf weicherem Untergrund verläuft. Wir überlegen, ob die nähere Umgebung der Canal Street in Frage kommen könnte."

Hoddleston war nicht optimistisch. Im Laufe der Jahre seien zahlreiche Verbindungstunnels, Bahnsteige und Stationsabschnitte stillgelegt worden, betonte er. Aber er erklärte sich bereit, eine Aufstellung der am ehesten in Frage kommenden Stellen zu faxen.

Fünf Minuten später summte das Gerät, und Thom legte dem Kriminalisten die Liste vor. „Amelia, bist du startbereit?" fragte Rhyme. Sie nickte. Während Sellitto nach dem Telefon griff, um die Einsatzkräfte zu verständigen, fügte Rhyme mit Nachdruck hinzu: „Amelia, du wirst dich weiter hinten aufhalten, verstanden? Du bist für die Spurensicherung zuständig. Vergiß das nicht. Nur für die Spurensicherung."

Auf einem Bordstein saß Leon, der Hausierer. Neben ihm hockte der Bärenmann, der zu seinem Namen gekommen war, weil er immer einen Einkaufswagen voller Plüschtiere vor sich herschob. Man konnte sie kaufen, aber niemand war so bescheuert, für sein Kind solch lumpiges Spielzeug zu erwerben. Die beiden hausten in der Nähe von Chinatown in einem Durchgang und lebten von Flaschenpfand, Almosen und kleinen Diebstählen.

Leon und der Bärenmann schauten auf die andere Straßenseite hinüber, wo ein anderer Obdachloser lag, ein Schwarzer, der offensichtlich krank war. Sein häßliches Gesicht zuckte. Aber er schien bewußtlos zu sein.

„Der is ja am Abkratzen“, sagte Leon. „Der brauch’ Hilfe.“

„Schau’n wir mal“, erwiderte der Bärenmann.

So scheu wie zwei Mäuse schlichen sie über die Straße.

Der Schwarze starrte vor Schmutz. Er trug abgewetzte Jeans und Socken, die völlig verdreckt waren. Schuhe hatte er keine an. Auf seiner schmierigen, löchrigen Jacke stand: CATS ... THE MUSICAL.

Leon berührte ihn am Bein. Der Mann fuhr zusammen, kam zu sich und setzte sich auf.

„Hey, Kumpel, biste okay?“ Sie wichen ein paar Schritte zurück.

Cats griff sich an den Bauch. Ein Zittern überlief ihn, und er hustete lange.

„Komm, geh’n wir, der macht mir angst.“ Der Bärenmann wollte zu seinen Plüschtieren zurück.

„Ich brauch Hilfe“, murmelte Cats. „Hab Schmerzen, Mann.“

„Es gibt ’ne Klinik dort drüben ...“

„Kann in keine Klinik geh’n“, murmelte Cats, als hätten sie ihn beleidigt. Er war also einschlägig vorbestraft. Dieser Typ konnte sie nur in Schwierigkeiten bringen.

„Ich brauch Arznei. Habt ihr was? Kann bezahlen. Hab Kohle.“

Das wäre den beiden nicht sehr glaubhaft vorgekommen, wenn sie nicht bemerkt hätten, daß Cats ein Dosensammler war, und zwar ein sehr fleißiger. Neben ihm stand ein riesiger Sack mit Getränkedosen, die er aus dem Müll herausgeklaubt hatte.

„Wir ham keine Pillen. Willst ’nen Schluck trinken? Wir ham ’ne Flasche Schnaps.“

Cats stand mühsam auf. „Will kein’ Schnaps. ’n paar Kids ham mich verkloppt. Ich brauch Arznei.“ Er stöhnte und griff sich an die Seite.

„Da gibt’s ’nen Typ“, sagte Leon, „der wollt uns gestern Pillen verkaufen. Hatte ’n ganzes Sortiment, und ’s war ihm schnurz, daß ihn jeder seh’n konnt.“

„Ich hab Kohle.“ Cats fummelte in seiner schmierigen Jackentasche herum und zog drei zerknitterte Zwanzigdollarnoten hervor. „Siehste? Und wo ist der Typ?“

„Drüben bei der City Hall. In der alten U-Bahn-Station.“

„Mir geht’s so schlecht, Mann. Wieso ham die mich verkloppt? Ich sammle doch bloß Dosen.“ Cats wischte sich die Stirn. „Vielleicht geh ich hin zu dem. Wie heißt er?“

„Weiß nicht“ antwortete Leon. „Joe oder so. Vielleicht Jodie.“

„Jodie... Mann, ich brauch was. Mir geht's echt schlecht, Mann. Ganz schlecht.“ Cats stolperte los und zog seinen Sack Dosen hinter sich her.

STEPHEN saß neben Jodie auf der Matratze und hörte mit, was auf der Telefonleitung von Hudson Air gesprochen wurde. Ron Talbot setzte sich mit einem Lieferanten für Turbinenersatzteile auseinander. Da es Sonntag war, hatte er Schwierigkeiten, die für die Reparatur benötigten Ersatzteile zu bekommen. Weitere Telefonate gab es nicht.

Frustriert schaltete Stephen das Gerät aus. Waren die Frau und der Freund immer noch in der Geheimunterkunft? Oder waren sie verlegt worden? Was dachte sich Lincoln, dieser König der Würmer, jetzt aus? Wie clever war er?

Und wer war er überhaupt? Stephen versuchte, ihn sich als ein Ziel im Fadenkreuz vorzustellen. Er erblickte aber nur eine Menge Würmer und ein Gesicht, das ihn durch ein verdrecktes Fenster ganz ruhig betrachtete. Dann merkte er, daß Jodie etwas zu ihm gesagt hatte. „Wie?“

„Was hat denn dein Stiefvater außer den Marines gemacht?“

„Lou? Ach, gelegentlich Aushilfsarbeiten. Ging viel auf die Jagd und zum Fischen. In Vietnam ist er ein Kriegsheld gewesen. Da ist er hinter die feindlichen Linien gegangen und hat vierundfünfzig Schlitzaugen kaltgemacht. Den Politikern hat's gefallen und den Leuten auch.“

„Hat er dir all das beigebracht, was du jetzt kannst?“

„Ja, die Grundausbildung habe ich von ihm bekommen.“

Als Junge war Stephen hinter Lou hergegangen, wenn sie durch die Hügel marschiert waren. Stundenlang hatten sie im Gras auf der Lauer gelegen. Schweißtropfen waren ihnen auf die Knöchel ihrer Zeigefinger gefallen, die sich um den Abzug ihrer Winchestergewehre gekrümmt hatten.

Sie hatten Eichhörnchen, wilde Truthähne und Rotwild geschossen. Bären hatten sie ebenfalls erlegt, wenn sie auf welche gestoßen waren. Und an schlechten Tagen sogar Hunde.

„Mach sie tot, Soldat. Schau mir zu.“ Bumm! Der Rückstoß an der Schulter, der entsetzte Blick eines sterbenden Tieres.

Und bei Nacht hatten sie im Hinterhof des Hauses an einem Feuer gesessen. Die Funken waren hinauf zum Himmel und auf das offene Fenster zugeflogen, an dem seine Mutter gestanden hatte, während sie das Geschirr vom Abendessen gespült hatte. Lou, ein strammer, kleiner Mann – mit fünfzehn war Stephen schon so groß wie sein Stiefvater gewesen –, hatte immer wieder einen Schluck Whiskey genommen und ununterbrochen geredet, ganz gleich, ob Stephen ihm zugehört hatte oder nicht.

„Ich möchte, daß du morgen mit dem Messer eine Hirschkuh erlegst. Schaffst du das, Soldat?“

„Jawohl, Sir, das schaffe ich.“

„Es geht so: Du suchst eine Hirschkuh mit einem Kitz. Du gehst nahe ran. Das ist das schwierigste an der Sache. Um die Mutter erwischen zu können, mußt du das Kitz bedrohen. Du bewegst dich auf das Kleine zu. Die Hirschkuh wird dir nachgehen. Dann schneidest du ihr – ratsch! – die Kehle durch.“ Lou hatte noch einen Schluck genommen. „Junge, was haben wir doch für eine schöne Zeit miteinander!“

Daraufhin war er nach drinnen gegangen und hatte das Geschirr inspiziert. Manchmal war an dem einen oder anderen Teller noch etwas Fett zurückgeblieben. Stephen, der neben dem Feuer auf dem Rücken gelegen hatte, hatte dann aus dem Haus Schläge und Gewimmer gehört.

„Wieso bist du nicht zu den Marines gekommen?“ fragte Jodie jetzt.

„Ach, das war 'ne blöde Sache“, erwiderte Stephen und schwieg einen Moment. „Als Junge bin ich in Schwierigkeiten gekommen. In unserer Stadt gab's einen Mann, der die Leute drangsalierte. Ich sah, wie er einer Frau den Arm verdrehte. Sie war krank. Wie kam er dazu, ihr weh zu tun? Ich sagte ihm, er solle damit aufhören, sonst würde ich ihn umbringen. Nun, die Sache geriet außer Kontrolle. Er holte ein Messer raus, ich nahm es ihm ab und erstach ihn. Ich kriegte zwei Jahre wegen Totschlags. Wegen dieser Vorstrafe wurde ich bei den Marines abgewiesen.“

Jodie legte Stephen die Hand auf die Schulter. „Das war nicht fair, und es tut mir sehr leid für dich“, sagte er. Seine grünen Augen leuchteten.

Stephen, dem es nie schwerfiel, einem Mann ins Gesicht zu sehen, schaute Jodie kurz an und senkte dann den Blick. Es war merkwürdig, aber plötzlich sah er ein Bild vor seinem geistigen Auge: Wie er zusammen mit Jodie in einer Holzhütte saß, jagte, fischen ging und über dem Lagerfeuer kochte.

Er stand rasch auf und schaute zwischen den Verschlägen hinaus. Die Straße war menschenleer bis auf eine Gruppe obdachloser Männer – vier Weiße und ein Schwarzer. Stephen kniff die Augen zusammen. Der Schwarze, der einen großen Abfallsack voller Dosen dabeihatte, redete, schaute sich um, gestikulierte und bot den Sack einem der Weißen an. Dieser schüttelte jedoch den Kopf. Stephen schaute den Männern eine Weile zu, dann ging er zu der Matratze zurück und setzte sich neben Jodie. „Besprechen wir doch mal das weitere Vorgehen. Es gibt einen, der nach mir sucht."

Jodie lachte. „Nach allem, was in dem Haus passiert ist, hab ich den Eindruck, daß 'ne ganze Menge Leute nach dir suchen."

„Einer ganz besonders. Er heißt Lincoln."

Jodie nickte. „Ist das sein Vorname?"

„Weiß ich nicht. Mit einem wie ihm hab ich noch nie zu tun gehabt."

„Was ist er?"

Ein Wurm. „Vielleicht ein Polizist oder einer vom FBI oder ein Berater. Ich weiß nicht genau." Stephen fiel ein, daß die Frau Ron Talbot gegenüber von Lincoln gesprochen hatte wie über einen Guru. Wieder spürte er ein Kribbeln. Er legte seine Hand auf Jodies Schulter, und das seltsame Gefühl verschwand. „Jetzt hat er mich zum zweiten Mal gestoppt. Ich frage mich, was er wohl vorhat, aber ich finde die Antwort nicht."

„Was willst du denn wissen?"

„Ob er sie aus der Unterkunft rausschaffen wird."

„Wen? Die Leute, die du umlegen sollst?"

„Genau. Er wird versuchen, mich in die Irre zu führen. Er läßt sich was einfallen."

„Das macht dir zu schaffen, wie?" wollte Jodie wissen.

„Ich seh ihn nicht vor mir. Ich kann mir nicht vorstellen, was er tun wird. Alle anderen, die je hinter mir her waren, seh ich vor mir."

„Und was soll ich für dich tun?" fragte Jodie.

Stephen stöberte in seiner Tragetasche herum, zog ein schwarzes Handy heraus und gab es ihm.

„Was ist denn das?"

„Ein Telefon. Und du sollst es benutzen."

Jodie untersuchte es, als hätte er noch nie eines gesehen. „Ein Handy! Toll!"

„Scharfschützen haben immer einen Späher", erklärte Stephen. „Er macht das Ziel ausfindig und schätzt die Entfernung."

„Du möchtest, daß ich das für dich erledige?"

„Genau. Ich glaub nämlich, daß Lincoln die beiden verlegen wird. Ich hab einfach so ein Gefühl." Stephen schaute auf seine Uhr. „Okay, paß mal auf: Ich möchte, daß du um halb eins wie ein ..., äh, wie eben ein Obdachloser die Straße entlanggehst und dabei das Haus beobachtest. Vielleicht könntest du die Mülltonnen durchsuchen."

„Nach Flaschen. Tu ich ja sonst auch."

„Du stellst fest, in was für einen Wagen sie steigen, dann rufst du mich an und erzählst es mir. Ich werde in der Straße um die Ecke in einem Auto warten. Du darfst dich aber nicht hinters Licht führen lassen."

„Okay, das kann ich machen. Und du knallst sie auf der Straße ab?"

„Das kommt drauf an. Ich kann auch improvisieren."

Jodie betrachtete das Handy. „Ich weiß nicht, wie es funktioniert."

Stephen erklärte es ihm. „Ruf mich an, wenn du in Position bist."

Jodie schaute auf. „Weißt du, wenn das vorbei ist und wenn ich die Rehabilitation hinter mir hab, könnten wir uns doch mal treffen, um 'nen Saft oder Kaffee zu trinken. Was meinst du dazu?"

„Gute Idee", antwortete Stephen. „Wir könnten –"

Plötzlich ertönte an der Tür ein donnerndes Klopfen. Stephen fuhr herum, zog die Waffe aus der Tasche und hielt sie mit beiden Händen fest.

„Mach auf!" rief eine Stimme von draußen. „Sofort! Jodie, du bist doch da drin. Wo steckste, zum Teufel?"

Stephen trat an die Bretter und schaute hindurch. Es war der Schwarze, den er gerade gesehen hatte. Er trug eine zerrissene Jacke mit der Aufschrift CATS ... THE MUSICAL.

„Wo ist der kleine Jodie Joe?" brüllte der Obdachlose.

„Kennst du den?" fragte Stephen.

Jodie blickte hinaus und zuckte mit den Schultern.

„Ich weiß, daß du da bist, Mann. Jodie! Jodie!" Ein übler, rasselnder Hustenanfall folgte.

„Er wird bald verschwinden", meinte Jodie.

„Moment", sagte Stephen. „Er könnte uns vielleicht nützlich sein. Er sieht furchteinflößend aus. Wenn du ihn mitnimmst, werden sie auf ihn achten, nicht auf dich."

„Ich brauch Stoff, Mann", jammerte Cats. „Los, komm schon! Ich bin ganz wacklig!" Mit aller Kraft trat er gegen die Tür.

„Geh raus zu ihm", sagte Stephen. „Versprich ihm, daß er was kriegt, wenn er mit dir geht. Sorg dafür, daß er den Müll durchstöbert, während du das Haus beobachtest. Das wär 'ne prima Methode!"

„Na gut, einverstanden." Jodie holte tief Luft und ging hinaus. „He, schrei nicht so rum!" fuhr er den Schwarzen an. „Was willst du?"

Stephen sah, wie der Dosensammler den schmächtigen Jodie mit gierigem Blick musterte. „Hab gehört, daß du Pillen verkaufst, Mann. Ich hab Moos. Aber wo isses denn?" Erst nachdem er ein paarmal seine Taschen abgeklopft hatte, bemerkte er, daß er die Banknoten in seiner linken Hand hielt.

„Okay", entgegnete Jodie. „Du mußt aber zuerst was für mich tun. Hilf mir, 'n paar Mülltonnen zu durchstöbern und Dosen rauszufischen."

„Dosen?" brüllte Cats. „Dafür kriegste doch nich' viel."

„Wenn du mir hilfst, bekommst du die Pillen umsonst."

„Umsonst?" Der Schwarze schaute sich um, als suchte er jemanden, der ihm dies begreiflich machen könnte. „Wo soll ich anfangen?"

„Einen Moment." Jodie ging wieder nach drinnen. „Er ist dabei", berichtete er Stephen.

„Gut gemacht", erwiderte dieser lächelnd.

Jodie lächelte ebenfalls. Als er sich wieder der Tür zuwenden wollte, sagte Stephen: „He, warte mal."

Der kleine Mann blieb stehen.

„Ich bin froh, daß ich dich getroffen hab", bemerkte Stephen ganz unvermittelt.

„Bin auch froh, daß ich dich getroffen hab", entgegnete Jodie und fügte nach kurzem Zögern hinzu: „Partner." Er streckte die Hand aus.

„Partner", bekräftigte Stephen.

ACHTES KAPITEL *25. von 45 Stunden*

Die Debatte war hitzig. „Ich bin da völlig anderer Meinung, Lincoln", widersprach Lon Sellitto gerade. „Wir müssen die beiden verlegen. Andernfalls wird er die Geheimunterkunft ein zweites Mal aufs Korn nehmen."

Rhyme wünschte, Dellray wäre da – und Amelia Sachs auch. Seine Partnerin war jedoch mit dem gemeinsamen Einsatztrupp der Polizei und des FBI unterwegs, der die stillgelegten U-Bahn-Stationen überprüfte. Doch bis jetzt hatten die Beamten keine Spur des Sargtänzers oder seines Helfers entdeckt.

„Nein, wir verlegen sie nicht", entgegnete Rhyme unnachgiebig. „Er würde ihnen folgen, ganz gleich, wohin wir sie brächten. Hier sind wir mit den Gegebenheiten vertraut und haben Erfahrung mit seiner Vorgehensweise. Hier haben wir außerdem gute Möglichkeiten, ihm nochmals eine Falle zu stellen."

„Das ist allerdings richtig", räumte Sellitto ein.

„Es wird ihn überdies aus dem Tritt bringen. Er überlegt jetzt ebenfalls. Wenn wir die beiden verlegen – und das nimmt er wohl an –, wird er versuchen, sie unterwegs zu erwischen. Auf der Straße ist das

Sicherheitsrisiko stets größer als in Gebäuden. Nein, wir müssen sie an Ort und Stelle lassen und uns gegen seinen nächsten Schritt wappnen. Halten Sie sich einsatzbereit, Lon."

Aber habe ich tatsächlich recht? fragte sich Rhyme im stillen. Weiß ich denn wirklich, was der Sargtänzer denkt?

Einer der an der Haustür postierten Beamten erschien im Gang. Er gab Thom einen Umschlag und kehrte an seinen Platz zurück. Thom öffnete den Umschlag und las die Mitteilung. „Das FBI hat einen Experten für Sand ausfindig gemacht."

Es betraf den Fall Tony Panelli. Rhyme warf einen Blick auf das Schreiben.

> Bei der zur Analyse vorgelegten Substanz handelt es sich strenggenommen nicht um Sand, sondern um feines Korallengeröll von Riff-Formationen. Die Substanz enthält Bruchstücke von Meerwürmern und Schneckenhäuschen. Als Herkunftsort kommt die nördliche Karibik in Frage, höchstwahrscheinlich Kuba oder die Bahamas.

Die Karibik. Ist ja interessant, dachte Rhyme. Sobald der Sargtänzer hinter Schloß und Riegel ist, könnte ich mich zusammen mit Amelia wieder um den verschwundenen FBI-Agenten kümmern.

LAUTLOS umstellte die Sondereinheit die alte U-Bahn-Station. Mehrere Leute aus der Umgebung hatten angegeben, ein Drogenabhängiger betreibe von dort aus einen Handel mit Pillen. Sie hatten ihn als schmächtigen Mann beschrieben, was zu der kleinen Schuhgröße der Abdrücke in dem unterirdischen Gang paßte.

Nach der Fertigstellung der aufwendigen, nur wenige Häuserblocks entfernten Haltestelle City Hall hatte man die Station geschlossen. Jetzt war sie nur noch ein düsteres Loch. Die Spezialteams der Polizei gingen in Stellung, während die FBI-Kräfte Kopfhörer, Mikrofone und Infrarotsichtgeräte aufsetzten. Andere Beamte leiteten den Verkehr um. Der Einsatzleiter beorderte Amelia vom Haupteingang weg und damit aus der Schußlinie. Sie erhielt den Auftrag, einen mit einem Eisengitter verschlossenen und einem Vorhängeschloß gesicherten Seitenausgang zu bewachen. Amelia fragte sich, ob Rhyme mit Haumann wohl vereinbart hatte, ihr einen ruhigen Posten zuzuweisen, um sie zu beschützen.

Aus den schmutziggrauen Wolken fiel ein kühler Regen. Er trommelte auf den Müll, der sich draußen vor dem Ausgang stapelte. Hielt sich der Sargtänzer tatsächlich dort drinnen auf? Amelia war überzeugt, daß er sich mit allen Mitteln zur Wehr setzen würde. Es ärgerte sie, daß sie an dieser Auseinandersetzung nicht teilnehmen konnte.

Sie ging die Stufen hinunter und drückte sich gegen die Wand. Sie untersuchte die Gitterstangen, die Kette und das rostige Vorhängeschloß, warf einen Blick in den düsteren Gang. Dort war nichts zu sehen und nichts zu hören.

Wo war er? Und wieso tat sich nichts? Die Antwort auf die zweite Frage erhielt sie wenig später über ihren Kopfhörer. Man wartete auf Verstärkung; Haumann hatte weitere Beamte angefordert.

Blödsinn! dachte Amelia. Völlig falsch. Wenn er da drin ist, braucht der Sargtänzer nur einen Blick nach draußen zu werfen, dann wird er sehen, daß kein einziges Auto unterwegs ist und kein einziger Fußgänger vorbeigeht. Er wird sofort erkennen, daß eine Operation im Gang ist. Es wird ein Blutbad geben. Begreifen die das nicht?

Sie stieg wieder hinauf zur Straße. Ganz in der Nähe befand sich ein Drugstore. Sie ging hinüber, kaufte zwei Dosen Butangas und lieh sich vom Ladenbesitzer eine eineinhalb Meter lange Metallstange.

Wieder am Ausgang angelangt, schob sie die Stange durch ein Kettenglied und bewegte sie, bis die Kette ganz straff war. Dann zog sie einen Handschuh an, goß das Butan auf das Metall und schaute zu, wie dieses unter der Einwirkung des eiskalten Gases erstarrte. Wie Diebe verschlossene Türen aufbrechen, hatte Amelia von ihrem Streifendienst am Times Square noch genau in Erinnerung.

Sie packte die Stange mit beiden Händen und drückte. Mit einem leisen Knacken ging das Kettenglied entzwei. Amelia fing die herabfallende Kette auf und legte sie geräuschlos auf einen Haufen Blätter. Dann drückte sie das Gitter auf und ging hinein, wobei sie ihre Glock aus dem Halfter zog. Ich hab dich auf dreihundert Meter Entfernung verfehlt, dachte sie. Auf dreißig Meter wird das nicht passieren. Ihre Gedanken wanderten einen Moment lang zu Rhyme. Er würde ihr Vorgehen natürlich nicht billigen. Aber er wußte ja auch nichts davon.

Sie verschwand in dem düsteren Gang, sprang über das ausgediente hölzerne Drehkreuz und ging auf die Treppe zu, die zum Bahnsteig der alten Station führte. Nach wenigen Metern hörte sie Stimmen.

„Ich muß weg. Hast du kapiert? Du haust jetzt ab."

Ein Weißer. War das der Sargtänzer? Amelias Herz pochte. Langsam atmen. Beim Schießen kommt es auf die Atmung an.

„He, was quasselst du da?" Die Stimme eines Schwarzen. Sie flößte Amelia Angst ein. „Ich kann Kohle auftreiben. Sechzig hab ich dabei, haste doch schon gesehn."

„Ich hab's mir eben anders überlegt. Ich geb dir aber trotzdem ein paar Pillen."

„Hast mir nich' gesagt, wo wir hingehn. Ich möcht's gern wissen."

Amelia stieg langsam die Stufen hinauf.

„Du gehst nirgendwo hin. Du sollst abhauen. Hier hast du ein Dutzend Pillen. Nimm sie und verschwinde."

„'n Dutzend – einfach so?" Der Schwarze stieß ein Gelächter aus.

Amelia näherte sich jetzt dem Ende der Treppe. Sie hatte den Bahnsteig schon fast vor sich. Sie war feuerbereit. Wenn er sich auch nur ein kleines bißchen bewegt, schieße ich, dachte sie. Ohne Rücksicht auf die Vorschriften.

Plötzlich gab es keine Stufen mehr. Als Amelia stürzte, drang ein erstickter Schrei aus ihrer Kehle.

Sie war in eine Falle getappt. Die oberste Stufe hatte nur auf zwei Schuhkartons geruht, die unter ihrem Gewicht eingeknickt waren. Rückwärts fiel sie die Treppe hinunter. Die Dienstwaffe entglitt ihrer Hand, und als sie über ihr Mikrofon um Hilfe rufen wollte, merkte sie, daß das Verbindungskabel nicht mehr im Funkgerät steckte.

Mit einem dumpfen Dröhnen landete Amelia auf dem untersten Treppenabsatz. Ihr Kopf krachte gegen das Geländer. Benommen rollte sie auf den Bauch.

„Na prima!" erklang die Stimme des Weißen vom Ende der Treppe.

„Wer zum Teufel is das?" fragte der Schwarze.

Amelia hob den Kopf. Der Weiße hatte nach einem Baseballschläger gegriffen und kam nun die Treppe herunter.

Gleich bin ich tot, dachte Amelia.

Ein Springmesser steckte in ihrer Hosentasche. Sie mußte ihre ganze Energie aufbieten, um sich auf den Rücken zu wälzen. Jetzt konnte sie nach dem Messer greifen. Aber es war schon zu spät. Der Weiße trat hart auf ihren Arm und schaute auf sie herunter.

Rhyme, ich hab's total vermasselt. Ich wünschte, wir hätten eine schönere Abschiedsnacht gehabt. Tut mir so leid.

Mit seiner sehnigen Hand, die wie eine Vogelklaue aussah, zog der Weiße, ein kleiner Mann, das Messer aus ihrer Tasche und warf es beiseite. „Jetzt erzähl mir mal, was du hier machst", murmelte er und schwenkte dabei den Baseballschläger. „Wer bist du?"

„Sie heißt Miß Amelia Sachs", ließ sich der obdachlose Schwarze vernehmen, der auf einmal gar nicht mehr wie ein Penner redete. Er kam blitzschnell näher und nahm dem Weißen den Baseballschläger ab. „Wenn ich mich nicht irre, ist sie hergekommen, um dich hochzunehmen. Und genau das will ich auch." Amelia sah, wie er sich zu voller Größe aufrichtete und eine große Automatikpistole auf den verblüfften Weißen richtete. Der schwarze Mann aus der Gosse hatte sich in Fred Dellray zurückverwandelt.

„Du bist ein Bulle?" zischte der andere. „Daß ich so 'n Scheißpech haben muß!"

„Pech spielte dabei keine Rolle", erwiderte Dellray. „Und jetzt werde ich dir Handschellen anlegen. Wenn du Widerstand leistest, wirst du die Folgen noch lange spüren. Hast du mich verstanden?"

„WAS HABEN wir denn hier?" fragte Rhyme und blies schwach in den Steuerungshalm, um seinen Rollstuhl ein wenig vorwärts zu bewegen.

„Ein Stück Scheiße", meinte Fred Dellray, der sich inzwischen gewaschen hatte und wieder seinen grünen Anzug trug. Er warf Jodie einen finsteren Blick zu. „Du hältst die Klappe, bis du gefragt wirst!"

„Sie haben mich reingelegt." Der arme Jodie war völlig durcheinander.

„Sei still, du halbe Portion!"

Rhyme war nicht erfreut darüber, daß Dellray auf eigene Faust losgezogen war. Aber er konnte nichts dagegen sagen, weil der FBI-Mann Ergebnisse vorweisen konnte. Außerdem hatte er Amelia das Leben gerettet. Sie sollte in Kürze eintreffen. Die Sanitäter hatten sie mitgenommen, um ihre Rippen röntgen zu lassen. Rhyme war bestürzt darüber, daß sie seine Ermahnungen in den Wind geschlagen und in der U-Bahn-Station ganz allein nach dem Sargtänzer gesucht hatte.

Sie ist genauso dickköpfig wie ich, dachte er.

„Ich wollte niemand was antun", protestierte Jodie.

„Hörst du schlecht? Ich sagte: Klappe halten!"

Sellitto trat nahe an Jodie heran. „Erzähl uns jetzt mal ein bißchen was über deinen Freund."

„Er ist kein Freund. Er hat mich gekidnappt. Ich hab dort –"

„Du hast Pillen geklaut. Das wissen wir. Red weiter."

„Er hat gesagt, daß er da wär, weil er einige Leute umlegen müßte. Ich hab gedacht, er bringt mich auch um. Er wollte, daß ich mich bei der Tür aufstelle, und dann kam dieser Polizist rein. Ich hab nicht geahnt, daß er ihn umbringen würde." Jodie verstummte.

„Weiter", drängte Sellitto.

„Er sagte, er würde mir Geld geben, wenn ich ihn von dort wegbringe, und so hab ich ihn durch den Tunnel raus und weiter bis zur U-Bahn-Station geführt."

„Wer hat ihn angeheuert? Hat er einen Namen genannt?“

„Nein, hat er nicht.“ Jodie wandte sich an Dellray und sagte mit einem Zittern in der Stimme: „Hören Sie, er wollte, daß Sie uns helfen. Er hat mir gesagt, wozu ich Sie einsetzen soll, und ist dann im U-Bahn-Tunnel verschwunden. Sobald er weg war, wollte ich zur Polizei gehen, das hatte ich fest vor. Ich wollte Sie doch loswerden, oder? Er ist ein schrecklicher Kerl. Ich hab Angst vor ihm.“

„Was sollten Sie für ihn erledigen?“ fragte Rhyme.

„Ich sollte vor einem Haus die Mülltonnen durchstöbern und dabei aufpassen, ob Autos von dort wegfahren würden. Das sollte ich ihm dann mit diesem Handy hier melden. Ich hatte wirklich vor, zur Polizei zu gehen.“

„Mann, es hat doch keinen Zweck, wenn du uns Märchen erzählst“, schnauzte Dellray ihn an.

„Ich hatt's aber tatsächlich vor“, entgegnete Jodie. „Ich dachte, es gäbe 'ne Belohnung.“

Rhyme sah seine gierige Miene und war geneigt, ihm zu glauben. Er schaute Sellitto an, und dieser nickte zustimmend.

„Wenn du jetzt mit uns zusammenarbeitest“, knurrte der Detective, „dann könnten wir dafür sorgen, daß du nicht in den Knast kommst. Aber eine Belohnung kann ich nicht versprechen. Um wieviel Uhr solltest du dort sein?“

„Um halb eins.“

Bis dahin waren es noch fünfzig Minuten. „Wie sieht er aus?“

„Anfang oder Mitte Dreißig. Nicht groß, aber kräftig. Der hat vielleicht Muskeln! Schwarze Haare, Bürstenschnitt. Rundes Gesicht.“

„Hat er einen Namen genannt? Oder erwähnt, wo er herkommt?“

„Ich weiß nicht, von wo er stammt. Er hat aber 'nen leichten Südstaatenakzent. Moment, er hat doch was erwähnt: Als Junge hat er in seiner Heimatstadt 'nen Mann erstochen.“

„Als Junge?“ Aber sogleich schüttelte Rhyme den Kopf. „Die Akten jugendlicher Straftäter werden leider unter Verschluß gehalten.“

„Und was war noch?“ bellte Dellray.

„Hören Sie“, sagte Jodie, „ich hab mir ein paar schlimme Dinge zuschulden kommen lassen, aber ich hab noch nie jemand verletzt. Dieser Kerl hat mich gekidnappt, er ist schwer bewaffnet und ein völlig verrückter Typ. Ich hatte Todesangst. Sie hätten genauso gehandelt wie ich.“ In diesem Augenblick erschien Amelia Sachs in der Tür.

Jodie wandte sich sofort an sie. „Sie können bestätigen, daß ich Ihnen nichts angetan hab.“

Amelia schaute ihn an, als wäre er ein ausgespuckter Kaugummi. „Er wollte mir mit dem Baseballschläger eins übern Schädel ziehen."

„Ist gar nicht wahr!"

„Wie geht es dir, Amelia?" fragte Rhyme.

„Ein paar blaue Flecken auf dem Rücken, weiter nichts."

Mit Sellitto und Dellray ging sie zu Rhyme hinüber, und die vier steckten die Köpfe zusammen. Der Kriminalist berichtete seiner Assistentin, was Jodie ausgesagt hatte, woraufhin Sellitto und Dellray meinten, die Angaben „des kleinen Mistkerls" seien glaubhaft, man müsse ihn jedoch an die kurze Leine nehmen.

Rhyme stimmte ihnen widerstrebend zu. Wenn sie dem Sargtänzer einen Schritt voraus sein wollten, brauchten sie Jodies Hilfe.

Sellitto wandte sich zu ihm um. „Wir bieten dir folgende Abmachung an: Wenn du uns behilflich bist, wenn du den Anruf so machst, wie er es wünscht, und wenn wir ihn daraufhin zu fassen kriegen, lassen wir alle Anklagepunkte fallen und sorgen dafür, daß du eine Belohnung bekommst."

„Wieviel?" fragte Jodie. „Ich brauch Geld für einen ..., äh, Kuraufenthalt. Mir fehlen noch zehntausend Dollar."

Sellitto schaute zu Dellray hinüber. „Ist in Ihrem Informantenfonds noch genügend drin?"

„Wenn wir halbe-halbe machen, könnte es reichen", antwortete der FBI-Mann.

„Tatsache?" Jodie lächelte. „Dann tu ich alles, was Sie wollen."

STEPHEN suchte seinen Weg durch einsame Seitenstraßen und Durchgänge und benutzte Busse. Wenn er Polizisten sah, machte er einen Bogen um sie. Und er bemühte sich, diesem Wurm namens Lincoln auszuweichen, den er nicht sah, der ihn aber aus jedem Fenster beobachtete und näher herankam.

Er dachte an Jodie. An das, was dieser gesagt hatte. Vielleicht könnten sie ja tatsächlich zusammen einen Kaffee trinken gehen, wenn der Auftrag erledigt war. Echten, extra starken Bohnenkaffee, wie ihn seine Mutter für seinen Stiefvater gekocht hatte. Mit Jodie fischen und auf die Jagd zu gehen wäre vielleicht auch denkbar.

Es war noch nicht zu spät, den Plan abzuändern. Es gab immer noch Alternativen. Er könnte Jodie anweisen, die Sache fallenzulassen. Mit der Frau und dem Freund konnte er auch allein fertig werden.

Fallenlassen, Soldat? Was redest du da?

Sir, hat nichts zu bedeuten, Sir. Ich lass' mir nur verschiedene Möglichkeiten durch den Kopf gehen, Sir.

Stephen bog in eine schmale Gasse, die sich auf der Rückseite einer Feuerwache befand. Dort versteckte er seine Tragetasche hinter einer Mülltonne und zog das unter seiner Jacke verborgene Messer aus der Scheide.

Als Stephen die Hintertür der Feuerwache öffnete, wurde ihm klar, daß der Plan jetzt nicht mehr geändert werden durfte. Die Voraussetzungen waren überaus günstig, und er durfte sie nicht ungenutzt lassen, zumal es die Chance gab, nicht nur die Frau und den Freund zu erledigen, sondern auch den Wurm Lincoln und die rothaarige Polizistin.

Jodie würde in einer Viertelstunde anrufen. Stephen würde zum letzten Mal seine helle Stimme hören.

Das Opfer isolieren und dann eliminieren. Ich habe wirklich keine andere Wahl, überlegte Stephen. Und im übrigen: Worüber hätten wir denn nach dem Kaffee reden sollen?

Es BLIEB nun nichts zu tun, als abzuwarten. Rhyme lag allein oben in seinem Schlafzimmer im Bett und hörte mit, was auf der Sondereinsatzfrequenz gesprochen wurde. Er war todmüde. Es war zwölf Uhr am Sonntag mittag. Er hatte sehr wenig Schlaf bekommen und war völlig erschöpft. Was hauptsächlich daran lag, daß er immer wieder überlegt hatte, wie man den Sargtänzer überlisten könnte. Jetzt mußte sein Körper den Preis zahlen.

Cooper hielt sich unten im Labor auf; alle anderen, auch Amelia Sachs, befanden sich in der Geheimunterkunft. Nachdem Rhyme, Sellitto und Dellray übereingekommen waren, mit welcher Taktik der Sargtänzer vermutlich gegen Percey Clay und Brit Hale vorgehen würde, hatte Thom den Blutdruck des Kriminalisten überprüft und seinem Boß befohlen, zu Bett zu gehen. Als sie zusammen im Fahrstuhl nach oben gefahren waren, war Rhyme sehr schweigsam gewesen, weil er sich insgeheim gefragt hatte, ob er wohl auch diesmal richtiglag.

Der Kriminalist legte den Kopf auf das weiche Daunenkissen. Thom hatte ihm den Mikrofonbügel auf den Kopf gesetzt, und Rhyme hatte den Computer trotz seiner Müdigkeit und der vielen Schritte, die dafür notwendig waren, angewiesen, die Sondereinsatzfrequenz einzustellen. Das System war einfach großartig. Es gab ihm ein anderes Selbstwertgefühl. Vorher hatte er sich damit abgefunden gehabt, nie mehr ein halbwegs normales Leben führen zu können. Doch mit dieser Ausrüstung kam er sich wieder wie ein vollwertiger Mensch vor.

Er ließ den Kopf kreisen und dann wieder auf das Kissen sinken. Er bemühte sich, nicht an das Debakel mit Amelia Sachs zu denken, das sich am gestrigen Abend ereignet hatte.

Vor dem Fenster bewegte sich etwas. Das Falkenmännchen stolzierte in Rhymes Blickfeld. Er sah kurz die gefleckte Brust und dann den blaugrauen Rücken, als der Vogel sich dem Central Park zuwandte.

Das Sprechfunkgerät knackte, und Amelia meldete sich. Ihre Stimme klang nervös. „Wir sind alle mit Jodie im obersten Stock. Moment, eben trifft der Lkw ein."

Ein gepanzerter Laster mit verspiegelten Scheiben, in dem vier Beamte des Einsatztrupps saßen, wurde als Köder verwendet. Ihm sollte ein Lieferwagen mit sechs Spezialisten der Eingreiftruppe folgen. Zwei Beamte, die als Percey Clay und Brit Hale agieren sollten, hielten sich in Bereitschaft.

„Die beiden Lockvögel sind im Erdgeschoß", berichtete Amelia. „Jetzt laufen sie los." Aus dem Funkgerät ertönte ein Klicken, dann verstummte es. Kurz darauf ein neuerliches Klicken. „Sie haben's geschafft", meldete Sellitto. „Es läuft alles glatt. Der Lkw fährt los. Das Begleitfahrzeug ist startbereit."

„In Ordnung. Sagen Sie Jodie, er soll jetzt anrufen."

„Okay, Lincoln. Wird erledigt." Das Gerät verstummte wieder.

Rhyme wartete ab. Bald würde sich zeigen, ob es ihm diesmal gelang, den Sargtänzer zu überlisten.

STEPHENS Handy piepte. Er klappte es auf. „Hallo."

„Hallo, ich bin's ..."

„Ich weiß", fiel ihm Stephen ins Wort. „Keine Namen verwenden!"

„Jaja, klar." Jodie klang so aufgeregt wie ein in die Enge getriebener Waschbär. „Ich bin jetzt an Ort und Stelle", sagte er nach einer Pause.

„Gut. Ist der Schwarze bei dir?"

„Jaja, der ist da."

„Und wo genau seid ihr?"

„Vor dem Haus, auf der anderen Straßenseite. Grade ist ein Laster vorgefahren. Ein großer blauer Yukon. Mit verspiegelten Scheiben."

„Das bedeutet, daß sie schußsicher sind."

„Ach, tatsächlich? Du kennst dich aber aus!"

Gleich wirst du sterben, dachte Stephen.

„Ein Mann und 'ne Frau sind eben aus dem Durchgang gerannt, begleitet von ungefähr zehn Polizisten. Ich bin sicher, das waren sie. Sitzt du in 'nem Auto?"

„Na klar", antwortete Stephen „In so 'ner billigen japanischen Kiste. Ich werd ihnen folgen, bis sie durch 'ne verlassene Gegend fahren."

„Siehst du sie schon?" fragte Jodie. Er klang beklommen.

„Ja", antwortete Stephen. „Ich reih mich in den Verkehr ein."

„'ne japanische Karre – vielleicht 'n Toyota oder so?" fragte Jodie.

Du elender kleiner Verräter, dachte Stephen erbittert.

Er sah zu, wie der Laster und das Begleitfahrzeug vorbeibrausten. Doch er befand sich weder in einem japanischen noch in sonst einem Wagen. In der Feuerwehruniform, die er eben gestohlen hatte, stand er dreißig Meter von der Geheimunterkunft entfernt an einer Straßenecke. Von dort aus konnte er das tatsächliche Geschehen mit dem vergleichen, was der kleine Mann ihm erzählte. Er sah weder Jodie noch den Schwarzen.

Stephen holte seinen grauen Fernzünder hervor. Er stellte die Frequenz für den Sprengkörper in Jodies Handy ein und machte das Gerät einsatzfertig.

„Halt dich bereit", sagte er.

„Zu Befehl, Sir", erwiderte Jodie lachend.

Stephen drückte auf den Sendeknopf.

Die Explosion war erstaunlich laut. Die umliegenden Fenster erbebten, und zahllose Tauben flatterten aufgeschreckt in die Höhe. Stephen sah, wie Glasscherben und Holztrümmer vom obersten Stockwerk der Geheimunterkunft in den Durchgang hinunterprasselten. Er hatte damit gerechnet, daß sich Jodie irgendwo in der Nähe befinden würde, zum Beispiel in einem vor dem Haus geparkten Polizeifahrzeug. Daß er sich aber im Innern selbst aufgehalten hatte, war ein unerwarteter Glücksfall. Es war geradezu perfekt.

Stephen fragte sich, ob bei der Explosion wohl noch weitere Personen umgekommen waren. Hoffentlich dieser Wurm namens Lincoln. Und vielleicht auch die rothaarige Polizistin.

Aus einem zerborstenen Fenster im obersten Stockwerk drang Rauch. In ein paar Minuten würde er auch die Frau und deren Freund endgültig zur Strecke bringen.

RHYME befahl dem Computer, die Funkverbindung einzustellen und die Leitung zu dem klingelnden Telefon aufzubauen. „Ja?" meldete er sich.

„Er hat die Bombe hochgehen lassen", teilte ihm Lon Sellitto mit.

„Ich weiß." Rhyme hatte es mitbekommen. Obwohl die Geheimunterkunft etwa eineinhalb Kilometer von seinem Haus entfernt lag, hatten hier die Fenster gezittert, und die Wanderfalken waren weggeflogen, weil ihnen die Störung mißfallen hatte.

Auf die Idee, daß in dem Handy ein Sprengkörper stecken könnte, war Rhyme durch die winzigen Polystyrolplättchen und die Reste von Plastiksprengstoff gekommen, die sich unter dem von Amelia Sachs in der U-Bahn-Station gesammelten Material befunden hatten. Er hatte das Polystyrol mit dem Handy in Verbindung gebracht, das Jodie vom Sargtänzer bekommen hatte, und das Bombenräumkommando des 6. Bezirks alarmiert. Zwei Beamte hatten das Handy entschärft. Danach hatten sie in der Nähe eines Fensters im obersten Stock der Geheimunterkunft eine kleinere Sprengladung in einem Ölfaß angebracht und diese mit derselben Zündvorrichtung wie die für das Handy versehen. Das am Boden liegende Faß hatte wie ein Mörser zum Durchgang hin gezeigt.

Nach Rhymes Einschätzung könnte der Sargtänzer folgende Taktik verfolgen: War die gesamte Aufmerksamkeit auf die Explosion gerichtet, konnte er den Laster besser attackieren. Außerdem hatte der Killer offensichtlich schon vermutet, daß Jodie die Seiten wechseln würde. Insgeheim bewunderte Rhyme den Scharfsinn dieses Mannes.

„Zwei Fahrzeuge folgen einem Nissan“, berichtete Sellitto. „Der könnte es sein.“ Nach einer Weile murmelte er aber: „So ein Mist.“

„Was ist los?“

„Ach, nichts. Wir haben nur vergessen, der Telefonzentrale mitzuteilen, daß nichts unternommen werden muß, wenn Leute wegen der Explosion Alarm schlagen. Jetzt treffen Feuerwehrfahrzeuge ein. Lincoln, der Laster fährt nun in östlicher Richtung, und der Nissan folgt ihm.“

„Okay, Lon. Ist Amelia da? Ich möchte sie sprechen.“

„Himmeldonnerwetter!“ rief Sellitto plötzlich. „Es wimmelt nur so von Feuerwehr! Wieso hat denn kein Mensch...“

Man kann eben nicht alles berücksichtigen, dachte Rhyme.

„Ich rufe zurück, Lincoln. Wir müssen etwas unternehmen. Vor dem Haus stauen sich die Löschfahrzeuge!“

DAS ZIMMER war dunkel, die Vorhänge waren geschlossen.

Percey Clay hatte Angst. Sie haßte diese Wohnung, das Eingesperrtsein. Sie nahm einen weiteren Schluck aus dem Flachmann. Rhyme hatte ihr über die neue Falle Bescheid gegeben und über seine Vermutung, daß der Sargtänzer dem Laster folgen würde, weil er glaubte, sie und Hale befänden sich darin. Rhyme hatte ihr auch angekündigt, daß man den Killer anhalten und festnehmen oder töten würde. In zehn Minuten würde der Mann gefaßt sein, der ihr Leben zerstört hatte.

Roland Bell hatte Percey angewiesen, sich in ihrem abgedunkelten Zimmer einzuschließen. Die Beamten befanden sich alle im obersten Stockwerk. Percey hatte die Explosion gehört, aber sie hatte nicht damit gerechnet, danach solch unerträgliche Angst zu bekommen.

Sie ging zur Tür, schloß auf und trat auf den dunklen, verlassen daliegenden Korridor hinaus. Am Ende der Diele bewegte sich etwas. Ein Schatten aus dem Treppenhaus. Percey schaute genauer hin, aber nun regte sich nichts mehr.

Das Zimmer von Brit war nur wenige Meter entfernt. Percey wollte unbedingt mit ihm reden. Doch er sollte sie nicht in diesem Zustand zu Gesicht bekommen – bleich und mit zitternden Händen. Also ging sie in ihr Zimmer zurück, verschloß die Tür wieder und legte sich aufs Bett.

Waren da nicht Schritte zu hören?

„BEFEHLSMODUS." Sofort erschien die Menüleiste auf dem Bildschirm.

Aus der Ferne hörte Rhyme schwaches Sirenengeheul. Feuerwehrfahrzeuge.

Schlagartig bemerkte er seinen Irrtum: Der Sargtänzer hatte bestimmt die Dienstkleidung eines Feuerwehrmannes oder Sanitäters gestohlen und betrat in diesem Augenblick die Geheimunterkunft. „Wie konnte ich bloß so vernagelt sein? Er ist jetzt im Haus!"

Der Computer bekam davon nur „...aus!" mit und schloß dementsprechend das Kommunikationsprogramm.

„Nein! Nein!" rief Rhyme.

Das Spracherkennungssystem konnte aber mit seinem hektischen Geschrei nichts anfangen. Eine Anfrage erschien auf dem Monitor: WOLLEN SIE IHREN COMPUTER WIRKLICH ABSCHALTEN?

„Nein", flüsterte Rhyme verzweifelt.

Wieder eine Anfrage: WAS MÖCHTEN SIE JETZT TUN?

„Thom!" brüllte er. „Ist denn niemand da?"

Die Tür war zu, und niemand antwortete.

Der Ringfinger an Rhymes linker Hand zuckte wie wild. Er bemühte sich, ruhiger zu werden. „Befehlsmodus."

DER BEFEHL WURDE NICHT VERSTANDEN. VERSUCHEN SIE ES BITTE NOCH EINMAL.

Wieso war ich so vernagelt? dachte Rhyme abermals. Er versuchte, seiner Erregung Herr zu werden, und wiederholte: „Befehlsmodus."

Endlich erschien die Menüleiste wieder. „Cursor nach unten", keuchte Rhyme. „Cursor stopp. Doppelklick."

Weisungsgemäß tauchte das Symbol eines Walkie-talkie auf dem Monitor auf, während vor Rhymes geistigem Auge ein anderes Bild erschien – der Sargtänzer schlich sich mit einem Messer an Percey Clay heran.

EIN ALPTRAUM. Stephen Kall, der eine Skimaske und einen unförmigen Feuerwehrmantel trug, lag im Korridor der Geheimunterkunft hinter der Leiche eines der beiden Polizisten in Deckung, die er eben getötet hatte.

Ein weiterer Schuß riß in der Nähe seines Kopfes den Fußboden auf. Der Detective mit dem schütteren braunen Haar, den Stephen schon einmal am Fenster hatte stehen sehen, hatte ihn abgefeuert. Der Polizist kauerte in einem Zimmereingang, aber Stephen konnte ihn nicht genau ins Visier nehmen. Der Detective hielt in jeder Hand eine Automatikpistole, und er war ein ausgezeichneter Schütze.

Stephen kroch einen Meter weiter auf eine offene Tür zu. Panische Angst hatte ihn erfaßt; er fühlte sich ganz kribbelig, über und über mit Würmern bedeckt.

Er hatte die auf den Durchgang hinausführende Tür des Notausgangs aufgesprengt und war ins Haus gerannt. Er hatte erwartet, dort glimmende Trümmer und die zerfetzten Leichen der Frau und des Freundes vorzufinden. Doch er hatte feststellen müssen, daß ihn dieser Lincoln ein weiteres Mal hereingelegt hatte; dieser Wurm hatte herausgefunden, daß das Handy präpariert gewesen war. Mit einem aber hatte er nicht gerechnet: daß Stephen die Unterkunft noch einmal aufs Korn nehmen würde. Bei seinem Eindringen war er zwar auf zwei wild feuernde Polizisten getroffen, aber er hatte es geschafft, beide zu erledigen.

Stephen gab einen weiteren Feuerstoß ab, doch der Polizist warf sich nach vorn und kam näher. Jeder andere wäre in Deckung gegangen. Stephen lud seine Waffe neu und feuerte wieder. Noch ein Meter, er war schon fast an der Tür.

„Hier ist Bell!" schrie der Polizist in sein Mikrofon. „Ich brauch Verstärkung!"

Bell. Stephen merkte sich den Namen. Also war dies hier nicht der Wurm Lincoln.

Auch der Beamte lud jetzt nach und fing wieder an zu feuern. Ein Dutzend, zwei Dutzend Schuß. Stephen bewunderte seine Technik. Eine Kugel bohrte sich fünf Zentimeter von seinem Gesicht entfernt in die Wand. Stephen antwortete mit einem Schuß, der sein Ziel ebenfalls nur ganz knapp verfehlte.

Bell bewegte sich weiterhin beidhändig feuernd voran. Stephen senkte den Kopf und warf eine Blendgranate. Als sie explodierte, ging der Polizist in die Knie und schlug die Hände vors Gesicht.

Bells wilde Entschlossenheit, ihn aufzuhalten, ließ Stephen vermuten, daß sich entweder die Frau oder der Freund in dem Zimmer aufhielt. Er nahm an, daß sich, wer auch immer sich darin befand, im Wandschrank oder unter dem Bett versteckt hatte. Doch er irrte sich.

Als Stephen die Schwelle erreichte, stürzte eine Gestalt mit einer Lampe in der Hand auf ihn zu, die ein angst- und wuterfülltes Geschrei ausstieß. Fünf schnelle, gut plazierte Schüsse, und die Gestalt fiel rückwärts zu Boden.

Saubere Arbeit, Soldat.

Schritte kamen näher. Es war keine Zeit, den Auftrag vollends zu erledigen. Rückzug antreten.

Stephen rannte zur Hintertür, streckte den Kopf hinaus und rief, man solle weitere Feuerwehrleute reinschicken. Ein halbes Dutzend Männer kam herbeigerannt, und er winkte sie hinein. „Eben ist die Gasleitung explodiert. Schafft alle raus. Schnell!"

Dann verschwand er im Durchgang. Als er auf die Straße hinaustrat, machte er einen Bogen um die Feuerwehr-, Rettungs- und Polizeifahrzeuge. Er war ziemlich mitgenommen, aber recht zufrieden. Seine Aufgabe war jetzt zu zwei Dritteln erfüllt.

AMELIA SACHS wußte nicht, wie der Sargtänzer es geschafft hatte, und es war ihr auch egal. Sie wünschte sich nur, daß sie ihn zu Gesicht bekäme und zwei Sekunden Zeit hätte, um ihm einen halben Ladestreifen 9-Millimeter-Hohlspitzgeschosse in den Leib zu jagen.

Mit der leichtgewichtigen Glock in der Hand betrat sie den Korridor im zweiten Stock. Sellitto, Dellray und ein junger uniformierter Polizist folgten ihr. Hinter ihnen kauerte sich Jodie auf den Boden.

Sie schlichen den dunklen Gang entlang. Tief geduckt, um eventuell einer in Brusthöhe zielenden Waffe auszuweichen, warfen sie rasch einen Blick in jeden der Räume.

Als Amelia das Zimmer erreichte, kamen gerade zwei von Haumanns Leuten durch die zerstörte Hintertür hereingestürzt.

„Deckung!" rief sie, und bevor es jemand verhindern konnte, sprang sie mit erhobener Waffe in den Raum. Sie erstarrte, als sie die auf ihre Brust gerichtete Pistole sah.

„Mein Gott!“ stammelte Roland Bell und ließ seine Waffe sinken. Sein Haar war zerzaust, sein Gesicht geschwärzt. Zwei Geschosse hatten sein Hemd aufgerissen und seine kugelsichere Weste gestreift.

Dann richtete Amelia den Blick auf die schreckliche Szene auf dem Fußboden hinter Bell.

Sie wußte, daß die Spurensicherung weitere Aufschlüsse bringen würde und daß sie Percey Clay jetzt eigentlich hochziehen und von ihrem ermordeten Freund wegbringen mußte. Doch Amelia blieb unwillkürlich stehen und sah zu, wie die kleine Frau mit dem platten, unschönen Gesicht den blutigen Kopf Brit Hales in die Arme nahm und dabei stöhnte: „O nein! O nein!“

Amelias Gesicht war eine starre Maske, wie versteinert vor Schmerz und Wut.

STEPHEN befand sich jetzt zweihundert Meter von der Geheimunterkunft entfernt. Auf Dutzenden von Einsatzfahrzeugen rotierten rote und blaue Warnlichter, aber sie konnten ihn nicht blenden, denn er schaute durch das Zielfernrohr und konzentrierte sich ganz auf das Fadenkreuz. Immer wieder ließ Stephen den Lauf des NATO-Gewehrs über das Zielgebiet wandern. Er hatte es von dem Dach geholt, auf dem er es am Morgen unter dem Wassertank versteckt hatte. Die Waffe war geladen und entsichert, und er selbst war bereit zu töten.

Doch im Augenblick war er nicht hinter der Frau her.

Die Vordertür des Hauses öffnete sich, und zögernd trat Jodie ins Freie. Er schaute sich um, kniff die Augen zusammen.

Du Mistkerl. Es war Stephen ein leichtes, das Fadenkreuz auf Jodies Brust zu richten.

Los, Soldat! Feuer! Er kann dich identifizieren.

Sir, ich muß noch die Entfernung und den Einfluß des Windes berücksichtigen.

Er hat dich verraten, Soldat. Mach ihn kalt.

Jawohl, Sir. Er wird gleich eiskalt sein. Er ist schon so gut wie tot.

Ganz langsam drückte Stephen den Abzug durch.

Doch der Schuß ging noch immer nicht los. Als Stephen das Fadenkreuz zu Jodies Kopf hinaufwandern ließ, fiel dessen über die Dächer schweifender Blick auf ihn.

Er hatte zu lange gezögert. Und jetzt, da er seinen Fehler erkannte, betätigte er ruckartig den Abzug wie ein Junge, der auf einem Schießstand ein Gewehr ausprobieren darf.

Jodie sprang beiseite und riß die Polizisten mit, die ihn begleiteten.

Stephen gab noch zwei weitere Schüsse ab, aber Jodie war längst in Deckung gegangen.

Dann erwiderte die Gegenseite das Feuer. Zuerst ein Dutzend, dann zwei Dutzend Schützen.

Wieso habe ich gezögert? Ich hätte ihn umlegen und sofort verschwinden können.

Rückzug antreten, Soldat!

Stephen warf das Gewehr in den Kasten, hängte die Tragetasche über die Schulter und flitzte über die Feuertreppe hinunter.

NEUNTES KAPITEL

28. von 45 Stunden

„Er ist in einer grauenhaften Stimmung“, warnte Thom Amelia Sachs.

„Ich will die Flasche! Und zwar sofort!“ hörten sie Rhyme durch die Schlafzimmertür hindurch schreien. Wütendes Gebrüll folgte. Amelia wußte, daß er nur deswegen nicht mit Gegenständen um sich warf, weil er dazu nicht imstande war.

„Vielleicht sollten Sie lieber ein Weilchen warten“, schlug Thom vor.

Sie öffnete die Tür. „Es duldet keinen Aufschub.“

„Ich will die Flasche!“ stieß Rhyme abermals hervor. Er sah schrecklich aus. Seine Haare waren wirr und seine Augen gerötet. Die Flasche Macallan-Whisky lag auf dem Boden. Sie war wohl bei seinem Versuch, sie mit den Zähnen zu packen, hinuntergefallen.

Als er Amelia bemerkte, sagte er nur: „Heb sie auf!“

„Es gibt viel Arbeit, Rhyme“, erwiderte sie.

„Heb die Flasche auf!“

Amelia tat es und stellte den Whisky in die Bar zurück. „Du hast genug getrunken.“

„Gieß mir was in mein Glas. Thom, kommen Sie rein.“

„Rhyme, es gibt Spuren, die wir anschauen müssen“, sagte Amelia in barschem Ton.

„Zur Hölle mit den Spuren! Der Sargtänzer ist reingekommen, nur das zählt! Wie der Fuchs in den Hühnerstall ist er rein!“

„Ich habe einen ganzen Staubsaugerbeutel mit Material. Und eine Kugel. Ich habe so viele Spuren sichergestellt, daß du meinen könntest, du hättest Geburtstag. Also Schluß mit dem Selbstmitleid! Gehen wir an die Arbeit!“

Rhyme gab keine Antwort. Amelia merkte, daß sein Blick auf die Tür gerichtet war. Sie wandte sich um und erblickte Percey Clay.

Gleich darauf schaute Rhyme zu Boden und verfiel in Schweigen.

Wenn sein neues Liebchen kommt, muß er sich zusammennehmen, dachte Amelia bitter.

Percey trat näher heran und betrachtete Rhyme in seinem ganzen erbärmlichen Zustand.

„Was ist los, Lincoln?" fragte Sellitto, der zusammen mit Percey hereingekommen war.

„Was los ist? Drei neue Tote. Er hat drei weitere Leute umgebracht. Der Fuchs war im Hühnerstall."

„Lincoln, hör auf mit deiner Selbstquälerei!" entfuhr es Amelia.

Das hätte sie nicht sagen sollen. Rhyme setzte ein verwundertes Gesicht auf. „Quäle ich mich selbst? Sehe ich etwa selbstquälerisch aus? Glaubt das jemand?" Schließlich schaute er Percey an. „Was tun Sie denn hier? Sie sollten doch auf Long Island sein."

„Ich will mit Ihnen reden."

Rhyme schwieg zunächst. „Dann geben Sie mir wenigstens 'nen Drink", brummte er schließlich.

Percey goß für ihn und sich einen Whisky ein. Amelia warf ihr einen erbosten Blick zu.

„Diese Frau ist klasse!" sagte Rhyme. „Ich bin für den Tod ihres Freundes verantwortlich, aber sie nimmt 'nen Drink mit mir! Du hast das nicht getan, Amelia."

„Rhyme, du bist einfach zum Kotzen!" bemerkte Amelia angewidert. „Wo ist Mel?"

„Hab ihn nach Hause geschickt. Es gab nichts mehr zu tun. Percey, wir schaffen Sie auf Long Island, dort sind Sie in Sicherheit. Gießen Sie mir noch einen ein."

Percey griff nach seinem Glas, doch Amelia fuhr sie an: „Er hat genug getrunken!"

„Hören Sie nicht auf sie", stieß Rhyme hervor. „Sie hat 'ne Wut auf mich. Ich hab nicht getan, was sie wollte, und jetzt ist sie böse auf mich."

Wieso muß er unsere Privatangelegenheiten an die Öffentlichkeit bringen? dachte Amelia. Sie blickte Rhyme ins Gesicht, aber er merkte es gar nicht. Seine Augen waren auf Percey Clay gerichtet.

„Sie und ich haben eine Vereinbarung getroffen", sagte diese. „Und dann kamen plötzlich zwei Agenten und wollten mich nach Long Island bringen. Und ich dachte, ich könnte mich auf Sie verlassen!"

„Wenn Sie sich auf mich verlassen, leben Sie nicht mehr lang."

„Die Sache war riskant", fuhr Percey fort. „Sie haben uns gesagt, daß der Sargtänzer vielleicht in die Unterkunft eindringen würde."

„Stimmt. Sie wissen aber eines nicht: Mir ist aufgegangen, daß er sich als Feuerwehrmann tarnen würde. Fünf Minuten vor seinem Eindringen ist mir das klargeworden. Aber ich habe es nicht geschafft, mit den anderen Verbindung aufzunehmen. Ich habe es nicht geschafft, das Telefon zu aktivieren. Für Hales Tod trage ich die Verantwortung."

Amelia verspürte Mitleid mit Rhyme. Sein Schmerz ging ihr nahe, aber sie wußte nicht, wie sie ihm Trost spenden könnte.

Er nickte zum Computer hinüber. „Tja, ich wurde anmaßend. Ich habe mir eingebildet, eigentlich recht normal zu sein, denn ich fahre ja in meinem Rollstuhl umher wie ein Rennfahrer, ich betätige Lichtschalter, wechsle CDs. Alles Quatsch!" Er schloß die Augen.

Zur Überraschung aller tönte ein gellendes Lachen durch den Raum. „Quatsch ist nur das, was Sie da reden", sagte Percey Clay. „Ihren Worten zufolge hat es Tote gegeben, weil die Technik versagt hat. Gibt Ihnen das ein Recht, so herumzuwüten? Und Ihre Zusagen zu brechen?" Sie stöhnte erbost. „Haben Sie eine Ahnung, wie ich meinen Lebensunterhalt verdiene?"

Rhyme wollte etwas sagen, aber Percey fuhr dazwischen. „Halten Sie sich das mal vor Augen: Ich sitze in einer kleinen Aluminiumröhre, die zehn Kilometer über dem Erdboden mit vierhundert Knoten dahinfliegt. Die Außentemperatur beträgt minus sechzig Grad, und der Wind weht mit einer Stärke von hundertsechzig Stundenkilometern. Daß ich da oben am Leben bleibe, habe ich nur der Technik zu verdanken." Wieder ein Lachen. „Worin unterscheidet sich das von Ihrer Situation?"

„Sie verstehen nicht!" erwiderte Rhyme schnippisch. „Ich kann nicht umhergehen!"

„Umhergehen? Wenn ich auf 15000 Meter bin und die Tür öffne, kann ich einpacken."

Rhyme hatte seinen Meister gefunden. Er ist sprachlos, dachte Amelia.

„Tut mir leid", fuhr Percey fort, „aber ich sehe nicht den geringsten Unterschied zwischen uns. Wir sind beide Geschöpfe des 20. Jahrhunderts. Wir sind abhängig von der Technik."

Los, Rhyme, gib's ihr, feuerte Amelia ihn im stillen an.

„Wenn ich versage, kommen Menschen zu Tode", entgegnete er.

„Ah ja. Und was passiert, wenn meine Enteisungsanlage versagt? Wenn beim Landeanflug eine Taube ins Staurohr gerät? Dann bin ich tot. Bei Ihnen haben die Opfer wenigstens noch eine Chance, daß die Schußverletzungen nicht tödlich sind."

Rhyme schien nun völlig nüchtern zu sein. Sein Blick schweifte durch den Raum, als suchte er Beweise, mit denen er Perceys Argumentation widerlegen könnte.

„Nun gut", sagte diese gelassen. „Ich schlage vor, daß Sie dem Sargtänzer endgültig das Handwerk legen. Ich fahre jetzt nämlich zum Flugplatz, um die Reparaturen an meinem Jet abzuschließen. Und heute abend werde ich wie besprochen den Flug durchführen. Oder muß ich mit meinem Rechtsanwalt Verbindung aufnehmen?"

Rhyme war noch immer sprachlos. Einen Augenblick lang herrschte Stille.

Amelia zuckte zusammen, als Rhyme schließlich mit seiner dröhnenden Baritonstimme rief: „Thom! Thom! Kommen Sie!"

Argwöhnisch steckte der Helfer den Kopf zur Tür herein.

„Ich hab hier eine ziemliche Sauerei angerichtet. Schauen Sie mal: Ich hab mein Glas umgestoßen. Und mein Haar ist ganz durcheinander. Wären Sie so nett, ein bißchen für Ordnung zu sorgen?"

„Wollen Sie uns auf den Arm nehmen, Lincoln?" fragte Thom.

„Lon, rufen Sie bitte Mel Cooper an. Er hat offensichtlich geglaubt, ich hätte es ernst gemeint. Diese Wissenschaftler haben einfach keinen Sinn für Humor. Er wird hier gebraucht."

Amelia wäre am liebsten fortgerannt, in ihren Wagen gestiegen und mit zweihundert Sachen über die Fernstraße gerast. Sie konnte es nicht mehr länger ertragen, mit Percey Clay in einem Raum zu sein.

„Also gut", wandte sich Rhyme nun an diese. „Nehmen Sie Detective Bell mit, und wir sorgen dafür, daß genügend Polizeikräfte bei Ihnen sind. Fahren Sie auf den Flugplatz. Tun Sie, was Sie nicht lassen können."

„Ich danke Ihnen, Lincoln." Ihr Lächeln deutete an, wer bei dieser Auseinandersetzung den Sieg davongetragen hatte.

Derweil kam Amelia Sachs zu dem Schluß, daß sie *ihren* Kampf zwangsläufig verlieren würde. Sie war ein As im Schießen, eine versierte Autofahrerin und eine ziemlich gute Kriminalistin, aber sie besaß ein weiches Herz. Ihrem Vater war es nicht entgangen, denn er war selbst ein Romantiker gewesen. „Amelia, es müßte einen Schutzschild für die Seele geben", hatte er zu ihr gesagt.

Adieu, Rhyme, dachte sie.

Und wie fiel seine Reaktion auf diesen stillschweigenden Abschiedsgruß aus? Ein kurzer Blick und die schroffe Aufforderung: „Schauen wir uns das Material an, Amelia. Die Zeit drängt."

„WAS HAST du gefunden?" wollte Rhyme wissen.

Von der 7,62-Millimeter-Beretta des Sargtänzers hatte sie alle Geschoßhülsen aufgespürt. Diese waren jedoch in eine Reinigungsflüssigkeit getaucht worden, um selbst die Fingerabdrücke der in der Munitionsfabrik Beschäftigten zu entfernen, damit niemand die Herkunft zu einem bestimmten Werk und einer bestimmten Lieferung zurückverfolgen konnte. Außerdem hatte der Sargtänzer die Patronen offenbar mit den Knöcheln ins Magazin geschoben. Das war ein alter Trick, um keine Fingerabdrücke zu hinterlassen.

„Was noch?" fragte Rhyme.

„Pistolenkugeln." Drei davon waren platt, eine befand sich in einem recht guten Zustand.

„Auf Abdrücke untersuchen", lautete Rhymes Anweisung.

„Bereits erledigt, keine vorhanden", sagte Amelia kurz und bündig.

Cooper betrachtete ein Stück Baumwolle, das sich in einem Plastikbeutel befand. „Was ist da drin?"

„Ach ja, von seinem Gewehr hab ich auch ein Geschoß."

„Tatsächlich?" erwiderte Rhyme erstaunt.

„Als Jodie ins Freie kam, feuerte der Sargtänzer von einem Dach in der Nähe drei Schüsse ab. Zwei davon trafen die Haustür. Dieses hier schlug in den Boden ein, explodierte aber nicht."

„Moment mal", sagte Cooper. „Da ist ein Explosivgeschoß drin?" Er legte die Plastiktüte schleunigst auf den Tisch zurück und ging einige Schritte rückwärts, wobei er Amelia mitzog.

„Was soll das?" fragte sie.

„Explosivgeschosse können jederzeit losgehen."

„Und wieso ist dieses nicht explodiert?"

„Es hatte eine weiche Landung. Außerdem stellt er die Geschosse vermutlich selbst her. Vielleicht hat er bei seiner Qualitätskontrolle einmal nicht genau genug aufgepaßt."

„Wenn er sie selbst herstellt ...", murmelte Rhyme. Er schaute Amelia an, und einen Moment lang war von der Kluft zwischen ihnen nichts mehr zu merken. Sie lächelten beide und riefen gleichzeitig: „Fingerabdrücke!"

„Schon möglich, aber wie wollen Sie das feststellen?" bemerkte Cooper.

„Ich nehme das Ding auseinander“, erwiderte Amelia.

„Nein, Amelia, wir lassen die Bombenexperten kommen“, sagte Rhyme.

„Soviel Zeit haben wir nicht.“ Sie beugte sich über das Geschoß. „Ich lege meine kugelsichere Weste drüber und mache mich von außen über das Ding her.“ Sie griff nach der Schutzweste, die sie auf einem Stuhl abgelegt hatte, und errichtete damit eine Art Zelt über dem Geschoß. „Was jetzt?“

Laß das, Amelia, dachte Rhyme.

„Wenn du mir nicht sagst, was zu machen ist, werde ich es einfach zersägen.“ Sie nahm eine rasiermesserscharfe Laborsäge und führte sie an die Plastiktüte heran.

Rhyme stöhnte und nickte Cooper zu. „Sagen Sie’s ihr.“

„Also gut. Vorsichtig auspacken. Legen Sie das Projektil auf dieses Handtuch.“

Das Geschoß, das Amelia aus der Watte hervorholte, war überraschend klein und hatte eine weißliche Spitze. Sie drehte die Spitze in Richtung Wand.

„Amelia“, sagte Rhyme mit sanfter Stimme, „nimm bitte eine Pinzette.“

Amelia hielt inne und ließ sich von Cooper eine chirurgische Gefäßklemme geben, mit der sie den Geschoßmantel festhielt. „Wie kriege ich’s auf?“

„Sie müssen die Spitze rausdrehen“, antwortete Cooper.

Schweiß lief ihr übers Gesicht. „Okay. Womit?“

Cooper schob ihr eine spitze Zange in die rechte Hand. „Sie müssen Druck ausüben, wenn Sie sie bewegen, aber Sie dürfen die Spitze nicht zerbrechen.“

„Drücken, aber nicht zu stark drücken“, murmelte Amelia.

„Denk an all die Autos, an denen du schon herumgeschraubt hast, vor allem an die alten Keramikzündkerzen“, sagte Rhyme.

Amelia nickte geistesabwesend, drehte ihren Kopf so weit wie möglich von dem zeltartigen Gebilde weg und kniff die Augen zusammen.

Wenn das nur gutgeht, dachte Rhyme. Er hörte ein leises Knacken.

Amelia erstarrte einen Augenblick lang. Dann schaute sie unter die kugelsichere Weste. „Die Spitze ist weg. Es ist offen.“

„Sehen Sie den Sprengstoff?“ fragte Cooper.

Sie betrachtete das Geschoßinnere. „Ja.“

Cooper reichte ihr ein Kännchen Nähmaschinenöl. „Geben Sie ein paar Tropfen davon in den Geschoßmantel, und stellen Sie ihn schräg. Dann müßte der Inhalt herausrutschen."

Sie ließ Öl in das Projektil hineintröpfeln und neigte es. Nichts geschah.

„Verdammt", murmelte Amelia und schüttelte das Geschoß.

Rhyme schnappte nach Luft. „Amelia!"

Zuerst fiel ein weißes Fädchen heraus, dann der Plastiksprengstoff.

Cooper atmete tief durch. „Okay, jetzt kann nicht mehr viel passieren." Er griff nach einer Pinzette, legte die Substanz auf einen Glasträger und ging damit hinüber zum Mikroskop.

„Nehmen Sie Enzianblau", empfahl Rhyme. „Das gibt ein bißchen Kontrast."

Cooper sprühte es über den Sprengstoff und schob den Glasträger unter das Mikroskop. Das Bild erschien gleichzeitig auf dem Computermonitor.

„Ja, da haben wir's!" rief Rhyme. Wirbel und Furchen waren deutlich sichtbar. „Das hast du prima hingekriegt, Amelia!"

Als Cooper jedoch den Computerausdruck betrachtete, stöhnte er. „Kein Fingerabdruck-Identifizierungssystem auf der ganzen Welt kann damit etwas anfangen."

„Die ganze Mühe umsonst?" stieß Rhyme hervor.

Amelia fing plötzlich an zu lachen. Sie schaute sich gerade die Auflistung des Beweismaterials an. „Wir haben schon einen Teilabdruck. Fügen wir doch einfach die beiden zusammen!"

Coopers Blick verriet Skepsis. „So etwas wurde noch nie gemacht."

„Probieren wir's!" erwiderte Rhyme.

Cooper nahm den anderen Ausdruck von der Wand und stellte von beiden Exemplaren Fotokopien her, die im Maßstab übereinstimmten. Dann machten er und Amelia sich an die Arbeit. Sie bemühten sich, die Teile wie ein Puzzle zusammenzufügen. Wie Kinder probierten sie es mit allen möglichen Variationen; Amelia nahm sogar einen Stift und zog einige Verbindungslinien. Schließlich hatten sie etwa drei Viertel des Abdrucks eines rechten Zeigefingers beisammen.

Cooper hielt das Ergebnis in die Höhe. „Lincoln, mir kommt das immer noch etwas zweifelhaft vor."

„Das ist ein Kunstwerk, Mel", entgegnete Rhyme. „Es ist wunderschön. Lassen Sie's von AFIS bearbeiten. Veranlassen Sie, daß umgehend in allen Bundesstaaten nachgeforscht wird."

Fünf Minuten später flackerte der Monitor, und eine Nachricht erschien: IHRE VORLAGE ERGAB 1 ÜBEREINSTIMMUNG. 14 VERGLEICHSPUNKTE. STATISTISCHE WAHRSCHEINLICHKEIT DER IDENTITÄT 97%.

„O mein Gott", stammelte Amelia. „Wir haben ihn."

„Um wen handelt es sich, Mel?" fragte Rhyme leise.

„Jetzt brauchen wir nicht mehr vom Sargtänzer zu sprechen", antwortete Cooper. „Sein Name ist Stephen Robert Kall. Zweiunddreißig Jahre alt. Eine Anschrift existierte letztmals vor fünfzehn Jahren, das Postfach einer Strafanstalt in Cumberland, West Virginia. Er kam als Fünfzehnjähriger wegen Totschlags für zwanzig Monate hinter Gitter." Cooper lachte kurz auf. „Er hat darauf verzichtet, Jodie zu erzählen, daß das Opfer Lou Kall gewesen ist, sein Stiefvater."

„Soso, der Stiefvater."

Cooper überflog die Polizeiberichte, die auf dem Bildschirm auftauchten. „Keine angenehme Lektüre. Es gab offenbar eine Vorgeschichte häuslicher Auseinandersetzungen. Die Mutter des Jungen war schwer krebskrank, und ihr Mann schlug sie, aus welchen Gründen auch immer. Sie brach sich den Arm und starb wenige Monate danach. Der Junge setzte sich in den Kopf, daß sein Stiefvater schuld am Tod seiner Mutter sei. Wollen Sie hören, was dann passierte?"

„Ja, fahren Sie fort."

„Nach dem Tod seiner Mutter ging Stephen mit seinem Stiefvater auf die Jagd. Der Junge schlug ihn bewußtlos, entkleidete ihn und band ihn im Wald an einen Baum. Dort ließ er den Mann ein paar Tage lang allein. Nur um ihm Angst einzujagen, behauptete Stephens Anwalt. Als die Polizei den Stiefvater entdeckte, war – um es mal so auszudrücken – der Insektenbefall ziemlich weit fortgeschritten. In der Hauptsache Maden. Der Mann war im Delirium. Er lebte noch zwei Tage."

„Mein Gott", flüsterte Amelia.

„Als man ihn fand, war der Junge auch grade dort. Er saß neben seinem Stiefvater und betrachtete ihn." Cooper zitierte: „‚Der Tatverdächtige ergab sich ohne Gegenwehr. War offenbar stark verwirrt. Sagte fortwährend: Alles mögliche kann töten.'"

Dem konnte Lincoln Rhyme nur zustimmen.

BERUFSPILOTEN fliegen nicht nur, sie müssen auch viel Papierkram erledigen. In dem Fahrzeug, das Percey Clay zum Mamaroneck Airport transportierte, lag ein ganzer Stapel Karten und Dokumente. Percey warf immer wieder einen Blick auf die Unterlagen, während sie die Flugroute bestimmte und den Flugplan aufstellte. Sie versenkte sich ganz in ihre Arbeit, denn es half ihr, die Tragödie für kurze Zeit zu vergessen, als die sich ihr Leben inzwischen darstellte.

Roland Bell saß neben ihr. Er war sehr bedrückt, seine Leutseligkeit war verschwunden. Er tat Percey genauso leid, wie sie sich selbst bedauerte. Brit Hale war offenbar der erste Zeuge gewesen, den er verloren hatte.

Gerade als Percey den Flugplan fertiggestellt hatte, bog das Fahrzeug ab und fuhr auf das Flugplatzgelände. Die bewaffneten Wachposten überprüften ihre Ausweise und winkten sie durch. Percey sah, daß im Büro noch Licht brannte. Sie bat den Fahrer anzuhalten und stieg aus. Bell und die anderen Leibwächter, die sie begleiteten, blickten argwöhnisch um sich.

Ron Talbot saß im Büro und wischte sich den Schweiß von der Stirn. Er war ölverschmiert und sah erschöpft aus. Sein Gesicht war stark gerötet.

Percey umarmte ihn. „Wie geht es dir, Ron?"

„Er hat also auch Brit erwischt." Talbot schüttelte den Kopf und rang nach Luft. „Du hättest nicht hierherkommen sollen. Geh an einen sicheren Ort."

Percey trat einen Schritt zurück. „Was ist los? Bist du krank?"

„Nein, nur müde."

Sie nahm ihm die Zigarette aus der Hand und drückte sie aus. „Hast du das Flugzeug selbst instand gesetzt?"

„Das meiste hab ich erledigt. Die Ersatzteile sind vor einer Stunde eingetroffen. Ich hab dann mit dem Einbau angefangen. Jetzt fühle ich mich grade ein bißchen schlapp."

„Schmerzen im Brustkorb?"

„Nichts Schlimmes."

„Ron, du gehst jetzt nach Hause. Ich erledige den Rest." Talbot konnte ganz offensichtlich keinen Schraubenschlüssel mehr halten, geschweige denn einen schweren Nachbrenner einbauen. Percey küßte ihn auf seine verschwitzte Stirn.

Talbot stand mühsam auf. Dann blieb er einen Moment stehen und schaute durch das Fenster zu dem Flugzeug hinüber. Auf seinem Gesicht lag eine tiefe Verbitterung. Percey erinnerte sich daran, daß er genauso ausgesehen hatte, als er ihr erzählt hatte, er sei bei der körperlichen Tauglichkeitsprüfung durchgefallen und dürfe nicht mehr als Berufspilot arbeiten. Talbot ging zur Tür.

SIE STANDEN vor einem Rätsel. Cooper und Amelia Sachs hatten sich wieder darangemacht, das Material zu untersuchen, das sich am Absturzort von Ed Carneys Maschine an den Reifen der Einsatzfahrzeuge festgesetzt hatte. Wie Rhyme nicht anders erwartet hatte, gab es darunter viel Nutzloses: Schmutz, Gras, Öl und Abfall. Sie entdeckten jedoch auch etwas, das er für wichtig hielt. Rhyme wußte nur nicht, was es zu bedeuten hatte.

Die einzigen möglichen Hinweise auf die Reste einer Bombe waren winzige Stücke einer elastischen beigefarbenen Substanz. Das Gaschromatograph-Massenspektrometer wies sie als C_5H_8 aus.

„Isopren", fiel Cooper ein. „Weicher Gummi, wie Latex." Er betrachtete die unter dem Mikroskop befindliche Probe. „Da ist auch Kleber dabei und ... Volltreffer!"

„Spannen Sie uns nicht auf die Folter, Mel!" brummte Rhyme.

„Bröckchen von Lötmetall und winzige Plastikstücke, die in dem Gummi eingebettet sind. Das gehört zu einem Schaltkreis."

Amelia dachte laut. „Ein Teil des Zeitzünders?"

„Nein, der war intakt", rief ihr Rhyme in Erinnerung. „Wir müssen rausfinden, ob das von der Bombe oder vom Flugzeug stammt. Amelia, ich möchte, daß du zum Flugplatz fährst. Laß dir von Percey Muster von allem geben, das Latex, Gummi oder Schaltkreise aufweist und im Bauch eines Flugzeugs von dem Typ steckt, das Carney geflogen hat. Und Sie, Mel, schicken den Befund an die Sprengstoffspezialisten des FBI."

„Du willst, daß ich mit Percey Clay rede?" fragte Amelia.

„Ja. Und fall nicht wieder über sie her. Wir brauchen sie."

Rhyme konnte sich nicht erklären, wieso Amelia Sachs abrupt ihre Weste anzog und grußlos hinauseilte.

AUF DEM Flugplatz marschierte Amelia in den großen Hangar und ging zu dem Gerüst, auf dem Percey Clay arbeitete. Sie schaute zu, wie diese einen großen roten Zylinder, der – wie Amelia vermutete – wohl ein Feuerlöscher war, in der Nähe des Triebwerks anbrachte. Ein anderes Teil, das wie eine große Metallröhre aussah, ließ sich jedoch nicht so leicht einpassen. Percey atmete schwer, während sie sich damit abmühte. Eine ganze Weile schwiegen beide Frauen.

„Nehmen Sie doch eine hydraulische Stütze", sagte Amelia schließlich. „Da fehlt nicht viel. Sie müssen nur mehr Druck ausüben. Dann wird's schon gehen."

Percey schaute die Montagekeile genau an. „Ich weiß nicht recht. Haben Sie schon mal in einem Lear einen Nachbrenner montiert?"

„Nein. Aber Zündkerzen bei einem Chevy Monza V8. Man muß den Motor hochkurbeln, um an sie ranzukommen."

Percey betrachtete die Verbindungsstücke. „Ich hab keine passende Stütze."

„Aber ich vielleicht." Amelia ging zu ihrem Einsatzfahrzeug hinaus und kam mit dem Wagenheber zurück. Sie kletterte auf das Gerüst.

„Versuchen Sie's mal dort am Boden des Triebwerks, an dem Stahlträger."

Während Percey den Wagenheber in Position brachte, betrachtete Amelia staunend das Triebwerk. „Wieviel PS hat es?"

Percey lachte. „Hier geht es nicht um Pferdestärken, sondern um Schubkraft. Jede von diesen Garrett TFE 731 hat ungefähr 1500 Kilopond Schubkraft."

„Kaum zu glauben." Amelia lachte und steckte die Kurbel in den Wagenheber. Als sie ihn hochdrehte, atmete sie schwer.

Percey drückte mit der Schulter gegen den Nachbrenner. „Mit Autos kennen Sie sich also aus. Aber haben Sie je ein Flugzeug gesteuert?"

„Nein. Aber ich könnte es ja mal versuchen." Amelia kurbelte noch ein bißchen weiter.

„Gleich haben wir's geschafft", sagte Percey.

Mit einem lauten metallischen Klicken rastete der Nachbrenner ein. Auf Perceys Gesicht erschien ein schwaches Lächeln. Nachdem sie die Bolzen angezogen hatte, begann sie damit, verschiedene Kabel und Elcktronikbautcilc anzuschließen. „Danke", sagte sie knapp. Und nach einer Weile fragte sie: „Wieso sind Sie hier?"

„Wir haben weiteres Material gefunden, das von der Bombe, aber auch aus dem Flugzeug stammen könnte. Es handelt sich um beigefarbene Latexstückchen und Schaltkreisteile. Kommt Ihnen das bekannt vor?"

Percey zuckte die Schultern. „In einem Learjet gibt es Tausende von Dichtungen, die aus Latex bestehen. Und Schaltkreise sind auch massenhaft vorhanden." Sie zeigte auf eine Werkbank. „Die Schaltkreise bestellen wir bei Bedarf, aber von den Dichtungen haben wir bestimmt eine Menge vorrätig. Nehmen Sie mit, was Sie brauchen."

Amelia ging zu der Werkbank und schob alle beigefarbenen Gummistückchen in eine Plastiktüte.

„Ich dachte schon, Sie sind gekommen, um mich festzunehmen und ins Gefängnis zu stecken", sagte Percey, ohne Amelia anzuschauen.

Das sollte ich eigentlich tun, dachte diese. Doch sie erwiderte: „Ich bin nur da, um Muster zu holen."

„Woran liegt es dann?“ fragte Percey.

„Was denn?“

„Daß es diese Spannung zwischen Ihnen und mir gibt.“

„Ein Freund von mir ist Ihretwegen beinahe umgekommen.“

Percey schüttelte den Kopf. „Das ist es nicht. Diese Spannung habe ich schon gespürt, bevor Mr. Banks angeschossen wurde.“

Amelia erwiderte nichts.

„Es hat mit ihm zu tun, nicht wahr?“

„Mit wem?“

„Sie wissen genau, wen ich meine: Lincoln Rhyme.“

„Glauben Sie etwa, ich sei eifersüchtig?“ Amelia lachte.

„Ja. Es ist mehr als nur die Arbeit, was Sie mit ihm verbindet. Ich glaube, Sie sind verliebt in ihn.“

„Stimmt überhaupt nicht. Was für ein verrückter Einfall!“

Percey schaute Amelia vielsagend an und rollte ein überschüssiges Drahtstück sorgfältig zusammen. „Was immer Sie gedacht haben mögen – ich habe Respekt vor seinem Können, das ist alles.“ Sie deutete mit einer ihrer schmutzigen Hände auf sich. „Schauen Sie mich doch an, Amelia. Ich bin klein, ich bin rechthaberisch, und ich sehe nicht gut aus. Außerdem habe ich eben meinen Mann verloren. Ich interessiere mich nicht für andere Männer.“

„Tut mir leid ... Ich ..., ich habe aber den Eindruck, daß Sie nicht um ihn trauern“, erwiderte Amelia stockend.

„Wieso? Weil ich mich bemühe, meine Firma in Gang zu halten?“

„Nein, das ist noch nicht alles“, antwortete Amelia behutsam. „Habe ich recht?“

Percey musterte ihr Gesicht. „Ed und ich standen einander sehr nahe. Wir waren ein Ehepaar, wir waren Freunde, und wir waren Geschäftspartner. Aber es stimmt: Er hat sich mit anderen Frauen getroffen. Es war schlimm für mich. Es war auch schlimm für Ed. Er liebte mich, doch er brauchte auch seine schönen Geliebten. Aber er kam immer zu mir zurück.“ Percey schwieg und kämpfte gegen die Tränen an.

„Und Sie?“ fragte Amelia.

„Ob ich treu war?“ Percey stieß ein gequältes Lachen aus. „Ich bin nicht gerade der Typ, der auf der Straße angesprochen wird. Aber als ich herausfand, daß Ed Freundinnen hatte, war ich wütend. Ich ging mit anderen Männern aus. Mit Ron Talbot hatte ich einige Monate lang ein Verhältnis. Er wollte mich sogar heiraten. Doch für mich war Ed der Mann, mit dem ich zusammenleben wollte. Daran änderte sich nie etwas.“ Ihr Blick ging in die Ferne. „Wir haben einander in der Navy kennengelernt. Wir waren beide Kampfpiloten. Als Ed mir einen Heiratsantrag machte, hätte er mir gern einen Ring geschenkt, aber wir legten damals jeden Pfennig beiseite, weil wir unsere eigene Charterfirma aufmachen wollten. Eines Nachts liehen wir uns eine alte Kiste, die auf dem Flugplatz stand. Ich flog hinauf auf zweitausend Meter. Ed gab mir plötzlich einen Kuß, setzte sich an den Steuerknüppel und sagte: ‚Ich hab doch einen Diamanten für dich, Percey.'"

„Hatte er tatsächlich einen?" fragte Amelia.

Percey lächelte. „Er drückte den Gashebel durch bis auf den Boden und zog den Steuerknüppel an. Die Nase des Flugzeugs ging steil nach oben. Einen Moment lang schauten wir geradewegs in den Nachthimmel. Ed beugte sich zu mir herüber und sagte: ‚Von all diesen Sternen kannst du dir einen aussuchen.'" Percey senkte den Kopf und wischte sich mit dem Ärmel die Augen. „Sie brauchen sich meinetwegen keine Sorgen zu machen, glauben Sie mir. Ich wollte immer nur Ed und sonst niemanden."

Amelia seufzte. „Die Sache ist komplizierter, als Sie denken. Sie erinnern Rhyme an jemanden. An eine Frau, in die er verliebt war. Wenn Sie auftauchen, hat er das Gefühl, wieder mit ihr zusammenzusein."

Percey zuckte mit den Achseln. „Rhyme und ich, wir verstehen einander. Aber das hat weiter nichts zu bedeuten. Machen Sie doch mal die Augen auf – Rhyme liebt Sie."

Amelia lachte. „Das glaube ich nicht."

Percey betrachtete sie. „Wenn ich mir Rhyme vorstelle und dann Sie anschaue, gebe ich Ihnen beiden keine allzu großen Erfolgschancen. Aber wissen Sie, ich hatte mal vor langer Zeit einen Fluglehrer. Wenn wir mit mehrmotorigen Maschinen flogen, spielte er ein ganz besonderes Spiel. Er verlangte von uns, daß wir mit nur einem Motor landeten. Wir fragten ihn immer: ‚Ist das nicht riskant?' Und seine Antwort lautete: ‚Im Leben ist nicht alles kalkulierbar. Manchmal muß man Risiken eingehen.'"

ZEHNTES KAPITEL *32. von 45 Stunden*

Um 18 Uhr am Sonntag wurde Jodie aus einem der unteren Räume geholt, in dem er eingesperrt gewesen war. Mürrisch stapfte er die Treppe zu Rhymes Schlafzimmer hinauf, in der Hand sein albernes Buch „Schluß mit der Abhängigkeit".

Ein Team von FBI-Agenten flog gerade nach Cumberland in West Virginia, um in Stephen Kalls Heimatstadt nach Anhaltspunkten zu suchen. „Sie haben uns verschiedenes über ihn erzählt", sagte Rhyme zu Jodie. „Ich möchte aber mehr wissen. Denken Sie genau nach."

Der kleine Mann verdrehte die Augen. Rhyme hatte den Eindruck, daß Jodie sich etwas einfallen lassen wollte, das die Polizei beruhigen würde. Er war deshalb überrascht, als dieser ihm mitteilte: „Eines ist sicher: Er hat Angst vor Ihnen."

„Vor mir?" fragte Rhyme. „Kennt er mich überhaupt?"

„Er weiß, daß Sie Lincoln heißen und ihn schnappen wollen."

„Woher weiß er das?"

„Keine Ahnung. Aber er hat ein paar Anrufe mit dem Handy gemacht. Und dabei schwieg er lange und hörte zu."

„Himmeldonnerwetter!" fluchte Dellray. „Er hat eine Leitung angezapft."

„Wahrscheinlich die vom Büro der Hudson Air", vermutete Rhyme. „Auf diese Weise hat er so manches über die Geheimunterkunft erfahren." Er wandte sich wieder an Jodie. „Was weiß er sonst noch über mich?"

„Er weiß, daß Sie für die Polizei arbeiten. Wo Sie wohnen und wie Sie mit Nachnamen heißen, weiß er wohl nicht. Tatsache ist, daß Sie ihm eine Heidenangst einjagen."

Den Kriminalisten durchflutete eine Welle des Stolzes und des Jagdfiebers. Dann wollen wir mal dafür sorgen, daß sich Stephen Kall noch mehr fürchten muß, dachte er. Und laut sagte er: „Sie haben uns schon geholfen, Jodie. Ich möchte, daß Sie uns wieder behilflich sind."

„Sind Sie übergeschnappt?"

„Maul halten und zuhören!" bellte Dellray.

„Ich hab die Schnauze voll", erwiderte Jodie.

„Wenn du uns hilfst, liegt das in deinem eigenen Interesse", gab Sellitto zu bedenken.

„Ich soll dran interessiert sein, daß er mich erschießt? Kann mir das jemand erklären?"

„Na gut, ich erklär's dir", antwortete Sellitto mürrisch. „Der Sargtänzer weiß, daß du ihn verpfiffen hast. Anstatt einfach abzuhauen, hat er noch versucht, dich abzuknallen, als du aus dem Haus gekommen bist. Das zeigt uns deutlich, daß er keine Ruhe geben wird, bis er dich erwischt hat."

„Du willst doch nicht, daß er irgendwann an deine Tür klopft", setzte Dellray hinzu. „Sind wir uns da einig?"

„Also liegt es in deinem Interesse, uns zu helfen", lautete Sellittos Schlußfolgerung.

„Krieg ich dann auch diesen Zeugenschutz?"

Sellitto zog die Schultern hoch. „Sofern du uns wirklich hilfst, ja."

Jodies Augen waren rot und wäßrig. Er schien große Angst zu haben. Was ist das bloß für ein Leben, wenn man so furchtsam ist? fragte sich Rhyme. Man führt das Dasein einer Maus. Und überall lauert der Tod.

„Du warst dabei, als er den Agenten umgebracht hat", fuhr Sellitto fort. „Innelman könnte noch am Leben sein. Hilf uns, den Sargtänzer zu schnappen."

Zerstreut blätterte Jodie mit seinem schmutzigen Daumen in dem Buch herum. Schließlich schaute er auf und sagte mit einer Ernsthaftigkeit, die alle überraschte: „Als ich ihn zu meinem Versteck geführt hab, dachte ich, ich könnte ihn vielleicht in 'nen Abwasserkanal stoßen. Aber dann bekam ich's doch mit der Angst zu tun." Er hielt das Buch hoch. „Das dritte Kapitel ist überschrieben: BEZWINGE DEINE DÄMONEN. Ich hab's nie so recht fertiggebracht, mich zu wehren."

„Jetzt kriegst du die Gelegenheit", sagte Sellitto.

Jodie blätterte stöhnend in den zerfledderten Buchseiten herum. „Was muß ich machen?"

„Darüber reden wir gleich", erwiderte Rhyme. „Thom! Thom! Kommen Sie her!"

Mit genervter Miene tauchte der Helfer auf. „Was gibt's?"

„Ich habe einen Anfall von Eitelkeit", teilte ihm Rhyme mit. „Ich brauche einen Spiegel."

„Wie bitte? Einen Spiegel?"

„Und zwar einen großen. Und kämmen Sie bitte mein Haar."

DER LIEFERWAGEN von US Medical fuhr auf die Rollbahn. Den beiden Angestellten in weißen Kitteln, die menschliche Organe im Wert von einer Viertelmillion Dollar transportierten, war nicht anzumerken, ob sie sich wegen der schwerbewaffneten Polizisten, die um das Flugfeld herum postiert waren, Gedanken machten. Nur einmal zuckten sie zusammen: als King, der Schäferhund der Bombenexperten, die Transportbehälter beschnüffelte. „Passen Sie auf den Köter auf", sagte einer der beiden zu dem Hundeführer. „Vielleicht frißt er gern Leber und Herz." King verhielt sich jedoch wie ein echter Profi.

Percey und ihr Aushilfs-Kopilot Brad Torgeson hatten das Flugzeug bereits in Begleitung von Roland Bell, drei Staatspolizisten und King von außen überprüft. Es war die gründlichste Inspektion vor dem Flug, die in der Geschichte der Luftfahrt je stattgefunden hatte.

King fuhr mit seiner Suche im Inneren des Flugzeugs fort. Rhyme und Amelia Sachs hatten kein Gegenstück zu den am Absturzort gefundenen Latexstückchen entdecken können; daher waren sie auf den Gedanken gekommen, daß der Gummi vielleicht dazu gedient hatte, Sprengkörper so zu versiegeln, daß Hunde nichts rochen. Percey und Brad zogen sich deshalb zurück, als die Kriminaltechniker das Flugzeug innen und außen mit hochempfindlichen Richtmikrofonen nach einem Zeitzünder absuchten.

Aber sie fanden keinen. Dellray hatte währenddessen bei der Luftfahrtbehörde dafür gesorgt, daß der Flugplan geheimgehalten wurde. Auf dem Flugplatz Mamaroneck und an allen Zielorten sollte die Rollbahn von uniformierten Streifenpolizisten bewacht werden.

Als Brad auf dem Kopilotensitz Platz genommen hatte, die Triebwerke liefen und Roland Bell unbehaglich auf dem Sitz hinter ihnen herumrutschte, setzte sich Percey mit dem Tower in Verbindung. „Lear Niner Five Foxtrot Bravo bereit für die Rollbahn."

„Verstanden, Niner Five Foxtrot Bravo. Freigabe für die Rollbahn."

Ein leichter Druck auf die Gashebel, und das reaktionsschnelle Flugzeug rollte los. Als Percey die Hebel weiter nach vorn schob, fegte der Jet zur Warteposition. An dieser Stelle hatte der Killer die Bombe an Eds Maschine befestigt. Sie schaute aus dem Fenster und sah zwei Polizisten, die dort Wache standen.

„Lear Niner Five Foxtrot Bravo, rollen Sie in Richtung Startbahn fünf links, und stoppen Sie kurz davor", teilte ihr die Bodenkontrolle mit.

Percey lenkte die Maschine zur angegebenen Stelle und wartete. Als die Freigabe kam, schwenkte sie auf die Startbahn ein. Dann stellte sie das Bugrad gerade und beschleunigte.

„Achtzig Knoten", verkündete Brad. „Überprüfen."

„Bestätigt", erwiderte Percey, nachdem sie einen Blick auf den Geschwindigkeitsmesser geworfen hatte.

„Bereit zum Abheben."

Percey nahm die rechte Hand von den Gashebeln, griff nach dem Steuerknüppel und zog ihn zurück. Der Learjet stieg empor. Hinter sich hörte sie das Dröhnen der Strahltriebwerke. Ihr war, als flöge sie mit dieser schlanken Silbernadel mitten in den Himmel hinein und ließe alles Lästige, Bedrückende, Schmerzliche hinter sich.

Während des Steigflugs hörte sie, wie Bell nach Luft schnappte. „Macht es Ihnen Spaß?" rief sie nach hinten.

„Mein Magen grummelt," antwortete er und schaute nervös durch das große, runde Fenster neben sich. „Da kann man ja direkt nach unten schauen. Warum hat man das so konstruiert?"

Percey lachte. „In Verkehrsflugzeugen sollen Sie nicht merken, daß Sie fliegen. Aber wo ist da das Vergnügen? Wozu soll das gut sein?"

„Ich wüßte da so ein, zwei Argumente", erwiderte Bell und biß energisch auf seinem Kaugummi herum. Dann zog er den Vorhang zu.

In 2000 Meter Höhe durchbrachen sie die Wolkendecke und sahen einen der spektakulärsten Sonnenuntergänge, die Percey je erblickt hatte. Dann widmete sie sich zusammen mit Brad der Aufgabe, den Autopiloten einzustellen, der sie schnurgerade nach Chicago bringen würde.

Bell lachte leise. „Soll ich Ihnen mal was sagen?"

„Was gibt's denn?" fragte Percey.

„Zum ersten Mal, seit ich Sie kennengelernt habe, sehen Sie einigermaßen entspannt aus."

„Hier ist der einzige Ort, an dem ich mich wirklich zu Hause fühle."

WÜRMER... Stephen Kall stand schwitzend auf der schmutzigen Toilette eines Chinarestaurants. Er schrubbte, als ginge es um sein Leben. Bis die Nagelhäutchen bluteten.

Schrubben, schrubben, schrubben. Dieser Wurm namens Lincoln sucht mich. Wo der hinschaut, tauchen Würmer auf.

Stephen trocknete seine Hände. Dann packte er den Baßgitarrenkasten und die Tragetasche und eilte ins Restaurant zurück. Die Wirtsleute starrten entsetzt auf seine blutigen Hände und sein verzerrtes Gesicht.

„Würmer, zappelnde Würmer!" stieß Stephen als Erklärung hervor und verschwand nach draußen. Hastig ging er den Gehsteig entlang, während er überlegte, was er zu erledigen hatte. Natürlich mußte er Jodie umbringen.

Muß ihn umlegen, muß ihn umlegen, muß...

Wieso denn, Soldat?

Außerdem mußte er diesen Wurm namens Lincoln umbringen, weil sonst die Würmer über ihn herfallen würden. *Muß ihn umlegen, muß ihn umlegen, muß...*

Hörst du mir überhaupt zu, Soldat?

Das war alles, was noch zu tun war: Lincoln umlegen, Jodie umlegen.

Und was die Frau betraf... Stephen schaute auf seine Uhr. Kurz nach sieben. Wahrscheinlich war sie bereits tot.

DELLRAY drückte die Klettverschlüsse von Jodies kugelsicherer Weste fest zu und gab ihm eine Windjacke. Unter dem dicken Futter der Weste war Stahlblech eingezogen; sie wog fast zwanzig Kilo. Rhyme kannte keinen Polizisten in der ganzen Stadt, der eine solche Schutzweste trug. Sie verlieh dem kleinen Mann ein imposantes Erscheinungsbild.

„Aber was ist, wenn er auf meinen Kopf schießt?" fragte Jodie.

„Er ist sowieso in erster Linie hinter mir her", antwortete Rhyme.

„Woher wird er überhaupt wissen, wo ich bin?"

„Kein Problem", knurrte Dellray. „Ich werd's ihm sagen."

„Okay, schafft ihn ins Auto", sagte Sellitto.

Zwei Beamte in Zivil begleiteten Jodie hinaus.

Als er weg war, stieß Dellray einen Seufzer aus. Er klappte sein Handy auf und wählte die Nummer des vom Sargtänzer angezapften Anschlusses von Hudson Air.

IN EINEM gestohlenen Auto saß Stephen Kall in der Nähe von Jodies U-Bahn-Unterkunft und sah einen häufig als Dienstfahrzeug eingesetzten Wagentyp vorfahren. Jodie und zwei Polizisten stiegen aus und spähten zu den Dächern hinauf. Dann rannte der kleine Mann nach drinnen. Fünf Minuten später tauchte er mit zwei Bündeln unter dem Arm wieder auf und stieg in den Wagen zurück. Dem von Stephen abgehörten Telefonat zufolge war Lincoln damit einverstanden, daß Jodie aus seinem Versteck einige Sachen holte, wenn er im Gegenzug Informationen über den Killer lieferte.

Stephen konnte keine Begleitfahrzeuge entdecken. Was er mitgehört hatte, stimmte also. Der Wagen reihte sich in den Verkehr ein, und er fuhr ihm nach. Wenn man jemandem unauffällig folgen möchte, gibt es auf der ganzen Welt keinen besseren Ort als Manhattan, dachte er. Der Polizeiwagen fuhr schnell, aber Stephen blieb in seiner Nähe. Als sie Central Park West erreichten, verlangsamte die Limousine die Fahrt und fuhr gemächlich an einem Haus aus dem letzten Jahrhundert vorbei. Die zwei Männer in Straßenanzügen, die vor dem Eingang standen, waren ganz offensichtlich Polizisten. Der Fahrer des Wagens gab den beiden ein Handzeichen, das diese erwiderten.

Das war es also. Das war das Haus des Wurms namens Lincoln.

Der Polizeiwagen fuhr jetzt in nördlicher Richtung weiter. Stephen folgte ihm noch eine Weile, dann lenkte er sein Auto plötzlich an den Straßenrand. Er parkte, stieg aus und rannte mit dem Baßgitarrenkasten unter die Parkbäume, wo er sich ganz leise voranbewegte.

Wie eine Katze, Soldat.

Jawohl, Sir.

Stephen verschwand im Gestrüpp und fand unter einem Fliederbusch ein geeignetes Versteck. Er öffnete den Kasten. Das Auto, in dem Jodie saß, hatte inzwischen gewendet und hielt nun mit quietschenden Reifen vor dem Stadthaus an. Zwei Polizisten stiegen aus und eskortierten den verängstigt wirkenden Jodie den Gehsteig entlang. Stephen streifte die Hülle vom Zielfernrohr und blickte hindurch.

Plötzlich näherte sich ein schwarzes Auto. Jodie bekam es mit der Angst zu tun und rannte in einen seitlichen Durchgang. Seine Eskorte fuhr herum, legte die Hände an die Pistolen und starrte das Auto an. Als die Polizisten im Wageninneren vier Latino-Mädchen erblickten, lachten sie. Einer von ihnen rief Jodie etwas zu.

Stephen interessierte sich im Moment nicht für den kleinen Mann. Da er den Wurm und Jodie nicht gleichzeitig erwischen konnte, wollte er zuerst Lincoln wegpusten. Er verspürte eine richtige Gier, das Gesicht am Fenster endlich zu beseitigen, den Wurm zu zertreten.

Er schaute durch das Zielfernrohr und ließ es über die Vorderfenster des Gebäudes wandern. Und da war er auf einmal! Stephen erblickte den Wurm namens Lincoln.

Er war gar nicht überrascht, daß er ein Krüppel war. Vielmehr brachte ihn gerade dieser Umstand auf den Gedanken, daß der gutaussehende Mann in dem aufwendigen Rollstuhl Lincoln sein mußte. Stephen war nämlich überzeugt, daß nur ein ganz außergewöhnlicher Mann in der Lage sein würde, ihn zu erwischen. Einer, bei dem das Geistige im Vordergrund stand.

Die Explosivgeschosse befanden sich im Ladestreifen. Stephen lud durch. Lincoln redete mit einer Person, die er nicht sehen konnte. Der Raum war offenbar ein Labor. Stephen sah die typische Einrichtung und erblickte auch einen Computerbildschirm.

Er drückte den Kolben an seine Wange und zielte auf Lincolns Ohr, während dieser den Bildschirm betrachtete. Sein Zeigefinger drückte den Abzug durch. Ein Stück … Noch ein Stück …

In diesem Moment fiel Stephen etwas auf. An Lincolns Ärmel war ganz schwach eine Unebenheit zu erkennen. Keine Falte, sondern eine Verzerrung.

Stephen schaltete das Zielfernrohr auf eine stärkere Vergrößerung und schaute sich die Schrift auf dem Monitor an. Die Buchstaben waren seitenverkehrt.

Ein Spiegel! Er schaute in einen Spiegel! Wieder eine Falle!

Stephen schloß die Augen. Er fühlte sich ganz kribbelig. Würmer krochen auf ihm herum. Er schaute sich um. Er wußte jetzt, daß eine mit Lauschmikrofonen ausgestattete Such- und Überwachungseinheit nur darauf wartete, sein Gewehrfeuer zu lokalisieren und ihn unter Beschuß zu nehmen.

Geräuschlos verstaute er die Waffe im Baßgitarrenkasten. Er schlüpfte zwischen den Bäumen hindurch und spazierte gemächlich am Rand einer Wiese entlang. Dann verließ er überraschend den Weg, versteckte sich hinter ein paar Büschen und blickte sich um. Da er Verdacht geschöpft hätte, wenn der Park menschenleer gewesen wäre, hatte die Polizei die Eingänge nicht geschlossen. Das rächte sich jetzt.

Stephen sah eine Gruppe von Männern in etwa seinem Alter. Sie hatten Sweatshirts an, trugen Tennisschläger in der Hand und unterhielten sich laut. Ihr Haar war noch feucht vom Duschen. Stephen ging hinter ihnen her und schenkte einem von ihnen ein freundliches Lächeln. Während er vergnügt seinen Instrumentenkasten schwang, folgte er ihnen zu dem Tunnel, der zur Upper East Side führte.

DIE ABENDDÄMMERUNG umgab sie. Der helle Lichtfleck, den Percey Clay in der Ferne sah, war Chicago.

Die dortige Flugleitstelle wies sie an, auf 4000 Meter herunterzugehen.

„Beginne den Landeanflug", sagte Percey. „Gehe auf ATIS."

Brad drückte an seinem Funkgerät die Taste für das automatische Flughafen-Informationssystem ATIS und stellte den Höhenmesser ein.

„Chicago Anflugkontrolle, hier ist Lear Niner Five Foxtrot Bravo", meldete Percey. „Komme auf 4000 Meter Höhe zu Ihnen, Richtung zwei acht null."

„Guten Abend, Foxtrot Bravo. Gehen Sie auf 3000 Meter runter. Rechnen Sie mit der Einweisung auf Landebahn 27 rechts."

Percey vermied es hinunterzuschauen. Irgendwo dort unten war ihr Mann mit seinem Flugzeug aufgeprallt. Und zu diesem Zeitpunkt des Landeanflugs hatte Ed versucht, sie anzurufen.

„ER IST verschwunden", berichtete Dellray. „Aber sie sind ziemlich sicher, daß er da war."

Entnervt schloß Rhyme die Augen. „Das ist ja nicht zu fassen!" Er schaute zu dem großen Spiegel, der auf seine Anweisung hin hinter ihm aufgestellt worden war. Bitter enttäuscht darüber, daß auch dieser Trick nicht funktioniert hatte, verzog er das Gesicht. „Wo ist Jodie?"

Dellray lachte wiehernd. „Er hat sich im Durchgang versteckt. Als ein Auto rankam, hat er durchgedreht. Er wird schon reinkommen, wenn's ihm kalt wird."

„Oder wenn er seine Belohnung kassieren möchte." Amelia ging auf das Fenster zu.

„Bleib weg!" ermahnte Rhyme sie. „Wir wissen nicht genau, ob er tatsächlich abgehauen ist."

Sellitto schob die Vorhänge von der Seite her zu. In diesem Moment klingelte Coopers Telefon, und der Laborexperte griff nach dem Hörer.

„Lincoln, es sind die Bombenspezialisten des FBI. Sie haben in ihren Dateien nachgeforscht. Zu diesem bestimmten Typ Gummi liegt nichts vor. Er hat jedoch eine gewisse Ähnlichkeit mit einem Material, das bei höhenabhängigen Sprengkörpern verwendet wird. Ein mit Luft gefüllter Ballon dehnt sich aus, wenn das Flugzeug aufsteigt, weil der Luftdruck mit zunehmender Höhe immer mehr abnimmt. Der Ballon drückt dann auf einen Schalter, und die Bombe explodiert."

„In dem Flugzeug von Ed Carney war aber eine Bombe mit Zeitzünder."

„Das FBI hat sich nur mit dem Latex befaßt."

Rhyme betrachtete die Plastiktüte mit dem Zünder. Wieso ist er völlig intakt? überlegte er. Daß der Zeitzünder hinter einer Stahlstrebe angebracht worden war, hatte er bislang als eine Nachlässigkeit angesehen. Jetzt war er sich nicht mehr so sicher.

„Sagen Sie denen, daß sich das Flugzeug im Landeanflug befand", sagte Amelia zu Cooper.

Dieser gab den Hinweis durch und hörte sich die Antwort an. „Es kann sich auch um eine Variante handeln", berichtete er dann. „Wenn das Flugzeug in die Höhe steigt, drückt der sich ausdehnende Ballon auf einen Schalter und macht die Bombe scharf. Wenn sich das Flugzeug im Sinkflug befindet, schrumpft der Ballon und schließt einen Stromkreis, was dann zur Explosion führt."

„Der Zeitzünder war bloß eine Attrappe", murmelte Rhyme. „Der Kerl hatte ihn absichtlich hinter der Strebe angebracht, damit er intakt blieb. Damit wir glauben sollten, es sei eine Zeitbombe gewesen. Wie hoch flog Carneys Maschine, als die Bombe explodierte?"

Sellitto überflog den Bericht der Flugsicherungsbehörde. „1500 Meter."

„Die Bombe wurde scharf, als das Flugzeug über die 1500-Meter-Marke stieg, und sie explodierte, als die Maschine in der Nähe von Chicago auf 1500 Meter runterging", schloß Rhyme.

„Aber wieso hätte er sich denn die Mühe machen sollen, uns vorzugaukeln, es sei eine Zeitbombe?“ fragte Cooper.

Amelia Sachs fand die Antwort genauso schnell wie Rhyme. „Mein Gott!“ rief sie. „Der Suchtrupp war hinter einer Zeitbombe her. Er versuchte, mit den Mikros einen Zeitzünder ausfindig zu machen. Percey und die anderen haben aber eine höhenabhängige Bombe an Bord!“

„400 METER Höhendifferenz pro Minute“, bemerkte Brad.

Percey zog den Steuerknüppel ein wenig an und verlangsamte so den Sinkflug. Sie unterschritten jetzt die 2000-Meter-Marke .

Roland Bells Handy zirpte.

„1700 Meter“, meldete Brad.

Gleich darauf rief Bell: „Wir müssen Höhe gewinnen!“ Er fuchtelte mit seinem Handy herum und ging neben Percey in die Hocke.

„Wie bitte?“

„Wir haben eine Bombe an Bord! Eine höhenabhängige Bombe! Sie explodiert, wenn wir auf 1500 Meter runtergehen. Ziehen Sie die Maschine hoch! Sofort! Wir müssen höher hinauf!“

„Schub auf 97 Prozent stellen!“ rief Percey.

Brad drückte die Gashebel nach vorn. Als Percey das Flugzeug auf die Seite drehte, krachte Bell auf den Boden. „1800 Meter“, meldete Brad. „1900 ... 2000 ...“

Percey Clay hatte als Pilotin in all den Jahren nie einen Notruf losgeschickt. „Mayday! Mayday! Lear Niner Five Foxtrot Bravo“, gab sie jetzt aber durch.

„Sprechen Sie, Foxtrot Bravo.“

„Chicago Anflugkontrolle, ich muß Ihnen folgendes melden: Uns wurde eben mitgeteilt, daß wir eine Bombe an Bord haben. Ich brauche die sofortige Freigabe für 3000 Meter und die Zuweisung einer Warteschleife über unbesiedeltem Gebiet.“

„Verstanden, Niner Five Foxtrot Bravo“, erwiderte der Fluglotse mit ruhiger Stimme. „Behalten Sie die gegenwärtige Richtung zwei-viernull bei. Freigabe für 3000 Meter. Wir leiten alle in der Nähe befindlichen Flugzeuge von Ihnen weg.“

Brad warf Percey einen besorgten Blick zu, als er das automatische Radarwarnsignal einschaltete, welches besagte, daß Foxtrot Bravo in Schwierigkeiten war.

Bells Handy zirpte erneut. Er hörte zu und stöhnte. „Ist von Northeast Aircraft Distributors ein Feuerlöschzylinder geliefert worden?“ wollte er von Percey wissen.

„Hat er die Bombe etwa dort untergebracht?“ fragte sie mit Erbitterung zurück.

„Es sieht so aus. Der Lkw hatte kurz nach der Abfahrt vom Lagerhaus eine Panne. Der Fahrer war etwa zwanzig Minuten lang mit dem Reifenwechsel beschäftigt.“

Percey schaute unwillkürlich in Richtung Triebwerk. „Und ich habe ihn selbst installiert.“

Kurz danach wurde über Funk ein Telefonanruf übertragen. „Percey, können Sie mich hören?“ ließ sich Lincoln Rhyme vernehmen.

„Laut und deutlich. Der Dreckskerl hat uns in die Enge getrieben, wie?“

„Es hat ganz den Anschein. Wieviel Flugzeit haben Sie noch?“

„Ungefähr eine Stunde und 45 Minuten.“

„Okay. Können Sie den Zylinder abschrauben und loswerden?“

„Nicht von innen her.“

„Ist es möglich, den Jet in der Luft aufzutanken?“

„Auftanken? Das ist bei so einer Maschine nicht möglich.“

„Könnten Sie so hoch fliegen, daß der Bombenmechanismus einfriert?“

Percey war überrascht, wie schnell Rhymes Verstand arbeitete. „Vielleicht. Aber selbst wenn ich dann im Sturzflug runterkäme, würden die Einzelteile der Bombe wohl kaum gefroren bleiben.“

Rhyme schwieg. Brad schluckte und wischte sich die Hände an seiner Hose ab. Roland Bell wippte hin und her. Percey starrte in das düstere Blau der Abenddämmerung hinunter und dachte: Es ist hoffnungslos.

„Lincoln, sind Sie noch dran?“ fragte sie.

Sie hörte seine Stimme, als er jemandem etwas zurief. In gereiztem Ton sagte er dann: „Nein, nicht diese Karte! Sie wissen, welche ich meine.“

Stille. Ach Ed, dachte Percey, dein Lebensweg und meiner sind immer ähnlich verlaufen. Vielleicht wird es beim Tod genauso sein.

Rhyme meldete sich wieder bei ihr. „Wie weit kommen Sie mit dem Treibstoff, den Sie noch zur Verfügung haben?“

Percey schaute Brad an, der daraufhin die Zahlen in den Rechner eingab. „Wenn wir genügend Höhe haben, reicht er für ungefähr 1300 Kilometer“, sagte er.

„Ich habe eine Idee“, verkündete Rhyme. „Können Sie's nach Denver schaffen?“

Brad schaute im Pilotenführer für den Denver International Airport nach. „Der Flughafen liegt auf 1700 Meter. Im Anflug auf Chicago waren wir auch schon auf diese Höhe runter, und das Ding ist nicht losgegangen."

„Wie ist die Entfernung?" fragte Percey.

„Von unserer gegenwärtigen Position sind es noch 1450 Kilometer."

Percey dachte nicht lange nach. „Wir machen es." Dann meldete sie über Funk: „Lincoln, der Treibstoff wird sehr knapp werden. Wir haben jetzt viel zu erledigen. Ich melde mich später."

Brad studierte die Karte. „Nach links drehen, Richtung zwei-sechs-sechs."

„Zwei-sechs-sechs", wiederholte Percey und nahm danach mit der Flugsicherung Verbindung auf. „Chicago Center, hier ist Niner Five Foxtrot Bravo. Wir haben vermutlich eine höhenabhängige Bombe an Bord. Erbitte VOR-Frequenzen für Denver."

„Verstanden, Foxtrot Bravo. Sie bekommen die Frequenzen gleich."

„Chicago, teilen Sie uns bitte mit, was für Witterungsbedingungen auf dem Weg dorthin herrschen", bat Brad.

„Eine Hochdruckfront bewegt sich über Denver hinweg. Gegenwind zwischen 15 Knoten Stärke auf 3000 Meter und 70 Knoten auf 8000 Meter."

„Oh." Brad wandte sich wieder seinen Berechnungen zu. Nach einer Weile sagte er: „Der Treibstoff wird uns 88 Kilometer vor Denver ausgehen."

Die Flugsicherung meldete sich wieder. „Foxtrot Bravo, können Sie sich die VOR-Frequenzen notieren?"

Während Brad die Informationen aufschrieb, dachte Percey über die Standpauke nach, die sie Lincoln Rhyme gehalten hatte. Erst jetzt wurde ihr klar, wie recht sie gehabt hatte, wie sehr sie beide von zerbrechlichen Metall- und Plastikteilen abhängig waren.

88 Kilometer vor Denver kein Treibstoff mehr. Was sollen wir machen? überlegte sie. Wenn ich nur so scharfsinnig wäre wie Rhyme. Wie können wir Treibstoff sparen? Der Verbrauch sinkt, wenn wir höher fliegen.

„Brad, wie weit kommen wir im Gleitflug?" fragte sie abrupt.

„Mit einer Lear 35A? Keine Ahnung."

Der Jet wog 6,3 Tonnen. Aber jede Maschine konnte im Gleitflug schweben. „Überlegen wir mal. Mit welcher Sinkquote müßten wir da rechnen?"

„Ich glaube, wir könnten sie bei einer Quote von 760 Meter pro Minute halten." Das bedeutete einen Gleitflug mit knapp fünfzig Stundenkilometern.

„Berechnen Sie mal folgendes: Wenn wir jetzt Treibstoff verbrauchen, um auf 18 000 Meter zu steigen – wann würde er dann ausgehen?"

„18 000?" fragte Brad überrascht, tippte aber die Zahlen ein. „Wir würden zuerst viel Treibstoff verbrennen, aber sobald wir 18 000 Meter erreicht hätten, wäre der Nutzeffekt wesentlich günstiger. Wenn wir dann außerdem nur mit einem Triebwerk fliegen, fehlen uns noch 133 Kilometer bis zum Ziel, wenn die Tanks leer sind. Aber natürlich können wir dann die Höhe ausnützen."

Percey Clay, die auch ohne einen Taschenrechner genau kalkulieren konnte, ließ sich die Zahlen durch den Kopf gehen: Wenn der Antrieb auf 18 000 Meter ausfiel, konnten sie im Gleitflug bis zur notwendigen Landung etwa 130 Kilometer weit kommen. Vielleicht sogar ein bißchen weiter, wenn der Gegenwind nicht so stark war.

Brad kam zu demselben Ergebnis. „Es wäre knapp."

Im Leben ist nicht alles kalkulierbar.

„Chicago Center, Lear Foxtrot Bravo erbittet Freigabe für 18 000 Meter." Manchmal muß man Risiken eingehen, dachte Percey.

„Foxtrot Bravo ist doch ein Lear 35, nicht wahr? Der hat eine Dienstgipfelhöhe von 15 000 Metern", erwiderte der Fluglotse.

„Das stimmt, aber wir müssen höher hinauf."

„Sind die Überdruckdichtungen an den Türen und Fenstern in letzter Zeit überprüft worden?"

„Die sind in Ordnung", antwortete sie.

„Verstanden. Foxtrot Bravo, Sie erhalten Freigabe für 18 000 Meter."

Was Percey daraufhin erwiderte, hatte wohl noch kein Lear-Pilot gesagt: „Verstanden. Gehe von 3000 auf 18 000 Meter." Sie begann mit dem Steigflug.

All diese Sterne ...

Zehn Minuten danach stellte Percey Triebwerk Nummer zwei ab. Als der Antrieb auf der linken Seite erstarb, spürte sie einen leichten Seitenschub, den sie ausglich, indem sie die Einstellung des Ruders änderte. Dann kletterte sie aus ihrem Sitz. „Ich brauche jetzt eine Tasse Kaffee. Ihr beiden auch?"

VIERZIG Minuten lang herrschte in Rhymes Labor eine quälende Stille. Keine Anrufe mit Hinweisen. Keine Faxe.

Doch schließlich piepte Sellittos Handy. Er klappte es auf. „Ja?"

Rhyme betrachtete das stoische Gesicht des Detectives, der das Handy kurz darauf zuklappte. „Das war Bell", sagte er. „Er wollte uns nur mitteilen, daß ihnen jetzt der Treibstoff ausgegangen ist."

DREI verschiedene Warnanlagen fingen gleichzeitig an zu summen: Die Tanks waren leer, der Öldruck war zu niedrig und die Temperatur der Düsen ebenfalls.

Mit einem leichten Klappern stellte Triebwerk Nummer eins sein Stottern ein und verstummte ganz. Im Cockpit wurde es so dunkel wie in einem Schrank.

„Verdammt! Ich habe nicht daran gedacht, daß der Strom ausfallen wird", fluchte Percey. „Fahren Sie die Luftturbine aus, Brad."

Der Kopilot griff nach dem entsprechenden Hebel, und die Turbine fuhr auf der Unterseite des Flugzeugs aus. Der Luftstrahl setzte ihren Propeller in Bewegung, der mit einem Generator verbunden war, dessen Stromerzeugung für die Kontrollinstrumente und die Beleuchtung ausreichte.

Kurz darauf gingen einige Lichter wieder an. Percey schaute auf den Höhenmesser. Er zeigte eine Sinkquote von 1100 Meter pro Minute an. Sie bewegten sich mit annähernd achtzig Stundenkilometern.

Wieso lagen wir mit unseren Berechnungen so daneben? fragte sie sich. Weil die Luft hier viel dünner ist! fiel ihr augenblicklich ein. Sie hatten eine viel dichtere Atmosphäre zugrunde gelegt. Percey zog den Steuerknüppel zurück, um das starke Absinken zu korrigieren. Es ging auf eine Quote von 700 Meter pro Minute zurück. Aber die Geschwindigkeit nahm ebenfalls ab. Die Steuerung wurde butterweich. Ein Absacken würde bei einem Flugzeug wie diesem das Ende bedeuten.

Percey bewegte den Steuerknüppel nach vorn. Sie verloren rasch an Höhe, doch die Geschwindigkeit nahm wieder zu. Über annähernd achtzig Kilometer hinweg wiederholte sie dieses Spiel. Die Flugleitstelle teilte ihnen mit, wo der stärkste Gegenwind herrschte, und Percey bemühte sich, möglichst wenig Höhe zu verlieren und dabei möglichst weit voranzukommen. Allmählich schmerzten ihre Armmuskeln. „Sprechen Sie mit Denver", forderte sie Brad auf.

„Denver Center, hier ist Lear Niner Five Foxtrot Bravo, auf 5000 Meter Höhe, dreißig Kilometer vom Zielflughafen entfernt."

„Wir haben Sie, Foxtrot Bravo. Halten Sie sich nach rechts, Richtung zwei-fünf-null. Soviel ich weiß, fliegen Sie ohne Antrieb?"

„Wir sind das größte Segelflugzeug, das Sie je gesehen haben."

„Verstanden. Sollen wir Einsatzfahrzeuge bereitstellen?"

„Alles, was Sie haben. Wir haben vermutlich eine Bombe an Bord."

„Denver Anflugkontrolle", schaltete sich Percey ein. „Steigt der Luftdruck?"

„Ja, Foxtrot Bravo. Eine Hochdruckfront nähert sich."

Percey fuhr zusammen. Das hieß, der atmosphärische Druck würde zunehmen und der Ballon schrumpfen, so als wären sie schon weiter unten.

Brad stellte weitere Berechnungen an. „Die Bombe könnte fünfzehn Meter über dem Erdboden explodieren."

„Okay." Percey holte tief Luft. Wie akkurat hatte der Sargtänzer wohl gearbeitet, als er den Auslöser hergestellt hatte? Sie schaute zu Bell hinüber. „Roland, hören Sie: Wenn das Flugzeug zum Stillstand gekommen ist, dann hauen Sie so schnell wie möglich ab!"

„Sechzehn Kilometer bis zur Landebahn", meldete Brad. „Geschwindigkeit: 200 Knoten, Höhe: 3000 Meter. Wir müssen langsamer runtergehen."

Percey zog den Steuerknüppel ein wenig an, und die Geschwindigkeit nahm deutlich ab. Der Knüppel begann zu vibrieren. Wenn das Flugzeug jetzt absackte, würden sie sterben. Sie drückte ihn wieder nach vorn. Noch dreizehn Kilometer. Noch zwölf ... Zwischen ihrem Daumen und den Zeigefingern bildeten sich Blasen. Zehn Kilometer. Neun.

„Acht Kilometer bis zur Landung. Geschwindigkeit: 210 Knoten."

„Fahrwerk ausfahren", ordnete Percey an.

Brad drehte das Rad, mit dem das schwere Fahrwerk manuell ausgefahren werden konnte. Es war eine anstrengende Arbeit. „Ist ausgefahren", meldete er keuchend.

Die Geschwindigkeit verringerte sich auf 180 Knoten. Aber sie waren viel zu schnell. Ohne Umkehrschub würden sie selbst die längste Landebahn im Nu hinter sich lassen.

Percey zog wieder am Steuerknüppel. Ein Alarm warnte vor dem Absacken. Sie drückte den Knüppel abermals nach vorn.

„Noch vier Kilometer. Höhe 600 Meter."

Perceys Hände schwitzten. Sie beugte sich vor und schaute über die silbrige Nase des Flugzeugs hinaus. Das Strobolicht des Landeanflugs war zu sehen, auch die blau beleuchteten Punkte der Rollbahn und die orangeroten der Landebahn. Sie würden in dreißig Sekunden aufsetzen, aber die Geschwindigkeit war immer noch zu hoch. Ohne Bremsklappen würden sie selbst über eine drei Kilometer lange Landebahn hinausschießen.

Aus diesem Grund ließ Percey die Maschine seitlich abrutschen.

Bei einem kleinen Privatflugzeug ist das ein einfaches Manöver. Man geht in eine Linkskurve und tritt aufs rechte Seitenruderpedal. Percey war jedoch nicht bekannt, ob dieses Manöver schon mit einem mehr als sechs Tonnen schweren Jet praktiziert worden war. „Helfen Sie mir!“ rief sie Brad zu und schnappte nach Luft, weil ihre wunden Hände brannten. Der Kopilot packte seinen Steuerknüppel und drückte ebenfalls aufs Pedal. Das Flugzeug wurde langsamer, aber der linke Flügel neigte sich dramatisch nach unten.

„Wie schnell sind wir?“ fragte Percey.

„150 Knoten. Sinkquote 800 Meter pro Minute.“

Immer noch zu schnell. Das Strobolicht tauchte unmittelbar vor ihnen auf, um ihnen den Weg nach unten zu weisen. Als sie auf die Lichtbalken zurasten, rief Percey: „Ich übernehme wieder!“

Brad gab seinen Steuerknüppel frei. Percey glich die Schieflage aus und zog die Nase des Jets hoch. Das Flugzeug erhob sich und stellte sich dem Wind entgegen, wodurch das steile Niedergehen kurz vor der Landebahn ein Ende fand.

Percey schob den Steuerknüppel nach vorn, und die Maschine neigte sich stark nach unten. Sie zog den Knüppel wieder zurück. Der Silbervogel bebte, dann setzte er sanft auf der Betonbahn auf.

„Vollbremsung!“ Percey und Brad traten auf die Seitenruderpedale. Gleich darauf war die Kabine voller Rauch. Sie rasten immer noch mit160 Stundenkilometern dahin.

Wenn es sein muß, schwenke ich auf die Grasfläche, dachte Percey. Dabei geht zwar das Fahrwerk kaputt, aber die Fracht ist gerettet. 110 Stundenkilometer, 100 ...

„Warnblinklicht, rechtes Rad brennt!“ rief Brad. „Warnblinklicht, Bugrad brennt!“

Egal, dachte sie und drückte mit ihrem ganzen Gewicht auf die Pedale.

Der Jet fing an zu beben und geriet ins Schlingern. Percey glich es mit dem Bugrad aus. Noch mehr Rauch. 80 Stundenkilometer, 70 ...

„Die Tür!“ rief sie Bell zu.

Der Detective drückte sie sofort auf. Gleichzeitig fuhr die Bordtreppe aus. Feuerwehrfahrzeuge näherten sich. Wenige Meter vor dem Ende der Landebahn kam der Lear N695FB mit einem wilden Ächzen zum Stehen.

Bells Stimme ertönte als erste. „Okay, Percey, raus jetzt!“

Er schob sie und Brad zur Tür hinaus und eilte ihnen über die Treppe auf die Betonbahn hinunter nach. Dann führte er die beiden vom Flugzeug weg, wobei er eine seiner beiden Pistolen in der Hand hielt. Früher hätte Percey so etwas für überdreht gehalten. Jetzt nicht mehr.

In einiger Entfernung von dem Jet blieben sie stehen. Als Percey die

Maschine betrachtete, die im Scheinwerferlicht silbrig glänzte, ertönte plötzlich ein ohrenbetäubender Knall. Mit Ausnahme von Bell und Percey warfen sich alle in der Nähe befindlichen Personen auf den Boden, als eine gewaltige orangefarbene Stichflamme emporschoß und das Flugzeug in Stücke gerissen wurde.

Percey stöhnte und drückte die Hand auf den offenen Mund.

Die Tanks waren natürlich leer, doch die wertvolle Fracht brannte bereits lichterloh, als die Feuerwehrfahrzeuge herankamen und einen weißen Schaumteppich auf das Metallgerippe des Flugzeugwracks spritzten.

ELFTES KAPITEL *42. von 45 Stunden*

Rhyme warf einen Blick auf die Uhr: kurz nach drei Uhr morgens. Percey Clay wurde gerade in einem FBI-Jet zurück zur Ostküste geflogen. In wenigen Stunden würde sie sich auf den Weg zum Gericht machen, um vor der Grand Jury zu erscheinen. Und Rhyme wußte immer noch nicht, wo sich der Sargtänzer aufhielt und was er vorhatte.

Sellittos Handy schrillte. Der Detective hielt es eine Weile ans Ohr, dann verzog er das Gesicht. „Der Sargtänzer hat wieder zugeschlagen. Nicht weit von der Fifth Avenue wurde im Central Park in einem Tunnel eine Leiche entdeckt. Er hat sie unidentifizierbar gemacht."

„Vollkommen unidentifizierbar?" fragte Amelia Sachs.

„Anscheinend ist er diesmal gründlich vorgegangen. Er hat Hände und Zähne entfernt und die Kleidung mitgenommen. Es handelt sich um einen Weißen Anfang Dreißig. Gepflegter, sportlicher Typ."

„Okay", sagte Rhyme. „Bringt sie her."

„Die Leiche? Na gut."

„Der Sargtänzer hat also eine neue Identität", folgerte Rhyme grimmig. „Wie wird er das nächste Mal gegen uns vorgehen?" Er blickte stöhnend zu Dellray hinüber. „In welcher Geheimunterkunft wollen Sie Percey unterbringen?"

„In unserer", fuhr jemand dazwischen.

Alle schauten zu dem untersetzten Mann, der in der Tür stand. „In unserer Geheimunterkunft", wiederholte Reggie Eliopolos. „Wir nehmen sie in Gewahrsam." Der Staatsanwalt schwenkte eine Schutzhaftanordnung umher.

„Das ist keine gute Idee“, erwiderte Rhyme.

„Immerhin besser, als wenn wir Ihretwegen unsere letzte Zeugin einbüßen.“

„Der Sargtänzer wird rauskriegen, wo sich die Unterkunft befindet, das können Sie mir glauben“, wandte Rhyme ein.

„Da müßte er ja Gedanken lesen können“, entgegnete Eliopolos. Er schaute sich um und entdeckte Jodie. „Joseph D'Oforio? Sie kommen ebenfalls mit.“

Der kleine Mann starrte ihn an. „He, Moment mal ...“

„Wir werden dafür sorgen, daß Sie in Sicherheit sind, bis Sie in den Zeugenstand treten.“

„In den Zeugenstand? Davon war nie die Rede!“

„Nun, Sie sind ein unentbehrlicher Zeuge“, sagte Eliopolos.

„Aus mir kriegen Sie nichts raus.“

„Dann kommen Sie wegen Mißachtung des Gerichts in den Knast. Ist Ihnen klar, wie es dort um Ihre Sicherheit bestellt sein wird?“ Auf Jodies Gesicht zeigten sich Kummerfalten, während Eliopolos sich Rhyme zuwandte. „Und Ihnen lege ich zur Last, daß Sie die staatsanwaltschaftlichen Ermittlungen behindert haben.“

„Ist das Ihr Ernst?“ rief Sellitto.

„Mein voller Ernst. Rhyme hätte beinahe den ganzen Fall ruiniert, weil er der Zeugin gestattet hat, den Flug zu absolvieren. Ich lasse die Vorladung am Montag zustellen. Und ich werde mich selbst um die Anklageerhebung kümmern.“

„Er war hier“, sagte Rhyme leise.

Eliopolos stutzte. „Wer?“ fragte er nach einer Weile.

„Es ist noch keine Stunde her, da befand sich der Sargtänzer draußen vor diesem Fenster und richtete ein mit Explosivgeschossen geladenes Scharfschützengewehr auf diesen Raum.“

Eliopolos zog die Augenbrauen hoch. „Wieso hat er nicht geschossen?“

„Das ist die Preisfrage“, erwiderte Rhyme. „Wir wissen nur, daß er im Central Park einen jungen Mann ermordet und unidentifizierbar gemacht hat. Für mich steht außer Zweifel: Er weiß bereits, daß Percey den Anschlag überlebt hat, und ist schon unterwegs, um die Sache zum Abschluß zu bringen.“

„Gegen so einen hast du noch nie antreten müssen“, sagte Amelia.

Rhyme sah einen Anflug von Verzweiflung in ihren Augen. Eliopolos nimmt ihr die Chance, den Sargtänzer zu schnappen, dachte er. Nur wegen ihres vermeintlichen Versagens auf dem Flugplatz hat sie den Killer zum Mittelpunkt ihres Lebens gemacht. Sie leidet darunter, daß sie einen Moment lang nicht genug Mut besessen hat. Doch anders als bei mir gibt es bei ihr vielleicht noch eine Möglichkeit der Wiedergutmachung. Ach, Amelia, es tut mir schrecklich leid, aber ich habe keine andere Wahl.

„Also gut", sagte er zu Eliopolos. „Aber ich verlange eine Gegenleistung, sonst teile ich Ihnen nicht mit, wo sich Percey befindet."

Der Blick des Staatsanwalts war frostig. „Was wollen Sie?"

„Es hat sich gezeigt, daß der Sargtänzer die Leute aufs Korn nimmt, die hinter ihm her sind. Wenn Sie Percey schützen wollen, sollten Sie auch die Person schützen, die sich in diesem Fall um die kriminaltechnischen Beweismittel kümmert."

„Also Sie?"

„Nein, Miß Sachs", erwiderte Rhyme.

Sie runzelte die Stirn. „Kommt nicht in Frage!"

Die verwegene Amelia Sachs, dachte Rhyme. Und ich schaffe sie mitten in die Gefahrenzone. Er winkte sie zu sich.

„Ich möchte hierbleiben", sagte Amelia. „Ich möchte ihn finden."

„Keine Bange, Amelia", flüsterte Rhyme ihr zu. „*Er* wird *dich* finden. Ich möchte, daß du bei Percey bist. Du bist die einzige, die ihn versteht. Zum erstenmal sieht es so aus, als würde ihm die Beute entwischen, und das gefällt ihm gar nicht. Ich bin sicher, daß er ziemlich verzweifelt ist."

Amelia überlegte kurz. Dann nickte sie.

„Okay, los geht's", drängte Eliopolos. „Draußen wartet ein Transporter."

„Also dann", sagte Rhyme.

„Wir stehen unter Zeitdruck, Officer", knurrte Eliopolos, als Amelia sich nicht rührte.

„Ich komme gleich nach." Sie starrten einander an, bis Eliopolos schließlich nachgab. Er und seine Polizeieskorte marschierten mit Jodie nach draußen.

„Amelia ..." Eigentlich hatte Rhyme sie ermahnen wollen, vorsichtig zu sein. Er hatte über Jerry Banks sprechen und ihr sagen wollen, daß sie sich selbst gegenüber zu unnachgiebig sei, daß sie die Toten vergessen solle. Statt dessen beließ er es nun bei dem Rat: „Schieß sofort."

Sie legte ihre rechte Hand auf seine linke. Er schloß die Augen und bemühte sich, den Druck auf seiner Haut zu spüren. Und wirklich, er glaubte, daß er die Berührung wahrnahm, und sei es auch nur an seinem Ringfinger. Kurz darauf schaute er wieder hoch zu Amelia.

„Und du sorgst dafür, daß ein Aufpasser da ist, okay?“ sagte sie und nickte dabei Sellitto und Dellray zu.

In diesem Moment erschien ein Sanitäter in der Tür. Sein Blick fiel auf Rhyme, die Laborausrüstung und dann die attraktive Polizistin. „Hat hier jemand eine Leiche angefordert?“ fragte er zweifelnd.

„Rein mit ihr!“ rief Rhyme. „Schnell! Wir brauchen sie unbedingt.“

SIE FUHREN durch ein Tor und dann einen einspurigen Fahrweg entlang, der sich endlos hinzuziehen schien.

„Wenn das die Zufahrt ist, muß das Gebäude ja wirklich sehenswert sein“, sagte Roland Bell. Er und Amelia Sachs hatten Jodie in die Mitte genommen, der ihnen damit auf die Nerven ging, daß er ständig herumzappelte und sie dabei mit seiner kugelsicheren Weste anrempelte. Auf dem Long Island Expressway hatte er jeden Schatten, jeden dunklen Hauseingang und jedes vorbeifahrende Auto argwöhnisch gemustert. Hinter ihnen saßen zwei mit Maschinenpistolen bewaffnete Beamte. Percey Clay saß vorn auf dem Beifahrersitz. Als sie Percey und Bell auf dem Flughafen La Guardia abgeholt hatten, war Amelia über den Anblick der Witwe und deren völlige Niedergeschlagenheit schockiert gewesen.

Im Augenblick telefonierte Percey mit Ron Talbot. Amelia entnahm dem Gespräch, daß US Medical mit der Vertragskündigung nicht einmal gewartet hatte, bis die Trümmer des ausgebrannten Flugzeugs erkaltet waren. Nachdem Percey das Gespräch beendet hatte, sagte sie gedankenverloren: „Die Versicherung zahlt nicht mal für die Fracht. Sie behaupten, ich hätte mich auf ein Risiko eingelassen, das mir von vornherein bekannt gewesen sei. Das wär's dann. Wir sind bankrott.“

Sie kamen an Kiefern vorüber. Als sie am Haus anlangten, fummelte Jodie am Gurt herum, wobei er Amelia erneut anrempelte. „Entschuldigung“, murmelte er. Am liebsten hätte sie ihm eine reingehauen.

Obwohl der Nachthimmel wolkenverhangen war, sah Amelia, daß es sich bei der sicheren Unterkunft um ein schindelverkleidetes Holzhaus handelte, um das herum der Wald gerodet worden war. Dahinter lag ein großer, stiller See.

Eliopolos kletterte aus dem gepanzerten Führungsfahrzeug und forderte die vier Passagiere auf, ebenfalls auszusteigen. Er begleitete sie in das Gebäude und übergab sie im holzgetäfelten Wohnzimmer einem rundlichen Mann.

„Ich heiße Sie willkommen“, sagte dieser. „Ich bin US-Marshal David Franks. Zuerst einige Informationen über Ihr kurzfristiges neues Zuhause. Es handelt sich um die sicherste Zeugenschutzeinrichtung im ganzen Land. Im gesamten Umkreis wurden Druck- und Bewegungssensoren installiert. Im Falle eines Eindringens werden alle möglichen Alarmanlagen aktiviert. Wenn irgendwas geschieht, hören Sie eine Sirene. Bleiben Sie dann dort, wo Sie sind. Gehen Sie nicht nach draußen. Im Haus befinden sich vier Polizisten. Noch zwei sind vor dem Haus postiert und zwei weitere hinten beim See. Wenn Sie den Alarmknopf dort drücken, sind innerhalb von zwanzig Minuten die Jungs von der Schnellen Eingreiftruppe da."

Jodies Miene besagte, daß ihm zwanzig Minuten sehr lang vorkamen. Amelia mußte ihm recht geben.

„Um sechs steht ein gepanzerter Transporter bereit, der Sie zum Gericht bringen wird", teilte ihnen Eliopolos mit. „Sie werden also leider nicht viel Schlaf bekommen. Aber wenn es nach mir gegangen wäre, hätten Sie ja die ganze Nacht hier verbracht."

Niemand verabschiedete sich von ihm, als er zur Tür ging.

„Gehen Sie nicht ohne Begleitung ins Freie", nahm Franks den Faden wieder auf. Er deutete auf ein beigefarbenes Telefon, das in einer Ecke des Wohnzimmers stand. „Der Apparat dort ist abhörsicher. Das wär's. Haben Sie Fragen?"

„Ja", erwiderte Percey. „Haben Sie was Alkoholisches vorrätig?"

Franks beugte sich zu einem Schränkchen hinunter und holte eine Flasche Wodka und eine Flasche Bourbon hervor. „Wir bemühen uns um das Wohlergehen unserer Gäste." Er stellte die Flaschen auf einen Tisch. „Ich mache mich jetzt auf den Nachhauseweg." Er wünschte dem an der Tür stehenden Polizisten eine gute Nacht und winkte dem Quartett zu, das sich um den Tisch versammelt hatte.

Als das Telefon klingelte, fuhren sie zusammen. Einer der Beamten hob beim dritten Läuten ab. „Hallo?" Er schaute die beiden Frauen an. „Für Amelia Sachs."

Sie kam herbei und nahm den Hörer entgegen. Rhyme war am Apparat. „Amelia, wie steht's mit der Sicherheit?"

„Ziemlich gut. Viel Elektronik. Hat sich im Hinblick auf die Leiche was ergeben?"

„In den letzten vier Stunden wurden in Manhattan sechs Männer als vermißt gemeldet. Wir tippen auf einen Rechtsanwalt. Frag Jodie, ob der Sargtänzer je davon gesprochen hat, daß er vorhat, sich ins Gerichtsgebäude einzuschleichen."

Jodie konnte sich an nichts dergleichen erinnern. Amelia teilte es Rhyme mit.

„Okay, danke. Ich melde mich später wieder."

„Wer möchte einen Schlaftrunk?" fragte Percey, als die Polizistin aufgelegt hatte.

Amelia und Roland Bell lehnten ab. Jodie entschied sich für einen Schluck Whisky und ging dann mit seinem Selbsthilfebuch zu Bett.

DRAUSSEN in der nebligen Frühlingsluft zirpten die Zikaden, und die Ochsenfrösche stießen ihre eigentümlichen, auf die Nerven gehenden Rufe aus.

Als Jodie aus dem Fenster in die Dunkelheit blickte, sah er die Kegel von Scheinwerfern, die sich in den Nebel bohrten. Er ging zur Tür seines Zimmers und schaute hinaus. Zwei der Polizisten saßen in einem kleinen, etwa sieben Meter entfernten Wachraum. Sie schienen sich zu langweilen. Jodie lauschte, doch er hörte nur das Knacken und Knarren eines alten Hauses zu nächtlicher Stunde.

Er ging zu seinem Bett, setzte sich auf die durchgelegene Matratze und nahm das zerfledderte, fleckige Buch in die Hand. Machen wir uns an die Arbeit, dachte er und klappte es auf. Am unteren Ende des Rückens zog er ein kleines Stück Klebestreifen ab. Ein langes Messer glitt auf das Bett. Es bestand aus keramikgetränktem Polymer, das von Metalldetektoren nicht registriert wurde. Seine eine Seite war rasiermesserscharf, die andere gezähnt wie eine Amputationssäge. Jodie hatte das Messer selbst hergestellt. Es diente einem einzigen Zweck, und den erfüllte es sehr gut: Menschen umzubringen.

Jodie hatte keine Bedenken, das Messer anzufassen. Die Abdrücke konnten ihn nicht verraten. Im Monat zuvor hatte ein Arzt in der Schweiz die Haut seiner Fingerkuppen mit Chemikalien entfernt und ihm mit Hilfe eines Lasers neue Merkmale verpaßt.

Mit geschlossenen Augen auf dem Rand des Bettes sitzend, ging Jodie in Gedanken durch das Wohnzimmer. Er rief sich genau ins Gedächtnis, wo sich die Türen, die Fenster und die einzelnen Möbelstücke befanden. Im Geist wandte er sich dem Telefon in der Ecke zu und dachte über das Kommunikationssystem der Geheimunterkunft nach. Jodie wußte genau, wie es funktionierte. Außerdem war ihm folgendes klar: Schnitt er das Kabel durch, würde der Spannungsabfall dazu führen, daß auf der Signaltafel der Polizisten und in einer Außenstelle ein Alarm ausgelöst wurde. Laß es intakt, sagte er sich. Kein Problem, bloß ein Faktor.

Er dachte über die Videokameras im Wohnzimmer nach, die Marshal Franks unerwähnt gelassen hatte. Sie wiesen einen schwerwiegenden

Konstruktionsfehler auf: Klopfte man stark auf die Mitte der Linse, wurde die optische Einstellung gestört. Das Bild auf dem Überwachungsmonitor würde schwarz werden, aber es gäbe keinen Alarm.

Seine Gedanken wanderten zur Beleuchtung. Er könnte fünf von acht Lichtern außer Betrieb setzen, bis alle Polizisten tot waren. Er dachte über Entfernungen und Blickwinkel von draußen nach. Er prägte sich ein, wo sich jedes seiner Opfer befand.

Jodie schob das Messer in seine Tasche und ging hinaus. Leise schlich er in die Küche, wo er einen Rührlöffel aus einem Wandbrett zog. Anschließend ging er zum Kühlschrank und goß sich ein Glas Milch ein. Dann betrat er das Wohnzimmer und spazierte zu den Bücherregalen, als wollte er sich eine Lektüre aussuchen. Im Vorbeigehen streckte er bei jeder Videokamera den Arm aus und klopfte mit dem Löffel auf die Linse. Dann ließ er das Glas Milch und den Löffel auf einem Tisch zurück und machte sich auf den Weg zum Wachraum.

„He, schau dir mal die Monitore an", brummte einer der Polizisten.

„Wieso?" fragte der andere uninteressiert.

Jodie trat hinter den ersten Polizisten. „Was ist denn?" fragte der Mann. In diesem Moment schnitt ihm Jodie die Kehle durch. Der andere Beamte griff nach seiner Waffe, doch Jodie stach augenblicklich zu, und der Mann fiel zu Boden. Er starb nicht geräuschlos, aber Jodie wollte sein Messer nicht mehr als einmal einsetzen. Er brauchte die Uniform und mußte deshalb darauf achten, daß möglichst wenig Blut vergossen wurde.

Während Jodie sich auszog, fiel der Blick des sterbenden Polizisten auf den Bizeps des kleinen Mannes, auf dem eine Tätowierung zu sehen war.

„Es heißt *Danse macabre*", sagte Jodie, als er sich hinunterbeugte, um den Polizisten zu entkleiden. „Siehst du, der Tod tanzt mit seinem nächsten Opfer. Dahinter steht schon der Sarg bereit. Gefällt es dir?"

Er fragte mit echter Neugier, doch er erwartete keine Antwort. Und er bekam auch keine.

MIT ÜBERGESTREIFTEN Latexhandschuhen stand Mel Cooper bei der Leiche. „Ich könnte es ja mit den Sohlen versuchen", meinte er ohne großen Optimismus. Fußabdrücke waren genauso unverwechselbar wie Fingerabdrücke, aber sie waren nicht in den AFIS-Datenbanken gespeichert.

„Die Mühe können Sie sich sparen", murmelte Rhyme. Der Kriminalist betrachtete den verstümmelten Leichnam. Wer ist das nur?

überlegte er. Ein Beweismittel zu haben, das man nicht entschlüsseln kann, ist das Schlimmste, was es gibt. Sein Blick fiel auf die anderen Beweismittel, die an der Tafel aufgelistet waren. Mit der Leiche verhielt es sich wie mit den grünen Fasern, die sie in dem Hangar entdeckt hatten: Der Fund war offenbar wichtig, aber sie wußten nicht, was er zu bedeuten hatte.

Ich würde alles darum geben, wenn ich einen schönen Fingerabdruck finden könnte, dachte Rhyme. Auf einmal lachte er laut auf.

„Was ist los?“ fragte Sellitto.

„Der Mann hat jetzt zwar keine Hände mehr, aber an seinem Körper gibt es eine Stelle, die er vorher bestimmt angefaßt hat.“

Die anderen schauten sich an. „Richtig“, sagte Cooper langsam. „Bestimmt hat er in den letzten paar Stunden mal gepinkelt.“

Er zog ein weiteres Paar Handschuhe an und machte sich mit Filmstreifen an die Arbeit. Er konnte zwei hervorragende Fingerabdrücke sicherstellen und ließ sie in der AFIS-Datenbank abgleichen.

BITTE WARTEN, hieß es auf dem Bildschirm.

Hoffentlich ist er gespeichert! dachte Rhyme verzweifelt.

Er war es tatsächlich. Doch als das Ergebnis eintraf, starrte Sellitto, der sich gerade am nächsten bei Coopers Computer aufhielt, ungläubig auf den Bildschirm.

„Was? Was zum Teufel ...“, stotterte der Detective.

„Wer ist es?“ rief Rhyme.

„Kall!“

„Wie bitte?“

„Stephen Kall“, wiederholte Sellitto. „Es gibt keinerlei Zweifel.“

Wie um alles in der Welt ist das möglich? fragte sich Rhyme.

FÜR EINE poetische Ausdrucksweise hatte er durchaus etwas übrig. Sargtänzer – das gefällt mir, dachte er. Ist viel besser als das alberne Jodie.

Er wußte, wie wichtig Namen waren. Aus philosophischen Schriften war ihm bekannt, daß nur der Mensch fähig ist, Bezeichnungen zu erfinden. Im stillen wandte er sich an den verstorbenen Stephen Kall: *Ich* bin der Typ, von dem du gehört hast. *Ich* nenne meine Opfer Leichen. Du sprichst von der Frau, dem Freund. Wenn ich einen Auftrag übernehme, sind es nur noch Leichen.

In der Uniform eines US-Marshals ging er den düsteren Korridor entlang, um die Leiche Nummer drei zu finden.

Oder die Frau, wenn dir das besser gefällt, mein lieber Stephen. Was warst du doch für ein nervöses, bescheuertes Wesen! Mit deinen geschrubbten Händen und deinem „Isolieren, Eliminieren". In diesem Geschäft gibt es nur eine Regel: Du mußt allen anderen einen Schritt voraus sein.

Er verfügte jetzt über zwei Pistolen, aber er wollte sie nicht vorschnell einsetzen. Wenn er die Sache verpatzte, hatte er vor dem Zusammentreten der Grand Jury keine Gelegenheit mehr, Percey Clay zu töten. Geräuschlos schlich er in den Raum, in dem zwei weitere Polizisten saßen. Einer von ihnen sah die Uniform und blickte wieder in seine Zeitung. Dann schaute er doch wieder auf. „Warte mal ..."

Doch das Messer des Sargtänzers wartete nicht. Der Mann kippte so geräuschlos nach vorn, daß sein Partner weiterhin Fernsehen schaute. „Was hast du gesagt?" fragte er lediglich und hielt den Blick auf den Bildschirm gerichtet.

Er starb nicht ganz so leise, aber niemand im Haus schien etwas zu bemerken. Der Sargtänzer schob die Leichen unter einen Tisch.

An der Hintertür vergewisserte er sich zuerst, daß sich im Rahmen keine Sensoren befanden. Dann schlüpfte er hinaus. Die zwei auf der Vorderseite stehenden Polizisten hielten die Augen offen, schauten jedoch vom Haus weg. Beide starben fast geräuschlos. Von den zwei am See postierten Beamten stieß der erste einen Schmerzensschrei aus, aber niemand schien darauf zu achten. Der Sargtänzer war der Ansicht, daß der Schrei wie der Ruf eines Seetauchers geklungen hatte, der in der herrlichen rosa und grau getönten Morgendämmerung erwacht war.

„Warum wurde Stephen Kall umgebracht?" stieß Sellitto hervor.

Aber nach dem Warum fragt ein Kriminalist normalerweise nicht. Er interessiert sich für die Indizien.

Rhyme schaute sich einmal mehr die Auflistung der Beweismittel an und betrachtete nochmals das sichergestellte Material: die Fasern, die Geschosse, das zerbrochene Glas.

Denk nach, geh der Sache auf den Grund! Du kennst die Prozedur. Du hast sie schon tausendmal angewandt. Sammle die Fakten und formuliere deine Theorie.

Eine Theorie – nichts als Mutmaßungen! dachte Rhyme. Von Anfang an waren sie von einer irreführenden These ausgegangen: Sie hatten geglaubt, Kall sei der Sargtänzer. Doch was, wenn er von diesem als Waffe eingesetzt worden war? Wenn das zuträfe, müßte es bei den Beweismitteln Unstimmigkeiten geben.

Abermals ging Rhyme die Auflistung sorgfältig durch. Es gab aber keine ungelösten Probleme – bis auf die grünen Fasern aus dem Hangar.

„Wir haben keine Kleidungsstücke von Kall", sagte Rhyme. „Haben wir vielleicht etwas, mit dem er in Berührung gekommen ist?"

Sellitto zog die Schultern hoch. „Na ja, da wäre Jodie ..."

„Der hat sich doch hier umgezogen, stimmt's? Ich möchte mir mal seine Kleidung ansehen."

„Puh!" schnaubte Dellray. „Die ist ziemlich ekelerregend."

Cooper holte die Kleidungsstücke und bürstete sie über mehreren Bogen Papier aus. Nachdem er das Material auf Glasträgern ausgebreitet hatte, schob er diese unter das Mikroskop.

„Also, was haben wir?" Rhyme schaute auf den Monitor des Computers.

„Was ist das für Zeug?" fragte Cooper. „Von diesen weißen Körnern gibt es eine ganze Menge. Sie waren in den Nähten seiner Hose."

Rhyme spürte, wie ihm das Blut in den Kopf stieg. „Ich weiß, was das ist", sagte er leise. „Es ist Oolith. Sand, der auf den Bahamas vom Wind herbeigeweht wird."

„Auf den Bahamas?" fragte Cooper mit einem Stirnrunzeln. „War nicht vor kurzem von den Bahamas die Rede?" Er schaute im Labor umher.

Rhymes Blick war auf das Anschlagbrett gerichtet. Dort hing der FBI-Bericht über den Sand, den Amelia Sachs in der vergangenen Woche in Tony Panellis Wagen gefunden hatte.

> Bei der zur Analyse vorgelegten Substanz handelt es sich strenggenommen nicht um Sand, sondern um feines Korallengeröll von Riff-Formationen ... Als Herkunftsort kommt die nördliche Karibik in Frage, höchstwahrscheinlich Kuba oder die Bahamas.

Dellrays verschwundener Agent wußte, wo sich die sicherste FBI-Unterkunft von Manhattan befand. Wenn man ihn folterte, würde er die Adresse sicherlich preisgeben. Der Sargtänzer konnte warten. Er konnte warten, bis Stephen Kall auftauchte, und sich dann mit ihm anfreunden. Der Sargtänzer konnte schließlich dafür sorgen, daß Kall gefaßt wurde und er selbst dadurch an die Opfer herankam.

„Jodie ist der Sargtänzer!" schrie Rhyme. „Rufen Sie sofort in der Geheimunterkunft an!"

Sellitto griff nach dem Hörer und wählte.

Ist es zu spät? O Amelia, was habe ich getan?

Der Himmel hatte einen metallisch glänzenden rosafarbenen Ton. In der Ferne war Sirenengeheul zu hören.

Sellitto schaute hoch. „Es meldet sich niemand“, sagte er niedergeschlagen.

PERCEY streckte sich in ihrem Bett aus und schloß die Augen. Amelia Sachs nahm ihr das Whiskyglas aus der Hand, löschte das Licht und verließ das Zimmer. Als sie auf dem Korridor stehenblieb, um die Morgendämmerung zu betrachten, fiel ihr auf, daß das abhörsichere Telefon schon seit längerer Zeit klingelte.

Wieso hatte niemand abgenommen?

Sie konnte die zwei Wachen nicht entdecken. In der Unterkunft schien es dunkler zu sein als vorher. Gespenstisch, dachte sie. Und wonach riecht es hier?

Das Telefon klingelte weiter. Plötzlich hörte es mitten im Läuten auf. Stille. Dann ein Tappen, ein schwaches Kratzgeräusch.

Amelia ging in ihr Zimmer und tastete nach dem Lichtschalter. Sie legte die unförmige Schutzweste ab. Aber so dick wie die von Jodie ist sie natürlich nicht, dachte sie. Wie der aussah, dieser mickrige Mistkerl! Sie legte sich auf die Steppdecke und schloß die Augen.

Wie wird der Sargtänzer an uns rankommen? überlegte sie. Was wird er als Waffe einsetzen? Täuschung ist seine stärkste Waffe, hat Rhyme gesagt.

Sie hatte plötzlich das Bedürfnis, mit Rhyme zu reden, zu erfahren, ob er etwas herausgefunden hatte. „Wenn ich etwas entdeckt hätte, dann hätte ich angerufen. Ich wollte mich doch hinlegen“, hörte sie ihn schon knurren. Amelia bezweifelte aber, daß er schlief. Sie zog ihr Handy aus der Tasche und schaltete es ein. Es fing sofort an zu zirpen.

Sie meldete sich zögernd. „Hallo?“

„Gott sei Dank!“ Der aufgeregte Tonfall machte sie hellhörig.

„Rhyme, was ist denn ...?“

„Hör genau zu. Bist du allein?“

„Ja. Was ist denn los?“

„Jodie ist der Sargtänzer! Mit Stephen Kall hat er ein Ablenkungsmanöver inszeniert. Er hat ihn umgebracht. Bei der Leiche im Park handelt es sich um Stephen Kall.“

„Aber wie ...?“

„Die Zeit drängt. Er wird gleich zuschlagen. Falls die Polizisten schon tot sind, hol Percey und Bell und hau mit ihnen ab. Dellray hat das Sondereinsatzkommando alarmiert, aber es wird zwanzig oder dreißig Minuten dauern, bis die Männer eintreffen."

„Hier sind acht Wachposten. Die kann er nicht alle beseitigen ..."

„Sachs, vergiß nicht, um wen es sich handelt. Ruf mich an, wenn du in Sicherheit bist."

Amelia rannte zur Tür, riß sie auf und zog ihre Waffe. Sie schaute den Korridor entlang zum dunklen Wohnzimmer hin. Sie horchte. Ein Schlurfen. Ein metallisches Klicken. Von wo kamen die Geräusche?

Leise schlich sie in Bells Zimmer. Er döste in einem Sessel, wachte aber auf, als sie hereinkam. „Hallo, was gibt's denn?" murmelte er.

„Jodie ist der Sargtänzer. Rhyme hat eben angerufen."

„Was? Wie hat er das rausgekriegt?"

„Keine Ahnung." Bebend vor Angst, schaute sich Amelia um. „Wo sind die Wachen?" In der Diele war niemand. Dann erkannte sie den Geruch, der ihr aufgefallen war. Es war Blut. Es roch wie erhitztes Kupfer. Damit war klar, daß wirklich alle Wachen tot waren. Amelia zog ihre Glock. Dann runzelte sie die Stirn. „Der Ladestreifen fehlt!" Sie betastete ihren Gürtel; die Ladestreifen in den Gürteltaschen waren ebenfalls verschwunden.

Bell zog seine Glock und seinen Browning. Auch bei ihnen fehlten die Ladestreifen.

„Im Wagen!" stammelte Amelia. „Als er zwischen uns saß, zappelte er die ganze Zeit herum."

„Ich hab im Wohnzimmer einen Waffenschrank mit zwei Jagdgewehren gesehen", erinnerte sich Bell. Im düsteren Licht der Morgendämmerung konnten sie ihn undeutlich erkennen. Bell rannte hinüber, während Amelia zu Perceys Zimmer lief und hineinschaute. Die Frau lag schlafend auf dem Bett. Amelia machte die Tür wieder zu.

Roland Bell kam zurückgerannt. „Der Waffenschrank wurde aufgebrochen. Die Gewehre sind weg."

„Wir holen Percey, und dann verschwinden wir."

Irgendwo in der Nähe ein scharrendes Geräusch. Ein Schritt. Und das Klicken des Sicherungshebels eines Jagdgewehrs. Amelia packte Bell am Kragen und zog ihn zu Boden. Der Schuß war ohrenbetäubend. Genau über ihnen durchbrach die Kugel die Schallgrenze. Amelia konnte ihr angesengtes Haar riechen.

Sie sprinteten zu Perceys Zimmer. Gerade als sie dort ankamen, ging die Tür auf, und Percey trat heraus. Der Zusammenprall mit Bell warf sie in den Raum zurück. Amelia stürmte durch die Tür und schloß sie hinter sich ab. Dann lief sie zum Fenster und riß es auf. „Raus! Nichts wie raus!“

Als Bell die völlig verblüffte Percey vom Boden hochzog, bohrten sich mehrere Gewehrkugeln durch das Türschloß.

Sie kletterten aus dem Fenster in die Dämmerung hinaus und rannten durch das Gras davon.

ZWÖLFTES KAPITEL *44. von 45 Stunden*

Am See blieb Amelia Sachs stehen. Gespenstisch zogen rot und rosa getönte Nebelschwaden über das stille graue Wasser. „Lauft weiter!“ rief sie Bell und Percey zu. „Zu den Bäumen dort drüben!“ Sie zeigte zum Rand einer Wiese, die auf der anderen Seite des Sees lag. Dann schaute sie zum Jagdhaus zurück. Von Jodie war nichts zu sehen. Aber in der Nähe lag die Leiche eines der außen postierten Beamten. Amelia rannte hin und kauerte sich neben dem Toten nieder. In den Pistolenhalftern des Polizisten steckten keine Waffen, und die Ladestreifen waren ebenfalls verschwunden.

Der Sargtänzer ist aber auch nur ein Mensch, Rhyme.

Als sie den erkalteten Körper des Polizisten absuchte, fand sie, was sie suchte. Aus einem Halfter am Fußgelenk zog sie seine Ersatzwaffe. Sie war lächerlich klein – ein fünfschüssiger Colt mit einer winzigen Trommel.

Als Amelia einen erneuten Blick auf das Jagdhaus warf, entdeckte sie Jodies Gesicht an einem der Fenster. Er hob gerade das Gewehr in die Höhe. Amelia gab einen Schuß ab. Dann rannte sie am See entlang, Bell und Percey hinterher. Die drei schlugen Haken, während sie durch das taufeuchte Gras eilten.

Als sie etwa hundert Meter vom Haus entfernt waren, hörten sie den ersten Schuß. Die Kugel riß in der Nähe von Perceys Bein die Erde auf. „Deckung!“ schrie Amelia und zeigte auf eine Bodenwelle. Als der Killer seinen zweiten Schuß abfeuerte, ließen sie sich gerade auf die Erde fallen.

Sie waren noch fünfzehn Meter von den Bäumen entfernt, aber es wäre selbstmörderisch gewesen, jetzt weiterzurennen. Amelia hob den Kopf. Gleich darauf pfiff neben ihr eine weitere Kugel durch die Luft. Sie spürte wieder das lähmende Entsetzen, das sie auf dem Flugplatz ergriffen hatte, und drückte das Gesicht ins Gras.

Nun schaute Bell rasch hoch und duckte sich gleich wieder. Die nächste Kugel verfehlte seinen Kopf nur um wenige Zentimeter. „Ich glaub, ich hab ihn gesehen!" stieß der Detective hervor. „In den Büschen rechts vom Haus. An dem Hügel."

Amelia rollte ein Stück nach rechts, streckte den Kopf hoch und zog ihn rasch wieder ein. Bell hatte recht gehabt: Der Killer befand sich am Hang des Hügels. Sie hatte das Zielfernrohr des Gewehrs glitzern sehen. Wenn er auf die Kuppe des Hügels stieg, hatte er die Senke, in der sie lagen, genau in der Schußlinie.

Eine halbe Ewigkeit – so schien es Amelia – verging, ohne daß ein Schuß fiel. Der Sargtänzer arbeitete sich wohl gerade den Hügel hinauf. Wann würde der Hubschrauber der Eingreiftruppe eintreffen?

Amelia schloß die Augen. Sie roch die Erde und das Gras.

Du mußt dich in ihn hineinversetzen, Amelia.

Rhyme, jetzt geht es nicht um Stephen Kall, sondern um Jodie. In ihn habe ich mich nicht hineinversetzt.

Tu es jetzt, Amelia. Mach die Täuschung zu deiner stärksten Waffe – genauso wie er.

„Geht dorthin!" rief Amelia plötzlich und zeigte auf eine nahe Vertiefung. Bell nickte und zog Percey in die Mulde hinüber.

Amelia überprüfte den Colt. Noch vier Schuß. Wenn ihre Vermutung zutraf, reichte das.

„Bleibt unten, ganz gleich, was passiert", wandte sie sich an die beiden anderen. Dann ging sie auf die Knie und bereitete sich vor.

„Amelia, das ist ein Hundertmeterschuß", flüsterte Bell.

Sie ignorierte ihn und erhob sich ganz. Sie duckte sich nicht, drehte sich auch nicht zur Seite, sondern nahm einfach die vertraute beidhändige Schußposition ein. Sie hatte jetzt das Haus vor sich und die gebückte Gestalt, die auf halber Höhe des Hügels das Zielfernrohr auf sie richtete. Der kurzläufige Revolver fühlte sich in ihrer Hand so leicht an wie ein Glas Scotch.

Amelia visierte das glitzernde Zielfernrohr an, das hundert Meter weit entfernt war. Schweißtropfen erschienen auf ihrem Gesicht. Sie unterdrückte die Angst.

Laß dir Zeit. Warte ab. Hör genau hin. Höre.

Jetzt! Amelia fuhr herum und ließ sich auf die Knie fallen, als das Gewehr aus der fünfzehn Meter entfernten Baumgruppe abgefeuert wurde. Die Kugel pfiff knapp über ihrem Kopf durch die Luft.

Sie blickte nun in das erstaunte Gesicht des Mannes, den sie als Jodie kannte und der das Jagdgewehr immer noch an die Wange drückte. Er hatte erkannt, daß sie seine Taktik durchschaut hatte: Am Hügel hatte er einen der toten Polizisten an einen Baum gelehnt und mit einem der beiden Gewehre versehen. Dann war er die Straße entlanggerannt und hatte sich mit dem anderen von hinten angeschlichen.

Einen Augenblick lang bewegte sich keiner von beiden. Als Amelia die Pistole mit beiden Händen hob, huschte ein schwaches Lächeln über ihr Gesicht.

In rasender Eile lud der Killer nach. Als er das Gewehr an seine Wange hob, feuerte Amelia zwei Schüsse ab. Beide trafen. Sie sah, wie er nach hinten fiel und das Gewehr durch die Luft flog.

„Bleiben Sie bei Percey!" rief sie Roland Bell zu.

Der Sargtänzer lag auf dem Rücken im Gras. Eine der Kugeln hatte seine linke Schulter zerschmettert. Die andere hatte das Zielfernrohr getroffen, worauf Metall- und Glassplitter in sein rechtes Auge gedrungen waren.

Amelia drückte die Mündung ihres kleinen Colts an seine Schläfe und durchsuchte ihn. Sie fand eine Glock und ein scharfes Messer.

„Alles in Ordnung!" rief sie den anderen zu. Dann legte sie dem Verletzten Handschellen an.

Der Sargtänzer hustete, spuckte aus, dann hob er den Kopf. Sein Blick fiel auf Percey Clay, die sich langsam aus der Kuhle erhob und ihren Verfolger anstarrte.

Der Sargtänzer stieß ein entsetzliches Stöhnen aus und ließ sich zurückfallen.

Die drei standen um ihn herum und sahen zu, wie sein Blut auf das Gras und die unschuldigen Krokusse sickerte. Bald darauf hörten sie, wie ein Hubschrauber über die Baumwipfel ratterte.

„LINCOLN, das ist nicht koscher. Ich kann das nicht zulassen." Lon Sellitto war unnachgiebig.

Doch Lincoln Rhyme war es genauso. „Ich möchte ja nur eine halbe Stunde mit ihm reden."

„Meine Vorgesetzten sind an die Decke gegangen, als ich es angesprochen habe. Sie sind ein Zivilist, Lincoln."

Es war kurz vor zehn am Montag morgen. Perceys Erscheinen vor der Grand Jury war auf den Nachmittag des folgenden Tages verschoben worden. Die Taucher hatten die Seesäcke gefunden, die Philip Hansen ihrer Beobachtung zufolge ins Flugzeug geladen hatte, um sie im Long Island Sound zu versenken. Im Augenblick wurden die Säcke schnellstens nach Manhattan geschafft, wo sie von einem FBI-Team untersucht werden sollten.

„Wovor haben die bloß Angst?“ fragte Rhyme gereizt. „Ich kann ihn wohl kaum zusammenschlagen. Ich habe ihn gefangen, und deshalb sollte man mir auch die Gelegenheit geben, mit ihm zu reden.“

„Einen kurzen Besuch könnten Sie genehmigen“, wandte Dellray Sellitto gegenüber ein.

„Also gut“, erwiderte der Detective. „Ich gebe Ihnen fünfzehn Minuten.“

„Wie heissen Sie denn tatsächlich? Wirklich Jodie? Oder Joe?“

„Sie können mich so nennen wie bisher. Sargtänzer – das gefällt mir.“

Der kleine Mann musterte Rhyme mit seinem unversehrten Auge. Sein linker Arm steckte in einem Schultergips, aber er trug immer noch schwere Handschellen, die an einem Taillenring angekettet waren. Seine Füße waren ebenfalls gefesselt.

„Wie Sie wollen.“ Rhyme fuhr fort, den Mann zu studieren, als handelte es sich bei ihm um ungewöhnlichen Blütenstaub, den man an einem Tatort gefunden hatte.

Der Sargtänzer lächelte. Da einige seiner Gesichtsnerven verletzt worden waren und er einen Verband trug, wirkte sein Lächeln grotesk. Sein Körper wurde immer wieder von Krämpfen geschüttelt, und seine Finger zuckten. Rhyme hatte das komische Gefühl, er selbst sei gesund und der Häftling ein Krüppel.

Unter den Blinden ist der Einäugige König.

Der Sargtänzer lächelte immer noch. „Sie wüßten zu gern, wie ich's gemacht hab, nicht wahr?“

Rhyme schnalzte mit der Zunge. „Ach, ich weiß gut, wie Sie's gemacht haben. Ich habe Sie herbringen lassen, weil ich mit Ihnen sprechen möchte – mit dem Mann, der mich beinahe überlistet hätte.“

„Beinahe.“ Er lachte laut auf. Dann breitete sich wieder das Lächeln auf dem schiefen Gesicht des Sargtänzers aus. Es wirkte unheimlich. „Okay, ich höre.“

Rhyme nippte mit seinem Strohhalm etwas Fruchtsaft. Er hatte Thom in Erstaunen versetzt, als er statt eines Scotchs einen Hawaiian Punch bestellt hatte. „Also gut. Sie erhielten den Auftrag, Ed Carney, Brit Hale und Percey Clay umzubringen. Vermutlich bekamen Sie eine Menge Geld – eine sechsstellige Summe.“

„Eine siebenstellige“, korrigierte ihn der Killer nicht ohne Stolz.

Rhyme zog eine Augenbraue hoch. „Sie haben das Geld auf den Bahamas eingezahlt. Wahrscheinlich in Söldnerkreisen wurde Ihnen Stephen Kall empfohlen, und Sie stellten ihn als Hilfskraft ein. Das geschah anonym, zum Beispiel per E-Mail. Sie trafen nie zusammen. Er mußte aber zuerst einen Test bestehen, nicht wahr?"

„Natürlich. Bei Washington mußte er einen umlegen. Ich habe ihn auf Schritt und Tritt beobachtet. Nach erfolgreicher Durchführung des Auftrags hat er mich allerdings gesehen und verfolgt, weil er den vermeintlichen Augenzeugen beseitigen wollte. Das war sehr professionell."

„Sie wußten, daß er gut war, aber Sie waren nicht sicher, daß er es schaffen würde, alle drei Zeugen zu beseitigen. Sie dachten wahrscheinlich, daß er höchstens einen von ihnen erwischen, aber für soviel Ablenkung sorgen würde, daß Sie an die anderen beiden herankommen könnten."

Der Sargtänzer kam nicht umhin, beeindruckt zu sein. Er nickte. „Daß er auch Hale erledigen konnte, hat mich in der Tat überrascht. Daß er dann auch noch entwischte und in Percey Clays Flugzeug eine zweite Bombe anbrachte, überraschte mich noch mehr."

„Sie vermuteten, Sie müßten zumindest einen von den drei Zeugen selbst umbringen. Also verwandelten Sie sich letzte Woche in Jodie und verhökerten auf der Straße Ihre Tabletten, um bei den entsprechenden Leuten bekannt zu werden. Vor dem Federal Building kidnappten Sie den FBI-Agenten und holten aus ihm heraus, in welcher Geheimunterkunft die Zeugen untergebracht werden würden. Dann arrangierten Sie die Begegnung mit Kall. Sie hinterließen genug Spuren zu Ihrem Unterschlupf in der U-Bahn. Keiner von uns mißtraute Ihnen. Selbst Kall hatte nicht die geringste Ahnung, daß Sie ihn angeheuert hatten. Am Ende wußte er nur, daß Sie ihn verpfiffen hatten. Für Sie war das die perfekte Tarnung. Es war jedoch riskant."

„Was ist das Leben ohne Risiken?" fragte der Sargtänzer schelmisch.

„Als Kall im Park lauerte, schlichen Sie aus dem Durchgang, suchten ihn und brachten ihn um. Und dann beförderten wir Sie nach Long Island. Der Fuchs im Hühnerstall! Das wären die nackten Fakten."

Das intakte Auge des Mannes schloß sich kurz. Dann ging es wieder auf. Feucht und gerötet starrte es Rhyme entgegen. „Woran lag's?" fragte der Sargtänzer schließlich. „Wie sind Sie darauf gekommen?"

„Sand", antwortete Rhyme. „Sand von den Bahamas."

„Ich hab meine Taschen umgedreht und auch einen Staubsauger zur Hand genommen."

„Er steckte im Falz Ihrer Hosennähte."

„Aha." Einen Augenblick später fügte der Killer hinzu: „Stephen hatte nicht ohne Grund Angst vor Ihnen."

„Aber Sie hatten keine Angst vor mir."

„Nein", erwiderte der Sargtänzer. „Ich bin kein ängstlicher Typ." Plötzlich nickte er mit dem Kopf, als wäre ihm endlich etwas aufgegangen, das ihn beschäftigt hatte. „Sie versuchen, aus meinem Tonfall Schlüsse über meine Herkunft zu ziehen?"

Rhyme hatte dies tatsächlich versucht.

„Aber den ändere ich je nach Bedarf. Übrigens: Wieso vernehmen Sie mich? Sie sind doch für die Spurenauswertung zuständig. Ich wurde geschnappt, und damit ist die Sache erledigt. Hören Sie mal, Lincoln, ich bin ein leidenschaftlicher Schachspieler. Und Sie? Spielen Sie Schach?"

Rhyme hatte früher eine Schwäche dafür gehabt. Mit Claire Trilling hatte er öfter eine Partie gespielt. Thom hatte ihn bestürmt, es auf dem Computer zu versuchen, aber Rhyme hatte abgelehnt. „Ich bin außer Übung", antwortete er nun.

„Wir beide müssen mal Schach spielen. Wissen Sie, was für einen Fehler manche machen? Sie legen ihrem Gegner gegenüber zuviel Neugier an den Tag. Das bringt sie durcheinander. Es kann sogar gefährlich sein. Die ganze Geschichte spielt sich doch auf dem Brett ab." Wieder ein schiefes Lächeln. „Ich muß mich über Sie wundern, Lincoln. Sie sind ein Kriminalist - der beste, den ich je kennengelernt habe. Aber jetzt lassen Sie sich von einer Gefühlsduselei beeinflussen. Wer bin ich? Der Reiter ohne Kopf. Beelzebub. Der Sensenmann. Ich bin einer von denen, über die es heißt, daß sie hinter einem her sind. Meinen Namen, meinen Rang und meine Kennziffer werden Sie nie erfahren. Ich halte mich nicht an die Genfer Konvention."

Rhyme fand keine Erwiderung.

Gleich darauf wurde an die Tür geklopft. Die Zeit war um.

Die Wachen packten den unverletzten Arm des Killers und stellten ihn auf die Beine. Neben den beiden großgewachsenen Beamten sah er aus wie ein Zwerg.

„Lincoln?"

„Ja?"

„Sie werden mich vermissen. Sie werden sich langweilen." Der Blick seines intakten Auges bohrte sich in Rhymes Augen. „Ohne mich werden Sie sterben."

Eine Stunde später kündeten schwere Schritte das Eintreffen von Lon Sellitto an. Amelia Sachs und Dellray begleiteten ihn. Amelia stöhnte, und der FBI-Mann verzog das Gesicht.

„Was gibt's?" fragte Rhyme barsch.

„Raten Sie mal, was in den Seesäcken drin war", sagte Sellitto.

Rhyme war erschöpft und schlecht gelaunt. „Sprengkörper, Plutonium und eine Leiche."

„In Wirklichkeit etliche Branchentelefonbücher von Westchester County und ein paar Pfund Steine", entgegnete Amelia.

„Wie bitte? Bist du sicher, daß es simple Telefonbücher waren und keine chiffrierten Geschäftsunterlagen?"

„Unsere Entschlüsselungsexperten haben das genau untersucht", entgegnete Dellray.

„Hansen wird auf freien Fuß gesetzt", murmelte Sellitto griesgrämig. „Er muß nicht einmal vor der Grand Jury erscheinen. All diese Menschen sind umsonst gestorben."

Rhyme starrte gedankenverloren die Auflistung an der Tafel an. Was stimmte hier nicht? Irgend etwas war faul.

Grüne Fasern, Telefonbücher und Steine. Und der Sargtänzer hatte von einem siebenstelligen Honorar gesprochen.

Er merkte kaum, daß die anderen mit ihm redeten und Amelia Sachs zu ihm trat, um zu sehen, worauf genau er starrte. „Moment", wehrte er ab.

Die grünen Fasern. Er las, was über sie vermerkt war.

„Thom! Thom! Ich muß telefonieren!" rief er auf einmal. „Wo steckt er denn? Lon, können Sie den Anruf für mich machen?"

Percey Clay hatte Sellittos Anruf erhalten, kurz nachdem sie von der Beisetzung ihres Mannes zurückgekehrt war. Jetzt saß sie, in Schwarz gekleidet, in dem knarrenden Korbsessel neben Rhymes Bett. Roland Bell hielt sich nach wie vor in ihrer Nähe auf.

Rhyme merkte es Perceys fragendem Blick an, daß ihr noch niemand Bescheid gesagt hatte. Feiglinge, dachte er.

„Die Anklage gegen Hansen wird fallengelassen. In den Seesäcken war nichts von Bedeutung."

Ihr Gesicht wurde blaß. „Sie lassen ihn laufen?"

„Man kann ihm auch keinerlei Verbindung zum Sargtänzer nachweisen."

Percey schlug die Hände vors Gesicht. „Dann sind Ed und Brit umsonst gestorben."

„Was passiert jetzt mit Ihrer Firma?“ wollte Rhyme wissen.

Sie war auf diese Frage nicht gefaßt gewesen. „Wie bitte?“

„Was passiert jetzt mit Hudson Air?“

„Wir verkaufen. Wir haben bereits ein Angebot von einer anderen Firma.“

„Wie heißt die?“

„Das weiß ich leider nicht genau. Ron hat mit ihr verhandelt.“

„Meinen Sie Ihren Partner Ron Talbot? Kennt er die finanzielle Situation von Hudson Air?“

„Aber ja. Genauso gut wie die Buchhalter und wesentlich besser als ich.“

„Könnten Sie ihn anrufen und bitten herzukommen?“

„Ich versuch's mal. Vermutlich hat er Feierabend gemacht und ist zu Hause.“

Rhyme wandte sich an Amelia. „Wir müssen neu ermitteln. Du mußt so schnell wie möglich eine Durchsuchung vornehmen.“

DER KRIMINALIST betrachtete den großgewachsenen, dicken Mann, der in einem dunkelblauen, uniformartigen Anzug hereinkam. Rhyme nahm an, daß er aus der Zeit stammte, als Ron Talbot noch selbst geflogen war.

Percey machte sie miteinander bekannt. „Sie haben also den Kerl geschnappt“, knurrte Talbot. „Glauben Sie, daß er auf den elektrischen Stuhl kommt?“

„Ich bin bloß derjenige, der den Müll aufsammelt“, antwortete Rhyme. „Was damit geschieht, bleibt dem Bezirksstaatsanwalt überlassen. Hat Ihnen Percey schon das Neueste erzählt?“

„Ja. Sie sagte, mit dem gefundenen Material sei nichts anzufangen. Wieso hat es Hansen dann versenkt?“

„Ich glaube, ich kann diese Frage beantworten. Zuvor brauche ich aber noch einige Informationen. Percey hat mir erzählt, daß Hudson Air in Schwierigkeiten steckt.“

Talbot zuckte mit den Achseln. „Die letzten beiden Jahre waren hart. Infolge der Deregulierung wurden viele kleine Charterfirmen gegründet. Die Gewinnspannen wurden immer kleiner.“

„Ist es denkbar, daß der Sargtänzer den Auftrag erhielt, Percey und Ed zu ermorden, weil der Auftraggeber die Firma danach billig kriegen kann?“

„Was für eine Firma? Unsere?“ fragte Percey mit gerunzelter Stirn.

„Wieso sollte Hansen so etwas tun?“ stieß Talbot keuchend hervor.

„Von Hansen war nicht die Rede. Es könnte sonstjemand gewesen sein.“

„Wer?“ fragte Percey.

„Ich bin mir nicht sicher. Da wären noch diese grünen Fasern ...“

„Grüne Fasern?“

„Sie scheinen bei allen in Vergessenheit geraten zu sein. Nur bei mir nicht. Meine Partnerin hat sie in einem leeren Hangar gefunden, den Hansen gemietet hatte. Dieser Hangar war einer von vielen Punkten, die Hansen belasten sollten.“

„Aber wie steht es mit dem Überfall, bei dem Waffen geraubt und Soldaten getötet wurden?“ fragte Talbot. „Es ist doch allgemein bekannt, daß er ein Mörder ist.“

„Das stimmt wohl“, pflichtete ihm Rhyme bei. „Aber die Telefonbücher hat er nicht abgeworfen. Das war ein anderer. Jemand, der nicht damit gerechnet hat, daß wir die Seesäcke finden würden.“

„Wer könnte das sein?“ fragte Talbot.

Amelia Sachs holte drei große Indizienbeutel aus einer Leinentasche und legte sie auf den Tisch. Zwei von ihnen enthielten Geschäftsbücher, im dritten steckten weiße Umschläge.

„Die Sachen stammen aus Ihrem Büro, Talbot“, sagte Rhyme.

Er lachte schwach. „Ohne einen Durchsuchungsbefehl durften Sie die gar nicht mitnehmen.“

Percey Clay runzelte die Stirn. „Ich habe die Erlaubnis erteilt, Ron.“

Rhyme schaute zu Mel Cooper hinüber. „Die grünen Fasern stammen von einem Hauptbuch, die weißen von einem Umschlag“, erklärte dieser. „Das steht zweifelsfrei fest.“

Rhyme wandte sich an Talbot. „Auf dem Flugplatz wußte jeder, daß gegen Hansen ermittelt wurde. Sie dachten, Sie könnten sich dies zunutze machen. Sie warteten ab, bis Percey, Ed und Brit Hale noch zu später Stunde an der Arbeit waren. Dann klauten Sie Hansens Flugzeug und versenkten die Seesäcke. Sie heuerten auch den Sargtänzer an. Er erzählte mir, er habe für den Auftrag eine siebenstellige Summe erhalten.“ Rhyme schüttelte den Kopf. „Das hätte mir gleich zu denken geben sollen. Hansen hätte sämtliche Zeugen für 200000 Dollar beseitigen lassen können. Beim Auftragsmord ist das Angebot heutzutage größer als die Nachfrage. Der Mann, der den Killer angeheuert hat, war ein Amateur.“

Aus Perceys Mund drang ein Schrei. Sie stürzte sich auf Talbot. „Wie konntest du nur? Warum hast du das getan?“ Der Mann wich zurück.

„Hudson Air war wesentlich erfolgreicher, als Sie dachten, Percey", fuhr Rhyme fort. „Allerdings steckte Talbot das meiste in seine eigene Tasche. Er wußte, daß man ihm eines Tages auf die Schliche kommen würde, deshalb mußte er Sie und Ed aus dem Weg räumen. Brit Hale hatte das Pech, sterben zu müssen, damit nicht auffiel, daß eigentlich nur die beiden Firmeninhaber auf der Abschußliste standen. Denn wir sollten ja davon ausgehen, daß es bei der ganzen Geschichte um die dreifache Zeugenschaft gegen Hansen ging."

„Da ist noch das Vorkaufsrecht!" rief Percey. „Als Partner hatte er im Falle unseres Ablebens das Vorkaufsrecht auf unseren Aktienanteil." Mit hohler Stimme fragte sie Talbot noch einmal: „Wie konntest du nur?"

„Weil ich dich liebte!" schrie er.

Percey stockte der Atem.

„Als ich dir sagte, daß ich dich heiraten will, hast du gelacht und bist zu ihm zurückgegangen." Er grinste höhnisch. „Zu Ed Carney, dem schicken Kampfpiloten." Sein Gesicht wurde purpurrot vor Wut. „Und dann büßte ich auch noch das letzte ein, das mir geblieben war: Ich durfte nicht mehr fliegen. Ich saß mit dem Papierkram an meinem Schreibtisch und mußte mit ansehen, wie ihr beide Monat für Monat Hunderte von Flugstunden absolviert habt. Ihr wart wieder beisammen, und fliegen durftet ihr auch. Du kannst dir nicht vorstellen, wie das ist, wenn man alles verliert, was einem lieb und teuer ist!"

Amelia Sachs und Sellitto entging nicht, daß er sich straffte; Talbot hatte etwas vor, aber sie unterschätzten seine Körperkraft. Als Amelia vortrat und ihre Waffe aus dem Halfter zog, schleuderte Talbot sie gegen den Tisch und drückte Sellitto an die Wand. Er riß Amelia die Pistole aus der Hand und richtete sie auf die anderen.

„Waffen auf den Boden! Sofort!"

„Hör zu, Mann", sagte Dellray und rollte die Augen. „Was willst du denn machen? Aus dem Fenster steigen? Hier kommst du nicht raus."

Talbot zielte auf Dellrays Gesicht. Er machte einen verzweifelten Eindruck und erinnerte Rhyme an einen in die Enge getriebenen Bären. Der FBI-Mann und die Polizisten warfen ihre Pistolen auf den Boden. Auch Bell ließ seine beiden Waffen fallen.

Talbot schaute zur Wand hinüber. „Wo führt diese Tür hin?"

„Das ist nur ein Wandschrank", erwiderte Rhyme schnell.

Talbot öffnete die Tür dennoch und entdeckte den kleinen Fahrstuhl. Er richtete die Pistole auf Rhyme.

„Nein!" rief Amelia, die wieder auf die Beine gekommen war.

„Ron!" rief Percey. „Laß das sein! Bitte!"

Amelia schielte nach den Pistolen, die etwa drei Meter von ihr entfernt auf dem Boden lagen.

Tu das nicht, Amelia, dachte Rhyme.

Talbots Blick huschte von Dellray und Sellitto zu den Bedienungsknöpfen des Fahrstuhls und wieder zurück.

„Los, Talbot, weg mit der Pistole!" sagte Sellitto.

Bitte tu das nicht, Amelia. Er wird dir zuvorkommen, wird versuchen, dir einen Kopfschuß zu verpassen, wie es Amateure immer tun. Und dann wirst du sterben.

Amelia richtete ihren Blick auf Dellrays Pistole und machte sich sprungbereit. Als Talbot erneut zum Fahrstuhl schaute, hechtete sie auf den Boden und schnappte sich im Abrollen Dellrays Waffe. Doch bevor sie diese in die Höhe bringen konnte, zielte Talbot mit der Glock bereits auf ihr Gesicht.

„Nein!" schrie Rhyme.

Der Schuß war ohrenbetäubend. Die Fenster klirrten, und die Falken flogen zum Himmel hinauf. An Ron Talbots Schläfe zeigte sich ein winziges rotes Loch. Zuerst stand er völlig regungslos da, dann sank er mit einer Drehbewegung zu Boden.

„Junge, Junge", sagte Mel Cooper und blickte auf seine kleine, unauffällige Smith & Wesson hinunter, die Roland Bell in der Hand hielt. Der Detective war von hinten an den Laborspezialisten herangetreten und hatte die Waffe aus dessen Gürtelhalfter gezogen.

Schluchzend ließ sich Percey Clay bei Talbots Leiche auf die Knie fallen. Immer wieder schlug sie mit den Fäusten auf die Schultern des Toten. Schließlich legte Roland Bell der schmächtigen Frau die Arme um die Schultern und führte sie von dem Leichnam des Mannes weg, der ihr Freund und zugleich ihr schlimmster Feind gewesen war.

ZU SPÄTER Stunde donnerte es ein wenig, dann folgte ein frühlingshafter Nieselregen. Das Fenster stand weit offen, und die kühle Abendluft drang in den Raum.

Amelia Sachs ließ den Korken knallen und füllte Rhymes Becher und ihr Glas mit Champagner. Als sie den Monitor zu Gesicht bekam, stieß sie ein leises Lachen aus. „Ich traue meinen Augen nicht!"

Auf dem Computerbildschirm neben dem Clinitron-Bett lief ein Schachprogramm.

„Ich habe dich nie spielen sehen", bemerkte sie.

„Turm auf b6. Schachmatt", verkündete Rhyme mit klarer Stimme.

„Gratulation“, erwiderte einen Augenblick später der Computer und ließ einen Triumphmarsch erklingen.

„Das Spiel schärft den Verstand“, erläuterte Rhyme. „Für mich ist es eine Art Fitneßgerät. Möchtest du es auch mal versuchen?“

„Ich eigne mich nicht dafür“, antwortete Amelia, nachdem sie einen Schluck getrunken hatte. „Wenn ein lausiger Springer hinter meinem König her ist, puste ich ihn lieber weg. Übrigens: Hat man herausgefunden, wieviel Geld Talbot beiseite geschafft hat?“

„Ja. Es sind über fünf Millionen.“

„Und wo ist der Sargtänzer?“

„Im Hochsicherheitstrakt des Staatsgefängnisses.“

Amelia nahm zur Stärkung einen weiteren Schluck, holte tief Luft und legte dann los. „Rhyme, du solltest nicht länger zögern.“

„Was sagst du da?“

„Sie ist die Richtige für dich. Da könnte wirklich was draus werden.“ Obwohl es ihnen sonst nicht schwerfiel, einander in die Augen zu schauen, blickte sie auf den Boden. „Ich weiß, was du für sie empfindest. Ich weiß auch, was sie dir gegenüber fühlt, obwohl sie's nicht zugeben will.“

„Von wem sprichst du überhaupt?“

„Das weißt du genau. Von Percey Clay. Du denkst, sie sucht jetzt niemanden, weil sie eben erst Witwe geworden ist. Aber du weißt doch, was Talbot gesagt hat – Carney ging fremd. Er und Percey blieben nur beisammen, weil sie Freunde waren und sich aneinander gewöhnt hatten.“

„Ich hatte nie ...“

„Du solltest nicht länger zögern, Rhyme. Rück endlich raus mit der Sprache. Du glaubst vielleicht, daß es niemals klappen kann. Aber es macht Percey nichts aus, daß du in diesem Zustand bist. Sie hat mal ganz zu Recht gesagt, daß ihr einander sehr ähnlich seid.“

Rhyme hätte am liebsten die Hände hochgehoben und dann frustriert in den Schoß fallen lassen. „Um Himmels willen, Amelia, wie bist du nur auf diesen Gedanken gekommen?“

„Ich bitte dich – es war doch wirklich überdeutlich. Ich hab doch gemerkt, wie du sie angeschaut hast. Und wie du mit allen Mitteln versucht hast, sie zu retten. Ich weiß genau, was sich abspielt.“

„Was denn?“

„Sie ähnelt Claire Trilling, die dich vor ein paar Jahren verlassen hat. Nach dieser Frau sehnst du dich.“

Das war es also. „Natürlich habe ich in letzter Zeit viel an Claire gedacht", erwiderte Rhyme lächelnd. „Als ich das Gegenteil behauptet habe, habe ich geschwindelt."

„Jedesmal, wenn du sie erwähnt hast, habe ich gemerkt, daß du sie immer noch liebst. Percey hat dich an Claire erinnert, und du bist auf den Gedanken gekommen, wieder eine Beziehung einzugehen. Und zwar mit Percey. Nicht mit mir. Tja, so ist das Leben ..."

„Amelia, du solltest nicht auf Percey eifersüchtig sein. Daß ich dich kürzlich abgewiesen habe, hatte nichts mit ihr zu tun, sondern mit dem Sargtänzer."

Amelia goß sich noch einen Schluck ein und betrachtete die blaßgelbe Flüssigkeit. „Das verstehe ich nicht."

Rhyme stöhnte. „Ich mußte aufpassen, daß wir einander nicht zu nahekamen. Begreif das doch: Ich kann keine enge, wirklich enge Beziehung mit dir haben und dich gleichzeitig Gefahren aussetzen. Ich will so etwas nicht noch mal erleben."

„Nicht noch mal?" fragte sie. Dann war ihrem Gesicht anzumerken, daß ihr ein Licht aufging.

Meine Amelia ist nicht nur eine tüchtige Kriminalistin und ein guter Schütze, sondern auch noch schlau wie ein Fuchs, dachte Rhyme.

„Lincoln, heißt das, daß Claire ..."

Er nickte. „Sie gehörte zu dem Team, das in der Wall Street die Spuren sichern sollte. Neben dem anderen Kollegen war es Claire, die von der Bombe des Sargtänzers getötet wurde."

Deshalb war er so besessen darauf ausgewesen, diesen Mann zu schnappen. Deshalb hatte er entgegen seinen früheren Gepflogenheiten Wert darauf gelegt, mit dem Killer nach dessen Festnahme zusammenzutreffen. Er hatte alles über den Mann erfahren wollen, der für Claires Tod verantwortlich war. Rachgier, pure Rachgier, hatte ihn angetrieben. Lincoln Rhyme besaß trotz seiner körperlichen Behinderung dieselbe Jagdlust wie die Falken auf seinem Fensterbrett.

„Das ist also der Grund, Amelia. Mit Percey hatte es nichts zu tun. Ich wollte die Nacht mit dir verbringen, ich will jede Nacht mit dir verbringen. Aber ich kann es nicht riskieren, dich mehr zu lieben, als ich's ohnehin schon tue."

Noch während er sprach, machte Rhyme erneut eine erstaunliche Erfahrung. Nach dem Unfall war er allmählich zu der Überzeugung gelangt, daß der Eichenbalken, der seine Wirbelsäule getroffen hatte, in seinem Herzen den schlimmsten Schaden angerichtet hatte. Doch schon neulich nachts, als Amelia sich an ihn geschmiegt hatte, hatte er gemerkt, daß es nicht empfindungslos geworden war.

„Das verstehst du doch, Amelia, oder nicht?“ sagte er leise.

Statt einer Antwort lächelte sie nur und näherte sich dem Bett. Sie beugte sich über ihn und küßte ihn auf den Mund. Rhyme wich zuerst zurück und drückte den Kopf ins Kissen, doch dann erwiderte er ihren Kuß.

„Jetzt ist es genug“, sagte er schließlich, küßte sie jedoch abermals.

Ihre Handtasche fiel auf den Boden. Ihr Jackett und ihre Uhr landeten auf dem Nachttisch, die Glock ebenfalls.

Sie küßten sich wieder, aber Rhyme hielt plötzlich inne. „Amelia, es ist zu riskant.“

Sie schauten einander in die Augen. „Im Leben ist nicht alles kalkulierbar“, flüsterte Amelia. Dann stand sie auf und ging zum Lichtschalter.

„Warte“, sagte Rhyme und sprach in das am Bettpfosten befestigte Mikrofon seine Anweisung: „Licht aus.“

Im Zimmer wurde es dunkel.

Foto: Blaise Hayward

„Mich aufs Schreiben zu besinnen war die größte Wohltat, die ich mir und meinen Klienten erweisen konnte."

Mit elf Jahren schrieb er sein erstes Buch – allerdings hatte die Sache einen kleinen, wenn auch entscheidenden Haken. „Ich widmete mich lediglich zwei Tage dem Inhalt, bastelte jedoch vier Wochen an einem schönen Einband herum", erinnert sich Jeffery Deaver, der nach vierzehn internationalen Bestsellern heute zu den ersten Adressen in Sachen Spannung zählt. Der Umweg über eine juristische Karriere öffnete ihm dann aber doch noch die Augen über seine wahre Berufung. „Als Anwalt war ich miserabel", urteilt der zweimal für den Edgar-Literaturpreis nominierte Autor selbstkritisch. „Mich aufs Schreiben zu besinnen war die größte Wohltat, die ich mir und meinen Klienten erweisen konnte."

Wenn Deaver erst einmal in Fahrt ist, füllt er Seite um Seite. „Ich bin so eine Art ‚Kampfschreiber', zehn, zwölf Stunden am Stück sind keine Seltenheit", erzählt er.

Einen besonderen Stellenwert bei seinen Romanideen nimmt seine Hauptfigur Lincoln Rhyme ein. „Der Körperkult unserer Tage vergißt völlig, daß allein das Geistige uns wirklich ausmacht", erläutert Deaver. „Daher habe ich den Kriminalisten mit brillanten geistigen Fähigkeiten ausgestattet und achte gleichzeitig darauf, daß er den klassischen körperbetonten Krimihelden gleichwertig ist." Gerade Leser, die wie Rhyme im Rollstuhl sitzen, haben dem Autor die erfolgreiche Umsetzung dieser Absicht bestätigt: Versteht man, hinter die Behinderung seines Gegenübers zu sehen, wird man den wahren Menschen erkennen.

Ums
JAMES VANCE
MARSHALL

nackte
Leben

Vielen Lebewesen dient die Eiswüste der Antarktis zeitweise als Heimat, doch für einen Menschen ohne ausreichenden Schutz ist sie die reinste Hölle. Aber trotz seiner aussichtslosen Lage klammert sich James Lockwood, den ein ungewöhnliches Schicksal hierherverschlagen hat, mit aller Kraft ans Leben.

Die Vergangenheit ist ein fremdes Land

Der versiegelte Umschlag wurde mir von einem Sonderboten in das Sprechzimmer des Marinehospitals von Haslar gebracht. Als ich ihn öffnete, hatte ich keine Ahnung, daß dies der Einstieg in einen meiner schwierigsten Fälle werden sollte, die ich jemals zu lösen hatte. In dem Umschlag waren Krankenberichte und eine Notiz von einem Kollegen bei der Admiralität. Die Notiz:

Admiralität, S. W. 1
2. April 1944

Lieber Hugh,
wir haben einen dringenden Fall, den wir Dir übergeben möchten.

Kapitänleutnant James Lockwood ist der einzige Überlebende eines Marinekommandos, das kürzlich in der Antarktis eingesetzt wurde. Daß er überlebt hat, grenzt an ein Wunder – er leidet immer noch unter einer ernstlichen körperlichen Beeinträchtigung als Folge seiner Entbehrungen. Er scheint außerdem sein Gedächtnis verloren zu haben. Seine Aufgaben in der Antarktis wurden als „streng geheim" eingestuft und waren von hoher Wichtigkeit. Seiner Lordschaft liegt deshalb viel daran, in Erfahrung zu bringen:

1. ob die Amnesie echt ist,

2. ob er möglicherweise davon geheilt werden und sich alles wieder ins Gedächtnis rufen kann, was sich während dieser Zeit ereignete.

Dein Urteil über diese Punkte wäre sehr willkommen. Anbei auch die wichtigsten Informationen über Lockwoods Aufgabe.

Mit freundlichen Grüßen
Dein Jim (Flottillenarzt J. S. Sinclair)

Ich war sehr interessiert, und nach meinem letzten Patienten blieb ich noch in meinem Zimmer, um mir Lockwoods Akte anzuschauen – ich hätte sie lieber nach Hause genommen, um sie in aller Ruhe zu lesen, aber Geheiminformationen durften nicht aus dem Krankenhaus gelangen. Also knipste ich meine Leselampe an und ließ mich nieder, um herauszufinden, warum Kapitänleutnant Lockwood und seine „streng geheimen“ Aufgaben so viel Aufregung verursachten.

Mit Sicherheit handelte es sich um eine außergewöhnliche Geschichte. Der junge Lockwood war Mitglied des zehnköpfigen Marinekommandos gewesen, das im Januar 1942 auf der Antarktischen Halbinsel gelandet war. Der Befehl der Männer lautete, einen Stützpunkt einzurichten, von dem aus sie täglich Wetterberichte und -voraussagen übermitteln konnten; diese würden, glaubte man, die Operationen auf der Südhalbkugel erleichtern, besonders die Durchfahrt von Konvois. Unglücklicherweise mußte, wahrscheinlich etwa ein Jahr später, ein deutsches U-Boot ihre Funksprüche aufgefangen haben, ihr Basislager angesteuert und es zerstört haben. Es gab drei Überlebende: den befehlshabenden Offizier, der so schwer verwundet war, daß er kurz darauf starb; sowie Kapitänleutnant Lockwood und den Bootsmann Ramsden, die sich beide zur Zeit des Angriffs außerhalb des Lagers befanden. Anscheinend starb auch Ramsden wenig später und hinterließ den jungen Lockwood, der beim Herannahen des Winters praktisch ohne Verpflegung war und keine Möglichkeit zur Kommunikation mit der Außenwelt hatte. Sein Überleben schien unmöglich. Er baute sich jedoch eine Unterkunft, und trotz aller Widrigkeiten schaffte er es, den strengen antarktischen Winter zu überleben. Als das Eis im Frühjahr schmolz und ein Schiff zu ihm durchdringen konnte, wurde er schließlich gerettet. Er war, was nicht überraschte, körperlich und seelisch zerrüttet. Er schien auch teilweise sein Gedächtnis verloren zu haben; denn wie aus seinem Krankenbericht hervorging, konnte er sich nur an weniges erinnern, was vor der Zerstörung des Basislagers und während der Qualen des Winters geschah.

Es gab einige Dinge in dieser Angelegenheit, die ich ein wenig verwirrend fand: nicht zuletzt, warum die Admiralität sie als so dringlich ansah. Wie auch immer, ich sagte mir, ich müsse sie aus meinem Kopf verbannen, bis Lockwood zu mir ins Krankenhaus kam. Wie sich herausstellte, war dies schon sehr bald der Fall. Denn am nächsten Morgen bekam ich einen Anruf mit der Mitteilung, daß der junge Kapitänleutnant am Nachmittag um zwei Uhr zu mir käme.

ER WAR ein großer Mann: ein Meter dreiundachtzig genau, wie aus den Berichten hervorging, sah aber größer aus, weil er so erbärmlich dünn war. Ich erkannte, daß er, obwohl ein gutaussehender Mann, im Augenblick ein körperliches Wrack war. Er bewegte sich steif und humpelte; seine Muskeln waren geschwunden; seine Zähne waren locker;

seine Haut war fleckig und blaß auf Grund der Nachwirkungen des Skorbuts; sein Haar war schneeweiß, und er hatte den gehetzten Blick eines Mannes, der Dinge gesehen hat, die er lieber vergessen würde.

Wir schüttelten uns die Hände. „Bitte nehmen Sie Platz, Kapitänleutnant Lockwood“, sagte ich und fügte hinzu, als er sich gesetzt hatte, „wie ist es Ihnen in der Antarktis ergangen?“

„Es tut mir leid“, sagte er, „ich kann mich nicht mehr erinnern.“

„Sie können sich aber sicherlich an irgend etwas erinnern! Die Kälte? Das Eis? Ihre Freunde? Die Hütte, in der Sie gelebt haben?“

Er schüttelte den Kopf. „Leider nein.“

Ich hatte den Eindruck, als ob er mir nicht die ganze Wahrheit sagte. „Ich verstehe“, sagte ich freundlich, „das Öffnen alter Wunden muß schmerzhaft für Sie sein. Aber glauben Sie mir, auf lange Sicht gesehen, hilft es.“

„Aber ich will keine Hilfe“, versetzte er. „Alles, was ich will, ist, in Ruhe gelassen zu werden. Um zu vergessen.“

Ich war überrascht. Die meisten Leute, die an Amnesie leiden, finden es beunruhigend, weiße Flecke in ihrem Leben zu haben, die sie sich nicht erklären können. Sie wollen geheilt werden. Warum entsprach dieser Kapitänleutnant Lockwood nicht diesem Muster? Ich beschloß, die Antarktis nicht mehr anzusprechen und etwas über seine frühere Lebensgeschichte herauszufinden.

Ich erfuhr, daß er das einzige Kind von Eltern aus der Mittelklasse war. Sein Vater war wohl technischer Zeichner in einem Ingenieurbüro: zu alt, um einberufen zu werden, leistete aber seinen Beitrag als Luftschutzwart. Seine Mutter war vor der Ehe Krankenschwester gewesen, half im Krieg aber nicht im örtlichen Krankenhaus aus. Die Ehe schien glücklich gewesen zu sein, und der junge Lockwood schien ein vollkommen normales Familienleben im Londoner Vorort Norwood und eine vollkommen normale Schullaufbahn gehabt zu haben. Nach dem College ging er zur Marine, und als er sein Offizierspatent erhielt, wurde er zu einem dreimonatigen Kurs in Meteorologie an das Royal Navy College geschickt, nach dessen Beendigung er zum Offizier auf dem Flugzeugträger *HMS Eagle* ernannt wurde und für die Wetterkunde zuständig war. Während er auf der *Eagle* Dienst tat, erfuhr er, daß die Admiralität in Meteorologie ausgebildete Offiziere suchte für „streng geheime Aufgaben im tiefen Süden“. Er meldete sich freiwillig. Und wurde genommen.

Das klang für mich nicht wie eine Kindheit und Jugend, in der ein Psychiater „Leichen im Keller“ erwarten kann.

Solange ich mich darauf beschränkte, Lockwood über sein früheres Leben zu befragen, beantwortete er meine Fragen spontan und, wie ich deutlich spürte, ehrlich. Aber wenn ich begann, darüber Fragen zu stellen, was in der Antarktis geschehen war, schloß er sich wie eine Muschel, und wenn er mich einer Antwort würdigte, war es so, als fürchtete er, sich selbst eine Frage zu stellen. Diesen ganzen Aprilnachmittag fragte, drängte und schmeichelte ich. Und schließlich bekam ich ihn dazu, daß er gestand, es gäbe ein oder zwei vereinzelte Vorfälle, an die er sich erinnern konnte. Dabei halfen mir die Aufzeichnungen der Befragung, die kurz nach seiner Rettung stattgefunden hatte. Ich legte sie vor mich auf den Schreibtisch, so daß er sehen konnte, daß ich mich auf sie bezog. „Hier heißt es", sagte ich zu ihm, „daß Sie sich trotz der schrecklichen Dinge, die Sie durchgemacht hatten, in die Antarktis verliebt haben. Stimmt das?"

Eine lange Zeit war es still; dann sagte er einfach: „Ja."

„Wie hat diese Liebesaffäre begonnen?"

Er sagte, er könne sich nicht mehr daran erinnern.

„Ach was!" schalt ich ihn. „Verliebte wissen immer, wie es angefangen hat!"

Jetzt folgte ein noch längeres Schweigen, und ich gewann den Eindruck, daß Kapitänleutnant Lockwood das Pro und Kontra, mir die Wahrheit zu sagen, abwog.

„War es", drängte ich, „Liebe auf den ersten Blick?"

Ich konnte erkennen, daß er sich in einem Zwiespalt befand. Er war von Natur aus nicht verschlossen; aber aus Gründen, die nur er selbst wußte, meinte er, daß er bezüglich dessen, was in der Antarktis geschehen war, Stillschweigen bewahren mußte. Er fühlte sich schuldig. Es würde für ihn eine Erleichterung bedeuten, wenn er etwas aus dieser Zeit finden könnte, worüber er sprechen wollte. „Bitte", sagte ich. „Welcher Schaden könnte entstehen, wenn Sie mir erzählen, welche Gefühle Sie für die Antarktis hegen?"

„Ich sehe darin keinen Sinn", sagte er schließlich. „Aber gut. Ich werde es Ihnen erzählen. Es war Liebe auf den ersten Blick." Er schloß die Augen; und es war, als sei ein Damm gebrochen, und die so lange zurückgehaltenen Worte ergossen sich in einer stürmischen Flut ... „Ich werde niemals diesen ersten Morgen vergessen. Verstehen Sie, seit wir Port Stanley verlassen hatten, gab es nur Wind und Regen und Graupeln und Nebel und schweren Seegang. Aber als ich an jenem Morgen erwachte, lag das Schiff so still und ruhig, daß ich dachte, es müsse etwas nicht in Ordnung sein. Ich zog mich an und ging an Deck. Es war so, als ob ..., nun, als ob ich mich auf einem anderen Planeten befände. Keine einzige Wolke. Kein Wind. Kaum eine Kräuselung auf dem Meer. Und die *Scoresby* trieb einen engen Kanal hinunter. Er war", er zögerte, „wie eine von Wolkenkratzern eingefaßte Großstadtstraße, nur waren statt der Wolkenkratzer auf der einen Seite Eisberge und auf der anderen Berge. Die Eisberge waren riesig: Ich schätze, einige waren mehrere Kilometer lang und 150 bis 180 Meter hoch. Einige von ihnen hatten wundervolle Formen: wie ein richtiges Schloß mit Bergfried, Zinnen und Türmchen. Einige hatten an der Wasserlinie ausgehöhlte Grotten, in die das Meerwasser schwappte, das ganz smaragdgrün und saphirblau war. Und ich erinnere mich, die Sonne war so heiß, daß das Eis schmolz und große Wasserfälle an den Seiten der Eisberge herabstürzten. Hin und wieder zerbrach einer von ihnen, und Tausende von Tonnen Eis fielen krachend ins Meer. Die Berge waren ebenfalls bezaubernd schön. Sie waren natürlich mit Schnee bedeckt, mehrere hundert Meter hoch, und ragten senkrecht aus dem Wasser auf. Sie erstreckten sich nach Norden und Süden, soweit das Auge reichte – und die Luft war so klar an diesem Morgen, daß wir über hundert Kilometer weit sehen konnten. Aber das war bei weitem nicht alles." Er hielt inne. „Was mich überwältigte, war die Tierwelt. Hunderttausende Seevögel – Kormorane, Möwen, Sturmvögel und Seeschwalben – kreisten über den Felsen. Tausende von Pinguinen nisteten am Strand und sprangen von den Eisschollen herunter und auf sie hinauf. Und das Wasser war von Leben erfüllt: mit Krill, Fischen und Robben. Vereinzelt gab es sogar Wale. Und alles", wieder zögerte er, „alles war so sauber, neu und frisch. Etwas Ursprüngliches. Als ob die Welt gerade entstanden wäre."

Wenn ich ihn nur, dachte ich, dazu bewegen könnte, genauso über seine anderen Erlebnisse zu sprechen! „Das muß toll gewesen sein", sagte ich. „Meinen Sie, daß die anderen die gleichen Gefühle gehabt haben wie Sie? Für die Antarktis?"

„Ich weiß es nicht."

„Aber eine so wunderbare Erfahrung wie diese ... Sie müssen doch darüber gesprochen haben? Mit Ihren Freunden?"

Er sagte, er könne sich nicht mehr daran erinnern.

Ich entschied mich für einen Schuß ins Dunkle. Ich hatte während meiner Befragung bemerkt, daß er eine besonders hohe Meinung von seinem befehlshabenden Offizier hatte, dem Korvettenkapitän John Ede. „Wie war es mit dem befehlshabenden Offizier?" fragte ich. „Glauben Sie, daß er sich auch in die Antarktis verliebte?"

Seine Augen bekamen plötzlich einen angstvollen Ausdruck. Ich blickte wieder auf die Notizen seiner Befragung. „Sie konnten gut mit John Ede, nicht wahr?" fragte ich.

Es schien eine hinlänglich harmlose Frage zu sein. Aber die Wirkung war katastrophal. Lockwood zitterte heftig. Ich sah, wie er verzweifelt versuchte, die Kontrolle über sich zu behalten; aber es war eine verlorene Schlacht. Er fing plötzlich an zu weinen. Er weinte ohne Selbstmitleid und ohne Verlegenheit, die Tränen strömten in einer scheinbar endlosen Flut aus ihm heraus.

Ich war erschüttert. Menschliches Leid ist mir nicht fremd, und in den letzten paar Jahren hatte ich geglaubt, ich wäre abgehärtet genug, um mit Kriegsopfern umzugehen. Aber ich habe nie etwas nur annähernd Ähnliches erlebt, es war um so erschreckender, als es vollständig unerwartet kam.

„Es tut mir leid", sagte ich und war mir bewußt, wie unpassend meine Worte für ihn klingen mußten. „Ehrlich, ich wollte Sie nicht quälen. Ich stelle Ihnen alle diese Fragen nur, weil ich auf lange Sicht glaube, daß es helfen wird."

Sein Blick war eher flehend als ärgerlich. „Aber ich habe es Ihnen gesagt. Ich möchte keine Hilfe."

„Ich bin seit mehr als dreißig Jahren therapeutisch tätig", sagte ich. „Und meine Erfahrung war stets, daß die Dinge am besten offengelegt werden. Die Vergangenheit ist nicht etwas, was man begraben kann. Und vergessen kann."

Er zuckte zusammen, als ob ich ihn geschlagen hätte. Er packte die Schreibtischplatte so fest, daß seine Knöchel weiß wurden. „Die Vergangenheit ist ein fremdes Land", sagte er. „Dort lebe ich nicht mehr. Ich möchte mich nicht mehr daran erinnern. Und ich werde mich nicht mehr daran erinnern."

Das war das Ende der ersten Konsultation.

ALS ER gegangen war, zündete ich eine Zigarette an und setzte mich, um über alles nachzudenken. Allem Anschein nach handelte es sich hier um einen Interessenkonflikt. Die Admiralität forderte dringend, daß Lockwood sich daran erinnerte, was in der Antarktis geschehen war. Er selbst aber wollte vergessen.

Ich war nicht gerade begeistert über das, was von mir verlangt wurde. Aber wir waren im Krieg; ich trug die königliche Uniform, und meine Vorgesetzten in der Admiralität hatten jedes Recht, von mir zu erwarten, daß ich meine Befehle ausführte.

Ich verabredete mit Kapitänleutnant Lockwood einen weiteren Termin für den kommenden Nachmittag, und dieses Mal war er noch mehr auf der Hut. Er wich bei jeder meiner Fragen mit einem frostigen „Ich kann mich nicht erinnern" aus, und binnen kürzester Zeit kamen wir nicht mehr weiter.

Ich beschloß, meine Karten auf den Tisch zu legen. „Ich bin gebeten worden, der Admiralität einen Bericht vorzulegen. Sie möchten ganz genau wissen, woran Sie sich noch erinnern. Und wenn wir beide uns nicht einigen können, werden diese Gespräche endlos weitergehen. Das wollen wir beide nicht, stimmt's?"

Wieder schwieg er.

Wir sprachen – oder vielleicht entspricht es eher der Wahrheit zu sagen, ich sprach – den ganzen Nachmittag und in den Abend hinein. Und langsam, zögerlich gelang es uns, ein gewisses Einverständnis zwischen uns herzustellen; wenn auch ein nicht sehr befriedigendes Einverständnis, eher eines, wie es manchmal zwischen Vernehmungsbeamten und Häftling besteht.

Es schien, daß der Schlüssel zu seiner Amnesie in der Zerstörung des Basislagers seines Kommandos lag. Denn der Schock, von einer Routinepatrouille zurückzukehren und die verbrannten und von Granaten zerfetzten Körper seiner Kameraden zu finden, war so traumatisch, daß er alles aus der Erinnerung auslöschte, was zuvor geschehen war. Oder fast jede Erinnerung. Die einzigen Dinge, an die er sich aus dem ersten Jahr in der Antarktis erinnern konnte, waren eine Folge unverbundener Bilder wie Lichtbilder einer Laterna magica, die in schneller Folge auf einer Leinwand aufblitzen.

Zunächst war ich mit diesem Ergebnis zufrieden. Ich hatte jedoch das Gefühl, daß die Dinge nicht so einfach waren, wie Lockwood es mich glauben ließ. Denn einige meiner Fragen schienen ihm unbegründete Qualen zu bereiten und eindeutig zu heftige Proteste auszulösen; diese Dinge gehörten zu denen, über die er nichts wußte. Und es gab speziell zwei Themen, über die er widerwillig sprach. Wie er und seine Kameraden ihre Freizeit verbracht hatten; und die Beziehung zum befehlshabenden Offizier, John Ede.

Es schien mir, als ob das Kommando viel Freizeit gehabt hatte. Also, fragte ich, was hatten sie getan? Hatten sie gelesen, Karten gespielt, Grammophon gehört, Tagebücher geschrieben, sich körperlich betätigt, fotografiert, die Umgebung erkundet? Er sagte, das hätten sie alles getan. Und aus einer Bemerkung, die ihm versehentlich entschlüpfte, folgerte ich, daß sie noch etwas anderes gemacht hatten. Geologische Forschungen.

Das interessierte mich. Zu meiner Enttäuschung jedoch beharrte Lockwood darauf, daß er sich an fast gar nichts mehr über ihre Arbeit als Geologen erinnern könnte. Er hatte, sagte er mir, eine verschwommene Erinnerung an seine Kameraden, wie sie Löcher in das Eis schlugen, kontrollierte Explosionen auslösten und die so entstandenen Felsbrocken einsammelten. Aber als ich ihn eindringlich um Details bat, preßte er die Augen zu, und auf der Stirn brach ihm der Schweiß aus. „Ich kann mich nicht erinnern", flüsterte er. „Um Himmels willen, lassen Sie es dabei bewenden."

Ich wechselte das Thema, denn eine Wiederholung des Zusammenbruchs vom Vortag würde ihm keineswegs guttun. Es dauerte eine Weile, bis er sich wieder gefaßt hatte, und danach noch eine Weile, bevor ich es wagte, das andere heikle Thema zur Sprache zu bringen: seine Beziehung zu John Ede.

Es war mir klar, daß hier ein Problem lag; aber als ich versuchte, das Problem zu identifizieren, war es, als müßte ich über ein Minenfeld laufen. Lockwood hatte offensichtlich Schwierigkeiten, die Fassung zu bewahren. Mein erster Gedanke war, daß Ede vielleicht unbeliebt gewesen war und es Unzufriedenheit oder sogar eine Meuterei gegeben hatte; aber Lockwoods Antworten schieden diesen Gedanken bald aus. Mein zweiter Gedanke war, daß eine Liebesbeziehung zwischen beiden bestanden hatte; aber auch diesen Gedanken schob ich beiseite; er paßte nicht.

Schließlich wurde deutlich: Meine Fragen verursachten ihm solche Qualen, daß es nicht ratsam war fortzufahren. Ich wechselte deshalb wieder das Thema und wandte mich Dingen zu, über die er bereitwilliger sprach: Dinge, die nach dem Tod der Kameraden geschehen waren. Je länger wir uns unterhielten, desto mehr begann ich zu begreifen, wie hart dieser Winter in der Antarktis für ihn gewesen war; und mein Gefühl sagte mir, er hatte so furchtbar gelitten, daß es falsch sei, das, was er vergessen wollte, noch einmal zu erleben. Da ich jedoch meine Anweisungen von der Admiralität hatte, beschloß ich, einen letzten Versuch zu machen, seinem Gedächtnis auf die Sprünge zu helfen.

„Wenn das hier", sagte ich vorsichtig, „unsere letzte Sitzung sein sollte, so möchte ich sie mit einem Experiment beenden."

„Was für ein Experiment?"

„Sie kennen das bestimmt. Wo der hinterhältige Psychiater seinen Patienten auf die Couch legt. Und eine Uhrkette vor seinem Gesicht baumeln läßt."

„Erzählen Sie mir nicht, daß Sie mich hypnotisieren wollen!"

„Nein. Aber ich hätte gerne, daß Sie sich aufs Sofa legen. Und schließen Sie die Augen. Stellen Sie sich vor, Sie seien zurück in der Antarktis, in Ihrer Hütte. Und beantworten Sie ein paar letzte Fragen."

„Und mehr nicht?"

Ich nickte. Und er legte sich, fast dankbar, auf das Sofa. Sobald es den Anschein hatte, er hätte es sich bequem gemacht, sagte ich: „Nun will ich, daß Sie sich vorstellen, es sei Winter. Und Sie seien allein in Ihrer Notunterkunft. Was können Sie sehen?"

„Nichts. Es ist zu dunkel."

„Wenn es so dunkel ist, woher wissen Sie dann, daß Sie in Ihrer Hütte sind?"

„Wenn ich mich strecke", sagte er, „kann ich die Wände berühren."

„Das ist gut. Das ist genau die Art Antwort, die ich haben wollte. Nun, was können Sie fühlen?"

„Kälte."

„Keinen Schmerz?"

„Nein. Ich rede mir jeden Morgen ein, daß kein Schmerz da ist."

„Und was hören Sie?"

„Die Stille."

„Und sonst nichts?"

„Manchmal höre ich den Wind."

Es schien nur eine weitere harmlose Frage zu sein; aber Lockwood war plötzlich angespannt. Es gab eine lange Pause. Ich fragte wieder: „Was können Sie riechen?"

„Robbenspeck."

Ich hatte ein sicheres Gefühl, daß er log. „Okay. Sie riechen also Robbenspeck. Was noch?"

„Nichts! Nichts! Nichts!"

Ich erkannte, daß ich es zu weit getrieben und ihm eine Frage zuviel gestellt hatte. „Vergessen Sie's", sagte ich schnell. „Denken Sie an etwas anderes. An den Wind außerhalb Ihrer Hütte."

Aber es war zu spät. Noch einmal wurde er geschüttelt von schrecklichen, unkontrollierbaren Krämpfen. Plötzlich begann er mit heftigen Atemzügen nach Luft zu schnappen, als würde er ersticken. Und dann übergab er sich.

Wie ich gesagt habe, bin ich mit menschlichem Leiden vertraut. Einige Psychiater sagen, sie seien dagegen abgehärtet; aber ich empfinde immer Mitleid – obwohl ich es gewöhnlich nicht an die Oberfläche kommen lasse. Aber jetzt kam Mitleid auf. Es schien mir, daß der junge Lockwood offensichtlich durch eine Art Hölle in der Antarktis gegangen war, und wenn er diese Hölle vergessen wollte, so sollte man es ihm erlauben.

Jim, schrieb ich an meinen Kollegen in der Admiralität, als Lockwood gegangen war, *betreffs Kapitänleutnant James Lockwood bin ich der festen Überzeugung, daß eine weitere Befragung dieses Patienten für seinen Zustand verheerend wäre. Ich glaube, daß seine Amnesie weitgehend echt ist. Ich entlasse ihn deshalb aus meiner Behandlung mit der Empfehlung, ihm unbegrenzten Urlaub zu geben und ihm einen nicht allzu anstrengenden Posten zuzuweisen, sobald es sein körperlicher Zustand erlaubt.*

Stets der Ihrige
Hugh Dempster, Flottenarzt

ICH SAH James Lockwood nie wieder, obwohl ich hin und wieder an ihn erinnert wurde. Ich wurde an ihn erinnert, weil er sich zu meinen Gespenstern gesellt hatte: die, wenn der Schlaf mich mied, geisterhaft am Fußende meines Bettes vorbeizogen, jene, die bei mir Hilfe suchten und bei denen ich versagt zu haben glaubte.

Je mehr ich über die beiden Konsultationen nachdachte, desto mehr fragte ich mich, ob ich das Richtige getan hatte. Hast du nicht, flüsterte mir eine Stimme immer wieder zu, den einfachsten Ausweg gewählt? Warst du nicht ein wenig wie Pontius Pilatus und hast einfach nichts mit ihm zu tun haben wollen?

In Friedenszeiten hätte ich einen geziemenden Abstand verstreichen lassen und dann eine weitere Behandlung vorgeschlagen. Aber in Kriegszeiten war eine derartige Vorgehensweise offensichtlich nicht möglich. Dennoch hatte ich mir in diesem Herbst zur Aufgabe gemacht herauszufinden, was mit dem jungen Lockwood geschehen war, und man sagte mir, daß er als für die Wetterkunde zuständiger Offizier zum abgelegenen Flugplatz Benbecula auf den Äußeren Hebriden versetzt worden war. Ich schickte ihm eine Weihnachtskarte und bekam zu meiner Überraschung eine zurück.

Er bedankte sich für meine Anteilnahme und erwähnte, er sei ganz zufrieden auf Benbecula. „Die Seevögel und die Stille", schrieb er mir unten auf der Karte, „erinnern mich an eine andere und bessere Welt."

Als ich älter wurde, mußte ich feststellen, daß meine schlaflosen Nächte häufiger wurden. Ich habe deshalb den jungen Lockwood recht häufig in den letzten Monaten gesehen, wenn er geisterhaft am Fußende meines Bettes stand. Wenige Nächte zuvor sah er so echt aus, daß ich peinlicherweise bemerkte, wie ich mit ihm sprach. „Möchten Sie mir nicht", fragte ich ihn, „erzählen, was Ihnen in jenem Winter in der Antarktis widerfahren ist?"

Streng geheime Aufgaben im tiefen Süden

Das Minensuchboot *Scoresby* war vor drei Tagen von den Falklandinseln ausgelaufen und stampfte immer noch südwärts. Die Wellen waren gigantisch, der Sturm wütete unablässig, und in den vorbeiziehenden Nebelbänken betrug die Sicht selten mehr als hundert Meter. Die Mannschaft der *Scoresby* war gegen diese Bedingungen abgehärtet und kam mit ihnen mühelos zurecht. Aber die Mitglieder des Marinesonderkommandos waren die meiste Zeit seekrank, und zu ihrer Ernüchterung trug noch bei, daß sie immer noch nicht die leiseste Idee hatten, wohin sie gebracht wurden und warum.

Am Morgen des 23. Januar hob sich der Nebel ein wenig und enthüllte ein paar hundert Meter backbord voraus eine unwirtlich aussehende Insel, deren eisbedeckte Klippen jäh aus dem Meer aufragten. Es schien, als hätten sie, wenn nicht ihr Ziel, so zumindest die Schwelle dazu erreicht; und als wolle er es bestätigen, ließ der Kommandant, Korvettenkapitän Ede, das Kommando in der Offiziersmesse zur Einsatzbesprechung antreten.

Es herrschte eine erwartungsvolle Stimmung – eine Mischung aus Hoffnung, Besorgnis und Erregung –, als Ede in die Offiziersmesse kam. „Bitte, setzen Sie sich. Und rauchen Sie, wenn Sie wollen."

Die ungefähr zehn Mitglieder des Sonderkommandos warteten schweigend wie Boxer auf den Gong, um zu erfahren, warum sie mitten im Krieg mit einer derartigen Geheimhaltung an das äußerste Ende der Erde gebracht wurden.

Der Kommandant war ein Mann weniger Gefühlsregungen und Worte. „Ich darf Ihnen jetzt", sagte er, „von dem berichten, was hier ‚tief im Süden so streng geheim' ist und zu dem wir uns alle freiwillig gemeldet haben. Wir werden so weit wie möglich zum Pol vorstoßen. Landen. Und eine Wetterstation errichten und bemannen."

Lockwood konnte sich an seine Reaktion erinnern – die eindeutig vom Rest des Kommandos geteilt wurde: „Eine Wetterstation! Was für eine Enttäuschung! Und warum so viel Wirbel und Geheimhaltung um den Bau einer Wetterstation?"

Der Kommandant hob die Hand. „Ich weiß, was Sie denken: nicht sehr aufregend und nicht sehr wichtig. Aber unsere Tätigkeit hier wird dazu beitragen, den Krieg gegen die U-Boote zu gewinnen."

Korvettenkapitän Ede hatte die Begabung der Akademiker für eine klare Darstellung – vor dem Krieg war er Dozent für Geologie an der Universität Durham gewesen –, und alles, was er ihnen an diesem Morgen erzählte, war vollständig logisch und – soweit es ging – vollständig aufrichtig. Er erklärte, daß bis vor kurzem Handelsschiffe in der Südhalbkugel lieber einzeln fuhren als im Konvoi, aber in den letzten Monaten waren die Verluste gestiegen, und man hatte beschlossen, daß in Zukunft alle Schiffe im Konvoi fahren sollten. Die Zusammenstellung, Leitung und sichere Durchfahrt eines Konvois war, wie Ede erklärte, eine höchst komplexe Angelegenheit, und eine der Voraussetzungen für das Gelingen war eine genaue Wettervorhersage. Das Wetter auf der Südhalbkugel, erläuterte er weiter, entsteht in der Antarktis, doch hätten die Alliierten keine Wetterstation im Umkreis von 2500 km von der Antarktis. „Das wollen wir ändern. Wir werden einen Stützpunkt auf der Antarktischen Halbinsel errichten und Wetterberichte übermitteln. Dreimal am Tag. Jeden Tag. Solange wie es dauert, den Krieg zu gewinnen."

Es gab eine Menge Fragen, aber am Ende der Einsatzbesprechung schien es, als wäre jede Frage beantwortet und alles Notwendige geregelt.

Die Mitglieder des Kommandos grübelten über diese Aufgabenstellung nach, als das Nebelhorn die Ankunft der *Loch Tarbert* meldete, eines Versorgungsschiffes der Falkland Island Company, das, wie Ede in der Einsatzbesprechung erklärt hatte, für das Kommando ausreichend Verpflegung und Treibstoff für drei Jahre mit sich führte.

Die Wolkendecke hing niedrig, der Nebel war dick wie Erbsensuppe; jene, die an Deck rannten, um das Treffen mit dem Handelsschiff zu erleben, konnten zuerst kein anderes Schiff sehen. Dann erblickten sie es, das überladene Schiff tauchte wie ein vorzeitliches Monster aus dem Dunkel auf. Es bezog ein paar hundert Meter achteraus Position, und die beiden Schiffe steuerten nach Süden auf die Antarktische Halbinsel zu.

Lockwood und einer der führenden Seeleute des Kommandos teilten sich die erste Wache. Ein Bruchstück der Unterhaltung, während sie das Meer auf Eis prüften, sollte in Lockwoods Erinnerung hängenbleiben.

„Eins verstehe ich nicht, Sir", sagte der junge Seemann. „Warum haben sie so viele von uns entsendet, nur um eine Wetterstation zu errichten? Und warum sind der Alte und so viele der Offiziere Geologen?"

Dieselbe Frage war auch Lockwood gekommen, aber da er sie nicht beantworten konnte, wischte er sie vom Tisch. „Vielleicht“, sagte er, „vielleicht hat jemand Höhenlinien mit Isobaren verwechselt… Sieh mal! Ist das Eis?“

Sie stellten ihre Ferngläser auf das Wasser vor ihnen scharf ein. Aber es war keine Eisscholle; es drang nur Mondlicht durch den Nebel und erhellte das Meer.

IN DIESER Nacht klarte das Wetter auf. Während die *Scoresby* und die *Loch Tarbert* die Bransfield Strait entlang Kurs nach Süden hielten, war keine Wolke am Himmel und keinerlei Windhauch zu spüren. Um sie herum glitzerten Berge und Eisberge wie Kristallhaufen, hie und da durch Risse zerklüftet, durch die das blaue Eis leuchtete wie Myriaden gefangener Glühwürmchen. Und überall war Leben: Seevögel kreisten über den Klippen, Pinguine nisteten am Strand, und das Wasser wimmelte von Krill. Am Nachmittag schwamm ein Paar Buckelwale fast eine Stunde neben den beiden Schiffen her.

John Ede verbrachte den größten Teil des Tages damit, sein „Team“, wie er es nannte, kennenzulernen, und es war später Abend, als er auf seiner Runde zu Lockwood kam und eine Unterhaltung mit ihm führte.

Der junge Lockwood hatte seine dienstfreien Stunden am Bug der *Scoresby* verbracht, um das Panorama der Schnee- und Eisfelder zu betrachten. Und für Ede war es unübersehbar, daß der jüngste seiner Offiziere aus dem Meteorologenteam vom ersten Anblick der Antarktis begeistert war. Er wies auf die schneebedeckten Berge. „Sie sind schön, nicht wahr?“

Lockwood nickte. Dann sagte er zögernd – denn er war unsicher, wie die Reaktion seines Kommandanten sein würde: „Es scheint fast eine Blasphemie zu sein. In etwas so Schönes den Krieg zu bringen.“

Eine Weile schwieg Ede. „Ich verstehe, was Sie fühlen“, erwiderte er dann. „Aber ich möchte Sie bitten, sich über etwas im klaren zu sein: Wir können keine Linie auf der Karte ziehen und sagen, der Krieg endet hier. Die Antarktische Halbinsel liegt auf britischem Gebiet. Dies hier und alles in dem Gebiet gehört uns: Wir können damit tun, was wir wollen. Sie werden es nicht vergessen?“

Lockwood war überrascht, daß ein Mensch, der gewöhnlich so locker und unchauvinistisch war wie sein Kommandant, plötzlich die Fahne schwenkte und die königlichen Vorschriften zitierte. Er hatte jedoch soviel Verstand, einfach zu sagen: „Ich werde es nicht vergessen, Sir“, und dann das Gespräch auf andere Dinge zu lenken.

Gutes Wetter hält sich selten lange in der Antarktis, und am Abend wurden von Westen Wolken herangetrieben, und leichte Schneegestöber verhüllten bald die Berge der Halbinsel. In der Nacht war es so kalt, daß sich eine dünne Eisschicht auf dem Deck des Minensuchboots bildete und sich Eiszapfen an der Takelage aufreihten.

Weiter südlich überstanden die Schiffe weitere Probleme mit dem Eis, besonders mit Eisschollen. „24. 1. 42“, schrieb Lockwood in sein Tagebuch. „Eisschollen werden dichter. Die *Scoresby* ist ihnen gewachsen, aber die *Loch Tarbert* beginnt zurückzubleiben. Der Alte scheint jedoch entschlossen, so weit wie möglich nach Süden vorzudringen: mindestens bis zum 65. Breitengrad.“

Vorsichtig durch die Schollen fahrend, die immer dicker und zahlreicher wurden, erkämpften sich das Minensuchboot und das Handelsschiff den Weg in die große hufeisenförmige Bucht bis zur Zufahrt zur Bismarckstraße. Dort ankerten sie, und es schien, als ob Ede endlich überzeugt sei, weit genug nach Süden vorgedrungen zu sein. Am nächsten Morgen machten sie sich daran, eine Stelle zu suchen, wo sie landen konnten. Das war leichter gesagt als getan. Denn sie brauchten einen Ort, wo das Wasser tief genug für die *Loch Tarbert* war, um zum Ausladen nahe an die Küste zu kommen, und der auch nahe an dem geplanten Platz für den Stützpunkt war; es würde schwer sein, Treibstoff und Verpflegung für drei Jahre sowie die vorfabrizierten Teile für ihre Unterkünfte eine größere Strecke über das Eis zu transportieren.

Sie benötigten 24 Stunden, um einen entsprechenden Platz zu finden, und weitere zwei Tage voll Schweiß und Plackerei, die *Loch Tarbert* zu entladen und alles einen sanften, aber rutschigen Anstieg hinauf zur vorgesehenen Stelle für ihre Baracke zu transportieren – einer geschützten und ebenen Fläche, die etwa hundert Meter vom Meer entfernt lag. Es dauerte nicht lange, bis sie begriffen, daß die beste Art, ihre Vorräte den Abhang hinaufzutransportieren, darin bestand, sie hochzuwinden, und als sie fast alles hochgezogen hatten, gab es einen Zwischenfall, der Lockwood mehr Stoff zum Nachdenken lieferte.

Es war später Abend. Eineinhalb Tage lang hatte das Kommando bei Temperaturen unter Null geschleppt und gezogen. Die Füße waren taub, der Rücken schmerzte, und die Finger waren gequetscht und unbeweglich. So war es fast unvermeidlich, daß eines der Bündel, die die Schräge hochgehievt wurden, unzureichend gesichert worden war. Es rutschte aus der Verschnürung, nahm Fahrt auf und schlitterte den Abhang hinunter ins Wasser. Ede war verärgert. Besonders als er sah, daß eines der Stücke, die auf die See hinaustrieben, eine Röhre war, die die Karten des Kommandos enthielt.

„Rettet die Röhre!" rief er. „Im Laufschritt!"

Selbst Sprinter bei Olympischen Spielen hätten die Röhre kaum schneller retten können. Aber ein Ende war aufgebrochen, und Wasser war eingesickert. Die Männer umringten Ede, als er drei oder vier durchweichte Pergamentbogen vorsichtig aus der Röhre fischte.

Er schickte sie fort: „Geht zurück."

Lockwood begriff nicht, warum er sie wegschickte. Die Karten waren doch keine Bomben, die gleich explodieren könnten. Er lugte über Edes Schulter und sah auf der größten Karte die Buchstaben „L. T. F." (später erfuhr er, daß sie „Landvermessung des Territoriums Falklandinseln" bedeuteten), in roten Zahlen am Rand das Datum „2. 4. 33" und die Koordinaten „65° 01' S, 62° 35' W" eingeprägt – fast genau die Position, an der sie ihre Wetterstation errichten wollten.

„Ich habe gesagt: zurücktreten!" Edes Stimme war schneidend.

Überrascht wichen die Männer zurück. Und Lockwood war nicht der einzige, der spürte, daß Dinge abliefen, die sie nicht verstanden.

Sie brauchten eine Woche, um ihre Baracke und das Treibstoffvorratslager zu errichten, ihre Öfen aufzustellen und in Betrieb zu nehmen, ihre meteorologischen Instrumente aufzubauen und den Empfänger und das Sendegerät auf eine störungsfreie Verbindung zu Port Stanley einzustellen; und es brauchte nicht lange, bis sie dreimal am Tag Wetterberichte übermittelten. „So weit, so gut", schrieb Lockwood in sein Tagebuch. „Es sieht so aus, als ob unsere ‚streng geheimen' Aufgaben eine Spielerei sind. *Scoresby* und *Loch Tarbert* sind begierig, sich auf den Heimweg zu machen."

Es war unnötig, daß die beiden Schiffe noch hierblieben. Mit dem Näherkommen des Herbstes würde das Eis schnell dicker werden, und mit jedem Tag, der verging, wuchs die Gefahr, daß die Schiffe eingeschlossen würden. Es war an der Zeit, Abschied zu nehmen, und eine letzte schwungvolle Party wurde in der Offiziersmesse des Minensuchboots gefeiert. Dann, am frühen Morgen des 5. Februar, nahmen die Schiffe vor der Antarktischen Halbinsel Kurs nach Norden.

Ede und sein Team erklommen einen Felsen und beobachteten, wie die Schiffe kleiner und kleiner wurden, bis sie, auch wenn sie ihre Augen noch so sehr anstrengten, nichts mehr von ihnen sahen.

Keiner sagte viel auf dem Rückweg zu ihrer Baracke. Jeder war sich der Tatsache bewußt, daß sie für lange Zeit die einzigen menschlichen Wesen auf dem unwirtlichsten Kontinent sein würden.

ETWA eine Woche später bekam das Kommando die erste Mitteilung, daß zu seinen Pflichten mehr gehören sollte, als Wettervorhersagen zu machen.

Am Morgen des 1. Februar hatte Lockwood in sein Tagebuch geschrieben: „Für uns zehn gibt es nicht viel zu tun. Ich vermute, unser Hauptproblem wird die Langeweile sein." Am Abend holte Ede sein Team zusammen und berichtete ihnen, daß die Admiralität genau dieses Problem vorhergesehen und etwas für sie vorbereitet hatte, „das dafür sorgt, daß wir auf keine dummen Gedanken kommen.

Ich möchte klarstellen", fuhr er fort, „daß die Wetterberichte unsere wichtigste Aufgabe sind. Aber um zu verhindern, daß es uns langweilig wird, hat Ihre Lordschaft vorgeschlagen, wir sollten ein wenig Forschung betreiben ... Nun werde ich Ihnen deren Hintergrund geben ... Anfang der dreißiger Jahre begannen drei Wissenschaftler, die für die Territoriumsverwaltung Falklandinseln arbeiteten, eine geologische Karte zu erstellen. Aber sie bemerkten, daß sie sich mehr zugemutet hatten, als sie bewältigen konnten. Um es kurz zu machen, sie wurden mit der Karte nie fertig. Jetzt – zehn Jahre später – besitzen wir eine bessere Ausrüstung. Wir haben viel freie Zeit. Es geht also darum, daß wir beenden, was sie begonnen hatten."

Das Kommando war sich nicht sicher, was es damit anfangen sollte. Es gab eine Menge Fragen. Warum waren sie nicht gleich über diese geologische Arbeit in Kenntnis gesetzt worden? Suchten sie nach irgend etwas Bestimmtem? Ede jedoch zeigte sich unerwartet ausweichend, und es verging nicht viel Zeit, bis er die Diskussion jäh abbrach. „Ich weiß", sagte er, „all diese Geheimniskrämerei macht die Dinge schwierig für Sie. Aber mir wurden versiegelte Befehle übergeben. Sie sind nur für meine Augen bestimmt. Und ich muß Sie darum bitten, das zu akzeptieren und einfach das zu tun, was von uns verlangt wird."

Und über ein Jahr lang taten sie das. Lockwoods Tagebuch berichtet über ihre geologische Tätigkeit.

> 14. 2. 42. Ein weiterer wunderbarer Tag. Die Sonne niedrig, aber immer noch überraschend heiß. Haben mit unserer mysteriösen Vermessung begonnen. Ede war penibel bezüglich des Ausgangspunkts unserer Arbeit, exakt 65° 01' – der Breitengrad, den ich auf der Karte markiert sah. Es sieht so aus, als werden wir dem Plan der Wissenschaftler so genau wie möglich folgen.
>
> 28. 2. 42. Vermessung hat jetzt die Hänge des Mount McCumber

erreicht. Scheint nicht, als ob bis jetzt etwas gefunden wurde, was unser Interesse erweckt.

1. 4. 42. Hatten wieder eine Debatte darüber, wonach wir wohl suchen. Haben Öl verworfen, weil wir nicht tief genug bohren. Haben Gold verworfen, weil die Gesteinsschichten, die wir untersucht haben, nicht goldhaltig sind. Einer der Geologen, Dave, vermutet Radium. Er sagt, Radium findet man in umgewandelter Lava, und das scheint das Gestein zu sein, das wir sehr sorgfältig untersuchen. Aber keiner von uns kann glauben, daß Radium selten genug oder wichtig genug ist, um diese ganze Geheimhaltung zu rechtfertigen. Also bleibt das Geheimnis.

18. 5. 42. Auf Wiedersehen, Sonne – ein letztes winziges Stück Rot wie ein Blutstropfen am Horizont. Es wird einige Monate dauern, bis wir sie wieder sehen. Welch eine Aussicht! 1500 Stunden totaler Finsternis!

24. 6. 42. Keine Sonne mehr bedeutet keine Messungen. In Nächten, wenn es schön ist, machen wir bei Sternen- oder Mondlicht weiter, manchmal unterstützt von großartigen „Feuerwerken" des Polarlichts. Wir alle haben das Gefühl, daß das, was immer wir auch suchen, tatsächlich sehr wichtig sein muß.

Diese und einige Dutzend andere Einträge in Lockwoods Tagebuch berichten über die Ereignisse, die während des ersten Jahrs des Kommandos auf der Halbinsel stattfanden. Dann, am 1. März 1943, kamen sie an den Eisfall.

Mit ihren Messungen waren sie zu diesem Zeitpunkt bereits zu zwei Dritteln des Weges durch die Halbinsel vorgedrungen, immer genau auf dem Breitengrad 65° 01' Süd. Ein Teil des Geländes, durch das sie sich hindurchgearbeitet hatten, war schwierig; aber am Gletscherbruch zu arbeiten kam ihnen geradezu selbstmörderisch vor. Er hing über der Spitze eines Gletschertals: ein Mosaik aus weißem und blauem Eis, Eisnadeln und Gletscherspalten, das aussah, als würde es jeden Augenblick von den Schneefeldern über ihm abbrechen. Und der Breitengrad 65° 01' Süd lief fast direkt unter ihm hindurch.

Ede war entschlossen, ihre Vermessung nicht abweichen zu lassen, auch nicht wenige hundert Meter. So stiegen sie mit einem ängstlichen Blick auf die Eisnadeln über ihnen in das Tal hinab, und mit stummen Beschwörungen des Schicksals begannen sie ihre Arbeit, legten Ladungen aus, ließen sie detonieren und holten Gesteinstrümmer aus den Sprenglöchern. Sie bewegten sich vorsichtig, da sie wußten, daß jede kleine Erschütterung am Fuße des Gletscherbruchs eine Lawine

auslösen konnte. Sie hatten die Hälfte der Sprenglöcher ausgeräumt, als eine Wolkendecke über den Gletscher zog und es zu schneien begann. Eben waren sie noch in glitzerndem Sonnenschein gewesen, gleich darauf beinahe in einem Schneesturm. Ede entschied abzubrechen, wies sie an, die Gesteinsproben zurückzulassen und alles auf ihrem Motorschlitten aufzuladen. Um acht Uhr abends waren sie zurück in ihrer Baracke.
In dieser Nacht schrieb Ede wie gewöhnlich das Expeditionslogbuch weiter.

> 11. März. Haben endlich Gesteinsproben unter dem Gletscherbruch entnommen. Keine Lawine! Nachmittags verschlechterte sich das Wetter, deshalb ließen wir das Gestein beim Gletscher zurück, um es später einzusammeln.

Edes Einträge der nächsten Tage waren sehr kurz.

> 12. März. Schneesturm. Sitzen in Baracke fest.
> 13. März. Schneesturm hält an.
> 14. März. Wetter wird besser. Lockwood und Ramsden werden morgen als erstes zum Gletscher gehen, um das Gestein abzuholen.

Das war der letzte Eintrag, der in das Expeditionslogbuch geschrieben wurde.

Die Kadettenmesse

U 102 traf auf die „Milchkuh" in den ersten Stunden des 1. März 1943 – zufällig an demselben Tag, als Ede und sein Marinesonderkommando zum Eisfall gelangten. Es schien unwahrscheinlich, daß zwei derartig unterschiedliche Ereignisse, die Tausende von Kilometern voneinander entfernt stattfanden, in irgendeinem Zusammenhang zueinander standen. Aber die Kriegsfäden können sich zu einem unerwarteten Fadenspiel verschlingen.

Die Milchkuh – eins der deutschen Versorgungs- oder „Mutter"-U-Boote – hatte in den letzten Tagen vier U-Boote in den einsamen Buchten des südlichen Atlantiks aufgetankt. Es war unerwartet einfach, und die Milchkuh war zu selbstsicher geworden. Als eins ihrer „Kinder" Schwierigkeiten hatte, den Treffpunkt zu finden, hatte sie die Funkstille durchbrochen und es in das Gebiet geleitet. Alliierte Funkpeilung fing den Funkspruch auf und machte ihren Standort aus.

In der Nähe befanden sich keine Kriegsschiffe; aber amerikanische und britische Flugzeuge, die an der Küste Südamerikas stationiert waren, hatten eine große Reichweite, und am späten Nachmittag tauchte aus den sich zusammenballenden Bänken eines Nimbostratus eine Liberator der Küstenwache auf, um die beiden deutschen U-Boote zu erwischen, wenn sie am verwundbarsten waren: an der Oberfläche, stilliegend und verbunden mit den Schlauchleitungen, durch die der Treibstoff umgefüllt wird.

Die schwerfällige Milchkuh blieb an der Oberfläche und kämpfte. Ihre Flak spuckte auf die Liberator, keck, aber erfolglos; dann wurde sie eingedeckt mit einem Teppich von Wasserbomben, die sie in spiralförmigen Kreiseln für immer hinunterschickten in den Schlamm des Mittelatlantischen Rückens.

Das schneller reagierende U 102 löste die Schläuche und tauchte unter. Ihr Tauchgang war so hastig, daß drei Besatzungsmitglieder vom Deck weggeschwemmt wurden wie Kaulquappen; aber als die Wasserbomben detonierten, war sie bereits dreißig Meter tief und tauchte ständig tiefer. Ihre Schnelligkeit rettete sie. Unter dem Druck der Explosionen zitterten ihre Platten, aber sie verzogen sich nicht, und sie bewegte sich mühsam vorwärts wie ein verwundetes Tier, das, unentdeckt, eine Zuflucht in dem dunklen Wasser sucht, 150 bis 180 Meter unter der Oberfläche.

Die Liberator kreiste, ihre Besatzung suchte das Meer nach Ölflecken ab. Sie waren sich sicher, daß sie die Milchkuh erledigt hatten, zweifelten aber bezüglich des kleineren U-Boots. Der Funker forderte Verstärkung an.

Den ganzen Abend und den Großteil der Nacht über kroch U 102 mit drei Knoten nach Süden, die höchste Geschwindigkeit, mit der sie mit ihren Maschinen aus diesem Gebiet entkommen konnte, ohne entdeckt zu werden. In den allerersten Stunden des nächsten Morgens begann ihre Besatzung aufzuatmen. Aber gerade als sie sich selbst zum glücklichen Entkommen gratulierten, hörten sie die Geräusche, vor denen sie sich in den letzten zehn Stunden gefürchtet hatten. Erst schwach, aber dann immer lauter werdend, das Pfeifen des U-Boot-Ortungsgeräts, dann das Wirbeln der Schiffsschrauben eines Kriegsschiffs. Die Jagd begann. Kapitänleutnant Bungert brachte das U-Boot 170 Meter tief und schaltete das Notaggregat ein. Dann kam das Schlimmste von allem: das Warten.

Das Pfeifen des U-Boot-Ortungsgeräts wurde höher und intensiver; es steigerte sich zu einem hohen Crescendo; dann hörte es plötzlich auf. Der Jäger setzte zum Todesstoß an. Einen Augenblick herrschte Stille, und im selben Moment befahl Bungert „Backbord 90 Grad". U 102 drehte sich bei rüttelnder Maschine einer Krabbe ähnlich aus der Bahn des Zerstörers heraus, so daß die Wasserbomben 50 Meter entfernt platzten. Das U-Boot erbebte in den Stoßwellen; seine Platten knarrten und stöhnten wie Bäume in einem starken Wind; eine verbog sich, und ein Wasserstrahl, dünn, aber potentiell tödlich wie ein Laserstrahl, drang durch die Hülle ein. Die Mannschaft war für diesen Notfall ausgebildet. Die Platte wurde geschalkt. Dann warteten sie wieder.

Stille, außer dem Stampfen der leer laufenden Maschine. Es war ein Aufschub. Aber nur ein vorübergehender. Die Besatzung wußte, was als nächstes kam. Und tatsächlich fing ihr Hydrophon wieder das Pfeifen des U-Boot-Ortungsgeräts und das Kreisen der Schiffsschraube auf; lauter werdend, näher kommend. Dieses Mal detonierten die Wasserbomben noch näher. U 102 wurde zur Seite geschleudert wie ein getroffener Fisch; Wasser begann durch die Platten des Rumpfs und in die Batterien zu sickern. Kleine weiße Streifen – Kohlenmonoxyd – wanden sich aus ihren Batterieummantelungen. Auch dafür war die Besatzung ausgebildet. Sie stülpten sich ihre Gasmasken über und versiegelten die Batterien. Dann warteten sie erneut.

Bungert wußte, daß ihre Überlebenschance gleich Null war, wenn sie an dieser Stelle blieben. Er befahl, das U-Boot weiter nach unten zu bringen, und als U 102 in das dunklere, „schwerere" Wasser glitt, stieg der Druck auf seinen Rumpf an. 180 Meter, und kleine Tropfen begannen sich an der inneren Seite der Hülle aufzureihen, als ob sie in Todesangst schwitzte. Und sie gingen noch tiefer. 190 Meter, und eine Niete löste sich. Wie der Pfeil einer Armbrust bohrte sie sich durch das Deck, verpaßte nur knapp ein Besatzungsmitglied und grub sich in das gegenüberliegende Schott. Dann löste sich die nächste. Und eine weitere. Erst als sie 200 Meter tief waren, unter ihrer Sicherheitsgrenze, brachte Bungert das Boot in horizontale Lage. Dann stoppten sie die Maschinen und hingen wie eine Glasflasche in kochendem Wasser, die jeden Augenblick platzen kann.

Aber auch hier spürte das U-Boot-Ortungsgerät sie auf – obwohl nun mit geringerer Sicherheit, weil U 102 in der größeren Tiefe schwieriger auszumachen war.

Der Zerstörer tastete sich langsam vor. Dann, wohl zufrieden darüber, es wieder lokalisiert zu haben, kam er schneller, und wieder zerrissen die Wasserbomben das Meer, dieses Mal 15 Meter über ihnen. U 102 zitterte wie ein Mann mit Schüttellähmung. Wasser drang in seine vorderen Torpedorohre ein; das U-Boot stampfte und schwankte in einem wahnwitzigen Tauchmanöver. Schließlich lag es dann doch wieder horizontal – einige Abteilungen des U-Boots waren unter Wasser gesetzt und einige verschalkt worden. Für die Besatzung blieb nichts weiter zu tun, als auf die unvermeidliche Rückkehr der Geräusche des U-Boot-Ortungsgeräts und der Schiffsschrauben zu warten. Es war eine Anspannung, auf die keine Übung sie vorbereiten konnte, und mehr als ein Mann betete an diesem Morgen, daß der nächste Angriff des Zerstörers ihnen den Gnadenstoß versetzen möge, bevor er unter der Belastung zusammenbrach und seinen Kopf schreiend gegen die Schotten schlug.

Dann, als sie es am wenigsten erwarteten, kam zwar keine Begnadigung, aber zumindest eine Aussetzung der Hinrichtung. Es schien, als hätte der Zerstörer Schwierigkeiten, sie zu orten. Er fuhr in die falsche Richtung, und seine Wasserbomben teilten die See einige Kilometer von der Stelle entfernt, an der sie lagen.

Bungert konnte sich nur eine mögliche Erklärung dafür denken. Sie mußten einen Verbündeten bekommen haben: das Wetter. Er hatte während ihres Treffens mit dem Mutterschiff bemerkt, daß sich im Westen Wolken auftürmten, die Vorboten eines Sturms. Dieser Sturm, sagte er sich, mußte sie erreicht haben, und die Wellen mußten so hoch sein, daß sie das Ortungsgerät des Zerstörers unwirksam machten. Vielleicht, dachte er, wenn wir ruhig genug, tief genug und lange genug liegenbleiben, verliert er den Kontakt und gibt auf.

Der Kapitän des Zerstörers war jedoch nicht der Typ, der aufgibt. Er wußte aus den Wetterberichten, daß der Sturm zu erwarten war, und er hatte eilig einen Angriff nach dem anderen gestartet, im Bemühen, das U-Boot zu erledigen, bevor die Bedingungen sich verschlechterten. Das U-Boot wich jedoch aus; und der Kapitän des Zerstörers erkannte nun, daß er Gefahr lief, es zu verlieren. Der Seegang wurde immer schwerer, bis mächtige Brecher vom Westen her heranrollten. Kurz nach Mittag krachte einer voll gegen die Brücke des Zerstörers, zerbrach das angeblich unzerbrechliche Glas und tötete einen der wachhabenden Offiziere. Das Kriegsschiff hatte immer größere Schwierigkeiten, den Kontakt zu dem U-Boot zu halten. Der Kapitän des Zerstörers war sich jedoch sicher, daß es immer noch irgendwo unter ihnen war und sich nicht rührte. Sobald das Wetter aufklarte, sagte er sich, werden wir es erwischen. Stundenlang kreiste er an der Stelle, wo sie den letzten Kontakt zum U-Boot hatten. Und wartete.

So belauerten sie sich weiter. Auf der Wasseroberfläche wartete die Besatzung des Zerstörers, von Wind und Wellen gebeutelt. Unter der Oberfläche wartete die Besatzung des U-Boots dicht gedrängt in klaustrophobischer Enge, angeekelt von einem Gestank aus Schweiß, Dieselöl, verdorbenem Essen und einer Toilette, die sie 36 Stunden lang nicht mehr hatten leeren können. Der Sauerstoffmangel machte sie apathisch und desorientiert. Sie ähnelten angeschlagenen Boxern, betäubt von Schmerz und Unbehagen. Einige Male versuchte Bungert, ganz langsam zu entwischen. Aber der Zerstörer fing die Geräusche der Maschinen auf und folgte ihm. Sie änderten den Kurs, und der Zerstörer änderte den Kurs. Sie stoppten, dann stoppte der Zerstörer. Und das Warten fing wieder von vorne an.

Bungert erkannte, daß er nur noch eine einzige Karte ausspielen konnte, und er mußte sie schnell ausspielen, bevor der Sturm nachließ. In den allerersten Morgenstunden, als er hoffte, die Besatzung des Zerstörers wäre am wenigsten wachsam, stürmte er los. Bei Höchstgeschwindigkeit und so tief wie möglich floh er nach Süden: Er hoffte, daß dem Zerstörer der Treibstoff ausginge und er ihnen ungern auf Seerouten folgte, die weit weg von seiner Basis waren.

Prompt folgte auf die Stille des Katz-und-Maus-Spiels der Donner der Verfolgung, wobei der Zerstörer dem U-Boot folgen konnte, aber nicht in der Lage war, in dem stürmischen Wetter einen erfolgreichen Angriff zu starten. Stunde um Stunde floh das U-Boot nach Süden wie ein blindes Tier durch die Nacht, verfolgt von einem Jäger, den es niemals sah, den es aber nicht abschütteln konnte. Einmal hielten sie an, um an den Hydrophonen zu lauschen. Das war ein Fehler. Denn der Zerstörer hatte immer noch Verbindung, und wieder teilten Wasserbomben das Meer um sie herum.

Aber das war der letzte Versuch des Zerstörers. Der Bericht des britischen Kapitäns sagte alles: *Das U-Boot wurde gut geführt und entwischte. Nach einer Verfolgung von 31 Stunden, in denen wir neun Angriffe starteten, war ich gezwungen, wegen Treibstoffmangels das Unternehmen abzubrechen und Kurs auf Simonstown zu nehmen.*

Der Zerstörer steuerte ostwärts nach Afrika. Das U-Boot hingegen hielt Kurs nach Süden; denn Bungert konnte nicht wissen, daß die Jagd vorbei war, und er wollte nicht noch einmal den Fehler machen zu stoppen. So floh U 102 in voller Fahrt weiter südwärts: über den Wendekreis des Steinbocks, über den 50. Breitengrad und in die kaum befahrenen Arme des Scotia-Meers. Erst nachdem sie weiter südlich waren, als ein U-Boot in Kriegszeiten jemals zuvor gewesen war, gab Bungert den Befehl: „Maschinen stopp!"

Sie lagen regungslos. Und horchten.

Es gab kein Brüllen von Wellen, kein Pfeifen des Ortungsgeräts, kein Peitschen von Schiffsschrauben. Nichts als Stille. Dennoch wartete Bungert. Erst als sie annahmen, daß die Sonne untergegangen war, steuerte er das U-Boot bis etwa drei Meter unter die Oberfläche und gab den Befehl: „Periskop ausfahren!"

Er erwartete in Wahrheit nicht, den Zerstörer auf sich zudonnern zu sehen; aber noch beherrschte ihn Furcht, als er das Periskop um 360 Grad schwenken ließ. Kein Zerstörer war da. Da war jedoch etwas anderes: etwas so Unerwartetes, daß Bungerts erster Impuls war, das Periskop einzuziehen und abzutauchen.

Im Süden war eine Weiße – sie füllte sein Sichtfeld aus wie das grelle Licht einer entfernten Bogenlampe – und eigentümliche grüne und purpurne Spiralen, die in einem makabren Tanz über den Horizont wirbelten.

Es dauerte einige Augenblicke, bis Bungert erkannte, daß er auf die Antarktis schaute, die in Polarlicht getaucht war.

Er gab Befehl aufzutauchen, und U 102 erhob sich wie ein großer Wal aus dem Ozean, Wasser strömte von ihren Decksaufbauten.

Erst als die wachhabenden Offiziere den Horizont mit ihren Ferngläsern abgesucht hatten, gab Bungert den anderen den Befehl, nach dem sie alle sich gesehnt hatten: „Dienstfreie Wache an Deck!"

Sie kamen aus dem Kommandoturm wie Zombies aus dem Sarg: blaß, schwach und benommen, dreckig, verschwitzt und stinkend. Aber sie lebten! Sie sogen in großen Zügen die Luft ein, starrten auf die Erhabenheit des Polarlichts, das über ihnen schimmerte, und dankten dem Gott, an den sie glaubten.

Kurz nach 4 Uhr morgens sickerte Licht in den Himmel, und Bungert gab Befehl unterzutauchen. Denn, obwohl es ihm unwahrscheinlich erschien, daß die alliierten Flugzeuge oder Kriegsschiffe so weit südlich patrouillieren würden, lohnte es sich nicht, das geringste Risiko einzugehen. So lag in den Stunden bei Tageslicht U 102 still unter der Oberfläche, während die Besatzung zum ersten Mal in dieser Woche tief schlief.

Als es dunkel wurde, tauchte das U-Boot auf, und die andere Wache kam an Deck. Sie überprüften die Reparaturen, die sie durchgeführt hatten; sie luden die Batterien wieder auf; dann wurde ihnen gesagt, sie könnten tun, was sie wollten. Einige standen herum und unterhielten sich; einige betrachteten das Polarlicht; einige machten Übungen an Deck.

Als der Himmel im Osten heller wurde, kam ein Obermaat fast entschuldigend zu Bungert: „Die Männer möchten wissen, ob wir oben bleiben können, Herr Kaleu? Um den Sonnenaufgang zu beobachten."

Seine erste Reaktion war, daß der Gedanke absurd sei. Doch dann überlegte er es sich anders. Die Chance, hier angegriffen zu werden, war fast gleich null. Und nach all dem, was die Besatzung durchgemacht hatte, konnte sie eine Moralspritze gebrauchen.

„In Ordnung. Aber nur eine Wache an Deck. Die anderen unter Deck an ihren Platz. Bereit zum Schnelltauchen."

Die Wache an Deck sollte nie vergessen, was sie an diesem Morgen zu sehen bekam. Langsam erschien ein mattes rotes Glühen am östlichen Horizont. Das Glühen verstärkte sich und breitete sich aus. Die Mitte gerann zu einem hochroten Fleck, der den Eindruck vermittelte, als pulsierte er, bis plötzlich der äußere Rand der Sonne über dem Horizont hervorbrach. Einen Augenblick lang schwärmten rote und goldene Pfeile über den Himmel aus wie das Aufblitzen eines riesigen Feuerrads. Dann, als die Sonnenstrahlen auf die Eisfläche trafen, wurden sie gebrochen und in alle Farben des Spektrums zerteilt. Mehrere Minuten lang wurde aus dem Packeis ein Kaleidoskop aus Rot-, Gelb-, Grün- und Blautönen: ein schillerndes Mosaik, als ob ein Regenbogen vom Himmel auf die Erde herabgestürzt sei. Dann, als die Sonne klar am Horizont auftauchte, wurden die Farben allmählich blasser, und es entstand eine zarte Mischung aus Beryll und Taubengrau, Perlmutt und Lapislazuli, Amethyst und Aquamarin. Es war nur der Beginn eines weiteren Tags. Aber als die U-Boot-Männer zuschauten, empfand mehr als einer es als ein wahres Wunder.

„Herr Kaleu!" Der Funker kam aus dem Kommandoturm heraus. „Wir haben einen Funkspruch empfangen."

Bungert wurde in die Wirklichkeit zurückversetzt. „Position?"

„190 Grad, Herr Kaleu. Aus Süden."

Er konnte es nicht glauben. Im Süden war nichts als Eis. Er starrte auf das Packeis, die Möglichkeiten huschten schnell durch seinen Kopf und wurden genauso schnell verworfen. „Ist der Funkspruch verschlüsselt?"

„Nein, Herr Kaleu. Normale Sprache. Englisch."

Er brauchte Zeit zum Nachdenken. Aber wenn in der näheren

Umgebung ein Kriegsschiff war, war die Oberfläche nicht der Platz, an dem sie sein sollten. Er gab Befehl zum Tauchen.

Eine halbe Stunde später lag U 102 reglos 150 Meter tief, während Bungert, sein Erster Wachoffizier, der Bordfunker und ein Bootsmannsmaat, der fließend Englisch sprach, über dem Funkspruch brüteten, den sie unverhofft aufgefangen hatten. Sie hatten die ersten Wörter nicht empfangen, aber das Wesentliche lautete:

... wie üblich unsere 6-Uhr-Beobachtungen. Druck 999, fallend. Temperatur plus 2. Wind 40 bis 45, in Böen 60, südlich und linksdrehend. Zeitweilig Nebel. Vorhersage: Ein schwaches Tief wird langsam die Weddellsee erreichen. A bientôt.

Der Funkspruch stammte zweifellos aus Süden. Und in Anbetracht der Lautstärke nicht sehr weit weg.

„Was halten Sie davon?“ Bungert wandte sich an seinen Ersten Wachoffizier.

„Ich würde sagen, es ist der Wetterbericht eines Kriegsschiffs auf Patrouille, Herr Kaleu.“

„Stimmen Sie dem zu, Bootsmannsmaat?“

Der Bootsmannsmaat schüttelte den Kopf. Seiner Meinung nach, sagte er, würden die Alliierten bei ihrer Knappheit an Kriegsschiffen wahrscheinlich kein Schiff in diesem abgelegenen Kriegsschauplatz patrouillieren lassen. Er meinte, aus dem Stil ginge hervor, daß die Beobachtungen regelmäßig gesendet würden, auch zu anderen Tageszeiten. „Ich bin der Meinung, ein Kriegsschiff würde das nicht tun.“

„Also welche Theorie vertreten Sie?“

„Ein Wetterschiff, Herr Kaleu. Vermutlich vor dem Eisschelf vor Anker. Schickt Berichte zwei- oder vielleicht dreimal am Tag.“

Bungert nickte. Das klang einleuchtend. „Ein Wetterschiff“, sagte er langsam, „ein zu verlockendes Ziel, um es auszulassen.“

Von diesem Augenblick an waren die Tage von Kommandant Ede und seiner Expedition gezählt.

IN DEN nächsten 48 Stunden fing U 102 fünf weitere Funksprüche auf, alle aus derselben Position, was bestätigte, daß ihre Jagdbeute sich an einem festen Platz befand und deshalb eher ein Wetterschiff als ein Kriegsschiff war.

„Vielleicht“, gab der Leitende Ingenieur zu bedenken, „sind sie nicht auf einem Schiff. Vielleicht sind sie an Land.“

„Sie vermuten, daß sie an Land überleben können?“

Das war eine der vielen Fragen, die sie nicht beantworten konnten.

Denn sie wußten sehr wenig über die Antarktis; ihre Seekarten reichten nicht weiter südlich als bis zum 60. Breitengrad, und ihre einzige Informationsquelle war eine Karte in einem nicht sehr aktuellen Atlas.

„Glauben Sie", murmelte ein vorsichtiger Leutnant, „daß das Wasser frei von Eis ist? So weit südlich?"

Bungert klappte den Atlas zu. „Es gibt nur einen Weg, das festzustellen."

Das war der Beginn zur nächsten Jagd. Nur war diesmal U 102 der Jäger.

Bei ruhiger See und guter Sicht hatten sie keine großen Schwierigkeiten, das Labyrinth von Kanälen zu erreichen, das die *Scoresby* ein Jahr zuvor passiert hatte, und am 11. März langten sie in einer weitläufigen hufeisenförmigen Bucht an, die in abendlichen Sonnenschein getaucht war. Das Wetterschiff, vermuteten sie, lag irgendwo in der Bucht. Sie mußten jetzt ihre Taktik ändern: am Tag unter Wasser bleiben und ihre Beute bei Nacht anpeilen.

Wetterveränderungen in der Antarktis sind abrupt und dramatisch. Eine Stunde vor Sonnenuntergang am Abend des 11. März war keine Wolke am Himmel, und die See war ruhig. Eine Stunde nach Sonnenuntergang kamen Eiswolken, es schneite, Wellen hämmerten gegen das Ufer, und Sturmwind blies Treibeisgeschiebe in die Bucht. U 102 war gezwungen, sich in das Kanallabyrinth zurückzuziehen, um dem Sturm auszuweichen.

Es war eine merkwürdige Situation. Eine Bucht mitten in einem unbewohnten Kontinent mit einer Gruppe von Männern auf der einen Seite der Bucht und einer zweiten Gruppe Männer auf der anderen Seite. Sie waren die einzigen menschlichen Wesen im Umkreis von 1500 Kilometern. Sie kannten sich nicht, dennoch waren sie kurz davor, sich gegenseitig zu töten. Was die Situation noch merkwürdiger machte, war, daß eine Gruppe die andere Gruppe dreimal am Tag sprechen hören konnte, wenn sie Wettervorhersagen übermittelte: Wettervorhersagen, mit denen sie ihre Totenmesse einläuteten.

Am Abend des 14. März sagten die Meteorologen vorher, daß die letzten Ausläufer einer Front um Mitternacht von der Halbinsel abgezogen sein würden. Der 15. März würde ein wunderschöner Tag werden.

Kurz vor Mitternacht gab Bungert seiner Bootsbesatzung Anweisungen. „Wir werden hineinfahren", sagte er ihnen, „wenn das Wetter aufklart. Wir werden sie lokalisieren. Bis zur Abenddämmerung auf Tauchstation bleiben. Dann auftauchen. Das 8,8-cm-Geschütz wird kurzen Prozeß mit ihnen machen. Und wir wollen keine Überlebenden."

SIE SAHEN das Licht beinahe sofort, als sie in die Bucht gelangten: den goldenen Streifen, der aus einem der nach Westen blickenden Fenster der Baracke drang.

Als der Himmel fahler wurde, konnten sie die Umrisse der Baracke erkennen: ein sich lang erstreckendes Gebäude etwa hundert Meter vom Meer entfernt: ein perfektes Ziel. Sie tauchten unter und beobachteten es durch ihr Periskop. Kein Lebenszeichen war zu sehen; aber sie konnten sich vorstellen, daß die Männer in der Baracke in ihren Betten schliefen, von geliebten Menschen in einem fernen Land träumten (wie sie es selbst oft taten); Träume, die niemals in Erfüllung gehen würden.

Sobald es hell genug war, gab Bungert den Befehl aufzutauchen.

Das U-Boot kam an die Oberfläche, und fast geräuschlos versammelte sich die Mannschaft, lud das 8,8-cm-Geschütz und richtete es aus. Das Geschütz konnte ein Flugzeug aus einer Höhe von über 10000 Metern abschießen. Es bei einer Entfernung von 150 Metern auf eine Holzbaracke zu richten war, als nähme man einen Vorschlaghammer, um eine Nuß zu knacken.

Als der Richtkanonier das Zeichen gab, daß er bereit war, hob Bungert sein Fernglas hoch. „Feuer!"

Die erste Salve schlug voll in die Baracke ein, riß die Wände auf, zerschmetterte Betten, Tische und Stühle, schleuderte Körper in die Luft wie Marionetten. Für eine Sekunde war durch eines der aus der Wand geschossenen Löcher die Silhouette eines Mannes zu sehen. Es sah so aus, als spähte er auf das Meer, die Augen mit seinen Händen schützend, als könne er nicht glauben, was geschah. Eine Granate zerteilte ihn in zwei Hälften. Der Richtkanonier verlor die Nerven und seine Zielsicherheit, und für eine Weile schoß das Geschütz über das Lager hinweg. Als er wieder die Kontrolle über sich erlangt hatte, schwenkte er das Geschütz in Richtung des Treibstofflagers. Einige Sekunden lang zischten die Geschosse glatt durch den Treibstoff, ohne ihn zu entzünden; dann gab es eine Explosion; eine Rauchsäule stieg aus den Trümmern empor, und ein Schauer von brennendem Diesel ergoß sich über das Lager. Flammenzungen leckten an dem Holzwerk, loderten auf und begannen ihr Vernichtungswerk.

Bungert schien es, daß es nach einem solchen Inferno kein Leben mehr geben könne. „Feuer einstellen!"

Einen Moment lang waren sie von dem Donnern des Geschützes noch taub; im nächsten Moment herrschte Stille – so absolut, daß sie schmerzte. Niemand sprach. Es gab nichts zu sagen.

Sie wußten, was sie als nächstes zu tun hatten: sicherzustellen, daß sie ihren Job einwandfrei erledigt hatten. Ein Landungstrupp, bestehend aus Bungert, dem Leitenden Ingenieur und zwei Matrosen, ging im Schlauchboot an Land.

Das Lager war dem Erdboden gleichgemacht. Was die Granaten nicht zu Holzspänen zerkleinert hatten, hatten die Flammen verzehrt. Bei den Leichen konnte man nicht erkennen, daß sie einst Menschen gewesen waren.

Der Platz lud nicht zum Verweilen ein, und sobald sich Bungert davon überzeugt hatte, daß es keine Überlebenden gab, mußte er nur noch Beweismaterial vom Angriff für Wilhelmshaven einsammeln. Er kletterte in den Trümmern herum. Von einer der Leichen nahm er eine Erkennungsmarke und die Überbleibsel einer Brieftasche. Dann, als er sich hinunterbückte, um eine Marineoffiziersmütze aus einem Haufen glimmender Kleidung aufzuheben, nahm er aus dem Augenwinkel eine Bewegung wahr; es kam ihm so vor, als zuckte einer der Körper. Das war es, wovor er sich, seit sie an Land gegangen waren, gefürchtet hatte. Er tastete nach seiner Pistole. Er hatte sie schon entsichert in seiner Hand, als plötzlich ein Ruf vom U-Boot zu ihnen drang. „Landungstrupp! Eis driftet in die Bucht!" Die Nachricht wäre nicht deutlicher gewesen, wenn der Schrei gelautet hätte: „Wir müssen hier raus, schnellstens!"

Der Landungstrupp eilte zu seinem Schlauchboot, und einige Minuten später steuerte U 102 auf das offene Wasser zu. Wenige Minuten danach stieg die Sonne wie ein Banner aus dem Eis auf.

Bungert vergaß die Szenerie dieses Morgens niemals. An Steuerbord waren die Berge der Antarktischen Halbinsel, flamingorosa im Licht der aufgehenden Sonne. Ihr Spiegelbild wurde mit ungeheuerlicher Genauigkeit in dem ruhigen Wasser reflektiert. An Backbord war ein in Rauch gehülltes Eisfeld, blutdurchtränkt und übersät von menschlichen Überresten. Man konnte von ihm nicht sagen, daß er ein religiöser Mann war; aber er hatte das beklemmende Gefühl, daß er auf Gottes entehrte Schöpfung schaute.

In dieser Nacht schrieb er in sein Tagebuch: *Wir sind im Krieg, und ich weiß nicht, was wir sonst hätten tun können. Doch haben wir alle ein Schuldgefühl. Denn an einen derartigen Platz*, er zögerte, dann schrieb er genau dieselben Worte wie zuvor Lockwood, *den Krieg zu tragen, scheint wie eine Art Blasphemie.*

Das Inferno

Es war zwei Uhr nachmittags, und Lockwood träumte von einem Mädchen, das er nur flüchtig gesehen und nur einmal gesprochen hatte, als er ein Zerren an der Schulter spürte. „Aufwachen, Sir."

Er öffnete die Augen, sah die vertrauten eisbedeckten Wände der Baracke und hörte die Stimme des Bootsmanns: „Wetter hat aufgeklart, Sir."

„In Ordnung."

Eine halbe Stunde später zogen Leutnant Lockwood und Bootsmann Ramsden ihren Schlitten über den gekräuselten, frisch gefallenen Schnee, während über ihnen die Sterne schimmerten und ein zunehmender Mond tief über den Bergen hing. Es war eine ausgezeichnete Nacht zum Schlittenfahren.

Nach drei Stunden erreichten sie den Gletscherbruch. Sie erblickten die Markierungsfahnen sofort und hatten keine Schwierigkeiten, den vor kurzem gefallenen Schnee wegzuschaufeln, die Gesteinsproben zu finden, sie in die Segeltuchsäcke zu füllen und auf den Schlitten zu laden. Die unter dem Eisfall gefundenen Steine sahen nicht anders aus als die zahllosen anderen, die die Vermessungstrupps in den letzten dreizehn Monaten geprüft hatten, ohne die geringste Reaktion von ihren Instrumenten zu erhalten. Als nun Ramsden, um der Form Genüge zu tun, seinen Geigerzähler über die Säcke hielt, erwartete er nichts.

Aber zu seiner großen Überraschung gab sein Geigerzähler ein mehrfach abgehacktes Ticken von sich. „Sir!" rief er.

Lockwood hörte das Ticken. Er kam herbei und hielt seinen eigenen Geigerzähler dicht an die Säcke. Und diesmal war das Ticken beträchtlich lauter: wie ein gedämpftes Maschinengewehrfeuer.

„Glauben Sie, wir haben es gefunden, Sir? Wonach wir gesucht haben?"

„Wir haben auf jeden Fall etwas gefunden!"

Anfang 1943 wußte so gut wie niemand etwas über die Atomforschung, und außerhalb der Grenzen Japans bedeuteten die Namen Hiroshima und Nagasaki gar nichts. Lockwood und Ramsden hatten jedoch im vergangenen Jahr unter Geologen gelebt und sich ein oberflächliches geologisches Wissen angeeignet.

„Was bedeutet dieses Ticken eigentlich?" fragte Ramsden.

„Daß das Gestein radioaktiv ist."

„Und was bedeutet das?"

Lockwood schnallte sich die Skier an. „Je schneller wir zurück sind, desto schneller können wir den Alten fragen."

Sie machten sich auf den Rückweg und waren der Meinung, sie hätten ihr Quantum an Aufregung für diesen Tag bekommen. Aber da irrten sie sich.

Sie fuhren mit ihrem Schlitten am Rand einer Senke, als sie plötzlich eine Reihe von Salven hörten. Sie machten halt, da sie einen Augenblick lang dachten, daß das Eis aufbräche und sie in eine bodenlose Spalte zu fallen drohten. Aber im Eis regte sich nichts, und nach einigen Sekunden begriffen sie, daß der Lärm aus der Richtung ihrer Baracke kam. Sie starrten sich an, und jeder sah beim anderen die Angst in den Augen.

„Geschützfeuer?"

Der Bootsmann nickte.

„Los. Schnell!"

Sie ließen den Schlitten stehen und fuhren mit weit ausgreifenden Schritten auf ihren Skiern los. Sie waren etwa neun Kilometer von der Baracke entfernt, und vor ihnen lag ein 150 Meter hoher Schneehang, der ihnen den Blick zur Küste versperrte. Sie sprachen nicht. Sie konzentrierten sich darauf, die Baracke so schnell wie möglich zu erreichen, und wagten nicht daran zu denken, was sie vorfinden würden, wenn sie dort ankamen.

Sie schleppten sich bis zur Kuppe des Schneehangs hinauf, kämpften sich durch die Eisformationen und starrten hinunter auf das, was von ihrer Baracke noch übriggeblieben war. Und von ihren Kameraden.

Lockwood hörte, wie Ramsden neben ihm würgte. Er hörte eine Stimme, die er nicht als die seine erkannte, die immer wiederholte: „Mein Gott. Mein Gott. Mein Gott." Einen Augenblick lang schienen Schneehang und Eisfeld in seinem Blickfeld unscharf zu werden, und er glaubte, ohnmächtig zu werden. Denn die Furchtbarkeit dessen, was er sah, überstieg bei weitem seine Vorstellungskraft: Ihre Baracke war nur noch Asche, die Körper ihrer Freunde waren leblos über den Schnee verteilt, zerfetzt von Granaten und vom Feuer geschwärzt. Er stieß sich ab, um den Schneehang hinunterzufahren: „Komm. Vielleicht lebt noch einer."

Das Feuer war niedergebrannt, aber kleine Rauchspiralen wanden sich noch aus den schwelenden Überresten von Holz und Decken. Als sie von Körper zu Körper gingen, schien es, als hätte niemand überlebt. Bis Ramsden zum Kommandanten kam.

Er lag in der Mitte eines Kreises aus verkohltem Holz. Seine Brust war übersät mit Verletzungen von den Splittern, an der Seite des Kopfes klaffte eine häßliche Wunde, und er hatte schwere Verbrennungen. Der Bootsmann meinte jedoch, Herzschläge zu spüren. „Hierher, Sir."

Edes Augen waren geschlossen. Kleine Schweißperlen wurden auf seiner Stirn zu Eis. Sein Atem war flach.

Sie knieten neben ihm nieder, wußten jedoch nicht, ob er das Bewußtsein wiedererlangen oder besser in ihren Armen sterben sollte. Es sah jedoch so aus, als ob er sehr bald sterben würde. Dann öffnete er unverhofft die Augen. Er versuchte zu lächeln. Und als Lockwood ihm vorsichtig die Hand drückte, spürte er, daß der Druck erwidert wurde.

„Ich bleibe bei ihm. Sehen Sie nach, was noch zu retten ist."

Nach zehn Minuten kam Ramsden mit hängenden Schultern zurück. „Da ist nichts mehr zu retten, Sir. Ein paar Lebensmitteldosen. Ein paar Liter Kerosin. Das ist alles."

„Besteht Hoffnung, den Funk wiederherzustellen?"

„Nein. Das war's dann wohl für uns." Ramsdens Stimme klang hoffnungslos.

„Nun, ich habe nicht die Absicht zu sterben."

„Sie meinen, man wird uns retten?"

„Ich denke, daß wir uns selbst retten müssen."

„Aye, aye, Sir."

Er konnte sich vorstellen, was Ramsden dachte: die verdammten Offiziere und ihre Überheblichkeit. Er bemühte sich, sachlich zu klingen. „Könnten Sie bei dem Alten bleiben? Währenddessen kümmere ich mich um die Leichen."

„Aye, aye, Sir."

Er wußte, daß es einfacher gewesen wäre, wenn sie beide die Leichen weggeschafft hätten; aber der Gedanke war ihm zuwider, daß Ede einsam starb, also raffte er sich auf, allein mit den Überresten seiner Freunde fertig zu werden. Er zog die Leichen auf einen niedrigen Kamm etwa fünfzig Meter von der Baracke entfernt, stürzte sie über die Kante hinunter, dann hackte er im Schnee, bis er eine Minilawine auslöste, die die Leichen bedeckte. Es war kein großes Begräbnis. Aber er sagte sich, daß seine Freunde es verstanden hätten, und alle, die ihnen nahestanden, würden es nicht erfahren.

Als er zu Ramsden zurückkehrte, lag der Kommandant im Koma.

Sie sprachen alles durch und schöpften etwas Hoffnung, obwohl die Entscheidungen, die sie trafen, in der Einsamkeit und Weite der Antarktis irgendwie unlogisch schienen.

Sie stimmten darin überein, daß keine Hoffnung bestand, aus den verkohlten Resten der Baracke wieder eine vernünftige Unterkunft bauen zu können. Sie erinnerten sich jedoch, daß ein Zelt auf ihrem Schlitten war, zusammen mit einer Notausrüstung und Notrationen. Sie beschlossen also, daß zuerst der Schlitten hergeholt werden mußte. Ramsden bot sich an, diese Aufgabe zu übernehmen. „Wenn Sie beim Kommandanten bleiben könnten, werde ich ihn holen, Sir."

Gewiß wollte Lockwood bei ihm bleiben; aber er war sich nicht sicher, ob es Ramsden gegenüber anständig war, ihn den Schlitten allein fast neun Kilometer ziehen zu lassen.

Ramsden löste das Problem für ihn. „Einer von uns sollte bei ihm bleiben, Sir", sagte er. „Besser Sie als ich."

So einigten sie sich, aber als der Bootsmann hinter der Kuppe des Schneehangs verschwand, war Lockwood versucht, hinter ihm herzulaufen und ihn zu bitten dazubleiben. Noch niemals in seinem Leben hatte er sich so fürchterlich allein gefühlt.

Er drapierte die Überreste einer Decke über dem Kommandanten, setzte sich neben ihn und wog ihre Alternativen ab. Die erste Möglichkeit war, einfach hierzubleiben. Das war die übliche Vorgehensweise für eine in Schwierigkeiten geratene Expedition; aber je mehr Lockwood darüber nachdachte, desto weniger gefiel sie ihm. Die Behörden in Port Stanley würden sich fragen, warum das Kommando plötzlich keine Wetterberichte mehr übermittelte; ihre erste Annahme würde sein, daß ihr Funkgerät nicht in Ordnung war, aber wenn ein Tag auf den anderen folgte und keine Funksprüche kamen, würde ihnen klarwerden, daß etwas Ernstes geschehen war. Aber wenn dann ein Rettungsunternehmen gestartet wurde, waren die Zufahrtswege zu ihrer Wetterstation fast sicher zugefroren. Sie konnten einen Monat oder auch zwei Monate überleben; der Winter würde einbrechen, ihnen würden die Lebensmittel ausgehen, und dann war es aus. Die zweite Möglichkeit war, daß sie mit dem Schlitten bis zum nördlichsten Punkt der Antarktischen Halbinsel fuhren und hofften, dort gerettet zu werden. Das war die Notmaßnahme, hatte ihnen Ede erklärt, die im Falle eines unerwarteten Unglücks durchgeführt werden mußte, weil sie dachten, daß der nördlichste Punkt der Halbinsel drei bis vier Monate eisfrei war, während ihre Wetterstation im Jahr nur rund vier Wochen eisfrei blieb. Wenn sie also zwischen Dezember und Anfang April bis zur nördlichsten Spitze der Halbinsel gelangen konnten, würde ein Rettungsschiff eine Chance haben, zu ihnen durchzudringen. Die *Scoresby* patrouillierte auf den Seewegen zwischen Feuerland und der Antarktis, und sie hatte Befehl, sich so dicht wie möglich in der Nähe der Spitze der Halbinsel aufzuhalten und nach Überlebenden Ausschau zu halten, wenn die Expedition in Schwierigkeiten geraten würde.

Aber wie, fragte sich Lockwood, konnten sie rechtzeitig zur Spitze der Halbinsel gelangen? Es war bereits Mitte März. Anfang April war der gesamte antarktische Kontinent wahrscheinlich von der restlichen Welt durch eine Eisbarriere abgeschnitten, die selbst der findigste Mensch nicht durchbrechen konnte. Bis zur nördlichsten Stelle der Halbinsel waren es über 300 Kilometer: 300 Kilometer über ein Mosaik aus Schnee- und Eisfeldern, durchzogen von steilen Bergen, zerschnitten durch Spalten. Es schien unmöglich, die Reise in drei Wochen zu schaffen.

Er bemerkte plötzlich, daß der Alte das Bewußtsein wiedererlangt hatte. Edes Augen waren weit offen, und er versuchte zu sprechen.

Lockwood beugte sich über ihn. Sie hatten immer ein gutes Verhältnis gehabt, und Lockwood erahnte mehr, als er hörte, was der Alte wollte. „Sie möchten, daß ich die Befehle lese, Sir?"

Ede war nicht in der Lage zu nicken, aber seine Augen waren voller Dankbarkeit.

Lockwood merkte, wie Interesse in seinem Inneren aufflackerte. Sie waren vielleicht in einer ausweglosen Situation, aber wenigstens sollte er erfahren, warum sie unter einer derartigen Geheimhaltung in diese abgelegene Ecke der Erde gebracht worden waren – vorausgesetzt, daß die Metallkiste, die, wie ihnen bekannt war, die versiegelten Befehle und andere „empfindliche" Dokumente enthielt, das Inferno überstanden hatte.

Er fand sie unter einem Aschehaufen und unter verkohlten Balken. Eine 8,8-cm-Granate hatte eine Seite der Kiste weggesprengt, aber das wasserdichte, fest versiegelte Paket hatte das Feuer überstanden.

Lockwood trennte das Paket auf und erbrach das Siegel. Die Befehle bestanden aus zwei engbedruckten Seiten.

Korvettenkapitän John Dickson Ede. Nur für Ihre Augen bestimmt.

Ein Marinesonderkommando wird unter Ihrem Befehl einen Stützpunkt auf der Antarktischen Halbinsel errichten. Von dort aus werden Sie Wetterbeobachtungen übermitteln und geologische Forschungen betreiben.

Meteorologische Anweisung: Ihre vorgetäuschte Aufgabe wird sein, täglich Wettervorhersagen zu funken. Von ihnen wird erwartet, daß sie Schiffsoperationen auf der Südhalbkugel vereinfachen.

Geologische Anweisung: Ihre eigentliche Aufgabe wird sein, eine geologische Vermessung eines Querschnitts der Antarktischen Halbinsel vorzunehmen, in der Hoffnung, Uran zu finden. Über Spuren von Uran hatten die Wissenschaftler des Territoriums Falklandinseln 1933 berichtet. Der Auftrag ist streng geheim. Seine Wichtigkeit wird durch einen Funkspruch des Premierministers an Präsident Roosevelt bewiesen, und es wurde genehmigt, daß Sie Einsicht in den Wortlaut nehmen:

„27. Nov. 41

Ich stimme mit Ihrer Ansicht überein, daß amerikanische und britische Wissenschaftler, die an dem Atomforschungsprogramm beteiligt sind, sich ungehindert austauschen sollten.

Mein wissenschaftlicher Berater sagt mir, daß der Schlüssel zur Entwicklung einer Atombombe Plutonium und der Schlüssel zu Plutonium Uran ist. Unglücklicherweise ist Uran ein äußerst seltenes Element, Spuren davon sind in Australien und Zentralafrika gefunden worden, und wir prüfen gegenwärtig einen Bericht, daß es in den Bergen der Antarktischen Halbinsel vorkommt.

Seien Sie versichert, daß ich Sie ausführlich auf dem laufenden halte über unsere Anstrengungen, diese wichtige Substanz zu finden und abzubauen."

Kurzfristig sieht der Stabschef es als dringend an, daß wir die Atombombe entwickeln. Langfristig ist die Nutzbarmachung der Atomenergie von größter Bedeutung in der Welt der Nachkriegszeit. Für die ganze Atomenergieentwicklung scheint Uran der Schlüssel zu sein. Viel hängt davon ab, daß Sie das fast unbekannte Element finden. Angesichts der Tatsache, daß so viel auf dem Spiel steht, ist jederzeit strengste Geheimhaltung zu bewahren.

Lockwood fühlte sich wie ein Stück Holz in einem Mühlgerinne; ein gewöhnlicher Mensch wurde von Ereignissen erfaßt und herumgewirbelt, die alles andere als gewöhnlich waren. Er und Ramsden mußten auf die Substanz gestoßen sein, die das Kommando gesucht hatte – uranhaltiges Gestein –, und dieses Gestein war wahrscheinlich ein Schlüsselfaktor zum Bau einer Atombombe. Er hatte jedoch keinerlei Vorstellung, was eine Atombombe war. In den folgenden Wochen sollten Patriotismus und Loyalität seine Gefühle bezüglich des uranhaltigen Gesteins beeinflussen; er sollte es als seine Pflicht ansehen, es nach England zu schaffen. Aber seine instinktive Reaktion zu diesem Zeitpunkt war Besorgnis: Besorgnis darüber, daß der Mensch in seinem Wahn in diesen entferntesten und schönsten Winkel der Erde gekommen war, um nach Material für eine Zerstörungswaffe zu suchen.

Lockwood kehrte, als ob er Hilfe suchte, zu Ede zurück; aber der Kommandant war in Bewußtlosigkeit versunken. Wieder überwältigte ihn die Einsamkeit.

Er stand auf und begann die Reste der Baracke zu durchsuchen. Dem Haufen bereits geretteter Dinge konnte er noch eine Schneeschaufel, einen Revolver, eine halbe Plane, die Reste eines Erste-Hilfe-Päckchens und erstaunlicherweise einen Paraffinofen hinzufügen, der von der Detonation etwa zwanzig Meter weit von der Baracke weggeschleudert worden war und nahezu unbeschädigt in einer Schneewehe lag. Wenigstens, dachte er, werden wir etwas kochen können – vorausgesetzt, daß es etwas zu kochen gab.

Doch sehr bald stellte sich heraus, daß das Essen ihre Schwachstelle sein würde. Alles, was übriggeblieben war, waren 16 unbeschädigte Dosen (die meisten enthielten Trockengemüse, Tee oder Milchpulver) und noch einmal so viele, die aufgeplatzt, verbeult und angekohlt waren. Lockwood schätzte, daß ihr Essen kaum für einen Monat ausreichen würde. Wenn sie also nicht die Spitze der Halbinsel erreichten und gerettet wurden, bevor das Eis sie einschloß..., am besten man dachte darüber gar nicht nach.

Er ging wieder zu Ede zurück und benutzte das, was von dem Erste-Hilfe-Päckchen übriggeblieben war, um die schlimmsten seiner Wunden auf der Brust zu verbinden. Die große klaffende Wunde, die von der Schläfe bis zum Ohr und weiter zum Nacken reichte, wagte er nicht anzurühren. Dann setzte er sich schließlich, in seinem Bemühen, es dem Alten bequem zu machen, in den Schnee und bettete ihn zur Hälfte auf seinen Schoß.

Die Sonne brannte auf sie herab. Lockwood hatte seit 16 Stunden nicht mehr geschlafen. Er wußte, daß er nichts tun konnte, als zu warten, bis Ramsden mit dem Schlitten zurückkam. Er schloß die Augen, und obwohl er sich sagte, daß er wach bleiben mußte, kam der Augenblick, da der Schlaf wie ein Segen den Schrecken der Gegenwart und die Ungewißheit der Zukunft auslöschte.

Er spürte zum zweitenmal an diesem Tag, wie ihn jemand an der Schulter rüttelte, und hörte wiederholt eine Stimme: „Wachen Sie auf, Sir!"

Er war steif, kalt und orientierungslos, und der Alte lag mit seinem ganzen Gewicht in seinen Armen.

In einem Augenblick der Panik dachte er, Ede sei tot; dann hörte er das schwache Rasseln seines Atems. Er hörte auch den Vorwurf in der Stimme des Bootsmanns, als dieser noch einmal sagte: „Wachen Sie auf, Sir!"

Den Vorwurf verdiente er, sagte er sich. Denn er hatte die letzten drei Stunden geschlafen, während Ramsden allein den Schlitten zurückgezogen hatte. „Gott sei Dank haben Sie es geschafft. Ich werde einen Tee kochen."

Das Wasser kochte bei den Minusgraden zögernd, und als sie an ihren Teebechern nippten, wurde es dunkel.

„Wir brauchen einen Unterschlupf. Und warmes Essen."

Ramsden nickte; er war zu erschöpft, um zu sprechen, geschweige denn zu denken.

„Helfen Sie mir, das Zelt aufzustellen. Dann werde ich Essen kochen."

Sie hatten Glück, daß es eine der seltenen Nächte auf der Halbinsel war, in denen es weder Wind noch Schnee gab. Es war klirrend kalt – ihr einziges übriggebliebenes Thermometer zeigte minus 26 Grad –, aber es war eine trockene Kälte, und der Himmel war klar.

Alles war viel schwieriger und brauchte viel mehr Zeit, als sie angenommen hatten, und so war es fast Mitternacht, bis das Zelt aufgestellt, das Essen gekocht und verzehrt war sowie Edes Wunden desinfiziert und mit sterilen Verbänden versorgt waren. Als sie die Spannseile überprüften, sagte Ramsden beiläufig: „Glauben Sie, er wird noch leben? Morgen früh?"

„Es wäre besser, er würde nicht mehr leben."

„Das meine ich auch, Sir."

Ihre Blicke trafen sich, beide waren sich unsicher, ob der andere dasselbe dachte wie er selbst.

Um Mitternacht waren sie eingeschlafen, die einzigen menschlichen Wesen im Umkreis von dreißig Millionen Quadratkilometern aus Schnee und Eis, so vollständig abgeschnitten vom Rest der Welt, als ob sie auf dem Mond wären.

Allein

Ede lebte am nächsten Morgen noch. Er war zu schwach, um sich zu bewegen oder zu sprechen; aber sein Puls war geringfügig stärker, und gelegentlich schien er wahrzunehmen, was um ihn herum vorging. Sie fütterten ihn mit in heißem Tee eingeweichtem Zwieback und wechselten seine Kleidung, dann begannen sie den Schlitten zu beladen.

Als sie die Sachen auf zwei Haufen legten – einen mit Dingen, die sie mitnehmen wollten, und einen mit dem, was sie zurücklassen wollten –, erklärte Lockwood nüchtern: „Wir nehmen ihn mit.“

„In Ordnung, Sir.“

Es war nicht möglich zu sagen, ob Ramsden meinte: „Was sollen wir sonst tun?“ oder: „Das wird uns das Leben kosten.“

„Und wir brauchen Platz für das Gestein.“

„In allen Ehren, Sir. Wenn wir zuviel auf den Schlitten laden, werden wir ihn nicht bewegen können.“

Lockwood wurde bewußt, daß sie so beschäftigt damit gewesen waren, die Nacht zu überleben, daß er dem Bootsmann noch nicht mitgeteilt hatte, warum das Gestein so wichtig war.

Er erzählte es ihm nun, war sich jedoch nicht sicher, ob Ede damit einverstanden sein würde, aber nach seiner Ansicht war Geheimhaltung ein Luxus, den sie sich nicht mehr leisten konnten.

Ramsden war genauso verwirrt wie Lockwood. „Wissen Sie, was eine Atombombe ist, Sir?“

Er schüttelte den Kopf. „Aber wenn die Stabschefs sagen, es sei wichtig, und Churchill sagt, es sei wichtig, so reicht mir das… Wir brauchen natürlich nicht alle Steine. Ich schlage vor, wir untersuchen sie. Nur einen oder zwei mit dem meisten Uran.“

Als die Gesteinsproben ausgelegt und bereit zur Prüfung waren, kroch Lockwood in das Zelt. Wir können zumindest, dachte er, dem Alten die Befriedigung geben zu wissen, daß seine Expedition erfolgreich gewesen war.

Er kniete neben ihm nieder: „Sir! Ich habe sehr gute Neuigkeiten.“

Ede starrte ihn ausdruckslos an. „Wir haben Uran gefunden!“

Einen Augenblick lang leuchteten die Augen des Kommandanten auf; dann verschwand jeder Ausdruck aus seinem Gesicht. „Verstehen Sie, Sir?“

Er reagierte nicht. Lockwood ahnte, was der Alte dachte: Er dachte,

Lockwood habe eine Geschichte ersonnen, um ihn glücklich sterben zu lassen.

„Bootsmann! Legen Sie eine Zeltbahn neben die Felsen!"

Sie stützten den Kommandanten auf der Zeltbahn ab, dann gingen sie mit ihren Geigerzählern über die Gesteinsproben und ließen ihn das Ticken hören.

Ede lächelte: ein Lächeln, das sich über sein ganzes Gesicht ausbreitete. So, dachte Lockwood, mag Atlas ausgesehen haben, als ihm die Last der Erdkugel von seinen Schultern genommen wurde. Er bemerkte, daß Ede etwas zu sagen versuchte, aber es kam kein Ton heraus. Er nahm Edes Hand. „Sorgen Sie sich nicht, Sir. Ich bringe die Steine nach Hause."

Die Lippen bewegten sich weiter. Und diesmal hörte Lockwood ganz schwach, was er sagte: „Lassen Sie mich zurück."

„Bootsmann!" Seine Stimme war laut und streng, als ob er sich durch das Schreien selbst davon überzeugen wollte, daß das, was er sagte, sinnvoll war. „Packen Sie mit an. Auf den Schlitten mit ihm!"

Ihnen wäre es lieb gewesen, wenn sie früh aufgebrochen wären, solange das Wetter noch gut war; aber alles so auf den Schlitten zu laden, daß das Gleichgewicht erhalten blieb, brauchte viel länger, als sie vorhergesehen hatten. Es wurde Mittag, bevor sie bereit zum Abmarsch waren.

Ein mehrmaliges knochenbrecherisches Rucken im Geschirr, dann waren sie auf dem Weg. Sie mußten eine Stunde kräftig ziehen, um die Kuppe des Schneehangs zu erreichen, der an ihr früheres Lager angrenzte. Von dort aus konnten sie dem unbekannten Land im Norden entgegensehen: ihrem Fluchtweg zur Außenwelt, so Gott wollte. Wichtig war jetzt, daß sie das Gestein nach England schafften. Sie blieben stehen, schnappten nach Luft, ihre Gesichter brannten bereits in der grellen Sonne, ihre Kleidung war schweißgetränkt.

Lockwood wandte sich an den Bootsmann: „Wie viele Kilometer, meinen Sie, können wir schaffen, bevor es dunkel wird?"

„Fünfzehn. Wenn wir Glück haben."

„Probieren wir, ob es zwanzig werden."

Alles war ihnen an diesem ersten Nachmittag gewogen. Das Wetter war günstig, der Schnee fest. Ihr Weg führte über eine Küstenebene, die keine Spalten aufwies, welche das Schlittenfahren in der Antarktis zu einem Alptraum werden lassen. Und sie waren vergleichsweise frisch. Doch kamen sie nur langsam voran.

Ein Grund dafür war das Gewicht des Schlittens. Er war beladen mit ihrem Zelt, ihren Schlafsäcken und ihren Skiern; den wenigen Lebensmitteln, die sie hatten, ihrem Herd und Brennstoff; und einer Handvoll Dinge, die zu kostbar waren, um zurückgelassen zu werden – Eispickel und Schneeschaufel, Barometer und Kompaß, Erste-Hilfe- und Notausrüstungen und das Nötigste an Kleidung. Und Ede. Er war schmächtig gebaut und wog kaum sechzig Kilo; aber mit seinem Gewicht kamen sie auf eine Gesamtlast von über 110 kg. Es war fast zuviel zum Ziehen für einen einzelnen, und oft konnten sie den Schlitten nur mit vereinten Kräften weiterbewegen.

Ein anderer Grund für das langsame Vorwärtskommen war das Gelände. An diesem ersten Nachmittag waren die Sastrugi eine wahre Plage. Sie verliefen diagonal zu ihrer Strecke: kleine von einem mächtigen Wind bis zu drei Meter hoch aufgeschichtete Schneewälle wie Dünen in der Wüste. Und man konnte sie nicht umgehen. Sie mußten sie überqueren.

Aber was ihre Fahrt am meisten verlangsamte, war Ede. Wenn sie an eine Eiswand kamen, konnten sie den Schlitten nicht vertikal anheben oder neigen aus Angst, daß er herausfiel; wenn sie auf hügliges Eis kamen, konnten sie nicht schnell fahren, weil das Holpern ihm offensichtlich Schmerzen bereitete. Lockwood fragte sich besorgt, ob es richtig war, darauf zu bestehen, ihn mitzunehmen. Aber er konnte es nicht ertragen, an die andere Möglichkeit zu denken.

So kämpften sie sich weiter.

Es gab weder Wind noch Wolken, und die Sonne verwandelte die Schneefelder in einen Hexenkessel aus Helligkeit und Hitze. Bald waren sie schweißgebadet, ihre Augen schmerzten, und sie litten unter aufgeplatzten Lippen und ausgedörrten Kehlen. Sie schmierten sich Schutzcreme auf Nase und Wangen und lutschten Kalktabletten; aber die Erleichterung, die sie verschafften, war nur vorübergehend. Etwa jede Viertelstunde hielten sie an, schnappten nach Luft. Schließlich suchten sie Schatten bei einem Nunatak, einer Pyramide aus vulkanischem Gestein, die aufragte wie eine Minikathedrale. Von dort aus studierten sie den vor ihnen liegenden Weg.

Sie näherten sich nun dem Ende der Küstenebene. Etwa eineinhalb Kilometer entfernt von ihrem jetzigen Standpunkt endete das flache Gebiet, und die Berge fielen in einer Reihe von Eisfällen jäh zum Meer hin ab. Das war für Schlitten eindeutig eine nichtbefahrbare Region. Es sah jedoch so aus, als wäre eine gute Alternativstrecke vorhanden. Ein sanfter Felsgrat, der zur Hauptkette führte, schien ihnen nicht nur einen Weg gen Norden zu bieten, sondern auch, von seiner Spitze aus, die Aussicht auf das vor ihnen liegende Gebiet. Denn ihre Karten waren in dem Blutbad verlorengegangen, und sie konnten nur mit Hilfe des Kompasses und der Küstenlinie eine Route auswählen.

„Sieht gut aus." Ramsden, seine Augen vor dem blendenden Licht der Sonne schützend, studierte den Grat Abschnitt für Abschnitt.

Lockwood nickte. „Wir nehmen ihn in Angriff."

Das Wetter an diesem Abend hätte nicht günstiger, der Schnee nicht lockerer sein können.

Als die Sonne tief am Horizont stand, schleppten sie sich auf die Kammspitze. Die Sicht war in ihrer Schönheit atemberaubend, aber sie reichte nicht so weit, wie sie gehofft hatten; etwa dreißig Kilometer vor ihnen blockierte ein höheres Massiv die Aussicht. Sie konnten jedoch zwischen den Bergen und dem Meer einen Piedmont sehen: einen Streifen ebenen felsigen Bodens, mit einer dünnen Eisschicht überzogen: ein Weg in die Sicherheit. Der Haken war, daß der einzige Weg zu dem Piedmont offensichtlich über einen kleinen Gletscher führte, der schwierig, wenn nicht unmöglich, mit dem Schlitten zu befahren war.

Zu diesem Zeitpunkt hatten sie ihren Schlitten sieben Stunden gezogen. Sie sehnten sich danach, ihr Zelt aufzubauen, in ihre Schlafsäcke zu kriechen und ins Vergessen zu sinken. Aber sie wußten, wenn sie auf diesem ungeschützten Grat lagerten, würden sie ein Unheil heraufbeschwören. Nach etwa einem Drittel der Strecke den Gletscher hinab entdeckten sie einen ideal anmutenden Platz: eine Eisebene, windgeschützt und lawinensicher. Aber konnten sie bis zur Dunkelheit dorthin gelangen?

Ein Faktor kam ihnen zur Hilfe. Der Sonnenuntergang in den Polarregionen ist nicht so sehr ein abruptes Ende als ein sanftes Entschlummern. Im Herbst sinkt die Sonne nie sehr weit hinter den Horizont, so daß sie noch lange, nachdem sie verschwunden ist, ein schwaches Weißglühen ausstrahlt, als ob der westliche Himmel von unten durch Flammen erleuchtet würde, die aus einem unterirdischen Schmelzofen stammten.

Es war fast Mitternacht, als sie erschöpft auf die ebene Eisfläche stolperten. Die Fahrt war ein Alptraum gewesen. Zweimal war der Schlitten umgekippt; einmal war er in eine Minispalte gestürzt. Es schien unglaublich, daß Ede überlebt hatte. Doch als sie ihr Zelt aufbauten, atmete er noch, klammerte sich wider allen Erwartens noch an das Leben. Sie krochen in ihre Schlafsäcke, und binnen weniger Minuten nahmen sie die Welt um sich herum nicht mehr wahr.

Sie waren zu erschöpft, um zu träumen, und lagen stundenlang im Tiefschlaf, bis sie von der Helle der Sonne geweckt wurden.

Es war wieder ein schöner Tag.

Und Ede war noch bei ihnen: ein Klotz am Bein für sie, ein ungelöstes Problem. Mehr als einmal bemerkten Lockwood und Ramsden, wie sie ihn ansahen, dann sich gegenseitig ansahen, dann wegschauten, als ob sie sich dessen schämten, was sie dachten. Als sie den Schlitten beluden, sagte Lockwood zum Bootsmann, um die Frage auf den Tisch zu bringen: „Was in aller Welt tun wir mit ihm?"

„Das müssen Sie entscheiden, Sir."

Ramsden lehnte nicht absichtlich seine Mithilfe ab; aber nach seinem Verständnis gaben Offiziere die Befehle, und die anderen Dienstgrade führten sie aus. Das war sein Kredo, nach dem er sein halbes Leben gelebt hatte, und er würde sich nicht gerade jetzt umstellen. Lockwood brauchte einige Zeit, bis er begriff, daß sein Kamerad von ihm erwartete, die Führungsqualitäten zu zeigen, mit denen der höhere Dienstgrad ein solches Problem löste. „Versuchen wir", sagte er, „das gemeinsam zu entscheiden. Ich sehe, daß wir drei Möglichkeiten haben. Wir können ihn mitnehmen. Wir können ihn zum Sterben zurücklassen. Oder wir können ihn töten. Ich glaube nicht, daß ich ihn töten könnte. Könnten Sie es?"

Es war eine rhetorische Frage, aber Ramsden nahm sie wörtlich. „Wenn Sie es nicht können. Und Sie es mir befehlen. Ja, dann töte ich ihn."

Lockwood war bestürzt. Aber er sagte sich, daß sie zuviel am Hals hatten, um sich zu zanken. „Überprüfen wir den Schlitten", sagte er, und als sie die Leinen überprüften, dachte er über die Alternativen nach.

Wenn sie den Alten mitnahmen, würden sie wahrscheinlich sehr langsam fahren und niemals rechtzeitig die Spitze der Halbinsel erreichen, um gerettet werden zu können. Wenn der Herbst dem Ende entgegenging und der Winter anfing, würden sie langsam an Kälte und Hunger sterben. Niemand würde jemals erfahren, daß sie Uran gefunden hatten. Ihre Mission wäre dann gescheitert.

Wenn sie ihn zum Sterben zurücklassen, ihn in den Schnee legen und einfach wegfahren würden, wäre es furchtbar, damit zu leben (wenn sie überlebten). Es stimmte, daß er geflüstert hatte: „Lassen Sie mich zurück"; aber das würde wenig an der Einsamkeit seines Sterbens ändern. Es mußte einen barmherzigeren Weg geben.

Wenn sie beschlossen, ihn zu töten, müßte es mit dem Revolver geschehen: während er schlief. In seiner Vorstellung sah er sich langsam an den Schlafenden heranschleichen, ihm den Revolver an die Schläfe halten – und dann öffnete der Alte plötzlich die Augen. Ihn schauderte. Aber einer Sache war er sich sicher: Er würde niemals Ramsden bitten, es zu tun.

Das waren die Tatsachen. Und je mehr er nachgrübelte, desto klarer war die Antwort. Alles – Logik, Vernunft, Selbsterhaltung –, alles schrie dieselbe Botschaft: Töte ihn!

Er starrte auf das Zelt, in dem Ede lag. Und plötzlich kam ihm eine Erkenntnis. Zur Hölle mit der Logik, dachte er. Zur Hölle mit der Vernunft. Zur Hölle mit der Selbsterhaltung. Waren Liebe, Güte und Erbarmen nicht die Dinge, für die sie kämpfen sollten?

„Wir nehmen ihn mit", sagte er.

Es war nicht die Entscheidung, die Ramsden erhofft hatte. Er hatte jedoch niemals in seinem Leben einen Befehl verweigert, und er würde ihn auch jetzt nicht verweigern. „In Ordnung, Sir."

Eine Stunde später bahnten sie sich wieder ihren Weg durch die labyrinthischen Zinnen des Gletschers.

Wie sie erwartet hatten, kamen sie quälend langsam vorwärts, aber gegen Mittag standen sie auf dem Streifen ebenen Bodens zwischen den Bergen und dem Meer.

Vor fünfzig Millionen Jahren war das Piedmont der Festlandsockel der Antarktis gewesen, geformt, als der Großkontinent Gondwana in wärmere Meere trieb. Nun war es eine ausgetrocknete Felsterrasse, die parallel zu der heutigen Küstenlinie verlief. Hier und da war sie durch den Druck in eine Folge von Stufen, Verwerfungen und schiefen Ebenen zersprungen, aufgespalten und geneigt; aber lange Strecken von ihr waren relativ flach; und das Ganze war überzogen von einer dünnen Eisschicht: Eis, das durch die darauf gespritzte Gischt der Wellen gebildet worden war, eine perfekte Fläche zum Schlittenfahren.

Sie machten sich, anfangs vorsichtig, dann immer sicherer, auf den Marsch. Es war der Beginn von fünf ruhigen Tagen, an denen sie 170 Kilometer zurücklegten.

Sie verfielen bald in Routine. Da sie wußten, daß das Eis am geeignetsten zum Schlittenfahren sein würde, bevor die Sonne darauf schien, brachen sie früh das Lager ab und waren weit vor der Morgendämmerung auf dem Weg. Die Kälte war unglaublich. Aber nach mehr als einem Jahr in der Antarktis waren sie erfahren genug, um Vorsichtsmaßnahmen gegen das Erfrieren zu ergreifen. Als die ersten Sonnenstrahlen die Gipfel in Flamingorosa tauchten, waren sie am Rand des Piedmont unterwegs. Gegen neun Uhr hielten sie für gewöhnlich an, um eine Rast zu machen. Da sie nur noch wenig zu essen hatten und weil Kochen bei 40 Grad Kälte zeitaufwendig ist, waren sie übereingekommen, es bei nur einer warmen Mahlzeit am Tag zu belassen. Zum Mittagessen verließen sie sich auf ihre Notrationen, von denen einige den Granatenbeschuß überstanden hatten. Die Tabletten mit konzentriertem Essen waren nicht schmackhaft, aber nahrhaft und einfach einzunehmen; und nach einer Pause von einer halben Stunde marschierten sie weiter.

Sobald es Nachmittag wurde, bekam die Halbinsel die ganze Wucht der Sonne zu verspüren, und die Bedingungen verschlechterten sich. Das Eis wurde schmierig, und sobald es zu schwierig wurde, den Schlitten zu ziehen, begannen sie sich nach einem Lagerplatz umzuschauen, wobei sie besonders darauf achteten, einen auszusuchen, an dem sie sicher waren, wenn das Wetter sich verschlechterte: weit weg vom Piedmont und im Schutz eines der vielen Nunataks. Lockwood kam es gelegen. Er war hundemüde; aber vor ihm lag die Aussicht auf Ruhe, ein warmes Essen, die Schönheit des Sonnenuntergangs und Zeit, bei Ede zu sitzen und es ihm nach der Unbill der Fahrt ein wenig bequem zu machen. Es war schwer zu sagen, ob es Ede besser oder schlechter ging, aber eines war sicher: Er wollte nicht sterben; er klammerte sich mit einer Hartnäckigkeit an das Leben wie eine Napfschnecke an einen von Wellen umspülten Felsen. Im Augenblick schienen sie den Brand abgewehrt zu haben. Aber seine Kopfwunde war ein nicht leicht zu lösendes Problem. Es war schwer zu sagen, ob sein Gehirn geschädigt war – wenn er bei Bewußtsein war, schien er völlig klar –, aber die meiste Zeit lag er im Koma, und seine Sprechfähigkeit war schwer beeinträchtigt. Das letzte, was sie an jedem Abend taten, bevor sie einschliefen, war, nach dem Barometer zu schauen. Und das Barometer zeigte, Nacht für Nacht, stabilen Hochdruck. Sie konnten ihr Glück kaum glauben.

Kurz vor Mittag am vierten Tag auf dem Piedmont gelangten sie an eine hufeisenförmige Bucht. Es war eine friedliche Szenerie: eine flache, ebene Küstenlinie, dahinter ein harmlos aussehendes Überschwemmungsgebiet, in dessen Hintergrund wiederum sich ein weißer Gletscher bis ans Meer wand.

Gletscher waren wohl das schlimmste Terrain, auf dem man einen Schlitten ziehen konnte; aber es schien keine andere Möglichkeit zu geben. „Scheint das kleinste Übel zu sein“, sagte Lockwood. „Gehen Sie voran. Ich nehme den Schlitten.“

„Aye, aye, Sir.“ Ramsden schnallte sich die Skier unter und ging vorsichtig auf die weiße Fläche hinaus, die so blendete, daß Erde und Himmel zu verschmelzen schienen. Sie umfuhren die Strudellöcher und Spalten und gelangten ohne ein Mißgeschick bis zur Gletschermoräne.

Der Gletscher hatte keine besonders breiten oder tiefen Spalten; aber es war sehr anstrengend für sie. Die Überquerung wurde erschwert durch Luftknappheit. Es war jetzt mitten am Nachmittag, und die auf sie herabglühende Sonne wurde vom Eis mit einer Kraft reflektiert, daß es schien, sie würde den Sauerstoff aus der Luft saugen. Bevor sie die Hälfte hinter sich hatten, litten sie unter großer Ermattung. Bei einer ihrer Pausen holte Lockwood das Barometer heraus. Der Druck fiel nicht, er stürzte geradezu.

An diesem Abend achteten sie besonders darauf, einen geschützten Platz für ihr Zelt zu finden; denn alle Anzeichen wiesen darauf hin, daß das Wetter umschlagen würde. Es war fast Nacht, bevor sie fanden, wonach sie gesucht hatten: einen Nunatak in einem nach Norden verlaufenden Schneefeld. Hier stellten sie ihr Zelt im Schutz eines zwölf Meter hohen Granitfelsens auf, und sie befestigten eine Extraplane über der Eingangsklappe.

Bevor sie einschliefen, schauten sie auf das Barometer. Es zeigte 29,2 fallend. Als sie in in ihre Schlafsäcke krochen, fragten sie sich, wie lange es dauern würde, bis das schlechte Wetter sie erreichte.

ES KAM aus dem Süden, aber nicht mit dem Ungestüm eines rasenden Angriffs, sondern mit dem gemessenen Schritt einer großen, siegesgewissen Armee. Zuerst kamen leichte Windstöße, kratzten den Schnee auf und jagten ihn über das Piedmont. Dann folgten Kumuluswölkchen, die allmählich dunkler und zahlreicher wurden und schließlich zu einer durchgehenden Wolkendecke verschmolzen. Und dann fielen die ersten Schneeflocken. Langsam, fast unmerklich, wurde aus den Flocken ein kontinuierlicher Schneefall; um Mitternacht wurde vom Himmel Schnee herabgeschüttet wie eine nicht enden wollende Lawine. Und mit dem Schnee kam die Kälte: Kälte, die von der schneidenden Klinge eines Windes herrührte, der direkt vom Gletscher wehte. An den Zeltwänden verfestigte sich das Kondenswasser ihres Atems zu Eis. In Abständen, wenn das Zelt vom Wind erbebte, wurde das Eis abgelöst und fiel in kleinen Stücken auf ihre Schlafsäcke.

Sie bewegten sich unruhig, versuchten sich in die Sicherheit des Schlafes zu flüchten. Aber Träume sind eine zerbrechliche Zuflucht. In den frühen Morgenstunden schwoll der Wind von einem dumpfen Röhren zu einem Mißklang aus Dröhnen und Heulen an, akzentuiert durch einen gelegentlichen schreckeinflößenden Knall, da die Plane, die sie an der Eingangsklappe befestigt hatten, abriß und umherschlug.

Lockwood zündete ihre Drucklampe an und richtete das schwache Licht auf die Eingangsklappe. Ramsden ahnte, was er dachte: „Ich würde es nicht tun. Sie lassen zuviel Schnee herein."

Er begriff, daß der Bootsmann recht hatte. Ein Schlag von der Plane konnte ihm den Arm oder sogar das Genick brechen; und wenn er durch die Eingangsklappe nach draußen krabbelte, würde das Zelt zu einem Schneewirbel werden.

Sie konnten nichts weiter tun, als in ihren Schlafsäcken zu liegen, zu lauschen und zu warten, zu hoffen, daß der Sturm abflaute.

Aber er flaute nicht ab. Wenn er sich überhaupt änderte, dann nahm er an Wucht zu, warf die Plane in alle Richtungen, bis eine besonders heftige Bö sie abriß. Es war ein abgehackter Knall wie ein Kanonenschuß; die Plane wurde in Stücke gerissen; und Schnee trommelte gegen den Zelteingang wie ein kosmischer Meteoritenhagel. Alles, was sie tun konnten, war zu warten. Und zu hoffen, daß es nicht lange dauerte.

Ihre Hoffnungen gingen jedoch nicht in Erfüllung. Der starke Wind und der mächtige Schneefall hielten nicht nur stundenlang, sondern tagelang an. Und sie befanden sich in der Lage, vor der sie sich gefürchtet hatten. In ihr Zelt eingekerkert wie Gefangene in der Zelle. Während unten am Ufer das Eis dicker wurde und sich ausbreitete, sich bis zur Spitze der Halbinsel ausbreitete.

Zu sagen, daß es ihnen unbehaglich war, wäre eine Untertreibung. Ihr Zelt war ein leichtes Notzelt für zwei Personen. Für drei war es von beklemmender Enge. Ihre Schlafsäcke waren vollgestopft, einer lag auf dem anderen. Jede Bewegung verursachte größeren Aufruhr. Ede lag innen, an den Nunatak gezwängt. Theoretisch war das die beste Stelle; aber in der Praxis häufte sich Schnee zwischen Zelt und Nunatak auf, so daß das Segeltuch sich nach innen beulte und Edes Raum zum Atmen verkleinerte. Ramsden lag in der Mitte. Es war der wärmste Platz, aber auch der unbequemste; jedesmal wenn Ede oder Lockwood sich bewegten, stießen sie mit dem Arm oder Bein irgendwo an den Körper des Bootsmanns. Lockwood lag außen. Das war der kälteste Platz. Es war auch die niedrigste Stelle des Zeltes, was bedeutete, daß dort Feuchtigkeit heruntertropfte und gefror. Manchmal, wenn Lockwood aufwachte, konnte er seinen Kopf nicht bewegen; er war mit einem Eisgürtel an den Schlafsack gefroren.

Es dauerte nicht lange, bis sie unter verschiedenen Krankheiten litten: Durchfall und Sodbrennen – eine Folge ihres schlecht gekochten und unausgewogenen Essens; Krämpfe – eine Folge davon, daß sie sich Stunde für Stunde in derselben Lage befanden: Orientierungslosigkeit – eine Folge davon, daß sie Tag und Nacht in einer gleichförmigen Hölle fast totaler Finsternis gefangen waren; und vor allem die Kälte, die Art von pausenloser, betäubender Kälte, die jede Pore des Körpers schmerzen läßt, jedoch niemals so stark wird, daß sie durch Bewußtlosigkeit Erleichterung schafft.

Sie wurden schwächer, körperlich und seelisch. Körperlich, weil kleine Verrichtungen wie Tee kochen, das Eis abschlagen oder das Festzurren von Halteseilen zunehmend schwieriger wurden; das Aufwachen wurde immer unerfreulicher. Seelisch, weil sie sich immer mehr über die Eigenheiten des anderen ärgerten – wie sie ihre Tagebücher schrieben, war ein Beispiel dafür. Lockwood machte kein Geheimnis daraus, was er hineinschrieb, und ließ das Tagebuch oft im Zelt herumliegen. Ramsden hingegen meinte, ein Tagebuch sollte vertraulich sein und verbarg es immer bei sich. Nur einmal versuchte Lockwood Ramsden zu beeinflussen, was er schreiben sollte. „Ich hoffe“, sagte er, „daß Sie das Gestein im Tagebuch erwähnt haben.“

Der Bootsmann nickte.

„Ich auch. Aber ich denke, daß Sie nicht sagen sollten, wo wir es gefunden haben, für den Fall, daß das Tagebuch in die falschen Hände gerät.“

Ramsden dachte nach. „Sie meinen, wenn es die Deutschen finden?“

„Ich weiß, es ist unwahrscheinlich. Aber es ist möglich.“

Ramsden dachte kurz nach. „In Ordnung, Sir“, sagte er schließlich. „Daran habe ich nie gedacht.“ Und in den nächsten Tagen bemerkte Lockwood häufig ein Ausreißen von Seiten.

Nicht daß die Tagebücher ihnen besonders wichtig waren. Ein dringenderes Problem war bei weitem, was sie mit dem Kommandanten machen sollten. Seit fünf Tagen waren sie Gefangene in einer beengten Zelle, aus der sie nicht hinauskonnten. Das zusammenhanglose Gemurmel des Alten belastete ihre Nerven, sein schweres Atmen raubte ihnen den Schlaf, und wenn er das Essen, das sie ihm zubereiteten, nicht halten konnte, war der Gestank so durchdringend, daß sie ihn kaum ertragen konnten. In solchen Momenten war Lockwood versucht, zum Revolver zu greifen. Aber alles, was sie tun konnten, war, in ihren Schlafsäcken zu liegen und zu wissen, daß mit jeder weiteren Stunde ihre Lebenserwartung schwand. Aber endlich, am Morgen des sechsten Tages hörte der Schneefall auf, und der Wind flaute ab.

Als sie hinauskrochen, lag eine andere Welt vor ihnen. Es waren eineinhalb Meter Schnee gefallen. Es war Herbst geworden. Und der Winter stand vor der Tür.

Sie machten sich zum Piedmont auf den Weg. Denn sie wußten, wenn sie herausfanden, daß das Schelfeis sich zu einer festen Decke verdichtet hatte, hatte ihre Stunde geschlagen.

Es waren knapp 400 Meter zum Piedmont, aber sie brauchten mehr als eine Stunde, bis sie durch den Pulverschnee dorthin gelangten. Als sie schließlich dastanden und auf das Eis blickten, war es schlimmer, als sie gehofft hatten, und nicht so schlimm, wie sie gefürchtet hatten.

Es war, als hätten in der Woche, die sie eingekerkert waren, Myriaden von Näherinnen einen riesigen Patchworkquilt aus Eistrümmern und Festeis, Eisschollen und Eisbergen gefertigt, das noch nicht ganz fest war, aber doch entmutigend beständig wirkte.

Lockwood zeigte auf die hin und wieder sichtbaren Wasserrinnen und -löcher. „Ein Minensuchboot könnte da durchkommen."

„Jetzt schon. Aber nicht, wenn das Eis auch nur ein wenig dicker wird."

„Wir können es immer noch schaffen."

„Zwei von uns, vielleicht", erwiderte Ramsden. „Aber unmöglich drei."

„Sie denken, wir sollten ihn töten, oder?"

„Ja."

„Sie sehen das nicht als Mord an?"

„So wie ich es sehe, Sir, ist das Zurückbringen der Steine das, was zählt."

„Ich teile Ihre Ansicht in diesem Punkt. Und wenn der einzige Weg, sie zurückzubringen, darin besteht, ihn zu töten, werde ich es tun."

Ramsden sagte nichts.

„Glauben Sie mir nicht?"

Der Bootsmann ließ eine unerwartete Tirade los. „Sie denken, alles, was mich interessiert, bin ich, nicht? Meinen Kopf zu retten. Aber es ist nicht so. Ich meine, wir schulden das den Männern, die gestorben sind. Wenn wir das Gestein nicht zurückbringen, sind sie umsonst gestorben, oder? Ich sage, besser einen Mann töten als die ganze Operation zum Scheitern bringen."

Lockwood sah es ein; aber etwas – und etwas anderes als Zimperlichkeit – flößte ihm Widerwillen ein, abzudrücken. „Wenn es getan werden muß", sagte er langsam, „werde ich es tun. Aber zu meiner Zeit."

Als sie zum Zelt zurückkehrten, beschlossen sie, mehr aus Hoffnung als aus Erwartung, den Schlitten auszuprobieren.

Es war, als zögen sie eine Ladung Ziegelsteine über Leim. Obwohl sie sich beide mit allen Kräften ins Zeug legten, rutschte der Schlitten einen halben Meter vorwärts, dann stürzte er um. Sogar unbeladen! Es war offensichtlich, daß sie bei Tag unbeweglich waren wie ein Auto ohne Räder. Aber in der Nacht, sagten sie sich, würde es vielleicht anders aussehen. Wenn die Temperatur fiel, würde die Schneeoberfläche zu einer festen Kruste gefrieren, fest genug vielleicht, um das Gewicht des Schlittens zu tragen. Sie wußten, den Schlitten bei Nacht zu ziehen würde gefährlich sein, aber das Schelfeis wurde mit jedem Tag dicker, sie mußten das Risiko eingehen.

Sie kochten sich ein Essen, und nach einem Nickerchen machten sie sich auf den Weg. Es war sehr ruhig, sehr klar und unglaublich kalt. Und das Eis war beruhigend fest.

Bald zogen sie wieder den Piedmont entlang nach Norden.

Sie sagten sich, daß die Dinge schlechter liegen könnten, als eine Wolkenkette vom Meer herantrieb und es zu schneien begann.

Es war eine Prophezeiung; das Vorspiel zu zehn Tagen abwechselnder Hoffnung und Verzweiflung. Das Problem war das Wetter. Es blieb nie zwei Stunden hintereinander gleich. Sie kamen in einem ansehnlichen Tempo vorwärts, dann wurde der Himmel plötzlich dunkler, und es fing an zu schneien. Sie hielten an und überlegten, was sie als nächstes tun sollten. Wenn sie den Schlitten abluden und ihr Lager aufschlugen – eine Tätigkeit, die mehr als eine Stunde in Anspruch nahm –, klarte das Wetter auf. Wenn sie entschieden weiterzufahren, wurde das Schneetreiben schlimmer. Der ständige Wechsel zerrte an ihren Nerven. Obendrein mußten sie mit ansehen, wie das Schelfeis allmählich dicker wurde. Eine Weile schien es, als ob das Eis jeden Tag nur am Rande fester wurde; aber an einem Morgen, als sie nach einer außerordentlich kalten Nacht zum Ufer hinuntergingen, sahen sie, daß die Löcher und zickzackförmigen Wasserrinnen verschwunden waren. Das Eis erstreckte sich nun weit hinaus auf das Meer.

An diesem Morgen hatte keiner von ihnen viel zu sagen.

Es war offenkundig, daß sie ihren Zeitplan nicht einhielten. Um schneller voranzukommen, begannen sie Risiken einzugehen: mit dem Schlitten über Terrain zu fahren, auf das das Forschungsteam nie einen Fuß gesetzt hätte, und bei einem Wetter weiterzugehen, in dem Ede es ihnen nie erlaubt hätte hinauszugehen.

Es war nicht falsch von ihnen, das zu tun; tatsächlich war es ihre einzige Überlebenshoffnung. Aber die Antarktis macht kurzen Prozeß mit denen, die alles auf eine Karte setzen.

Es geschah am 25. Tag ihrer Reise. Das Wetter war schlecht, aber sie hatten sich geeinigt, so lange, wie die Bedingungen es gerade noch zuließen, weiterzumarschieren. Früher am Tag waren sie wegen einer Reihe von Eiswänden gezwungen worden, sich vom Piedmont zu entfernen, und sie überquerten nun Schneefelder, die in Wirklichkeit Ausläufer der Zentralkette waren. Im Halblicht hatten die Schneefelder das Aussehen einer einheitlichen und nahezu ebenen Fläche, und Ramsden, der voranging, nahm die untertassenförmige Vertiefung nicht wahr. Er fuhr mit seinen Skiern direkt hinein.

Und verschwand plötzlich.

„Aaaaaaahhhhhh!“ Der Schreckensschrei des Bootsmanns hallte an den Wänden der Spalte wider und wider. Er versuchte, seine Axt ins Eis zu hauen, aber sie hielt nicht. Er spürte den Ruck des Seils, das ihn mit dem Schlitten verband; aber das Seil riß unter seinem Gewicht. Und er fiel immer weiter. Er wurde von Wand zu Wand geworfen, bis er mit einer schrecklichen Endgültigkeit auf einen vorstehenden Sims aus Eis in dreißig Meter Tiefe krachte. Schmerz schnitt durch sein Bein. Dann wurde es dunkel um ihn.

Eine lange Zeit lag Ramsden, ohne sich zu bewegen. Aber schließlich, nach etwa einer Stunde, erlangte er das Bewußtsein wieder. Er spürte fürchterliche Kälte und einen schwachen, dumpfen Schmerz am Ende seiner Wirbelsäule. Als er jedoch versuchte, seine Beine zu bewegen, geschah nichts, und er wußte, daß er von der Taille abwärts gelähmt war. Er schrie um Hilfe. „Hilfe... Helft mir... Ich kann mich nicht bewegen!“

Aber kein Gesicht zeichnete sich am Himmelsstreifen über ihm ab. Kein Seil wurde herabgelassen. Man ließ ihn allein, er mußte sterben.

Plötzlich wurde es in der Spalte kälter – kälter und dunkler. Er starrte auf die Eiswände und zitterte. Was für eine Art zu sterben, dachte er. Zuerst empfand er Bitterkeit, und da es nichts anderes und keinen anderen gab, richtete er seine Bitterkeit auf Lockwood. Unfähiger junger Idiot, dachte er: Er hatte nicht den Mumm, den Alten zu töten, und jetzt das: weglaufen und mich krepieren lassen. Er war jedoch kein rachsüchtiger Mensch, und als der Zeitpunkt seines Todes näher rückte, machte er sich Sorgen, daß er sterben würde, ohne seine Befehle ausgeführt zu haben. Der junge Lockwood, sagte er sich, würde den Winter nie überleben; das Gestein würde nicht nach England gelangen; diese Atombombe (was immer das war) würde nie gebaut werden; und alles nur, weil wir unsere Befehle nicht ausgeführt haben… Es sah aber nicht so aus, als könnte er etwas dagegen machen. Dann kam ihm der Gedanke, daß möglicherweise der junge Lockwood sterben und seine Leiche niemals gefunden würde, daß sein eigener Leichnam aber später vielleicht entdeckt werden würde. Deshalb muß ich sicherstellen, dachte er, daß die Leute, die mich finden, erkennen, daß mein Tagebuch wichtig ist: weil es ihnen vom uranhaltigen Gestein erzählt.

Unter Schmerzen öffnete er sein Päckchen mit der Notausrüstung und zog sein Tagebuch heraus. Er hielt es fest an seine Brust, er sagte sich, daß er nun alles getan hatte, was ihm möglich war, um seine Befehle auszuführen. Jetzt gab es nichts mehr, für das er leben konnte.

Nach einer Weile entdeckte er, wie sich ein einsamer Stern am Himmelsstreifen abzeichnete. Er fragte sich, was sich wohl jenseits dieses Sternes befinden mochte, als er in Bewußtlosigkeit fiel, aus der er nicht mehr aufwachte.

EBEN noch hatte der Bootsmann dagestanden, im nächsten Augenblick war er vom Erdboden verschluckt, und sein Schrei hallte an Lockwoods Ohren. Am Schlitten gab es einen kurzen Ruck, als das Seil sich spannte, dann glitt er langsam weiter, und Lockwood sagte sich, daß das brüchige und durchgescheuerte Seil zerrissen und Ramsden sicher tot war.

Sein Instinkt drängte ihn, vorwärts zu eilen; aber das, so wußte er, wäre verhängnisvoll. Langsam, jeden Schritt prüfend, folgte er den Spuren von Ramsdens Skiern bis etwa vier Meter vor der Spalte. Er kroch vorwärts und blickte in den Abgrund hinab.

„Bootsmann! Bootsmann! Sind Sie da?"

„Bootsmann, Bootsmann, Bootsmann…!" Einen Augenblick lang fiel ihm sein Name nicht ein. „Jim! Jim! Jim! Können Sie mich hören?"

Ich habe kaum Hoffnung, dachte er, ohne ein Seil zu ihm hinunterzukommen.

Er kroch wieder zum Schlitten zurück. Er empfand es als Ironie, daß Ramsden und nicht Ede als erster sterben sollte. Der Alte war bei Bewußtsein und merkte, daß etwas nicht in Ordnung war. Lockwood beugte sich über ihn. „Der Bootsmann ist in eine Spalte gefallen."

„Ist er tot?"

„Ich glaube, ja."

„Laß uns zurück. Laß uns beide zurück."

Lockwood setzte sich auf den Schlitten, stützte den Kopf in beide Hände und versuchte, Klarheit zu erringen. Der gesunde Menschenverstand sagte ihm, daß der Alte recht hatte. Er selbst konnte noch eine Chance haben – wenn auch eine geringe –, die Steine herauszuschaffen; mit verletzten Passagieren hatte er überhaupt keine Chance. Doch genauso, wie er es zuvor abgelehnt hatte, Ede zurückzulassen, lehnte er es ab, Ramsden zurückzulassen. Alle paar Minuten kroch er zum Rand der Spalte und starrte auf die schemenhafte Gestalt tief unten; aber sie rührte sich nicht.

Nach etwa einer Stunde sagte er sich, daß es keinen Zweck hatte. Er konnte nichts tun. Er überprüfte, ob Ede festgebunden war, und begann den Schlitten von der Spalte wegzuziehen.

Er war erst ein paar Meter gegangen, als er hätte schwören können, Ramsdens Stimme gehört zu haben. „Hilfe!" So klang es etwa. „Helft mir!"

Er sagte sich, er habe Halluzinationen. Und wenn er keine Halluzinationen hatte, wenn der Bootsmann wie durch ein Wunder noch lebte, gab es keine Möglichkeit, ihm zu helfen.

Er fuhr in die Nacht hinaus.

Und es dauerte nicht lange, da wichen die Schreie der Stille.

DIE SPITZE der Antarktischen Halbinsel besteht aus drei Granitlandzungen, wie Knöchel zusammengefügt und sich in die Drake Passage hinausstreckend. Bis zum letzten Augenblick hatte Lockwood gehofft, daß durch ein Wunder die nördliche äußerste Spitze der Halbinsel eisfrei sein würde. Sie war es nicht. Das Packeis war dick und fest – ein Eisbrecher hätte sich vielleicht einen Weg bahnen können, aber ein anderes Schiff hatte keine Chance –, und es erstreckte sich weit von der Küste weg. Nur am weit entfernten Horizont war ein fahlgrauer Himmel: ein dunkelgrünes Band, hervorgerufen von der Reflexion der offenen See am Himmel. Auf dem Mond hätten sie die gleiche Aussicht auf Rettung gehabt wie hier.

Er stellte das Zelt auf wie ein Automat.

In den letzten 48 Stunden hatte sich Ede, dessen Kopfwunde zu eitern begonnen hatte, abwechselnd in Phasen der Bewußtlosigkeit, des Deliriums und der Klarheit befunden. In einer der kurzen klaren Phasen bat er Lockwood, ihn das Packeis sehen zu lassen.

Irgendwann gingen Lockwood die Ausflüchte aus; und etwa zur Zeit des Sonnenuntergangs fiel ihm keine Entschuldigung mehr ein, und er brachte den Alten bis zur Spitze der Halbinsel. Sie saßen nebeneinander auf dem Schlitten und starrten auf die grenzenlose Eisfläche.

Lange Zeit sagte Ede nichts, und Lockwood fragte sich, ob er vielleicht zu weit gegangen war und Ede die Tragweite von dem, was er sah, richtig einschätzen konnte. Aber als er sprach, spielte er nicht darauf an. „Erinnern Sie sich an Ihr Versprechen?"

„Ja."

„Dann müssen Sie den Winter überleben, nicht wahr?"

„Ja, Sir."

Einen Augenblick lang waren Edes Augen sehr klar und sehr strahlend; seine Stimme war kräftiger als je zuvor in diesen Wochen. „Sie können es. Ich weiß, Sie schaffen es." Schmerz verschleierte seinen Blick. Es war, als hätte er alle Kraft in seinen plötzlichen Redeschwall investiert und so das bißchen Energie, das er noch hatte, endgültig verbraucht. Aber er hatte noch eine letzte Botschaft zu übermitteln. „Ich werde Ihnen helfen", flüsterte er. „Denken Sie daran. Ich werde Ihnen helfen."

Das waren die letzten Worte. Er schloß die Augen und ließ sich in die Bewußtlosigkeit sinken.

Sobald sie zum Zelt zurückgekehrt waren, suchte Lockwood alle verbliebenen Morphiumkapseln zusammen und gab ihm eine Injektion. Als er am nächsten Morgen aufwachte, war Edes Körper bereits starr.

Er trug die Leiche aus dem Zelt.

Er saß auf einem Felssims, der Alte lag draußen neben ihm, während die Sonne durch das Eis hindurch aufstieg. Es war nicht der grandioseste Sonnenaufgang – es war zu bewölkt –, aber er besaß eine stille Schönheit, für die er dankbar war. Es wäre angenehm gewesen, dachte er, jemanden zu haben, mit dem man die Schönheit des Sonnenaufgangs hätte teilen können.

Am nördlichen Horizont schimmerte der offenes Wasser andeutende Himmel wie eine Smaragdkette. Das erinnerte ihn an einen Wald mit Tannen, die vom Wind gerüttelt werden.

Und plötzlich war sie da. Das schönste Mädchen, das er je gesehen hatte: in einem weißen Fuchsmantel und Pelzstiefeln aus Hermelin, neben ihr ein Gespann mit gänzlich weißen Hunden. Sie lächelte ihn an. Und ging in den Wald hinein.

Er schloß seine Augen, und als er sie wieder öffnete, war sie fort.

Aber das Phantasiemädchen hinterließ ein Vermächtnis. Aus einem Grund, den Lockwood zu dieser Zeit nicht verstand, widerstrebte es ihm auf einmal zu sterben. Und ihm fiel sein Versprechen an Ede ein.

Winter

Er fühlte, daß er nicht viel Hoffnung hatte, dieses Versprechen einzuhalten. Sein einziger Schutz war ein leichtgewichtiges Zelt, wie sollte er also die winterlichen Schneestürme überleben? Er hatte keinen Brennstoff zum Heizen mehr übrig, wie konnte er also verhindern zu erfrieren? Sein Proviant reichte nur noch für acht oder neun Tage, wie sollte er also acht oder neun Monate am Leben bleiben?

Doch gerade jetzt, als ihm klar wurde, wie massiv sich die Widrigkeiten für ihn häuften, fühlte er, daß die Entschlossenheit zu überleben in ihm aufstieg. Er war 22. Und all die Dinge, die er nie gesehen hatte, all die Dinge, die er nie getan hatte, gewannen die unwiderstehliche Anziehungskraft des Unerreichbaren. Das Leben war noch nie so vielversprechend gewesen wie jetzt, da er es zu verlieren schien.

Im Norden schimmerte der fahlgraue Himmel grün wie die Bäume eines Waldes, und er erwartete fast, sie wiederzusehen: die junge Frau mit den schneeweißen Hunden und den lächelnden Augen. Sie blieb verschwunden. Aber er sagte sich, sie wäre da, auf ihn wartend, der Inbegriff der unerfüllten Phantasien.

Er schaute sich verzweifelt um, als hoffte er durch irgendein Wunder das Nötige zum Überleben zu erspähen. Aber alles, was er sehen konnte, war Kilometer um Kilometer nichts als Eis.

Und die Leiche von John Ede...

Der Gedanke war so schrecklich, daß er versuchte, ihn vor sich selbst zu leugnen. Aber eine innere Stimme flüsterte ihm zu: „Sei ehrlich. Warum sonst hast du ihn mitgeschleppt?“

Er sprang auf, entschlossen, das Undenkbare aus seinem Kopf zu verbannen. Wenn ich überhaupt eine Chance haben will, sagte er sich, muß ich mir eine Unterkunft bauen, und ich muß sie am richtigen Ort bauen.

Er überprüfte die Landzunge, schied erst einen Platz, dann den anderen aus – zu nah am Meer, zu ungeschützt, zu weit weg von den Steinen, mit denen er bauen wollte. Der geeignetste Platz, entschied er, war etwa bei der Mitte der östlichen Landzunge, wo eine Anhäufung von Nunataks aus dem Eis ragte. Dieses Gebiet wollte er als erstes erkunden. Den Alten würde er begraben, wenn er wieder zurückkam.

Eine Stunde später bahnte er sich den Weg zu den Granitfelsen. Den ersten, zu dem er kam, schied er aus, weil er zu ungeschützt war. Er wollte gerade den zweiten als zu steil abtun, als er die Höhle sah. Es war in Wirklichkeit kaum mehr als ein Felsvorsprung; ein etwa zwölf Meter breites, drei Meter hohes und drei Meter tiefes Loch, aber es bot Schutz vor den häufig einsetzenden Winden und dem Schnee, und am wichtigsten war vielleicht, daß es dicht an einer Fläche mit dem möglichen Baumaterial lag. Denn die seewärts blickende Seite des Nunataks war unter vulkanischem Druck in eine Anhäufung von Granitblöcken zersprungen, einige so groß wie ein Auto, einige so klein wie Murmeln – ein ideales Material zum Bau von Trockenmauern.

Er verbrachte den Rest des Tages damit, die anderen Landzungen zu erkunden, aber fand nichts, was auch nur halb so ansprechend war wie seine „Höhle". So machte er sich kurz vor Sonnenuntergang auf den Rückweg dorthin, zusammen mit dem Schlitten, seinem Zelt und John Edes Leiche. Es war zu spät, entschied er, den Alten zu begraben – darüber konnte er am nächsten Tag nachdenken. Er baute sein Zelt im Schutz des Vorsprungs auf, kroch in den Schlafsack und zwang sich zum Schlafen.

Am nächsten Morgen machte er sich an den Bau seiner Unterkunft. Er entschloß sich, sie an einem Ende der „Höhle" zu bauen, wo die Decke niedrig und der Boden relativ eben war. Seine erste Arbeit war, diese Fläche von Eis und losen Steinen zu befreien. Dann kam das schwierigste Stück: drei Wände zu bauen, der Vorsprung würde die vierte Wand und den größten Teil der Decke bilden. Jeder Stein, den er brauchte, mußte aus dem Eis gestemmt und an seine Stelle gebracht werden. Die größeren Steine, die er für das Fundament der Mauern benutzte, waren oft so schwer, daß er sie kaum hochheben konnte; sie mußten herausgehackt, auf den Schlitten verladen, jeder einzeln gezogen und unter dem Vorsprung abgeladen werden. Die Steine mußten dann zusammenpassen wie Stücke eines riesigen dreidimensionalen Puzzles. Er füllte jeden Riß und jede Spalte mit einer Mischung aus Strandkies und Seetang vom nahen Strand.

Es war eine Arbeit, die ihm sowohl Geduld als auch Kraft abverlangte; und seine Kraft war schon beträchtlich geschwunden, weil die Nahrungsmittel ausgingen.

Fast zu jeder Stunde an den folgenden Tagen fragte er sich, ob es sich lohnte, einen Unterschlupf zu bauen. Was hatte es für einen Sinn, sich vor der Kälte zu schützen, wenn er sowieso Hungers sterben würde? Aber er plagte sich weiter ab, begnügte sich am Tag mit zwei Tassen Tee, einem Zwieback bei Sonnenaufgang und einer kleinen warmen Mahlzeit bei Sonnenuntergang und sagte sich, daß immer eine Chance von eins zu einer Million bestand, daß Manna wie in einem Wunder vom Himmel herabkam.

Und am letzten Apriltag geschah das Wunder.

Er sammelte Seetang am Strand, als er die Robben sah.

Die meisten Robben und Pinguine verlassen Ende März die Antarktis, aber manchmal wird ein junger Seehund oder ein Küken zurückgelassen, wenn die andern „in See stechen". Diese Nachzügler überleben den Winter nie; aber im Herbst hängen sie manchmal noch am Leben und suchen verzweifelt nach Futter.

Es waren drei, sie sonnten sich am Rand des Schelfeises. Um die Wahrheit zu sagen, waren es magere Tiere; aber für Lockwood stellten sie eine Fülle von saftigen Steaks, fettem Speck und warmen Pelzen dar. Er war entschlossen, ihrer habhaft zu werden. Aber wie? Sein Revolver war im Zelt; er brauchte dorthin fünf Minuten, und er fürchtete, daß die Robben ein Loch im Eis finden und in eine Welt fliehen würden, in die er ihnen nicht folgen konnte. Das Messer, das er zum Schneiden von Seetang benutzt hatte, war weder lang noch scharf genug. Aber es waren andere Waffen zur Hand. Er nahm einen scharfkantigen und schweren Stein auf. Und im nächsten Augenblick waren 20000 Jahre weggewischt, und er war ein Steinzeitjäger, der vor der einfachen Wahl stand: töten oder sterben.

Halb krabbelnd, halb rutschend begann er die Strecke zwischen seiner Beute und dem Meer zurückzulegen. Er hatte niemals zuvor ein Tier getötet; aber jetzt war er kurz davor, drei von ihnen zu töten: wenn nötig, mit der bloßen Hand.

Die Robben nahmen nicht die geringste Notiz von ihm. Er erkannte sie als Weddellrobben: dicke, langsame Kreaturen, etwa 2,70 m lang und normalerweise um die 225 kg schwer; anmutig im Wasser, aber plump zu Lande. Die ihm am nächsten liegende, ein junges weibliches Tier, zeigte nicht das geringste Anzeichen von Angst, als er sich ihr näherte. Sie machte auch nicht den leisesten Versuch, dem Schlag, der ihren Schädel spaltete, auszuweichen. Als der Stein sie mit einem dumpfen Geräusch traf, weiteten sich ihre Augen; sie zuckte einmal, kippte um auf das Eis und lag still. Die zweite war fast genauso rasch getötet. Aber die dritte begann über das Eis hinwegzurobben, denn sie erkannte, daß sie sich in Gefahr befand. Aber er wollte sie unter keinen Umständen entkommen lassen. Er kroch hinter ihr her, schlug sie dabei wieder und wieder, grausame Hiebe, die durch den Speck schnitten und Knochen zersplitterten.

Während der Metzelei hatte Lockwood weder Mitleid noch

Abneigung verspürt. Jede Faser seines Wesens hatte sich auf die einzige Sache, die von Bedeutung war, konzentriert: das Töten. Aber sobald die letzte Robbe bewegungslos auf dem Eis lag und er mit dem blutverschmierten Stein in seinen Händen dastand, schweißgebadet und zitternd, kehrte er zurück ins 20. Jahrhundert; und es würgte ihn angesichts des Blutbads, das er angerichtet hatte, im Hals.

Er brauchte den Rest des Tages, um die Robben zum Unterschlupf zu bringen, und den ganzen nächsten Tag, um sie zu enthäuten und zu zerlegen. Als er fertig war, hatte er Tran für seine Lampe, Felle, auf denen er schlafen konnte, und ausreichend Fleisch, ihn einen Monat am Leben zu erhalten – obwohl eine der Robben eine Hautkrankheit hatte und das Fleisch verdächtig aussah.

Es schien jetzt sinnvoller, die Notunterkunft zu bauen.

In den nächsten Wochen arbeitete er langsam, absichtlich langsam, um den Energieaufwand und die Verletzungsgefahr herabzusetzen. Denn er wußte, daß Rückenprobleme oder ein gequetschter Finger verhängnisvoll sein könnten.

Und er bekam im Wetter einen unverhofften Bündnispartner; der April und der Mai des Jahres 1943 waren ungewöhnlich ruhig auf der Antarktischen Halbinsel, und die wenigen Schneestürme kamen meist in der Nacht. Dadurch war er in der Lage, seine Baupläne ohne viele Unterbrechungen zu verwirklichen.

Fast genau einen Monat nachdem er die Spitze der Halbinsel erreicht hatte, war der Rohbau für seine Unterkunft vollendet: sein *behouden huis*, wie er es benannt hatte – der Name, den der Holländer Willem Barents seiner Unterkunft gegeben hatte, die ihn und seine Crew am Ende des 16. Jahrhunderts zu den ersten Forschern in der Geschichte werden ließ, die einen Polarwinter im Eis überlebten.

Er hatte kaum Habseligkeiten, deshalb war der Umzug kein Problem. Alles, was er hatte, nahm er mit. John Edes Leiche (inzwischen tiefgefroren und noch vollständig konserviert) legte er an den Fuß des Nunataks, nicht weit entfernt vom Eingang seines *behouden huis*. Er kam zu der Überzeugung, daß er jetzt, da sein Unterstand fertiggestellt war, den Alten endlich begraben mußte. Im selben Augenblick wurde ihm klar, daß der Boden längst zu hart war, um ein Grab zu schaufeln.

Nachdem er das Zelt aufgestellt und sich eine Mahlzeit gekocht hatte, machte er eine Bestandsaufnahme seiner Besitztümer. Er mußte kein Experte für Logistik sein, um sich ausrechnen zu können, daß seine Überlebenschancen entweder wegen der Knappheit an Brennstoff oder des Mangels an Lebensmitteln zunichte gemacht würden. Er hatte genug Brennstoff, um die Lampe am Tag drei bis vier Stunden brennen zu lassen und sich zwei Mahlzeiten zu kochen. Aber keinen mehr zum Heizen. Er hatte genug Tee und Milchpulver, sie würden *ad infinitum* reichen, und genug getrocknetes Gemüse und Fleisch, um etwa sechs Wochen zu überleben. Aber das war nicht annähernd genug, ihn bis zum Frühjahr durchzubringen... Es war jetzt Anfang Mai; es würde Ende September oder Anfang Oktober werden, bevor die Zugvögel und Meeressäuger (eine potentielle Nahrungsquelle) zur Halbinsel zurückkehrten. Wie konnte er hoffen, etwa vier Monate nur mit Tee und Milchpulver zu überleben? Alles, was er tun konnte, beschloß er, war, das Minimum auszurechnen, das er für jeden Tag brauchte, um am Leben zu bleiben. Diese Mindestration würde er verzehren, und wenn nichts mehr übrig war, auf ein weiteres Wunder hoffen.

Es sei denn, er entschied sich für den Kannibalismus.

Das *behouden huis* wurde plötzlich kälter und dunkler.

Es erschreckte ihn, daß der Gedanke an Kannibalismus aus den verborgensten Winkeln seines Gehirns hervorgekrochen war und sich nun offen als eine Möglichkeit präsentierte. Er wog sie ab. Aber schon bei dem Gedanken an das, was damit verbunden war, zog sich sein Mund voll Ekel zusammen. Es gab bestimmte Dinge, sagte er sich, die er nie tun konnte. Und den Kommandanten zu essen war eines davon.

Das sagte er sich. Jedoch blieb hinten in seinem Kopf ein Rest des Zweifels. Deine edlen Gefühle sind ja alle schön und gut, aber, so flüsterte eine Stimme, was wirst du fühlen, wenn der Hunger an dir nagt wie körperlicher Schmerz, wenn du weißt, du stirbst, und das zum Überleben Notwendige vor dir liegt?

Es dauerte in dieser Nacht lange, bis er einschlief.

Ein paar Tage später trat ein Ereignis ein, von dem er wußte, daß es unvermeidlich war, vor dem er sich nichtsdestoweniger gefürchtet hatte: das Verschwinden der Sonne. Am 19. Mai erschien die Sonne nicht am Horizont... Im Winter zuvor war es vielen aus dem Sonderkommando schwergefallen, mit dem Fehlen der Sonne zurechtzukommen; und sie hatten Gesellschaft gehabt sowie die Wärme und das Licht in ihrer Baracke, um das Fehlen zu kompensieren. Einen solchen Ausgleich hatte Lockwood nicht. Als die Sonne verschwand, spürte er, daß der Winter sich um ihn schlang wie eine Anakonda in einem Alptraum.

Am nächsten Tag versuchte er, einen Überlebensplan für die sonnenlosen 1500 Stunden auszuarbeiten. Er mußte, sagte er sich, eine Routine entwickeln, an die er sich halten, einen Rhythmus, dem er sich anvertrauen konnte.

In den folgenden Wochen gelang es ihm, nach einigem Probieren, einen solchen Rhythmus zu entwickeln.

Bis 9 Uhr morgens blieb er in seinem Schlafsack. Er stand nicht früher auf, einerseits, weil er – wie ein Tier, das überwintert – soviel Schlaf wie möglich bekommen wollte, und andererseits, weil der Schlafsack der wärmste Platz in seinem Unterschlupf war. Wenn er schließlich aufstand, war ihm kalt, er war steif und verkrampft, so daß er sich kaum bewegen konnte. Um seinen Kreislauf auf Trab zu bringen, machte er gymnastische Übungen. Sobald er sich richtig bewegen konnte, zündete er seine Lampe und seinen Paraffinofen an. Das war ein Augenblick des Genusses, wenn das Licht wie eine Segnung das *behouden huis* verwandelte. Sein Paraffinofen brauchte etwa 40 Minuten, bis er Wasser zum Kochen brachte, und während er wartete, überprüfte er, ob seine Habseligkeiten am richtigen Platz und in der richtigen Reihenfolge lagen – da er die meiste Zeit im Dunkeln verbrachte, war es wichtig, daß er blindlings alles fand. Dann kam ein weiterer Augenblick des Genusses ... Da es so wenige Ereignisse am Tag gab, auf die er sich freuen konnte, erhob er das Kochen und Trinken des Morgentees zu einem Ritual: Milch, Zucker und sechs Tropfen Limettensaft – zur Skorbutvorbeugung – mit einer übertriebenen Genauigkeit abmessen und dabei nie die Danksagung vergessen: „Ich danke dir, Gott, für dieses Getränk."

Denn der süße, heiße Tee war wohltuend wie eine Kommunion.

Wenn er ihn getrunken hatte, wandte er sich dem *behouden huis* zu. Es war, daran erinnerte er sich häufig, sein Zuhause: ein Ort, auf den er stolz sein konnte. Er arbeitete ständig an ihm, verschloß die Spalten fester, ebnete den Boden, baute einen Eingangstunnel mit Latrine. Er hätte am liebsten den ganzen Tag weiter an diesen Verbesserungen gearbeitet; aber der Brennstoff war knapp, und mittags bereitete er sich darauf vor, die Lampe auszumachen. Diesen Augenblick fürchtete er; denn er war der Beginn zu einem langen Nachmittag des Nichtstuns.

Am meisten machte ihm die Einsamkeit zu schaffen. Es gab Zeiten in diesem Winter, in denen er sich wie das letzte Exemplar der menschlichen Rasse auf einem sterbenden Planeten fühlte.

Mit Einsamkeit fertig zu werden ist schwer ... Wir sind Herdentiere, die Geselligkeit als Geburtsrecht ansehen. Dieses Geburtsrecht wurde Lockwood verweigert. Jeden Nachmittag mußte er sechs Stunden in völliger Einsamkeit und tiefster Dunkelheit verbringen, vom Mittag, wenn er die Lampe löschte, bis 6 Uhr abends, wenn er sie wieder anzündete. In dieser Zeit schlief er nicht, denn, wenn er am Nachmittag schlief, konnte er in der Nacht nicht schlafen; und er lief auch nicht herum, weil er die Wärme und den Schutz des Schlafsacks brauchte. So hatte er keine andere Möglichkeit, als dort zu liegen, und er wußte, daß er seinen Kopf beschäftigen mußte, weil er sonst verrückt werden würde ... Er probierte alles mögliche aus ... Er sagte Gedichte auf. Er erlebte Momente in seinem Leben wieder, die er besonders genossen hatte. Er stellte sich selbst Denkaufgaben und Gedächtnisprüfungen. Und da er seine Augen nicht benutzen konnte, verließ er sich immer mehr auf seine Ohren. Er bekam allmählich die Fähigkeit, die Abstufungen des Windes zu deuten: das Seufzen der Warmluftströmung, wenn sie mit der Flut hereinströmte, das vibrierende Ächzen, das den Schneesturm ankündigte, und das Tosen, das charakteristisch ist für seinen Höhepunkt. Und wenn kein Wind herrschte, lauschte er auf die Stille: eine absolute Stille einer zur Starrheit erfrorenen Welt. Es war, als ob die Erde und alles in ihr im Schoße des Universums lag und auf die Wiedergeburt wartete. *Halte durch, halte durch, halte durch*, sagte er sich, *dann wirst auch du wiedergeboren.*

Um sechs Uhr abends führte er das Ritual des Uhraufziehens und des Wiederanzündens seiner Lampe und seines Ofens durch. Das war ein weiterer großer Augenblick am Tag, wenn die Zeltleinwand sich in Gold verwandelte und die Wände seines Unterschlupfs ockergelb wurden. Und dann kam noch ein größerer Moment. Genauso wie er zuvor ein Ritual aus dem Zubereiten des Tees gemacht hatte, so machte er jetzt ein noch bedeutenderes Ritual aus der Vorbereitung und dem Verzehr seiner Mahlzeit. Nur derjenige, der an Hunger gelitten hat, kann verstehen, wie sich Lockwood an diesen Abenden fühlte. Oft zitterten seine Hände vor Erregung, wenn er sein getrocknetes Gemüse abmaß. Oft konnte er nicht verhindern, daß ihm der Speichel aus dem Mund lief und in seinem Bart zu Eis wurde, wenn er das Robbenfleisch zubereitete. Und wenn er sich endlich zum Essen hinsetzte, zwang er sich, langsam zu essen, genoß jeden Bissen, spürte, wie die Lebenskräfte wieder in seinen Körper zurückkehrten.

Nachdem er gegessen hatte – vorausgesetzt, das Wetter war gut genug –, machte er draußen einen Rundgang: teils, um sich Bewegung zu verschaffen, und teils, um etwas Abwechslung zu haben. Im antarktischen Winter gibt es keinen großen Unterschied zwischen der Tag- und der Nachttemperatur, und in der Nacht konnte man bei Mond- und Sternenlicht oft besser sehen. An Abenden, wenn das Wetter ruhig war, lief Lockwood sogar bis zum Strand, seine Schritte hallten laut und deutlich auf dem Eis, aber die meiste Zeit war das Wetter so schlecht, daß Lockwood es nicht riskieren konnte hinauszugehen, und die einzige Bewegung, die er sich verschaffen konnte, war, im Innern des Unterschlupfs immer wieder im Kreis zu laufen: zwanzigmal im Uhrzeigersinn, zwanzigmal entgegen dem Uhrzeigersinn. Wie ein Tier im Käfig.

Er legte sich jeden Abend um 9 Uhr schlafen. Zu diesem Zeitpunkt war ihm so kalt, daß es eine große Wohltat war, in den Schlafsack zu kriechen.

Für einige Zeit konnte er sich an dieses Ritual halten. Als aber die Wochen verstrichen und die Temperaturen sanken, bemerkte er, daß er zunehmend schwächer wurde, sowohl körperlich wie geistig.

Er wurde physisch schwächer, weil er nicht genügend Nahrung zu sich nahm. Drei Tassen Tee, ein paar Gramm Robbenfleisch und einige Würfel Trockengemüse am Tag waren nicht genug, um ihn bei guter Gesundheit zu halten. Er benötigte mehr und abwechslungsreichere Nahrung. Besonders brauchte er Vitamin C, das in frischem Obst und Gemüse enthalten ist.

Zunächst war er in der Lage, von seinem Muskelfett zu zehren. Es dauerte jedoch nicht lange, bis er an Muskelschwund litt. Er mußte sich dann von seinem körpereigenen Protein ernähren. Wie die Wochen so vergingen, wurde Lockwood gewahr, daß er zunehmend von Schwindel ergriffen und kurzatmig wurde. Sein Urin wurde dunkler und sein Stuhl flüssiger. Zur Mitte des Winters hin gab es sogar noch schlimmere Anzeichen. Seine Zähne wurden lose in ihren Höhlen, und kleine gelbe und purpurrote Flecken tauchten an seinen Armen und Beinen auf. Er hatte Skorbut.

Er war kein Fachmann in bezug auf Skorbut, aber er wußte, daß es in den Tagen der Segelschiffahrt die Geißel der Seeleute gewesen war. Kapitän Cook, glaubte er sich zu erinnern, hatte die Krankheit „bezwungen", indem er seine Mannschaft Limettensaft trinken und frisches Gemüse essen ließ. Wie sollte er sie bezwingen?

Nun gut, er hatte eine Flasche Limettensaft, die den Granatenbeschuß des Lagers überstanden hatte, und während des letzten Monats hatte er jeden Morgen sechs Tropfen davon in seinen Tee getan. Natürlich war das nicht genug gewesen. Er verdreifachte die Dosis. Zwar würde der Limettensaft so noch vor dem Ende des Winters ausgehen, aber es war nicht gut, nur halbherzig vorzubeugen.

Frisches Obst und Gemüse waren eher ein Problem. Dann sagte er sich, daß auch das Meer Pflanzen hervorbrachte. Könnte es sein, daß Seetang und Seegras bei ihm die gleiche Wirkung haben würden wie bei Kapitän Cook Limetten und Kohlköpfe? Der Haken dabei war, daß im Winter Seetang und Seegras im Eis eingeschlossen waren, eine massive Schicht, oft meterdick. Dennoch fanden die Reichtümer des Meeres, wenn auch nur gelegentlich, noch immer ihren Weg an Land. Lockwood entsann sich, daß sie im letzten Winter einige Male Seetang und -gras angetroffen hatten, das am Ufer wie Strandgut verstreut lag.

Er begann, die Strände rund um die Spitze der Halbinsel abzusuchen. Und schließlich gelang ihm ein Glückstreffer.

Es war eine ruhige und klare Nacht, und er hatte sich weiter als je zuvor von seinem *behouden huis* weggewagt. Am Rande des Wassers erblickte er etwas, das sich von der gleichförmigen weißen Fläche abhob; es sah aus wie ein schwarz gesprenkelter Haufen Salat. Bei genauerem Hinsehen entpuppte sich der „Salat" als ein Durcheinander aus Algen, Napfschnecken, Schwämmen und Seegras, das auf irgendeine Weise bis an die Meeresoberfläche gedrungen und an den Strand getrieben war. Es lag auch ein Seestern darunter, der sich gegen jede Wahrscheinlichkeit noch ans Leben klammerte.

Seestern und Seegras mögen nicht zu den schmackhaftesten Gerichten auf der Welt zählen; aber da Lockwood alles auch nur annähernd Eßbare aus dem Eis schätzte, empfand er große Erleichterung.

Auf dem Rückweg zum Unterstand kaute er Seegras. Es war so zäh, daß er mit seinen losen Zähnen jeden Bissen zehn Minuten kauen mußte. Er erkannte, daß er es sich einfacher machen konnte, wenn er das Seegras kochte; aber er fürchtete – zurecht –, daß der Vitamingehalt dadurch weitgehend verlorenginge. Also kaute er stundenlang weiter und sagte sich, daß etwas, das so widerlich schmeckte, ihm zuträglich sein müßte.

Sein Skorbut wurde nicht geheilt. Aber das Fortschreiten wurde verhindert; und seine quälenden Symptome wurden für den Augenblick gelindert. Sein körperlicher Verfall wurde also aufgehalten.

Aber mental lagen die Dinge anders. Denn die Kälte, die Dunkelheit und die Einsamkeit drückten ihn nieder, er wurde von zwei Gespenstern an den Rand des Wahnsinns getrieben: dem Bild seines Traummädchens und der Vorstellung des Kannibalismus.

Am Anfang kam sein Traummädchen nicht als Geliebte, sondern als Freundin zu ihm... Sein *behouden huis* war vor den vorherrschenden Winden geschützt, aber bei den keineswegs seltenen Wirbelstürmen mußte es die volle Wucht der Nordwinde aushalten, die wild dagegen peitschten und Schnee, Eis und Kies vom Strand wegrissen und fast horizontal gegen die Steinwand trieben. Die Wände hielten stand. Aber die Kies- und Seegrasmischung zwischen den Steinen wurde ausgehöhlt, dann sickerte der Schnee zuerst durch und fiel schließlich hinein. In diesen Momenten mußte Lockwood umgehend mit der Arbeit beginnen und die Öffnungen schließen und den Schnee hinausschaufeln. Es war kalt, die Arbeit zermürbend und ermattend. Oft, wenn seine Hände taub, seine Kleider durchweicht waren und er völlig zermürbt vom Schlafmangel war, wollte er aufgeben. In diesen Momenten, wenn seine Einsamkeit nicht mehr zu ertragen war, besuchte ihn das Mädchen. Wenn seine Hände so taub waren, daß er seinen Eimer aus Seegras nicht mehr halten konnte, trug sie ihn; wenn seine Arme so schwach waren, daß er die Schaufel nicht mehr hochheben konnte, half sie ihm, sie vor und zurück zu schwingen; und wenn der Schneesturm vorüber war, lagen sie zusammen im Zelt. Sie schliefen nicht miteinander, weil er sich nicht nach körperlicher Liebe sehnte. Es war Gesellschaft. „Ich werde dich nicht verlassen", flüsterte sie. „Ich werde immer bei dir bleiben."

Man sollte denken, daß er sich betrogen fühlte, wenn er zur Besinnung kam und bemerkte, daß er allein war. Aber das war nicht der Fall, er war mehr als je entschlossen zu überleben: um eines Tages ein Mädchen zu finden, das wahrhaftig und für immer bei ihm blieb.

Immer öfter vermischten sich für ihn Träume und Wirklichkeit. Solange er wach war, konnte er seine Phantasien unter Kontrolle halten; aber wenn er schlief, war es etwas anderes. Bald kam die junge Frau fast jede Nacht zu ihm. Oder vielmehr, er ging zu ihr; denn aus irgendeinem Grund kam sie nie in sein *behouden huis*. „Aber es ist drinnen wärmer", protestierte er.

„Und amüsanter im Wald", flüsterte sie.

Sie vereinbarten, sich dort zu treffen, wo der Schnee endete und die Bäume begannen. Und bei jedem Rendezvous schienen ihre Beine länger, ihre Augen strahlender, ihr Körper begehrenswerter.

„Werden deine Knie nicht kalt?" fragte er.

Sie lachte: „Über meine Beine brauchst du dir keine Gedanken zu machen!"

Ausgelassen schüttelte sie einen der Tannenbäume, so daß der Schnee auf ihn herabfiel. Er wachte auf und zitterte. Und verachtete sich selbst. Er sagte sich, daß er aufhören mußte, an sie zu denken.

Das war jedoch leichter gesagt als getan. Denn bald erkannte er, daß er das Bild nicht aus seinem Kopf bekam; ein Bild, das um so unwiderstehlicher wirkte, als es unwahrscheinlich war, daß er lange genug lebte, um jemals eine leibhaftige Frau zu lieben. Er versuchte sich zu zwingen, an andere Dinge zu denken. Er versuchte so lange in seiner Höhle herumzulaufen, bis ihm schwindlig wurde und er erschöpft war. Er versuchte, ohne Schlaf auszukommen. Aber immer noch suchte sie ihn heim. Und sie spielte weiterhin die Hauptrolle in seinen Träumen. Auch hier dauerte es nicht lange, bis Wirklichkeit und Phantasie sich vermischten. Mehr als einmal hätte er schwören können, daß er sie im *behouden huis* herumgehen hörte. Eines Nachts schreckte er schweißgebadet und zitternd aus dem Schlaf hoch; er hätte schwören können, daß sie den Eingangsstein wegzog.

Im Laufe der Tage begann er nicht mehr an sie als geliebtes Wesen zu denken, sondern sagte sich, daß sie ihn in den Wahnsinn trieb. Schließlich glich sie in seinem Kopf einer Geliebten: einem Objekt der Erregung, mit Schuld befleckt. Er sah sich, wie er sich nach ihr sehnte und sie doch nicht sehen wollte. Eines Nachmittags, als er in seinem Schlafsack lag, hatte er so etwas wie eine Eingebung. Sie waren einander immer draußen im Wald nähergekommen; wenn er das nicht mehr fortsetzen wollte, mußte er nur drinnen bleiben. Seine Abendspaziergänge aufzugeben, sagte er sich, wäre ein geringer Preis für den Seelenfrieden.

So schloß er sich in seinem Unterschlupf ein, und in dieser Nacht fühlte er sich sicherer, als er sich in seinem Schlafsack zur Ruhe legte. Aber die Dinge entwickelten sich nicht so, wie er es erwartet hatte.

Er wachte plötzlich zitternd auf. Er wußte sofort, was ihn aufgeweckt hatte. Ihre Schritte, als sie im *behouden huis* herumlief.

Er preßte die Augen zu und sagte sich, daß er Halluzinationen hatte. Aber seine Ohren wollten es nicht wahrhaben. Denn es bestand kein Zweifel daran, was er hörte ... Platsch, rutsch, platsch, Pause ... Platsch, rutsch, platsch, Pause ... Es war, als ob sie in schlecht sitzenden Schneeschuhen im Kreis umherging. Dann kam vom äußersten Ende des Tunnels ein Kratzen und Schaben. Die Haare in seinem Nacken stellten sich auf. Er ergriff seinen Revolver. „Verschwinde!" rief er. „Verschwinde! Oder ich lege dich um."

Dann war es wieder still. Es hat Angst, was immer es auch sein mag, dachte er. Die Minuten vergingen, und bei den Steinen, die am Eingang aufgehäuft waren, bewegte sich nichts, und es kratzte und schabte nicht mehr. Er nahm das Seegras zwischen zwei Steinen in der Wand heraus und spähte in die Dunkelheit. Die Sterne waren hinter Wolken verborgen, und er konnte nichts sehen. Doch hatte er das starke Gefühl, daß etwas oder jemand ihn beobachtete.

Er kroch wieder in seinen Schlafsack, fand aber in dieser Nacht keinen Schlaf mehr.

DIE NÄCHSTEN Tage brachten ihm immer härtere Zerreißproben. Zunächst wurde die Halbinsel von einem Schneesturm erfaßt, der ohne Unterbrechung 36 Stunden lang wütete und ihn zerschlagen und erschöpft zurückließ. Dann entdeckte er, daß ein Teil seines Robbenfleisches verwest war. Er hatte beim Zerlegen der Robben bemerkt, daß eine krank war. Er hatte das Fleisch nicht gegessen und es getrennt von dem restlichen aufbewahrt; doch die Stücke wurden langsam dunkler und weicher, bis er am Morgen nach dem Schneesturm zu seinem Schrecken sah, daß das Fleisch die Brutstätte von Myriaden winziger Würmer war. Das war ein schwerer Schlag; in wenigen Wochen würde ihm die Nahrung ausgehen. Er kratzte das faulige Robbenfleisch in einen Sack und sagte sich, daß er hinunter zum Strand gehen und es wegwerfen mußte.

Er war schon bei der Hälfte des Eingangstunnels, als er sich an sein Phantasiemädchen erinnerte. „Reiß dich zusammen“, murmelte er. „Du weißt, daß sie nicht existiert.“ Nichtsdestoweniger tauchte er aus seinem Unterschlupf mit einem Zittern auf.

Die Dunkelheit traf ihn wie ein körperlicher Schlag. Er schwenkte seine Fackel hierhin und dorthin. Ihr Licht erhellte nichts als Leere.

Er war nur einige Meter gelaufen, als er sie sah: Ihre Augen, wie Lichtpunkte in der Nacht, starrten ihn an. Er atmete tief ein, drehte sich weg und zählte bis zehn. Aber als er seinen Blick wieder zurückwandte, war der einzig sichtbare Teil von ihr immer noch da. Und sie bewegte sich auf ihn zu.

Eine Stimme rief: „Geh zu ihr!“ Eine andere rief: „Bleib, wo du bist!“ Und eine dritte: „Renn um dein Leben!“

Der Überlebenstrieb ist der fundamentalste Instinkt. Als die Augen auf ihn zukamen, floh Lockwood. Er krabbelte durch den Eingangstunnel, griff die losen Steine, legte sie hinter sich und stellte sich mit dem Rücken an die entfernteste Wand, erfaßt von schrecklicher Angst. Er erwartete, daß das mysteriöse Wesen da draußen versuchen würde, ihm zu folgen. Aber dem war nicht so. Und während die Minuten verstrichen, wich seine Angst langsam der Verwirrung. Was zum Teufel war los? Er zündete seine Lampe an, setzte sich hin und versuchte, es herauszubekommen.

Eine Möglichkeit war die, daß er verrückt wurde. Aber er sagte sich, daß Leute, die wahnsinnig werden, sich normalerweise nicht hinsetzen und in aller Ruhe versuchen, ihre mißliche Lage zu analysieren. Eine andere Möglichkeit war die, daß „sie“ ein Tier war. Keiner aus dem Sonderkommando war ein Experte für Tiere in der Antarktis, aber sie wußten aus persönlicher Erfahrung, daß alle Wesen, mit Ausnahme einiger Kaiserpinguine, das Festland im Winter verlassen. Was kam also sonst noch in Frage? „Sie“ konnte schwerlich ein Mensch sein oder – ein Überlebender des Blutbads vielleicht, Ramsden, der aus der Spalte gestiegen war, oder Ede, der von unterhalb des Vorsprungs des Nunataks gekommen war, um ihn heimzusuchen. Solche Vorstellungen waren zu absurd, um weiter darüber nachzusinnen. Aber jede andere Vorstellung, die er hatte, war ebenso absurd. Folglich kehrte er zu seinen ersten Gedanken zurück, er müßte Halluzinationen haben.

Er lauschte: nichts als Stille. Er starrte zwischen den Steinen seines Unterschlupfs hinaus und sah in einem Augenblick der Verzweiflung, daß er sicher keine Halluzinationen hatte. Die Augen waren da: ein unstet tanzendes goldfarbenes Augenpaar.

Mit einemmal fiel bei ihm der Groschen. Warum in aller Welt hatte er es vorher nicht herausgefunden. Es mußte ein Eskimomädchen sein. Eskimos leben das ganze Jahr über im Eis: in Iglus. Und ihre Augen hüpften auf und ab, weil sie tanzte: einen frechen Tanz, um ihn zu locken und zu verführen, aus dem *behouden huis* herauszukommen und sie zu lieben.

Aber er würde sich nicht verführen lassen. Er stopfte Seegras in das Guckloch und sagte sich, daß sie nicht da war.

In den nächsten Tagen bemerkte er nicht, daß er sich anschickte, verrückt zu werden. Er dachte, sein Verhalten sei vollständig normal – was es auch den größten Teil der Zeit war. Der einzige Punkt, an dem er offensichtlich von seiner Routine abwich, war, daß er nicht hinausging und immer häufiger durch das Guckloch starrte, um das Eskimomädchen zu beobachten.

Das einzige, was er von ihr sah, waren die Augen. Manchmal waren sie reglos, und er konnte sich vorstellen, daß sie auf dem Eis lag, zu ihm starrte und lächelte. Manchmal bewegten sie sich hin und her, und er konnte sich vorstellen, wie sie tanzte: ein Tanz, der jedesmal, wenn er sie beobachtete, erotischer wurde. Es war frustrierend, sie nicht sehen zu können. Und im Laufe der Tage verwandelte sich seine Frustration in eine Obsession.

Selbst in der Nacht konnte er ihr nicht entkommen; ihre Augen verfolgten ihn in all seinen Träumen. Schließlich war sie nahezu das einzige, woran er dachte. „Sie ruft dich“, flüsterten ihm Stimmen zu. „Geh zu ihr.“ Zuerst waren die Stimmen sanft und zögernd; aber im Laufe der Tage wurden sie lauter und eindringlicher: „Geh zu ihr. Geh zu ihr. Geh zu ihr.“ Er schaukelte hin und her, seine Hände auf die Ohren gepreßt, jeder Instinkt sagte ihm, daß, wenn er den Stimmen nachgab, etwas Schreckliches geschehen würde.

Aber zum Schluß gab er nach. Er taumelte den Eingangstunnel entlang und hebelte die Steine beiseite. Er nahm immer seine Fackel und seinen Revolver mit, wenn er hinausging: seine Fackel aus dem offensichtlichen Grund, daß sie ihm ermöglichte, im Dunkeln zu sehen, seinen Revolver für den mehr als unwahrscheinlichen Fall, daß er wieder auf eine überlebende Robbe stieß, die er erschießen konnte. So nahm er die Fackel und den Revolver aus dem Versteck am Eingang und kroch in die Nacht hinaus.

Das erste, was er sah, waren ihre Augen, überraschend nah, als ob sie auf ihn wartete. Er stolperte vorwärts und rief: „Wer bist du?"

Sie antwortete nicht; aber ihre Augen bewegten sich weiter oben, als ob sie sich aufgerichtet hätte.

Er war schon fast auf ihrer Höhe, als er bemerkte, daß irgend etwas überhaupt nicht stimmte. Ihre Augen waren weniger goldfarben als rot: rot wie Blutflecken. Sie stank zum Himmel, ein stinkender Fischgeruch.

Er zündete seine Fackel an und sah im Lichtschein einen gekrümmten, drei Meter langen Seeleoparden, die Zähne lang und scharf wie bei einem Tiger. Das Tier bäumte sich auf. Die Zähne zielten auf seine Kehle.

„Ahhhh!" Wie in einem schrecklichen Alptraum, dem er zuschaute, an dem er aber nicht beteiligt war, hörte er den eigenen Schreckensschrei über das Eisfeld hallen. Dann stürzte die Bestie sich auf ihn. Als er versuchte zurückzuspringen, rutschten seine Füße unter ihm weg, und er merkte, daß er fiel. Das also, dachte er, ist das Ende.

Er konnte sich nicht mehr daran erinnern, geschossen zu haben. Aber er hörte die Schüsse immer wieder knallen, bis es klickte und der Revolver leer war. Die Kugeln waren nach links und rechts gezischt; aber aus einer Entfernung von etwa einem Meter konnten nicht alle ihr Ziel verfehlt haben. Eine steckte im Herzen des Seeleoparden. Er gab ein gurgelndes Husten und einen Seufzer von sich und stürzte mit seinem ganzen Gewicht auf ihn.

Lockwood lag starr und wartete. Aber der Seeleopard lag fast noch starrer; und das erste, was Lockwood spürte, war nicht ein Zupacken der Zähne, sondern die Feuchte seines Blutes, das durch den Parka sickerte.

Er wand sich unter dem massigen Körper heraus, zwang sich, mit dem Zittern aufzuhören und seine Gedanken zu ordnen.

Sein erster Gedanke war Dankbarkeit. Er lebte! Und wie durch ein Wunder war er unverletzt.

Sein zweiter Gedanke war „Essen“. Er konnte erkennen, daß der Seeleopard erbärmlich dünn war, aber er schätzte, daß genug Fleisch an ihm war, um den Verlust der verdorbenen Robbenstücke auszugleichen.

Der dritte Gedanke verdrängte alle anderen aus seinem Kopf. Er ging zum Nunatak, um nach John Edes Leiche zu sehen.

Was er fand, kam kaum unerwartet – es war offensichtlich, daß es nur einen einzigen Grund für alles Tapsen und Grunzen am Eingang des Tunnels geben konnte. Dennoch empfand er entsetzliche Übelkeit, als er auf das starrte, was vom Kommandanten übriggeblieben war... Er versuchte, sich mit dem Gedanken zu trösten, daß es nicht der echte John Ede war, auf den er starrte. Der echte John Ede, sagte er sich, war in einer anderen Welt. Und doch war er sich eines überwältigenden Schuldgefühls bewußt. Er sank auf die Knie.

„Es tut mir leid“, flüsterte er. „Ich hätte Sie begraben müssen.“

Er war nicht soweit gegangen, daß er wirklich dachte, der Alte würde ihm antworten. Aber auf eine merkwürdige Art spürte er, daß Ede ihm nah war: daß er verstand, und wenn Vergeben verlangt wurde, so vergab er ihm.

HALB trug er, halb zog er den Seeleoparden in das *behouden huis* und begann ihn zu zerlegen.

Er war nicht überrascht darüber, daß der Seeleopard verletzt war – warum sonst war er zurückgeblieben, wenn alle anderen Tiere die Gegend verlassen hatten? Eine Flosse und sein Schwanz waren zerquetscht, was Schwimmen und Jagen unmöglich machte. Zur Jagd unfähig, war er zum langsamen Hungertod auf dem Festland verdammt. Er konnte sich vorstellen, wie das Tier seinen Geruch wahrgenommen und sich in eine Position geschleppt hatte, aus der es ihn beobachten konnte; dann hatte es um das *behouden huis* herumgeschnüffelt und Edes Leiche gefunden. Seeleoparden gehören zu den wenigen Fleischfressern der Antarktis, und ihre Eckzähne zählen zu den schrecklichsten im Tierreich. Ein Mensch kann damit problemlos in Stücke gerissen werden.

Es dauerte nicht lange, bis Lockwood erkannte, daß sich sein Nahrungsproblem verringert, aber nicht gelöst hatte. Der abgemagerte Seeleopard würde ihm ausreichend Fleisch für drei oder vier Wochen liefern. Dann würde das Gespenst des Hungertods ihn wieder heimsuchen.

Nichtsdestoweniger schlief er in dieser Nacht besser als in den Wochen zuvor.

In den nächsten Tagen machte das Wetter einen der dramatischen Stürze durch, die in der Antarktis üblich sind. Das Wolkendach hob sich, die Temperatur fiel, und Nacht für Nacht pulsierten die Sterne mit einer derartigen Helligkeit, als würden sie Löcher in den Himmel brennen. Die Szene war so großartig, daß es Zeiten gab in diesen letzten Junitagen, in denen die Schönheit der Nacht Lockwood fast buchstäblich den Atem nahm, wenn er aus dem *behouden huis* hinauskroch.

Anfang Juli geschahen zwei Dinge, die sich später als bedeutsamer erwiesen, als sie zu dieser Zeit schienen.

Als erstes entdeckte er das Blatt.

Er arbeitete an den Wänden des Unterschlupfes, als er eine Anzahl merkwürdiger Zeichen auf einem der Steine bemerkte; sie sahen aus wie Hieroglyphen. Verwirrt stemmte er den Stein aus der Wand und untersuchte ihn im Lampenschein. Bei genauerer Betrachtung erwiesen sich die Zeichen als Pflanzenfossil, darunter ein vollständig erhaltenes Blatt, fast sicher ein Buchenblatt, ein Relikt der unermeßlichen Wälder, die einst den Kontinent Gondwana bedeckt hatten; und er erkannte den Stein als Kalkstein aus dem Tertiär. Mit anderen Worten, er blickte auf etwas, das fünfzig Millionen Jahre überdauert hatte.

Lockwood sah dieses Blatt als ein Symbol des Überlebens an. Er strich mit seinen Fingern über das Netzwerk der Blattadern. Einer der letzten Dinosaurier mochte das Blatt einst im Vorbeigehen gestreift haben oder einer der ersten Säbelzahntiger. Und nun, 18 Milliarden Sonnenaufgänge später, berührte es ein Mensch des 20. Jahrhunderts.

Er trug den Stein beinahe ehrfurchtsvoll in sein Zelt. Er würde ihm ein Quell der Inspiration sein: ein Hinweis, wie lange es möglich war zu überleben.

Der andere bedeutende Vorfall war der, daß er sich den Zeh an dem Haufen der uranhaltigen Steine stieß – und sie verfluchte. Es war nicht der Schmerz, der ihm Sorgen bereitete, es war das Wissen darüber, daß in seiner schlechten Verfassung selbst eine geringfügige Verletzung zu Wundbrand führen konnte. Er zog sich die Stiefel aus, und es war offensichtlich, daß kein großer Schaden entstanden war; er war mehr erschrocken als verwundet. Dennoch schaute er die Steine vorwurfsvoll an. „Blöde Lavabrocken!" brummte er.

Diese Steine hatten sich für einiges zu verantworten. War es nicht ihretwegen, daß seine Freunde getötet wurden und daß er jetzt in dem *behouden huis* eingesperrt war und sich nicht ruhig niederlegen und sterben konnte, sondern die Pflicht empfand, sich zu winden wie ein Fisch am Haken, um die schwache Chance zu bekommen, die Steine nach England zu schaffen... Und alles nur, um eine verdammte Bombe zu bauen!

Ein Wechsel in seiner Einstellung hatte sich schrittweise, fast unbemerkt, bei ihm eingeschlichen; es war dennoch ein radikaler Wandel.

Nicht, daß es eine große Rolle spielte, was er über die Steine dachte. Denn Mitte Juli waren seine Essensvorräte wieder verbraucht.

Ein Mensch, der gut ernährt und fit ist, kann mehrere Wochen ohne Nahrung leben. Lockwood war beides nicht: Er hatte Erfrierungen, Darmkatarrh und Skorbut. Wenn die Nahrung ausging, würde seine Lebenserwartung nicht in Wochen, sondern in Tagen bemessen sein.

Als er den Rest seiner Nahrungsmittel verbraucht hatte und nur noch Milchpulver und Teebeutel besaß, sagte er sich, daß es nur noch eins für ihn gab: zu sterben. Er legte sich in seinen Schlafsack und fragte sich, wie lange es dauern würde.

Kaum hatte er sich bequem hingelegt, als eine Stimme flüsterte: *Du mußt nicht sterben, weißt du. Der Seeleopard hat nicht vollendet, was er begonnen hat...*

„Nein“, sagte er bestimmt. „Das werde ich nicht tun.“

Und er zwang sich zu schlafen.

Als er erwachte, sagte er sich, daß es unnötig sei, sich aus dem Schlafsack zu kämpfen, um Tee zu kochen, aber schließlich raffte er sich auf. Er war so schwach, daß er etwas Milchpulver auf den Fußboden verstreute; aber der Tee schmeckte gut, und als er ihn getrunken hatte, kroch er wieder in den Schlafsack. Wäre es nicht wunderbar, dachte er, wenn ich die Augen schließen und nie mehr aufwachen würde... Aber es kam ihm in den Sinn, daß es nicht so einfach sein würde... Zu seiner Überraschung war er eher traurig als angsterfüllt: traurig, weil er nie mehr die Wärme der Sonne oder die Frische des Windes spüren, nie mehr das besondere Aufleuchten in den Augen eines Mädchens sehen, nie mehr bei einem Kuß verweilen, nie mehr mit einer Frau schlafen würde. Dann sagte er sich, daß es sündhaft sei, an körperliche Dinge zu denken; er sollte eher an seine unsterbliche Seele denken.

Das Problem ist nur, ich kann nichts dagegen tun, dachte er, ich bin ein irdisches Wesen. *Und wenn du ein irdisches Wesen bleiben möchtest*, flüsterte ihm eine Stimme zu, *weißt du, was du zu tun hast.*

„Nein!“ flüsterte er. „Das werde ich nicht tun.“

Er schlug immer wieder mit dem Kopf gegen den Schlafsack; und fragte sich, ob er nicht den Kopf gegen die Wände des *behouden huis* schlagen sollte. Auf diese Weise wäre es bald vorbei. Auf diese Weise würde er nicht in Versuchung kommen.

Am zweiten Tag, nachdem ihm das Essen ausgegangen war, kroch er nicht mehr aus dem Schlafsack; es schien nicht der Mühe wert. Die meiste Zeit war er in einer Art Niemandsland, wo sich Wirklichkeit und Phantasie vermischten. Denn seine Geisteskraft ließ nach. Der Grund dafür war nicht etwa, daß er von Furcht und Angst besessen war; der Grund war einfach, daß er nicht genug Sauerstoff bekam. Es dauerte lange, bis er sich über etwas im Klaren war. Insbesondere konnte er sich nicht darüber klarwerden, was er mit den letzten Worten des Alten anfangen sollte... Sie kamen ihm immer wieder in den Sinn. „Ich werde Ihnen helfen", hatte er gesagt. „Erinnern Sie sich daran. Ich werde Ihnen helfen."

Was hatte er gemeint?

Es wäre verrückt, sagte er sich, so zu tun, als bedeuteten diese Worte nichts. Warum wie die Katze um den heißen Brei schleichen? Es gab nur eine Möglichkeit, wie er ihm, nachdem er gestorben war, helfen konnte... Da Ede genau wußte, was er sagte, hatte er ihm den Kannibalismus vorgeschlagen und ihn sogar dazu aufgefordert.

Seine Fäuste trommelten gegen seinen Schlafsack. „Ich tue es nicht", murmelte er. „Ich tue es nicht. Ich tue es nicht. Ich tue es nicht."

Am dritten Tag, nachdem sein Essen ausgegangen war, gab es einen *white-out*: einen Schneesturm, in dem der fallende und der weggefegte Schnee zu einem einzigen weißen Vorhang verschmelzen. Jetzt nagte der Hunger wie eine Ratte in seinem Magen, und sein Verstand hatte sich so weit entfernt, daß auch er sich in einem *white-out* befand. Und jetzt tat er das, was er mußte, um am Leben zu bleiben.

Es gab nie einen Zweifel daran, was er tat – wie sonst hätte er überleben können? –, aber er konnte sich kaum noch daran erinnern. Denn der menschliche Verstand hat ein Sicherheitsventil, die Amnesie, die alle Ereignisse ausblendet, an die zu denken schwer erträglich ist. Auf diese Weise blieb er bei Verstand.

Den größten Teil des Juli existierte er von Tag zu Tag in einer Art Vakuum. Er dachte nicht daran, was er tun würde, wenn vom Kommandanten kein Stück mehr übrig war. Im Augenblick genügte es ihm, daß er lebte, der Hunger befriedigt war und die schrecklichen Dinge, die er jeden Tag tun mußte, für ihn mit der Zeit an Schrecken verloren und zu einem festen Bestandteil der täglichen Routine wurden.

In den wenigen Augenblicken, in denen er vorausblickte, erkannte er, daß seine Aussichten weiterhin trübe waren. Der kälteste Monat, der August, stand noch bevor. Seine Nahrung war unausgeglichen, seine Gesundheit prekär, und seine Kraft schwand. Etwa in einem Monat würde er wieder ohne Nahrung sein; es dauerte jedoch noch drei Monate, bevor die ersten Zugvögel und Säugetiere auf das Festland zurückkehren würden. Es war ihm eine Verschiebung der Hinrichtung eingeräumt worden, keine Begnadigung.

Sein Hunger mochte zwar fürs erste besänftigt sein, doch der Schmerz der Einsamkeit blieb. Er begann Halluzinationen zu bekommen. Es gab Zeiten, in denen er hätte schwören können, verschwommene Gestalten gesehen zu haben – seine Eltern, Schulfreunde, Freunde aus der Marine, Freundinnen –, wie sie aus den Wänden seines Unterschlupfs herauskamen, er seine Hand ausstreckte und sie zu berühren versuchte, worauf sie sich in Nichts auflösten. Wenn ich nur jemanden hätte, dachte er, der mir Gesellschaft leisten könnte: und sei es auch nur eine Fliege oder Spinne zwischen den Steinen. Aber es gab in diesem Winter keine Spur von Leben um ihn.

Trotzdem will ich, dachte er, so lange überleben, bis ich wieder die Sonne sehe. Vielleicht löst ihre Wärme wieder ein Wunder aus.

Er fragte sich, was für eine Art Wunder das sein könnte. Nun, offensichtlich ein Gefährte. Aber kein menschlicher Gefährte, weil es nicht fair wäre, jemanden zu bitten, das gleiche durchzumachen, was er durchgemacht hatte. Vielleicht ein Hund? Aber ein Hund würde natürlich genauso leiden, es sei denn, es wäre ein Husky... Ja, dachte er, einen Husky würde ich gern haben. Er würde alles mit dem Hund teilen: den Schneesturm und die Morgenröte, seine Nahrungsmittel und die Wärme seines Schlafsacks; und sie würden sich dort behaupten, wo keiner von ihnen beiden sich allein behaupten könnte.

Manchmal träumte er davon, mit seinem Hund vor dem *behouden huis* zu stehen und die große goldene Kugel der Sonne zu betrachten, wenn sie aus dem Eis aufstieg. Seine Träume waren oft so lebhaft, daß er hätte schwören können, ein Bellen gehört zu haben.

Das Bellen weckte ihn auf. Doch irgend etwas stimmte an dem Bellen nicht. Es war mehr ein Kreischen: ein Mißklang aus gutturalen „Kra-a-as", erst leise, dann immer lauter werdend. Er kämpfte sich aus seinem Schlafsack und kroch aus dem Unterschlupf.

Was er sah, würde sich bis zu seinem Todestag in sein Gedächtnis einprägen. Es war eine Nacht voll exotischer Schönheit. Vollmond, kaum ein Windstoß und über der Eisdecke wie Luftschlösser aufragende Nebelschichten, so daß das Eis hier im Schatten lag und dort vom Mondlicht silbern beschienen wurde. Dann sah er sie: die kleinen untersetzten „Männer“ in ihren dunklen Fräcken, die vorn abgeschnitten waren und das Weiß ihrer Hemden und das Gold ihrer Krawatten enthüllten; einen Augenblick lang standen sie still, dann warfen sie sich mit dem Bauch flach auf den Boden und rodelten vorwärts über das Eis: eine Vorhut von zweien oder dreien, gefolgt von einer Armee aus Tausenden.

Nur ein Tier, der Kaiserpinguin, wagt sich im Winter auf das Festland der Antarktis. Sie kommen hierher, um ihre Eier zu legen und auszubrüten. Und von den Tausenden Stränden des Kontinents hatten die Kaiserpinguine Lockwoods Strand zum Brüten ausgewählt.

Seine Knie gaben nach, und plötzlich fing er zu seiner Bestürzung zu weinen an. Er hatte weder geweint, als er auf die verkohlten Leichen seiner Freunde gestarrt hatte, noch als er Ramsden in der Spalte zurückgelassen hatte, noch als er Ede die tödliche Injektion gegeben hatte. Aber jetzt weinte er. Und es waren Freudentränen. Weil es ihm zum ersten Mal nach dem Granatbeschuß ihres Lagers möglich schien, daß er überleben könnte.

Auferstehung

Die Pinguine schienen sich unbeholfen vorwärts zu bewegen, als sie vom Schelfeis hochkrabbelten. Dann sah er, warum. Viele trugen Eier, kalkweiße Ovale, die kaum größer waren als Schwaneneier. Sie balancierten sie vorsichtig zwischen den Zehen.

Er ging zum Strand hinunter. Er sehnte sich danach, sich unter sie zu mischen, mit ihnen zu spielen und die Wärme der Körper zu spüren; aber er befürchtete, daß sie sich gegen ihn wenden könnten und ihn in seiner schwachen Verfassung zu Tode picken würden. So setzte er sich auf einen Felsen und starrte sie an, stundenlang. Abgesehen von dem Seeleoparden, waren es die einzigen Lebewesen, die er seit mehr als zweitausend Stunden gesehen hatte.

Er erinnerte sich an einige Geschichten, die der Amateurzoologe des Kommandos ihnen über die Kaiserpinguine erzählt hatte: Wie einzigartig es war, daß sie mitten im Winter zum Brüten auf das Festland kamen, ihre Küken unter Bedingungen aufzogen, unter denen kein anderes Tier auf der Erde überleben konnte. Das Brüten erfolgte deshalb im Winter, weil die Kaiserpinguinküken langsam heranwuchsen und sechs Monate alt sein mußten, bevor man sie ins Wasser bringen konnte; die einzige Zeit, in der sie ins Wasser gebracht werden konnten, war mitten im Sommer, wenn das Eis schmolz; deshalb mußten sie mitten im Winter geboren werden.

Aber warum kamen sie in diesem Jahr so spät und warum mit ihren Eiern, wenn man normalerweise erwarten konnte, daß sie sich an ein und demselben Platz gepaart, die Eier ausgebrütet und ihre Küken aufgezogen hatten? Er schloß, daß ihr ursprünglicher Brutplatz von irgendeiner Katastrophe betroffen worden war. Darin hatte er recht...

Die Kaiserpinguine waren tatsächlich zur üblichen Zeit im Mai an Land gegangen, und zwar an ihrem üblichen Brutplatz, einem Eisschelf, umgeben von hohen Klippen, nicht weit entfernt von der Spitze der Halbinsel. Dort paarten sie sich – Kaiserpinguinpaare bleiben wie Schwäne ihr Leben lang zusammen –, und alles schien nach Plan zu verlaufen. Ein Geologe hätte jedoch das drohende Verhängnis entdeckt. Denn die Klippen, die das Eisschelf umgaben, waren über Tausende von Jahren unsicher geworden, und nachdem die weiblichen Pinguine ihre Eier gelegt, sie der Obhut ihrer Partner anvertraut und das offene Meer zum Fressen aufgesucht hatten, um wieder zu Kräften zu kommen, waren Tausende Tonnen Schnee, Felsen und Eis auf den Brutplatz herabgestürzt. Fast die Hälfte der Pinguine wurde getötet oder schwer verwundet. Die allergrößte Sorge der Überlebenden war, ihre Eier zu schützen. Die männlichen Tiere machten sich über das Schelfeis auf den Weg, indem sie die Eier zwischen ihren klauenartigen Zehen balancierten, um sich einen Platz zu suchen, wo sie ihre Küken in Sicherheit aufziehen konnten. Ein paar Tage später schleppten sie sich auf den Strand unterhalb Lockwoods *behouden huis*...

Er begrüßte sie voller Freude sowohl als Gefährten wie auch als Nahrungsquelle. Er dachte nicht gern daran, sie zu töten; aber er würde jetzt nicht an Hunger sterben, da er sich nun genügend Nahrung holen konnte. In den frühen Morgenstunden, als der Nebel sich lichtete und das Schneefeld schimmernd im letzten Mondlicht lag, ging er zum *behouden huis* zurück, um sich den Revolver zu holen.

Wenn er die Pinguine nicht berührte, würden sie ihn nicht beachten. Er überlegte, welchen er töten sollte, als die Angelegenheit sich mehr oder weniger von selbst erledigte. Einige Meter von ihm entfernt fingen zwei Männchen an, miteinander zu kämpfen.

Kaiserpinguine sind nicht besonders streitlustig. Diese Vögel hatten es jedoch schwer. Viele hatten ihre Eier verloren und waren darauf aus, die Eier ihrer Nachbarn zu stehlen. Wenn eines der Männchen seine Stellung änderte und sein Ei zwischen seinen Beinen herausfiel, stürzte sich ein anderer Vogel sofort darauf und verbarg es mit der losen Haut unter dem Bauch. Der rechtmäßige Vater sah jedoch, was geschah, und stürzte sich auf den Dieb. Da die Pinguineier zerbrechlich sind, ist das Kämpfen in der Brutkolonie tabu, und in den seltenen Fällen, wenn es einen Kampf gibt, liegt es im Interesse der Gemeinschaft, dafür zu sorgen, daß der Kampf kurz ist. Und tödlich. Sobald die umstehenden Pinguine sahen, daß der Dieb den kürzeren zog, stürzten sie sich auf ihn, pickten ihn und traktierten ihn mit Flügelschlägen, bis er zuckend in einer Blutlache lag.

Lockwood dachte wohl zurecht, daß es ein Akt der Freundlichkeit war, ihn zu töten.

An diesem Morgen aß er gut. Und zum erstenmal seit 138 Tagen aß er soviel, wie er wollte, spürte weder Hunger noch die Angst vor Hunger, als er fertig gegessen hatte. Und in der nächsten Nacht, als ein Schneesturm versuchte, das *behouden huis* wegzufegen, schlief Lockwood weiter, träumte von gebratenen und gegrillten Steaks und sagte sich, daß er Glück hatte: Für nicht viele Menschen werden Träume wahr.

Der Sturm hatte sich nach 24 Stunden ausgetobt; und am späten Morgen des vorletzten Julitags war keine Wolke am Himmel.

Während des schlechten Wetters hatten die Pinguine in einer Gruppe zusammengekauert gestanden; jetzt zerstreuten sie sich und bezogen Stellung am Strand wie Wachen, schauten hinaus und warteten auf die Rückkehr ihrer Weibchen. Es war jedoch etwas sehr viel Spektakuläreres als ein Pinguin, was an diesem Morgen aus dem Eis Gestalt annahm.

Es war 11.50 Uhr am Vormittag, und in den vergangenen zehn Minuten hatte Lockwood auf den nördlichen Horizont gestarrt, und dieses Mal, sagte er sich, hatte er keine Halluzinationen. Ein Perlmuttband stieg am Horizont empor. Das Perlmutt bekam rosa Flecken. Das Rosa wurde dunkler, bis große Pfeile aus Scharlachrot und Gold – das auf dem Eis gebrochene Sonnenlicht – sich am Horizont entlangdrehten. Dann geschah ein Wunder, das die meisten von uns als selbstverständlich betrachten, dessen Zeuge Lockwood aber 64 Tage lang nicht gewesen war. Der Sonnenaufgang.

Nur der oberste Rand der Sonne erschien an diesem Morgen, und nach fünf Minuten war sie verschwunden. Aber für Lockwood war ihre Wiederkehr ein Lebenszeichen. Ohne die Sonne war die Welt tot gewesen, und er hatte im Sterben gelegen. Nun, da sie wiedergekehrt war, würde die Welt – und er mit ihr – wiedergeboren werden.

Die Kälte an diesem Abend war beißend wie immer; aber Lockwood war eingelullt in die Wärme seiner Gedanken. Vor einer Woche, sagte er sich, hatte ich die Hoffnung aufgegeben. Aber nun hat sich das Blatt gewendet. Jetzt habe ich Essen, und bald werde ich auch mildere Temperaturen haben. Jeden Tag wird die Sonne ein Stückchen höher steigen und ein wenig heller strahlen; unter ihrer Hitze wird das Eis schmelzen, und mit dem Schmelzen geht das Wiederauftauchen von Algen und Flechten einher; mit den Algen und Flechten werden auch Plankton und Krill kommen, dadurch wiederum werden Fische erscheinen und schließlich auch Vögel und Säugetiere; und das Leben kehrt zurück in eine Welt, die tot gewesen ist; und wenn ich geduldig und achtsam bin und etwas Glück habe, werde ich überleben, und eines Tages, so Gott es will, werde ich gerettet werden.

Wie um ihn daran zu erinnern, daß die Rettung weit entfernt war, wurde das Wetter an diesem Abend schlechter.

Bevor er sich schlafen legte, ging er noch zum Strand, um die Pinguine anzusehen. Alles war so unnatürlich still, als hielte die Nacht den Atem an. Der Mond war umgeben von mehreren Halos, und der Horizont flackerte in einem matten roten Licht. Er erkannte die Zeichen. Sie kündigten einen Sturm an.

Die Pinguine wußten es offensichtlich auch. Denn die Brutkolonie war völlig ruhig geworden, und während Lockwood sie beobachtete, begannen sie eine Phalanx zu bilden – ein Schutzschild mit den Schultern aneinander und mit den Rücken gegen den aufkommenden Wind.

Der Wind wurde stärker. Kleine Schneeschauer trieben vom Meer her. Die Pinguine verschränkten ihre Flügel, krümmten ihre Rücken und warteten. Bald verschlang sie der Schneesturm mit einer Kälte, die das Quecksilber gefrieren läßt und Zinn in kleine Kugeln auflöst.

Lockwood zog sich in seinen Unterschlupf zurück, der für unendlich lange Stunden zu einem Vorposten im Angriff wurde. Er arbeitete ununterbrochen, um die in die Wände geblasenen Löcher zu stopfen. Zwei Dinge halfen ihm dabei. Er fühlte sich nicht mehr einsam; denn waren nicht seine Freunde, die Pinguine, längsseits, im Kampf gegen denselben Gegner? Und er hatte keine Nahrungssorgen mehr.

Nach sechs harten Tagen, die größte Schlechtwetterperiode, die Lockwood in diesem Winter durchstehen mußte, endete der Schneesturm so plötzlich, wie er begonnen hatte. Lockwood bahnte sich voller Besorgnis einen Weg zum Strand; er konnte sich nicht vorstellen, daß eine Kreatur im Freien hatte überleben können. Aber die Pinguine lebten, und ihre festgefügte Formation löste sich gerade langsam auf.

Als der Schneesturm wütete, waren die Vögel still gewesen; aber jetzt, als wollten sie ihr Überleben feiern, stimmten sie einen Mißklang aus „Kra-a-as" und „Aaacks" an, die über den Brutplatz hallten wie ein unharmonisches Dankgebet. Die Mehrheit watschelte weg, um wieder Position am Strand einzunehmen. Einige blieben jedoch zusammen und pickten im Eis, als wollten sie nach Futter suchen. Sie schienen sich nicht wegrühren zu wollen. Dann, als Lockwood näher kam, sah er, warum.

Während des Schneesturms waren die ersten Küken ausgeschlüpft. Einige Dutzend Kaiserpinguine hielten nun weiche graue Daunenbündel zwischen ihren Zehen.

Es schien Lockwood, daß die neugeborenen Küken ein Problem haben würden. Denn es gab für sie nichts zu fressen... Unter normalen Umständen wären zur Zeit des Ausschlüpfens ihre Mütter vom Meer zurückgekehrt, wohlgenährt und bereit, sie mit vorverdautem Fisch zu füttern. Doch die Weibchen dieser Brutkolonie hatten kaum eine Möglichkeit herauszufinden, wo ihre Nachkommen waren; und es schien Lockwood, als ob die neugeborenen Küken wenig Chancen hatten, ohne Futter lange zu überleben. Als die Tage vergingen und immer noch keine Spur von den Müttern zu sehen war, wurde er zunehmend besorgter. Er spürte, daß er nicht einfach zusehen konnte, wie seine Freunde starben. Er mußte etwas tun. Fühlte er sich doch zu dieser Zeit nicht mehr nur einbezogen, sondern tatsächlich als Teil des immer wiederkehrenden Wunders der Wiedergeburt der Antarktis. Also schmolz er Schnee, rührte einen Beutel Milchpulver hinein, füllte die warme Mischung in eine Thermoskanne und machte sich auf zu seiner Barmherzigkeitsmission.

Seine Mühen wurden von den Pinguinen nicht geschätzt. Die Väter verteidigten ihre Küken grimmig. Sobald Lockwood näher kam, verbargen sie ihre Küken, zogen ihren Kopf ein und zischten kampflustig. Nach einer Stunde konnte er nichts weiter vorweisen als blaue Flecke und Schrammen von Schnabelhieben.

Dennoch weigerte sich Lockwood, einfach aufzugeben. Es mußte eine Möglichkeit geben, dachte er, an sie heranzukommen. Er stellte einen Becher Milch in die Mitte einer Gruppe von Pinguinen, setzte sich auf einen Stein und wartete in der Kälte.

Ein Zufall führte den Umschwung herbei. Die erwachsenen Pinguine, durch ihre Küken behindert, bewegten sich ungeschickt, und schließlich tapste einer von ihnen in den Becher und warf ihn um. Die Milch lief aus und verschmolz zu einer Pfütze gefrorener Kristalle in einem Loch im Eis. Die Pinguine, hatte Lockwood bemerkt, pickten oft im Eis, und einer von ihnen pickte durch Zufall an der Stelle, an der die Milch gefroren war. Seine Reaktionen waren in ihrer Vorhersehbarkeit fast komisch. Nach dem ersten Picken trat er zurück, drehte seinen Kopf auf die Seite und spähte erstaunt auf das Eis. Zögernd pickte er erneut, und dann pickte er immer begeisterter drauflos... Er gab ein freudiges „Kra-kra-kra-kra-a-aak" von sich. Ein anderer Pinguin gesellte sich zu ihm, und der Vorgang wiederholte sich. Bald pickte eine ganze Schar Pinguine immer weiter im Eis, sogar noch lange, nachdem die letzte Milch verschwunden war. Dann kam der Augenblick, in dem Lockwood für seine Mühe belohnt wurde. Der erste Pinguin, dem es gelungen war, die Hälfte der Milchkristalle zu verschlingen, bevor die anderen die Lage erfaßten, würgte die unverhoffte Nahrung für sein Küken wieder aus. Es war vielleicht nicht der schönste Anblick, aber zumindest, sagte Lockwood sich, war eines der Vogelbabys für den Augenblick gerettet. Er ging zurück in sein *behouden huis* und öffnete einen zweiten Milchpulverbeutel.

Die Tiere der Antarktis leben seit so langer Zeit in Isolation, daß sie keine angeborene Furcht vor Menschen haben. So kam nach Mißgeschicken und Mißverständnissen die Zeit, in der die Pinguine scharenweise über das Eis kamen, um Lockwood auf seinem „Milchgang" zu begrüßen. So kamen sie nach einem Schneesturm, um nach ihm zu sehen (zumindest erschien ihm dies so). Und schließlich ließ sich ein Paar bewegen, in das *behouden huis* zu kommen, und ein besonders vertrauensvoller Elternteil ließ ihn sein Küken streicheln.

Nur ein Ungeliebter und Einsamer weiß, was das für ihn bedeutete.

Und während die Pinguine ihn in diesem Frühjahr mit zwei der Voraussetzungen für das Überleben versorgten – Gesellschaft und Nahrung –, versorgte ihn bald die Sonne mit der dritten: Wärme.

Allmählich stieg die Sonne jeden Tag ein bißchen höher, erwärmte die Luft etwas länger. Dann eines Tages spürte er, fast zu schön, um wahr zu sein, zum ersten Mal in drei Monaten auf seinem Gesicht einen Hauch von Wärme. Es war der Kuß des Lebens: eine Liebkosung, nach der er sich oft gesehnt hatte, die zu spüren er jedoch viele Male den Glauben verloren hatte.

Er hob das Gesicht zur Sonne. Niemals, solange ich lebe, dachte er, werde ich dich als selbstverständlich ansehen.

Ende August mehrten sich die Anzeichen, daß der Frühling herannahte. Eines Nachmittags hörte Lockwood auf seinem Weg zum Strand das Tröpfeln von Wasser. Am nördlichsten Nunatak begann das Eis zu schmelzen. Aber zunächst brachte das Schmelzen mehr Probleme als Segen mit sich. Denn infolge des Temperaturanstiegs begann die Füllung aus Eis, Kies und Seetang in den Wänden des Unterschlupfs zu zerbröckeln. Bald sickerten Wasserrinnsale zwischen den Steinen herunter und bildeten einen Ring von Pfützen am Fuße des Zeltes.

Eines Abends versuchte Lockwood gerade, das Wasser aus den Pfützen abzuleiten, als er die Pinguine singen hörte. Es gab kein anderes Wort dafür: ein *Tedeum*, das auf den Eisfeldern hallte und widerhallte. Einen Augenblick lang konnte er sich nicht denken, was geschah. Dann sah er sie, sich gegen das Abendrot abzeichnend, die Weibchen, die aus dem Meer zurückkamen.

Von allen Bildern, die ihm von der Antarktis im Gedächtnis blieben, war dieses das ergreifendste.

Die Sonne war untergegangen, doch der Glanz blieb. Kleine Nebelfetzen trieben über die Eisfelder, der obere Rand verwandelte sich bei den letzten Sonnenstrahlen in ein goldenes Spinnennetz. Man konnte sich schwerlich eine friedvollere Szene vorstellen. Aber die Pinguine waren alles andere als friedlich. Jeder einzelne starrte auf das Meer hinaus, zitterte vor Aufregung und kreischte wie im Wahn.

Vor dem Himmel hoben sich zwei Gruppen kleiner schwarzer Punkte ab; sie kamen näher und erwiesen sich als gepflegte und wohlgenährte weibliche Pinguine. Sie gaben keinen Laut von sich, bevor sie zu dem Rand kamen, der das Schelfeis vom Festlandeis trennte. Dann, als sie auf das Festlandeis hüpften, fingen auch sie an zu singen.

Ganz offenbar erkannten sich die Vögel, die sich gepaart hatten, nicht an ihrem Aussehen, sondern an ihren Stimmen. Bald wurde der Strand Schauplatz zärtlicher und gefühlsbetonter Begegnungen. In dem Augenblick, da sich ein Paar an seinen Schreien erkannt hatte, stürzte es aufeinander zu. Sie standen etwa einen Meter voneinander entfernt, beugten sich nach hinten und sangen ihr Liebeslied; dann berührten sich ihre Schnäbel, ihre Brust, und sie begannen sich sehr sanft zu liebkosen. Schließlich zeigte das Männchen seiner Gefährtin das Ei oder bei den früh Ausgeschlüpften das Küken. Das löste eine weitere Zuneigungsbezeugung aus, das Weibchen sang leise seinem Küken etwas vor, hätschelte es, spielte mit ihm und forderte es auf, sich zwischen seine Füße zu setzen. Dann kam der Augenblick, der nicht nur ihre Beziehung festigte: Die Mutter gab ihrem Küken die erste Mahlzeit aus vorverdautem Fisch.

Man hätte erwarten können, daß die wiedervereinigten Familien einige Tage zusammen verbrachten. Das war nicht der Fall. Der Vaterinstinkt der Männchen mochte stark gewesen sein, doch noch stärker war der Überlebensinstinkt. Sie litten Hunger. Deshalb machten sie sich in dem Augenblick, als sie sich überzeugt hatten, daß ihre Nachkommen versorgt waren, auf, im offenen Meer nach Futter zu suchen. Es sollte sechs Wochen dauern, bis sie wieder zurückkamen.

MITTE SEPTEMBER tauchten Steinbrocken aus dem Eis auf. Der Frühling hatte den Winter abgelöst. Bald, sagte sich Lockwood, würden immer mehr Tiere heranströmen: erst ein Rinnsal, dann eine Flut und schließlich das Gewimmel von Millionen Fischen, Vögeln und Säugetieren, die jedes Jahr die vorher tote Küste in den reichsten Brutplatz der Welt verwandelten. Und ganz zum Schluß würde der Mensch kommen.

Würde die Mannschaft der *Scoresby*, fragte er sich, noch nach Überlebenden Ausschau halten? Oder hatten sie das Kommando als tot abgeschrieben?

Nun, da die Rettung möglich war – obgleich eine entfernte Möglichkeit –, sagte er sich, daß er einige Entscheidungen treffen mußte.

Wie konnte er sicherstellen, daß er gesehen wurde? Und was sollte er den Rettern sagen, wenn ihm die unausweichliche Frage gestellt wurde: „Was ist aus den anderen geworden?"

Das erste Problem, entschied er, mußte nicht sofort gelöst werden. Es würde noch drei Monate dauern, bis ein Schiff irgendwo an die Halbinsel herankommen könnte. Aber je mehr er über das zweite Problem nachdachte, desto mehr quälte es ihn. Denn er wollte nicht, daß die Retter von seinem Kannibalismus erfuhren.

Die meisten würden vermutlich den Standpunkt einnehmen, daß jeder in Lockwoods Situation in Kannibalismus zurückgefallen wäre: daß er nichts getan hatte, dessen er sich schämen mußte. Wenn er mit jemandem darüber hätte sprechen können, hätte er es fast sicher so gesehen. Aber er hatte niemanden, mit dem er sprechen konnte. Seit ungefähr 5000 Stunden war er allein, meist im Dunkeln, die Gedanken waren seine einzigen Gefährten. Kein Wunder, daß Grübeleien und Schuldgefühle nicht mehr im Zaum zu halten waren.

Was sollte er seinen Rettern sagen?

Sein erster Gedanke war, daß er ihnen erzählen würde, er habe als einziger den Brand überlebt. Aber je mehr er darüber nachdachte, desto weniger gefiel es ihm. Angenommen zum Beispiel, nach dem Krieg würde eine Expedition den Standort der Baracke aufsuchen, um den Leichen ein würdiges Begräbnis zu geben; was würden sie denken, wenn sie entdeckten, daß Ede und Ramsden sich nicht unter ihnen befanden? Er würde in große Schwierigkeiten geraten. Nein, am Ende beschloß er, so dicht wie möglich an der Wahrheit zu bleiben. Er würde sagen, daß Ramsden und Ede den Angriff überlebt hatten und mit ihm auf die Reise zur Spitze der Halbinsel aufgebrochen waren. Ramsden war kein Problem; alles, was er sagen mußte, war, daß der Bootsmann beim Sturz in eine Spalte den Tod gefunden hatte, weiter nichts. Und was Ede betraf, würde er sagen, daß er schlimm verletzt gewesen und auf der Reise gestorben sei – keiner würde von ihm erwarten, daß er sich noch daran erinnerte, wo genau. Und solange er bei der Geschichte blieb, konnte er sich nicht vorstellen, warum sie angezweifelt würde – vorausgesetzt, er konnte die Leiche des Alten loswerden.

Ich muß einen sicheren Platz finden, wo ich ihn begraben kann.

Es dauerte einige Wochen, bis er einen geeigneten Ort fand: eine tiefe Schlucht, die zu weit weg von seinem *behouden huis* war, um von seinen Rettern aufgesucht zu werden. Es dauerte eine sehr lange Zeit, bis er in den Boden der Schlucht ein Grab gehackt, die Steine mit einer behelfsmäßigen Brechstange gelockert und sich vergewissert hatte, daß er keine Spuren seiner Grabung hinterlassen hatte. Es stimmte ihn traurig, daß er einem Mann, den er gemocht und bewundert hatte, einen so düsteren und versteckten Ruheplatz gegeben hatte. Kein Rundblick auf das Land, das er geliebt hatte, kein Kreuz, keine Blumen; er konnte noch nicht einmal eine Träne für ihn vergießen.

Was für ein Mensch bin ich denn geworden, fragte er sich, als er die Überreste des Alten in die Grube hinabließ. Und ihn erfüllte plötzlich der Wunsch, nun genau das Gegenteil zu tun: einen großen Steinhügel auf dem Grab zu bauen, es mit einem Kreuz zu krönen, das alle sehen konnten. Dann gab es nichts mehr zu verbergen: keinen Anlaß zur Ausflucht und zur Täuschung... Aber das, wußte er, war nicht der Weg, den er beschreiten würde. Es gab Geheimnisse, die besser nie ans Licht kamen.

Jetzt, da es Frühling wurde, mußte er einem anderen Feind ins Auge sehen: Feuchtigkeit.

An jedem Nachmittag verwandelte die Schmelze die Wände seines *behouden huis* in Wasserfälle. Es war unmöglich, irgend etwas trokken zu halten. Alles – sein Zelt, sein Schlafsack, seine Kleider – war ständig entweder mit Eis bedeckt oder durchweicht. Es dauerte nicht lange, und seine Gesundheit verschlechterte sich wieder. Er bekam Husten und erneut Symptome seines alten Feindes: Skorbut.

Eine der Nebenerscheinungen des Skorbuts ist die Depression; und mehr als einmal, wenn die Sonne mehrere Tage lang hinter Regenwolken verschwand, war Lockwood versucht aufzugeben, seine Augen zu schließen und zu hoffen, daß er sie nie mehr öffnen mußte. In solchen Zeiten sehnte er sich vornehmlich nach einem Gefährten. Und eines Nachmittags fand er ihn.

Er war in seinem *behouden huis* und stopfte die Löcher, die durch die Schmelze ausgeschwemmt worden waren, als er bemerkte, daß sich etwas bewegte. Als er mit seiner Fackel darauf leuchtete, sah er eine winzige Fliege, nicht mehr als wenige Millimeter lang. Sie hatte einen halb durchsichtigen Körper, keine Flügel, zerbrechliche Beine und einen stecknadelgroßen Kopf, und sie krabbelte sehr langsam über eine Granitplatte. Darauf bedacht, sie nicht aus den Augen zu verlieren, trug er die Platte in sein Zelt und verbrachte den restlichen Nachmittag damit, die Fliege zu beobachten, wie sie auf dem Stein immer im Kreis lief.

„Wonach suchst du?“ fragte er sie.

Der Klang seiner Stimme war eine Alarmglocke. Wie in Gottes Namen, dachte er, komme ich dazu, mit einer Fliege zu sprechen? Und warum habe ich sie in das Zelt gebracht? Vermutlich ist alles, was dieses arme Ding will, zurück zu dem Seetang zu kommen, aus dem es herausgekrochen ist. Er legte den Stein wieder in die Wand des *behouden huis* zurück.

Aber er vergaß die Fliege nicht. Mehrmals am Abend ging er zu ihr und schaute, wie es ihr ging, und bevor er sich zum Schlafen legte, sagte er ihr gute Nacht. In dieser Nacht träumte er davon, daß die Fliege sein Freund wurde; sie jeden Morgen aus der Steinwand kam, um ihn zu begrüßen; er sie lehrte, auf seine Hand zu krabbeln. Aber als er am nächsten Morgen nach ihr sah, war sie weg.

Er suchte nach ihr auf allen vieren, leuchtete mit seiner Fackel in die Felsspalten. Schließlich fand er sie. Sie lag auf dem Rücken. Tot. „Armer kleiner Kerl“, murmelte er. „Du würdest noch herumlaufen, wenn ich dich in Ruhe gelassen hätte.“

Einen Monat später machte er eine interessante Entdeckung. Sobald die Schmelze angefangen hatte, hatten sich am Fuße seines Nunataks Pfützen gebildet; und allmählich, als die Sonne stärker wurde, überzogen sich die Steine am Rand dieser Pfützen mit Algen. Das waren für Lockwood gute Neuigkeiten. In der Hoffnung, den Skorbut abzuschwächen, ging er dazu über, die Algen zu sammeln, zu kochen und zu trinken. Als er jedoch eines Abends an einer dieser Pfützen vorbeilief, sah er, daß das Wasser nicht wie üblich kristallklar, sondern rosa gefleckt war. Er dachte zuerst, daß die Färbung etwas mit dem Sonnenuntergang zu tun hatte; aber erst als er am Rand der Pfütze stand, erkannte er, daß sie aus Myriaden Lebewesen bestand, daß das, worauf er starrte, ein Schwarm winziger Krabben war. Sie benutzten ihre kammähnlichen Beine, um Algen vom Fels abzureißen und in ihre Mundöffnungen zu stopfen. Er saß da und beobachtete sie, bis es dunkel wurde. Er fragte sich, ob sie die ersten der vielen Tiere wären, die bald zum Brüten in die Antarktis kamen.

Zu dieser Zeit wußte er noch nicht, warum so viele Vögel und Säugetiere jeden Sommer herbeiströmten, um auf einer der ödesten Küsten der Erde zu brüten. Erst Jahre später, als er wieder in England war, interessierte er sich für die Hintergründe dieser erstaunlichen Vermehrung. Und er lernte dabei das Folgende darüber:

Die Voraussetzungen für Leben auf der Erde sind Wasser, Wärme und Mineralien. Die subarktischen und subantarktischen Becken sind reich an Mineralien. Nirgends sonst auf der Erde gibt es stärkere Stürme und reißendere Strömungen als an der Küste der Antarktischen Halb-insel. Das hat zur Folge, daß das Oberflächenwasser hier ungewöhnlich reich an Mineralstoffen ist, die vom Meeresboden aufgewühlt werden. Im Winter sind diese Nährstoffe wie in einem Grab vom Schelfeis eingeschlossen. Aber in jedem Frühjahr, wenn das Schelfeis schmilzt, erwacht das Wasser zum Leben. In der Sonnenwärme werden die Mineralien durch die Photosynthese in die reichste Ernte der Welt verwandelt: Plankton. Erst bildet sich das pflanzliche Phytoplankton: Milliarden und aber Milliarden mikroskopisch kleine einzellige Diatomeen. Diese Diatomeen bilden sich zu einem riesigen Teppich grünbraunen „Schlamms" aus. Hunderte von Kilometern groß, der an der Meeresoberfläche treibt. Dieser bildet die Nahrungsgrundlage des tierischen Zooplanktons: Abermilliarden Pflanzenfresser, die sich von diesem Teppich aus „Schlamm" ernähren. Die Mehrzahl dieser Pflanzenfresser ist kleiner als ein Reiskorn, aber sie sind zahlreicher als der Sand in der Wüste. In einer Sekunde des Sonnenlichts werden eine Million geboren. In der Sekunde, in der ein Wal sein Maul öffnet, schluckt er Zehntausende. Sie fressen einander und werden ständig gefressen. Und das Großartigste am Plankton ist, daß seine Vermehrung nicht von Wind und Regen oder einem komplexen Fortpflanzungssystem abhängig ist, sondern allein durch Sonnenwärme geschieht. Diese so ungemein verläßliche Nahrungskette garantiert das Überleben von fast vierzig Prozent aller Lebewesen auf der Erde, die von ihr abhängig sind.

Die ersten Ankömmlinge, die sich aus diesem Füllhorn ernähren, sind die Vögel. Eines Nachmittags Ende September versuchte Lockwood seinen Schlafsack in einer seltenen Phase schönen Wetters trocknen zu lassen, als ihn etwas nach oben blicken ließ. Und da waren sie, die schönsten Vögel der Antarktis: ein Paar Schneesturmvögel, das tief über dem Schelfeis auf ihn zuflog. Er konnte die Vögel genau sehen, als sie fast direkt über sein *behouden huis* flogen; schwarze Augen, schwarzer Schnabel, schwarze Füße, und der Rest war ein reines Weiß von großer Anmut. So schnell sie gekommen waren, so schnell waren sie auch wieder verschwunden. Er sagte sich, daß es nicht schlimm sei; irgendwo in der Antarktis würden sie ihr Nest bauen, Vorboten der Bataillone, die noch kämen.

Es dauerte nicht lange, dann erschienen die Bataillone. Ein paar Tage später gewahrte er morgens Bewegung oben auf den Klippen. Die Vögel waren gut getarnt, und es dauerte einige Zeit, bis er sie erblickte: etwa ein Dutzend Antarktischer Sturmvögel, hübsche Vögel mit schokoladebraunen Flügeln und gelbbraunen Bäuchen. Sie schaufelten den Schnee mit ihren Schnäbeln und Füßen weg und bereiteten so die Felsbänke für ihre Nester vor.

In den nächsten 48 Stunden kamen nicht viele Vögel an, und Lockwood erkannte bald den Grund dafür: Ein ausgewachsener Schneesturm drohte die Halbinsel heimzusuchen. Der Sturm dauerte 48 Stunden, dann endete er so plötzlich, wie er begonnen hatte, und die Nacht des 2. Oktober war still und ruhig.

Aus irgendeinem Grund fand er schwer Schlaf. Er hatte schwaches aber andauerndes Kopfweh und ein Gefühl, daß etwas passieren würde. Erst morgens um zwei Uhr kam endlich der Schlaf.

Es schien in dem Augenblick zu geschehen, in dem er einschlief. Zuerst ein Geräusch wie ein Zug, der schnell durch einen Tunnel heranrast. Dann ein Vibrieren, als ob die Erde erzitterte. Mein Gott, dachte er, es ist ein Erdbeben! Wie in einem schrecklichen Alptraum sah er in seiner Vorstellung, wie der Nunatak auf das *behouden huis* herabstürzte und ihn darunter zermalmte. Er war niemals schneller aus seinem Schlafsack und in den Eingangstunnel gesprungen. Auf halbem Weg erkannte er, daß nicht die Erde bebte, sondern der Himmel. Was um Gottes willen, dachte er, geschieht hier?

Als er ins Freie stolperte, war der Lärm ohrenbetäubend. Es dauerte mehrere Sekunden, bevor er erkannte, was geschah… Nur ein Streifen des Himmels war sichtbar; dort, am Horizont, hing der Mond tief über dem Schelfeis. Der Rest des Himmels war verdunkelt durch einen sich hebenden und senkenden, herannahenden, lebenden Baldachin von Vögeln. Es mochten eine Viertelmillion Tiere sein.

Wochenlang hatten die Schwalbensturmvögel sich auf den Inseln von Feuerland gesammelt und auf gutes Wetter gewartet. Sobald das Tief vorbeigezogen war, das Lockwood an seine Unterkunft gefesselt hatte, machten sie sich auf zur letzten Etappe ihrer Wanderung, flogen tief, um dem schlimmsten Wind aus dem Weg zu gehen. Dann, als sie sich der antarktischen Küste näherten, formten sie sich zu einem riesigen Kessel, um die vertrauten Umrisse ihres Brutplatzes zu suchen. Mehrere Minuten lang kreisten sie. Schließlich, als sie die Klippen hinter Lockwoods Unterschlupf sichteten, stürzten sie alle auf einmal herab. Der Lärm ihrer Landung hörte sich an wie ein Zug, der durch einen Tunnel rast – ein betäubendes Klapp-Klapp-Klapp der Flügel, als eine Viertelmillion Vögel ihren Flug bremsten, flatterten, sich um ihren Platz drängten, landeten, wieder aufflogen und wieder landeten auf der Suche nach einem unbesetzten Schlupfwinkel im Fels.

Es war ein Tollhaus. Aber nach und nach flaute der Lärm ab, und der Himmel klarte auf. Bald kam die nächste Morgendämmerung – und Lockwood hatte nun mehrere hunderttausend Nachbarn.

In den nächsten Tagen kamen noch mehr Schwalbensturmvögel an und nahmen die Felsspalten in Besitz. Und wenige Tage später gab es eine weitere Massenankunft: etwa 100 000 Möwensturmvögel: große grauweiße Vögel, doppelt so schwer wie die Sturmschwalben. Die Neuankömmlinge machten sich daran, ihre kleineren Vettern mit drohenden Gebärden zur Räumung der besten Felssimse zu „überreden".

Eines Morgens hörte Lockwood ein Geräusch, das er nicht identifizieren konnte: ein fast lyrisch schmachtendes Singen. Er eilte hinunter zum Strand, und da erblickte er sie: etwa hundert kauernde kleine Gestalten mit schwarzen Rücken und cremeweißen „Hemdbrüsten": Adeliepinguine. Sie stolzierten am Rand des Schelfeises umher, ihre Flügel weit ausgebreitet und ihre Schnäbel zum Himmel gestreckt, weniger schreiend als singend, und warteten auf ihre Partner. In dem Augenblick, in dem sie einander erkannten, begannen sie mit dem gleichen ekstatischen Ritual wie ihre Vettern, die Kaiserpinguine: Sie sangen aus voller Kehle, verneigten sich, nickten, stellten sich in Positur, und schließlich berührten sie sich sehr sanft. Als Lockwood zu seinem Unterschlupf zurücklief, scharrten die Vögel, die ihre Partner gefunden hatten, bereits Steine zusammen und bauten Nester.

In den nächsten Tagen besuchte Lockwood den Brutplatz mehrere Male. Innerhalb von 24 Stunden war die Zahl auf 3000 angewachsen. Innerhalb einer Woche waren 300 000 Adeliepinguine auf dem Brutplatz, nisteten paarweise – dicht genug, um einander zu bedrohen, aber nicht nah genug, um sich mit ihren Schnäbeln zu hacken.

In den kommenden Wochen verbrachte Lockwood viel Zeit damit, die Adeliepinguine zu beobachten. Er sah, wie Männchen und Weibchen jedes Vergnügen und jede Aufgabe teilten: er sah, wie sie Kieselsteine für ihr Nest sammelten, sich beim Ausbrüten der Eier abwechselten, ihre Küken fütterten, sie vor den Raubmöwen und Robben schützten, ihren „Pinguinkinderhort" das Laufen und Schwimmen lehrten und schließlich den Nachwuchs vom Brutplatz ins offene Meer führten. Er sah Unfälle und eine Menge trauriger und schrecklicher Dinge. Aber er sah nie, daß ein Pinguin einen anderen tötete.

Das verstärkte in ihm den Eindruck, der sich in den letzten Wochen bei ihm gefestigt hatte: die Erkenntnis, daß die Tiere der Antarktis eine Menge mehr Vernunft besaßen als die Menschen. Es würde ihnen bessergehen, sagte er sich, ohne uns. Das wiederum verstärkte sein Gefühl, daß die Entdeckung von Uran schlecht für die Natur der Antarktis wäre, da der Fund sicher viele Menschen ans Ende der Welt locken würde.

Lockwood sagte sich aber auch, daß es dumm war, nur an solche Dinge zu denken. Er mußte über seine Rettung nachdenken. Denn mit dem Schmelzen des Schelfeises begann die Aussicht auf Rettung nicht nur möglich, sondern wahrscheinlich zu werden. Aber wie konnte er sicherstellen, daß das Schiff, wenn es käme, ihn entdecken würde?

Nach längerem innerem Ringen entschied er sich, das *behouden huis* zu verlassen, das ihm im Winter so gute Dienste geleistet hatte. Denn das *behouden huis* konnte vom Meer aus nicht gesehen werden. Der neue Platz, den er auswählte, war ungeschützter, aber er vermutete, daß er aus 800 Meter Entfernung von der Küste durch ein Fernglas gesehen werden konnte.

Als er umgezogen war, dachte er auch an ein Signalfeuer, einen Fahnenmast, einen Heliographen und ein SOS-Zeichen.

Die Schwierigkeit, ein Feuer zu entfachen, bestand darin, daß er eigentlich nichts hatte, was zum Verbrennen entbehrt werden konnte. Am Ende entschied er sich, einen Vorrat aus überflüssigen Kleidern, Pinguinspeck und einen kleinen Kanister Kerosin anzulegen und in seinem Zelt aufzubewahren, damit er ihn sofort anzünden konnte, sobald ein Schiff in Sicht wäre.

Auch der Fahnenmast war ein Problem. Er schaffte es, einen anzufertigen, indem er die Latten und Kufen seines Schlittens verwendete; aber jedesmal, wenn er das erbärmliche Ding aufstellte, fegte der Wind es wieder um; also mußte auch der Mast immer griffbereit sein, so daß er ihn in letzter Sekunde noch aufstellen konnte. Seine Heliographen konstruierte er aus Blechdosen, die er schrubbte, polierte und in Felsspalten am nördlichen Abhang des Nunataks verkeilte. Schien die Sonne, so waren sie wirkungsvoll. Das dumme war, daß die Sonne in diesem Frühjahr nicht sonderlich oft schien.

Daher setzte er seine Hoffnung auf ein SOS.

Seine erste Idee war es, ein Fleckchen Schnee zu finden, das vom Meer aus sichtbar war, und die Buchstaben SOS aus Felsstücken zu formen. Aber es gab da ein Problem. An jeder Nordseite schmolz der Schnee nun rasch; also beschloß er, einen Abhang zu finden, wo der Fels einfarbig war – etwa grauer Granit –, und darauf aus Steinen einer anderen Farbe – zum Beispiel gelber Sandstein – ein SOS zu bilden. Er wußte, daß dies seine Zeit brauchen würde; aber Zeit war eines der wenigen Dinge, an denen es nicht mangelte.

Die Suche nach einem geeigneten Abhang, der vom Meer aus leicht zu sehen war, erforderte einen Marsch über das Eis – knapp einen Kilometer vom Festland entfernt, um den Zipfel der Halbinsel so zu sehen, wie er wohl von der *Scoresby* aus wahrgenommen würde.

Sein Ausflug auf dem Schelfeis verschaffte ihm neue Freunde: Weddellrobben, die in kleinen Familiengruppen weit verstreut auf dem Eis lebten. Bei seiner ersten Erkundung erspähte er zwei weibliche Robben und ihre Jungen, die sich neben einem Atemloch sonnten.

Als er näher kam, erwartete er, daß sie ins Wasser gleiten und in der Welt unter dem Eis verschwinden würden. Aber sie taten es nicht. Sie starrten ihn ohne Furcht an. Also setzte er sich hin und beobachtete sie.

Lange Zeit geschah nichts; die Robben waren glücklich in der Sonnenwärme, und das war genug; aber schließlich wurde seine Geduld belohnt. Eines der Weibchen stupste sein Junges ins Wasser und begann mit dem Schwimmunterricht. Neugeborene Robben fühlen sich wie Menschenbabys im Wasser wohl. Sie lassen sich auf dem Wasser treiben. Sie können jedoch nicht von Natur aus schwimmen; man muß es ihnen beibringen. Als Lockwood zusah, konnte er sich über die Sanftheit und Geduld der Mutter nur wundern. Zuerst war ihr Junges ein widerspenstiger Schüler, aber mit Stupsen und Trillern überredete sie es weiterzumachen; bis beide schließlich zusammen im Kreis schwammen, Purzelbäume schlugen, spielten und tauchten.

Gern hätte er die Tiere stundenlang weiter beobachtet; aber er mußte noch einen Platz für das SOS finden.

Er sah es im letzten Sonnenlicht: eine sanft abfallende Fläche aus Granit auf der mittleren Landzunge. Morgen werde ich hier mein SOS bauen, sagte er sich. Als er jedoch wieder in seinem Zelt war, war es nicht das SOS, an das er ständig denken mußte. Es waren die Robben. Was ist es, fragte er sich, das ich so anziehend an ihnen finde? Er erkannte, daß es vor allem ihre Unschuld war. Er konnte zwischen ihnen stehen, und sie zeigten keine Furcht. Sie haben die Sorglosigkeit von kleinen Kindern, bevor sie den Lauf der Welt kennenlernen. Vielleicht, dachte er, waren alle Tiere so, als die Welt jung war, bevor die Menschen kamen. Und vielleicht ist die Antarktis der einzige Ort, der noch intakt ist... Zum erstenmal in sechs Monaten konzentrierte er sich beim Wasserkochen für den Tee nicht darauf, was er tat. Als er seine Hand nach dem Kochtopf ausstreckte, schloß sie sich nicht um den Griff, sondern um den Rand. Er sprang zurück und fluchte. Der Topf kippte um. Und kochendes Wasser ergoß sich über seinen Fuß.

„Blödmann!" Er hüpfte auf und nieder, schüttelte seine Hände und beugte seine Zehen. Er war zutiefst erschrocken und ärgerlich über sich selbst wegen seiner Unachtsamkeit. Ihm war klar, daß jede Verletzung in seiner Verfassung wahrscheinlich ernste Folgen hätte. Er wußte, daß er die verbrannte Stelle kühl und sauber halten mußte; das beste wäre wohl, die Stiefel auszuziehen. Er steckte seine verletzte Hand in den Schnee und begann mit der anderen Hand an den Schnürsenkeln herumzufummeln. Endlich gelang es ihm, seinen Stiefel auszuziehen, und er sah, daß sein Fuß geschwollen und gerötet war und sich Blasen bildeten. Er steckte den heftig schmerzenden Fuß in den Schnee und bedauerte sich außerordentlich.

Er erwartete, daß es ihm bessergehen würde, wenn er den Schock überwunden hatte. Aber dem war nicht so. Er begann sich schlechter zu fühlen.

Ein gesunder Mensch hat Kraftreserven, auf die er zurückgreifen kann, um sein Gleichgewicht wiederzugewinnen. Lockwood hatte diese Reserven nicht. Und das Verbrennungstrauma begann jetzt praktisch jedes körperliche Leiden noch zu verstärken. Seine Knie und seine Handgelenke schmerzten – die Nachwirkungen seines Skorbuts. Seine Augen fingen an, weh zu tun – das waren die Nachwirkungen von Schneeblindheit. Und er wurde plötzlich der Verschlechterung seiner physischen Verfassung gewahr. Das einzige, was er tun konnte, war, seinen Fuß aus dem Schnee herauszuziehen; und als er ihn anschaute, war er nicht nur erschrocken darüber, wie verbrannt er war, sondern auch, wie skelettartig er aussah: nur nackter Knochen und Fetzen roter Haut, sich zum Schwarzen hin verdunkelnd.

Und auf einmal war das alles zuviel für ihn. Er hatte genug hinter sich. Er wollte nicht mehr kämpfen. Er fiel vornüber in den Schnee.

„Was ist mit den Steinen?" flüsterte eine Stimme. Verfluchte Steine, dachte er, uns geht's besser ohne sie.

Er schloß die Augen. Und Müdigkeit, Kälte und die Schmerzen an seiner Hand und seinem Fuß verschlangen ihn wie große Wellen, die ihn in einen Strudel hineinzogen, ihn immer wieder und wieder überrollten, bis sie ihn an eine unbekannte Küste spülten, wo er ausgestreckt liegenblieb, unbewegt und sorgenfrei. Er hätte sich vielleicht nie wieder bewegt, wenn die Vögel nicht gewesen wären.

Er hatte nur ein paar Minuten im Schnee gelegen, als er das Klapp-Klapp-Klapp von Flügeln hörte, das lauter wurde und näher kam. Er öffnete seine Augen und sah sie, als sie aus den Sturmwolken heraus auftauchten und knapp über sein Zelt hinwegflogen: der Inbegriff all der freien Lebewesen der Antarktis, ein Paar umherstreifender Albatrosse. Wahrscheinlich, dachte er, suchen sie nach einem Platz für ihr Nest – glückliche Geschöpfe. Er würde kein Nest bauen, sagte er zu sich. Keine Kinder aufziehen. Aber einmal wollte er noch einen Blick auf die Welt werfen, die er im Begriff war zu verlassen: ein letztes Lebewohl.

Die Sturmwolken zogen sich zusammen, aber am nördlichen Horizont war der Himmel minzgrün. Und dann sah er es wieder: sein Phantasiemädchen, das ihn vom Rand des Tannenwaldes aus anstarrte. Nur war sie dieses Mal anders: Sie war irgendwie verschwommen und unwirklich, und sie hatte etwas an, das aussah wie eine Marinehelferinnenuniform. Sie flehte ihn an: „Bitte, James! Geh nicht irgendwohin, wo ich dich nicht erreichen kann."

Wenn ich sie nur halten könnte, dachte er; bloß für einen Augenblick. Er richtete sich unsicher auf. Er griff nach ihr. Und stolperte in das Zelt. Schmerz stach durch seine Hand und seinen Fuß. Und der durch den Schmerz ausgelöste Schock riß ihn zurück in die Realität. Wollte er wirklich sterben?

Er begann, nüchtern das Für und Wider abzuwägen wie in einer wissenschaftlichen Arbeit. Auf der einen Seite würde es dann keine Einsamkeit, keinen Schmerz, keinen Hunger, keine Kälte und keine Nässe mehr geben; er hätte Frieden. Auf der anderen Seite fragte er sich, ob er so lange ums Überleben gekämpft hatte, um schließlich auf der Zielgeraden aufzugeben. Und was war mit all den Dingen im Leben, die dann für immer unerreichbar blieben? Der grundlegendste Instinkt gewann die Oberhand: der Selbsterhaltungstrieb. Er krabbelte ins Zelt und begann seine Verbrennungen zu behandeln.

Er machte alles vorschriftsmäßig: häufig einen kleinen Schluck Wasser trinken und die Verbrennungen durch die Luftzirkulation trocken und sauber halten. Er fürchtete sich vor Brand. Aber er hatte Glück. Einige Tage lang wurden die Verbrennungen nicht schlimmer, dann begannen sie langsam zu heilen. Er hatte einen ausreichenden Vorrat Brennstoff und Nahrung im Zelt – Robbenspeck, Pinguinfleisch –, so konnte er die Bewegungen auf ein Mindestmaß beschränken. Und nach zehn Tagen blieb beim Laufen nur noch ein leichtes Humpeln zurück.

Seine Gedanken wendeten sich wieder seinem SOS zu.

Der Platz, den er für sein Lager gewählt hatte, war keineswegs perfekt – dem Wind ausgesetzt und nicht sehr eben –, aber er war vom Meer aus zu sehen und dicht an der Granitfläche, auf der er die Buchstaben anzubringen plante. Die Buchstaben selbst wollte er aus Steinen machen, die er am Fuß des Nunataks ausgrub. Er setzte sich einen Buchstaben in der Woche zum Ziel.

Es war eine stumpfsinnige und schwierige Arbeit. Seine einzigen Werkzeuge waren eine Schneeschaufel und eine selbstgefertigte Brechstange sowie eine Schlinge aus dem Schlittengeschirr, um die Steine an ihren Platz zu ziehen.

Während er arbeitete, hatte er ein wachsames Auge auf das Eis. Es gab kein Anzeichen, daß es an der Küste schmolz; aber eines Abends Anfang November bemerkte er einen blaßblauen Dunstschleier am nördlichen Horizont. Er kletterte auf einen der Nunataks und blickte seewärts. Er meinte, das Blau werde ausgeprägter. Und käme näher. Aber er war sich nicht sicher. Bis er schließlich, nach einem besonders warmen Tag, als das Licht ungewöhnlich klar war, etwas sah, das er sieben Monate lang nicht gesehen hatte. Am Horizont ein Band aus reinem Blau. Das offene Meer!

Er hatte keinen Hang zum Übertreiben, doch fühlte er in sich eine freudige Erregung aufsteigen wie die Flut hinter einem Damm.

Alles, was er tun mußte, war zu warten.

Er ging zu einer Routine über, die ihm wachsende Zuversicht verlieh. Jeden Morgen prüfte er seinen Fahnenmast, sein Signalfeuer, seine Heliographen und die Steine seines SOS. Und jeden Nachmittag registrierte er ein stufenweises Zurückweichen des Eises. Eines Tages bemerkte er, daß eine Gruppe von Wilson-Sturmvögeln nicht mehr als ein paar hundert Meter von der Küste entfernt herumflatterte. Als er sie beobachtete, stürzte ein Vogel nach dem anderen seewärts, und er erkannte, daß sie in einer offenen Wasserrinne fischten.

Da wußte er, daß er nicht mehr lange warten mußte.

Die Antarktis hielt jedoch noch eine Überraschung für ihn bereit.

Eine Woche nachdem er die Wilson-Sturmvögel erblickt hatte, wachte er mit einer leichten Übelkeit und Kopfschmerzen auf. Er erwartete, daß die Unpäßlichkeit bald vorüberginge. Aber das war nicht der Fall. Der Schmerz dauerte bis zum Nachmittag an, so leicht, daß er ihn kaum störte, eher unerklärlich als unangenehm. Er beschloß, einen Spaziergang zu machen.

Er war nicht weit gegangen, als er bemerkte, daß alles ungewöhnlich still und ruhig war. Die Vögel waren verstummt, und selbst die Robben verhielten sich merkwürdig; sie hatten sich von den Stränden fortbewegt und robbten gerade auf die Felswand hundert Meter weiter landeinwärts zu. Er fragte sich, ob es einen Sturm geben würde, und sagte sich, daß er lieber in der Nähe seines Zelts bleiben sollte.

Es geschah ohne Vorwarnung. Ein anhaltendes, ohrenbetäubendes Kracks-Kracks-Kracks, als ob ein Riese am Himmel einen Ballen Kattun durchrisse. Im Augenblick konnte er sich nicht erklären, was geschah. Dann bemerkte er, wie Hunderttausende von Sturmvögeln fast gleichzeitig aufflogen. Wohin, dachte er, wollen sie? Und was läßt sie so plötzlich auffliegen, als ob sie eine Gefahr witterten?

Sein Kopfschmerz schien stärker zu werden – vermutlich, sagte er sich, wegen des Krachs –, und er beschloß, sich schlafen zu legen. Er nahm Zuflucht zu seinem Schlafsack, und als die Sonne unterging, fiel er in einen unruhigen Schlaf.

Es schien, als hätte sein Kopf kaum das Kissen berührt, als er aus dem Schlaf auffuhr. Schweißgebadet. Angsterfüllt.

Die Erde zitterte, und er hörte wieder ein schreckliches Brüllen, das auf ihn zuraste wie ein Zug aus einem Tunnel. Alles ist in Ordnung, sagte er sich, es sind die Vögel, die zurückkommen.

Dann begriff er, daß es nicht in Ordnung war. Dieses Mal waren es nicht die Vögel. Dieses Mal war es wirklich ein Erdbeben!

Er war halbwegs auf dem Weg aus seinem Zelt hinaus, als sich die Erde unter seinen Füßen bewegte. Es war ein Augenblick nackter Angst. Er hatte immer gedacht, die Erde sei fest und beständig; „hart wie Stein". Nun wußte er es besser. Er wußte, was sie war: ein Ball aus flüssigem Feuer, in eine papierdünne Kruste eingesperrt, und er stand auf der Kruste, und sie zitterte wie Götterspeise. Vor Angst erstarrt blieb er da stehen, wo er war, würgte bei dem Schwefelgestank, fürchtete sich davor, in eine stinkende Spalte zu stürzen, und fuhr zusammen, als eine Klippe in der Nähe mit dem Brüllen einer Lawine herabstürzte, bis er nach etwa einer halben Minute merkte, daß die Erde nicht mehr bebte.

Es war vorbei. Doch es dauerte noch einige Zeit, bis er in der Lage war, sich zu rühren – unsinnigerweise hatte er Angst, daß er, wenn er sich bewegte, ein weiteres Beben auslöste. Schließlich faßte er Mut, in Augenschein zu nehmen, was geschehen war.

Es schien wenig Schaden entstanden zu sein. Keine Spalten hatten sich im Eis aufgetan, und die Klippen um sein Zelt herum standen noch. Er machte sich auf den Weg hinunter ans Ufer, als er plötzlich auf die Robben aufmerksam wurde; sie verhielten sich wieder merkwürdig, sie entfernten sich vom Wasser. Sein erster Gedanke war: „Bitte, lieber Gott, nicht noch ein Erdbeben." Erst dann hörte er ein Geräusch, das er nicht einordnen konnte: eine Art seufzendes Flüstern wie der Wind in fern stehenden Bäumen. Er starrte auf das Meer hinaus, von woher das Geräusch zu kommen schien, und er erblickte etwas, das aussah wie ein Mondlichtstreifen, der auf die Halbinsel zukam. Hätte er nicht noch unter Schock gestanden, hätte er sofort erkannt, was es war. Tatsächlich erreichte die Flutwelle beinahe das Ufer, bevor er die Gefahr erkannte.

Es war nur eine kleine Flutwelle, aber sie landete mit einem kolossalen Krachen, raste den Strand hinauf und wirbelte über die Steine, wo ein paar Stunden zuvor die neugeborenen Robbenjungen neben ihren Eltern gelegen hatten.

Wie, fragte sich Lockwood, haben sie das gewußt? Noch während er darüber nachgrübelte, kamen sie wieder zu den Steinen am Wasserrand zurückgerobbt. Wenn sie glauben, daß es sicher ist, dachte er, dann gilt es auch für mich. Er kroch wieder in seinen Schlafsack, schloß die Augen und fiel fast sofort in den traumlosen Schlaf derer, die unter Schock stehen.

Am nächsten Morgen sah er nach, ob die Steine seines SOS noch an ihrem Platz lagen, und entdeckte dabei am Ende der Granitfläche kleine Rauchfetzen, die aus dem Fels drangen. Denn über zweihundert Meter entlang des Ufers hatte sich das Gestein in einer fast geraden Linie etwa 15 Zentimeter angehoben. Ihm kam zu Bewußtsein, daß er auf eine im Entstehen begriffene Bodenspalte starrte: eine Spalte, die in einer Million Jahren ein Senkungsgraben werden konnte. Er wurde sich bewußt, daß nicht allzutief unter seinen Füßen Feuerströme flossen und die Erdkruste dort, wo er stand, nicht fest war. Er trat zurück und brachte sein Zelt von der Granitfläche weg.

Später stieß er noch auf weitere Beweise für die Nachwirkungen des Bebens. Er war unterwegs, um Flechten aus dem Wasserbecken zu holen, wo er vor langer Zeit die Süßwasserkrabben gefunden hatte, als er plötzlich stehenblieb. Alles sah anders aus. Die Nordseite des Nunataks war einfach nicht mehr da; an seinem Platz war eine Ansammlung frisch herabgefallener Steine. Seine „Höhle" war ebenfalls verschwunden und mit ihr sein *behouden huis*. Er erinnerte sich an das Brüllen, als das Erdbeben sich seinem Höhepunkt genähert hatte. Dabei also waren die Klippen eingestürzt.

Sein erster Gedanke war: Wenn ich nicht weggezogen wäre, wäre ich lebendig begraben worden.

Sein zweiter Gedanke war: So, nun liegen die uranhaltigen Steine behütet. Denn er konnte sehen, daß sie nun gut und sicher unter mehreren hunderttausend Tonnen Granit und Schiefer begraben waren.

Einerseits machte es ihn traurig. Es bedeutete, daß er sein Ede gegebenes Versprechen nicht halten konnte. Es bedeutete auch, daß seine Kameraden umsonst gestorben waren. Andererseits war er sich eines Gefühls großer Erleichterung bewußt. Denn er begriff, daß nun, da die Steine tatsächlich verschwunden waren, niemand je zu erfahren brauchte, daß sie entdeckt worden waren. Und seine Freunde, die Robben, die Pinguine und Seevögel, würden in Ruhe gelassen werden.

Es war fast eine vergnügliche Routine, zu der er jetzt überging. Am Morgen überprüfte er seine Rettungsausrüstung und sah nach, ob die Steine seines SOS an ihrem Platz und schneefrei waren. Am Nachmittag sprach er mit den Pinguinen, Robben und Seevögeln, mit denen er das Ende der Welt teilte. Am Abend überlegte er sich, was er sagen würde, wenn er gerettet wurde. Es wäre sehr einfach, sagte er sich, einen Fehler zu machen. Er mußte sehr, sehr vorsichtig sein.

Eines Morgens, etwa drei Wochen nach dem Erdbeben, bereitete er außerhalb seines Zeltes das Frühstück, als er aus keinem besonderen Grund aufsah. Und dort lag die *Scoresby*, zeigte auf die Spitze der Halbinsel.

Jeanie

Sein Gehirn lehnte es ab zu begreifen, was seine Augen ihm sagten; es mußte ein Wunder sein; wenn er zwinkerte, würde das Minenräumboot verschwunden sein. Er zwinkerte. Aber die *Scoresby* war noch da. Und in einem Augenblick der Ungläubigkeit erkannte er, daß sie kein Trugbild seiner Phantasie war. Sie war Wirklichkeit.

Aber hatte man ihn gesehen?

Er stürzte ins Zelt, zog den Haufen gelagerter Kleidung heraus, begoß ihn mit Brennstoff und zündete ihn mit einem Streichholz an. Es gab eine Feuerwand, aber wenig Rauch. Er zögerte, aber nur für eine Sekunde; dann zog er seinen Schlafsack aus dem Zelt und schleuderte ihn in das Feuer. Wenn die Schiffsbesatzung ihn nicht sah, war er tot, mit und ohne Schlafsack. Er warf noch die letzten wenigen übriggebliebenen Kleidungsstücke und schüttete seine letzten Tropfen Brennstoff in die Flammen, und eine Rauchsäule stieg steil nach oben. Es folgte ein Augenblick der Ruhe. Dann übertönte das Gebrüll des Nebelhorns der *Scoresby* die Schreie der Seevögel.

Sie hatten ihn gesehen! Allen Widrigkeiten zum Trotz hatte er es geschafft.

Er beobachtete, wie das Schiff beidrehte und ein Boot aussetzte. Dann schwappte eine Welle des Gefühls, das er zuletzt erwartet hatte, über ihn: Furcht.

Neun Monate lang hatte er mit keinem Menschen gesprochen; was sollte er zu den Männern sagen, die kamen, ihn zu retten? Und seine Freunde, die Vögel und Robben; wollte er sie wirklich verlassen? Und die Stille des Eises und die Schönheit des Polarlichts; wie würde das Leben sein ohne sie? Er wurde von einem fast überwältigenden Drang gepackt wegzulaufen: sich zu verstecken, sich an die Welt zu klammern, die er kannte und in der er sich nun zurechtfand.

Er sagte sich, es sei dumm, solche Gefühle zu haben. Aber er konnte nichts dagegen tun. Als das Beiboot sich der Küste näherte, mußte er eine bewußte Anstrengung machen, um sich zu zwingen, zum Strand hinunterzulaufen. Bei der Aussicht, daß die Blicke anderer Menschen auf ihn fielen, wurde er sich plötzlich seines Körpers bewußt: seiner skelettartigen Gliedmaßen, seines vom Skorbut aufgedunsenen Bauchs, seines verfilzten Haars und des Bartes, die halb bis zur Taille reichten. Wieder überwältigte ihn der Drang, sich zu verstecken: Er war so stark, daß er sich, um ihn zu überwinden, hinsetzen mußte.

Es war seltsam, aber in dem Augenblick, in dem er sich setzte, schienen seine ganze Kraft, sein ganzer Wille zu schwinden... Jetzt, als andere Menschen erschienen, sagte er sich, trafen sie nun die Entscheidungen, sollten sie tun, was getan werden mußte. Er wollte nicht mehr kämpfen.

Das Beiboot landete: Vier Männer kletterten heraus. Zwei blieben beim Boot. Die beiden anderen kamen auf ihn zu. Das Knirschen ihrer Schritte auf dem Kies klang laut und irgendwie bedrohlich.

„Gott sei Dank haben wir Sie gefunden", sagte der eine, der, wie er an dem roten Faden in seiner goldenen Tresse erkannte, ein Arzt war.

Der zweite Mann schaute sich suchend um; er schien verwirrt. „Wo sind die anderen?"

Lockwood wußte nicht, was er sagen sollte. Also schüttelte er nur den Kopf.

Er sah das Erschrecken in den Augen des Mannes. Zuerst Schrecken, dann Mitleid.

Der Arzt streckte ihm die Arme entgegen. „Kommen Sie", sagte er. „Wir sind gekommen, um Sie nach Hause zu bringen."

Er versuchte zu stehen; aber seine Knie knickten ein, und er verspürte einen Schmerz in der Brust. Der Arzt sprang nach vorn und fing ihn auf.

Vorausschauend hatten sie Tragen mitgebracht, und sie legten Lockwood auf eine, breiteten Decken über ihn und trugen ihn zum Boot. Dann steuerten sie auf die *Scoresby* zu. Er hatte eine schwache Erinnerung, daß der Arzt neben ihm saß und seine Hand hielt und immer wieder sagte: „Sie sind sicher. Sie sind gerettet." Dann löschte ein rostbedeckter Schiffsrumpf seinen Blick auf das Meer und den Himmel aus, und er gewahrte, daß Männer sich über die Reling lehnten und auf ihn herabspähten.

„Nur der eine, Sir", hörte er den Schiffsarzt rufen. „Und ich muß ihn in den Sanitätsraum bringen."

Als sie ihn an Bord hievten, schien der Schmerz in der Brust schlimmer zu werden, und er hatte Schwierigkeiten zu atmen. Was in aller Welt, dachte er, ist mit mir los? Er nahm Stahldecks und Schotts wahr, das Stampfen der Maschinen, eine primitive Koje mit Laken darauf, eine über seinen Mund gestülpte Sauerstoffmaske und ein Abtauchen ins Vergessen.

Der Sauerstoff verhinderte, daß der leichte Herzanfall mehr als ein schwaches Flattern wurde. Gegen Mittag wurde er in seiner Koje aufgesetzt, noch keineswegs in der Lage zu glauben, daß er tatsächlich wieder in die Welt der Menschen zurückgekehrt war.

Während Lockwood gepflegt wurde, ging ein zweiter Landungstrupp ans Ufer. Sie durchstreiften die drei Landzungen, hofften wider besseres Wissen, Überlebende zu finden, erwarteten, Leichen zu finden, fanden aber nichts dergleichen. Sie entdeckten lediglich Lockwoods Zelt und dessen spärlichen Inhalt. Bevor die *Scoresby* ihre

Patrouille fortsetzte, wollte der Kommandant sicher sein, daß es keine Aussicht mehr auf Überlebende gab.

„Ich muß mit ihm sprechen“, sagte er zum Arzt.

Der Arzt war darüber nicht erfreut. „Seien Sie nachsichtig mit ihm“, sagte er. „Gott weiß, was der arme Teufel durchgemacht hat.“

Sie gingen also zum Sanitätsraum, und der Kommandant fragte Lockwood sehr sanft, was geschehen war. Lockwood war sehr ruhig und völlig klar. Er erläuterte den U-Boot-Angriff, ihre Reise an die Spitze der Halbinsel, erst den Tod von Ede und dann den von Ramsden und den Winter, den er allein verbracht hatte.

Als er geendet hatte, sagten die anderen nicht viel, aber er konnte sehen, daß sie bewegt waren. Bevor der Kommandant hinausging, legte er seine Hand auf Lockwoods Schulter. „Sie werden Ihnen dafür mehr als eine Wachsmedaille geben“, sagte er. „Jetzt ruhen Sie sich aus. Wir werden Sie bald nach England bringen.“

Einige Minuten später beschleunigte die Schiffsmaschine.

Lockwood schloß die Augen. „Wir fahren ab, nicht wahr?“ fragte er.

Der Arzt nickte.

„Kann ich an Deck gehen? Um auf Wiedersehen zu sagen?“

Der Arzt war überrascht. Er dachte, sein Patient hätte schon mehr als genug von dem Gefängnis gesehen, in dem er eingesperrt gewesen war. Aber er sagte: „Wenn es das ist, was Sie wollen.“ Sie legten Lockwood eine Wolldecke um und zwängten ihn in einen geschützten Platz am Heck.

Es war eine friedliche Szenerie. Es gab nicht viel Wind, und eine Reihe von grauen Schichtwolken trieb langsam aus westlicher Richtung auf sie zu. Für eine Weile badete die Küste der Antarktis in Sonnenlicht, ihre Eisberge und Schneefelder leuchteten weiß bei einem unglaublich hellen Licht. Dann zogen die Wolken darüber, und sie war fort, und irgend etwas sagte ihm, daß er sie nie mehr sehen würde.

Zu seiner Verwunderung bemerkte er, daß sein Gesicht von Tränen naß war.

„Keine Sorge, alter Junge.“ Er fühlte die Hand des Schiffsarztes auf seiner Schulter: „Es ist alles vorbei.“

„Ich weiß“, sagte er. „Darum weine ich ja.“

LOCKWOODS erste Befragung entpuppte sich als weniger schlimm, als er befürchtet hatte. Der Kommandant der *Scoresby* war ein junger Korvettenkapitän, nicht viel älter als Lockwood. Er wußte nichts von der streng geheimen Mission des Sonderkommandos; ihm war nur aufgetragen worden, nach ihnen Ausschau zu halten; und für den einzigen Überlebenden, den er aufgesammelt hatte, fühlte er nichts als Bewunderung. „Dieser Offizier", schrieb er in seinem Bericht, „ist durch die schrecklichste Prüfung gegangen. Es ist ein Wunder, daß er überlebte. Nicht verwunderlich also, daß er noch immer verwirrt ist und von einigen seiner Erlebnisse nur ungern spricht."

Diese äußerst weise Ansicht blieb unbeachtet.

Weniger als eine Woche nach seiner Rettung wurde Lockwood in Port Stanley an Land gebracht, und dort wartete ein Offizier vom MI6 auf ihn, der aus England herbeigeflogen war, um ihn ausführlich zu befragen.

Es wäre ungerecht, die Admiralität wegen mangelnder Sensibilität anzuklagen: Das Sonderkommando war auf einer streng geheimen Mission gewesen, die einen beträchtlichen Einfluß auf den Verlauf des Krieges hätte haben können – und auch auf den folgenden Frieden. Der Mann, den sie zu Lockwoods Befragung geschickt hatten, Fregattenkapitän Middleton, fing sehr verständnisvoll und geduldig an. Es dauerte jedoch nicht lange, bis er erkannte, daß der junge Oberleutnant zur See etwas verschwieg. Er wußte nicht, was er verschwieg oder warum. Aber sein Befehl war, genau herauszufinden, was mit dem Kommando geschehen war, und als Lockwood ausweichend antwortete, unterzog er ihn einem Kreuzverhör.

Lockwood befand sich nun in der Lage, die er vorhergesehen und gefürchtet hatte: mit Fragen konfrontiert zu werden, die er nicht beantworten wollte. Viele Male war er, als Middleton ihn nach der geologischen Arbeit des Kommandos fragte, versucht, herauszuplatzen: Ja, sie hatten Uran gefunden. Aber ein Umstand hielt ihn immer zurück. Er schloß die Augen, und eine Erscheinung – immer dieselbe Erscheinung – tauchte vor ihm auf. Er schaute auf eine Wasserrinne, die an der einen Seite von flachen Eisbergen und auf der anderen von schneebedeckten Bergen gesäumt war, und im Wasser wimmelte es von Delphinen und Walen, und die Strände waren schwarz von Robben und Pinguinen, und der Himmel war bedeckt mit Seevögeln, und er wußte, daß es kein Traum, sondern Wirklichkeit war. Dann wiederholte Middleton die Frage. Und Lockwoods Erscheinung änderte sich, und er stand dann oben auf einem Schneeabhang, würgte, starrte voller Entsetzen auf einen Kreis zersplitterten Holzes und auf Leichen ohne Gliedmaßen, und die einzige Bewegung kam von einer kleinen Rauchspirale, die aus der Ruine drang; und er wußte, daß auch dieses kein Alptraum war, sondern ebenfalls Wirklichkeit. Das war das

Paradies, dem der Mensch gerade einen kurzen Besuch abgestattet hatte. Und je prüfender Middletons Fragen wurden, desto mehr zog er sich in eine Verteidigung zurück, die nicht durchbrochen werden konnte.

Er sagte, er könne sich nicht mehr erinnern. Es war die Lösung für jedes Problem, der Ausweg aus allen Schwierigkeiten. Jedesmal, wenn ihm eine Frage gestellt wurde, die er nicht beantworten wollte, würde er Middleton sehr direkt ansehen und sagen: „Tut mir leid. Ich kann mich nicht erinnern."

Und Middleton wußte, daß er log, konnte aber nichts dagegen ausrichten. Sein Bericht an die Admiralität war ein Eingeständnis seines Scheiterns:

> ... Die grundlegenden Tatsachen sind unbestritten. Das Kommando ist von einem deutschen Landungstrupp, fast sicher von einem U-Boot, angegriffen und das Lager zerstört worden. Drei der Besatzung überlebten den Angriff, aber nur einer, Oberleutnant zur See Lockwood, überlebte den folgenden Winter. Unter normalen Umständen hätte man erwarten können, daß dieser Offizier Informationen geben würde, aus denen man die ganze Geschichte zusammensetzen könnte. Oberleutnant zur See Lockwood scheint jedoch gravierende körperliche und seelische Probleme infolge der Entbehrungen zu haben. Er ist unkooperativ und nicht bereit, über einen großen Teil seiner Erfahrungen zu sprechen.
>
> Deshalb empfiehlt sich eine Rehabilitation unter der Aufsicht eines qualifizierten Marinepsychiaters, der hoffentlich erfolgreicher ist als ich, die Hemmungen und den offensichtlichen Gedächtnisschwund des Offiziers zu überwinden.

Hugh Dempster, an den Lockwood überwiesen wurde, erkannte schnell, daß das Militärkrankenhaus in Haslar nicht der richtige Platz für den jungen Offizier war und daß er keine Beratung brauchte, sondern Friede und Ruhe und eine Chance, sein Leben neu aufzunehmen. Der Empfehlung dieses Psychiaters hatte Lockwood, der auf dem Weg zurück nach England zum Kapitänleutnant befördert worden war, es zu verdanken, daß er zuerst in das Marinegenesungsheim in Rustington und dann auf unbegrenzten Urlaub geschickt wurde.

Es war eine Gnadenfrist, die er brauchte, um sein inneres Gleichgewicht wiederzufinden.

Rustington war heilsam. Im Frühjahr 1944 hatte sich die Gefahr einer Invasion Englands verringert, und Lockwood konnte lange

Spaziergänge auf der Promenade machen, wenn auch hinter Stacheldraht und einem gelegentlich unbemannten Betonbunker.

Die vier Wochen zu Hause waren noch heilsamer. Seine Eltern begriffen schnell, daß es Dinge gab, über die ihr Sohn nicht sprechen wollte, und sie akzeptierten es. „Laß ihn", sagte sein Vater zur Mutter eines Abends, als der junge Lockwood zu Bett gegangen war. „Es genügt, daß er lebt. Er wird es uns erzählen, wenn er bereit dazu ist." Wenn man Lockwood erlaubt hätte, mehr Zeit zu Hause zu verbringen, hätte er seinen Eltern schließlich wohl alles erzählt.

Drei Monate nach seiner Rettung befand man jedoch, daß er in einer guten Verfassung sei und einen Schreibtischjob annehmen könne. Am 20. Mai 1944 wurde er zum für die Wetterkunde zuständigen Offizier des Marinestützpunktes auf Benbecula auf den Äußeren Hebriden ernannt.

LOCKWOOD gewöhnte sich auf Benbecula sehr viel besser ein, als man hätte erwarten können.

Der Stützpunkt lag an der nordwestlichen Spitze der Insel; zwischen ihr und Amerika lagen 5000 Kilometer Wasser. Der Flugdienst war zwischen der Marine und der Luftwaffe aufgeteilt. Erstere steuerte eine Staffel Swordfishs, letztere einen Schwarm Wellingtons, beide führten U-Boot-Aufklärungsflüge im westlichen Revier durch. Lockwoods Aufgabe war es, Vorhersagen über das Wetter im Flugbereich zu erstellen, und er erwies sich bald als ein erstklassiger Meteorologe, war sowohl fachkundig als auch engagiert.

Ganz offenbar hatten seine Erfahrungen in der Antarktis ihn in die Lage versetzt, die Voraussagen aus Einzelheiten, die er vor Ort gesammelt hatte, zusammenzufügen. Auf der Halbinsel hatte er die Erfahrung gemacht, daß er manchmal Wetteränderungen lediglich an der Farbe des Himmels bei Sonnenuntergang oder dem Verhalten der Seevögel im voraus erkennen konnte. Diese in der Antarktis gewonnenen Fähigkeiten wendete er jetzt auf den Hebriden an.

Sein Engagement rührte von der Tatsache her, daß seine Arbeit ihm zwei Dinge einbrachte, die er besonders brauchte: eine Verbindung zur Vergangenheit und eine Zuflucht vor der Gegenwart. Einen Großteil der Zeit auf der Antarktischen Halbinsel hatte er als einer der Meteorologen Temperatur, Wind, Niederschlag und Luftdruck aufgezeichnet. Jetzt tat er auf Benbecula das gleiche. Und diese Kontinuität tat ihm gut. Er fand es auch tröstlich, daß er etwas hatte, das ihn von seinen Gebrechen ablenkte. Denn er wog immer noch weniger als fünfzig Kilogramm, sprach noch langsam und zögernd, und seine Augen schienen oft auf etwas zu starren, was andere nicht sehen konnten. Die anderen Offiziere wußten, daß er eine schwere Zeit bei irgendeiner streng geheimen Mission gehabt hatte, und bemühten sich, ihm die Eingewöhnung zu erleichtern. Dafür war er dankbar. Auf eine Weise machte ihre Freundlichkeit die Dinge allerdings eher schwieriger als einfacher. Jeder wollte freundlich sein, wollte sprechen. Doch es gab Dinge, über die zu sprechen er nicht die Absicht hatte, und es gab Geheimnisse, die er keinesfalls preisgeben wollte. Deshalb suchte er Zuflucht in der Arbeit.

Die Swordfishs und Wellingtons gewährten ständige Luftsicherung über einem großen Bereich des westlichen Reviers; das schloß eine Menge Nachtflüge ein und viele Flüge bei schlechtem Wetter. Für die Flugzeugbesatzungen war es oft eine Sache auf Leben oder Tod, daß Lockwoods Vorhersagen stimmten. Wenn er falsche Voraussagen machte, konnte es geschehen, daß eine der langsamen Swordfishs, wenn sie auf stärkere Winde als vorhergesagt stieß, der Treibstoff ausging, bevor sie zum Stützpunkt zurückkam. Oder wenn eine der vorsintflutlichen Wellingtons kälteres Wetter als vorhergesagt antraf, würde sie vereisen und abstürzen. Kurz nach seiner Ankunft reichte er ein Gesuch ein, den Kommandanten des Stützpunkts sprechen zu dürfen. Er legte ihm dar, daß er, wenn er weniger Flugzeuge verlieren wollte, der Wetterstation einen höheren Rang einräumen müsse. Der Stützpunktkommandant war von Lockwoods Argumenten beeindruckt und bewilligte das meiste, worum er bat – zusätzliches Personal, bessere Funkgeräte; mehr Zeit für die Einsatzbesprechungen mit der Flugzeugbesatzung und einen alten Jeep, mit dem er leichter über das Flugfeld gelangen konnte.

Mit diesen zusätzlichen Mitteln begann Lockwood das Niveau der Wettervorhersage anzuheben. Er führte eine neue Ordnung ein, wonach die Instrumente nicht zweimal, sondern dreimal am Tag abgelesen wurden. Er ließ einen Funker rund um die Uhr die Funksprüche von Schiffen oder Flugzeugen im und über dem Atlantik abhören. Er studierte alte Aufzeichnungen in der Hoffnung, saisonale Wettermuster herauszufinden. Und als die Datenmenge, auf der die Vorhersagen basierten, anwuchs, wurden die Vorhersagen selbst verläßlicher.

Dann ereignete sich etwas, das seinen wachsenden Ruf zementierte.

Die Nacht vom 2. auf den 3. Juli schien in keiner Weise ungewöhnlich zu sein. Die Temperatur war vielleicht ein wenig niedriger als gewöhnlich für den Hochsommer, und um den Mond waren konzentrische, deutlich abgehobene Ringe; aber keiner auf dem Flugfeld hatte die leiseste Vorahnung, welche Überraschung auf sie wartete. Lockwood machte seine Routineüberprüfung: durchschnittlicher Luftdruck gleichbleibend, Temperatur 5 Grad Celsius, schwacher Nordwestwind – nichts, worüber man sich Sorgen machen müßte. Deshalb fragte er sich, als er zu seiner Hütte ging, warum er ein vages Unbehagen verspürte. Es mußten, sagte er sich, die Ringe um den Mond sein. Sie erinnerten ihn an jene Vorboten des Schneesturms, die hellen konzentrischen Kreise, die erst wenige Monate zuvor den Nachthimmel über seinem *behouden huis* erhellt hatten.

Die Stille weckte ihn auf. Es war in den frühen Morgenstunden, und kein Vogel sang. Er las das Barometer in der Hütte ab. Es stand tiefer, Tendenz weiter fallend: kein starker Sturz, aber einer, der bedeutsam sein könnte. Er zog sich an, rief nach seinem Jeep und bat seine Fahrerin aus dem weiblichen Hilfskorps, ihn zum Ende der Startbahn zu bringen. Er nahm sein Fernglas heraus und studierte das Meer und den Himmel. Er hätte gern abschließend die Seevögel beobachtet, aber es waren keine in Sicht. Das verwunderte ihn. Er bat seine Fahrerin, ihn zum Kontrollturm zu fahren, und rannte die Treppen hinauf zum Einsatzraum. „Welche Flugzeuge sind draußen?“ fragte er den diensthabenden Offizier.

„Eine Stringbag und eine Welly.“

„Haben sie eine Wetterveränderung durchgegeben?“

„Sie haben nichts gefunkt. Ein Konvoi wird erwartet. Und wir haben Funkstille.“

„Um Himmels willen! Das ist das letzte, was wir brauchen! Ich denke, uns steht ein Orkan bevor.“

Der diensthabende Offizier schaute auf den wolkenlosen Himmel und den Windsack, der schlaff herabhing. „Sind Sie sicher?“

„Ich kann nicht sicher sein. Aber ich könnte darauf wetten. Würden Sie bitte die Flugzeuge zurückrufen?“

Es herrschte lange Schweigen, dann: „Tut mir leid, James. Da ein Konvoi hereinkommt und U-Boote in der Nähe sind, wage ich nicht, die Funkstille zu brechen.“

Lockwood holte tief Atem und nahm den Hörer vom Apparat des diensthabenden Offiziers ab. „Notfall!“ sagte er. „Geben Sie mir den Stützpunktkommandanten.“

Die nun folgende Unterhaltung war kurz und sachlich.

„Kapitän am Apparat.“

„Hier spricht der Wetterkundeoffizier, Sir. Ich denke, uns steht ein Orkan bevor.“

„Wie kommen Sie darauf?“

„Das Barometer stürzt, Sir. Und“, er zögerte, „was mich besonders beunruhigt, sind die Vögel. Sie sind verschwunden.“

Ein langes Schweigen, dann: „In Ordnung. Überlassen Sie es mir.“ Und er hängte auf.

Er vermutete, daß der Stützpunktkommandant einen Blick aus dem Fenster geworfen und gedacht habe, Lockwood sei ein Spinner, und wieder ins Bett gegangen war; aber nach einigen Minuten schallte es über die Lautsprecher. „Hier spricht der Kapitän. Diensthabende Wache zu den Hangars. Im Laufschritt. Alle Flugzeuge sichern.“

Himmel hilf, dachte er, wenn ich mich irre!

Aber er irrte sich nicht. Kurz nach Sonnenaufgang wirbelte ein kalter, veränderlicher Wind aus Norden heran. Um neun Uhr waren alle Flugzeuge in ihre Hangars gezogen und festgebunden worden. Und das war gut so, weil der Wind plötzlich in immer heftiger werdenden Böen heranfegte, ein Vorspiel zu der Art elementarer Energie, die Lockwood oft genug in der Antarktis erlebt hatte, die er aber auf den Britischen Inseln nicht erwartet hatte.

Der Orkan, der die Westküste Schottlands im Sommer 1944 traf, war einer der schlimmsten seit Menschengedenken. Menschen wurden getötet, Höfe verwüstet, Fischerboote aus den Vertäuungen gerissen und die im Freien verbliebenen Flugzeuge weggeweht und zerstört. Nahezu der einzige Flugplatz, der keinen Schaden erlitt, war Benbecula. Denn dort war man vorgewarnt worden.

Danach betrachtete man Lockwood als so etwas wie einen Guru, einen erstklassigen Meteorologen, und die Meteorologen von anderen Flugplätzen begannen ihn um Rat zu bitten und profitierten von seiner Sachkenntnis.

Im Winter 1944 neigte sich der Krieg dem Ende zu, und die Menschen begannen darüber nachzudenken, welche Arbeit sie danach ausüben würden, wenn sie aus dem Militärdienst entlassen wurden. Natürlich kam Lockwood der Gedanke, er könne vielleicht eine Laufbahn in der Meteorologie einschlagen.

Der Gedanke kam ihm, als er eines Abends versuchte, die Durchschnittstemperatur des Flugplatzes im Oktober zu errechnen. Er besaß eine Menge Statistiken über das Wetter an der Westküste Schottlands. Irgendwo gab es zahlreiche Aufzeichnungen über das Wetter an der Westküste der Antarktischen Halbinsel, die vom Sonderkommando nach Port Stanley gefunkt worden waren. Wenn er letztere in die Hände bekommen würde, wäre er in der einzigartigen Lage, das

Klima dieser zwei sehr verschiedenen Regionen zu vergleichen und vielleicht neue Erkenntnisse über globale Wetterabläufe zu bekommen. Und wenn es ihm gelänge, die Ergebnisse zu veröffentlichen, würde es ihm sicher helfen, eine Stelle zu bekommen.

Die Admiralität zu überreden, ihm Zugang zu den Aufzeichnungen von Port Stanley zu gewähren, war nicht einfach; aber er schaffte es und machte sich an die Arbeit. Das war der Beginn einer lebenslangen Forschung: einer Forschung, die um so erfreulicher war, weil er dadurch in Berührung mit dem geliebten Kontinent blieb.

Er entschied sich, seiner Arbeit den Titel zu geben: „*Ein Vergleich der Fallwinde an der Küste der Antarktis und der Küste Schottlands*", und er kam gut mit ihr voran, als er einen unerwarteten Rückschlag erlitt. Er verliebte sich.

Liebschaften in Kriegszeiten zwischen Offizieren und Mannschaftsrängen wurden offiziell mißbilligt, aber als unvermeidlich angesehen, und Lockwood machte sich eines häufigen Verstoßes schuldig, als er sich in seine Fahrerin aus dem Hilfskorps verliebte.

Ihr Name war Jean Lumsden. Sie war ein ruhiges, scheues Mädchen aus Southampton, mit einem zu großen Mund, einer Stupsnase und zu vielen Sommersprossen, um im klassischen Sinn schön zu sein. Sie war aber durchaus anziehend und galt als ungezwungen und ausgesprochen hilfsbereit. Und eben wegen ihrer Hilfsbereitschaft kam es, daß sie Lockwood fuhr... Keine der Fahrerinnen aus dem Hilfskorps war begeistert über die ungeselligen Stunden, die Lockwoods Tätigkeit mit sich brachte, besonders die Fahrt um Mitternacht zur Wetterstation, damit Lockwood seine Instrumente ablesen konnte; doch Jean Lumsden ließ sich überreden, den Job freiwillig zu übernehmen, den keine sonst wollte.

Sie kamen auf eine ruhige Art von Anfang an gut miteinander aus. Lockwood war erfreut, daß seine Fahrerin ein angenehmes und bescheidendes Mädchen zu sein schien. Jean war erfreut, daß ihr Passagier sich als ein freundlicher, rücksichtsvoller Mann erwies. Beide waren scheu dem anderen Geschlecht gegenüber, und beide waren gehemmt wegen des Rangunterschieds. Die Seevögel führten sie zusammen.

Lockwood verbrachte eine beträchtliche Zeit damit, die Seevögel zu beobachten, die zu Tausenden um das Flugfeld nisteten; aber da er sich nicht sicher war, ob seine Vorgesetzten dies als Arbeit oder Freizeit ansehen würden, benutzte er zur Vogelbeobachtung niemals sein offizielles Fahrzeug.

Eines Nachmittags ging er die Vorpostenstraße entlang zum Strand, als Jean in ihrem Jeep an ihm vorbeifuhr. Sie hielt an. „Soll ich Sie mitnehmen, Sir?"

Er fragte sie, wohin sie fahre, und sie sagte: „Zu den Nordhangars." Die Nordhangars lagen dicht am alten Küstenwachenpfad, auf dem er zum Strand hinuntergelangte. Er dankte ihr also und stieg ein. Eine Zeitlang fuhren sie schweigend. Dann, weil er dachte, er sei ihr eine Erklärung schuldig, sagte er: „Ich gehe die Vögel beobachten."

„Ich weiß, Sir."

Sie schwiegen wieder. Dann, als sie an den Hangars anhielten, fragte er sie: „Interessieren Sie sich für Vögel?"

„Ich habe noch nicht viel über sie nachgedacht. Aber ich denke, ich könnte mich dafür interessieren. Wenn ich etwas mehr über sie wüßte."

„Manchmal", sagte er, „muß ich Vögel beobachten als Teil meiner Aufgaben – zum Beispiel wenn ich denke, ein Sturm steht uns bevor. Vielleicht könnten Sie mich dann fahren? Der Weg ist in Ordnung, solange Sie langsam fahren."

„Ja, Sir." Sie zögerte, dann lächelte sie. „Das würde ich gern tun."

Er dachte, wenn sie lächelt, sieht sie sehr reizvoll aus. Es wäre schön, sagte er sich, wenn er sie öfter zum Lächeln bewegen könnte.

So kam es, daß sie hin und wieder den Dienst schwänzten – so dachten sie jedenfalls darüber – und zur Spitze der Insel fuhren. Es war ein stürmischer Ort. Selbst an ruhigen Tagen schäumte die Dünung des Atlantiks über die Steine; an stürmischen Tagen wurde die Gischt fast hundert Meter weit in die Luft und ebenso weit landeinwärts geschleudert. Bei diesen Besuchen erfuhr Jean eine Menge über Seevögel, aber nicht viel über Lockwood. Der übliche Tratsch auf dem Flugplatz besagte, daß er eine schreckliche Prüfung in der Antarktis hinter sich hatte, und sie hoffte, daß er davon erzählen würde. Doch es dauerte nicht lange, bis sie entdeckte, daß Lockwoods Vergangenheit etwas war, das er für sich behalten wollte. Zuerst beunruhigte es sie nicht, aber als sie sich immer öfter trafen, störte sie seine Verschwiegenheit. Wir werden nicht über die Vogelbeobachtung hinauskommen, dachte sie, wenn er nicht das Gefühl bekommt, daß er mir vertrauen kann.

Eines Abends, als die Sonne unterging und sie von den Felsen an der Spitze der Insel zurückkamen, geschah etwas, was eine Entscheidung herbeiführte. Alles war sehr still und sehr ruhig, vom Meer trieb verwehter Nebel herein und legte sich in die Mulden auf dem Flugfeld. Sie fuhren auf der Vorpostenlinie, als ein Möwenpaar, das vom Lärm des Jeeps aufgeschreckt wurde, fast unter ihren Rädern aufflog. Bevor

Jean bremsen konnte, verletzte sie einen der Vögel. Beide zuckten zusammen, und als sie zurückschauten, sahen sie ein Bündel aus Federn, das sich wand. „Es war nicht dein Fehler", sagte er. „Würdest du bitte anhalten?"

Sie hielt an, und er ging zur Möwe zurück. Er schaute sie gründlich an, dann brach er ihr das Genick. Ihre Flügel zuckten einmal, dann hörte sie auf, sich zu winden. Er legte sie in das Gras, als er bemerkte, daß das Mädchen neben ihm stand. „Ich wollte nicht, daß sie sich quält", sagte er.

Sie nickte. „Ich weiß. Aber ich denke, daß ich es nicht hätte tun können." Sie nahm seine Hand. „Es war sehr mutig von dir."

Als sich ihre Finger verschränkten, zog er sich merklich zurück. „Wir kehren besser um."

Sie sah ihn sehr direkt an. „Warum?"

„Warum was?"

„Warum du immer ausweichst? Wenn ich versuche, mich dir zu nähern?"

„Es tut mir leid, Jeanie."

„Es muß dir nicht leid tun. Sag mir nur, warum."

Seine Augen nahmen einen leeren Ausdruck an, den sie nur allzugut kannte. Er hatte sich in eine Welt zurückgezogen, in der sie keinen Platz hatte.

„Bitte", sagte sie, „kannst du mir nicht sagen, was in der Antarktis geschah? Ich weiß, daß etwas Schreckliches geschehen ist. Und ich möchte dir helfen. Aber", sie war den Tränen nahe, „aber jedesmal, wenn ich es versuche und dir näherkomme, schlägst du mir die Tür vor der Nase zu..."

Das war das letzte, was er wollte. Das war wieder ein Verhör, noch viel schwerer zu ertragen, weil der Frager jemand war, den er gern hatte.

Die Wahrheit war – auch wenn er es nicht zugeben wollte –, daß er sich noch nicht vom Trauma seiner Erlebnisse in der Antarktis erholt hatte. Noch vor nicht allzu langer Zeit hatte er Tag für Tag am Rande des Todes gestanden; er war so hungrig gewesen, daß er Stücke von seinem Kommandeur abgehackt und gegessen hatte, und geistig so verwirrt, daß er über den Tod einer Fliege geweint und Halluzinationen von einem Eskimomädchen gehabt hatte. Derartig tiefe Wunden heilen nicht über Nacht, und seine Liebesaffäre war zu früh nach dieser schweren Prüfung gekommen. Zu gegebener Zeit hätte er sehr wahrscheinlich einige Dinge zu erzählen begonnen und ihr schließlich alles erzählt. Aber eben jetzt wollte er vor allem in Ruhe gelassen werden, wollte vergessen.

„Bitte, Jeanie, ich möchte nicht darüber sprechen."

Wieder bemerkte sie seinen abwesenden Blick, und sie wußte, daß er sich in eine Welt zurückgezogen hatte, in der sie ihn nicht erreichen konnte. Nun gut, sie hatte nicht die Absicht, sich zu erniedrigen, und nicht die Absicht zu weinen; wenn er es so wollte, dann sollte es so bleiben. Sie lief langsam zum Jeep, setzte sich auf den Fahrersitz und starrte auf die Landspitze, wo sie so viele Stunden gemeinsam verbracht hatten.

Er stieg ein und setzte sich neben sie.

Sie sah ihn nicht an: „In die Offiziersmesse, Sir?"

„Ja, bitte."

Mehrere Male auf der Rückfahrt dachte sie, daß er etwas sagen wollte. Aber er tat es nicht. *Je weniger gesprochen wird*, sagte er sich, *desto leichter wird alles wieder gut.*

Aber es sollte ganz anders kommen. Ein paar Wochen später fragte der für die Marinehelferinnen verantwortliche Offizier nach Freiwilligen, die sich nach Lee-on-Solent, einem Flugplatz in der Nähe der Hafenanlagen von Southampton, versetzen lassen wollten. Jean meldete sich an diesem Nachmittag, und 48 Stunden später war sie schon unterwegs nach Süden. Zumindest, dachte sie, bin ich in der Nähe meiner Eltern... Sie schrieb Lockwood einen Brief, der fast fünfzig Jahre später unter seinen persönlichen Hinterlassenschaften gefunden wurde. In diesem Brief erzählte sie ihm, daß sie zu schüchtern gewesen war, es ihm direkt ins Gesicht zu sagen, wie sehr sie ihn liebte. „Aber wenn wir nicht alle Wege gemeinsam gehen können", schrieb sie, „dann ist es wohl besser, wenn jeder für sich bleibt."

Er nahm den Brief mit an die Spitze der Insel, las ihn wieder und wieder. Dann saß er stundenlang da, starrte hinaus, sah aber die Seevögel nicht und sagte sich, was viele Männer sich vor ihm gesagt hatten – daß man die Chance oft erst erkennt, wenn sie vorbei ist.

WIEDER suchte er Zuflucht in der Arbeit. *Ein Vergleich der Fallwinde an der Küste der Antarktis und der Küste Schottlands* wurde im Dezember 1945 veröffentlicht, und sehr zu Lockwoods Freude erschien die Studie nicht nur in einer Reihe meteorologischer Zeitschriften, sondern auch in *The New Scientist* und *The Geographical Magazine*. Die Kombination von spezialisierter Forschung und persönlicher Erfahrung gefiel den Lesern: eine Kombination, die Lockwood nicht nur in die Lage versetzte, Naturphänomene zu erklären, sondern ihnen auch Leben einzuflößen.

Seine Studie verschaffte ihm die Aufmerksamkeit von Leuten außerhalb des Militärs, und im Frühjahr 1946 rief ihn ein junger Mann vom Kolonialministerium an und bat ihn zu sich. Ihre Zusammenkunft erwies sich als das bißchen Glück, das für Lockwood lange überfällig war.

Der junge Mann sagte, sein Name sei Vivian Fuchs und er sei dabei, ein Team für ein Programm zur wissenschaftlichen Erforschung der Antarktis zusammenzustellen. Sie suchten, sagte er, einen Meteorologen.

Die beiden Männer saßen bis tief in die Nacht zusammen und redeten. Es wurde bald offensichtlich, daß sie beide verschiedene Ziele hatten. Fuchs wollte hinfahren und vor Ort arbeiten, um die britische Präsenz auf dem Kontinent zu gewährleisten. Lockwood wollte in England bleiben und das Programm der meteorologischen Forschung koordinieren. Was sie verband, war eine tiefe und anhaltende Liebe zu dem eisigen Kontinent.

Vierzehn Tage später erhielt Lockwood ein offizielles Schreiben vom Kolonialministerium. Man halte ihm bei der Territoriumsverwaltung Falklandinseln eine Stelle frei, wurde ihm mitgeteilt, bis er aus der Armee entlassen werde.

Ein Traum war Wirklichkeit geworden.

LOCKWOOD begann seine Arbeit im Hauptquartier der geologischen Behörde in Cambridge am 2. Juni 1946. Und er war von Anfang an dort glücklich. Denn seine Stelle versetzte ihn in die Lage, mit dem Kontinent, den er liebte, verbunden zu sein und ihm für den Rest seines Arbeitslebens treu zu bleiben.

Zunächst betrachteten seine Vorgesetzten ihn ein wenig als Einzelgänger; es gab zum Beispiel hochgezogene Augenbrauen im Kolonialministerium, wenn er darum bat, die Ergebnisse seiner meteorologischen Forschungsarbeit nach Moskau und Buenos Aires zu schicken. Lockwood bestand jedoch darauf, daß das Wetter keine Grenzen kenne; und am Ende setzte er sich durch. Und das teilweise wegen seines Rangs und teilweise wegen seiner Erscheinung. Bis 1946 hatten wenige Menschen den Fuß auf die Antarktis gesetzt, und niemand hatte dort jemals allein überwintert. Obwohl er von sich nicht so dachte, war Lockwood so etwas wie eine Legende. Was seine Erscheinung betrifft: Er hatte immer gut ausgesehen; seine Magerkeit, das weiße Haar und seine gehetzten Augen verliehen ihm eine rätselhafte Aura. Frauen fanden ihn oft nicht nur rätselhaft, sondern anziehend, um so mehr vermutlich, weil er sich von ihnen fernhielt. Er hielt sich fern, teilweise weil es in seinen Augen keine Frau mit seiner Jeanie, nach der er sich sehnte, aufnehmen konnte. Und teilweise weil er vermutete, daß er niemandem nahekommen sollte, solange er nicht wirklich bereit war, seine Geheimnisse mit jemandem zu teilen. Viele Menschen, die nie geheiratet hatten, sagte er sich, haben ein glückliches und nützliches Leben geführt. Er wollte einer von ihnen sein. Er wollte sein Leben der Antarktis widmen.

Und so kam es dann auch.

Die fünfziger und sechziger Jahre waren Jahre einer ruhigen Zufriedenheit für Lockwood. Er lernte sowohl Cambridge als auch das unaufdringlich schöne Land ringsherum lieben. Er mietete Zimmer auf einer Farm an der Straße nach Ely und schaffte sich ein altes, klappriges Auto an. Die meisten seiner Vergnügungen waren bescheiden: ein gelegentliches Bier mit Freunden in der Kneipe, Vogelbeobachtung im Moor, Segeln mit seinem arg mitgenommenen alten Dingi auf den Broads, lange Spaziergänge auf den weiten Feldern mit seinem Hund.

Es dauerte nicht lange, und seine Arbeit wurde zunehmend als wichtig erkannt. Diese Höherbewertung war insbesondere dem Internationalen Geophysikalischen Jahr 1957/58 zu verdanken.

Schon seit geraumer Zeit hatten Wissenschaftler gewußt, daß die Antarktis ein idealer Ort für die Forschung war, denn unter der Eisdecke eingeschlossen, lagen unberührt die Geheimnisse der Erde, so, wie sie vor dem Erscheinen der Menschen gewesen war. In einem einzigartigen Beispiel internationaler Zusammenarbeit kamen die Wissenschaftler aus aller Welt zusammen und errichteten mehr als fünfzig Forschungsstationen in der Antarktis, dann faßten sie gemeinsam die Ergebnisse ihrer Arbeit zusammen. Bei dieser wissenschaftlichen Ausnahmeleistung spielte Lockwoods Behörde eine wichtige Rolle. Lockwood selbst war verantwortlich für die meteorologische Forschungsarbeit, die von der britischen Station in Halley, am Rande der Weddellsee, durchgeführt wurde.

Die Teilnehmer am Internationalen Geophysikalischen Jahr beschlossen, daß diese Forschung und Kooperation nicht nur auf ein Jahr begrenzt sein sollte, sondern weitergehen und schließlich institutionalisiert werden sollte. Aus diesem Entschluß entstand der Antarktisvertrag, dessen Unterzeichner – es sind mittlerweile 40 Staaten – sich dafür einsetzten, bestimmte Grundregeln zu befolgen, wie eine

Einschränkung der militärischen Aktivität auf dem Kontinent und ein Verbot für die Entsorgung von radioaktivem Müll; sie stimmten auch darin überein, die Ressourcen des Kontinents zu erhalten und seine Umwelt zu schützen. Der Vertrag trat im Juni 1961 in Kraft und hatte eine Gültigkeitsdauer von dreißig Jahren.

Die Wichtigkeit des Antarktisvertrags für Wissenschaftler allgemein und Lockwood im besonderen kann nicht hoch genug eingeschätzt werden. Für ihn war das nicht nur die Garantie dafür, daß seine Arbeit weitergehen würde, sondern auch dafür, daß seine Ergebnisse verbreitet würden. Und je mehr Forschungsarbeiten er und seine Kollegen in Halley verrichteten, desto wichtiger erschien es ihnen, daß Leute überall auf der Welt davon unterrichtet wurden, was sie herausfanden. Zunächst beschäftigten sie sich in ihren Forschungen mit dem Oberflächenklima, später mit der Atmosphäre, speziell der Zerstörung der Ozonschicht in der südlichen Hemisphäre.

Heutzutage ist es nicht einfach zu sagen, wer es verdiene, für eine bestimmte wissenschaftliche Entdeckung ausgezeichnet zu werden, denn eine Forschungsarbeit beruht zu einem großen Teil auf der Leistung einer ganzen Gruppe. Gewiß nahm Lockwood nie für sich in Anspruch, das Ozonloch „entdeckt" zu haben. Dennoch war es seine Mannschaft in Halley, unter seiner Führung arbeitend, die als erste auf die dramatische Verringerung an Ozonmolekülen in der Atmosphäre hinwies.

ER GING im Frühling 1987 in den Ruhestand, teils weil er über 65 war und teils weil er in den letzten Monaten eine Beklemmung in seiner Brust gespürt und sein Arzt ihm befohlen hatte, kürzerzutreten. Er würde, beschloß er, seine Stelle aufgeben, aber die Arbeit für das SCAR, das wissenschaftliche Komitee für Antarktisforschung, in dem er ein langjähriges Mitglied war, so lange fortsetzen, wie er konnte.

Seine Freunde nahmen an, daß er in Cambridge bleiben würde. Lockwood hatte jedoch andere Vorstellungen. Der gesunde Menschenverstand sagte ihm, daß mit 66 Jahren sein Herz eher schwächer als stärker werden würde, und das letzte, was er wollte, war, Menschen, die er gern hatte, zur Last zu fallen. Er beschloß, sich in einen Teil der Welt zurückzuziehen, den er als Kind geliebt, aber seit fünfzig Jahren nicht mehr besucht hatte: Cornwall. Im Herbst 1986 nahm er einen Monat Urlaub, fuhr dorthin und suchte ein Haus.

Er fand es fast zufällig. Eines Morgens Anfang November machten sich Lockwood und sein Hund auf zu einem Spaziergang auf dem

Küstenpfad, der von der Mündung des Helford bis zu The Manacles führt. Von dort aus sah er ein Dorf mit Mauern aus grauen Steinen und Dächern aus grauem Schiefer, das sich unter die Klippen schmiegte und dessen einzige Verbindung zur Außenwelt zwei einspurige Straßen waren, die sich durch ein Mosaik von Feldern wanden. Ein Blick auf seine Karte sagte ihm, daß es Porthallow war. Wie das Schicksal es wollte, entdeckte er ein Fischerhaus am Hafen, das zum Verkauf angeboten wurde. Ein paar Monate später war es sein Haus.

Er wäre glücklich gewesen, ohne große Umstände aus seiner Behörde zu verschwinden, aber seine Kollegen ließen es nicht zu. Es gab Feiern und Geschenke und eine Flut von Glückwunschkarten. An seinem letzten Abend gesellte er sich zum Direktor auf einen Abschiedsdrink. Die beiden Männer waren immer gut miteinander ausgekommen. Und der Direktor wollte einen letzten Versuch machen, daß das Auseinandergehen nicht den endgültigen Charakter beibehielt, den ihm Lockwood anscheinend geben wollte. Sie standen am Fenster, genossen ihren Whisky und schauten auf die Felder von Cambridgeshire.

„Ich habe überlegt, James", sagte der Direktor schließlich. „Was wollen Sie denn in diesem Porthallow anfangen?"

„Ich habe meinen Hund. Und meine Seevögel. Und meine Arbeit für das SCAR."

„Reicht Ihnen das, um auf keine dummen Gedanken zu kommen?"

„Ich verstehe, was Sie sagen wollen. Aber ich will es so."

Der Direktor war in der Lage zu erkennen, wenn er gegen eine Mauer rannte. „Nun gut, ich kann nur wiederholen, was in den Reden gesagt wurde: Bitte, vergessen Sie uns nicht. Bitte, lassen Sie von sich hören. Und falls Sie mal mit irgendwas Hilfe brauchen, melden Sie sich. Wofür sind Freunde sonst da?"

Er war gerührt. „Wir können über das SCAR in Verbindung bleiben", sagte er.

Sie redeten bis in die frühen Morgenstunden miteinander. Und nach einer ordentlichen Menge Whisky warfen sie die Sorgen der Welt und die Probleme des SCAR beiseite, wie eine Schlange ihre Haut abstreift, wenn sie zu groß dafür geworden ist, und was ihnen blieb, war das, was unter der Haut lag: ein halbes Leben in Freundschaft.

DIE GESCHICHTE von Lockwoods Leben in Porthallow ist rasch erzählt. Die Leute in diesem abgelegenen Winkel des ländlichen Englands akzeptierten ihn bald als den, der er war: ein exzentrischer

Einzelgänger, der Kinder, Vögel und Hunde gern hatte. Es machte die Sache leichter für ihn, daß er mehr als nur ein bißchen über die Themen wußte, um die sich das Leben in Porthallow drehte: das Meer und das Wetter. Gegenseitige Vorsicht wich schnell gegenseitiger Toleranz, und an deren Stelle trat allmählich Zuneigung.

Es kam jedoch eine Zeit, in der die Treffen des SCAR eine unerwartete Dringlichkeit bekamen. Denn im Jahre 1991 stand die Ratifizierung des Antarktisvertrags an, und einige Regierungen – die britische eingeschlossen – zierten sich, als es darum ging, den Zusatzvertrag zu unterzeichnen. Lockwood stand in regem Kontakt mit dem Direktor wegen dieser Angelegenheit, und ein Teil eines dieser Gespräche brachte ihm bald schlaflose Nächte ein.

„Die Dinge sehen besser aus, James." Der Direktor war optimistischer als sonst, als er eines Abends Ende Mai anrief. „Ich rechne damit, daß wir unterschreiben. Solange nichts passiert, was die Sache ins Wanken bringen könnte."

„Und was könnte die Sache ins Wanken bringen?"

„Tja, wissen Sie. Wenn wir plötzlich das größte Ölfeld der Welt finden. Oder einen Vulkanschlot in unserem Sektor, der mit Diamanten vollgestopft ist. Die Dinge, die die Regierung dazu bringen zu sagen: ‚Halt! Das gehört uns. Und wir werden es ausbeuten.'"

Eine solche Entdeckung war, wie sie beide meinten, höchst unwahrscheinlich. Dennoch war Lockwood sich eines vagen Unbehagens bewußt, einer Art Vorahnung, daß die Geister der Vergangenheit wieder auferstanden.

ER WAR gerade dabei, die Tomaten zu bewässern, als das Telefon klingelte.

„Spreche ich mit Mr. James Lockwood?"

Er erkannte die Stimme nicht. „Ja."

„Fregattenkapitän Burnett am Apparat. Sie kennen mich nicht. Ich bin vom MI6."

Er nahm an, daß der Anruf etwas mit seiner Arbeit für SCAR zu tun hatte. „Ja, Fregattenkapitän? Was kann ich für Sie tun?"

„Haben Sie die Morgenzeitungen gelesen?"

„Wir sind hier weitab vom Schuß. Die Zeitungen sind noch nicht gekommen. Warum fragen Sie?"

Es herrschte ein langes und etwas peinliches Schweigen, dann kam eine Mitteilung, die sein Leben umkrempelte. „Offenbar haben die Chilenen eine Leiche gefunden. Auf der Antarktischen Halbinsel."

Er fühlte sich, als wäre er in eiskaltes Wasser gefallen. Er schloß die Augen. Aber wie fest er sie auch zudrückte, konnte er noch immer die zerstückelte Leiche sehen, die aus der Schlucht heraufgeholt wurde. Und wieder konnte er das Knirschen seines Messers auf den Knochen hören und den Geschmack des Menschenfleischs spüren. Und er erkannte, daß die Zeit die Wunden nicht geheilt hatte. Sie hatte sie nur bedeckt.

Burnett schlug vor, ihn am nächsten Morgen zu besuchen – „Sagen wir um zehn Uhr" –, und Lockwood war in einem so tiefen Schock, daß er nach keiner Ausrede suchte.

Als er den Hörer auflegte, bemerkte er eine vertraute Enge in der Brust. Halb rannte er, halb humpelte er zum Postbüro, das gleichzeitig ein Zeitungsladen war, und kaufte sich von allen Zeitungen ein Exemplar.

Die Entdeckung der Leiche war nun wahrlich nicht in die Schlagzeilen vorgedrungen. Erst als er wieder in seinem Haus war und die Zeitungen überall auf dem Boden des Wohnzimmers ausbreitete, fand er eine Erwähnung. Auf Seite 16 der *Times* las er unter der Überschrift NOTIZEN AUS ALLER WELT:

> Im Eis begraben
>
> Chilenische Wissenschaftler, die auf einer Forschungsstation auf der Antarktischen Halbinsel arbeiten, haben die Leiche eines unbekannten Seemanns gefunden. Man nimmt an, daß der Mann Mitglied einer Marineeinheit war, die während des Zweiten Weltkriegs unter strenger Geheimhaltung in der Antarktis operierte.

Er hoffte, die anderen Zeitungen enthielten mehr Details. Aber das war nicht der Fall. Er lief auf und ab und ermahnte sich, ruhig zu bleiben. Er kochte sich eine Kanne Tee; aber er schien ihm nicht zu helfen, deshalb goß er sich einen Whisky ein, aber der half ihm auch nicht. Sein Verstand schien erstarrt zu sein. Nachdem er sich den Kopf lange zermartert hatte, kam er zu dem Schluß, daß er nur auf Fregattenkapitän Burnett von der Spionageabwehr warten konnte, sich anhören, was dieser zu sagen hatte, und dann improvisieren mußte.

Der Schlaf ließ in dieser Nacht lange auf sich warten. Als er endlich einschlief, träumte er von Dingen, die er seit Benbecula nicht mehr geträumt hatte.

Am nächsten Morgen fuhr das Stabsauto auf die Sekunde pünktlich um zehn Uhr vor. Burnett dankte Lockwood sehr höflich für das so kurzfristig anberaumte Treffen und kam gleich zur Sache. „Was halten Sie von den Zeitungsberichten?“

„Sie enthalten nicht viele Details, nicht wahr?“

Sie saßen am Fenster von Lockwoods Wohnzimmer und schauten auf die friedliche Bucht. Vordergründig schien ihre Unterhaltung höflich und harmlos zu sein, aber plötzlich und bevor er richtig begriff, wie es geschah, wurde Lockwood in den Strudel gezogen.

Er war der Meinung, daß er Burnetts Fragen parierte und nicht viel verriet, als der Fregattenkapitän plötzlich die Geduld zu verlieren schien. „Ich denke, daß Sie sehr wohl wissen, in welcher Lage Sie sich befinden.“ Er drückte die Zigarette aus. „Zu sagen: ‚Ich kann mich nicht erinnern‘ zieht nicht mehr. Jetzt, da wir die Leiche gefunden haben. Und zwar deshalb, weil die Leiche eine Geschichte erzählt... Aber ich habe gute Neuigkeiten für Sie. Wir sind nicht daran interessiert, was Ihrem Kommandanten geschah. Darüber wollen wir nichts wissen. Wir sind an dem Uran interessiert. Würden Sie uns nun – nach all den Jahren – erzählen, wo Sie es gefunden haben?“

Sein Kopf war leer. Die schlimmsten Alpträume wurden Wirklichkeit. Die Geheimnisse, die fast fünfzig Jahre verschlossen gewesen waren, kamen ans Tageslicht und wurden ihm ins Gesicht geschleudert.

„Könnten Sie mir zuhören, Mr. Lockwood?“ riß der Fregattenkapitän ihn aus der Erstarrung.

„Ich kann mich nicht erinnern“, sagte er.

„Lassen Sie mich die Geschichte erzählen, wie wir sie sehen... In den dreißiger Jahren schickten wir ein Team von Geologen, um die Antarktische Halbinsel zu vermessen. Sie fanden Spuren von Uran. Das bedeutete damals nicht viel. Aber im Krieg wurde Uran wichtig. Deshalb wurde auf Churchills Befehl ein Marinekommando hingeschickt, das es suchen sollte. Nun, Sie wissen, was mit dieser Mission geschah. Wir können es nur vermuten. Aber als wir fragten, immer und immer wieder, was damals geschehen war, haben Sie gesagt, Sie hätten Ihr Gedächtnis verloren. Nun warum, möchte ich wissen, geschah das?“

„Ich kann mich nicht erinnern“, murmelte er.

Burnett sah ihn prüfend an. „Es nützt jetzt nichts mehr zu sagen, Sie könnten sich nicht erinnern. Jetzt, da die Leiche aufgetaucht ist.“

Lockwood starrte aus dem Fenster. „Ich kann mich nicht erinnern“, beharrte er.

„Vielleicht wird es Ihre Erinnerung auffrischen“, fuhr Burnett fort, „wenn ich Ihnen sage, daß bei der Leiche eine Nachricht lag.“

Er starrte ihn fassungslos an.

Burnett erklärte es ihm geduldig wie einem Kind, von dem man denkt, es stelle sich absichtlich dumm. „Der Bootsmann hielt sein Tagebuch auf seiner Brust. Als ob er wollte, daß jemand es liest."

Es dauerte mehrere Sekunden, bevor Lockwood begriff, was ihm gerade gesagt wurde.

Fast fünfzig Jahre lang war es sein schlimmster Alptraum gewesen, daß der halb aufgegessene Körper seines Kommandanten ausgegraben wurde. Als er hörte, daß eine Leiche gefunden worden war, hatte er es als selbstverständlich angenommen, daß es Edes Leichnam war. Aber offenbar war das nicht der Fall. Es war Ramsden! Er bedeckte sein Gesicht mit den Händen, schaukelte vor und zurück wie ein Kind und hörte eine Stimme, die er nicht als seine eigene erkannte, wie sie ständig wiederholte: „Ich kann mich nicht erinnern."

Burnett begriff, daß er mehr als einen Versuch benötigte, um von Lockwood das herauszubekommen, was er wollte. Also schlug er, seine Worte sorgfältig mit einem juristischen Beiklang wählend, einen 48stündigen Aufschub vor.

WIE SEHR sehnte sich Lockwood in den nächsten Tagen nach einem Freund, an den er sich wenden konnte, eine Schulter, an die er sich anlehnen konnte. Aber es gab ein Problem: dasselbe Problem, das er in Hugh Dempsters Sprechzimmer und auf der Landspitze von Benbecula gehabt hatte. Wenn er einige Geheimnisse enthüllte, mußte er auch andere enthüllen, und er würde sehr wahrscheinlich irgendwann den Kannibalismus zugeben müssen. Deshalb setzte er sich nicht zum erstenmal in seinem Leben nieder, um die Dinge für sich allein zu überdenken.

Am Ende des Abends hatte er zwei Schreibblöcke verbraucht, sein Papierkorb quoll über, und alles, was herauskam, waren zwei Fragen und zwei Entscheidungen. Die Fragen waren:

1. Was hatte Ramsden genau in sein Tagebuch geschrieben?
2. Was wollte die Admiralität von ihm und warum?

Die Entscheidungen waren:

1. Er würde den Kannibalismus niemals zugeben.
2. Er würde niemals den Fundort der uranhaltigen Steine verraten.

Als Burnett 48 Stunden später wieder in seinem Wohnzimmer war, stellte Lockwood ihm die erste seiner Fragen.

Der Fregattenkapitän hatte sie anscheinend vorhergesehen. Er öffnete seine Aktentasche und nahm ein halbes Dutzend sauber getippte

DIN-A4-Seiten heraus. „Das sind die Auszüge aus dem Tagebuch, die Sie besonders interessieren werden“, sagte er. „Sie beweisen, daß, als Ramsden in die Spalte gefallen war, Ihr Kommandant sehr wohl noch lebte – während Sie vorgeben, darüber nichts zu wissen.“

„Wie soll ich wissen, ob es eine richtige Abschrift ist?“

„Mr. Lockwood!“ In der Stimme des Fregattenkapitäns lag sowohl Empörung als auch Verachtung. „Sie sind es, die Ihr Spiel spielen und Lügen erzählen, nicht die Admiralität. Wenn Sie darauf bestehen, können wir Ihnen das Tagebuch zeigen. Es wird als Beweis zurückbehalten für den Fall eines Untersuchungsverfahrens.“

Ein Verfahren war sein schrecklichster Alptraum. Als wollte er jeden Gedanken daran verdrängen, richtete er seine ganze Aufmerksamkeit auf die Auszüge von Ramsdens Tagebuch. Als er sie las, rollten die Jahre zurück, und sie waren alle drei wieder dicht zusammengedrängt in ihrem Zelt, und er bat den Bootsmann, nicht genau zu enthüllen, wo sie das Uran gefunden hatten – „für den Fall, daß das Tagebuch in die falschen Hände gerät“. Ramsden hatte – wie immer – dem Befehl gehorcht, obwohl das Tagebuch in ganz andere Hände gefallen war, als er damals befürchtet hatte.

Er gab die Seiten zurück. „Vielen Dank. Nun, was wollen Sie von mir?“

„Wir möchten, daß Sie uns sagen, wo Sie das Uran fanden.“

„Aber warum? Nach all diesen Jahren?“

Burnett verzweifelte. Dennoch sagte er mit erzwungener Ruhe: „Sie sind nicht in der Position, in der Sie Fragen stellen können. Ich habe den Befehl erhalten, der Ede-Affäre auf den Grund zu gehen, und ich beabsichtige, meinen Befehl auszuführen. Ich hoffe, daß wir es unter vier Augen tun können. Aber wenn es uns nicht gelingt, werde ich ein Untersuchungsverfahren beantragen.“

Lockwood schloß die Augen.

Burnett empfand einen Anflug von Mitleid, aber nicht so stark, daß es ihn davon abhielt, seinen Auftrag zu erfüllen. „Mir ist gesagt worden, ich solle Ihnen einen Handel vorschlagen“, erklärte er. „Sie sagen uns, wo das Uran ist. Wir lassen die Untersuchungen über Ede fallen.“

Sein erster Gedanke war: Das ist ein Rettungsring! Ergreif ihn! Dann fragte er sich, warum der Rettungsring ausgeworfen werden sollte. Denn ein Verdacht, der ihm bislang nicht gekommen war, setzte sich in seinem Kopf fest. „Warum“, fragte er, „sind Sie so interessiert an Uran?“

„Es ist wertvoll."

„Aber nicht so wertvoll. Nicht mehr heute."

„Nun, ich vermute, es gibt einen anderen Grund. Die Akte Ede moderte jahrelang in unseren Archiven vor sich hin. Jetzt, da wir Ramsdens Tagebuch haben, haben wir die Gelegenheit, die offenen Fragen zu beantworten und die Akte zu schließen."

„Es wäre sicher einfacher, die alten Geschichten nicht wieder aufzuwühlen."

Burnetts Geduld riß. Er mußte zugeben, daß Lockwood auf den ersten Blick ein recht bemerkenswerter und eher freundlicher alter Mann war. Aber es änderte nichts an der Tatsache, daß er vor fünfzig Jahren offensichtlich Lügen über den Tod seines Kommandanten erzählt und seinen Vorgesetzten wichtige Informationen über seine Mission vorenthalten hatte. „Ich muß Sie bitten", sagte er, „mir eine direkte Antwort auf eine direkte Frage zu geben. Wo haben Sie das Uran gefunden?"

Wieder preßte Lockwood die Augen zu. „Ich kann mich nicht erinnern", flüsterte er.

Burnett steckte die getippten Seiten wieder in seine Aktentasche. Er stand auf. „Sie lassen mir keine andere Wahl", sagte er. „Ich werde ein Untersuchungsverfahren beantragen."

EIN PAAR Tage nach Burnetts Besuch erhielt er einen Anruf von seinem Direktor. „James! Was hat es mit dem Untersuchungsverfahren auf sich? Hat es etwas mit der Leiche im Eis zu tun?"

Er hatte gehofft, daß die Vorladung zum Verfahren diskret erfolgen würde, aber das, so schien es, würde wohl nicht der Fall sein. „Ja", antwortete er.

Eine lange Pause, dann: „Ich komme Sie besuchen."

Lockwood wollte gerade sagen: „Das ist wirklich nicht nötig", als er merkte, daß der Direktor aufgelegt hatte.

Er bedauerte, daß er nicht schneller reagiert hatte. Er glaubte, ein persönliches Gespräch könne nur schwierig werden, weil es so viele Dinge gab, über die er nicht sprechen wollte, selbst nicht mit seinem besten Freund. Aber ihr Beisammensein stellte sich als weniger problematisch heraus, als er befürchtet hatte. Denn der Direktor machte deutlich, daß er gekommen war, um zu helfen, und nicht, um sich einzumischen – „Erzählen Sie mir, soviel oder sowenig, wie Sie wollen", hatte er gesagt –, und auf dieser Grundlage war Lockwood glücklich über seine Gesellschaft. Es dauerte einige Zeit, bevor sie zum Kern der

Sache kamen. Tatsächlich geschah es erst, als sie am Abend von der Kneipe im Dorf zurückkehrten, daß Lockwood beiläufig sagte: „Sie brauchen sich keine Sorgen darüber zu machen, was ich dem Gericht sagen werde."

„Wenn Sie sich keine Sorgen machen, dann tue ich es auch nicht."

„Ich habe einen Rat eingeholt. Und ich habe die Antwort erhalten."

„Die ist?"

„Ich werde mich selbst verteidigen. Und ich werde nichts sagen. Ich nehme mein Schweigerecht in Anspruch." Lockwood hatte, richtig oder falsch, den Schluß gezogen, daß er von einem Anwalt keine Hilfe erwarten konnte, wenn er nicht bereit war, ihm die Wahrheit zu sagen, die reine Wahrheit und nichts als die Wahrheit – einschließlich der Wahrheit über seinen Kannibalismus.

Der Direktor war bestürzt. „Ist das eine gute Idee, James? Anwälte können die reinen Teufel sein. Und", er zögerte, „wenn Sie keine Fragen beantworten, wird das einen schlechten Eindruck machen."

„Mag sein, aber das spielt keine Rolle."

Der Direktor entschied, seine Zweifel für sich zu behalten. Er faßte seinen Freund am Ellbogen. „Alles, was ich sagen kann, ist, daß wir alle hier in der Behörde hinter Ihnen stehen. Zu jeder Zeit, wenn Sie uns brauchen, werden wir Ihnen beistehen."

Er war gerührter, als er zuzugeben wagte. Er war auch über die Besorgnis der Freunde in Porthallow seinetwegen glücklich.

Das hieß nicht, daß er viel Zeit in Porthallow in den Wochen unmittelbar vor der ersten Gerichtssitzung verbrachte. Er zog in die Wohnung eines Freundes in Lambeth, damit er Zugang zu den Akten im Archiv der Admiralität hatte. Denn, obwohl er beschlossen hatte zu schweigen, war er begierig zu wissen, welche Beweise voraussichtlich vorgebracht würden.

Es war erstaunlich, wie dick Edes Akten waren. Während er sich mühsam durch die Dokumente kämpfte, gelang es ihm, einige lose Enden zu verknüpfen... Er hatte sich oft gewundert – da das Uran offensichtlich von einer derartig großen Bedeutung war –, warum ihn die Marine bei seiner Rückkehr nach England nicht strenger befragt hatte. Aus den Akten ging hervor, daß er damals einen Beschützer gehabt hatte. *Meiner Meinung nach*, hatte Hugh Dempster geschrieben, *wäre es falsch, den Offizier noch weiter zu befragen, da es für sein seelisches Gleichgewicht schädlich sein würde. Sie sollten auch in Betracht ziehen, daß es dem Image der Marine nicht guttun würde, wenn die Tatsachen bei einer weiteren Befragung an die Öffentlichkeit kommen, da wir angeklagt werden könnten, die Prinzipien der Barmherzigkeit, des Anstands und des Respekts für das Individuum zu verhöhnen, für die wir angeblich kämpfen.*

Das ließ ihn erkennen, wieviel er dem Psychiater zu verdanken hatte. Ich bin glücklich, dachte er, daß ich die Weihnachtskarte, die er mir geschickt hat, beantwortet habe.

Eine weitere Frage wurde beantwortet. Es hatte Lockwood immer überrascht, daß es nach dem Krieg keine weiteren Versuche gegeben hatte, Uran aufzuspüren. Jetzt entdeckte er, daß es einen Versuch gegeben hatte, dieser aber fehlschlug. Folgendes geschah: Es war bekannt, daß die ursprüngliche Vermessung in den dreißiger Jahren Uran dicht an der Oberfläche gefunden hatte. Die Nachkriegsvermessung hatte darum Lotungen bis in eine Tiefe von nicht mehr als 15 Metern vorgenommen. Und 15 Meter waren nicht mehr tief genug. Denn in dem Gletschertal, wo während des Krieges Edes Geigerzähler ausgeschlagen hatte, war der Gletscherbruch herabgestürzt – von demselben Beben zerstört, das auch Lockwoods *behouden huis* zerstört hatte. Das Uran war nun unter sechzig Meter Gletschereis begraben.

Es war gut, diese Punkte geklärt zu haben. Was nicht so gut war, war, daß die Berichte zeigten, daß Lockwood von Anfang an nicht nur des Kannibalismus, sondern auch des Mordes verdächtigt worden war. Die Entdeckung von Ramsdens Leiche und Ramsdens Tagebuch hatte ihn natürlich eines Verbrechens entlastet, ihn zugleich aber noch tiefer in das andere hineingezogen. Es erschien nun immer offensichtlicher, daß er den Kommandanten gegessen haben mußte. Warum sonst sollte er ihn mehrere hundert Kilometer auf seinem Schlitten mitgeschleppt und vorgegeben haben, er wäre tot, als er in Wirklichkeit noch am Leben war.

Lockwood erkannte, daß das Gericht der Ansicht sein würde, er hätte noch eine Menge zu erklären. Und wenn er schwieg, kämen sie wahrscheinlich nur zu einem Schluß.

Du kannst da rauskommen, flüsterte eine Stimme. *Alles, was du tun mußt, ist, ihnen zu erzählen, wo du das Uran gefunden hast.*

EINE Woche bevor die erste Verhandlung des Prozesses angesetzt war, kehrte Lockwood nach Porthallow zurück. Er mußte vor dem Sturm in einen Hafen einlaufen.

Es war keine einfache Woche. Der Direktor war wegen des Antarktisvertrags mehrfach am Telefon. „Verdammte Politiker“, murmelte er in einem Augenblick der Frustration. „Sie haben ihn immer noch nicht ratifiziert. Es war so, als ob sie auf etwas warten, das geschehen wird. Gott weiß was."

Lockwood dachte, er könnte eine Vermutung wagen, worauf sie warteten, und am nächsten Morgen, als ob sein Verdacht bestätigt werden sollte, rief Burnett ihn an und unternahm einen letzten Versuch, seine Meinung zu ändern.

Der Kommandeur war etwas länger als eine halbe Stunde am Apparat und versuchte es mit der erprobten Mischung aus Zuckerbrot und Peitsche. Er sagte, wenn Lockwood mit ihnen zusammenarbeitete und verriet, wo das Uran war, würde das Gericht keine Anklage wegen Kannibalismus oder Mord erheben. Aber wenn er weiter schwieg, würde das Gericht ihn gnadenlos bloßstellen.

Schließlich riß Lockwood die Geduld. „Ich kann mich nicht erinnern!" schrie er. „Ich kann mich nicht erinnern! Ich kann mich nicht erinnern...!" Er schrie immer noch, als er bemerkte, daß er den Hörer auf den Apparat geknallt hatte.

Den Rest des Tages fühlte er sich sehr einsam. Denn obwohl er viele Freunde hatte, gab es keinen, mit dem er vollständig offen sprechen konnte über seinen Kannibalismus und das Uran. Niemals, sagte er sich, war ihm jemand so nahe gewesen, daß er diese Geheimnisse mit ihm hätte teilen können.

DER GEDANKE kam ihm am Abend. Er sagte sich, es sei eine lächerliche oder doch zumindest wunderliche Idee. Dennoch bohrte es weiter in ihm. Und in dieser Nacht träumte er von Dingen, von denen er nicht mehr geträumt hatte, seit er in der Baracke in Benbecula gelegen hatte.

Am Morgen war der Gedanke zu einer fixen Idee geworden. Er rief die Auskunft an; und als er schließlich die Nummer und die Person erhalten hatte, die er haben wollte, sagte er: „Ich weiß nicht, ob Sie mir helfen können. Ich möchte jemanden finden, mit dem ich im Krieg zusammen gedient habe..."

Er wußte, daß alles dagegen sprach; und als ihm dann 48 Stunden später tatsächlich eine Adresse gegeben wurde, war er so überrascht, daß er nicht wußte, was er mit ihr anfangen sollte! Er entschied schließlich, ein Brief wäre das beste.

Der Brief war bei weitem das schwerste, was er jemals schreiben mußte. Zunächst spielte er die Dinge herunter, um sie nicht zu erschrecken. Er wußte jedoch sehr gut, daß Herunterspielen den ganzen

Zweck seines Vorhabens zunichte machte. Am Ende erzählte er ihr alles.

Als der Brief geschrieben war, verspürte er ein überraschendes Gefühl der Leichtigkeit und des Friedens. Es war, als wäre Atlas von der Weltkugel befreit worden, er hatte eine körperliche Last abgeworfen.

Er hatte während des Schreibens das Jammern des Windes und Peitschen des Regens undeutlich wahrgenommen. Aber jetzt, als er aus dem Wohnzimmerfenster schaute, sah er, daß der Regen aufgehört hatte und der Himmel vom Sternenlicht erleuchtet war.

Er war müde; aber er fühlte sich zu erleichtert und auf eine merkwürdige Art zu glücklich, um zu schlafen. Ihm war nach einem Spaziergang zumute.

Der Hund konnte sein Glück kaum fassen, als Lockwood um ein Uhr nachts seine Stiefel anzog. Aber als er die Eingangstür öffnete, geschah etwas Seltsames. Der Hund wollte nicht mitkommen. Er kroch fast erschrocken zurück und legte sich auf seine Decke.

Das ist, dachte er, als er den Küstenpfad hochlief, eine merkwürdige Sache. Der Hund hatte sich nie zuvor so benommen.

Es WAR eine herrliche Nacht zum Spazierengehen, und er beschloß, dem Küstenpfad bis zu einer Landzunge zu folgen, die auf The Manacles blickte. Die Riffe boten nach einem Sturm stets einen beeindruckenden Anblick; hohe Wellen strömten mit weißer Gischt über die Felsen und ließen sie in einem phosphoreszierenden Glitzern zurück. Als er die Landzunge erreichte, setzte er sich auf den Klippenrand.

Die Szene erinnerte ihn an die Antarktis: nur Glanz und Helle und Makellosigkeit. Er schloß die Augen, und wieder war er an der vertrauten Küste mit den spielenden Robben und den schreienden Pinguinen und den kreisenden Seevögeln. Er wartete darauf, daß sich die Szenerie verwandelte, wie sie sich stets zuvor verwandelt hatte. Aber dieses Mal gab es keine Vision der Apokalypse; dieses Mal blieben seine Freunde, die Tiere, bei ihm. Er konnte sich nicht denken, warum. Aber es genügte, daß sie dort waren und er bei ihnen und in Frieden war.

Er wäre bis zum Sonnenaufgang dort sitzen geblieben, wenn es ihm nicht plötzlich kalt geworden wäre. Als er aufstand, bemerkte er, daß sein Mund trocken war und er schwer atmete. Ich übertreibe, sagte er sich, als er den Pfad entlangging, ich gehe besser ins Bett.

Ein Möwenpaar schlief neben dem Pfad, und er trat fast darauf. Sie flatterten mit lautem Flügelschlagen direkt vor seinen Füßen auf.

Als er erschrocken zurücksprang, fuhr ein Schmerz durch seine Brust, und Möwen und Klippen und Meer und Himmel verschmolzen zu einem großen weißen Netz, in das er fiel, fiel, fiel, und das Netz verwandelte sich durch einen Vorgang, den er nicht begriff, in den Schnee der Antarktis, und er streckte seine Arme aus, um ihn zu empfangen, und fiel hinein und durch ihn hindurch auf einen Ort darunter.

Er hatte das Bewußtsein verloren, bevor er vornüber auf den Pfad fiel, und war tot, bevor die erschreckten Möwen im Kreis geflogen und zu ihrem Nest zurückgekehrt waren.

„Der Matrose ist heimgekehrt ..."

Der Antarktisvertrag wurde durch die Unterzeichnung des Protokolls am 2. Oktober 1991 in Madrid unbegrenzt verlängert. Eine der zuletzt unterzeichnenden Nationen war Großbritannien. Eine neue Klausel war die Einfügung eines fünfzigjährigen Moratoriums in bezug auf den Bergbau.

Kurz nachdem der Vertrag ratifiziert worden war, lief das Forschungsschiff *RRS Bransfield* der Territoriumsverwaltung in Richtung Antarktis aus. Es trug die übliche Menge an Wissenschaftlern, Ausrüstung und Vorräten an Bord und zusätzlich zu seiner Ladung eine besondere Fracht auf Befehl des Direktors ...

Etwa eine Woche nach Lockwoods Tod hatte der Direktor einen Anruf von einer Frau bekommen, die sich als Mrs. Jean Martin vorstellte.

Der Direktor und Jean Martin sprachen recht lange, und das Ergebnis dieses Gesprächs war, daß Jean am nächsten Nachmittag ins Hauptquartier in Cambridge kam. „Es ist sehr freundlich von Ihnen", sagte sie, „daß Sie mich empfangen."

„Ich bin glücklich, Sie zu treffen. Eine Freundin von James ist auch meine." Er bot ihr einen Stuhl an. „Haben Sie den Brief mitgebracht?"

Sie holte einen großen braunen Umschlag aus ihrer Handtasche heraus. „Ich warne Sie. Es sind zwölf Seiten!"

„Kein Problem."

Er las den Brief.

Als er geendet hatte, ging er zum Fenster und schaute auf die großen flachen Felder, auf die James Lockwood und er so oft zusammen geblickt hatten. Er war bewegter, als er zuzugeben wagte. „Er war ein guter Mann", sagte er schließlich. „Was möchten Sie, daß ich hiermit mache?"

„Ich hoffte", sagte sie, „daß Sie ihn behalten. Als ein Dokument."

„Sie möchten nicht, daß er veröffentlicht wird?"

Sie schüttelte den Kopf. „Wenn er es gewollt hätte, hätte er ihn nicht mir geschickt."

„Und Sie möchten ihn nicht behalten?"

„Nein." Sie spürte seine Überraschung und sagte ruhig: „Ich habe einen Mann, Kinder und Enkel. Sie sind jetzt mein Leben. Und ich bin glücklich. Ich möchte kein Gespenst aus der Vergangenheit. Aber ich möchte, daß sein Brief in guten Händen ist. Und niemals verlorengeht."

„Niemals ist eine lange Zeit! Aber ich gebe Ihnen mein Wort. Ich fühle mich geehrt, ihn in unseren Archiven zu haben."

Sie dankte ihm in aller Aufrichtigkeit. Dann, nach einem Augenblick des Zögerns, sagte sie unerwartet: „Ich hoffe, Sie verübeln mir meine Frage nicht. Aber wo wird er begraben?"

Es war eine Frage, über die der Direktor einige Male nachgedacht hatte. „Er hatte keine engen Verwandten, wie Sie wissen. Ich bin sein Testamentsvollstrecker. Deshalb vermute ich, daß es meine Aufgabe ist... Ich dachte an Porthallow. Er war gern dort."

„Er liebte die Antarktis mehr."

Er war tief bestürzt. „Sie wollen doch nicht vorschlagen, daß er in der Antarktis begraben wird!"

„Doch, das will ich."

„Ich fürchte", sagte er, „das kommt nicht in Frage." Er erklärte ihr, wie sorgfältig alles, was in der Antarktis vor sich geht, untersucht und kontrolliert wird und die Wissenschaftler alles, aber auch alles tun, um sicherzustellen, daß der Kontinent nicht verschmutzt wird. „Sie sehen also, daß nichts dort begraben werden kann."

Er hoffte, sie würde einsehen, daß es unmöglich war, und es vergessen. Statt dessen sah sie ihn direkt an und sagte: „Ich habe befürchtet, daß es Schwierigkeiten geben würde. Aber er hätte es gewollt."

Ein zweites Mal stand er auf und ging zum Fenster. Sie hat recht, dachte er. Sie hat recht. Und was sonst gibt es da zu sagen. „Ich werde tun, was ich kann", versprach er.

Sie stand auf und streckte ihre Hand aus. „Vielen Dank, Sir. Für alles." Sie zögerte. „Er ließ sich nicht leicht helfen, nicht wahr? Als er noch lebte. Vielleicht haben wir jetzt, da er tot ist, mehr Glück."

FÜR DIE Menschen scheint die Spitze der Antarktischen Halbinsel kalt, naß und windgepeitscht: einer der gottverlassensten Plätze der Erde. Für Zehntausende von Pinguinen, Robben und Seevögeln ist sie der Schoß, in dem sie gezeugt, und die Wiege, in der sie aufgezogen werden: kein gottverlassener, sondern ein gottgegebener Platz. So ist es vielleicht auch richtig, daß Menschen nie ein Auge auf Lockwoods Grab werfen. Nur seine Freunde, die Tiere der Antarktis, sehen am Standort des *behouden huis* die einfache Granitplatte mit der Inschrift:

JAMES CALDER LOCKWOOD
1920–91
Ein Freund der Antarktis
Hier ruht er, wohin seine Sehnsucht ihn rief;
heimgekehrt ist der Matrose, heimgekehrt vom Meer,
und vom Hügel heimgekehrt der Jäger.

„Die Antarktis ist zweifellos eines der schönsten Gebiete auf unserem Planeten."

James Vance Marshall ist das Pseudonym eines britischen Autors, der bereits mehrere Romane und Sachbücher unter verschiedenen Namen verfaßt hat. Da der Autor lediglich durch seine Bücher öffentlich in Erscheinung treten will, nicht aber als Person, ist es uns leider nicht möglich, ihn mit Foto und seinem wirklichen Namen vorzustellen.

Den Namen James Vance Marshall legte sich der Autor bereits 1959 zu, als er mit dem Roman *Walkabout* einen großen Erfolg landete. *Walkabout* schildert die Abenteuer zweier englischer Kinder, die auf sich allein gestellt in der Wildnis des australischen Outbacks ums Überleben kämpfen. Das Buch ist auch heute noch in vielen Ländern in Druck, und Marshall freut sich, noch immer Briefe von begeisterten jugendlichen Lesern zu erhalten.

In *Ums nackte Leben* kehrt der Autor zu dem Thema Überlebenskampf in der Wildnis zurück. „Ich habe mich schon lange für die Antarktis interessiert, weil sie noch nicht vom Menschen gezähmt ist und weil wir dort direkt mit den Naturgewalten konfrontiert sind", erklärt Marshall. „Ich habe bereits zwei Sachbücher über die Antarktis verfaßt, und nach dem Tod meines Schwagers vor fünf Jahren erhielt ich den Anstoß zu einem Roman. Mein Schwager hinterließ mir sein Kriegstagebuch. Er diente als Arzt in einem kleinen Marinekommando, das eine Wetterstation in der Antarktis errichtete. Somit hatte ich also den Rahmen für meine Geschichte und viele Informationen, die die sachliche Richtigkeit gewährleisten." Der Autor hält kurz inne und fügt dann mit Nachdruck hinzu: „In meinem Roman geht es mir nicht nur um den dramatischen Überlebenskampf eines Menschen. Es geht mir auch um das ökologische Überleben eines großartigen Kontinents."

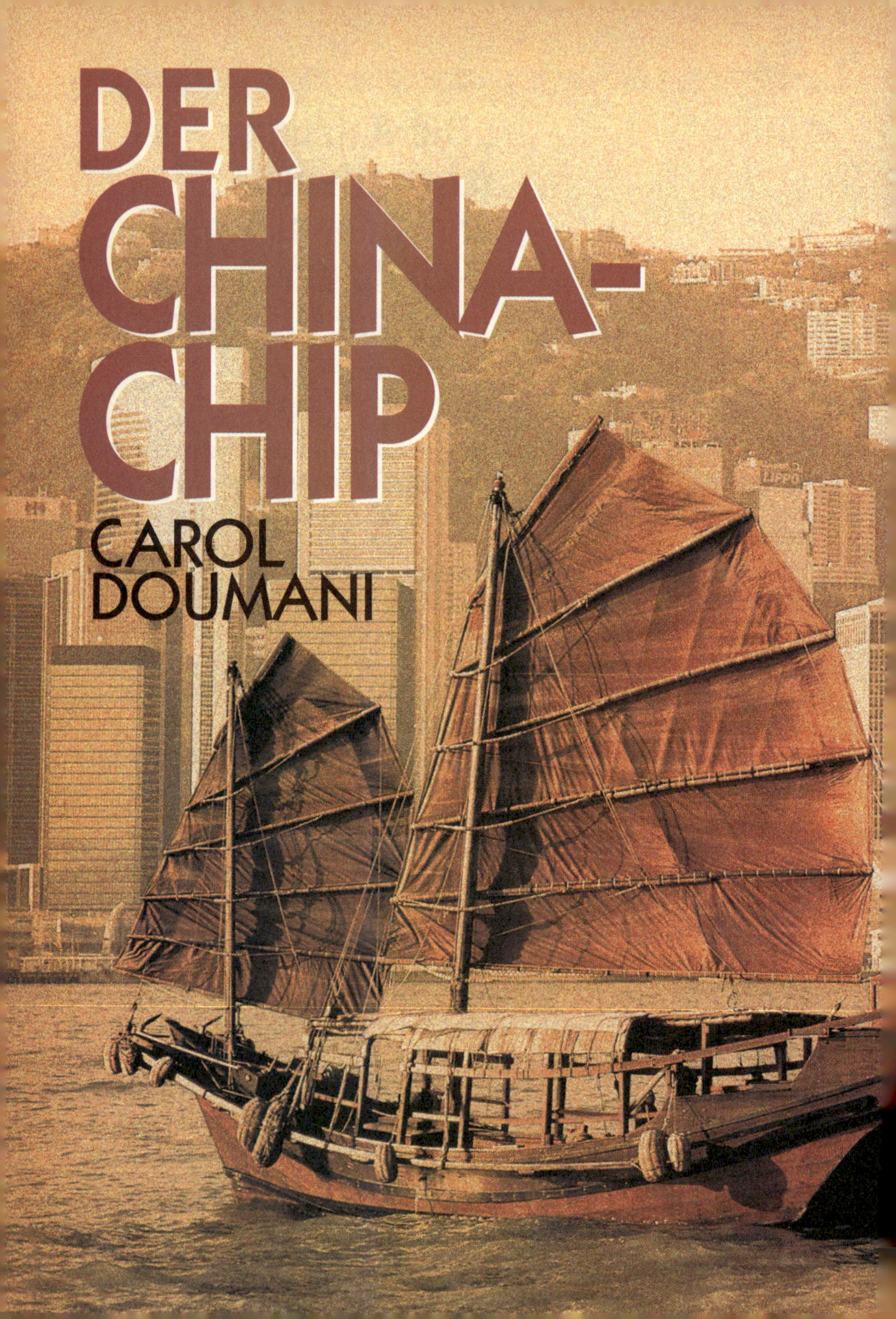
DER
CHINA-
CHIP
CAROL
DOUMANI

Ich hievte mich über die
Reling der Dschunke und
schaute mich um.
Das Deck war verlassen.
Ich nahm eine Kerosin-
lampe von einem Haken an
der Kajütenwand.
In ihrem schwachen Licht
konnte ich Spuren der
kurzen Gewehrsalve
erkennen – abgesplittertes
Holz und, zu meinem
Entsetzen, einen dunklen,
feuchten Fleck – Blut!

Fuchow, China

Freitag, 30. Dezember 1985

Schwerelos wie die Daunenfedern einer Mandarinente legt sich der Morgennebel über die alten Straßen. Die dicken Schwaden hüllen alles ein bis auf die neuesten Gebäude, wacklige zehn- und zwölfstöckige Gebilde, die nach Maos Tod hastig hochgezogen wurden, um den Eintritt Chinas in die Moderne zum Ausdruck zu bringen.

Aus der Ferne, vom Hinterland aus betrachtet, wirken diese bescheidenen Wolkenkratzer wie erste Frühlingsboten, die sich zögernd durch den Märzfrost schieben. Hier ist der Nebel nicht so dicht und gibt den Blick frei auf primitive, unbefestigte Straßen, die wie seit Jahrhunderten schon dem Tagesanbruch entgegensehen. Das einzig sichtbare Zugeständnis an das zwanzigste Jahrhundert sind die in regelmäßigen Abständen angeordneten Straßenlaternen, deren gläserne Kugeln zwar nicht leuchten, aber wie dunkle Perlen einer Riesenhalskette an einer durchhängenden elektrischen Leitung aufgereiht sind.

Oben am Ende eines steilen, holprigen Pfades, der von der Hauptstraße abzweigt, säumen zwei armselige Hütten einen kargen Hof. Die eine ist dunkel, während in der anderen eine Kerosinlampe brennt und Schatten auf das Hütteninnere wirft. In einer Ecke drängen sich ein hölzerner Stuhl, ein kleiner Tisch und ein Feldbett. In erstaunlichem Kontrast zu dieser spartanischen Einrichtung stehen die wissenschaftlichen Hilfsmittel, die den übrigen Raum füllen: Kontrollgeräte, Mikroskope und Pumpen – ein improvisiertes Laboratorium.

Der Urheber dieser Ungereimtheit ist so in seine Arbeit vertieft, daß er die Morgendämmerung draußen gar nicht wahrnimmt. Er ist ein gebeugter alter Mann in der traditionellen Kluft der Bauern, einer bis zum Hals zugeknöpften blauen Baumwolljacke, einer ausgebeulten Hose, die um seinen dünnen Körper schlabbert, und Sandalen mit breiten Riemen. Ein langer grauer Zopf hängt über seinen Rücken herunter, und aus seinem Kinn sprießt der obligatorische Spitzbart. Man könnte ihn glatt für einen Tagelöhner aus dem neunzehnten Jahrhundert halten, trüge er nicht, verkehrt herum, die braun-goldene Baseballmütze der USC-Trojans auf dem Kopf.

Wan Los Hände zittern, als er seine Kappe abnimmt und mit feierlicher Geste eine winzige Anstecknadel von ihr abzieht. Mit einem Ruck reißt er die Nadel auseinander und zieht einen Metallchip heraus, der kaum größer ist als ein Reiskorn. Diesen Chip setzt er in den Stromkreis eines kleinen schwarzen Kastens auf dem Arbeitstisch ein. Draußen kräht ein Hahn.

Jenseits des Hofes schlurft Chun Sok Lee, der Bewohner der anderen Hütte, an seine Türschwelle und blinzelt in den anbrechenden Tag. Durch den Dunstschleier hindurch gewahrt er eine Bewegung und versucht mit größter Anstrengung, etwas zu erkennen. Einen Fuchs in seinem Hühnerstall? Nein, es ist nur sein Nachbar Wan Lo, der eilig einen schwarzen Kasten den Pfad hinunterschleppt und den Stromanschlußkasten unter der nächstgelegenen Straßenlaterne öffnet. Theoretisch schließt dieser Kasten die beiden Hütten an die zentrale Stromversorgung an. Durch die Drähte ist jedoch noch nie Strom geflossen, ein nicht eingehaltenes Fortschrittsversprechen der Regierung.

Zu Chuns Erstaunen greift der Alte in den Kasten hinein und schneidet den toten Draht durch. Neugierig verfolgt Chun, wie Wan Lo ein Ende des Drahtes an den Stromkreis des schwarzen Kastens anklemmt. Als es festsitzt, legt er einen Schalter in dem Kasten um, und plötzlich – welch verblüffender, grandioser Anblick – erstrahlen alle Lampen entlang der Straße in hellem Licht. Wenn er ohne eine Energiequelle Strom erzeugt, muß der Inhalt dieses schwarzen Kastens Zauberkraft besitzen, wissenschaftliche Zauberkraft! Und eine solche Zauberkraft muß einen Wert haben, den man in Yuan messen kann.

Später, als Chun beim Frühstück aus Reisbrei und eingelegten Bohnen immer noch über dieses Wunder staunt, sieht er, wie Wan Lo seine Hütte verläßt und den schwarzen Kasten in seinem Fahrradkorb verstaut. Mühsam steigt der Alte auf sein verrostetes Fahrrad und fährt den steilen Pfad hinunter.

Kaum hat Wan Lo die Hauptstraße erreicht, stürzt Chun aus dem Haus und schwingt sich selbst aufs Rad. Es ist immer noch früh; seine Schicht in der Aalfarm beginnt erst in ein paar Stunden. Er hat also Zeit, dem alten Mann zu folgen und darüber nachzudenken, wer ihm wohl für Informationen über diese vielversprechende Erfindung eine Belohnung bieten würde.

Die Müdigkeit lastet schwer auf Wan Los Beinen, während er durch das Haupttor der Wing-On-Universität radelt und sein Fahrrad an der Wissenschaftlichen Fakultät abstellt. Er wundert sich darüber, wie modern die Studenten mit ihrer bunten Kleidung aussehen, wie selbstsicher und gut gelaunt sie auftreten.

„He, Alter, auf welcher Position spielst du denn?" spottet ein Student, schlägt Wan Lo die Trojan-Baseballmütze vom Kopf und wirft sie einem Freund zu. Wan Lo versucht vergeblich, sie wiederzubekommen.

„Schlechter Fang, Opa. Du bist draußen", lacht der andere Student.

„Schluß jetzt!" Dr. Zhou Ping eilt aus seinem Kursraum herbei. „Habt ihr denn überhaupt keinen Respekt?"

„Vor diesem alten Opa?" höhnt der erste Student. „Der spricht ja nicht einmal Englisch!"

„Vielleicht nicht", erwidert Dr. Zhou. „Aber er versteht mehr von der Wissenschaft, als ihr jemals lernen werdet! Verschwindet!"

Er wendet sich Wan Lo zu. „Vergeben Sie meinen ungezogenen Studenten, Professor. Diese Generation hat keine Achtung mehr vor dem Alter."

Die zwei Männer betreten Dr. Zhous Unterrichtsraum, und Wan Lo schaut sich zufrieden um. „Das erinnert mich an meine Zeit als Leiter der Fakultät."

„Weil sich nichts geändert hat, seit Sie 1968 hier waren", erwidert Dr. Zhou. „Wie können wir mit dem Westen konkurrieren, wenn unsere Ausrüstung zwanzig Jahre hinter der Entwicklung herhinkt?" brummt er.

„Die einzig wichtige Ausrüstung ist hier", sagt Wan Lo und tippt sich an den Kopf.

„Zu Ihrer Zeit vielleicht, ehrwürdiger Professor, aber heute nicht mehr. Die neuen Genies sind die Computer. Sie machen die großen Entdeckungen."

„Genie besteht nicht darin, große Entdeckungen zu machen, sondern die Verbindungen zwischen den kleinen herauszufinden." Wan Lo reicht Dr. Zhou den schwarzen Kasten. „Ich habe meinen Durchbruch geschafft."

„Der Magnet?" Dr. Zhous Augen leuchten vor Aufregung.

Wan Lo nickt. „Damit kann ich ganz Fuchow erleuchten."

„Er wird China revolutionieren!"

„Er ist nicht nur für China gedacht. Er muß mit der ganzen Welt geteilt werden. Sie müssen ihn zum Energiesymposium nach

Hongkong bringen und dem hochverehrten Doktor Kensington zeigen. In seiner Hand wird er zu friedlichen Zwecken und zum Wohl der Menschheit genutzt werden.“ Mit diesen Worten vertraut er Dr. Zhou den Kasten an.

„Aber das hier könnte ich nie aus China hinausbringen“, stammelt Dr. Zhou nervös. „Die Polizei würde es mir an der Grenze abnehmen.“

„Dann müssen Sie eben Doktor Kensington hierher nach Fuchow bringen“, bestimmt Wan Lo und nimmt den Kasten wieder an sich. „Sagen Sie ihm, daß ich niemand anderem als ihm den Magneten geben werde.“

1

Das Böse hat viele Gesichter – daß es aber ein Hochzeitskleid von Vera Wang trägt, hätte ich nie erwartet.

Als Peter darauf bestand, Silvester mit mir zu Lauren Covingtons Hochzeit zu gehen, dachte ich, er mache Witze. Es gab nichts, wozu ich weniger Lust hatte, und er brauchte den ganzen Tag, um mich dazu zu überreden. Als letzten subtilen Protest hatte ich mir beim Anziehen besonders viel Zeit gelassen, so daß wir mit Verspätung ankamen.

Wir waren aber nicht die einzigen. Als wir schließlich Sitzplätze in der überfüllten Kapelle gefunden hatten, war es siebzehn Minuten über die Zeit, und das Streichquartett spielte noch immer Pausenmusik. Um uns herum wurde gemunkelt, der Bräutigam habe abgesagt.

Peter machte einen vorbeikommenden Kirchendiener auf sich aufmerksam. „Woran hängt's?“ fragte er.

„Ferdy muß sich aus dem Staub gemacht haben“, bestätigte der Mann, womit er eindeutig zum Ausdruck brachte, was er von der Braut hielt.

„Ha!“ entfuhr es mir unwillkürlich. Peter warf mir einen finsteren Blick zu, so daß ich versuchte, mein triumphierendes Grinsen zu unterdrücken. Zur Ablenkung sah ich mich in dem Gotteshaus nach irgendwelchen bekannten Gesichtern um. Die Gesellschaft bestand aus ehemaligen Hollywoodstars und Peters alten Kommilitonen, niemand, mit dem wir je verkehrt hätten, abgesehen von einem „Hallo, wie geht's?“.

Das war einer der Gründe, warum es mich nicht hierhergezogen hatte. Der Hauptgrund bestand jedoch darin, daß die Braut eine Exfreundin von Peter war. Von der Liaison hatte ich erst einen Monat zuvor beim Umzug in unser neues Haus erfahren. Beim Einpacken von Peters Papieren stieß ich auf eine aufgeklappte Ausgabe des *Life-*

Magazins aus den Siebzigern, die auf einem ganzseitigen Foto eine dralle Blondine in leidenschaftlicher Umarmung mit einem gutaussehenden Sportler zeigte; die dazugehörige Bildunterschrift lautete:

> CALIFORNIA DREAMIN' – Der Quarterback der USC-Trojans, Peter Matthews, und das Traumgirl Lauren Covington, Star des TV-Serienhits „The Cheerleader", haben sich auf der 50-Yard-Linie gefunden. Steht die Hochzeit bevor, oder versucht Matthews nur zu punkten?

Ich hatte versucht, mir nichts daraus zu machen; aber wer würde schon völlig ungerührt zur Kenntnis nehmen, daß die alte Flamme des eigenen Ehemanns, die dieser nie erwähnt hatte, nicht nur das Pin-up-Girl für eine ganze Generation Oberschüler, sondern obendrein auch noch eine reiche und berühmte TV-Größe gewesen war?

Zugegeben, wir alle haben unsere Vergangenheit. Die Frage war nur, warum Peter mir nie von seiner erzählt hatte. Ich hätte die Sache auf sich beruhen lassen, wenn die wasserstoffblonde Lauren nicht wenige Tage später schon wiederaufgetaucht wäre: Aus der Hand eines Boten erhielten wir eine Einladung zu ihrer Hochzeit.

Nachdem ich meinen ganzen Mut zusammengenommen hatte, um Peter zu fragen, warum wir zu Lauren Covingtons Hochzeit eingeladen waren, gab er mit Unschuldsmiene zu, er habe sie während seiner Studienzeit „gekannt".

Nun bin ich unter normalen Umständen ein ausgesprochener Fan von Hochzeiten. Zwei jungen Leuten beim Bungeespringen über dem gähnenden Abgrund der Ehe zuzuschauen stärkt doch den eigenen Glauben an den Triumph der Hoffnung über die Erfahrung, oder?

Aber zu dieser speziellen Hochzeit zu gehen hieß, die Vorstellung von der „Ehe als Kompromiß" auf die Spitze zu treiben, nicht nur, weil Lauren ältere Rechte auf Peter hatte, sondern weil Silvester *unser,* Peters und mein Hochzeitstag war. Unser erster. Es verletzte mich zutiefst, daß er an unserem besonderen Tag lieber einen Toast auf sie als auf uns ausbringen wollte. Deshalb hatte ich den Streit darüber vom Zaun gebrochen.

Dennoch saßen wir jetzt hier in der zwölften Bank und warteten auf den Beginn des Rituals. Verstohlen sah ich zu Peter hinüber. Er starrte auf die Seitentür des rechten Querschiffs, als erwartete er, daß jeden Augenblick eine Bande Terroristen hereinstürmte und die Gesellschaft mit Gewehrsalven überzog. Kam es mir nur so vor, oder bildeten sich wirklich kleine Schweißperlen in seinen Stirnfalten?

Was hatte er für ein Problem? Normalerweise war er unerschütterlich wie ein Fels.

„Wie spät ist es?“ Ungefähr zum zehnten Mal in ebenso vielen Minuten fragte er mich danach.

„Achtzehn Uhr dreiundvierzig“, antwortete ich.

Peter stand auf. „Ich will mal sehen, ob ich herausfinden kann, was hier los ist“, sagte er, und ich betrachtete seinen kräftigen Körper, wie er sich durch die ganze Bankreihe hindurch an verärgerten Knien vorbeiquetschte.

Das Stimmengewirr um mich herum war zu einem ungehaltenen Brummen angeschwollen. Die Gäste versuchten schon gar nicht mehr, sich dezent zu unterhalten; sie lehnten sich über die Bänke und diskutierten mit ihren Nachbarn wie Basketballfans bei einem Spiel.

„Ich habe ihr *gleich* gesagt, daß es so kommen würde“, trumpfte die Frau vor mir auf. „Der Mann war einfach zu grandios, um echt zu sein.“

„Aber Liebling, hast du das denn nicht gewußt? Er ist nicht echt! Er hat sich komplett liften lassen. Ich habe die Narben gesehen“, feixte der Mann rechts von ihr.

„Ich wußte, mit dem stimmt irgend etwas nicht“, raunte die Frau. „Fernando Ferrar, was ist denn das auch für ein Name?“ Sie rollte mit den Augen.

„Nun mach mal einen Punkt, Lucille, Ferdy steckt wahrscheinlich bloß in einem Stau“, meinte ein schmieriger Mittfünfziger, in dem ich einen ehemaligen Fernsehshowmaster zu erkennen glaubte.

Ich warf wieder einen Blick auf die Uhr. Ich beschloß, einen kurzen Abstecher auf die Toilette zu machen, mir dann Peter zu schnappen und darauf zu bestehen, daß wir heimfuhren. Diese Hochzeit würde nicht stattfinden.

Der Korridor, der die Kapelle mit dem Hauptkirchengebäude verband, war leer, aber am anderen Ende sah ich eine weibliche Silhouette über einer Türöffnung und steuerte darauf zu. Die harten Sohlen meiner Schuhe klapperten laut auf dem polierten Steinfußboden, während ich an Versammlungsräumen vorbeieilte.

Ich stieß die Tür zur Damentoilette auf und blieb wie angewurzelt stehen. An den Waschbecken war niemand zu sehen – was mich stutzig machte, waren der Anblick des Brautstraußes auf dem gekachelten Schminktisch und die Stimmen, die aus der Behindertentoilette am anderen Ende des Raumes herüberhallten.

Erst eine verärgerte Männerstimme: „Diesmal bist du zu weit gegangen.“

Dann eine herablassende Frauenstimme: „Niemals, Liebling. Es tut mir leid, wenn du dich überrumpelt fühlst, aber wir wußten beide, daß es früher oder später passieren mußte."

Ich erkannte die beiden Stimmen sofort. Die Frauenstimme war mir vertraut, weil ich sie im Lauf der Jahre immer wieder im Fernsehen gehört hatte. Die endgültige Bestätigung lieferte der Blumenstrauß. Er und die Stimme gehörten niemand anderem als Lauren Covington.

Und selbst wenn ich ihn nicht hätte sprechen hören, hätte ich gewußt, wer der Mann war; es war Peter. Mein Peter. Laurens Ex-Peter.

„Das hättest du mir nicht antun dürfen!" hörte ich Peter sagen.

„Ich habe es nicht *dir* angetan, Liebling", erwiderte sie. „Ich habe es *für dich* getan. Und du weißt, du magst, was ich für dich tue..."

„Blödsinn!" schnaubte er.

Das wollte ich aber auch gehofft haben!

„Peter, wie lange stecken wir da nun schon drin?"

In was?

„Zu lange. Ich habe das Herumschnüffeln satt."

„Das macht es uns nur noch einfacher. Es ist eine perfekte Tarnung für uns."

Ich war außer mir! All die Geschichten zwischen Peter und Lauren, von denen ich geglaubt hatte, sie gehörten der Vergangenheit an, waren offenbar ganz aktuell.

„Lauren, ich kann mit dieser Lüge nicht mehr leben. Karen ahnt etwas. Sie ist nicht so blöd, wie du denkst."

Für wie blöd hielt Lauren mich denn? Für blöd genug, um nicht gewußt zu haben, daß die Affäre zwischen ihr und Peter noch genauso heiß war wie vor zehn Jahren.

„Peter, die einzige Möglichkeit, wie sie etwas herausbekommen kann, besteht darin, daß du schludrig wirst. Du bist doch nicht schludrig geworden, mein Schatz, oder?"

„Nein. Aber ich will die Suppe, die ich mir eingebrockt habe, endlich auslöffeln und dann mein Leben weiterleben."

„Auch auf die Gefahr hin, alles zu zerstören, was wir gemeinsam aufgebaut haben? Entschuldige, Liebling, aber wir sind ein Team. Du kannst nicht einfach davonlaufen, Peter. Im übrigen wissen wir beide, daß du das gar nicht willst."

Ich war wie betäubt, kochend vor Wut und sprachlos. Ich floh, aus der Toilette, aus dem Gebäude, hinaus in die Nacht. Es war kalt und dunkel. Nach Hause waren es mindestens fünfzehn Kilometer, und dennoch rannte ich, vom Adrenalin getrieben und ohne auf etwas anderes als den Preßlufthammer in meinem Herzen zu achten. War es möglich, daß ich Peter so falsch eingeschätzt hatte? Während unserer ganzen Ehe hatte ich ihm bedingungslos vertraut. Geschäftsreisen in fremde Städte? Prima, Liebling, ich warte hier auf dich. Nächtliche Überstunden im Büro? Weck mich, wenn du nach Hause kommst, mein Schatz.

Aber halt! Konnte ich Peters und Laurens Gespräch auch mißverstanden haben? Denkbar war es. Ich hatte den Anfang nicht mitbekommen; riß ich das, was ich gehört hatte, aus dem Zusammenhang heraus?

Neben mir ertönte eine Autohupe, und ich hörte das Knirschen breiter Reifen auf dem geschotterten Randstreifen. Ein paar Meter vor mir brachte Peter seinen Wagen zum Stehen und lehnte sich über den Beifahrersitz, um die Tür aufzustoßen.

„Karen, was zum Teufel machst du da?" rief er.

Ich stand keuchend da und schluckte die Schimpftirade hinunter, die mir auf der Zunge lag.

„Ich weiß", fuhr er fort, als ich mich nicht von der Stelle rührte, „daß du stocksauer auf mich bist, und du hast allen Grund dazu."

Eine Untertreibung.

„Ich hätte dich nie zu diesem Fiasko heute abend schleppen sollen. Es tut mir leid, Karen."

Und mir erst!

„Komm, bitte steig ein. Ich werde es wiedergutmachen, das verspreche ich."

Ich wartete noch eine Minute, während ich darüber nachdachte, wie er das je schaffen könnte. Dann stieg ich ein.

Auf dem Heimweg hielt Peter seinen Blick starr auf den Rückspiegel geheftet und sagte kaum etwas. Das war an sich nichts Ungewöhnliches. Er war immer der starke, schweigsame Typ gewesen. Bisher hatte ich seine Zurückhaltung immer bewundert. Aber nach dem, was ich in der Kirche gehört hatte, stand ich plötzlich allem, ganz besonders seiner Einsilbigkeit, mißtrauisch gegenüber.

Während ich Luft holte, um meine Wut unter Kontrolle zu halten, fragte ich: „Und was glaubst du, was Ferdy passiert ist?"

Peters Kopf fuhr herum. „Was meinst du damit?" fragte er ungehalten.

Ich hatte Reue erwartet, so daß sein giftiger Ton mich überraschte. „Ich meine, warum, glaubst du, hat er kalte Füße bekommen?" stammelte ich.

„Kalte Füße", wiederholte Peter und brach in schallendes Gelächter aus. „Eine sonderbare Wortwahl", murmelte er.

„Arme Lauren", spielte ich die Teilnahmsvolle. „Wahrscheinlich hat sie sich auf der Damentoilette die Augen ausgeweint. Hast du sie in der Kirche gesehen?"

Überrascht drehte er sich zu mir um, von seinen Schläfen rannen Schweißperlen. „Nein", krächzte er mit einer Stimme, die ich kaum wiedererkannte. „Ich habe Lauren weder gesehen noch gesprochen, seit –"

„Guck doch vor dich!" schrie ich, und Peter bremste abrupt. Das Knirschen von Metall auf Metall verriet mir, daß wir die Stoßstange eines Pferdetransporters rechts von uns erwischt hatten.

„Verdammt!" murmelte Peter. Der Pferdetransporter zog auf das Bankett hinüber, und Peter hielt hinter ihm an. Zwei massige Männer stiegen aus, um den Schaden zu begutachten. Der eine bückte sich zur Ladeklappe hinunter, der andere kam betont wichtigtuerisch zu Peters Fenster geschlendert.

Er lehnte sich ins Fenster, wobei seine Bierfahne in Schwaden aus seinem Mund kam. „Hoff ja nur, du bist versichert!"

„Bin ich", entgegnete Peter und beugte sich zu mir herüber, um das Handschuhfach zu öffnen.

Zu meinem völligen Entsetzen zog er eine Pistole hervor. Der Mann sah die Waffe und trat sofort vom Auto zurück. Peter gab Gas, und wir fädelten uns wieder in den Verkehr ein, der uns rasch an dem Transporter vorbeitrug.

Ich war entsetzt. „Die Pistole", stieß ich schließlich hervor.

„Keine Sorge, sie ist nicht geladen", erwiderte Peter, als wäre das eine Erklärung dafür, daß erstens eine Waffe in seinem Handschuhfach lag, und zweitens, daß er sie wegen eines geringen Blechschadens herausgeholt hatte.

„Peter, du verschweigst mir doch irgendwas! Offensichtlich quält dich etwas, und ich möchte dir helfen, wenn ich kann."

„Kannst du nicht", entgegnete er in beruhigendem Ton. Ich war nicht beruhigt.

„Hat es mit Lauren Covington zu tun?"

„Vergiß es, Karen. Es ist nicht dein Problem. Ich werde allein damit fertig", erwiderte er.

„Bitte, ich möchte es wissen."

„Kümmere dich um deinen eigenen Mist!"

Ich war völlig perplex. Das hatte ich von Peter noch nie gehört.

Weder diese Worte noch diesen Ton. Innerhalb von zwanzig Minuten hatte ich feststellen müssen, daß mein Mann eine Geliebte, eine Pistole und das Vokabular eines Hafenarbeiters hatte. Das war selbst für einen Silvesterabend zuviel.

Peter steuerte den Jeep in unsere Einfahrt und drückte auf die Fernbedienung des Garagentors. Noch bevor wir zum Stillstand gekommen waren, sprang ich hinaus und stürzte durch die Verbindungstür in die Küche. Dort lächelte mir die wahre Liebe meines Lebens entgegen, mein Ibizahund Hermanubis.

Der liebe, süße, wunderbare Hermie war mein Halt, seit ich ihn drei Jahre zuvor zum ersten Mal gesehen hatte. In all der Zeit hatte er mich nie belogen, nicht heimlich eine Waffe getragen und sich in niemand anderen verliebt.

Er mußte gespürt haben, daß ich Trost und eine Schulter zum Ausheulen brauchte, denn bis ich ins Schlafzimmer gestürmt war, hatte Hermie bereits einen anmutigen Satz aufs Bett gemacht. Nun wartete er darauf, daß ich mich hineinlegte, damit er sich in meiner Armbeuge zusammenrollen konnte.

Als Peter später hereinkam, stand Hermie auf, um ihn mit wedelndem Schwanz zu begrüßen. Peter beugte sich über Hermie hinweg, um mich zu umarmen. Ich fühlte die Liebe in seiner Berührung. „Es tut mir leid“, sagte er. „Ich wollte das nicht sagen. Manchmal frage ich mich, wie du und Hermie es überhaupt mit mir aushaltet. Aber ich bin froh, daß ihr es tut. Ich liebe dich, Karen.“

„Ich weiß“, entgegnete ich und war mir dessen trotz allem sicher. „Ich liebe dich auch.“

2

Keiner von uns verlor mehr ein Wort über den Zwischenfall auf der Schnellstraße oder über Laurens Hochzeit. Das Leben schien wieder in seine gewohnten Bahnen zurückzugleiten. Im nachhinein sehe ich wohl, daß ich mir selbst etwas vorgemacht habe. Zeit meines Lebens war es mir schwergefallen, der Realität ins Auge zu blicken, hatte ich immer eher auf Rückzug als auf Angriff gesetzt. Ein Therapeut hätte vermutlich meine Eltern dafür verantwortlich gemacht. Sie waren als mittellose armenische Einwanderer in die Staaten gekommen und hatten meinem Bruder und mir beigebracht, eher vorsichtig zu sein, nichts zu riskieren, nichts in Frage zu stellen, sondern zu akzeptieren, was wir hatten, und das Beste daraus zu machen. Und das tat ich: Ich verbannte das Geschehene aus meinem Bewußtsein und konzentrierte mich auf meine Abschlußprüfung an der Zahnmedizinischen Fakultät, die in ein paar Tagen beginnen würde.

Es war schon eine merkwürdige Vorstellung, daß ich bald Zahnärztin sein sollte, denn zu Beginn meines beruflichen Werdegangs hatte es wahrhaftig nicht danach ausgesehen. Im Anschluß an das College hatte ich übergangsweise eine Stelle im Teppichhandel meines Vaters angenommen, die nach ein paar Jahren mangels Alternative zu einer Festanstellung wurde. Die Arbeitszeit war angenehm, der Streß minimal, und auf die Sicherheit meines Arbeitsplatzes konnte ich auch vertrauen. Aber das düstere Innere eines Teppichlagers war kein Ort für eine unverheiratete junge Frau. Als die Dreißig bedrohlich näher rückten, brauchte ich eine Veränderung.

Auf meiner besten Freundin Lily hingegen lasteten familiäre Erwartungen, denn sie kam aus einer langen Ahnenreihe von Zahnärzten. Vermutlich war einer ihrer Vorfahren von China nach Amerika gesegelt, um die Schienen für die Transkontinentale Eisenbahn zu verlegen. Auf dem Schiff hatte er jedoch sein Talent für das Zähneziehen entdeckt. Den Rest erledigte (buchstäblich) die Mund-zu-Mund-Propaganda. Schon bald erhielt er den Spitznamen *Pull No Pain* (Zieh-ohne-Schmerz) und wurde der erste chinesische Zahnarzt in Amerika.

In den darauffolgenden hundertfünfzig Jahren war *Pull No Pain* zu dem englischen Namen „Pullen" geworden, die Pullens waren seither immer Zahnärzte gewesen. Lilys Vater und Bruder betrieben eine High-Society-Praxis in Brentwood, einem Yuppie-Vorort von Los Angeles. Ihr Onkel war Kieferorthopäde in Pacific Palisades, und seine Praxis florierte dank der Überweisungen seines Bruders. Lily hatte man in das Geschäft des Onkels eingebaut, um die Verbindung zwischen den beiden Praxen auch in die nächste Generation hinein sicherzustellen.

Soweit jedenfalls die Theorie. In Wirklichkeit hatte Lily schreckliche Angst vor der Zahnmedizin, und es war ihr gelungen, sich fast ein Jahrzehnt vor dem Studium zu drücken und statt dessen ihrer Berufung, dem Kochen, zu folgen. Nach dem College hatte sie als Chefköchin in den meisten einschlägigen Restaurants von Los Angeles gearbeitet, Erfahrungen und Rezepte gesammelt, auf den richtigen Augenblick gewartet und Kapital angespart, um ein eigenes Lokal aufzumachen.

Als Lily mir vorschlug, an ihrer Stelle Zahnmedizin zu studieren und als fertige Zahnärztin das Loch in der Praxis ihres Onkels zu füllen, war ich zunächst einmal vorsichtig. Aber eigentlich klang es plausibel. Schließlich waren wir wie Schwestern, und ich wußte, daß meine Eltern vor Stolz platzen würden, wenn ihre einzige Tochter einen Doktortitel trüge.

So stürzte ich mich in das Studium der Zahnmedizin und stellte zu meiner Erleichterung fest, daß es mir wirklich lag. Zwei Jahre später verliebte ich mich unsterblich in Peter und stellte meinem Namen ein „Mrs." voran. In ein paar Wochen würde ich ihm auch noch den Doktortitel anhängen. Als nächste Schritte sah mein Lebensplan vor, in die Praxis von Lilys Onkel einzusteigen und dann schwanger zu werden, und zwar genau in dieser Reihenfolge.

Doch in der Woche vor Weihnachten war ich zum ersten Mal morgens mit einem komischen Gefühl im Magen wach geworden. Mit der Befürchtung, ich könnte das Pferd beim Schwanz aufgezäumt haben, kaufte ich mir einen Frühschwangerschaftstest.

Er lag noch unbenutzt da; die Sache mit der wasserstoffblonden Lauren Covington war mir dazwischengekommen, und die Möglichkeit, schwanger und gleichzeitig betrogen worden zu sein, war das letzte, was ich mir vorstellen mochte.

DARÜBER dachte ich gerade nach, als ich nach einem anstrengenden Nachmittag am zahnmedizinischen Institut in die Garage fuhr. Überrascht stellte ich fest, daß Peters Wagen an seinem Platz stand – es war erst drei Uhr, und normalerweise kam er nie vor fünf nach Hause. Peter war Vorstandsmitglied der *Occidental Insurance Corporation*, einer mittelständischen Versicherungsfirma mit Sitz in Virginia.

Ich für mein Teil fand, daß Peter für das Versicherungsgeschäft zu schade war. Er erzählte nicht viel über seine Vergangenheit, aber ich wußte, er hatte auf der Auswahlliste für die Heisman Trophy gestanden und war Student der asiatischen Geschichte und Sprachen an der USC, der University of Southern California, Los Angeles, gewesen. Allein diese zwei Tatsachen hätten ihm garantiert so manche vielversprechende Doktorandenstelle eingebracht. Statt dessen hatte er, als wir uns kennenlernten, sein Footballtrikot und sein Mandarin-Wörterbuch zugunsten von Versicherungsstatistiken eingemottet und sich für eine sichere Arbeitsstelle außerhalb des Rampenlichts entschieden.

Auf der einen Seite ärgerte es mich, daß ein so selbstbewußter und gebildeter Mann wie Peter so wenig Ehrgeiz besaß. Auf der anderen Seite war ich in der Überzeugung aufgewachsen, daß die größte Leistung eines Mannes darin bestand, seiner Familie ein tüchtiger Ernährer zu sein, und das war Peter ganz bestimmt.

Zudem schien er genügend Befriedigung aus seiner Arbeit zu ziehen. Durch sie kam er auch ein bißchen herum. Mein Angebot, ihn auf seinen Geschäftsreisen zu begleiten, hatte er bis jetzt jedoch immer ausgeschlagen.

Daß Peters Jeep am hellichten Nachmittag in der Garage stand, deutete darauf hin, daß er wahrscheinlich wieder verreisen würde.

„Peter?" rief ich und ließ meine Bücher auf den Küchentisch fallen. Ich hoffte, daß er noch beim Kofferpacken war. Es machte mich immer traurig, wenn er losfahren mußte, ohne sich zu verabschieden. Allem Anschein nach war es diesmal wieder so. Ich haßte es, wenn Peter fortfuhr und irgendwelche Dinge ungeklärt zwischen uns standen. Seit dem verbalen Tête-à-tête, das ich bei Laurens abgebrochener Hochzeit mitbekommen hatte, war nichts mehr wie vorher. Sicher, wir hatten uns geküßt und uns wieder versöhnt, aber unsere Beziehung hatte ganz sicher Schaden genommen. Wenn Peter eine Affäre mit Lauren Covington hatte, hob er dann gerade in dieser Minute ab, um mit ihr zusammenzusein? Dieser Gedanke öffnete die Schleusen für eine Flut abscheulicher Gefühle – Wut, Verletztheit, Angst, Neugier, Hilflosigkeit und Hoffnung. Ja, die Hoffnung, daß ich zu Unrecht an Peter zweifelte. Ich hatte immer vorbehaltlos an seine Treue geglaubt. Jetzt, da mir die Augen geöffnet waren, konnte ich erkennen, daß ich aus einer Art Selbsterhaltungstrieb heraus die offensichtlichen Hinweise übersehen hatte. Ich erinnerte mich, wie mühsam es gewesen war, Peter zu erreichen, als er auf Geschäftsreise in Minneapolis war und ich feststellte, daß er in dem Hotel, dessen Namen und Telefonnummer er mir gegeben hatte, nicht gemeldet war. Als ich in seinem Büro anrief, um zu erfahren, wo er sich aufhielt, hatte die Sekretärin ausweichend geantwortet und behauptet, sie wüßte es nicht, würde ihn aber bitten, zu Hause anzurufen, sobald er sich meldete.

Obwohl ich Peter vor unserer Hochzeit versprochen hatte, nie in seinen Papieren herumzukramen, durchwühlte ich die Sachen auf seinem Schreibtisch auf der Suche nach seiner Telefonnummer in Minneapolis.

Die Nummer habe ich damals nicht gefunden. Was ich fand, waren eine merkwürdige Quittung von einem Etablissement namens *Rodney's* in Langley, Virginia, und, was noch seltsamer war, zwei Paßfotos von Peter mit der Unterschrift „P. Linden". Linden ist der Mädchenname von Peters Mutter. Wir benutzen ihn manchmal bei Tischreservierungen, wenn wir nicht ganz sicher sind, daß wir sie auch wahrnehmen werden.

Warum hatte ich Peter bei seiner Rückkehr nicht zur Rede gestellt?

Warum hatte ich ihn nicht gefragt, wo er gewesen war? Weil ich, wie Lauren Covington vermutete, schlicht und einfach dumm war?

Zum Glück klingelte das Telefon, und ich konnte mich für einen Moment meinen schweren Selbstvorwürfen entziehen. Statt abzuheben, hörte ich zu, wie der Anrufbeantworter ansprang.

„Hallo, Karen, ich bin's, Lily. Ich hab einige neue Rezepte, die ich gern mit dir und Peter probieren würde. Kann ich heute abend vorbeikommen und eure Küche benutzen? Ich würde es ja bei mir machen, aber mein Ofen tut's mal wieder nicht..."

„Hi, Lily", unterbrach ich und nahm den Hörer ab.

„Karen? Was machst du denn da?" Lily klang überrascht, fast empört.

„Ich wohne hier, schon mal gehört?"

„Aber du hast doch heute nachmittag Praktikum!"

„Und warum rufst du dann an?"

„Um auf deinem Apparat eine Nachricht zu hinterlassen."

„Du sprichst also lieber mit der Maschine als mit mir?"

„Na ja, die Maschine kann mir nicht sagen, ob ihr heute abend schon etwas vorhabt. Und ich dachte mir, wenn du die Nachricht bekommst, bin ich schon auf dem Weg zu dir, und du kannst nicht mehr nein sagen. Also, was meinst du, seid ihr beide bereit für eine kleine kulinarische Kreation à la Lily?"

„Peter ist auf Geschäftsreise."

„Schon wieder? Donnerwetter, diese Vielfliegermeilen hätte ich auch gerne! Wohin denn diesmal?"

„Das weiß ich selbst nicht."

„Hör mal, ich will ja deinen Kummer nicht ausnutzen, aber wie wär's denn, wenn ich rüberkäme und ein Abendessen für uns zauberte?"

ES WAR schon nach sechs, als ich von meiner Runde mit Hermie heimkam, und Lily kochte bereits auf beiden Herdflammen. Beim Anblick einer Küche, in der Lily arbeitete, konnte einem der Gedanke kommen, daß sie eher daran interessiert war, Chaos zu verbreiten, als exquisite Gerichte zu zaubern.

Als ich hereinkam, hing sie über meinem Mixer; in dem Gerät entstand eine Mixtur von der Farbe verdorbener Bananen und der klumpigen Beschaffenheit von Dickmilch.

„Was immer das ist, es sieht aus..." Ich suchte nach einem positiven Begriff für den grünen Schleim, der in dem Topf auf dem Herd brodelte. „... als wäre es ganz frisch."

„Ist es", entgegnete Lily und nahm gut gelaunt ihr Hackmesser wieder auf.

„Darf ich fragen, was es zum Nachtisch gibt?" wollte ich von ihr wissen.

Lily schaute mich mit gespielter Verärgerung an. „Jetzt bin ich noch nicht einmal mit dem Abendessen fertig, und du denkst schon an den Nachtisch. Du bist süchtig nach Zucker und gesättigten Fettsäuren. Das wirst du früher oder später büßen."

„Kann ich mir bitte morgen Gedanken über meine Ernährung machen? Peter ist weg, und ich brauche etwas zum Naschen!"

Lily strahlte selbstzufrieden. „Da ich deine Situation nachempfinden kann, habe ich ein Auge zugedrückt. Aber du mußt mir versprechen, daß du damit wartest, bis wir dieses Hauptgericht aufgegessen haben."

„Was hast du mir mitgebracht?" Mir lief das Wasser im Mund zusammen.

Lily griff in eine ihrer Taschen und zog eine leicht zerknitterte Tüte mit Mrs.-Field's-Keksen heraus. Als wahre Freundin hatte sie sich daran erinnert, daß Peter und ich uns in einem Mrs.-Field's-Geschäft ineinander verliebt hatten, als wir unsere beiderseitige Leidenschaft für Schokoladenkekse entdeckten.

Ich nahm ihr die Tüte ab. „Du bist doch die Beste, Lily!"

„Wie lange bleibt er denn diesmal fort, dein Mr. Wunderbar?"

„Er hat mir ja nicht mal gesagt, wohin die Reise geht." Bei diesem Gedanken wurde ich so deprimiert, daß ich mein Versprechen zum Teufel schickte und die Tüte aufriß. „Nicht einmal eine Nachricht hat er mir hinterlassen."

„Hat er doch!" rief Lily mit gedämpfter Stimme; ihr Kopf steckte nämlich gerade im Gemüsefach unseres alten Kühlschranks. Sie trat zurück und stieß die Kühlschranktür auf, so daß ich hineinschauen konnte. Dort lag im zweiten Fach eine Nachricht in Peters Handschrift.

Wir hatten es uns zur Gewohnheit gemacht, einander Botschaften im Kühlschrank zu hinterlassen. Das hatte angefangen, als er in eins der Fächer neben eine Mousse au chocolat eine Valentinsgrußkarte mit folgendem Heiratsantrag gestellt hatte:

> Liebe Karen, ich liebe Dich sogar noch mehr als Schokolade. Willst Du mich heiraten?

Falls ich wirklich schwanger war, hatte ich vor, eine Babyflasche mit Dom Perignon ins oberste Fach zu stellen, Kommentar überflüssig.

Jetzt schluckte ich und griff nach dem Zettel. Darauf stand:

Liebe Karen – diesmal Hongkong. Mußte leider ohne Abschied los – ein einziger United-Nonstopflug am Tag. Rufe später an.

P.

Die Worte waren banal und kalt. Ich zerknüllte die Nachricht und pfefferte sie in den Müll. Dann lief ich, ohne zu überlegen, in die Garage und stieg in Peters Wagen. Ich holte tief Luft und öffnete das Handschuhfach. Die Pistole war nicht mehr da!

ALS MITFÜHLENDE Freundin erwähnte Lily Peters Namen nicht mehr, bis wir am Eßzimmertisch saßen und aßen. Oder besser gesagt, Lily aß. Ich stocherte nur in meinem Essen herum, diesen drei Breihaufen von unterschiedlicher Farbe, von denen keiner auch nur entfernt nach etwas Eßbarem aussah. Schließlich schob ich meinen Teller beiseite und griff nach den Keksen, denn Schokolade war das einzige mir bekannte Mittel gegen seelische Erschütterungen.

Lily sah mich reumütig an. Dann schob auch sie ihren Teller weg. „Ich gebe zu, dieses Zeug ist widerlich." Eine Sekunde lang beobachtete sie mich beim Kauen. Ich hielt ihr die Kekstüte hin. Seufzend fuhr sie mit der Hand hinein und holte sich eine ordentliche Portion heraus. „Na komm schon, er fliegt doch immer von jetzt auf gleich los. Was ist denn diesmal Besonderes daran?"

Normalerweise hatte ich vor Lily keine Geheimnisse. Ich fürchtete jedoch, daß meine Vermutungen über Peters Affäre mit Lauren Covington irgendwie realer würden, wenn ich sie laut aussprach. Und wie sollte ich bloß die Sache mit der Pistole anbringen?

„Ach, es ist nicht Peters Reise", antwortete ich ausweichend. „Es ist – na, das Studium. Mein Professor hat's mal wieder auf uns abgesehen. Heute nachmittag habe ich erfahren, daß wir für die anstehende Wurzelbehandlung, die alle Studenten im Rahmen ihres letzten zahnmedizinischen Praktikums absolvieren müssen, auf eigene Faust geeignete Patienten – potentielle Opfer also – auftreiben sollen."

„Erzähl mir bloß nichts von Zähnen", stöhnte Lily, steckte sich einen Finger in den Mund und tastete das Zahnfleisch um ihren rechten hinteren Backenzahn ab.

„Was fehlt dir denn?" fragte ich.

„Ich weiß nicht. Bestimmt etwas Größeres. Meinen Vater will ich aber nicht nachsehen lassen. Der hätte mich liebend gern mal auf seinem Stuhl sitzen, um mich ein bißchen zu piesacken als Rache dafür, daß ich nicht Zahnmedizin studiert habe."

„Warum gehst du nicht zu jemand anderem?"

Lily zuckte beiläufig die Achseln. „Hab ich ja getan. Aber als der versuchte, mir Novocain zu spritzen, habe ich ihn sozusagen – gebissen."

„Wie beißt man jemanden ‚sozusagen'?"

„Es war wohl ein richtiger Biß. Vier Stiche und ein gequetschter Knöchel. Das hat sich herumgesprochen, und jetzt will mich keiner mehr behandeln. Herrgott, wie ich Zahnärzte hasse!"

In meinem Kopf ging ein kleines Lämpchen an. Das war eine einmalige Chance. „Ich werde dich behandeln."

„Was?" Lily sah mich scharf an. Mir war klar, daß sie überlegte, ob sie meinen Händen in ihrem Mund trauen konnte oder nicht.

„Laß mich einfach mal nachsehen." Ich stand auf und ging in unser Gästezimmer, das ich als Arbeitszimmer benutzte. Lily trottete widerwillig hinterher.

„Setz dich!" befahl ich und deutete auf meinen Schreibtischstuhl. Lily plumpste auf den Stuhl und ließ mich ihn so herumdrehen, daß ihr Kopf im Licht war. „Sag mal: ‚Aaaah!'"

Das Problem sprang sofort ins Auge: eine abgesplitterte Stelle am rechten hinteren Backenzahn. Eine kleine Füllung wäre eine vorübergehende Lösung des Problems; unbehandelt könnte sich der Zahn jedoch entzünden, und dann wäre vielleicht eine Wurzelbehandlung erforderlich. Zum jetzigen Zeitpunkt wäre eine so drastische Maßnahme eine Art Overkill. Andererseits gab es für mich keinen Grund, die Theorie „Warum einen Kotflügel ausbessern, wenn Sie für dasselbe Geld das ganze Auto lackiert bekommen?" nicht auch auf die Zahnmedizin anzuwenden. Das würde das Problem auf Dauer lösen, und letztlich steckte ich ja ganz schön in der Klemme.

„Du hast Glück", strahlte ich. „Ich muß morgen im Kurs noch eine Wurzelbehandlung machen, und die wird dieses Problem beheben."

„Eine Wurzelbehandlung! Vielen Dank, daß du mir das so schonend beibringst."

Ich zog die Schultern hoch. „Du hast Schmerzen. Ich versuche nur, dir zu helfen."

„Beantworte mir eine Frage: Brauche ich eine Wurzelbehandlung?"

„Na ja, nicht unbedingt", räumte ich ein, „aber du tätest mir einen Riesengefallen, und es würde dir nicht schaden, wenn sie gemacht wäre."

Lily schnellte vom Stuhl hoch. „Das war das Zauberwort: schaden."

„Ach komm, Lily. Es ist ja nicht so, als hätte ich noch nie etwas für dich getan!"

„Zum Beispiel?"

„Zum Beispiel damals, als ich deine Katze versorgt habe, während du am Kulinarischen Institut studiert hast."

„Die Katze starb."

„Das war nicht meine Schuld. Sie ist an einem Haarknäuel erstickt."

Lily kniff die Augen zusammen. „Richtig, aber sie war alles, was ich hatte. Du hast Hermie und Peter."

Da war's passiert. Dieser eine Satz brachte mich aus der Fassung. Meine Augen füllten sich mit Tränen. „Wer sagt, daß ich Peter habe?"

„Was soll das heißen?"

„Ich glaube, er hat eine Affäre."

Lily stieß einen ihrer Seufzer Marke „Männer sind eben Abschaum" aus und hörte sich die ganze dumme Geschichte von Peter und Lauren an. Sie forderte mich auf, meiner Rivalin von Frau zu Frau gegenüberzutreten. „Sag ihr ins Gesicht, daß sie ihn nicht kampflos bekommt", riet Lily. „Das gemeine Miststück."

Obwohl ihr Zorn mir guttat, heulte ich weiter. Lily ging ins Bad, um mir ein Kleenex zu holen.

Als sie mit dem Kosmetiktuch zurückkam, lag ein ahnungsvoller Ausdruck auf ihrem Gesicht.

„Was hast du?" fragte ich verlegen.

„Nicht, daß ich die Angewohnheit hätte, in anderer Leute Arzneischränken herumzuschnüffeln, aber was ist denn das?" Sie hielt die Schachtel mit dem Schwangerschaftstest hoch.

Ich erkannte sofort die Chance, aufgrund meines „Umstands" ihre Einwilligung zu bekommen, und ergriff sie, indem ich ihr versprach, sie würde die Patentante des Babys, falls sie sich von mir eine Wurzelbehandlung machen ließe. Etwas zögerlich willigte sie ein und nahm mir das Versprechen ab, am nächsten Morgen gleich als allererstes den Test zu machen. „Das ist etwas, was man nicht aufschieben darf", erklärte sie mir. „Wenn du schwanger bist, mußt du sofort anfangen, richtig zu essen. Die ersten drei Monate sind entscheidend."

Lily war die einzige, die es schaffte, letztlich alles aufs Essen zurückzuführen.

3

Wie nicht anders zu erwarten, färbte sich die Flüssigkeit babyblau. Obwohl es gerade erst fünf Uhr morgens war, rief ich Lily an und weckte sie aus dem Tiefschlaf. Doch sie jauchzte vor Freude, war ganz aus dem Häuschen bei der Aussicht, Patentante zu werden, und wir schwatzten zwanzig Minuten lang.

Lilys Aufregung über meine Schwangerschaft machte mich ganz wild darauf, Peter die Neuigkeit mitzuteilen. Nur, wo war er? Nachdem ich bis zehn Uhr dreißig nichts von ihm gehört hatte, beschloß ich, in seinem Büro anzurufen.

„Ja, Mrs. Matthews, was kann ich für Sie tun?" meldete sich die Empfangsdame von Occidental.

„Ist Denise da?" Denise war die gemeinsame Sekretärin von Peter und zwei weiteren Geschäftsführern der Firma.

„Tut mir leid, Denise ist im Außendienst."

Ich wußte, daß „im Außendienst" soviel bedeutete wie „noch nicht da". Denise war ständig „im Außendienst", was Peter immer, wenn er über sie sprach, bemängelte.

„Nun, vielleicht können Sie mir helfen." Es war beschämend, zugeben zu müssen, daß Peter fortgefahren war, ohne mir zu sagen, wo er sich aufhielt, aber ich befand mich in einer Zwangslage. „Anscheinend habe ich die Telefonnummer von Peters Hotel in Hongkong verlegt. Könnten Sie sie mir bitte geben?"

„Tut mir leid, Mrs. Matthews, aber darüber weiß ich nichts. Soll ich Denise bitten, Sie anzurufen, wenn sie kommt?"

„Ja, bitte", erwiderte ich. „Falls ich nicht da bin, kann sie mir die Nummer von Peters Hotel auf den Anrufbeantworter sprechen."

„Vielen Dank, Mrs. Matthews", sagte sie und legte auf.

ES WAR fast Mittag, als ich mich anzog, um Lilys Empfehlung vom Vorabend nachzukommen: ich wollte der Geliebten meines Mannes gegenübertreten und die Fakten klären. Normalerweise verschwendete ich nicht viel Zeit darauf, mich herauszuputzen, aber Lauren konnte ich nicht ins Auge sehen, ohne all meine Trümpfe auszuspielen. Als ich mich in den Verkehr auf der San-Diego-Schnellstraße einfädelte, raste das Blut in meinen Adern. Ein Frontalangriff auf Lauren war leichtfertig und eigentlich überhaupt nicht meine Art. Vielleicht waren es die Hormone, die diese Persönlichkeitsveränderung bewirkten. Oder Verzweiflung. Aber nach dem zu urteilen, was ich von Lauren im Fernsehen gesehen hatte, war sie der Typ der zerbrechlichen Schauspielerin, die sich durch Überzeugung einschüchtern ließ. Deshalb begann ich meine aufzubauen. Verflixt noch mal, diese Frau versuchte, mir meinen Mann wegzunehmen, den Vater meines ungeborenen Kindes!

Ich fand Laurens Haus gleich hinter dem Kamm des Benedict-Canyons, am Ende einer steilen, gewundenen Auffahrt. Ich parkte unten an der Straße, zog die Handbremse fest an und ging zu ihrer Auffahrt.

Der Zugang war durch ein protziges schmiedeeisernes Tor mit einem Summer für die Gegensprechanlage gesichert. Da das Tor dazu gedacht war, Autos, nicht aber Menschen fernzuhalten, konnte ich mühelos zwischen den Gitterstäben hindurchschlüpfen.

Ich war ganz schön ins Schwitzen gekommen, als ich den ebenen Teil des Grundstücks erreichte. Hier blieb ich stehen, um Luft zu holen.

Laurens Domizil war eines dieser langgestreckten Häuser im Landhausstil, mit einer schlichten hölzernen Seitenwandung und einem schrägen Schindeldach, in jeder Hinsicht unauffällig, abgesehen von dem Blick über das San Fernando Valley.

Mein Schwindelgefühl wurde stärker, als ich auf die Tür zusteuerte und sah, daß die zwei Autos in der Auffahrt Fahrzeuge der Polizei waren. Was um alles in der Welt hatten die hier zu suchen? Ich konnte ihr schlecht in Gegenwart der Polizisten gegenübertreten. Sollte ich mich aus dem Staub machen und später wiederkommen?

Wie gelähmt stand ich da und überlegte, was ich tun sollte, als die Haustür aufging und SIE heraustrat, flankiert von drei Männern: zwei Polizisten in Zivil, die man an den Pistolenhalftern unter ihren ausgebeulten Windjacken erkannte, und einem Beamten in Uniform. Dieser erblickte mich und kam, die Hand um seine Pistole gelegt, schnell auf mich zu.

„Kann ich was für Sie tun, junge Frau?“ fragte er, wobei seine massige Gestalt mir den Blick auf Lauren verstellte, die gerade in einen der Polizeiwagen stieg.

„Ich bin hergekommen, um mit Lauren zu sprechen, Officer Stratton“, erwiderte ich; seinen Namen hatte ich auf dem Dienstabzeichen an seiner Brust gelesen.

„Sind Sie ein Fan?“

So eine Unverschämtheit! Sah ich aus wie ein Lauren-Covington-Groupie? „Sie kennt meinen Mann“, gab ich ungehalten zurück.

Er zog eine Augenbraue hoch, legte mir seine Hand auf den Arm und führte mich zur Seite, um das Auto mit Lauren Covington vorbeifahren zu lassen. Als es auf unserer Höhe war, hielt es an. „Wer ist das?“ fragte einer der Männer aus dem Auto.

„Behauptet, ihr Mann wäre ein Freund von Miß Covington.“

Der Mann im Auto schielte mich mit kaum verhohlener Langeweile an. „Finden Sie raus, was sie darüber weiß, und schaffen Sie sie hier weg“, brummte er, als wäre ich taub.

„Jawohl, Sir."

Das Auto schoß die Auffahrt hinunter.

„Was ich worüber weiß?" fragte ich.

„Über den Mord an Fernando Ferrar."

„Ferdy wurde ermordet?" Ich war perplex.

Officer Stratton nickte, während er einen kleinen Block und einen Bleistift aus der Tasche seiner Uniformjacke zog. „Waren Sie befreundet?"

„Eigentlich nicht. Wir, mein Mann und ich, waren Silvester auf seiner Hochzeit, aber er tauchte überhaupt nicht auf. Ferdy, meine ich."

Er nickte gleichgültig und hielt meine Worte auf seinem Block fest. „Und Ihr Mann? War er mit dem Opfer befreundet?"

Ich wollte schon „nein" sagen, als mir auffiel, daß ich überhaupt nicht wußte, ob Peter Ferdy kannte oder nicht. „Ich glaube nicht, aber ich bin mir nicht sicher."

„Aber er ist ein Freund von Lauren Covington?"

„Gewissermaßen."

„Schauen Sie, Mrs. –"

„Matthews. Karen Matthews."

Zum ersten Mal sah er mich interessiert an. „Ist Ihr Mann zufällig Peter Matthews?"

Ich spürte, wie alles Blut aus meinem Gesicht wich. Woher um alles in der Welt wußte er Peters Namen? „Ja, ist er", antwortete ich gleichmütig. „Warum fragen Sie?"

„Wir möchten ihm ein paar Fragen stellen."

„Über den Mord?"

Officer Stratton nickte.

Ich war entsetzt und empört. „Er ist nicht in der Stadt. Er ist gestern verreist."

„Wohin ist er gefahren, Mrs. Matthews?" Er sprach ruhig, aber mit berufsbedingtem Nachdruck.

„Er ist geschäftlich in Asien."

„Und er ist gestern gefahren?"

„Ja, und deshalb bin ich sicher, daß er absolut nichts von alldem hier weiß. Er war Tausende von Kilometern entfernt, als …, was immer Ferdy passiert ist, passierte."

„Mrs. Matthews, Fernando Ferrar wurde vor drei Tagen umgebracht, etwa um dreizehn Uhr am Samstag, dem 31. Dezember, dem Tag, an dem er und Miß Covington heiraten wollten."

Es traf sich gut, daß ich nicht wußte, wo Peter sich in Hongkong aufhielt, denn so mußte ich nicht einmal lügen, als Officer Stratton mich danach fragte. Schließlich notierte er sich meine Adresse und Telefonnummer und die von Peters Büro. Mit den Worten: „Halten Sie sich zu unserer Verfügung!“ entließ er mich.

Erst dann fiel mir die Hochschule siedendheiß ein. Großer Gott – Lilys Wurzelbehandlung! Wie sollte ich mich konzentrieren, da ich wußte, daß die Polizei meinen Mann in einem Mordfall verhören wollte?

Das schlimmste daran war, daß ich gar nicht sagen konnte, wo Peter am Samstag um dreizehn Uhr gewesen war. Ich hatte angenommen, er hätte auf der Golfanlage einen Eimer Bälle geschlagen, denn das war normalerweise seine Samstagsbeschäftigung. Wenigstens sagte er mir das.

Vielleicht sollte ich einen Anwalt zu Rate ziehen. Ich hatte aber keinen. Ja, ich kannte nicht einmal einen. Außer… Mitch. Mein Bruder Mitch! Er war Assistent im Büro des Staatsanwalts in Sherman Oaks. Und um ihn zu treffen, brauchte ich nur zum Abendessen zu meinen Eltern zu gehen.

Lily wartete vor dem Labor auf mich. Ich sah ihr an, daß sie drauf und dran war abzuhauen. „Jetzt wird's aber Zeit!“

„'tschuldige!“ keuchte ich, von dem Spurt über den Campus ganz außer Atem.

„Dir ist hoffentlich klar, daß du mir eine Menge schuldest“, sagte Lily, als ich sie vor mir her in den Behandlungsraum schob. „So viel, daß es schon nicht mehr lustig ist.“

„Alles, was du willst“, entgegnete ich, während ich nach einem freien Behandlungsstuhl Ausschau hielt.

„Ein Abendessen im Restaurant meiner Wahl“, erklärte Lily.

„Kriegst du.“ Da ich Lilys Geschmack kannte, wußte ich, daß es mich einen Batzen Geld kosten würde.

„Fein, und was ist los?“ Lily war stehengeblieben und sah mich besorgt an.

„Wieso?“

„Irgend etwas ist nicht in Ordnung.“ Sie betrachtete mich forschend. „Du hast mit Lauren gesprochen.“

„Ich erzähle dir davon, wenn wir hier fertig sind“, erwiderte ich ausweichend.

Wir waren fast bei dem Stuhl angekommen, als Lily wieder stehenblieb. „Du gibst mir doch Novocain, oder?“

Ich nickte. „Natürlich. Das ist schließlich eine Zahnbehandlung und nicht die spanische Inquisition!"

Lily rührte sich nicht vom Fleck. „Ist das ein Unterschied?" Sie sah erst mich an, dann den Behandlungsstuhl mit der Instrumentenkonsole daneben. Ich konnte die Panik in ihren Augen sehen.

„Komm schon, Lily, laß uns das jetzt hinter uns bringen", entgegnete ich und sah sie an. Sie war kurz davor umzukippen. Vielleicht wäre es für alle Beteiligten besser, sie täte es wirklich, sagte ich mir mit einem Seufzen.

4

Als ich im fünften Stock aus dem Fahrstuhl trat, schlug mir schon der intensive Duft von gedünstetem Kohl entgegen. Meine Mutter war dabei, *Dolmas* für das Abendessen zuzubereiten. Trotz des Aufruhrs in meinem Kopf reagierte mein Körper automatisch auf den Reiz der mütterlichen Küche – mein Magen knurrte, und das Wasser lief mir im Mund zusammen.

„Hallo!" rief ich und schlüpfte durch die unverschlossene Wohnungstür.

„Karen, bist du's, *anousch?*" rief meine Mutter. Sie streckte den Kopf aus der Küche und erfaßte mit einem Blick meinen Gemütszustand. „Du hast Kummer", sagte sie und runzelte besorgt die Stirn. „Was ist los?"

„Nichts, Mama, ich bin nur müde", erwiderte ich, indem ich ihrem Blick auswich und ihr einen Kuß auf die Wange drückte. Ich brannte darauf, ihr von meinem süßen Geheimnis zu erzählen, aber ich hatte mir geschworen, daß Peter es zuerst erfahren sollte. „Riecht gut", sagte ich zur Ablenkung. „Was gibt's denn zum Abendessen?"

„Kohldolmas und Lammkeule. Ich habe sie mit Zwiebeln gekocht, ohne Knoblauch, so, wie Peter sie mag." Sie sah mich streng an. „Und?"

Ich wußte, was sie sagen wollte: Wo ist Peter, warum ist er nicht bei dir, habt ihr Probleme, siehst du deswegen so kummervoll aus?

„Er ist auf Geschäftsreise. Hongkong", gab ich zurück und hob den Deckel von dem Topf mit den Kohlrouladen. Der köstliche Duft hüllte mich in einen wohltuenden Dunstschleier.

„Da ist dein Bruder", sagte Mutter, nachdem die Wohnungstür auf- und zugegangen war. „Sag ihm, daß das Essen in zehn Minuten auf dem Tisch steht."

Ich ging durch das Wohnzimmer, vorbei an meinem Vater, der in dem großen Ohrensessel döste.

Mitch war nicht in seinem Zimmer, als ich anklopfte, aber durch die leicht angelehnte Badezimmertür konnte ich hören, wie Wasser lief.

„Hi, Mitch!“ rief ich.

„Karen? Was bringt dich an den heiligen Ort unserer Jugend zurück?“

„Du, ich muß mit dir reden.“

„Mein Stundensatz liegt bei zweihundert Dollar.“

„Da lag er, bevor du beim Staatsanwalt anfingst. Aber das hier ist gratis.“

„Das habe ich befürchtet. Mach's dir gemütlich, ich bin gleich bei dir.“

Ich ließ mich auf Mitchs Bett plumpsen, zog die Füße auf die gesteppte Tagesdecke und sah mich im Zimmer um. Mitch war vor ungefähr einem Jahr wieder hier eingezogen, nachdem seine Frau Jae mit ihrem Kampfsportlehrer durchgebrannt war.

Mitch war daraufhin wieder in sein altes Jugendzimmer gezogen, das nach wie vor mit den Modellflugzeugen, die er 25 Jahre zuvor zusammengeleimt hatte, dekoriert war.

Nun kam er aus dem Badezimmer und trat an seinen Kleiderschrank, um seinen Anzug abzulegen. „Wo ist Peter?“ fragte er. Obwohl sie in vieler Hinsicht gegensätzlich waren, mochten sich Mitch und Peter.

„Hongkong“, antwortete ich und fragte mich, ob meine Zweifel über Peters Aufenthaltsort wohl herauszuhören waren.

Mitch streckte den Kopf aus dem Schrank. Die Ironie der Situation lag auf der Hand: Jae war damals mit ihrem Shing-Yi-Lehrer nach Hongkong durchgebrannt. „Was macht er da?“

Ich zuckte die Achseln. „Geschäfte?“

Es war eine Frage, und Mitch beantwortete sie mit einer Gegenfrage: „Warum sollte ein Versicherungskaufmann aus Los Angeles auf Geschäftsreise nach Hongkong gehen?“

„Genau darüber, mein lieber Bruder, will ich mit dir reden. Ich glaube, er ist in Schwierigkeiten, und ich weiß nicht, was ich tun soll.“

„Was für Schwierigkeiten?“ In Khakihose und T-Shirt kam er aus dem begehbaren Kleiderschrank und setzte sich auf den Schreibtischstuhl.

„Ich glaube, er... trifft sich mit jemand anderem.“ Ich mußte Schritt für Schritt vorgehen.

„Mit einer anderen Frau?“

„Nein, Mitch, mit einem Zebra! Natürlich mit einer anderen Frau, was denkst denn du?“

Mitch hielt schützend die Arme hoch. „He, spring mir nicht gleich ins Gesicht! Ich versuche nur, dir zu helfen."

„Es tut mir leid. Aber ich bin ganz schön durcheinander."

Er legte mir den Arm um die Schultern und drückte mich mit brüderlichem Mitgefühl. „Du brauchst mir nichts zu erzählen, das ist die Hölle. Wie bist du dahintergekommen?" fragte er behutsam.

Ich erzählte ihm alles: von Peters überstürzter Abreise, von seiner alten Liebschaft mit Lauren Covington, der nicht stattgefundenen Hochzeit, meinem Besuch heute bei der Schauspielerin und dem Mord an Fernando Ferrar.

Mitch sagte minutenlang gar nichts. Ich konnte förmlich hören, wie das Räderwerk in seinem Juristengehirn sich drehte. „Steht Peter unter Verdacht?"

„Ich weiß es nicht. Möglicherweise. Die Polizei sagte, sie wollten ihn vernehmen, aber ich habe ihnen erzählt, daß er die Stadt bereits verlassen hat. Womöglich steckt er in großen Schwierigkeiten, Mitch, und ich weiß noch nicht einmal, wo er ist."

„Wir müssen unbedingt mit ihm sprechen, bevor sie es tun. Hast du's bei seiner Sekretärin probiert?" wollte Mitch wissen.

Ich nickte. „Sie war nicht da, als ich heute morgen anrief. Vielleicht hat sie mir inzwischen zu Hause eine Nachricht hinterlassen."

„Wenn nicht, solltest du morgen ins Büro gehen. Stell dich vor sie hin und sag, es handle sich um einen Notfall. Laß dich nicht abwimmeln", fuhr Mitch eindringlich fort.

„Und wenn sie es nicht weiß?"

„Dann müssen wir uns etwas anderes überlegen. Ich werde ein paar Erkundigungen über den Mord einziehen. Wie hieß das Opfer doch gleich?"

„Fernando Ferrar." Ich reckte mich, um ihn zu umarmen. „Danke, Mitch. Du bist der Beste."

„He, das würde ich doch für jeden meiner Freunde tun." Er küßte mich auf die Stirn. „Versuch, dir keine allzu großen Sorgen zu machen, aber sprich mit Peter. Koste es, was es wolle."

ES WAR nach neun, als ich nach Hause kam. Das Haus war dunkel, aber als ich meinen Schlüssel ins Schloß steckte, flatterte eine Visitenkarte, die am Türpfosten geklemmt hatte, zu Boden. Ich hob sie auf und hielt sie ins Licht. *Detective Larry Rivers, Los Angeles Police Department, Mordkommission* stand darauf und dazu in Krakelschrift: *Bitte rufen Sie mich umgehend an.*

Ich stieß die Tür auf. Eine vertraute Stimme sprach gerade auf den Anrufbeantworter. „…es ist schwer, aber du mußt mir einfach vertrauen. Ich liebe dich."

Ich rannte zum Telefon und riß den Hörer hoch. „Peter?"

Ich kam eine Sekunde zu spät. Das leere Summen des Wählzeichens lachte mich aus. An dem Gerät blinkte die Zahl „3", was bedeutete, daß vor Peter zwei andere Anrufe gekommen waren.

Während ich das Band abhörte, gab ich Hermie die Essensreste, die meine Mutter für ihn aufgehoben hatte.

„Hallo, Mrs. Matthews, hier ist Denise Pressman von der Occidental. Es tut mir schrecklich leid, aber Ihr Mann ist so überstürzt abgereist, daß wir keine Reservierung mehr für ihn vornehmen konnten. Wenn ich etwas von ihm höre, werde ich es Sie wissen lassen. Leider kann ich nicht mehr für Sie tun."

Die zweite Nachricht war von Lily. Ihre Stimme klang, als hätte sie den Mund voll Styropor. „Karen? Ich bin's. Bitte heb ab. Irgendwas ist nicht in Ordnung. Ich leide Höllenqualen. Ungefähr vor einer Stunde, als das Novocain nachließ, hat es angefangen. Ruf mich an, sobald du zu Hause bist. Wenn ich nicht abnehme, weißt du, daß ich tot bin."

An diesem Nachmittag war Lily eine vorbildliche Patientin gewesen, während ich in einer zweistündigen Prozedur ihren Zahn aufgebohrt, drainiert und provisorisch gefüllt hatte.

Ich legte die letzten Reste in Hermies Napf und wartete darauf, Peters Stimme von dem Gerät zu hören.

„Hallo, Liebling, ich bin's." Seine Stimme klang matt und tonlos. „Es tut mir leid, daß ich schon wieder wegfahren mußte. Du weißt, ich hasse es genauso wie du. Es dürfte allerdings nicht länger als eine Woche dauern, höchstens zehn Tage. Anscheinend haben sie hier Probleme mit dem Strom, deshalb telefoniere ich von einem Apparat am Empfang. Ich werde dir alles erklären, wenn ich zurück bin. Ich weiß, es ist schwer, aber du mußt mir einfach vertrauen. Ich liebe dich."

Nachdem ich den Apparat abgeschaltet hatte, saß ich lange da und starrte ihn an. Irgendwie mußte ich herausfinden, wo Peter sich aufhielt, und ihm mitteilen, daß die Polizei hinter ihm her war. Ich war mehr als bereit zu lügen, um Peter zu decken; dazu mußte ich aber erst einmal die Wahrheit erfahren.

Ich wählte Lilys Nummer. Sie meldete sich schon beim ersten Klingelzeichen: „Karen?" fragte sie, was sich allerdings mehr wie „Kaauun?" anhörte.

„Hallo. Was gibt's?"

„Mein Zahn bringt mich um. Du kennst doch dieses Gefühl, wenn die Luft elektrisch aufgeladen ist und du bei jeder Berührung einen Schlag bekommst? So fühlt es sich in meinem Mund an, sobald ich zubeiße."

„Gott, Lily, das tut mir wirklich leid. Ich werde mich morgen früh als allererstes um dich kümmern. Treffen wir uns um –"

Sie unterbrach mich mitten im Satz. „Und was mache ich heute nacht?"

„Versuch, nicht zuzubeißen."

„Wie soll ich denn dann essen?"

„Kannst du nicht eine Nacht ohne Essen auskommen?"

Schon bevor ich die Worte ausgesprochen hatte, wurde mir mein Irrtum bewußt.

„Nein!" Das Entsetzen in ihrer Stimme war die Bestätigung. „Es ist schon nach neun, und ich komme um vor Hunger."

„Okay, okay. Was soll ich tun? In den Behandlungsraum komme ich jetzt nicht hinein."

„Du kannst es dir wenigstens ansehen. Und überhaupt, du hast mir noch gar nicht von Lauren erzählt."

„Mir geht wirklich alles mögliche im Kopf herum …"

„Gut. Ich bin in zehn Minuten da, dann kannst du mir dein Herz ausschütten." Und bevor ich widersprechen konnte, hatte sie schon aufgelegt.

GENAU wie ich vermutet hatte, konnte ich, solange der Behandlungsraum nicht zur Verfügung stand, wenig für Lily tun, außer ihren Schmerz zu lindern. Als vorläufige Maßnahme löste ich die provisorische Krone. Dann gab ich ihr etwas Nelkenöl, mit dem sie das Zahnfleisch einreiben sollte, um den Nerv zu beruhigen.

Um sie abzulenken, während ich arbeitete, schilderte ich die Höhepunkte meines Besuchs bei Lauren Covington. Ich erzählte ihr von dem Mord an Fernando Ferrar und davon, daß die Polizei Peter vernehmen wollte. Ich zeigte ihr Detective Larry Rivers' Visitenkarte und spielte das große Finale, Peters Nachricht, vom Anrufbeantworter ab. Als ich mir alles von der Seele geredet hatte, war ich auch mit Lilys Notbehandlung fertig.

„Ich wette, ich kann dir sagen, wie du herausfinden könntest, wo er wohnt", bemerkte Lily beiläufig.

„Wie denn?"

„Um das Gespräch nach Hause zu führen, hat er sicherlich eine Telefonkarte benutzt. Wenn du seinen Code weißt, kannst du die Telefonnummer von der AT&T bekommen."

NATÜRLICH kannte ich Peters AT&T-Nummer, weil ich sie benutzt hatte, bevor er mir eine eigene besorgt hatte. Erstaunlicherweise hatte die AT&T einen 24-Stunden-Service, bei dem ich auf einen leibhaftigen Menschen stieß. Die Telefonnummer, die der Mann mir gab, nachdem ich ihm Peters Geburtsdatum und den Mädchennamen seiner Mutter, Linden, als Kenndaten genannt hatte, bestand aus elf Ziffern. Ich wählte sie und hielt den Hörer so, daß Lily mithören konnte. Es klingelte viermal, dann sagte eine Stimme mit britischem Akzent: „Peninsula Hotel."

Obwohl ich wenig gereist war, hatte sogar ich vom Peninsula gehört. Es galt als eine der feinsten Adressen der Welt. Konnte Peters Versicherungsgeschäft so bedeutend sein, daß er in einer 5-Sterne-Nobelherberge logierte?

Die Stimme wiederholte: „Peninsula Hotel. Wohin darf ich Ihren Anruf durchstellen?"

Ich mußte etwas sagen, also sagte ich: „Verbinden Sie mich bitte mit Mr. Matthews, Mr. Peter Matthews."

„Einen Augenblick bitte."

Lily und ich hielten die Luft an und warteten.

„Es tut mir leid, Madam, bei uns ist niemand dieses Namens verzeichnet."

Mir fielen die Paßfotos ein, die ich in Peters Schreibtisch gefunden hatte, und unwillkürlich kamen mir die Worte über die Lippen: „Haben Sie zufällig einen Mr. Linden, P. Linden?"

„Einen Augenblick."

Noch ein Moment atemloser Spannung, und dann klingelte es plötzlich in der Leitung.

„Hallo?" Es war eine Frauenstimme. „Hallo? Wer ist da?" Ihre Stimme hatte einen leicht britischen Akzent.

„Ist Peter da?" fragte ich heiser.

„Bleiben Sie am Apparat", sagte sie. Ich hörte so etwas wie eine gedämpfte Unterhaltung.

„Wer ist da?" Es war Peters Stimme, aber warum klang er so verärgert?

„Karen. Deine Frau." Aus irgendeinem Grund erschien es mir wichtig, ihn an unseren Familienstand zu erinnern.

„Karen! Was hast du – Wie konntest du –" Zunächst völlig verstört, fing er sich schnell wieder. „Ist alles in Ordnung?"

„Ja. Nein. Peter, ich muß mit dir reden. Hast du gewußt, daß Fernando tot ist?" Die Worte brachen förmlich aus mir heraus. „Er wurde umgebracht, Peter. Die Polizei will mit dir sprechen. Weißt du etwas darüber? Bist du deswegen nach Hongkong geflogen? Peter, ich habe Angst."

Alles, was ich hören konnte, waren Störungen in der Fernleitung. „Hast du jemandem davon erzählt?" wollte er schließlich wissen.

„Nein", log ich. „Was soll ich machen?"

„Nichts", antwortete er in einem scharfen Ton. „Du sagst kein Wort. Du erzählst ihnen nicht, daß du überhaupt mit mir gesprochen hast."

„Aber Peter, du kannst doch nicht – du hast nichts damit zu tun gehabt, nicht wahr?"

„Du kennst mich doch wohl besser", antwortete er. „Aber es gibt ein paar Probleme, über die ich am Telefon nicht sprechen möchte. Ich werde sie dir erklären, wenn wir uns wiedersehen."

„Peter, ich stecke in der Klemme! Ein Beamter von der Mordkommission war schon an der Haustür – und er kann jeden Moment wiederkommen."

„Laß ihn nicht herein!" sagte er eindringlich. „Und sprich mit niemandem. Oder, noch besser, fahr für ein paar Tage weg. Wir haben genug Bares auf unserem Konto. Mach eine Reise. Wenn du zurückkommst, wird der Sturm sich gelegt haben."

„Wohin soll ich denn –" Plötzlich knackte es in der Leitung, dann war sie tot. „Peter?" rief ich hilflos. „Peter?" Doch es kam keine Antwort mehr, und ich legte auf.

„Was wirst du jetzt tun?" flüsterte Lily.

Ich saß schweigend da und dachte über die möglichen Alternativen nach. Trotz meiner Wut und meinem Schmerz über Peters Unehrlichkeit liebte ich ihn noch genauso wie eine Woche zuvor. Und solange er mich nicht vom Gegenteil überzeugte, sah ich einen Hoffnungsschimmer, daß er auch mich noch liebte, und wollte alles in meiner Macht Stehende tun, um unsere Ehe zu retten.

„Peter sagte, ich solle verreisen. Das werde ich tun. Ich fliege nach Hongkong", erwiderte ich.

DAS EINZIGE, was mich daran hinderte, umgehend auf die andere Seite der Erde zu fliegen, war Hermie. Am nächsten Morgen rief ich zuerst meinen Bruder an.

„Mitch, würdest du dich für ein paar Tage um Hermie kümmern?"

„Wohin gehst du?“

„Ich fliege nach Hongkong, um Auge in Auge mit Peter zu reden.“

„Du hast ihn also gefunden?“

„Ja, er ist im Peninsula Hotel.“

„Karen, hör mir zu.“ Mitchs Stimme war jetzt ernst. „Ich habe ein paar Nachforschungen über diesen Mord angestellt. Bisher wurde noch keine Anklage erhoben. Das Auto des Opfers knallte gegen einen Baum und explodierte.“

„Er ist nicht erschossen worden?“ fragte ich.

„Ich versuche immer noch, die Todesursache herauszufinden. Sonderbarerweise haben sie die Ermittlungen zur Verschlußsache erklärt. Aber der Bericht des Leichenbeschauers müßte morgen oder übermorgen vorliegen, und ich habe dort einen Kumpel, der mir noch eine Gegenleistung schuldet.“ Die Leitung war für einen Augenblick tot, dann war Mitch wieder dran. „Ich gebe dir jetzt Jaes Nummer. Sie lebt in Mongkok, einem Vorort von Kowloon. Sie studiert an der Universität von Hongkong Medizin. Falls du in Schwierigkeiten gerätst...“

„Moment mal, Jae, deine Frau Jae, die sich von dir getrennt hat? Woher weißt du, wo sie ist?“

„Wir sind nach wie vor in Verbindung.“

Ich war perplex. „Was sagst du da?“

„Es ist nicht so ohne, in eine Stadt wie Hongkong zu ziehen. Manchmal bekommt sie Heimweh und braucht einen Freund.“

„Du verblüffst mich wirklich, Mitch. Die Frau läßt dich einfach im Stich, zerreißt dir förmlich das Herz, und du fühlst dich immer noch für sie verantwortlich? Du bist entweder ein Heiliger oder der erbärmlichste Trottel, den es je gab.“

„Das muß in der Familie liegen“, antwortete er trocken. „Wann, hast du gesagt, fliegst du?“

AM FLUGHAFEN Los Angeles International herrschte Massenandrang; der Flug war total ausgebucht. Als ich mich endlich an Bord der Maschine befand, war ich nur noch ein verschwitztes Nervenbündel. Der Gang war vollgestopft mit schlechtgelaunten Passagieren. „Geht es immer so zu?“ fragte ich eine Stewardeß.

Sie lächelte nachsichtig und nickte. „Bedenken Sie, ein Viertel der Weltbevölkerung lebt in Asien.“

„Klar, allerdings hätte ich nicht gedacht, daß sie alle dieses Flugzeug nehmen.“

Vom Strom der Passagiere im Gang vorwärts geschoben, erreichte ich schließlich meine Reihe, konnte aber nicht hinein, weil eine Frau mit dem Rücken zu mir stand und versuchte, ihre Tasche in die Gepäckablage über ihrem Kopf zu stopfen.

Ich wartete einen Augenblick; da ich aber befürchtete, von den unvermindert nachströmenden Passagieren an meiner Reihe vorbeigeschwemmt zu werden, rief ich schließlich: „Entschuldigung, kann ich bitte vorbei? Ich habe den Platz am Fenster."

„Kein Problem." Sie gab der Tasche einen letzten Schubs und drehte sich zu mir um.

„Lily!"

Das Grinsen, das sich auf Lilys Gesicht breitmachte, bestand aus einem Teil Schuldbewußtsein und zwei Teilen Bauernschläue. „Willkommen an Bord!"

„Was machst du denn hier?"

„Wonach sieht es denn aus? Ich fliege nach Hongkong."

Ich stand im Gang und starrte sie an. Schließlich quetschte ich mich an ihr vorbei, stolperte über eine große Schachtel zu ihren Füßen und ließ mich in meinen Sitz am Fenster fallen.

„Bevor du sauer wirst, laß es mich erklären", bat Lily.

„Na prima, es gibt sogar eine Erklärung!" entgegnete ich sarkastisch.

„Also, ich bin ja zu einem Teil Chinesin ..."

„Was? Zu einem Sechzehntel vielleicht! Soviel chinesisches Blut hat praktisch jeder auf der Welt!"

„Du weißt, ich liebe das chinesische Essen", begann sie von neuem.

„Du liebst jedes Essen", berichtigte ich.

„Die chinesische Eßkultur ist eine der ältesten der Erde, und ich dachte, dies wäre eine Chance, sie aus erster Hand kennenzulernen. Und da du mir ein Abendessen in irgendeinem Restaurant der Welt versprochen hast, habe ich mich für das ‚Gaddis' entschieden."

„Und was ist das ‚Gaddis'?" fragte ich.

„Eins der berühmtesten Restaurants in Asien, und zufällig befindet es sich im Peninsula Hotel in Hongkong. Jedenfalls habe ich nach dem, was ich gestern durchgemacht habe, Urlaub verdient. Es tut immer noch weh." Mit theatralischer Geste öffnete sie die Nelkenölflasche und tupfte etwas davon auf ihren Zahn.

„Dann wirst du wenigstens nicht in Versuchung kommen, das Essen hier im Flugzeug zu probieren."

„Keine Angst", entgegnete Lily. Sie beugte sich vor und hob den Deckel von der Schachtel, die halb zerquetscht zwischen unseren Füßen stand. Sie war voll mit Lebensmitteln.

Fuchow, China

Mittwoch, 4. Januar 1986

Die Schleuse öffnet sich, und eine brodelnde Masse grünschwarzer Körper schießt in den Tank. Chun Sok Lee stellt den Styroporbehälter mit dem Logo der Aalfarm direkt neben den Tank. Dann nimmt er seinen Kescher und fängt an, die ausgewachsenen Aale auszusortieren. Normalerweise ist Chun ein Meister seines Fachs: mühelos pickt er die schlanken Männchen zwischen den dickeren Weibchen heraus, so daß sie verpackt und lebend in andere Teile Chinas und Japans verschifft werden können, wo sie ein vielbegehrtes kulinarisches Erzeugnis darstellen.

Heute ist er jedoch zerstreut, und seine Hand weigert sich, den Kescher schnell genug zu schwingen, um die schlüpfrigen Körper herauszufischen. In Gedanken ist er bei der Erfindung seines Nachbarn Wan Lo. Nachdem er vor drei Tagen Wan Los Experiment mit den elektrischen Straßenlaternen mitbekommen hatte, bat er seinen Aufseher, für ihn ein Gespräch mit Wo Fat, dem Besitzer der Aalfarm und Drachenkopf der T'ung-Yu-Triade, zu arrangieren. Chun weiß genau, wenn er mit dem allmächtigen Drachenkopf reden und ihm von dem schwarzen Kasten berichten kann, wird Wo Fat ihn reich belohnen.

Plötzlich packt ihn eine eiserne Hand an der Schulter und dreht ihn so herum, daß er einem von Wo Fats brutalen, grobschlächtigen Leibwächtern gegenübersteht. „Komm", knurrt der Hüne.

Chuns Beine zittern, als der Mann ihn zu einer Holztreppe führt. Sie steigen die Treppe zu einem schmalen Steg hinauf. Von hier aus kann Chun in die größten der Meerwassertanks hinunterschauen, in denen die exotischen Arten gehalten werden – die Schnepfenaale mit ihren langgestreckten Kiefern, dazu die Muränen und Seeaale. Chun hat nie verstanden, warum Wo Fat diese seltenen Züchtungen unterhält, sind sie doch ebenso gefährlich wie ungenießbar. Für einen kurzen Augenblick lähmt ihn ein schwindelerregendes Angstgefühl, als er sieht, wie sich neun Meter unter ihm die Mörderaale winden.

„Vorwärts!" Der Leibwächter schubst Chun durch eine Tür in das Büro am Ende des Steges. Im Gegensatz zu der trostlosen Atmosphäre der Aalfarm ist das Büro blitzsauber und von Lotosduft erfüllt. An einem runden Tisch sitzt, seine Leibesfülle in eine reich

bestickte Mandarinrobe gehüllt, der ehrenwerte Wo Fat, der mächtigste Mann der Provinz. Rechts von Wo Fat steht sein Cousin Liu, sein Partner und Sprachrohr. Im Gegensatz zu Wo Fat ist er eine elegante Erscheinung in einem modisch geschnittenen westlichen Anzug. Die beiden Männer bilden ein gefährliches Gespann: Liu bringt die Gerissenheit und Intelligenz des Tigers, Wo Fat die brutale Grausamkeit des Hais mit in ihre Partnerschaft.

„Man hat uns berichtet, daß du unserem Cousin Wo Fat etwas von großer Wichtigkeit mitzuteilen hast", sagt Liu höflich. „Laß hören."

Chun beschreibt, was er an dem Morgen sah, als Wan Lo seine Erfindung ausprobierte.

Liu schaut Chun eine Weile nachdenklich an. „Diese Erfindung erzeugt also ohne Strom Energie?" fragt er.

Chun nickt eifrig.

„Hast du im Ernst geglaubt, wir würden einem ungebildeten Bauern abnehmen, daß eine solche Erfindung existiert?" Mit einer wegwerfenden Handbewegung schickt er Chun fort. „Wie kannst du es wagen, mir mit bloßem Gerede die Zeit zu stehlen! Du mußt uns einen Beweis bringen." Er klatscht in die Hände, und der Hüne zerrt Chun zur Tür.

„Aber ich kann Ihnen die Erfindung nicht bringen", stammelt Chun. „Wan Lo hat sie einem Professor an der Universität gegeben."

Auf einen Blick von Liu hin läßt der Grobian Chun los. „Sprich weiter."

„Ich bin ihm bis zur Wing-On-Universität gefolgt und habe beobachtet, wie er die Erfindung Doktor Zhou Ping übergab." Das ist eine Lüge. Wan Lo ging zwar in die Universität, ließ den schwarzen Kasten aber nicht dort. Er brachte ihn wieder mit nach Hause und vergrub ihn in seinem Garten. Doch da Chun sich jetzt der Aufmerksamkeit Lius wie auch Wo Fats sicher ist, fährt er fort: „Wan Lo sagte dem Professor, er müsse sie nach Hongkong bringen, um sie einem hochgeschätzten Wissenschaftler aus dem Westen zu zeigen."

„Weißt du den Namen dieses Wissenschaftlers aus dem Westen?" fragt Liu mit unbewegter Miene.

Chun nickt eifrig. „Ich habe ihn hier aufgeschrieben." Er wühlt in seiner Tasche und zieht einen Papierfetzen heraus. „Sein Name ist Dr. Leo Kensington."

5

Als wir ankamen, war es Nacht. Der Himmel war schwarz und undurchdringlich, ebenso wie der dunkle Ozean darunter. Doch plötzlich flogen wir zwischen Hochhäusern hindurch, die zu beiden Seiten von uns emporragten.

Die Abfertigung verlief in zwei Etappen: Paßkontrolle und Zoll. Die Paßkontrolle war eine langwierige Prozedur, bei der jede einzelne Paßnummer sorgfältig überprüft wurde. Dagegen war der Zoll ein Kinderspiel. Gelangweilt und nicht bereit, sich tatsächlich mit ihrer Arbeit zu befassen, warfen die Beamten nur einen flüchtigen Blick auf unsere US-Reisepässe und winkten uns durch.

„Unglaublich", flüsterte Lily, „wir hätten Drogen oder Diamanten schmuggeln können."

„Meistens schmuggeln die Leute etwas aus Hongkong *hinaus*", bemerkte ich, „nicht hinein."

Wir folgten den Hinweisschildern HOTELTRANSPORT, die uns aus dem Terminal hinaus zu einer Straße im Untergeschoß führten. Hier erstreckte sich eine Schlange von Bussen und Limousinen, die unter Hupen eine günstige Position an der Bordsteinkante zu ergattern suchten. Den ganzen Bürgersteig entlang standen livrierte Hotelboys, die an ihren Jacken die Abzeichen ihrer Hotels trugen.

Lily und ich schleppten uns die letzten paar Schritte bis an die Straße; mit einem matten Lächeln fragte ich den Vertreter des Peninsula: „Peninsula Hotel?"

Wortlos riß er mir die Tasche aus der Hand und stopfte sie, bevor ich protestieren konnte, in den Kofferraum eines Rolls-Royce. Ich muß perplex ausgesehen haben, denn er wiederholte ungeduldig: „Peninsula?"

„Ja schon, aber –"

Lily gab mir einen Schubs. „Komm jetzt, besser wird es bestimmt nicht." Und sie beugte sich vor, um in das Auto einzusteigen.

Ich war zu müde, um etwas einzuwenden; also folgte ich ihr und ließ mich in die feudalen Sitze des Rolls sinken. Der livrierte Boy reichte uns einen Beleg und schloß die Tür.

„Vierhundert Dollar!" las ich. „Das kann doch wohl nicht sein!"

„Die Umrechnung ist acht zu eins, du Dummerchen", sagte Lily.

Fünfzig US-Dollar waren immer noch ein stolzer Preis für einen Transfer zum Hotel, aber ich war zu müde, um aufzubegehren.

Durch die getönten Scheiben eines Rolls-Royce besehen, vermittelte Hongkong mir eine erste Ahnung von den zwei Gesichtern einer Stadt.

Wir befanden uns inmitten des Dschungels einer Millionenstadt – gellenden Autohupen, plärrender Musik, schreienden Menschen.

Minuten später bogen wir in die Auffahrt von einem noblen Hotel ein. Ich streckte gerade die Hand aus, um meine Tür zu öffnen, da kam mir ein kleiner Boy in einer weißen Uniform zuvor.

Zwei weitere Hotelpagen liefen zum Kofferraum, zerrten unsere Reisetaschen heraus und schleppten sie die Stufen hoch und durch eine gewaltige zweiflügelige Glastür in die Eingangshalle.

Innen wirkte das Peninsula wie der Rolls-Royce – teuer, luxuriös und exotisch. Zu beiden Seiten des Eingangs erstreckten sich Sitzbereiche. Die Decke der Halle war in Stuck und Blattgold gearbeitet, der Fußboden mit weißem Marmor ausgelegt. Die mit gepunztem Leder und Brokat überzogenen Stühle standen in Gruppen um kleine Marmortische. Auf jedem Tisch befand sich eine hellgrün glasierte Vase mit mehreren makellosen Cymbidium-Orchideen.

„Und die Occidental Insurance übernimmt dafür die Rechnung?" flüsterte Lily ehrfürchtig. „Kein Wunder, daß Peter so oft auf Geschäftsreise geht."

Das war eine durchaus richtige Beobachtung; dennoch bedauerte ich, daß sie sie gemacht hatte.

„Anmelden?" fragte ein junger Mann hinter der Rezeption.

„Nein, mein Mann ist schon angemeldet. Ich – wir – sind mit ihm verabredet."

„Ich verstehe. Der Name und die Zimmernummer bitte?"

„Sein Name ist –" Mir fiel plötzlich ein, daß ich mich nicht als „Mrs. P. Linden" ausweisen konnte.

Lily kam mir zu Hilfe. „Karen, was hat Peter doch gleich gesagt, in welchem Zimmer er ist, war es 502 oder 205?" Ich sah sie verständnislos an. „Ich wußte, du würdest es vergessen!" In gespielter Erregung wandte sie sich an den Empfangschef. „Das ist Mrs. P. Linden. Ich habe ihr *gesagt,* sie solle es sich aufschreiben. Könnten Sie bitte nachschauen? Er ist schon früher angekommen."

Mit unbewegter Miene drehte der Mann sich zu seinem Computer um, und seine Finger flogen über die Tasten. Dann vertiefte er sich sekundenlang in die Angaben auf dem Bildschirm.

„Ihr Name bitte?" fragte er mich trocken.

„Mein Name? Ich bin –", stammelte ich.

„Seine Frau Karen", schob Lily ein.

Zu meiner Überraschung hellte sich die Miene des Empfangschefs auf. „Ach ja, man hat uns mitgeteilt, daß Sie kommen. Es ist mir ein

Vergnügen, Sie im Peninsula willkommen zu heißen.“ Er schnippte mit den Fingern nach den Hotelboys. „Mr. Linden ist in Zimmer 438. Soll ich ihm ausrichten lassen, daß Sie eingetroffen sind?“

„Nein, danke. Ich will ihn überraschen.“

„Wie Sie wünschen.“ Er kam hinter der Theke hervor und verbeugte sich leicht. „Folgen Sie mir bitte.“

In einer bunten Prozession durchschritten wir die elegante Hotelhalle zum Aufzug: zuerst der Empfangschef in seinem korrekten Anzug, dahinter Lily und ich in unseren Jogginganzügen und zum Schluß die beiden kleinen Boys, die in ihren gestärkten weißen Uniformen unser Gepäck schleppten.

Als die Aufzugtüren sich im vierten Stock öffneten, erwartete uns ein Hotelpage. Der Empfangschef sagte etwas auf chinesisch zu ihm, woraufhin er sich wie ein Klappmesser verbeugte und dann den Flur hinunterhastete. Ich trottete hinterher.

An der Tür zu Zimmer 438 drückte der Page auf die Klingel und drehte seinen Hauptschlüssel im Schloß herum. Der Empfangschef forderte mich durch eine Geste auf einzutreten. „Bitte.“

„Peter?“ rief ich, fast im Flüsterton. Es kam keine Antwort, so daß ich über die Schwelle ins Zimmer trat. Die Suite war üppig ausgestattet und weitläufig. Ein kurzer Flur führte zum Wohnzimmer, und zu beiden Seiten standen die Türen zu geräumigen Schlafzimmern offen. Die Möbel waren antik, aus kostbarem Rotholz geschnitzt und mit Seidenstoffen überzogen. Daneben gab es sämtliche modernen Annehmlichkeiten – Telefon nebst Fax, verschiedene Fernsehapparate, Videorecorder, CD-Player und Bedienungselemente für die digital gesteuerte Klimaanlage. Es war einfach alles da!

Nein, etwas fehlte. *Peter* fehlte. Und es gab keinerlei Anzeichen dafür, daß dieses Zimmer von Peter oder irgend jemand anderem bewohnt worden war.

„Es sieht nicht so aus, als würde hier jemand wohnen“, sagte ich zu dem Empfangschef. „Sind Sie sicher, daß das hier Mr. Lindens Zimmer ist?“

„Ja, natürlich“, versicherte er mir. „Er bat uns, ihn, in Erwartung Ihrer Ankunft heute nachmittag, hierher in die größere Suite umziehen zu lassen.“

„Aber woher wußte er –“, setzte ich an.

Lily schnitt mir das Wort ab: „Ich verstehe. Haben Sie vielen Dank für Ihre Hilfe.“ Sie öffnete ihre Handtasche. „Leider haben wir noch kein Geld gewechselt. Nehmen Sie doch –“

„Das ist bereits erledigt“, sagte er und verließ unter Verbeugungen den Raum. Lily und ich sahen uns verwundert an.

„Irgendwas stimmt hier nicht“, sagte ich. „Dieses Zimmer muß am Tag mehr kosten als die monatliche Hypothekenzahlung auf unser Haus.“

„Vielleicht gibt es einen anderen P. Linden.“

„Du meinst, das ist vielleicht gar nicht Peters Zimmer?“

Sie nickte.

„Das können wir ja herausfinden“, sagte ich und steuerte auf das Schlafzimmer zu, wo ich mich dem geräumigen Kleiderschrank zuwandte und die Türen aufriß.

An dem Messingständer fanden sich, ordentlich aufgehängt, zwei vertraute Hemden, eine Hose und die grüne Wildlederjacke, die ich Peter vor sechs Monaten zum Geburtstag geschenkt hatte. Liebevoll strich ich darüber.

„Und?“ fragte Lily, als sie hinter mir hereinkam.

„Entweder ist das hier Peters Zimmer, oder jemand hat sich seine Kleider ausgeliehen“, antwortete ich.

Wir starrten in den Schrank. „Was machen wir jetzt?“ fragte Lily und gähnte.

„Was können wir schon machen? Wir warten, bis er zurückkommt.“

VERWIRRT und benommen schreckte ich aus dem Schlaf hoch. Im Zimmer herrschte völliges Dunkel, und ich spürte, wie es mich zu ersticken drohte. Wo war ich?

Und dann kam es mir wieder zu Bewußtsein. Hongkong. Peninsula Hotel. Peters Zimmer. Nach und nach fielen mir die Ereignisse des vergangenen Abends wieder ein. Ich mußte eingeschlafen sein, während wir auf Peter warteten. War er mittlerweile gekommen? Wo war Lily? Ich stand auf und stolperte durch das Schlafzimmer, bis ich die Tür zum Wohnzimmer fand. Als ich sie öffnete, brandete mir gleißende Helligkeit entgegen.

„Guten Morgen, Dornröschen.“

Mir blieb das Herz stehen. Da das Sonnenlicht mich blendete, konnte ich ihn nicht sehen, aber die Stimme war unverkennbar. „Peter?“

Seine starken Arme umschlangen mich und erstickten meinen Ausruf im weichen Baumwollstoff seines Polohemds. „Willkommen in Hongkong“, flüsterte er mir ins Ohr, und sein Mund war so nah, daß sein Schnurrbart mich im Nacken kitzelte. Seine Zuneigung überwältigte mich so, daß ich für eine Sekunde alles vergaß und nur seine Nähe genoß. Während ich an seiner Schulter lehnte, wurde mein Blick allmählich wieder klar und erfaßte den herrlichen Raum. Die Vorhänge waren aufgezogen, und die vom Hafen reflektierten Sonnenstrahlen verstärkten das grelle Tageslicht.

„Ist es Morgen?" fragte ich.

„Elf Uhr zwanzig", erwiderte Peter. „Du warst völlig hinüber, als ich heute nacht zurückkam; also habe ich dich lieber schlafen lassen."

Ich richtete mich auf, um ihn anzusehen. Er sah so gut aus, wie er mich jetzt ebenso gewinnend wie schelmisch angrinste, mit seinem blonden, zerzausten Haar und seinen grauen, erwartungsvoll funkelnden Augen. Wie konnte ich nur denken, dieser Mann könnte des Ehebruchs fähig oder gar in einen Mord verwickelt sein?

„Du scheinst nicht besonders überrascht, mich hier zu sehen", sagte ich.

„Ich habe gestern zu Hause angerufen und von Mitch erfahren, daß ihr unterwegs wart, Lily und du."

Woher hatte Mitch denn gewußt, daß Lily mit mir kam? Das hatte ich ja selbst erst im Flugzeug festgestellt.

„Wenn ich nicht bei der Arbeit aufgehalten worden wäre, hätte ich euch am Flughafen abgeholt", fuhr Peter fort. „Es tut mir leid, Karen."

Warum klang er, als würde er sich für mehr entschuldigen als nur dafür, bei der Arbeit aufgehalten worden zu sein?

Ich trat zurück, merkwürdig gehemmt gegenüber meinem eigenen Mann. „Wo ist Lily?" fragte ich.

„Schläft wie eine Tote."

Ich ging an Peter vorbei ans Fenster und schaute hinaus. Unter uns, im Hongkonger Hafen, herrschte geschäftiges Treiben: vollbeladene Öltanker und Kreuzfahrtschiffe mit Flaggen aus aller Herren Länder, Schlepper, doppelstöckige Fährschiffe und schicke Luxusjachten. Und dazwischengestreut, als kämen sie aus einem früheren Jahrhundert dahergesegelt, Dutzende chinesischer Dschunken.

Auf der anderen Seite des Wassers erstreckte sich eine riesige Landmasse, bedeckt mit gewaltigen Wolkenkratzern; Hunderte, vielleicht Tausende architektonischer Wunderwerke, die eindrucksvoll in den Himmel ragten. Wie ein Regiment Soldaten belagerten sie den Küstenstreifen und drängten vom Hafen die steilen Hänge hinauf, auf deren Höhen erstaunlich saftiges Grün gedieh.

„Was du da siehst, ist die Insel Hongkong", sagte Peter, der hinter mich getreten war. „Wir sind auf Kowloon, das zum Festland gehört.

Die Volksrepublik China liegt ungefähr achtzig Kilometer hinter uns." Er umschlang mich und legte sein Kinn auf meinen Kopf.

„Was ist denn das da für ein Ding?" fragte ich und zeigte auf eine gewaltige runde Kuppel, die auf der anderen Straßenseite lag.

„Das Hongkong Space Museum", antwortete Peter.

Auf dem Tisch lag ein Fernglas. Ich nahm es und richtete es auf ein Transparent, das den Eingang zu dem Kuppelbau überspannte. „Die Entdeckung des Brennstoffs der Zukunft – Gastredner: Nobelpreisträger Dr. Leo A. Kensington", las ich laut vor. „Was ist denn da drüben los?"

„Ein Energiesymposium", erwiderte Peter. „Es ist aber schon vorbei. Und überhaupt, ich hoffe, du hast die weite Reise nicht nur gemacht, um ins Museum zu gehen." Er legte mir die Hand auf den Rücken und fuhr ganz leicht an der Wirbelsäule hoch bis zum Nacken, wo er ein Büschel Haare nahm, um mich zu einem Kuß an sich zu ziehen. Ich fühlte mich zerrissen zwischen meinem Verlangen nach Peter und der bangen Frage, was in seinem Herzen vor sich ging.

„Es gibt vieles, worüber wir reden müssen", sagte ich schnell und machte mich von ihm los.

„Könnten wir nicht mit etwas Körpersprache anfangen?"

Ich schüttelte den Kopf. „Peter, wir müssen –"

„Okay." Nach einem zarten Kuß auf meine Stirn trat er zurück. „Aber nicht hier. Laß uns woandershin gehen."

WIR GINGEN an Bord eines doppelstöckigen Fährschiffes mit Namen *Star Ferry*, um durch den Hafen zur Insel Hongkong zu fahren. Während unser Schiff das trübe Wasser durchpflügte, machte Peter mich auf die Sehenswürdigkeiten aufmerksam. Ich hörte seinen Erläuterungen zu und ließ mich vom Schaukeln der Fähre in eine vorübergehende Zufriedenheit einlullen. Mir war jedoch klar, daß wir vielleicht zum letzten Mal so nebeneinandersaßen, bevor die Wahrheit einen Keil zwischen uns trieb.

Die Fähre setzte uns an einer Anlegestelle mitten im Geschäftsviertel ab, von wo aus wir durch ein Labyrinth von überdachten Fußgängerbrücken einen Wald von Hochhäusern durchquerten. Dann bestiegen wir eine Zahnradbahn, die uns einen atemberaubenden Berghang, The Peak, hinaufzog. Er war mit üppiger, fast tropischer Vegetation bewachsen, und zwischen Farnen, Weinstöcken und Blumen verstreut standen mit Säulen verzierte Villen. Während die anderen Fahrgäste die Aussicht zu genießen schienen, hielt ich den Blick abgewandt, um die Übelkeit zu unterdrücken, eine Erinnerung an das Leben, das in meinem Bauch heranwuchs.

Auf dem Gipfel angekommen, führte Peter mich zu einem breiten Pfad. An einem Vorsprung, der den Blick über den Hafen bis nach Kowloon freigab, legten wir eine Verschnaufpause ein.

„Wir sind gleich da." Peter führte mich über ein paar Steinstufen hinauf zu einem frei stehenden Felsen. Touristen verschiedenster Nationalitäten und chinesische Einheimische standen da und blickten über den gewaltigen Felsblock hinunter auf die Stadt.

Ein alter, gebeugter Mann kam näher und bot uns seine Ware an – Räucherstäbchen, Götterbilder, bunte Windrädchen. In Grün, meiner Lieblingsfarbe, hatte er nur eins. Peter gab dem Mann ein paar Münzen und reichte es mir. „Es symbolisiert die Zukunft. Dreht es sich nach rechts, erwartet dich ein gütiges Schicksal, dreht es sich nach links, ein weniger glückliches." Noch während wir es betrachteten, erfaßte ein Windhauch die Flügel des Rädchens, und das Spielzeug wirbelte rechtsherum. Beim nächsten Luftzug änderte es die Richtung und drehte sich linksherum.

„Sieht aus, als gäbe es gute und schlechte Neuigkeiten", bemerkte ich mit gespielter Leichtigkeit.

„Laß uns reden", sagte Peter und führte mich zu einer steinernen Bank, auf die ich mich setzen sollte. Er ließ sich neben mir nieder. „Am besten fange ich ganz am Anfang an", sagte er, „damals, als ich mit Lauren befreundet war."

Kaum hatte er ihren Namen ausgesprochen, stand ich abrupt auf. „Ich kann das nicht hören", sagte ich, auf dem Sprung davonzulaufen.

Peter schüttelte den Kopf und nahm meine Hände in seine. „Bitte verurteile mich nicht, bevor ich dir alles erzählt habe", bat er inständig.

Ich setzte mich wieder hin und versuchte so zu tun, als könnte ich sein Geständnis anhören, ohne das Gefühl zu haben, daß es das Ende unserer Ehe einläutete.

„Es begann mit diesem Bild von Lauren und mir im *Life*-Magazin, einem eher zufälligen Werbefoto am Rande eines Footballspiels. Nachdem das Foto im *Life*-Magazin erschienen war, rief Laurens Pressefritze mich an: Lauren wolle, daß ich sie zu einer Premiere begleitete. Was sollte ich da sagen, ‚nein'? Jedenfalls ging ich hin, und schließlich wurden wir Freunde." Seine Stimme sank um eine Oktave. „Sogar ein Liebespaar."

Ich wollte mir schon die Ohren zuhalten, um nichts mehr zu hören, da sprach Peter weiter. „Es war nichts Ernstes. Mit ihr zusammenzusein hatte eher etwas von einem Tagtraum – schicke Autos, Filmstars, Millionäre. Ein paar Monate lang traf ich sie ziemlich regelmäßig. Eines Abends gingen wir nach der Premiere eines billigen Spionagethrillers runter an den Santa Monica Pier, um eine Runde Karussell zu fahren. Lauren setzte mich auf eins der Karussellpferde und verschwand mit der Bemerkung, sie würde die Maschine anwerfen.

Während ich eine Weile im Dunkeln dasaß, begann ich über meine Zukunft nachzudenken, die vor mir lag wie der Ozean, still und unergründbar."

Gebannt lauschte ich Peters Worten. In all den Jahren, seit ich ihn kannte, hatte er noch nie soviel geredet.

Er fuhr fort: „Plötzlich sagte eine Männerstimme: ‚Mr. Matthews.' Ich fuhr herum, und da war dieser Typ, groß, stämmig, in einem Dreiteiler.

‚Wer sind Sie?' fragte ich ihn.

‚Ich bin ein Freund von Lauren', antwortete er. ‚Sie wartet im Auto, um uns Gelegenheit zum Reden zu geben.' Er sprach mit einer geradezu tödlichen Ruhe, während ich mir vor Angst fast in die Hose machte.

‚Über was?'

‚Ihre Zukunft. Ich biete Ihnen eine Möglichkeit an, sie in den Dienst Ihres Landes zu stellen.'

‚Kommen Sie von der örtlichen Musterungskommission?'

‚Ich arbeite für den amerikanischen Geheimdienst', erwiderte er.

‚Klar tun Sie das. Und Lauren vermutlich auch.'

‚Richtig.' Er nickte.

Ich lachte. Und erwartete, daß auch er grinste, so absurd schien mir der Gedanke, Lauren Covington könnte eine CIA-Spionin sein. Doch er sah mir nur unverwandt in die Augen und erklärte ernst: ‚Sie ist das, was wir eine Spürnase nennen, jemand, der nach neuen Mitarbeitern Ausschau hält. Schauspielerin zu sein ist nur ihre Tarnung.'

Dann war Lauren wieder da, stocknüchtern und mit geheimnisvoller, wissender Miene. ‚Du würdest dich wundern, wie viele von unseren Bekannten für die Firma arbeiten', schaltete sie sich in unsere Unterredung ein."

Peter verstummte und betrachtete forschend mein Gesicht. Ich fühlte mich wie betäubt. „Erzähl weiter", drängte ich.

„Die beiden versuchten mich abwechselnd zum Einsteigen zu überreden. Völlig aus der Fassung brachte mich jedoch die Erkenntnis, daß die ganze Zeit, die ich mit Lauren verbracht hatte, nur dazu gedient hatte, mich für die CIA anzuwerben."

Peter hörte auf zu sprechen und senkte den Blick, während er darauf wartete, daß ich etwas sagte.

„Ich kenne dich seit drei Jahren. Warum sagst du mir das erst jetzt?"

„Weil ich dich zu sehr liebe, um dich weiter anzulügen. Als ich ihnen mitteilte, daß ich dich heiraten wollte, hielten sie das für eine gute Idee. Es verlieh mir eine glaubhafte Tarnung. Allerdings machten sie zur Bedingung, daß ich dir nicht erzählte, was wirklich vor sich ging. Am Anfang gaukelte ich mir vor, daß das in Ordnung war, daß ich dich schützte. Aber ich hatte nie ein gutes Gefühl dabei."

„Und hättest du mir das alles erzählt, wenn ich dir nicht hierher gefolgt wäre?"

„Ich hatte vor, nach meiner Rückkehr mit dir zu sprechen. Ich will nämlich aussteigen. Das Problem ist, daß ich meine Sache gut mache und sie mich nicht gehen lassen wollen. Aber ich habe ihnen klipp und klar gesagt, daß dies hier mein letzter Auftrag ist."

„Heißt das, du bist in Sachen CIA hier?"

Peter nickte.

„Um was geht es?"

„Das darf ich dir nicht sagen."

„Ach nein, natürlich nicht. Wie dumm von mir zu denken, du könntest mir zur Abwechslung mal die Wahrheit sagen."

„Karen, ich sage dir die Wahrheit. Ich schwöre es."

„Und woran soll ich den Unterschied erkennen?"

„Vermutlich mußt du mir einfach vertrauen."

„Siehst du denn nicht, daß ich dir vertraut habe? Ich dumme Kuh habe dir die ganze Zeit vertraut."

„Genau deswegen war ich sicher, daß ich dir jetzt diese ganze Geschichte anvertrauen konnte."

Das nahm mir den Wind aus den Segeln, aber nur für einen Augenblick. „Dann verrat mir mal, wie das alles mit dem Mord an Fernando Ferrar zusammenhängt."

Peter seufzte. „Lauren versuchte, Ferdy zu gewinnen. Sie hatte schon ein paar Monate daran gearbeitet. Und dann fand sie heraus, daß er ein Agent der Zentralen Äußeren Verbindungsabteilung war. Das ist der Auslandsnachrichtendienst des chinesischen Geheimdienstes."

„Fernando Ferrar klingt nicht besonders chinesisch."

„Ist es auch nicht. Sein richtiger Name ist Pan Shu."

„Warum wurde er umgebracht?"

Peter schüttelte den Kopf. „Wurde er nicht. Es war ein Täuschungsmanöver. Lauren hatte einen Plan, um ihn zu töten. Aber er hat sie reingelegt. Der Typ, den sie für Ferdy hielt, war nicht Ferdy. Er hatte sich abgesetzt."

Jetzt verstand ich gar nichts mehr. „Warum hat die Polizei Lauren dann zur Vernehmung geholt?"

Peter ergriff meine Hände. „Frag lieber nicht weiter nach. Es gibt da ein paar Dinge, die solltest du besser nicht wissen. Glaub mir einfach, wenn ich dir sage, daß ich nach dieser Sache hier draußen bin. Aber ein paar Tage mußt du mir noch geben. Kannst du auf mich warten? Karen, sag doch was!"

Mir schwirrte der Kopf vor lauter Dingen, die ich sagen wollte, aber irgendwie kamen nur drei Wörter heraus: „Ich bin schwanger."

AUF DER Rückfahrt mit der Fähre sprach keiner von uns ein Wort, aber Peter hielt meine Hand ganz fest.

„Sag mir, wie du dich fühlst nach allem, was ich dir erzählt habe", brach er schließlich das Schweigen.

„Erschrocken, überrumpelt, wie vor den Kopf geschlagen", gab ich zu. „Und ich weiß nicht, was ich damit anfangen soll."

Er nickte. „Mir geht es genauso mit dem, was du mir erzählt hast", sagte er. „So vieles, an das man sich erst gewöhnen muß."

„Das kannst du wohl sagen."

Erneut verfielen wir in Schweigen, während wir im Hafen die Boote um uns herum beobachteten. Die Fähre legte an, und wir standen auf, um an Land zu gehen. Ich war plötzlich sehr erschöpft. „Hast du noch Fragen?" wollte Peter wissen.

„Was ist mit deinem Job? Du verkaufst doch nicht wirklich Versicherungen?"

„Die Occidental ist eine sogenannte ‚Tarnfirma' – sie arbeitet mit echten Angestellten und einem Minimum an Geschäftstätigkeit, um funktionieren zu können. Wir verkaufen tatsächlich Versicherungen, aber die meisten Verträge schließen wir mit Phantomfirmen ab."

„Das macht natürlich alles sonnenklar!" Ich versuchte, meine Hand aus Peters Griff zu winden, der daraufhin noch fester wurde.

„Karen, du liebst mich doch, nicht wahr?"

„Wie kann ich dir noch vertrauen, wenn du zugibst, daß du mich buchstäblich vom Tag unserer Begegnung an belogen hast?"

„Ist es wirklich das? Oder ist es das Spionageding, das dich stört?"

„Beides! Es macht mich nicht gerade glücklich, dich in einer schurkischen Unterwelt zu wissen..."

„Es ist keine schurkische Unterwelt. Diese Welt ist absolut real. Du bist nur nicht mit ihr vertraut."

„Manche Dinge, in die die CIA verwickelt war, sind grauenvoll."

„Dasselbe gilt für den Krieg. Was ich für mein Land tue, ist lediglich eine Variante dessen, was ein Marineinfanterist oder ein Luftwaffenpilot tut. Ich gebe zu, es ist ein Nervenkitzel. Ich muß mir jederzeit darüber im klaren sein, wer ich bin, wo ich bin, und was ich tue. Der Erfolg kann von etwas so Heiklem wie einem Wetterwechsel oder einem geflüsterten Satz, den man zufällig aufschnappt, abhängen."

„Wenn du das alles so liebst, warum willst du es dann aufgeben?" fragte ich aufgebracht.

„Weil ich dich noch mehr liebe. Glaub mir, Karen."

Ich schüttelte den Kopf. „Ich weiß nicht, was ich glauben soll."

„Eine Suite in diesem Hotel zu bewohnen ist vermutlich auch ein Teil eines großangelegten Spionageplans", stichelte ich, als wir im Peninsula in den Aufzug stiegen.

„Genau wie in einem James-Bond-Film", erwiderte Peter und lachte betont heiter. Da wurde mir erst bewußt, daß das Pärchen, das mit im Aufzug fuhr, uns zuhörte. Ich schwieg, bis die beiden im dritten Stock ausstiegen.

„Du wirst mir nicht verraten, was los ist, oder?"

„Werd ich nicht."

„Bist du in Gefahr?"

Er drückte meine Hand. „Nicht, solange meine Identität geheim bleibt." Sein Blick war ebenso liebevoll wie besorgt. „Was ich dir heute erzählt habe, muß unbedingt unter uns bleiben. Du darfst nicht darüber sprechen. Mit niemandem."

„Nicht einmal mit Lily?"

„Nein", antwortete Peter. „Ich hätte es nicht einmal dir sagen dürfen." Wieder drückte er meine Hand.

„Werden sie dich aussteigen lassen? Einfach so?" fragte ich, als wir aus dem Lift traten.

Peter lächelte nachsichtig. „Wir sprechen von der CIA, nicht von der Mafia. Ich bin im öffentlichen Dienst, wie ein Briefträger."

„Warum konntest du denn nicht einen solchen Job machen?"

Der beruhigende Duft von Speck, Eiern und Kaffee schlug mir entgegen, noch bevor wir die Suite betreten hatten. Tatsächlich verspeiste Lily gerade ein Omelett von der Größe eines Fußballs. An ihrem Wasserglas lehnte ein Buch, und in der Hand hielt sie das Fernglas, das ich am Abend zuvor in Peters Kleiderschrank gefunden hatte. „Hi, Fans, wo wart ihr? Ich habe ein bißchen was zu essen bestellt, falls ihr noch nicht gefrühstückt habt.“ Sie lüftete zwei der silbernen Hauben. „Asiatische und amerikanische Küche, bedient euch. Sie haben die besten Buchweizennudeln, die ich je probiert habe.“

„Nein, danke“, erwiderte ich und spürte, wie mein Magen beim Anblick der braunen Nudeln rebellierte. Heißhunger hatte ich dagegen auf die Frühstücksflocken mit Bananenscheiben.

Peter seufzte und schüttelte den Kopf. „Ich muß zuerst ein paar Anrufe machen.“ Damit steuerte er aufs Schlafzimmer zu.

„Oh, ich habe vergessen, es dir zu sagen“, meldete Lily sich zu Wort. „Es hat jemand für dich angerufen, eine Frau namens Cao. Sie wollte so bald wie möglich zurückgerufen werden.“

„Danke“, sagte Peter und schloß die Schlafzimmertür hinter sich.

„Wie hat er die Nachricht aufgenommen?“ fragte Lily.

„Er war begeistert, das kannst du dir ja vorstellen!“

„Und was hat er über Lauren gesagt?“

„Können wir das Thema nicht einfach fallenlassen?“

„Können wir. Ich bin schon ganz still“, willigte sie ein und wandte sich wieder ihrem Frühstück, ihrem Buch und dem Fernglas zu.

Ich nahm die Zeitung, die mit Lilys Festschmaus gekommen war, und verschanzte mich dahinter. Meine Gedanken drehten sich im Kreis. Wenn Peter wirklich ein Spion war, um welche Art Spionage ging es dabei? Schmuggelte er Geheimnisse aus kommunistischen Ländern hinaus? Beschattete er Regierungschefs oder international gesuchte Kriminelle? War er ein bezahlter Killer?

Ich dachte an die Pistole im Handschuhfach seines Jeeps. Auf gar keinen Fall! Nicht Peter. Er hatte gesagt, er habe nie damit geschossen. Andererseits hatte er auch gesagt, er sei Versicherungsagent, und das war eine Lüge. Wenn er nun nach Hongkong geschickt worden war, um jemanden umzubringen? Konnte ich einen Mann lieben, der seinen Lebensunterhalt mit Mord verdiente?

In diesem Moment ging die Schlafzimmertür auf, Peter kam heraus, seine grüne Wildlederjacke schon halb übergestreift.

„Ich muß mich da um eine Sache kümmern“, sagte Peter ruhig. „Wartet lieber nicht auf mich.“ Dann tat er etwas Unerwartetes. Er kniete sich neben mir hin und küßte mich direkt auf den Bauch, ungefähr da, wo der Beweis unserer Liebe sich gerade von einem Zellklumpen in einen Menschen verwandelte. Dann richtete er sich auf und küßte mich zärtlich auf den Mund. „Ich liebe dich", sagte er und fügte, während er seine Hand auf meinen Bauch legte, hinzu: „euch beide."

Mir stiegen die Tränen in die Augen. „Wir lieben dich auch." Ich zog das kleine grüne Windrädchen, das er mir am Felsen über der Stadt gekauft hatte, hervor und steckte es ihm in die Tasche. „Hier, gib acht, daß es sich immer rechtsherum dreht."

Er drückte meine Hand, und dann war er fort.

„Und wo wollen wir heute zu Abend essen?" fragte Lily, kaum, daß die Tür sich hinter Peter geschlossen hatte. Wenn das kein eindimensionales Denken war...

6

Zwei Stunden später befanden wir uns auf der Gangway der *Dragonlady,* eines breiten Touristenschiffs, das Dinnerkreuzfahrten in den Hafen von Aberdeen anbot. Zu behaupten, ich hätte diesem Ausflug skeptisch gegenübergestanden, wäre untertrieben gewesen. Es war ja schon gewagt, in meinem derzeitigen Zustand überhaupt etwas zu essen; daß es aber auch noch chinesisches Essen von fragwürdiger Qualität auf einem fahrenden Schiff sein mußte, grenzte an Verrücktheit. Doch Lily freute sich so darauf, daß ich das Gefühl hatte, ich dürfe zumindest keine Spielverderberin sein. Auf jeden Fall würde es helfen, die Zeit totzuschlagen, bis Peter zurückkam.

Die Gangway war steil und schwankte bedenklich, als wir an Bord gingen. Wir wurden in die Hauptkabine auf dem Ersteklassedeck geschoben. Hier drängten sich in langen Reihen schmale Tische voller Einkerbungen und Macken, dasselbe galt für Besteck, Porzellan und Gläser.

Die Kellnerin knallte den ersten übelriechenden Gang vor uns auf den Tisch. „Manche Zutaten in diesen Gerichten sehen so aus, als gehörten sie zu keiner der vier Nahrungsmittelgruppen", murmelte Lily. Dann bohrte sie mit einem Stäbchen in einem schwabbeligen Klumpen herum. „Ich habe keinen blassen Schimmer, wie man das hier nennt."

Beide sahen wir zu, wie die Gäste um uns herum sich auf ihr Essen stürzten, beflügelt von der Begeisterung hungriger Touristen, die alles gegessen hätten, was man ihnen vorsetzte.

„Ich gehe mal etwas Luft schnappen", sagte ich hastig.

Es war eine Wohltat, aufzustehen und den Tisch zu verlassen. An

Deck war die Luft frisch und der Blick vom Wasser aus auf die Insel Hongkong jetzt, bei Einbruch der Dunkelheit, einfach überwältigend. Obwohl man schon den siebten Januar schrieb, hätte man meinen können, Weihnachten stünde noch bevor. Die Gebäude, die dicht gedrängt am Ufer standen, präsentierten sich in prächtiger Festbeleuchtung.

Ich wandte mich um, um aufs Festland zurückzuschauen, und da sah ich ihn, einen kleinen, untersetzten Mann, der wie ein Geist im Schatten der Kabine stand und mich beobachtete. Vor allem seine Kopfbedeckung fiel mir ins Auge, eine schwarze Strickmütze mit einer Bommel obendrauf. Als er merkte, daß ich ihn ansah, duckte er sich und verschwand. Ich lehnte mich an die Reling, genoß die salzige Luft auf meinem Gesicht und ließ mich von dem sanften Schaukeln einlullen. Langsam tuckerten wir dahin, vorbei an allen nur erdenklichen Wasserfahrzeugen.

Lily tauchte plötzlich neben mir auf, und wir standen einfach da und ließen das alles auf uns wirken.

„Wie war das Abendessen?" fragte ich.

„Die letzten sieben Gänge lasse ich aus", antwortete sie. „Vielleicht ist Hongkong am Ende gut für meine Diät."

Sie wühlte in ihrer Handtasche und zog das Fernglas, das ich im Hotelzimmer gefunden hatte, heraus. „Das hier ist ein Infrarotfernglas", erklärte sie mir. „Es funktioniert sogar in der Dunkelheit. Warum hat Peter bloß –"

„Frag mich nicht", schnitt ich ihr das Wort ab.

Gemeinsam starrten wir ehrfürchtig auf den Hafen von Aberdeen. Tausend oder mehr Dschunken waren in Reihen an der Küste entlang vertäut. Wie alles, was ich bisher in Hongkong gesehen hatte, lagen sie eng zusammengedrängt da. Jede Dschunke war eine eigenständige Behausung. An den hölzernen Spieren flatterte Wäsche. Elektrisches Licht gab es in dieser schwimmenden Siedlung nicht. Kerosinlampen, kleine Feuer und der aufgehende Mond sorgten für Beleuchtung. Dünne Rauchschwaden hingen über den Decks vieler Dschunken; sirrende Musik und der abgehackte Tonfall des Kantonesischen, sowohl gesprochen als auch gesungen, schwängerten die Luft.

Um die Reihe vertäuter Wohnboote und zwischen ihnen hindurch sausten flache Sampans; ihre Besitzer waren die Hausierer von Aberdeen, die Gemüse, Töpfe und Pfannen, Werkzeug und alle möglichen Haushaltsgegenstände feilboten.

Ein Sampan tänzelte gleich neben der *Dragonlady*, und eine alte

Frau mit einem Kulihut hielt sich an einer Strickleiter fest, die von unserem Deck herunterbaumelte. Mit ihrer schwieligen Hand und einem zahnlosen Lächeln winkte sie uns zu. „Kommen, kommen", bettelte sie. „Sehl billig."

Ich schüttelte den Kopf und versuchte, sie zu ignorieren. Über unseren Köpfen zerriß ein berstender Lichtschein die Dunkelheit und ließ einen Funkenregen auf uns niederprasseln. Ein Feuerwerk. Lily schaute durch das Fernglas. „Auf der Dschunke da drüben. Du wirst es nicht glauben. Da ist ein Typ, der sieht genauso aus wie Peter."

„Unmöglich", sagte ich und nahm ihr das Fernglas weg. „Wo?"

Lily stellte mich so hin, daß ich eine einzelne Dschunke vor mir hatte, eine der wenigen, die nicht mit den anderen vertäut war. Mit dem Spezialfernglas konnte ich sie trotz der Dunkelheit ganz genau erkennen. Auf ihrem Vorderdeck hockte ein Kleinkind in einem Bottich, während eine ältere Frau das Mädchen mit Wasser benetzte. Neben den beiden waren Vater und Sohn damit beschäftigt, Netze zu flicken.

„Ich sehe ihn nicht", sagte ich zu Lily.

Sie riß mir das Fernglas aus der Hand und suchte die Hafenszene ab, bis sie fand, wonach sie gesucht hatte. Dann zerrte sie mich in die entsprechende Position.

Auf dem Achterdeck derselben Dschunke standen zwei Männer an einem kleinen Feuer. Einer von ihnen trug eine grüne Wildlederjacke. Ich richtete das Fernglas auf sein Gesicht. Es war Peter!

„Schau mal da!" Lily deutete mit dem Finger darauf.

Ein schnittiges Boot raste auf die Dschunke zu, sein flacher Boden klatschte heftig gegen das Wasser, während sein Rumpf die Wellen zerteilte. Am Steuer standen zwei Männer, deren Haare im Fahrtwind wehten. Einer von ihnen hatte eine Maschinenpistole im Arm. „Großer Gott! Der Typ hat ja eine Uzi!"

„Laß mal sehen!" Lily versuchte, nach dem Fernglas zu greifen, aber ich riß es weg und richtete es wieder auf die Dschunke, gerade rechtzeitig, um zu sehen, wie Peter und der andere Mann sich duckend außer Sichtweite brachten.

Das herannahende Boot stellte seinen Motor ab und trieb auf die Dschunke zu. Als über uns eine weitere Serie von Feuerwerkskörpern explodierte, sah ich die beiden Boote unmittelbar nebeneinander. Plötzlich zerriß Maschinenpistolenfeuer die Luft, dann raste drüben das Motorboot mit den beiden Männern davon. Die Dschunke schaukelte in seinem Kielwasser, aber an Bord bewegte sich nichts. Bevor mir klar war, was ich tat, kletterte ich mit ungelenken Bewegungen die Strickleiter hinunter und hing am Ende über dem Sampan in der Luft. Auf mein Glück vertrauend, löste ich die Hand vom Seil, ließ mich das letzte Stück fallen und landete mit einem Aufprall, der das flache Boot ins Wanken brachte.

„Fahren Sie mich dorthin?“ Ich deutete auf die Dschunke. „Schnell!“

„Du bist verrückt!“ schrie Lily.

Der Meinung war die alte Frau offensichtlich nicht. Sie lächelte mich an und rieb zwei Finger aneinander, die weltweit verstandene Geste dafür, daß erst eine Bezahlung fällig ist. Ich zog ein paar Geldscheine aus der Tasche, ohne auf ihren Wert zu achten, und bot sie ihr an.

„Karen, das kannst du doch nicht machen!“ brüllte Lily.

„Ich muß!“ rief ich zurück. Der alte Außenborder sprang stotternd an, und im selben Augenblick schwang Lily ihren Körper über die Reling und landete halb kletternd, halb fallend in dem Sampan.

„Also, allein kannst du nicht fahren“, erklärte sie, während sie sich die Kleider ausklopfte.

Wie in Zeitlupe bewegten wir uns auf die Dschunke zu. Es war totenstill an Bord, kein Lebenszeichen weit und breit. Endlich stieß der Sampan gegen ihre rauhe hölzerne Bordwand. Ich entdeckte Holzleisten, die waagerecht zum Rumpf festgenagelt waren. Augenscheinlich war das der Weg an Bord.

„Warte hier“, sagte ich zu Lily, „damit sich die Alte nicht aus dem Staub macht.“ Lily nickte verunsichert.

Ohne die Splitter an dem verwitterten hölzernen Schiffsrumpf zu beachten, begann ich hinaufzusteigen. Oben angekommen, hievte ich mich über die Reling und schaute mich um. Das Deck war verlassen.

Ich nahm eine Kerosinlampe von einem Haken an der Kajütenwand. In ihrem schwachen Licht konnte ich Spuren der kurzen Gewehrsalve erkennen – abgesplittertes Holz und, zu meinem Entsetzen, einen dunklen, feuchten Fleck – Blut!

Mit vorsichtigen Schritten folgte ich einer schauerlichen Spur in die Kajüte, bis ich stolperte und über etwas fiel, was mir den Weg versperrte. Ich schrie auf und rappelte mich hoch. Doch als ich sah, was es war, schrie ich wieder, diesmal vor Grauen.

Es war ein Leichnam.

„Karen? O mein Gott! Ist alles in Ordnung?“ rief Lily aus dem Sampan.

Ich konnte nicht antworten. Das Gefühl, über eine Leiche zu

stolpern, war schon schrecklich genug, aber der Gedanke, daß es durchaus Peter sein konnte, lähmte mich geradezu.

Plötzlich wurde mir bewußt, daß der Tote und ich nicht allein waren. Ich wagte es, einen verstohlenen Blick zur Seite zu werfen, und da entdeckte ich sie: den Mann und den Jungen, das kleine Mädchen und seine Mutter, alle mit vor Angst geweiteten Augen in der Ecke zusammengedrängt.

Ein lauter Aufprall auf Deck lenkte meine Aufmerksamkeit ab. „Karen? Um Himmels willen, wo bist du?“ rief Lily.

„Hier drin“, gab ich zurück. „Komm aber lieber nicht herein.“

Ohne auf meine Warnung zu hören, platzte sie in die Kajüte und stolperte, genau wie ich, über die Leiche. Ich hatte instinktiv die Hand ausgestreckt, um ihren Fall zu bremsen, dabei fiel das Licht ohne mein Zutun auf Lily und das Gesicht des Mannes, auf dem sie lag. Zu meiner Erleichterung erkannte ich, daß der Tote eindeutig asiatischer Herkunft war.

„Ist mit dir alles in Ordnung?“ fragte ich Lily.

„Hm, ich glaube schon“, murmelte sie, während sie sich auf dem Rumpf des Mannes abstützte und versuchte, sich zurechtzufinden. Offensichtlich hatte sie noch nicht erkannt, welcher Art das weiche Kissen war, an das sie sich da anlehnte. „Flipp nicht aus“, warnte ich sie, „aber du liegst auf einem Körper.“

„Großer Gott!“ schrie sie und war im nächsten Augenblick bei mir.

„Keine Angst, er ist tot.“

„Meinst du vielleicht, das beruhigt mich?“

„Ich will damit sagen, er kann dir nichts tun.“

„Wer, er?“ fragte sie und drängte sich hinter mich.

„Ich weiß es nicht.“ Ich hielt die Laterne über das Gesicht, so daß ich es mir näher anschauen konnte. Zwei Dinge fielen mir an dem Mann auf: sein dichtes schwarzes Haar, das jetzt mit Blut verklebt war, und seine Hornbrille, die von einem mehrfach um den Steg gewickelten Klebstreifen zusammengehalten wurde.

„Es hätte Peter gewesen sein können“, bemerkte Lily. Nach einem Blick in mein Gesicht fügte sie jedoch hinzu: „Aber der Typ, den wir gesehen haben, war wahrscheinlich sowieso nicht Peter.“

„Stimmt“, pflichtete ich ihr bei. Doch ich wußte, daß Peter auf der Dschunke gewesen war, denn als ich den kleinen Jungen zusammengekauert hinter uns in der Ecke entdeckt hatte, war mir aufgefallen, daß er das hellgrüne Windrädchen, das Peter mir am Vormittag gekauft hatte, fest an sich preßte.

ALS WIR ins Hotel zurückkehrten, gab es weder eine Nachricht von Peter noch irgendein Lebenszeichen von ihm im Zimmer. Die Suite war tadellos aufgeräumt, die Vorhänge für die Nacht zugezogen. Dieser Anblick beruhigte mich. Sobald Peter zurückkam, würde er mir erklären, was auf dem Boot passiert war, und alles würde genauso stimmig sein wie dieses friedliche Zimmer.

Der Türsummer ertönte. Lily ging zur Tür und öffnete. Sie kam in Begleitung einer attraktiven Chinesin, die ungefähr in meinem Alter war, zurück. Sie war ausgesprochen elegant, mit glattem, schulterlangem Haar und einer gertenschlanken Mannequinfigur. Sie folgte Lily zum Sofa und setzte sich auf dessen Kante.

„Karen", sagte Lily in einem aufgesetzt förmlichen Ton, „das ist Cao. Sie hat vorhin für Peter angerufen. Ich habe es dir erzählt, erinnerst du dich?"

„Ach ja, natürlich. Nett, Sie kennenzulernen." Ich hievte mich von der Couch hoch, um der Frau die Hand zu geben.

„Ich bin sehr erfreut, Sie kennenzulernen, Mrs. Matthews. Ich bin eine der hiesigen Repräsentanten der Firma Ihres Mannes." Ich erstarrte. Hieß das, sie gehörte auch zur CIA? „Ich habe auf dieser Reise mit Ihrem Mann zusammengearbeitet", fuhr sie fort. Ihr Englisch war perfekt, mit einem Hauch von Akzent, der es exotisch wirken ließ. „Es tut mir leid, daß ich Sie so spät noch störe." Diskret schaute sie sich im Zimmer um. „Ich hatte gehofft, Peter hier anzutreffen."

„Er ist noch nicht zurück", entgegnete ich.

Cao runzelte die Stirn. „Eigentlich wollte er sich heute abend mit mir treffen. Ich habe seit sieben Uhr im Büro auf ihn gewartet. Vielleicht hat er mich mißverstanden, oder ich ihn", fügte sie rasch hinzu. „Sie haben keine Ahnung, wohin er gegangen ist?"

Ich sah Lily an. Sollten wir dieser Fremden erzählen, was wir gesehen hatten? Es war unmöglich herauszufinden, welcher Art ihre Beziehung zu Peter war. Falls er sich aber in Schwierigkeiten befand, würden wir Hilfe brauchen. „Um die Wahrheit zu sagen..."

Gespannt lauschte Cao meiner Geschichte. Als ich an die Stelle kam, wo ich über die Leiche gestolpert war, senkte sie taktvoll den Blick, um ihn erst wieder zu heben, als ich mit meinem Bericht fertig war.

„Das beunruhigt mich sehr", sagte sie in ernstem Ton, „aber es überrascht mich nicht. Ihr Peter ist sich seiner selbst ganz sicher. Manchmal hört er nicht auf zu fragen, wenn er das Risiko, das er eingeht, durch den möglichen Gewinn gerechtfertigt sieht."

„Was für ein Risiko und was für einen Gewinn?“ wollte ich wissen.

Sie sah mich durchdringend an. „Mrs. Matthews, kann ich offen sprechen? Dies ist eine Sache von äußerster Dringlichkeit.“

Der Knoten in meinem Magen zog sich fester zusammen. „Natürlich“, antwortete ich.

„Wenn Mrs. Pullen uns entschuldigen würde…“

„Was immer Sie mir zu sagen haben, können Sie auch vor Lily sagen“, gab ich in entschiedenem Ton zurück.

Cao schaute von mir zu Lily und wieder zu mir. „Also gut. Ich nehme an, Sie wissen von Peters Zugehörigkeit zur CIA.“ Aus ihrem Mund klang es wie eine Feststellung. Was blieb mir anderes übrig, als zu nicken?

Lily war nicht so zurückhaltend. „Sie machen wohl Witze?“ Ihr Blick wanderte von mir zu Cao und wieder zurück. „Nein, machen Sie nicht! Karen, Peter ist CIA-Agent, und du hast mir nie etwas davon gesagt?“

Mit einem Blick gab ich Lily zu verstehen, daß sie den Mund halten solle. „Sind Sie auch bei der CIA?“ fragte ich Cao.

„Ich arbeite für Ihre Regierung, ja, aber in einer anderen Funktion als Peter“, erwiderte sie ausweichend. „Hat er Ihnen gesagt, warum er nach Hongkong gekommen ist?“ Ich schüttelte den Kopf.

„Sein Auftrag besteht darin, wissenschaftliche Daten, die vor einigen Jahren in die Hände der Chinesen gelangten, ausfindig zu machen und zurückzuholen. Durch einen Informanten in China konnten wir die Spur der Daten bis nach Fuchow in der Provinz Fujian verfolgen. Der Plan sah vor, daß Peter dorthin fahren und sie in seinen Besitz bringen sollte. Wegen des heiklen Charakters dieser Operation sollte er als Einzelagent eingesetzt werden. Mit anderen Worten, er sollte völlig auf sich gestellt arbeiten.“

Cao stand auf, ging zum Fenster und schaute hinaus auf den Hafen. „Er sollte nachts, genauer gesagt, heute nacht mit einer Dschunke fahren, um nicht entdeckt zu werden.“

Ihre Worte klangen unheilvoll in meinem Kopf nach. Peter würde also heute nacht nicht ins Hotel zurückkommen, hatte es auch gar nicht vorgehabt.

Cao fuhr fort: „Heute nachmittag erhielt ich ein Eilkommuniqué von unserem Informanten in Fuchow. Darin hieß es, die Nachricht von unserem Vorhaben sei durchgesickert und die ganze Operation gefährdet. Sehen Sie, es gibt Leute, die wollen, daß diese Daten in China bleiben. Als Peter am späten Nachmittag anrief, deutete ich an, daß Schwierigkeiten aufgetaucht sind, und er willigte ein, sich heute abend mit mir zu treffen, um darüber zu sprechen. Aber er ist nicht gekommen. Jetzt, nach allem, was Sie mir erzählt haben, weiß ich, warum, Mrs. Matthews." Sie setzte sich neben mich auf die Couch und sah mir in die Augen. „Karen, wenn Peter den Plan durchführt, ist er ganz bestimmt in großer Gefahr."

„Diese anderen Leute, die die Daten haben wollen, was werden die Peter tun, wenn sie ihn erwischen?"

„Sie haben heute abend in Aberdeen einen Mann gesehen, der deswegen erschossen wurde." Sie senkte den Kopf. „Es gibt noch viele scheußliche Arten zu sterben."

Ich hustete und japste: „Ich brauche einen Schluck Wasser."

Völlig durcheinander ging ich ins Schlafzimmer, schloß die Tür und setzte mich aufs Bett. Vermutlich schwebte Peter in Lebensgefahr, und ich hatte keine Ahnung, wo er steckte.

Als ich den Barkühlschrank öffnete, um eine Flasche Wasser herauszunehmen, starrte mich ein gefalteter Hotelbriefbogen mit einem chinesischen Schriftzeichen vorn drauf an. Ich faltete ihn auseinander und las:

> Liebe Karen,
> das ist REN, das chinesische Schriftzeichen für „Menschen". Wie Du siehst, besteht es aus zwei schrägen Strichen, die sich gegenseitig stützen. Nimmt man einen davon weg, fällt der andere um. Ich brauche Dich. Ich muß in die Volksrepublik China gehen, um zu Ende zu bringen, was ich begonnen habe. Aber ich komme zurück. Warte auf mich. Ich liebe Dich.
>
> P.

Ich ging ins Wohnzimmer zurück. Cao sah mich erwartungsvoll an. „Wenn Peter in Gefahr ist, warum greift dann die CIA nicht ein?" fragte ich sie. „Schließlich handelt er in ihrem Auftrag!"

Cao senkte den Blick. „Es gibt ein Sprichwort: ‚Wenn die Auster und der Reiher kämpfen, freut sich der Fischer.' Und der ist in diesem Fall die CIA."

„Karen, ich finde, wir sollten uns an irgend jemanden wenden; die amerikanische Botschaft vielleicht", warf Lily ein.

Cao schüttelte den Kopf. „Ich fürchte, sie würden leugnen, je von ihm gehört zu haben. Und im übrigen könnten sie sowieso nichts tun. Sobald er die Grenze nach China überschreitet, haben westliche Gesetze und Sitten keine Gültigkeit mehr."

„Es muß doch Mittel und Wege geben, um ihn zu warnen.“ Lilys Blick wanderte von Cao zu mir.

„Das meine ich auch“, sagte Cao ernst. „Verstehen Sie mich bitte richtig, ich würde selbst nach Fuchow fahren, aber ich kann nicht nach China zurückkehren. Ich habe meine Heimat auf eher unrühmliche Weise verlassen.“ Darauf ging sie allerdings nicht näher ein.

„Gibt es sonst jemanden, der fahren könnte?“ fragte Lily.

„Es müßte jemand sein, der die Grenze passieren und durch China reisen könnte, ohne besonderen Verdacht zu erregen. Das war ja auch der Grund, warum Peter uns zunächst zugeteilt worden war: in China kannte ihn niemand.“ Cao seufzte. „Wie es scheint, ist das nun nicht mehr der Fall.“

„Wie schwierig ist es heutzutage für einen amerikanischen Touristen, nach China hineinzukommen?“ fragte ich vorsichtig.

Cao hob den Kopf. „Früher gab es zahlreiche Einschränkungen für den Tourismus, aber heute braucht man nur noch ein Visum, das ist eine Sache von wenigen Stunden.“

Lily hatte meine Gedanken erraten. „Du willst selbst gehen? Findest du das nicht ein bißchen gefährlich?“

„Ich bin derselben Meinung wie Lily“, sagte Cao mit fester Stimme. „Es wäre tollkühn von Ihnen, sich darauf einzulassen. Sie haben keine Erfahrung in solchen Dingen.“

„Aber Sie haben gerade selbst gesagt, es müßte jemand sein, der keinen Verdacht erregt. Bei mir würde niemand argwöhnisch werden.“

„Wenn die hinter Peter her sind, werden sie wissen, daß Sie Peters Frau sind.“

„Nicht, wenn er den Namen P. Linden benutzt“, erinnerte ich sie. „Tut er das?“

Sie nickte zögernd.

„Gut, in meinem Ausweis steht Karen Matthews.“

Cao schwieg.

„Schauen Sie, jemand muß Peter warnen. Warum nicht ich? Ich kann nicht einfach hier sitzen und Däumchen drehen, wohl wissend, daß das Leben meines Mannes in Gefahr ist.“

„In China gibt es eine Milliarde Menschen“, gab Lily zu bedenken. „Wie um alles in der Welt willst du ihn da finden?“

Ich sah Cao an. „Wenn er sich an unseren Plan hält, dürfte es kein so großes Problem sein, ihn zu finden“, räumte sie ein. „Eine Tante und ein Onkel von mir leben in einem Weiler bei Fuchow, und ihr

Haus sollte Peter als Stützpunkt dienen. Es dürfte nicht weiter schwierig sein, ihn dort zu treffen und zu warnen, es sei denn ..." Ihre Stimme erstarb.

„Es sei denn, was?"

„Es sei denn, es wäre bereits zu spät."

Fuchow, China

Sonntag, 8. Januar 1986

Chun Sok Lees Hahn schlägt Alarm, als ein Auto die holprige Straße zu den zwei Hütten heraufjagt. In dieser Gegend sind motorisierte Fahrzeuge jeglicher Art selten, und Chun, der um diese Zeit des Tages seine Hühner füttert, erkennt das hier sofort. Es gehört Chuns Arbeitgeber Wo Fat, dem Besitzer der Aalfarm und Drachenkopf der T'ung-Yu-Triade.

Chun kauert sich ins Dunkel des Hühnerstalls und beobachtet durch einen Riß in der Lehmwand, wie zwei von Wo Fats wuchtigen Bodyguards aus der Limousine aussteigen. Sein Herz rast. Kommen sie seinetwegen? Einen Fluchtweg gibt es nicht; Chun kann nur warten und um Gnade beten.

Aber die beiden Schlägertypen schlendern gemächlich auf Wan Los Seite des Hofes zu. Ohne Vorwarnung tritt der eine gegen die dünne Holztür, die aus ihren Angeln bricht. Chun kann einen Ausdruck der Überraschung auf Wan Los Gesicht erkennen, als dieser sich von seinen wissenschaftlichen Geräten ab- und den Eindringlingen zuwendet.

Einer der Kerle drückt Wan Lo an die Wand, während der andere den Raum auf den Kopf stellt. Vergebens! Chun hat zuvor beobachtet, wie Wan Lo den schwarzen Kasten am Fuß des Glyzinienbaumes vergraben hat.

Wenige Augenblicke später kommen die Bodyguards aus der Hütte und zerren Wan Lo zu ihrem Auto. Zum Zeichen seines Widerstands wirft Wan Lo trotzig den Kopf in den Nacken, und dabei fällt seine geliebte Trojan-Mütze zu Boden.

Chun sieht zu, wie der Wagen in einer Staubwolke verschwindet. Er ist erleichtert, denn offenbar hat Wan Lo bisher nicht verraten, wo der schwarze Kasten versteckt ist. Chun muß ihn aber schnell an einen sicheren Platz bringen, für den Fall, daß Wo Fats Männer zurückkommen. Draußen auf dem Hof bückt er sich, um die Kappe aufzuheben, und setzt sie sich auf den Kopf. Paßt genau!

Als er später seine Schicht in der Aalfarm antritt, trägt er die Kappe immer noch. Wan Lo ist nicht an seinem gewohnten Platz in der Reihe, aber die Arbeit geht weiter, als hätte der alte Mann nie existiert.

Nicht lange, da sieht er die beiden Schläger auf sich zukommen. Das überrascht ihn nicht. In unterwürfiger Haltung läßt er sich von ihnen durch die Aalfarm zu der Treppe führen, über die man Wo Fats Büro erreicht.

Chun steht ein weiteres Mal vor dem weißgedeckten Tisch in Wo Fats Privatbüro. Der wuchtige Mann beachtet ihn gar nicht; Liu hingegen grüßt lächelnd.

„Du hast richtig gehandelt, Bruder Chun, als du uns von der Existenz dieser magischen Erfindung berichtet hast", setzt Liu mit ruhiger, tiefer Stimme an. „Es hat sich aber herausgestellt, daß man dich mit der Theorie, sie befinde sich in Hongkong, hereingelegt hat. Dadurch ist viel Zeit verlorengegangen. Wir wissen, daß die Erfindung hier in Fuchow ist. Der alte Mann hat sie versteckt, kann uns aber bedauerlicherweise nicht mehr sagen, wo."

Chun sagt nichts.

„Du mußt wissen, wo sie ist, sonst wärst du doch erst gar nicht zu uns gekommen, hab ich recht?"

„Aber –"

„Wir haben wenig Zeit", drängt Liu. „Die kapitalistischen Spürhunde aus dem Westen haben Wind davon bekommen und sind in dieser Minute auf dem Weg nach Fuchow."

7

Wie überall in Hongkong wimmelte es auch am Bahnhof der Kowloon-Kanton-Eisenbahn von Menschen. Außer den Touristen gab es Horden von Chinesen, die ihre gesamten irdischen Besitztümer in riesigen Weidenkörben und Einkaufstaschen mit sich herumschleppten.

Lily hatte sich bereit erklärt, mich zu begleiten. Ich hatte die ganze Zeit gewußt, daß sie mitkommen würde, denn sie haßte es, von einem Abenteuer ausgeschlossen zu sein, und außerdem bot das chinesische Festland ihr eine ganz neue Welt kulinarischer Erfahrungen.

Ich hatte angenommen, wir flögen nach Fuchow, aber das einzige Flugzeug, das täglich verkehrte, war für die nächsten vier Tage ausgebucht. Also waren wir hier am Bahnhof gelandet, obwohl uns eine ungefähr achtzehnstündige Fahrt bevorstand.

Cao hatte für uns die zwei letzten Plätze in einer Maschine von Fuchow nach Hongkong am Abend des elften Januar gebucht. „Das ist der Tag vor dem chinesischen Neujahrsfest", erklärte sie uns. „Vor diesem Feiertag ist alles geschlossen, und sämtliche Flüge und Züge werden ausgebucht sein. Wenn Sie diesen Zug verpassen, werden Sie eine ganze Weile festsitzen."

Zwischen uns standen ein Koffer und Lilys gewaltige Einkaufstasche.

Das höhlenartige Gebäude des Bahnhofs hatte etwas von einem Marktplatz mit seinen kleinen Geschäften, in denen man vom T-Shirt bis hin zum Schmuck alles kaufen konnte. Lily blieb an einem Karren stehen, auf dem Rolex-Uhren als „Sonderangebote!!" zu haben waren, und verhandelte mit dem Verkäufer.

„Seht euch das mal an!" krähte sie kurz darauf und streckte uns triumphierend ihr Handgelenk entgegen, an dem eine Rolex-Uhr prangte. „Nur dreihundert Hongkong-Dollar", freute sie sich. „Was für ein Geschäft! Zu Hause hätte ich zwanzigmal soviel bezahlt!"

„Stimmt, aber für eine *echte* Rolex!" gab ich zurück.

„Diese hier ist echt. Schau doch, sie hat sogar die kleine Kontrollnummer auf der Rückseite."

Bestätigung heischend schaute sie Cao an, aber die schüttelte den Kopf. „Karen hat recht. Es ist höchst unwahrscheinlich, daß sie echt ist. Aber betrachten Sie es doch einfach von der Seite, daß Sie all Ihre Freunde täuschen können. Nur Sie wissen, daß sie nicht echt ist."

Auf dem Weg zum Bahnsteig reichte Cao mir einen Umschlag. „Ich habe meiner Tante und meinem Onkel einen Brief geschrieben, in dem ich ihnen erkläre, wer Sie sind."

„Haben Sie sie nicht angerufen?" fragte Lily.

„Sie haben kein Telefon. Außerhalb der Städte haben in China nur wenige eins. Auf dem Land leben die Bauern weiterhin wie seit Hunderten von Jahren." Die Sache mit dem Telefon bereitete mir Kopfzerbrechen. „Wie lassen wir Sie wissen, was los ist, wenn es kein Telefon gibt?"

„Am Bahnhof und im Postamt gibt es öffentliche Apparate", beruhigte Cao mich. „Meine Privatnummer steht auf der Karte mit der Wegbeschreibung zu Tantchens und Onkels Haus."

Sie gab mir die Landkarte, ein sorgfältig gezeichnetes Gitternetz, durch das sich eine gestrichelte Linie schlängelte.

„Haben die Straßen keine Namen?" fragte Lily.

„Manche schon", erwiderte Cao, „aber ich glaube nicht, daß sie Ihnen von großem Nutzen wären, da Sie die chinesischen Schriftzeichen ja nicht lesen können. Sie werden sich auf Ihren Taxifahrer verlassen müssen. Geben Sie ihm die Karte."

Aus dem Lautsprecher dröhnten verzerrte chinesische Laute. „Gerade wurde Ihr Zug angekündigt", erklärte uns Cao. „Sie sollten sich zum Einsteigen bereithalten."

Wir folgten ihr an die Bahnsteigkante, wo die Fahrgäste sich an einer roten Linie auf dem Zementboden drängten, während nun unser Zug langsam in den Bahnhof einfuhr.

„Zum Geld sollte ich noch ein paar Worte sagen", begann Cao, während wir darauf warteten, daß wir einsteigen konnten. „Sie können entweder die Volkswährung Renminbi, kurz RMB, oder Foreign Exchange Certificates, FEC, verwenden. Angeblich haben beide denselben Wert; FEC können jedoch nur von Ausländern gekauft werden. Und da die meisten Luxusartikel ausschließlich in dieser Währung gehandelt werden, sind die Einheimischen ganz wild darauf, sie einzutauschen. Wenn Sie Ihre FEC auf der Straße gegen Renminbi tauschen, werden Sie doppelt soviel dafür bekommen."

„Wie finden wir jemanden, der mit uns tauscht?" fragte Lily.

„*Sie* werden von *denen* gefunden!" antwortete Cao heiter.

Der Zug ließ in einem langen Stoß Dampf ab, und als ein Bahnbeamter endlich das Zeichen gab, drängten die wartenden Fahrgäste über die Linie und begannen einzusteigen.

„Ich muß mich jetzt verabschieden", sagte Cao. „Sie haben die Sitze 5A und 5B im Wagen Nummer zwölf. In diesem Zug sind die Zahlen in Chinesisch und in Englisch angeschrieben, so daß Sie sie ohne Mühe finden werden. An der Grenze steigen Sie in den Zug nach Fuchow um."

Ich kannte Cao kaum einen Tag, aber in dem Moment war sie meine einzige Verbindung zu Peter und, wenn wir erst einmal im Zug saßen, unser einziger Kontakt zum Rest der Welt. Ich ergriff mit beiden Händen ihre Hand.

„Vielen Dank für alles, was Sie für uns getan haben", sagte ich.

„Bitte", entgegnete Cao. „Wenn Sie Peter finden, erweisen Sie mir und Ihrem Land einen großen Dienst."

Wir stiegen in den Zug ein. „Ich werde Sie am elften am Flugplatz Kai Tak abholen!" rief sie. „Bestellen Sie Tantchen und Onkel ganz liebe Grüße von mir."

Ich winkte und hielt zum Zeichen, daß ich ihren Wunsch erfüllen würde, ihren Brief hoch; dann folgte ich Lily in den Waggon.

Wir erreichten unsere Reihe gerade in dem Moment, als der Zug sich ruckartig in Bewegung setzte. Ich schaute zum Fenster hinaus, um Cao zum Abschied zu winken. Sie kehrte uns jedoch den Rücken zu und unterhielt sich mit einem gutaussehenden Mann, der sein öliges Haar glatt nach hinten gekämmt hatte, dazu eine Rundumsonnenbrille und einen glänzenden Anzug trug. In allerletzter Minute gingen sie mit einer Verbeugung auseinander, und er sprang einige Wagen hinter uns auf den fahrenden Zug.

Ich nahm meinen Platz ein und sah mich zwei Männern in ausgebeulten blauen Uniformen gegenüber; beide blickten aus mageren Gesichtern unter ihren blauen Militärmützen düster drein. Ein intensiver Knoblauchgeruch umgab sie wie eine Dunstglocke.

Sie starrten uns mit kindlicher Neugier an, während sie kurze, filterlose Zigaretten pafften und in einem kehligen, atonalen Singsang miteinander sprachen. Ich war nicht minder neugierig, brachte es aber nicht fertig, ihre Blicke zu erwidern.

Ein Wagen ratterte den Gang entlang, und eine Frau in einem Kittel begann, heißen Tee auszugeben. Der Tee duftete köstlich, und in der Hoffnung, er würde meinen wieder einmal rebellierenden Magen beruhigen, nahm ich ihr einen ab.

Lily nahm einen Schluck aus ihrer Tasse und zuckte zusammen. „Warum tut mir davon mein Zahn weh?“ fragte sie.

„Zähne können wärmeempfindlich sein“, entgegnete ich ausweichend.

„Das waren sie aber nicht, bevor du die Krone eingesetzt hast.“

„Sie ist nur ein Provisorium“, erinnerte ich sie. Ich wußte immer noch nicht genau, was ich in Lilys Mund falsch gemacht hatte. „Wo ist das Nelkenöl?“

„Im Koffer.“ Sie deutete auf das Gepäcknetz über uns.

„Ich hole es dir.“ Das war das mindeste, was ich tun konnte. Ich stand auf und trat in den Gang. Doch als ich die Tasche oben aus dem Gepäcknetz zog, grabschte jemand von hinten nach meiner Jacke, so daß ich das Gleichgewicht verlor und der Länge nach hinfiel.

Verletzt war ich nicht, nur verblüfft und verärgert. Ich drehte mich zu meinem Angreifer um, doch dieser verschwand bereits durch die Tür zum nächsten Waggon.

„Er hat mich absichtlich geschubst“, brummte ich. „Fast hätte er mir die Jacke vom Leib gerissen.“

Lily runzelte die Stirn. „Schau lieber mal deine Taschen durch.“

Ich klopfte mich schnell ab und fand meinen Ausweis und meine

Brieftasche auf der einen und ein paar Streifen Kaugummi mitsamt Caos Brief auf der anderen Seite. Ich seufzte erleichtert auf. „Alles da", sagte ich. Dann nahm ich das Nelkenöl aus dem Koffer und reichte es Lily.

Ich setzte mich wieder hin und zog Caos Brief aus meiner Tasche. „Ich möchte ja gern wissen, was sie über uns geschrieben hat", sinnierte ich.

„Ich auch", stimmte Lily ein. „Vielleicht ist das bloß eine Art Gaunertrick? Bei dem wenigen, was wir wissen, könnte sie uns auch zu weißen Sklavenhändlern verschifft haben!"

„Du vergißt, daß sie mit Peter zusammenarbeitet", hielt ich ihr entgegen.

„Klar, als *Spionin!*" Ihre Stimme triefte vor Sarkasmus. „Warum hast du mir nie erzählt, daß du mit James Bond verheiratet bist?"

„Weil ich es bis gestern selbst nicht wußte."

„Bis gestern? Habe ich dich richtig verstanden: Peter arbeitet seit dem College als Spion, und du hattest bis gestern keinen Schimmer davon? Das wirft ja kein besonders gutes Licht auf eure Ehe, oder?"

Das war mir klar, aber es zu hören tat weh. „Was glaubst du, wie's mir geht? Ich habe wirklich die ganze Zeit gedacht, er verkaufe Versicherungen."

„Wie kommst du zu der Annahme, daß er jetzt die Wahrheit sagt?"

„Wie erklärst du dir dann Cao?"

„Gute Frage." Lily kniff die Augen zusammen. „Sie hat uns keinen Beweis dafür geliefert, daß sie für die CIA arbeitet. Woher wissen wir, daß das stimmt?"

„Es wäre mehr als ein Zufall, wenn sie sich beide dieselbe Geschichte ausgedacht hätten."

„Na ja, sie kam mir einfach nicht wie eine CIA-Agentin vor."

„Genausowenig wie Peter."

„Eben!" Lily musterte mich. „Ich meine, wir sollten den Brief öffnen und lesen, was über uns drinsteht. Gib ihn her!" kommandierte sie.

Ich reichte ihr den Brief. Ohne zu zögern, schob sie den Zeigefinger unter die Lasche des Umschlags und löste geschickt das Siegel. Dann zog sie ein dünnes weißes Papier heraus und faltete es auseinander. Eine Sekunde lang starrte sie auf den Brief, bevor sie anfing zu kichern.

„Was ist daran so witzig?" Sie gab ihn mir.

Die Seite war voll mit chinesischen Bildchen! Natürlich war er in Chinesisch geschrieben! Wie hatte ich erwarten können, daß zwei alte Leute, die nicht einmal ein Telefon besaßen, Englisch lesen könnten?

Je länger wir die Sache betrachteten, desto absurder erschien sie uns. Hier saßen wir nun, auf dem Weg in ein Land, dessen Kultur uns so fremd war, daß seine Sprache nicht einmal in Worten geschrieben wurde. Ohne Reiseführer, nur mit einer Karte, die wir nicht lesen konnten, begaben wir uns an einen Ort, von dem wir noch nie gehört hatten, in der Hoffnung, meinen Ehemann, *den Spion,* zu finden und vor einem unheimlichen Feind zu schützen, von dem wir überhaupt nichts wußten. Das war Wahnsinn!

Unsere Abteilgenossen beobachteten fasziniert, wie unsere Ausgelassenheit sich langsam zur Hysterie steigerte. Dann merkten wir, daß der Zug seine Fahrt verlangsamte, und je langsamer er wurde, desto kläglicher wurde unser Lachen. Beim Blick aus dem Fenster sahen wir, daß wir uns einem Bahnhof näherten. LO WO, stand auf dem Schild, CHINESISCHE GRENZE.

IN LO WO wurden wir aufgefordert, den Zug zu verlassen und zu Fuß die Grenze zwischen Hongkong und der Volksrepublik China zu überqueren. Überall standen bewaffnete Posten, die bei all ihrer Lässigkeit der Grenzüberschreitung einen ernsten Beigeschmack verliehen: wir betraten ein kommunistisches Land.

Während wir auf den Zug nach Fuchow warteten, tauschten wir unsere US-Dollars gegen FEC. Und wie Cao vorausgesagt hatte, tippte mir, kaum, daß wir die Wechselstube verlassen hatten, ein Mann auf die Schulter. „*Gel weng*?" fragte er mit einem zahnlückigen Lächeln und wies auf unsere Bündel zerknitterter Geldscheine. Er gab uns fast den doppelten Betrag in RMB, so daß wir es, angesichts der Tatsache, daß unsere Verhandlungen gänzlich ohne Worte abliefen, für ein gutes Geschäft hielten.

Als wir unseren Zug bestiegen, war es fast zwanzig Uhr. Cao hatte uns darauf vorbereitet, daß die Fahrt von Lo Wo nach Fuchow ungefähr vierzehn Stunden dauerte. Im Gegensatz zum vorhergehenden Zug war dieser hier rostig, verbeult und klapprig. Unter Zittern kam er zum Stehen, wobei er einen Schwall beißenden Rauchs ausstieß, der die Luft bräunlich verfärbte und das Atmen zu einem Gesundheitsrisiko machte.

Innen war die Luft auch nicht besser. Während wir uns unseren Weg durch den Gang bahnten, erstickte ich fast an dem Fäulnis- und Modergeruch. Der Zug erweckte den Eindruck, als wäre er seit der Ming-Dynastie nicht mehr gesäubert worden. Im Korridor lag Abfall herum, und der Fußboden war klebrig. Im Vorbeigehen spähten wir auf der Suche nach freien Plätzen in die Abteile. Soweit ich sehen konnte, waren wir die einzigen Amerikaner im Zug.

Schließlich fanden wir im hinteren Teil des Waggons zwei Plätze. Außer uns reisten in diesem Abteil ein junges japanisches Paar und eine vierköpfige chinesische Familie mit all ihrer zu Bündeln verschnürten weltlichen Habe.

Kaum hatten wir den Bahnhof verlassen, kam eine Schaffnerin den Gang entlang und verteilte grobe Decken und Kopfkissen. Lily schlug eins ihrer Kochbücher auf, während ich meine Aufmerksamkeit auf das Fenster konzentrierte.

Mein erster Eindruck von der Volksrepublik war enttäuschend. Die Szenerie unterschied sich zunächst nicht von dem, was wir in Hongkong gesehen hatten: reihenweise trostlose Wohnsilos, zusammengedrängt zwischen rauchenden Fabriken, verstopften Straßen und geschäftigen Menschenmassen.

Doch dann, als hätten wir eine unsichtbare Linie überschritten, war es mit den Mietskasernen vorbei, und wir wurden in das China des Konfuzius und des Lao-tse zurückversetzt. Die Landschaft entfaltete sich wie eine dunkle Schriftrolle vor meinem Fenster und gestattete flüchtige Blicke auf das bäuerliche Leben: das Licht des Vollmonds, das sich in einem bewässerten Feld spiegelte; eine dünne Rauchsäule, die von einem fernen Gehöft aufstieg; Bauern, deren Rücken sich unter schwankenden Bambusstangen mit Eimern zu beiden Enden krümmten und die nach einem langen Arbeitstag auf den Reisfeldern in der Dunkelheit nach Hause gingen.

Was ich aber vor allem durch das Fenster sah, waren ein weites, undurchdringliches Land und mein Gesicht, das sich im Fensterglas spiegelte. China wirkte unergründlich wie eine Schicksalsgöttin auf mich. Würde ich Peter unter ihrem dunklen Mantel finden?

ALS ES zu dämmern anfing, geriet der Zug aus unerfindlichen Gründen ins Stocken. Schließlich kam er mit einem quietschenden Geräusch zum Stehen. Jetzt waren wir wirklich mitten auf dem Land. So weit das Auge reichte, erstreckten sich Reisfelder in verschiedenen Anbaustadien.

Der Zug lag da wie eine Schlange, die im frischen Morgenwind Luft schnappte; Rauch stieg von ihm auf. Sogleich begannen die Passagiere aus dem Zug hinauszuströmen.

„Wir müssen herauskriegen, was da los ist", sagte ich zu Lily.

Draußen war die Luft kühl und, da sich Regen ankündigte, wie elektrisiert. „Gibt es Schwierigkeiten mit der Lok?“ wandte ich mich an den ersten Schaffner, der mir über den Weg lief. Er zuckte mit den Schultern und ließ mich einfach stehen.

Wir überquerten die Schienen und stießen auf eine schmale Piste, die ins Feld führte. Auf dem Weg parkten ein paar Jeeps, die nach Militär aussahen. Waren sie der Grund für die Verzögerung? Die anderen Passagiere schien das nicht zu kümmern. Sie liefen einfach umher, atmeten in tiefen Zügen die frische Luft ein und vertrieben sich mit Tai-Chi die Zeit.

„Laß uns nach einem Picknickplätzchen Ausschau halten“, schlug Lily vor.

„Gut, aber wir sollten uns nicht zu weit entfernen.“

Im Gehen beobachteten wir Bauern, die, während sie sich in gebückter Haltung Schritt für Schritt vorwärts bewegten, Reissetzlinge in den Schlamm pflanzten. Mädchen mit schlabbrigen schwarzen Hosen rackerten sich an langen hölzernen Tretmühlen ab, um Wasser auf ein Feld zu pumpen, das von Männern mit schwerfälligen Wasserbüffeln gepflügt wurde.

Die meiste Zeit waren die Bauern auf ihre Arbeit konzentriert, doch hie und da hob einer von ihnen den Kopf und starrte uns völlig entgeistert an. Vielleicht hatten sie noch nie einen Weißen aus der Nähe gesehen. Rein geographisch betrachtet, waren sie gar nicht so weit von der Weltstadt Hongkong entfernt; dennoch lebten sie praktisch in einer anderen Welt.

„Komm, laß uns was essen.“ Lily warf sich auf einen trockenen Flecken Erde und fing an, den Proviant, den sie aus Hongkong mitgebracht hatte, auszupacken.

„Eigentlich habe ich keinen großen Hunger“, gestand ich, als ich mich neben ihr niederließ. „Ich glaube, ich habe meinen Appetit in Kalifornien gelassen.“

„Werd mir jetzt bloß nicht magersüchtig“, schimpfte sie. „Schwangere brauchen besonders viel Protein und Ballaststoffe.“

Widerstrebend nahm ich ein paar Salzkräcker und wandte mich wieder meiner Umgebung zu.

So faszinierend es war, die Menschen und ihre fremde Lebensweise zu beobachten, war ich doch nervös – jede Minute, die sich der Transit länger hinzog, war eine Minute, in der Peter in Gefahr geraten konnte. Deshalb war ich erleichtert, als die Lokomotive ihr Pfeifsignal ertönen ließ und sich alles beeilte, wieder einzusteigen. Lily suchte zusammen, was von unserem Essen noch übrig war, und stopfte es in ihre Tasche. Meine Blase war voll, und ich entschied mich, sie lieber hier draußen zu leeren, wo ich selbst für meine Hygiene sorgen konnte, als im Zug, wo sich sicher eine Vielzahl internationaler Bakterien eingenistet hatte. „Ich komme nach“, sagte ich zu Lily.

„Nimm lieber das hier.“ Damit reichte sie mir ein Päckchen Kleenextücher und stiefelte los.

Als ich fertig war, rumpelte der Zug im Schneckentempo los, und ich mußte laufen, um ihn zu erwischen. Gerade als ich mich hinaufschwang, sprangen drei Männer vom Zug ab. Zwei waren in Uniform, der dritte trug einen Anzug. Das war der Mann mit den angeklatschten Haaren, den ich in Hongkong im Gespräch mit Cao beobachtet hatte! Ich sah, wie er in einen der Jeeps auf der unbefestigten Seitenstraße stieg und davonfuhr.

Der Gang war voller Menschen, und ich brauchte eine Weile, bis ich mich durch das Gewühl gedrängt hatte.

„Gott sei Dank bist du wieder da!“ jammerte Lily und sprang auf. Die chinesische Familie und das japanische Pärchen schauten Lily allesamt mit unverhohlener Feindseligkeit an, die sie, als ich eintrat, sofort auf mich übertrugen.

„Was ist passiert?“ fragte ich.

„Als ich hier ankam, waren die Soldaten gerade dabei, unsere Seite des Abteils zu durchwühlen! Sie brüllten mich auf chinesisch an und grapschten nach meiner Tasche. Einen Riemen haben sie abgerissen, hier, siehst du?“ Lily hielt mir die kaputte Tasche hin. „Dann kam noch einer dazu. Ein ganz cooler Typ im Anzug. Ich glaube nicht einmal, daß er Chinese war. Er sah italienisch aus oder vielleicht auch spanisch. Er wurde richtig böse, schrie die Soldaten an und stieß sie weg. Zu mir dagegen war er zuckersüß. Er sagte, er müsse meinen Ausweis sehen, wenn ich nichts dagegen hätte.“

„Sprach er Englisch?“

„Ja, perfekt.“

„Und dann?“

„Ich zeigte ihm den Ausweis, worauf er sich bedankte und ging. Und die Soldaten zogen auch ab.“

„Moment mal, er ging mit deinem Ausweis?“

Lily fühlte sich sofort in die Defensive gedrängt: „Was hätte ich denn tun sollen? Ich habe ja nicht gesagt: ‚Hier, falls Sie einen amerikanischen Paß haben möchten, bedienen Sie sich.‘“

„Lily, um Gottes willen! Hast du nicht versucht, ihn aufzuhalten?“

„Doch, natürlich. Ich habe gesagt: ‚Warten Sie, den brauche ich.‘

Darauf er: ‚Sie bekommen ihn zu gegebener Zeit zurück‘, was immer das bedeutet. Ich konnte überhaupt nichts machen.“

Das war keine gute Nachricht. Ich tastete nach meinem Ausweis; er steckte sicher in meiner Reißverschlußtasche. „Wie sah der Typ aus? Hatte er schwarze Haare, so ölig nach hinten gekämmt?“

„Ja, genau. Warum? Hast du ihn gesehen?“

Ich nickte. „Er sprang aus dem Zug, als ich einstieg.“ Ich wußte nicht, warum, aber ich verschwieg ihr, daß ich ihn auch in Hongkong am Bahnhof gesehen hatte, ins Gespräch mit Cao vertieft.

„Ich bin froh, daß er vom Zug gesprungen ist, da kann er uns wenigstens nicht mehr belästigen.“

„Und was ist mit deinem Ausweis? Du kannst doch nicht einfach ohne Papiere durch China spazieren“, entgegnete ich aufgebracht. „Wie willst du denn wieder aus dem Land rauskommen? Dafür haben sie nämlich diese kleinen Kontrollhäuschen an der Grenze, damit Leute ohne Papiere da nicht durchschlüpfen.“

„Ich habe mal in London meinen Ausweis verloren. Ich bin einfach zur amerikanischen Botschaft gegangen und habe binnen weniger Stunden einen Ersatz bekommen.“

„Klar, London ist auch keine kommunistische Stadt. Ich glaube nicht einmal, daß wir in China eine Botschaft haben. Auf keinen Fall dürfte sie sich in Fuchow befinden.“

„Wenn wir dort ankommen, rufen wir sowieso Cao an. Wir können ihr erzählen, was passiert ist. Sie wird schon wissen, was wir machen müssen, um aus diesem Schlamassel rauszukommen.“

Das stimmte, außer sie war diejenige, die uns hineingeritten hatte.

8

Die Verzögerung hatte den Zeitplan durcheinandergebracht und der Diebstahl von Lilys Ausweis mich, so daß ich für den Rest des Vormittags nichts anderes tat, als die Bahnhofsschilder an jedem Haltepunkt zu studieren; ich hatte panische Angst, wir könnten irgendwie den Halt in Fuchow verpaßt haben, und fragte mich verzweifelt, warum jemand Lilys Ausweis gestohlen hatte.

Doch kurz vor drei sah ich ein Schild mit der Aufschrift FUCHOW. Bald darauf fuhren wir in eine nichtssagende mittelgroße Stadt. Auf den ersten Blick hatte sie nichts Ansprechendes außer der Chance, Peter hier zu finden.

Das japanische Pärchen und die chinesische Familie fuhren offenbar weiter, da sie alle schweigend zusahen, wie wir unsere Sachen zusammensuchten, während sie selbst ihr Hab und Gut fest an sich drückten, um sicherzustellen, daß wir nichts mitnahmen, was nicht uns gehörte.

Am Ausgang versuchte eine Frau vergeblich, ihre zwei verschnürten Bündel die Stufen zum Bahnsteig hinunterzuhieven; infolgedessen wurden die übrigen Fahrgäste, die aussteigen wollten, zwischen den blockierten Stufen und den nachdrängenden Menschen hilflos zusammengepfercht.

Ich war dem Mann vor mir so nah, daß ich fast am süßlichen Geruch seines Eau de Cologne erstickt wäre. Er war klein, untersetzt und trug schlecht geschnittene Jeans und die Kunstfaserimitation eines Ralph-Lauren-Pullovers. Irgend etwas an ihm kam mir vertraut vor, aber ich wußte nicht, was. Dann holte er eine gestrickte Bommelmütze aus der Tasche und zog sie sich tief ins Gesicht. Da erkannte ich ihn. Es war der Mann, den ich auf unserer Schiffahrt nach Aberdeen gesehen hatte!

Plötzlich löste sich der Stau an der Waggontür und, von der Menge getragen, wogten wir vorwärts. Bommelmütze schien es mit dem Aussteigen eilig zu haben; als er jedoch versuchte, sich die Tasche über die Schulter zu schwingen, verfing sich ihr Tragriemen, und sie wurde ihm aus der Hand gerissen. Zu meinem Entsetzen fiel ein Messer, so groß wie eine Machete, heraus und polterte die Stufen hinunter auf den Bahnsteig.

Bommelmütze bahnte sich mit den Ellbogen einen Weg durch die aussteigende Menge, um es aufzuheben. „Vorsicht! Vorsicht!" brüllte er auf englisch.

„He, der hat dich doch schon mal k. o. geschlagen!" ereiferte sich Lily.

„Ist das der Kerl aus dem anderen Zug? Auf der *Dragonlady* in Aberdeen war er auch schon", erklärte ich. „Unmittelbar bevor wir Peter entdeckten, stand er hinter mir. Ist das nicht verrückt?"

„Er fällt eben auch in alle Touristenfallen, genau wie wir", antwortete Lily und sah sich um. „Wobei ich allerdings zugeben muß, daß dieser Ort nicht gerade nach einer Touristenfalle aussieht."

Wir traten auf den Bahnsteig, und mein Interesse an dem Mann und der Machete war verflogen. Wir waren in der Volksrepublik China angekommen.

Im zugigen Bahnhof wimmelte es von Reisenden und Gepäck, Imbißbuden und Fahrkartenschaltern. Im Gegensatz zum Hongkonger Bahnhof, der wie ein gigantischer Supermarkt wirkte, war dieser hier auf das Nötigste reduziert, funktional und trist: keine Spur von neonerleuchtetem Rummel, keine Straßenhändler, keine Bettler. Aber auch kein Abfall, keine Graffiti, kein Unrat, gleich welcher Art.

Lily und ich waren die einzigen aus der westlichen Welt. Die Leute starrten uns im Vorbeigehen an, nicht unfreundlich, aber mit rückhaltloser Neugier. Eine ältere Frau mit Putzlappen und Strohbesen blieb einen Schritt vor mir stehen und gaffte mich mit offenem Mund an. Ich lächelte sie an, aber sie erwiderte mein Lächeln nicht. Ihre Miene blieb ernst, aufmerksam und unvermindert neugierig.

„Was meinst du, was sie will?" fragte Lily.

„Ein Autogramm? Ein Almosen? Wer weiß? Laß uns einen Blick auf die Karte werfen!"

Ich packte die Karte, die Cao gezeichnet hatte, aus, und wir bemühten uns gemeinsam, aus dem Gitternetz schlau zu werden.

„Ich glaube, da werden wir Hilfe brauchen", sagte ich.

„Frag doch sie." Lily deutete mit einer Kopfbewegung auf die alte Frau, die uns immer noch anglotzte. „Vielleicht spricht sie Englisch."

„Jaja, so wie ich fließend Suaheli!"

Trotzdem war es einen Versuch wert. Ich bedachte die Frau mit einem gewinnenden Lächeln. „Hallo, können Sie mir helfen?" Ich hielt ihr die Karte vors Gesicht und deutete auf die geschriebenen Symbole auf dem Papier. „Hier möchten wir hin. Gibt es da ein Taxi oder einen Bus?"

Die Frau schob die Karte weg und brummte: *„Keke."* Sie zeigte erst auf mich und dann nach links. „Keke", wiederholte sie.

„Womöglich ist ‚Keke' das Wort für Taxi oder Telefon", mutmaßte Lily.

„Ich gehe mal nachsehen", erwiderte ich. „Wenn ich ein Telefon finde, rufe ich Cao an." Ich schob die Taschen zusammen, und Lily stellte sich mit gespreizten Beinen davor wie eine Löwin, die ihr Junges beschützt.

„Keke?" wandte ich mich der Alten wieder zu.

Heftig nickend strahlte sie mich an. „Keke, Keke!" plapperte sie und packte mich am Arm, um mich aus dem Bahnhof hinauszuziehen. „Keke!" wiederholte sie ein letztes Mal, wobei sie mit ihrem Finger durch die Luft fuhr. Dann drehte sie sich abrupt um und verschwand.

Ich schaute in die Richtung, in die sie gedeutet hatte. Dort hing zwischen einer Schusterwerkstatt und einer Bank ein wohlbekanntes weißes Neonschild mit roten Tupfen und dem Schriftzug MRS.-FIELD'S-KEKSE.

Kein Anblick hätte unpassender, aber auch keiner willkommener sein können. Die Frau muß angenommen haben, daß ich wahrscheinlich wissen wollte, wo ich hier amerikanische Lebensmittel bekommen könnte.

Ich drückte mir die Nase an der Scheibe platt, und prompt überkam mich eine Welle von Heimweh. Drinnen sah ich die vertrauten Aluminiumbackformen, die marmorne Abdeckung der Theke und die Registrierkasse. Mrs.-Field's-Kekse waren mehr als nur ein geschmacklicher Hochgenuß für mich; sie waren ein Symbol für meine Verbindung zu Peter. Diesen Laden zu finden bedeutete sicher, daß ich auf der richtigen Spur zu ihm war.

Allerdings war das Geschäft geschlossen. Obwohl es erst drei Uhr nachmittags war, gab es nicht einen frischgebackenen Keks weit und breit; nur ein Teenager, der den Boden wischte, war zu sehen. Ich rüttelte an der Tür, um ihn auf mich aufmerksam zu machen. Er hob einmal kurz den Blick, dann wandte er mir ostentativ den Rücken zu. Das gab mir den Rest. Ich fing an, mit den Fäusten gegen die Tür zu hämmern. Wenn er sie nicht öffnete, bei Gott, ich würde sie einschlagen!

„Karen, krieg dich mal wieder ein!"

Lilys Stimme brachte mich in die Realität zurück. Ich drehte mich um und sah mit Schrecken, daß sich eine Menschenmenge angesammelt hatte. „Ich vermute, die haben noch nie gesehen, wie eine Ausländerin sich lächerlich macht", schimpfte Lily. Sie setzte unser Gepäck ab und lächelte die Umstehenden an. „Es ist nur ein Hormonschub", erklärte sie den verständnislos dreinblickenden Chinesen. „Sie ist schwanger." Die Menge starrte uns weiter mit unverhohlener Neugier an.

„Entschuldigen Sie", sagte eine freundliche Stimme, und ein junger Mann trat vor. „Keksladen ist geschlossen, weil Kekse alle sind. Sie öffnen zehn Uhr, schließen ein Uhr", erklärte er in gebrochenem Englisch und deutete auf ein Gestell mit Reklamezetteln an der Tür. In der englischen Übersetzung wurde „Der berühmte Keks aus Mutters Ofen" angepriesen, darauf folgten die verschiedenen Kekssorten und die Öffnungszeiten. Ich steckte einen der Zettel ein. Näher an die Befriedigung meines Heißhungers auf Mrs.-Field's-Kekse würde ich offenbar nicht kommen.

Der junge Mann mußte mir die Enttäuschung angesehen haben, denn er schlug vor: „Vielleicht Sie versuchen chinesische süße Sachen. Viele Geschäfte in Fuchow jetzt geöffnet."

Ich wollte ihm gerade erklären, daß es mir nicht um Kekse an sich ging, als Lily mir dazwischenfuhr. „Was wir wirklich brauchen, sind ein Telefon und ein Taxi. Könnten Sie uns bitte behilflich sein?"

Unser neuer Freund Wallace Ho war ein Geschenk des Himmels. Er schien erfreut, daß er uns helfen und bei der Gelegenheit seine Englischkenntnisse auffrischen konnte. „Ich gelernt sechs Jahre in meiner Schule in Shanghai", erzählte er uns voller Stolz, während er an einem Telefonapparat, der älter war als ich, Caos Nummer wählte. Er reichte mir den Hörer und machte sich mit Lily auf die Suche nach einem Taxi.

„KAREN!" Caos Stimme krächzte durch eine schlechte Verbindung hindurch. „Ich war in Sorge! Hatte der Zug Verspätung?"

„Ja, es gab einen außerplanmäßigen Aufenthalt."

„Und sonst? Wie war die Reise?"

„Im großen und ganzen in Ordnung. Aber Lily hatte Ärger im Zug. Jemand hat ihr den Ausweis weggenommen."

„Ach je! Ich muß mich für mein Volk entschuldigen", sagte Cao, „früher hat man in China nie von Straftaten gegenüber Ausländern gehört, aber in den letzten paar Jahren ist es schlimm geworden. Sie können sich denken, welchen Wert ein amerikanischer Ausweis auf dem Schwarzmarkt hat."

„Sollten wir es der Polizei melden?"

„Das hätte wenig Zweck. Nach der Tat können die Sicherheitskräfte nicht viel mehr tun, als einen Bericht zu schreiben und Formulare auszufüllen. Außerdem ist der Übeltäter ganz bestimmt verschwunden."

„Aber Lily hat ihn genau gesehen. Er hatte zurückgekämmte Haare und eine Rundumsonnenbrille. Sie sagte, er habe europäisch ausgesehen. Und ich meine, ich hätte einen Mann, auf den diese Beschreibung paßt, in Hongkong in den Zug einsteigen sehen. Einen gutaussehenden, großen Mann in einem glänzenden Anzug. Haben Sie so jemanden am Bahnhof gesehen?" bohrte ich nach in der Hoffnung, sie würde mir eine Erklärung geben.

„Nein", entgegnete sie. „Nachdem Sie in den Zug gestiegen waren, bin ich sofort gegangen. Ich habe niemanden gesehen und mit niemandem ein Wort gewechselt."

Mir blieb das Herz stehen. Ich hatte sie ganz sicher mit dem Mann sprechen sehen. Warum log sie mich an?

„Ich werde versuchen, einen Ersatzausweis zu bekommen", hörte ich Cao sagen, „oder irgendein provisorisches Dokument für Lily, das Sie bei Ihrer Rückkehr am Grenzpolizeiposten von Kai Tak vorfinden werden. Nun will ich Ihnen aber auch noch eine gute Neuigkeit erzählen. Wir können mit ziemlicher Sicherheit davon ausgehen, daß Peter in Fuchow ist.“

Jetzt machte mein Herz einen Satz. „Woher wissen Sie das?“

„Die Polizei in Aberdeen hat den Namen des Toten, den Sie auf der Dschunke gesehen haben, preisgegeben. Es war ein Professor von der Wing-On-Universität in Fuchow. Sein Name war Doktor Zhou Ping. Hat Peter ihn je erwähnt?“

„Nein“, erwiderte ich. „Was hatte dieser Professor Ihrer Meinung nach mit Peter zu tun?“

„Ich weiß es nicht, aber ich möchte Sie warnen, seien Sie sehr vorsichtig. Es kann gut sein, daß die Polizei in Fuchow den Mord von dort aus aufrollt. Das heißt, sie suchen auch nach Peter. Das ist eine Kerze, die an beiden Enden brennt.“

„Aber Peter hat niemanden umgebracht, das waren die Männer in dem Schnellboot! Warum sollte die Polizei hinter Peter her sein?“

„Sie haben den Besitzer der Dschunke verhaftet“, erklärte Cao. „Vielleicht hat er ihnen eine Beschreibung von Peter gegeben, um selbst besser wegzukommen. Es ist auf jeden Fall eine gefährliche Situation. Wenn Sie und Lily Peter bei meiner Tante und meinem Onkel nicht antreffen, sollten Sie umgehend nach Hongkong zurückkommen.“

LILY wartete schon am Straßenrand vor dem Bahnhof auf mich. „Was hat sie gesagt?“ wollte sie sofort von mir wissen.

„Sie sagt, sie will versuchen, einen Ausweis für dich am Flughafen in Hongkong zu hinterlegen, und wir sollten vorsichtig sein“, lieferte ich ihr eine Kurzfassung unseres Gesprächs. „Wo ist unser Freund Wallace?“

„Er mußte auf seinen Zug.“

„Hat er ein Beförderungsmittel für uns aufgetrieben?“

Lily nickte. „Unsere Kutsche ist bereits vorgefahren.“ Sie winkte mich zu einem Fahrzeug am Straßenrand. Es hatte drei abgefahrene Reifen; einer davon saß vorn in der Mitte, die zwei anderen hinten. Die nicht lackierte Karosserie sah aus, als hätte man sie aus Recyclingblech gebaut, und erinnerte mit ihrer rechtwinkligen Schnauze und der offenen Ladefläche an einen Miniatur-Pick-up. In dem überdachten Führerhäuschen war zur Not Platz für zwei Personen. Nachdem wir unser Gepäck auf der Ladefläche unter einer Plane verstaut hatten, quetschten wir uns aber alle drei hinein. Der Himmel war bedeckt; ich hoffte, daß wir nicht in einen Wolkenbruch gerieten.

„Weiß er, wohin er uns bringen soll?“ fragte ich Lily.

„Wallace hat ihm die Karte gezeigt." Sie hielt sie hoch. Der Fahrer nickte eifrig und ließ den Motor an. Er trat aufs Gaspedal, und mit zehn Stundenkilometern brausten wir davon.

Unseren ersten Eindruck von Fuchow gewannen wir durch eine schmutzige Windschutzscheibe. Aber was wir sahen, erzeugte ein Gefühl der Trostlosigkeit, das durch die drohend heraufziehenden dunklen Regenwolken noch verstärkt wurde.

Der Bahnhof lag in einem Industriegebiet inmitten wuchernder Fabriken. Jede Fabrik war von einer Mauer mit spiralig aufgerolltem Stacheldraht umgeben, und man konnte nicht genau sagen, ob sie die Arbeiter drin- oder ungebetene Besucher draußen halten sollte. Jedenfalls mutete die Gegend dadurch wie ein militärisches Sperrgebiet an, ein unheilvoller Eindruck, der sich durch den Mangel an Fußgängern, Bäumen, Zierat und Farben noch verdichtete.

Wie der kleine Lastwagen die breite, ausgefahrene Straße so dahinhüpfte, wichen die imposanten Fabriken nach und nach verschiedenen Einzelhandelsgeschäften. Je weiter wir in die Stadt kamen, desto belebter wurden die Straßen. Scharen von Menschen waren zu Fuß unterwegs und Tausende von Fahrrädern, allesamt mit einem Korb vorn oder hinten und einer schrillen Klingel ausgerüstet, deren „Brrring! Brrring!" sogar den Verkehrslärm übertönte.

Es gab nur wenige Personenwagen, aber viele Lastwagen und Busse, die wegen des erbärmlichen Straßenzustands durchweg ramponiert waren. In Ermangelung von Personenwagen benutzten die Menschen ihre Fahrräder als Minilieferwagen. Hin und wieder bahnte sich ein kleiner schnaufender Traktor oder ein Maultiergespann seinen Weg durch dieses Chaos.

Die heraufgezogenen Regenwolken entluden sich schließlich, und die Windschutzscheibe schmierte vollends zu. Um überhaupt etwas sehen zu können, mußte unser Fahrer den Kopf aus dem Fenster strecken, so daß die Fahrt sich verlangsamte. Auf unserer Seite kurbelten wir das Fenster hoch, damit es nicht hereinregnete.

Plötzlich begann unser Taxi wie ein störrischer Maulesel zu bocken und zu springen. Ich kurbelte unsere Scheibe herunter und streckte den Kopf hinaus. Mit Erstaunen stellte ich fest, daß wir die Stadt schon hinter uns gelassen hatten. Die städtische Bebauung war ohne Übergang einer ländlichen Gegend gewichen. Und genauso unvermittelt hatte die breite, gepflasterte Straße geendet; jetzt bewegte sich der Verkehr auf einer ausgefahrenen, unbefestigten Piste.

Wenn wir durch kleine Dörfer fuhren, reduzierte sich unsere

Geschwindigkeit auf ein Kriechen. Zuweilen ließen wir Fußgänger oder Radfahrer hinter uns, die uns kurz darauf wieder überholten, während wir aus einem matschigen Schlagloch herauszukommen versuchten.

Zu guter Letzt bogen wir in eine noch schmalere Straße ein, die sich einen Hügel hinaufschlängelte. Hier hatten die Regenfälle die Fahrspuren ausgewaschen, so daß sie sich wie Wasserrinnen wanden und der blanke Fels zum Vorschein kam. Das Taxi mußte sich gewaltig anstrengen, um es mit der Steigung aufzunehmen. Wir hopsten vorwärts und schlitterten zurück, und manchmal verloren wir mehr Boden, als wir gewonnen hatten.

Doch schließlich wurde die Straße wieder ebener, und bald darauf blieben wir vor einem winzigen Lehmhäuschen, einem von dreien, die sich am Ende der Straße zusammendrängten, stehen. Es war solide gebaut, mit kleinen, hohen Fenstern zu beiden Seiten der Haustür und einem symmetrisch geschwungenen Ziegeldach, geziert von Traufen, die sich an den Enden wie Vogelschwänze nach oben bogen. An der Wand lehnte ein rostiges Fahrrad.

Nachdem unser Fahrer mir die Karte zurückgegeben hatte, deutete er erst auf sie und dann auf das Haus. War hier Peter?

Ich sah Lily an. Sie sah mich an. „Ich glaube, das ist es."

„Glaube ich auch." Wir zögerten beide auszusteigen.

„Und wenn es das nicht ist? Dann stecken wir hier draußen in der Wildnis fest."

„Du bleibst im Auto, damit er nicht wegfährt", erklärte ich. „Ich vergewissere mich, daß wir am richtigen Ort sind."

„Abgemacht!"

Ich stieg über Lily hinweg aus dem Auto.

Da es immer noch nieselte, rannte ich über den matschigen Hof zum Haus. Das Bellen eines Hundes und gedämpftes Babygeschrei durchdrangen die Monotonie des Regens, aber nichts war zu sehen oder zu hören, was mich hätte abhalten können. Die Möglichkeit, jede Sekunde Peter wiederzusehen, gab mir Mut. So ging ich an die Tür.

Da es keine Klingel gab, kratzte ich fest am Holz. Fast im selben Augenblick glitt der Riegel zurück, und eine kleine grauhaarige Frau spähte heraus. Sie trug das, was ich mittlerweile als Einheitskluft erkannte: eine Art hochgeknöpfte Pyjamajacke in Blau und eine sackartige Hose. Ich versuchte, an ihr vorbei ins Haus zu schauen – war Peter drinnen?

„Hallo?" rief ich laut für den Fall, daß er es war, und verneigte mich so, wie ich es seit unserer Ankunft in Asien bei den Leuten gesehen hatte. Obwohl ich wußte, daß sie kein Englisch sprach, nahm ich an, sie würde die freundliche Absicht an meiner Körpersprache ablesen, aber sie erwiderte meine Verbeugung nicht und hieß mich auch mit keiner anderen Geste willkommen.

Nun konnte ich nichts weiter tun, als ihr Caos Brief zu geben. Ohne ihn anzuschauen, schlug sie mir die Tür vor der Nase zu.

Ich drehte mich zu Lily um und zuckte mit den Schultern. Dann wartete ich. Was blieb mir anderes übrig? Der Regen war mir durch Jacke und Hose gedrungen; so schlug ich meinen Kragen hoch und kauerte mich eng an die Hauswand.

Schließlich ging die Tür quietschend wieder auf. Diesmal war die Frau in Begleitung eines Mannes, der von Alter, Größe, Gewicht und Kleidung her ihr Zwillingsbruder hätte sein können. Sie verneigten sich und lächelten zu meiner großen Erleichterung. Ich verneigte mich ebenfalls und erwiderte ihr Lächeln; darauf traten sie zur Seite, um mich hereinzulassen.

Ich wußte sofort, daß Peter nicht hier war. Ich war enttäuscht, klammerte mich aber an die Möglichkeit, daß er noch gar nicht angekommen oder nur für einen Augenblick hinausgegangen war.

Da fiel mir Lily ein, die immer noch im Taxi saß. Mit einer erneuten Verbeugung vor dem alten Paar ging ich an die Tür und winkte sie herein.

„Soll ich ihn warten lassen?“ rief sie, während sie das Gepäck unter der Plane hervorzog.

„Ja“, antwortete ich, doch es war schon zu spät. Unser Taxi stieß bereits über den holprigen Pfad zur Hauptstraße zurück.

„Halt ihn an! Wir kommen nie wieder in die Stadt zurück!“ brüllte ich. Ich rannte ein paar Schritte und versuchte, den Fahrer aufzuhalten, aber er beachtete mich nicht. Die Straße war schlammig, und der Regen wurde heftiger, so daß ich aufgab und mich wieder der Haustür zuwandte, wo Lily auf mich wartete.

Wir traten in das Haus, wo wir verlegen und schlotternd stehenblieben. Der Mann bedeutete uns, die nassen Jacken auszuziehen und näher ans Feuer zu kommen. Während wir uns allmählich aufwärmten, suchte ich in dem Raum nach Hinweisen auf Peter, irgendeinem Anzeichen dafür, daß er hiergewesen war. Wir standen in einem kleinen Raum, der linker Hand eine Schlafnische aufwies; rechts führte ein Zugang zu einer außerhalb gelegenen Küche. Die Einrichtung war spartanisch: ein mit Segeltuch bezogenes Sofa, ein an die Wand gelehnter Klapptisch und vier harte Stühle.

Der alte Mann baute die vier Stühle im Kreis auf und lud uns mit einer Geste ein, Platz zu nehmen. Er öffnete die Schubladen einer kleinen Anrichte, zog ein Foto in einem groben Holzrahmen heraus und warf es mir zu.

„Cao, Cao", sagte er, während er mit dem Finger auf das Bild tippte.

Auf dem Foto erkannte ich Cao in einer Gruppe von etwa zwanzig düster dreinblickenden jungen Männern und Frauen in Uniform. Sie standen auf einer Bühne und hielten ein Transparent mit roten chinesischen Schriftzeichen. Um sie herum sah man uniformierte Männer, Soldaten mit Gewehren im Anschlag.

„Cao, Cao", wiederholte der Mann und nahm mir das Foto weg, bevor ich es mir zu genau anschauen konnte.

„Ja", erwiderte ich. „Und wir sind ihre Freundinnen. Das ist Lily", ich deutete auf sie, „und ich bin Karen." Ich legte die Hand auf meine Brust. „Freunde."

Der alte Mann nickte eifrig und zeigte auf seine Frau. „Xi", erklärte er, und dann auf sich selbst: „Li." Einen Augenblick saßen wir schweigend da, in einträchtiger Freude darüber, daß wir die Sprachbarriere durchbrochen hatten, und erschöpft von der Anstrengung, die uns das gekostet hatte.

Ich holte meine Brieftasche aus meiner Jacke und durchstöberte sie nach dem Foto von Peter, das ich immer bei mir habe. Ich hielt es Li hin. „Das ist mein Mann Peter", sagte ich.

Li studierte das Foto eingehend. „Petel?" versuchte er den Klang nachzuahmen.

„Also gut, Petel", antwortete ich. „Sie Petel gesehen? Hier? Er hiergewesen?"

Li schaute sich das Bild noch einmal an und brummte etwas, dann trug er es zu Xi hinüber und zeigte es ihr. Sie schnatterte in schnellem Chinesisch. Schließlich überreichte Li mir das Foto feierlich mit beiden Händen. Dabei schüttelte er den Kopf und zuckte mit den Schultern, ein eindeutiges Zeichen dafür, daß er Peter nicht wiedererkannte. Niedergeschmettert steckte ich das Bild wieder in meine Brieftasche. Waren wir schon so früh in eine Sackgasse geraten? Wohin sollten wir von hier aus gehen?

Ich warf Lily einen verstohlenen Blick zu. Durch die Tür zu der draußen gelegenen Küche beobachtete sie, wie Xi sich an einen Berg Gemüse machte. Lily lächelte mir zu. „Sieht aus, als wären wir zum Abendessen eingeladen."

SPÄTER, als wir an dem kleinen, mit Essen beladenen Tisch saßen, war Lily in ihrem Element: beim Anblick von faserigem Blattgemüse und gummiartigen Pilzen lief ihr das Wasser im Mund zusammen, sie probierte, machte Skizzen und hielt ihre Eindrücke im Tagebuch fest, während ich ununterbrochen an die Mrs.-Field's-Kekse am Bahnhof denken mußte.

Als wir mit dem Abendessen fertig waren, hatte der Regen noch nicht nachgelassen, so daß uns offensichtlich keine andere Wahl blieb, als die Nacht hier zu verbringen. Xi und Li führten uns aus dem Wohnzimmer in den angrenzenden kleinen Alkoven, in dem das Bett stand. Es war eine ungepolsterte Holzpritsche, auf der eine abgenutzte Matratze lag. Es gab weder Kissen noch Bettlaken, nur am Fußende lagen ordentlich zusammengefaltet zwei abgegriffene Steppdecken. Das Bett stand unter einem winzigen Fenster.

Li machte uns klar, daß wir hier schlafen sollten.

„Nein, nein, das geht nicht!" protestierte ich. „Das ist Ihr Bett!" Doch Li gestikulierte beharrlich und gab mir zu verstehen, daß ich mich hinsetzen sollte. Kaum saß ich, hievte er mit einem Schwung meine Füße auf das Bett.

Lily setzte sich neben mich und testete die Festigkeit, indem sie versuchsweise auf und ab hüpfte. Das Bett hatte die Federung einer Marmorplatte; dennoch streckte sie sich, so gut es ging, mit einem müden Seufzer darauf aus.

Natürlich tat ich kein Auge zu. Ich lag wach, lauschte in die ungewohnte Stille und fragte mich, was wir als nächstes tun sollten. Ich war so sicher gewesen, Peter hier anzutreffen, daß ich keinen alternativen Plan parat hatte. Wenn ich ihn nun nicht fand? War er bereits in eine Falle gegangen?

Da hörte ich aus dem vorderen Raum ein Knarren. So leise ich konnte, stand ich auf und zog den Vorhang beiseite. Es war zu dunkel, um viel zu sehen, aber auf dem Boden unmittelbar vor der Haustür konnte ich eine unförmige Masse unter einer Steppdecke, dem Behelfsbett von Xi und Li, erkennen.

Plötzlich wurde mir klar, daß jemand in der Tür stand. Es war Li. Er öffnete die Tür, trat hinaus und schloß sie leise hinter sich. Warum verließ er nachts um zwei Uhr das Haus?

Ich wollte wissen, wo Li hinging. Konnte ich wohl vom Alkoven zur Tür gelangen, ohne Xi aufzuwecken? Ihr Körper lag zwischen mir und der Tür. Nein, lieber ging ich durch die außen gelegene Küche und von da über die Mauer.

Während ich in der Dunkelheit umhertastete, strich meine Hand über etwas Weiches. Meine Jacke! Ich schnappte sie mir und machte einen letzten riesigen Schritt durch die Küchentür hinaus in den Küchengarten, dann kletterte ich über die Mauer.

Die Nacht war kalt und feucht. Der Regen hatte endlich aufgehört, und an dem sternklaren Himmel strahlte der Vollmond so hell, daß ich sehen konnte, wie eine menschliche Gestalt sich über das Feld bewegte. Das mußte Li sein, aber wohin ging er?

Dann sah ich den anderen Mann. Er trat aus dem Schutz eines Baumes, ungefähr dreißig Meter vom Haus entfernt. Nachdem Li ihn erreicht hatte, sprachen sie eine Weile miteinander. Zum Schluß überreichte Li dem Mann ein kleines Päckchen von der Größe eines Briefumschlages. Der Mann barg es unter seiner Jacke und eilte den Pfad hinunter, wo ich erst jetzt einen Jeep mit laufendem Motor bemerkte. Als der Mann aus dem Schatten trat, glänzte sein angeklatschtes Haar im Mondlicht. Es war der Mann, der Lilys Ausweis gestohlen hatte! Mein Herz pochte laut in meiner Brust, während ich hilflos zusah, wie der Mann in den Jeep stieg und davonfuhr.

Plötzlich bemerkte ich, daß Li auf mich zukam. Ich huschte um die Ecke, wo ich mich eng an die Hauswand preßte. An der Haustür angelangt, blieb er stehen und zog sich langsam die Stiefel aus. Ich hielt den Atem an. Er war keine zwei Meter von mir entfernt. Wie sollte ich ihm, falls er um die Ecke kam, meine Anwesenheit erklären?

Doch er öffnete nur die Tür und ging hinein. Vor Erleichterung versagten meine Knie mir fast den Dienst. Ich war gerettet! Allerdings auch draußen, und ich mußte warten, bis Li eingeschlafen war, bevor ich es wagen konnte, mich wieder hineinzuschleichen.

Um mich warm zu halten, trat ich von einem Fuß auf den anderen, zog den Reißverschluß meiner Jacke hoch und steckte die Hände in die Taschen. Irgend etwas fehlte. Meine Brieftasche war da, das Kaugummi, die Mrs.-Field's-Reklame…

Mein Ausweis! Ich kehrte beide Jackentaschen um und der Vollständigkeit halber auch meine Hosentaschen, obwohl ich genau wußte, daß ich ihn in der Jacke gehabt hatte. Dann fiel es mir wie Schuppen von den Augen: Der Ausweis hatte genau die Größe des Päckchens, das Li dem Mann mit dem öligen Haar übergeben hatte. Li mußte ihn gestohlen haben!

Wie hatte der Mann uns hier gefunden? Soweit ich bemerkt hatte, war niemand unserem Taxi gefolgt; er mußte gewußt haben, daß wir hierherkommen würden. Und die einzige Person, die es ihm erzählt haben konnte, war Cao.

Das bedeutete, daß Cao Li aufgetragen haben mußte, den Ausweis zu stehlen, um ihn dem Mann auszuhändigen. Vermutlich hatte sie ihm in ihrem Brief ausführliche Anweisungen erteilt. Was hatte sie ihm wohl sonst noch aufgetragen?

Das wollte ich erst gar nicht herausfinden.

Ins Haus zurückzugehen, um Lily zu holen, kam nicht in Frage. Also kroch ich außen herum auf die Rückseite und tippte leicht gegen die Scheibe des kleinen Fensters über dem Bett, bis ihr Gesicht auftauchte. „Mein Gott, hast du mich erschreckt!" hauchte sie. „Was machst du da draußen?"

„Los, komm!" drängte ich im Flüsterton. „Wir müssen verschwinden. Es ist ein Notfall. Laß alles liegen und komm!"

„Du spinnst..."

„Tu es einfach, Lily, ja? Geh durch die Küche und über die Mauer. Ich warte dort und helfe dir. Xi und Li liegen an der Haustür auf dem Boden. Beweg dich vorsichtig, damit sie dich nicht hören!"

LILY rutschte über die Mauer und fiel mit einem dumpfen Aufprall zu Boden. „Was ist los?" wisperte sie.

„Wir müssen sofort hier weg. Los, komm!" Ich schob das Fahrrad, das ich „ausgeliehen" hatte, vom Haus fort.

Mit einem Blick auf ihre Rolex trottete Lily hinter mir her. „Um diese Zeit? Es ist ja noch nicht einmal..."

„Bitte beeil dich, Lily. Ich meine es ernst."

„Das will ich dir auch geraten haben", brummte sie.

Das Fahrrad war ein altes Dreigangmodell mit schlecht aufgepumpten Reifen und einem hohen Lenker. „Wie hast du dir das vorgestellt?" fragte Lily.

Ich hatte meine Jacke um die obere Rahmenstange gewickelt. „Du sitzt hier. Ich strample."

Zuerst ging es bergab, was mir das Treten ersparte, so daß ich mich auf mein Gleichgewicht konzentrieren konnte. Die Straße war jedoch tief zerfurcht, und Lilys Körper behinderte mich beim Lenken.

Schließlich fanden wir doch zu einem gewissen Rhythmus. Ich trat kräftig in die Pedale, und Lily machte mich auf die Hindernisse vor uns aufmerksam.

„Und was soll das nun alles?" wollte Lily wissen, als wir wieder ebenen Boden erreicht hatten.

„Li hat mir den Ausweis aus der Jackentasche gestohlen. Ich habe gesehen, wie er aus dem Haus schlich und ihn jemandem übergab."

Lily schwieg einen Augenblick. „Hast du gesehen, wem?"

„Gewissermaßen. Es war dunkel."

„Es war derselbe Kerl, der auch meinen mitgenommen hat, stimmt's?"

„Ja, es sah ganz so aus", bestätigte ich. Mich schauderte bei dem Gedanken, daß wir wahrscheinlich, seit wir Hongkong verlassen hatten, verfolgt worden waren.

„Wie hat er Li dazu gebracht, den Ausweis für ihn zu stehlen?"

„Keine Ahnung. Außer, Cao hat Li in diesem Brief von dem Mann erzählt. Ich habe den leisen Verdacht, daß Li und Xi nicht auf unserer Seite sind." Ich schwieg einen Augenblick, voller Bedauern über das, was ich hinzuzufügen hatte: „Und Cao auch nicht."

„Was willst du damit sagen?"

„Daß sie möglicherweise nicht bei der CIA ist."

„Habe ich das nicht die ganze Zeit gesagt?"

„Tja, dann nehme ich mal an, du hattest recht, und ich hatte unrecht. Aber noch etwas habe ich dir bisher nicht erzählt. Ich habe gesehen, wie sie am Bahnhof in Hongkong mit dem Typen sprach."

„Was? Bist du sicher? Was hat sie zu ihm gesagt?"

„Keine Ahnung. Wir waren schon im Zug."

„Warum hast du mir das verschwiegen?"

„Ich weiß es nicht. Wahrscheinlich aus Sorge, daß du ausflippst und beschließt, nicht mitzukommen."

Darüber mußte sie eine Sekunde nachdenken. „Warum sollte jemand unsere Ausweise haben wollen?"

„Alles, was mir dazu einfällt, ist, daß wir ohne Ausweise nicht aus China rauskommen."

„Und daß wir nicht nachweisen können, wer wir sind."

„Mit anderen Worten: Wir existieren gar nicht."

„Na, das ist ja großartig! Da sitzen wir nun mitten in einem kommunistischen Land ohne Ausweise und ohne eine Menschenseele, von der wir Hilfe erwarten können." Lilys Stimme klang schrill. Ich konnte es ihr kaum verübeln. „Was machen wir denn jetzt?"

„Wir kehren zum Bahnhof zurück und rufen die amerikanische Botschaft in Hongkong an" war alles, was mir einfiel.

„Und dann sollten wir den nächsten Zug besteigen, der hier abfährt."

Als wir die Hauptstraße erreichten, ging gerade die Sonne auf, und die Menschen kamen aus ihren Häusern und machten sich, mit dem

Fahrrad oder zu Fuß, auf den Weg nach Fuchow. Wir reihten uns in die Menge ein. Die schlafende Landschaft um uns herum war hügelig, an steilen Hängen waren terrassenförmig Felder angelegt.

Ich brauchte meine ganze Kraft und Konzentration, um die tiefen Furchen in der Straße zu umfahren, und kam bald ins Schwitzen. Außerdem meldete sich meine Blase. „Zeit für eine Pause", verkündete ich und fuhr an den Straßenrand.

„Wie günstig! Mein Hintern fühlt sich langsam an wie ein Hühnersteiß!" Damit glitt Lily hinunter.

Ich legte das Fahrrad auf den Boden. Kaum war ich nicht mehr in Bewegung, begann mein verschwitzter Körper die Kälte zu spüren, so daß ich die Jacke von der Rahmenstange abwickelte und mir über die Schulter warf.

Um ungestört meinem Bedürfnis nachzukommen, stieg ich den Hang hinunter. Ich mußte darauf achten, wohin ich meine Füße setzte, und erst, als ich fast unten war, merkte ich, daß ich beobachtet wurde. Es war der Mann mit der Bommelmütze. Jetzt hatte er eine Art Fernsteuerung in der Hand, die er mal nach links, mal nach rechts bewegte und schließlich genau auf mich richtete!

Er hob den Kopf, und unsere Blicke trafen sich. Statt aber wie im Zug davonzulaufen, begann er jetzt, in meine Richtung loszuspurten. Ich bekam einen Adrenalinstoß und fing an zu rennen.

„Warten Sie!" brüllte er auf englisch.

Aber ich ließ mich nicht aufhalten. Ich kroch den Hang wieder hinauf und versuchte, Abstand zu Bommelmütze zu gewinnen. Lily, die bei dem Fahrrad geblieben war, band gerade ihren Schuh auf. „Wir müssen rennen", japste ich.

„Küchenchefs rennen nicht", protestierte sie.

„Ich meine nicht rennen wie beim Joggen, sondern wie beim Wettrennen, schnell!" schrie ich, während ich an ihrem Arm zerrte. „Schau mal, wer da aufgekreuzt ist!" Ich zeigte auf Bommelmütze, der heftig mit der Steigung zu kämpfen hatte.

„Was macht der denn hier?"

„Jedenfalls keinen gemütlichen Ausflug ins Grüne, darauf kannst du Gift nehmen. Los, komm jetzt!"

Ich hastete voran, immer weiter den Hang hinauf. Lily folgte mir, so gut sie konnte; allerdings war sie konditionell in einer miserablen Verfassung. Ich mußte oben auf der Anhöhe stehenbleiben und auf sie warten. Auf der anderen Seite fiel der Hang terrassenförmig in ein Tal ab, durch das ein Fluß dahineilte. Eisenbahnschienen schlängelten sich um den Hügel herum bis zum Fluß und überquerten ihn auf einer schmalen Brücke. In der Ferne erblickte ich Rauch, der aus dem Schornstein eines gemächlich herannahenden Zuges stieg. Wenn wir einen Zahn zulegten, konnten wir vielleicht auf den vorbeifahrenden Zug aufspringen. Hätte er aber erst einmal die Brücke erreicht, wäre es zu spät. Es war ein riskantes Unterfangen, aber unsere einzige Chance, hier wegzukommen.

„Lily!" keuchte ich. „Wir müssen auf diesen Zug da!" Als ich mich zu ihr umdrehte, verlor ich das Gleichgewicht und rutschte ein Stück den schlüpfrigen Abhang hinunter. Ich rappelte mich gleich wieder hoch, doch meine Jacke blieb an einem niedrigen Strauch hängen und glitt mir von den Schultern. Als ich die Hand nach ihr ausstreckte, fiel mir plötzlich wieder ein, wie Bommelmütze mich im Zug angerempelt und nach meiner Jacke gegrapscht hatte. War es möglich, daß er eine Art Wanze an ihr befestigt hatte? Konnte er uns auf diese Weise gefolgt sein? Steckte er mit Cao und dem Mann, der unsere Ausweise gestohlen hatte, unter einer Decke?

Ich ließ meine Jacke im Dreck liegen und schob Lily auf den schmalen Fußwegen zwischen den Parzellen vor mir her bis hinunter an die Eisenbahnschienen. Der Zug fuhr langsam, so daß wir neben ihm herlaufen konnten.

„Schau genau hin, was ich mache, und dann spring, sobald du kannst!" rief ich, als wir uns dem Zug näherten. Der nächste Waggon war ein Güterwagen, dessen Tür weit offenstand. Ich nahm meinen ganzen Mut zusammen und warf mich in die Öffnung, doch mein Fuß rutschte ab, und ich mußte mich an dem rohen Holzboden festklammern. Splitter bohrten sich in meine Finger und, von panischer Angst ergriffen, spürte ich, wie ich fiel. Zwischen meinen schlenkernden Beinen und den Metallrädern des Zuges lagen nur wenige Zentimeter. Hilflos zappelnd hing ich da, meine Kraft reichte nicht aus, um mich hochzuschwingen.

Doch dann wurde ich plötzlich hinaufgezogen: Starke Hände setzten mich sicher auf dem Holzboden des Güterwaggons ab.

Nach Luft ringend, hob ich den Kopf und blickte in das ernste Gesicht eines jungen Chinesen. Ich raffte mich auf und lehnte mich aus der Türöffnung hinaus. Lily versuchte tapfer, mit dem Zug Schritt zu halten, aber während wir uns rasch der schmalen Brücke näherten, fiel sie allmählich zurück. „Karen!" keuchte sie verzweifelt.

„Komm schon! Los!" Ich stemmte mich gegen die Tür und streckte die Hand nach ihr aus. „Du mußt jetzt springen!"

Der Chinese hielt sich mit einer Hand an der Waggontür fest und schwang seinen Körper so um sie herum, daß er fast außen am Zug hing. Als er Lily die Hand hinstreckte, polterte die Lokomotive auf die Brücke. Jeden Augenblick würde auch unser Güterwagen die Brücke erreichen, und dann wäre es zu spät. Mit einer letzten Kraftanstrengung warf Lily sich auf den Waggon und landete mit einer dumpfen Bauchlandung halb drinnen, halb draußen. Der Junge packte sie am Gürtel und hielt sie fest, bis ich sie vollends hereingehievt hatte.

Als der Zug geräuschvoll über die Brücke rollte, schaute ich zurück und sah Bommelmütze oben auf der Anhöhe stehen. Er hielt meine Jacke in der Hand und sah dem Zug nach. Ich bezweifelte, daß er uns sehen konnte, aber er würde sicher zu dem Schluß kommen, daß wir aufgesprungen waren, und versuchen, uns am Bahnhof von Fuchow zu erwischen. Allerdings würde er für den Weg dorthin länger brauchen als wir; somit waren wir erst einmal sicher!

„Vielen, vielen Dank!" sagte ich unter Verbeugungen zu dem jungen Chinesen. Er nickte kurz, dann zog er sich in die Dunkelheit des Waggons zurück, wo er sich hinhockte und, ohne den Blick von uns zu wenden, mit einem Strohhalm zwischen seinen Zähnen herumstocherte.

Ich hätte Lily gern umarmt, um den Triumph unserer gelungenen Flucht mit ihr zu teilen, doch sie starrte entgeistert auf etwas in ihrer Hand. „Was ist? Bist du verletzt?" fragte ich.

Sie streckte mir ihre offene Handfläche entgegen. Darauf lag die provisorische Krone, die ich ihr eingesetzt hatte.

„Nein!" stöhnte ich. „Laß mal sehen."

Lily machte den Mund auf und neigte folgsam den Kopf nach hinten. Zum Glück saß das Stückchen Zement noch in dem Loch, das ich bis an die Wurzel gebohrt hatte. Bei entsprechender Vorsicht würde es noch ein Weilchen halten. Wenn es jedoch herausfiel, würde die Wurzel offenliegen und der Schmerz nahezu unerträglich werden.

„Keine Sorge", sagte ich zu ihr. „Die Krone kann ich wieder einsetzen. Du darfst sie nur nicht verlieren." Es stimmte zwar, daß ich ihr die Krone wieder einsetzen konnte, aber dazu brauchte ich geeignetes Instrumentarium, und das war meilenweit entfernt.

DER VERSUCH, vom Bahnhof in Fuchow aus die amerikanische Botschaft in Hongkong anzurufen, erwies sich als aussichtsloses Unterfangen. Es gab kein Telefonbuch, und ich sah keine Möglichkeit, mich der Vermittlung verständlich zu machen. Wen konnte ich sonst anrufen?

Ich zermarterte mir das Hirn. Wen kannte ich auf diesem Kontinent? Schlagartig fiel mir ein, daß Mitch mir die Telefonnummer seiner Frau Jae gegeben hatte. Seit sie ihn vor über einem Jahr verlassen hatte, hatte ich nicht mehr mit ihr gesprochen, aber sie war meine einzige Hoffnung.

Lily wartete vor „Mrs. Field's" auf mich. Der Laden war noch nicht geöffnet, aber der Duft aus dem Backofen hatte schon eine kleine Menschentraube angezogen.

„Was haben sie gesagt?" fragte Lily.

„Ich bin nicht durchgekommen."

Enttäuscht sackte sie in sich zusammen.

„Aber mir ist noch jemand anders eingefallen, den habe ich angerufen. Mitch hat mir die Nummer seiner Frau gegeben, bevor wir abflogen. Ich glaube, sie waren immer in Kontakt, seit sie in Hongkong lebt."

„Kann sie uns helfen?"

„Sie sagte, sie kenne jemanden im Konsulat in Hongkong und ich solle sie heute abend zurückrufen."

„Und was machen wir bis dahin? Hier können wir nicht bleiben. Womöglich taucht dieser Verrückte mit der Machete wieder auf."

Plötzlich gingen bei Mrs. Field's die Türen auf. Wir sahen uns an. „Hier könnten wir uns vielleicht eine Weile aufhalten", räumte Lily ein. Dieses Mal widersprach ich ihr nicht, und wir traten ein.

Ich zeigte auf das Tablett mit den Vollmilchschokoladekeksen, die noch ofenwarm und weich waren, und hielt drei Finger hoch. Lily deutete auf die mit Bitterschokolade und hielt beide Hände hoch. „Zehn", sagte sie, „um dem Hunger die Spitze zu nehmen, bis wir etwas Richtiges zu essen bekommen."

In der Annahme, der Verkäufer würde sich den Rechnungsbetrag schon nehmen, warf ich ihm hin, was von meinen Renminbi noch übrig war. Statt dessen stellte er die Kekstüte außerhalb meiner Reichweite ab und schüttelte den Kopf. Mir erschien es unvorstellbar, daß die Kekse mehr kosten sollten als die Handvoll Scheine, die ich auf der Theke ausgebreitet hatte.

„Wir haben es eilig, bitte", drängte ich, fast am Ende meiner Geduld. Er rief etwas über die Schulter, woraufhin ein älterer Mann aus der Küche auftauchte. „Kekse", sagte ich und zeigte auf die Tüte, „und Geld." Damit deutete ich auf den Stapel Geldscheine. Dann bemühte ich mich nach Kräften, meine Verwirrung darüber zum Ausdruck zu bringen, daß dieses einfache Geschäft nicht zustande gekommen war.

Er schwieg einen Augenblick lang nachdenklich, dann sah er mich an. „Wir nicht nehmen Renminbi“, erklärte er. „Nehmen Foreign Exchange Certificates.“

„Sie sprechen ja Englisch!“ entfuhr es Lily.

„Kleines bißchen“, lächelte er, „University of Miami 1982.“

„Sie sind in Florida zur Schule gegangen?“ fragte ich.

„Nicht Schule gehen“, entgegnete er. „Ich gehen lernen amerikanisches Geschäft. Arbeiten als Koch in Wohnheim.“

Lily spitzte die Ohren. „Sie sind Koch?“

„Natürlich! Ich kochen Kekse!“ rief er mit einem breiten Grinsen.

ER HIESS Sun Ye und lud uns ein, nach hinten in seine Küche zu kommen, um bei einer Kanne Tee und den Keksen, die wir schließlich mit FEC gekauft hatten, „englisch zu sprechen“. Da von Bommelmütze weit und breit nichts zu sehen war, beschlossen wir, es zu riskieren. Im übrigen erschien uns die Küche des Mrs.-Field’s-Ladens als recht sicheres Versteck.

Sun Ye fand für Lily und mich zwei Kisten, auf die wir uns setzen durften, und stellte den Tee vor uns hin. Lily griff gerade nach einem Keks, als wir eine Männerstimme vom Laden her ungeduldig rufen hörten – ich spähte um die Ecke und sah Bommelmütze, der auf die Theke trommelte und nach Bedienung verlangte.

„Wie hat er uns gefunden?“ flüsterte Lily.

Die Antwort hielt er in der Hand: den zerknitterten Mrs.-Field’s-Reklamezettel aus meiner Jackentasche.

„Bitte“, flüsterte ich Sun Ye zu, „wir möchten nicht, daß dieser Mann erfährt, daß wir hier sind.“

„Wieso?“

Das hätte ich selbst gern gewußt. „Er will uns weh tun“, erwiderte ich. Wahrscheinlich stimmte das sogar.

Sun Ye warf einen prüfenden Blick auf Bommelmütze, dann auf mich und zuckte mit den Schultern.

„Ich habe noch mehr Geld“, sagte ich und zog eine Handvoll FEC hervor.

Sun Ye ließ sie in seiner Tasche verschwinden und ging nach vorn in den Laden.

Bommelmütze sagte etwas und zeigte ihm den zerknitterten Zettel. Sun Ye schüttelte den Kopf. Doch Bommelmütze war mißtrauisch. Er reckte den Hals, um in die Küche zu spähen. Ich packte Lily und zog sie nach hinten an die Wand, wo ich uns beide unter den dort aufgehängten Jacken der Angestellten vergrub.

Schließlich tauchte Sun Ye wieder auf. „Reine Luft“, meldete er.

Aber ich hörte ihn kaum, denn mir war aufgefallen, daß ich an einer grünen Lederjacke lehnte! Obwohl sie sich steif anfühlte, so wie Leder, das naß geworden ist, und wie ein vier Tage alter Fisch stank, war es die von Peter, da war ich mir ganz sicher. Ich hielt den Atem an, nahm sie vom Haken und drückte sie fest an meinen Körper.

Einer der Bäcker kam herbeigelaufen und versuchte, mir die Jacke zu entreißen, während er in aufgeregtem Chinesisch auf mich einredete.

„Die Jacke gehört meinem Mann!“ hielt ich dagegen und preßte sie noch fester an mich.

Sun Ye sprach mit dem Jungen, der ihm antwortete und dabei mit seiner freien Hand übertrieben gestikulierte. Sun Ye drehte sich zu mir um. „Er sagen, amerikanischer Mann kommen hinter Laden, vor zwei Tagen. Erst kaufen viele Kekse. Dann Mann wollen Fahrrad kaufen. Dieser Junge bieten Geschäft: Fahrrad gegen Jacke.“

„War es ein großer Mann, blond, mit einem Schnurrbart?“ fragte ich, wobei ich meine Finger an den Mundwinkeln nach oben zwirbelte. Dann fiel mir das Foto in meiner Brieftasche ein. Ich zeigte es dem Jungen, der eifrig nickte.

„Ich hab's gewußt! Er war hier!“ Ich umarmte Lily, die fast genauso aufgeregt war wie ich.

„Ich möchte die Jacke zurückkaufen“, sagte ich entschlossen. „Er kriegt dafür alles, was ich habe.“ – Meine Uhr! Ich streckte ihm mein Handgelenk hin. „Nehmen Sie sie. Sie ist fast neu. Die Jacke ist alt und das Leder so gut wie hin.“

Der Junge sah zweifelnd erst die Jacke, dann die Uhr an. Ohne den Griff um Peters Jacke zu lockern, schnallte ich mir die Uhr vom Arm und reichte sie ihm. Die Verlockung war zu groß. Schließlich griff er nach ihr und ließ die Jacke los. Schnell zog ich sie über.

Sie war mir zu weit und steif von der Nässe. Und doch kam es mir vor, als hielte Peter mich fest im Arm. In der verzweifelten Hoffnung, einen Hinweis auf seinen Verbleib zu finden, steckte ich die Hände in die Außentaschen. Nichts. Auch die Innentaschen suchte ich eine nach der anderen ab.

Auf der linken Seite fühlte ich etwas Flaches und zog es heraus. Es war ein feuchter Umschlag mit einem dicken chinesischen Symbol darauf. Auch der dazugehörige Brief war feucht und ein Teil der Schrift verwaschen. Ich reichte ihn Sun Ye. „Können Sie mir das übersetzen?“

„Verzeihung, nein“, entgegnete er, „Augen zu schlecht.“

„Kennen Sie denn vielleicht dieses Symbol?“ beharrte ich.

Nachdem er es angeschaut hatte, sagte er: „Symbol von Wing-On-Universität.“

„Wie weit ist das von hier?“ fragte ich.

Sun Ye hob die Schultern. „Mit Fahrrad vier, fünf Stunde. Mit Auto eine Stunde, vielleicht mehr. Vielleicht wir machen noch mal Geschäft“, diente er sich mit einem Blick auf Lilys Rolex an.

„Keine Chance!“ rief Lily und zog den Jackenärmel über ihr Handgelenk.

„Gib sie ihm doch“, flüsterte ich Lily zu.

„Ich habe aber keine Lust, irgendeinem Hirngespinst nachzujagen! Wir sollten hier warten, damit wir heute abend Jae anrufen können.“

„Lily, Peter ist in Fuchow! Das ist der Hinweis, den wir gesucht haben. Wir können ihn noch finden.“

Lily preßte die Lippen aufeinander. „Ohne Ausweise und mit einem Verrückten, der hinter uns her ist? Dieser Typ wartet vermutlich schon draußen.“

„Dann gehen wir eben hinten raus, Lily, es geht um Peter, meinen Mann. Ich werde ihn finden, und wenn ich zu Fuß zu dieser verdammten Universität gehen muß! Wenn du hier warten willst, gut. Ich gehe.“ Und zu Sun Ye gewandt: „Ich bin fertig. Gehen wir.“

„Sie auch kommen?“ Er deutete auf Lilys Uhr und lächelte hoffnungsvoll.

„Nein, ich gebe Ihnen etwas anderes.“ Ich zog meinen Ehering vom Finger und hielt ihn dem Chinesen hin. Lily fiel die Kinnlade herunter. Zu meiner Überraschung schnallte sie plötzlich das Armband ihrer Rolex ab und reichte sie Sun Ye.

„Hier, nehmen Sie sie.“ Dann drehte sie sich zu mir um. „Ich halte dies immer noch für ein Hirngespinst von dir. Aber allein kann ich dich nicht gehen lassen.“

Fuchow, China

Dienstag, 10. Januar 1986

Für Chun Sok Lee war der Tag angebrochen wie jeder andere auch – wie allmorgendlich hatte das Kikeriki seines Hahns die aufgehende Sonne angekündigt. Aus reiner Gewohnheit war er an die Tür gegangen, um nach dem alten Mann zu sehen, bis ihm einfiel, daß Wan Lo nicht in seiner Hütte war noch jemals dorthin zurückkehren würde. Der alte Wissenschaftler war tot, vom Drachenkopf Wo Fat ermordet.

Angewidert von der Rolle, die er selbst in diesem Drama gespielt hatte, war Chun wieder ins Bett gegangen. Jetzt, Stunden später, geht er über den Hof und steigt über die hölzerne Tür von Wan Los Hütte und setzt seinen Fuß über die Schwelle. Höchst erstaunt betrachtet er die Laboreinrichtung. Ehrfürchtig läßt er seine Hand über die empfindlichen Eichgeräte gleiten.

Der Hahn kräht, und Chun wirft einen Blick aus dem hohen Fenster. Ein Mann strampelt auf einem Fahrrad den Hügel herauf. Er muß stark sein, denn ungeachtet der Steigung kommt das Fahrrad rasch näher. Ob er ein Todesbote von Wo Fat ist?

Chun duckt sich weiter hinten in Wan Los Hütte und sieht zu, wie das Fahrrad mitten im Hof anhält. Der Radfahrer ist kein Chinese, er hat die runden Augen und den gelben Schnurrbart eines Ausländers! Er geht auf die offene Tür von Wan Los Hütte zu. Chun kriecht unter den Tisch und kauert sich dicht an die Wand.

„Hallo?" ruft der Ausländer auf englisch. „Jemand zu Hause?" Und dann wiederholt er auf chinesisch: „Ni hao?"

Der leise Schritt von Gummisohlen verrät, daß der Fremde den Raum betritt. Aus seiner geduckten Position kann Chun den Mann nur von den Knien abwärts sehen, wie er um den Labortisch herumgeht und stehenbleibt, um genau wie Chun mit der Hand über die Geräte zu fahren.

Wieder kräht ein Hahn. Diesmal muß Chun gar nicht aus dem Fenster schauen, um zu wissen, daß ein Auto die Straße heraufkommt, denn er hört bereits das Brummen des Motors. Offenbar hat der Mann mit den Gummischuhen es auch gehört, denn er läßt sich zu Boden fallen und kriecht unter den Tisch – nur wenige Zentimeter von Chun entfernt.

Und dann passieren zwei Dinge auf einmal: Der Mann in den Gummischuhen dreht sich um und entdeckt Chun, der keine zehn Zentimeter von ihm entfernt hockt, und die beiden wuchtigen Typen aus Wo Fats Schlägertruppe platzen in die Hütte.

Dieses zweite Ereignis macht Chun und den Mann mit den Gummischuhen zu Komplizen. Chun legt beschwörend den Finger auf die Lippen und gibt dem Mann ein Zeichen, weiter zu ihm nach hinten zu kommen.

Dann werden beide Männer von einem Krachen abgelenkt. „Guck mal!" tönt einer der Bodyguards und versetzt dem Tisch mit einem Stück Rohr einen donnernden Schlag. Chun und der andere Mann ziehen die Köpfe ein, als die hölzernen Bretter über ihnen von dem Schlag widerhallen.

Der Ausländer wirkt ganz ruhig. Mit dem Rücken zur Wand schiebt er sich von der Mitte des Tisches weg und gibt Chun zu verstehen, daß er ihm folgen soll. Während die beiden Bodyguards mit ihrem Zerstörungswerk beschäftigt sind, rutscht der Ausländer unter dem Tisch hervor und hockt jetzt unübersehbar an der Wand. Aus Angst, allein zurückzubleiben, kriecht Chun hinter ihm her. Jetzt sind sie beide ohne Deckung, eine leichte Beute, sobald die Schlägertypen sich umdrehen.

Was sie jedoch wundersamerweise nicht tun. Genau in dem Moment, als der Tisch mit lautem Krachen zusammenbricht, stürzen Chun und der Fremde durch die offene Tür ins Freie. Sie drücken sich an die Wand von Wan Los Hütte. Chun deutet mit dem Kopf auf den kleinen Schuppen, der an seine Hütte angebaut ist, und rennt quer über den Hof hinüber. Diesmal huscht der Fremde hinter ihm her.

Sie quetschen sich durch die kleine Luke des Hühnerstalls, wo die Vögel lauthals protestieren und aufgeregt mit den Flügeln schlagen. Chun hilft dem Mann, sich mit schmutzigem Stroh zu bedecken. Eine Henne kreischt noch immer, und Chun fürchtet, der Lärm könnte die beiden Schläger auf sie aufmerksam machen. Deshalb packt er die Henne und wirft sie durch die kleine Türöffnung in den Hof. Sie schüttelt ihr aufgeplustertes Gefieder und stolziert empört zu dem Hahn, der an einem braun-goldenen Gegenstand auf dem Boden herumpickt.

Wan Los Kappe! Sie muß Chun vom Kopf gefallen sein, als er zum Hühnerstall rannte. Wenn die Typen sie nun entdecken? Chun wagt nicht, sie jetzt in Sicherheit zu bringen. Schon hört er die Stimmen der beiden Randalierer, die aus Wan Los Hütte kommen.

„Schau mal da!“ sagt der eine und deutet auf die Henne und den Hahn. Chun rutscht das Herz in die Hose. Doch als der Kerl sich bückt, greift er nicht nach der Kappe, sondern fängt mit der bloßen Hand den Hahn und zieht damit ab.

„Was willst du denn mit diesem alten Gockel?“ fragt sein Kumpan. „Der ist doch schon ganz klapprig.“

„Und wenn schon, ist Wo Fats Magen erst einmal zufriedengestellt, wird er vielleicht darüber hinwegsehen, daß es uns nicht gelungen ist, den Schlüssel zu dem schwarzen Kasten zu finden.“

Die beiden Schläger steigen in ihren Wagen und fahren davon. Kaum sind sie außer Sicht, kriecht Chun aus dem Hühnerstall, dicht gefolgt von dem Ausländer, der sich das Stroh von den Kleidern klopft. Chun hebt Wan Los Kappe auf. Sie ist mittlerweile besudelt, aber die Anstecknadel glänzt noch immer. Er setzt sich die Kappe auf den Kopf.

Der Fremde streckt die Hand aus und spricht ihn in gepflegtem Mandarin an: „Vielen Dank, daß Sie mir Unterschlupf gewährt haben. Ich heiße Peter. Ich suche einen Mann der Wissenschaft mit Namen Wan Lo. Sind Sie Wan Lo?“

Chun starrt ihn ungläubig an. Er ist noch nie einem rundäugigen Ausländer begegnet, der Chinesisch sprach.

„Ich wurde von den Vereinigten Staaten von Amerika, von Doktor Leo Kensington, hergeschickt, um mir Ihre Erfindung anzuschauen“, fährt der Mann namens Peter fort. „Doktor Kensington hat Ihren Brief erhalten. Ich versichere Ihnen, daß ich in guter Absicht hier bin. Meine Regierung wird dafür sorgen, daß Ihre Erfindung so verwendet wird, wie Sie es in Ihrem Brief formuliert haben: zum Wohle der Menschheit.“

Es liegt jenseits von Chuns Vorstellungsvermögen, daß die Nachricht über Wan Los Erfindung so schnell die Regierung der Vereinigten Staaten von Amerika erreicht haben soll; wie dem auch sei, jetzt ist es zu spät. Der schwarze Kasten ist weg.

„Treten Sie ein, ich werde uns eine Kanne Tee bereiten“, sagt Chun schließlich. „Und wir reden miteinander.“

9

Sun Ye hatte gesagt, zur Wing-On-Universität sei es nur eine Stunde mit dem Auto, doch wir waren bereits über drei Stunden unterwegs. Jetzt blieben uns nur noch sechsunddreißig Stunden, um Peter zu finden. Es schien jedoch unmöglich, das Tempo zu beschleunigen, denn wir saßen auf der Ladefläche von Sun Yes klapprigem Lastwagen, und der Chinese hatte beschlossen, neben dem Chauffeur auch noch den Reiseführer zu mimen und uns die landschaftlichen Schönheiten der Strecke nahezubringen.

Ich drehte mich zu Lily um. Doch sie wirkte verschlossen, in sich gekehrt. Ich beobachtete, wie sie ungeduldig auf dem hölzernen Lattenboden des Lastwagens eine bequeme Lage einzunehmen versuchte.

Plötzlich fuhren wir an den Straßenrand, und der Lastwagen kam neben dem eisernen Tor eines ummauerten Geländes zum Stehen.

Sun Ye stieg aus dem Führerhäuschen und kam nach hinten. Er machte die hintere Seitenwandung los und klappte sie herunter. „Okie dokey“, strahlte er. „Wir da.“

„Das ist die Universität?“ fragte ich mit einem ungläubigen Blick auf die kahlen Mauern mit dem Stacheldraht obendrauf.

Der Chinese bewegte ruckartig den Kopf auf und ab. „Wing-On-Universität. Gute Schule für Wissenschaft und Doktor.“

„Das muß ja eine Wahnsinns-Uni sein, wenn sie die Studenten mit Stacheldraht an der Flucht hindern müssen!“ murmelte Lily.

Wir kletterten von dem Lastwagen herunter. Sun Ye deutete auf seine Uhr – Lilys Rolex. „Zeit zu gehen“, erklärte er und lächelte uns an. Er schien es jetzt eilig zu haben. *„Zaijian!“* rief er.

„Das heißt wahrscheinlich ‚Trottel‘ auf chinesisch“, knurrte Lily.

Die Wachposten ignorierten uns, als wir durch das Tor gingen.

„So, da wären wir. Und was jetzt?“ Lily blieb ratlos stehen.

„Wir müssen jemanden finden, der uns den Brief aus Peters Jackentasche übersetzt, nur so werden wir eine Vorstellung davon bekommen, warum Peter hierherkommen wollte“, antwortete ich.

„Aber wie sollen wir so jemanden finden?“

„Halt nach Studenten mit einem Englischbuch Ausschau. Wir werden ihnen einfach zum Hörsaal folgen und ihren Lehrer bitten, einen Blick darauf zu werfen.“

Vor den Gebäuden der Universität sah man einen Fahrradständer neben dem anderen und Hunderte von schwarzhaarigen Studenten mit ernsten Gesichtern, die ihre Bücher an sich drückten. Während wir zwischen ihnen umhergingen, reckten wir die Hälse, um die Titel auf den Rücken ihrer Bücher zu entziffern. Die Studenten, die wir anzusprechen versuchten, erwiderten unser Lächeln jedoch mit argwöhnischen Blicken.

Langsam rumpelte ein Lastwagen an uns vorbei. Er war mit Gemüse beladen. „Laß uns zum Mittagessen gehen, Lily“, schlug ich vor. „In der Cafeteria müßte es doch ein paar Englischstudenten geben.“

„Falls wir die Cafeteria finden!“

„Nichts leichter als das. Folgen wir einfach dem Lastwagen dort!“

Ich lief voraus und sah, wie der Lastwagen abbog und dann auf ein niedriges Gebäude zurollte. Ich wartete, bis Lily mich eingeholt hatte.

Sie schnupperte: „Ingwer, Knoblauch ... und Zwiebeln, jede Menge Zwiebeln. Für einen Hamburger würde ich glatt zum Tier.“

In der Cafeteria gab es zwar keine Hamburger, aber als es ums Essen ging, wurden sogar die chinesischen Studenten lebendig, sie schwatzten laut drauflos, lachten, gestikulierten und stopften sich voll.

Vor uns in der Reihe stand ein Mädchen mit dem feinsten Haar, das ich je gesehen hatte. Es war schwarz und reichte ihr bis zur Taille.

Während ich mein Tablett weiterschob, behielt ich sie im Auge. Nicht wegen ihrer wunderschönen Haare, sondern weil sie Levis-Jeans anhatte, die ersten, die ich in Fuchow entdeckt hatte. Wenn sie schon westliche Kleidung trug, war sie vielleicht empfänglicher für unser Anliegen.

Als wir am Ende der Essensausgabe anlangten, fanden wir weder Servietten noch Besteck, und eine Kasse gab es auch nicht.

„Hat das kommunistische System also doch ein paar Vorzüge", sagte Lily, ganz angetan von der Vorstellung einer kostenlosen Mahlzeit. „Wo setzen wir uns hin, Genossin?"

Ich schaute mich nach dem Mädchen mit den langen Haaren um und entdeckte es am anderen Ende des Raumes, wo es mit zwei anderen Mädchen und einem Jungen saß. „Da drüben", entgegnete ich und ging voran.

An einer Seite des Tisches waren noch zwei Plätze frei; die nahmen wir ein. Das Mädchen und seine Freunde sahen uns aus den Augenwinkeln an, während sie weiter miteinander sprachen und kicherten.

Eine Kellnerin, die auf einem Servierwagen ein Fäßchen zog, blieb an unserem Tisch stehen, hielt eine Kanne unter den Zapfhahn und ließ etwas Tee hineinlaufen. Sie knallte achtlos ein paar Tassen mitsamt der Kanne auf den Tisch, dann langte sie in ihre Tasche und zog zwei Paar Stäbchen hervor, die sie mitten auf unseren Tisch warf.

„Super", meinte Lily und griff nach einem Paar.

„Du magst chinesisches Essen?" wollte das schwarzhaarige Mädchen von Lily wissen. Ihr Englisch war Musik in meinen Ohren!

„Hm, sehr gut!" antwortete Lily, während sie geschickt ihre Stäbchen einsetzte, um ein Stückchen Fleisch aufzupicken und es sorgfältig auf der rechten Seite ihres Mundes, weit weg von dem lädierten Zahn, zu plazieren.

„Sie sprechen sehr gut Englisch", lobte ich das Mädchen. „Lernen Sie es hier an der Universität?"

„Ja, wir lernen es hier an der Universität", äffte der Junge mich nach. Offensichtlich wurden sie in der Sprecht-mir-alle-nach-Methode unterrichtet.

„Aauuu!" Lily ließ ihre Stäbchen fallen und drückte die Hand gegen ihre Backe. Wir sahen alle zu, wie sie in ihrem Mund herumpulte und ein weißes Etwas von der Größe eines Pfefferkorns herauszog. Sie reichte es mir. Es war der Zement, der den offenliegenden Nerv ihres kranken Zahns bedeckt hatte.

„Laß mich mal sehen“, sagte ich, und als sie ihren Mund aufmachte, erblickte ich, was ich befürchtet hatte: In Lilys Zahn klaffte ein häßliches Loch. Der Nerv lag vollkommen bloß. Ohne provisorische Füllung mußte Lily mit üblen Schmerzen rechnen.

Die Studenten beobachteten uns mit verhaltener Neugier. „Böser Zahn. Ich Zahnärztin. Ich reparieren“, erklärte ich.

„Das glaubst aber auch nur du!“ unterbrach Lily und wich zurück. Sie nahm einen weiteren Bissen, stöhnte und preßte sich schnell die Hand auf die Backe. Tränen standen ihr in den Augen.

„Wir brauchen nur das Provisorium zu ersetzen“, versicherte ich ihr. „Hier, das hilft fürs erste. Ich kramte einen Streifen Kaugummi aus meiner Tasche, packte ihn aus und rollte ihn zu einer Kugel. „Mund auf!“

„Kommt nicht in die Tüte!“ zischte Lily und preßte die Zähne zusammen.

„Es wird dich für eine Weile schmerzfrei machen, das verspreche ich dir. Kaugummi wird mit Chicle gemacht, und das ist fast dasselbe wie Guttapercha, das Zeug, das die Zahnärzte bis zur Erfindung des Kunststoffs benutzt haben.“

Lily war nicht überzeugt, öffnete dann aber doch ihren Mund und ließ mich die Gummimasse in den schmerzenden Zahn stopfen. Sie sagte zwar nichts, aber an ihrer Miene konnte ich erkennen, daß das bloße Abdecken des Lochs ihre Qualen bereits linderte.

Eine Glocke ertönte, und im selben Augenblick rafften sämtliche Studenten ihre Sachen zusammen und standen auf. Das Mädchen mit den langen Haaren lächelte schüchtern. Jetzt oder nie!

„Verzeihung“, begann ich. „Könnte ich Sie um einen Gefallen bitten?“

„Einen Gefallen?“ wiederholte sie verständnislos. „Was ist ‚ein Gefallen‘?“

Ich rang nach Worten. „Ein Gefallen, das ist ein, wissen Sie, ich brauche etwas, ich bitte Sie um Hilfe, dann tun Sie mir einen Gefallen.“

Sie schien verwirrt. „Entschuldigung, ich verstehe nicht gut Englisch“, sagte sie. „Ich Student, nur zwei Jahre.“

Genau richtig, dachte ich. Dann fragte ich sie in ihrer eigenen stockenden Sprechweise: „Bitte, wir jetzt gehen mit Ihnen in Englischunterricht?“

„Ah!“ Das Mädchen lächelte verstehend. „Wir gehen Unterricht, alle“, wiederholte sie.

Der Englischdozent hieß John Lee. Geboren war er in Oklahoma City, ein chinesischer Amerikaner der dritten Generation, der im Alter von 26 Jahren Freunde und Familie mit der Nachricht schockiert hatte, zu seinen familiären Wurzeln in der Provinz Fujian zurückzukehren. Seit fünf Jahren unterrichtete er in China Englisch, die letzten zwei davon an der Wing-On-Universität.

„Als Nixon '78 die Tür nach China öffnete, sollte ich meinem Volk helfen, sich mit der Demokratie vertraut zu machen", erklärte er uns. „Ich wollte ihm den ‚American way of life' nahebringen. Doch es funktionierte nicht so, wie ich gedacht hatte. Nicht ich habe China verändert, sondern China mich."

Er steckte sich eine Zigarette an und sog mit sichtlichem Vergnügen den Rauch ein. „Früher, in den Staaten, hätte man mich garantiert nie mit einem dieser Sargnägel erwischt, aber hier ist das Rauchen eines der wenigen erschwinglichen Laster."

„Wenn Sie hier nicht glücklich sind, warum kehren Sie dann nicht in die Staaten zurück?" fragte ich.

Seine Miene wurde ernst. „Ich lebe jetzt hier", entgegnete er. „Hier ist mein Zuhause, ob es mir gefällt oder nicht." Und dann, nach einer Pause: „Die Wahrheit ist, daß ich auf meine amerikanische Staatsbürgerschaft verzichten mußte, um hierbleiben zu können. Doch was führt zwei Damen wie Sie an diesen Vorposten der Zivilisation?"

„Wir suchen meinen Mann", erklärte ich. „Er hatte hier geschäftlich zu tun und ist dann verschwunden."

„Wann war das?"

„Vor drei Tagen. Das hier haben wir in seiner Jackentasche gefunden." Ich zog den Brief hervor. „Könnten Sie ihn für uns übersetzen?"

John nahm den Brief und las ihn langsam, wobei seine Augen immer von rechts nach links wanderten. Am Ende sah er uns mit düsterer Miene an. „Sie haben keine Ahnung, was hier steht?"

„Nicht die geringste. Können Sie es uns vorlesen?"

John Lee erhob sich. „Das meiste sind Gleichungen, irgendwelche Formeln, wenn ich sie richtig verstehe. Mit Ihrer Erlaubnis würde ich sie gern dem Leiter der Naturwissenschaftlichen Fakultät zeigen."

„Wozu?"

„Der Mann, der den Brief geschrieben hat, hieß Zhou Ping. Er war hier Professor. ‚War', das meine ich wörtlich. Etwa vor einer Woche fuhr er nach Hongkong, um an einem Energiesymposium teilzunehmen."

Den Namen Zhou erkannte ich wieder. Es war der Name des Mannes, von dem Cao gesagt hatte, er sei auf dem Boot in Aberdeen getötet worden.

John fuhr fort: „Er wurde umgebracht. Näheres weiß ich nicht; die Polizei hat mit Doktor Liang gesprochen. Deshalb möchte ich ihm den Brief gern zeigen."

Ich mußte an Caos Warnung vor der chinesischen Polizei denken. Wenn sie bereits nach Peter suchten, konnte ihn der Inhalt dieses Briefes mit dem Mord in Verbindung bringen. Wie konnte ich nur so dumm sein, ihn einem völlig Fremden in die Hand zu drücken? Ich stand auf und nahm John den Brief aus der Hand.

„Danke, aber ich glaube, wir haben Sie schon genug in Anspruch genommen. Komm, Lily."

Lily war verdutzt. „Was?"

„Ich sehe keinen Nutzen darin, ihn noch jemand anderem zu zeigen. Am besten fahren wir gleich zurück nach Fuchow."

Lily sah John an. „Macht es Ihnen etwas aus, wenn wir uns kurz besprechen?" Er zuckte mit den Schultern, und Lily und ich begaben uns aus seiner Hörweite.

„Was hast du denn? Dieser ausgesprochen nette, *alleinstehende* Amerikaner bietet uns seine Hilfe an, und nach allem, was wir durchgemacht haben, um hierherzukommen, heißt deine Antwort ‚nein'?"

„Und wenn Peter dadurch mit dem Mord in Zusammenhang gebracht wird, hast du einmal daran gedacht?"

„Warum sollte Peter ein Beweisstück mit sich herumgetragen haben, das eine Verbindung zwischen ihm und einer Leiche herstellt? Aber jetzt ist es sowieso zu spät. John hat es bereits gesehen. Und er macht einen vertrauenswürdigen Eindruck. Außerdem ist er süß."

Wir gingen zurück. „Also gut, wir gehen mit Ihnen", sagte ich. Es war gegen meine Überzeugung, schien aber unsere einzige Möglichkeit zu sein. „Das hier behalte ich lieber." Ich steckte den gefalteten Brief in den feuchten Umschlag zurück.

John nahm uns mit über den Campus zu einem Gebäude, das noch älter war als die Englische Fakultät. Dort führte er uns eine Treppe hinauf zu einem Raum im zweiten Stock. Ich traute meinen Augen nicht – es war ein zahnmedizinisches Labor! Gerade war Unterricht; alle Plätze waren besetzt. Sowohl die Patienten als auch die Zahnmedizinstudenten trugen weiße Laborkittel.

„Nein, ist er Zahnarzt?" stieß Lily hervor und preßte unwillkürlich die Zähne zusammen.

„Sogar in den USA ausgebildet. Warten Sie hier“, entgegnete John und schlängelte sich zwischen den Stühlen hindurch nach vorn, wo Dr. Liang gerade etwas demonstrierte.

„Weißt du, ich könnte deinen Zahn gleich hier versorgen, wenn ich an weißes Zinkoxidpulver und ein paar Tropfen Eugenol käme“, sagte ich zu Lily.

„Danke, ich verzichte. Die Gerätschaften sehen aus, als wären sie unmittelbar einer Szene aus *Frankensteins Braut* entnommen. Da warte ich lieber, bis wir nach Hongkong zurückkommen.“

„Es ist dein Mund.“

John winkte uns einzutreten, und ich zog Lily quer durch den Raum. „Dr. Liang, darf ich Ihnen Mrs. Matthews und Miß Pullen vorstellen“, sagte John.

Liang war ein korpulenter Mann, einer der wenigen Übergewichtigen, die ich in China gesehen hatte. Nachdem er eine steife Verbeugung gemacht hatte, sagte er etwas auf chinesisch, wobei er auf die Tür am anderen Ende des Raumes wies. John übersetzte: „Wir sollen in seinem Büro warten, bis der Unterricht vorbei ist.“

In dem winzigen Kabuff hingen verschiedene Diplome an den Wänden, unter anderem auch ein Dr. med. dent. von der Zahnmedizinischen Fakultät der University of South California.

„Wir haben dieselbe Alma mater!“ sagte ich zu John.

„Können wir bitte über etwas anderes als Zahnmedizin reden?“ fragte Lily. Sie wandte sich an John. „Sie werden mir hoffentlich nicht erzählen, Sie hätten früher in Oklahoma auch dem Gott der Zähne gehuldigt.“

„Nein, ich hatte ein Restaurant“, erwiderte John. „Ich war Chefkoch.“

Sofort wurde sie munter. „Im Ernst? Ich bin auch Chefköchin! Welche Art Küche gibt es denn bei Ihnen?“

„In meiner Heimatstadt standen alle auf Barbecue“, erzählte John. „Aber zu Hause haben wir chinesisch gegessen. Also kombinierte ich beides. Ich nannte das Lokal ‚Der chinesische Cowboy‘.“

„Davon habe ich gehört!“ sprudelte es aufgeregt aus Lily heraus. „Im *Gourmet* wurde doch einmal darüber berichtet. Haben Sie damals nicht vier Sterne bekommen?“

John nickte. „Die Ironie der Geschichte war, daß wir einen Monat später Vergleich anmelden mußten. Sehen Sie, in Oklahoma kommen die einzigen Sterne, die etwas zählen – nämlich die auf dem Etikett des ‚Lone-Star‘-Biers –, im Sechserpack daher.“

Lily lächelte verständnisvoll. „Ich weiß, was Sie meinen. Die wenigsten Menschen legen wirklich Wert auf gutes Essen."

John und Lily klagten gemeinsam über die Risiken des Gaststättengewerbes und plauderten angeregt über ihre beiderseitige Kochleidenschaft. Schließlich läutete die Glocke, und in gegenseitigem Einverständnis saßen wir schweigend da, bis Dr. Liang eintrat.

John sprach zuerst Chinesisch mit Dr. Liang, dann wandte sich der Doktor an mich und bat in ausgezeichnetem Englisch: „Darf ich den Brief bitte einmal sehen?"

Schweren Herzens überreichte ich ihm das Schreiben, welches er eingehend studierte. Dann wandte er sich an John. Wieder fingen sie an, Chinesisch zu sprechen. Ich bemerkte, daß Johns Miene sich verdüsterte und seine Stimme langsam lauter wurde.

„Könnten Sie bitte Englisch sprechen?" bat ich beunruhigt.

Der Doktor sah mich finster an. „Dieser Brief stammt von Dr. Zhou Ping, der bis zu seinem Ableben hier Professor war. Er ist an einen Wissenschaftler namens Kensington adressiert, eine in der westlichen Welt sehr angesehene Kapazität, und es geht darin um einen Einheimischen mit Namen Wan Lo. Kennen Sie diese Leute?"

Lily und ich schüttelten den Kopf. Dr. Liang fixierte uns und fuhr fort: „Früher, vor der Kulturrevolution, war Wan Lo Leiter der Wissenschaftlichen Fakultät an der hiesigen Universität. Soweit ich aus diesem Brief ersehen kann, behauptet er nun, eine magnetische Vorrichtung erfunden zu haben, die er ‚eine Alternative zum elektrischen Strom' nennt. Dr. Zhou ist – war – der Ansicht, sie könnte im Bereich der Supraleitung Verwendung finden. Anscheinend handelt es sich hier um eine Einladung an Dr. Kensington, nach Fuchow zu kommen und sich die Erfindung anzusehen. Es tut mir leid, Mrs. Matthews, aber der Zusammenhang zwischen diesen Männern und Ihrem Gatten ist mir schleierhaft."

Mir nicht minder, wie sollte ich ihn da erklären? Peter hatte nicht von einer Erfindung gesprochen, Cao ebensowenig. Hatten John Lee und Dr. Liang den Inhalt des Briefes überhaupt wahrheitsgetreu wiedergegeben?

Trotz meiner zuvor geäußerten Bitte, Englisch zu sprechen, fingen Dr. Liang und John erneut an, Chinesisch miteinander zu reden. Ihre Diskussion wurde hitziger, und John wurde offenbar immer ungehaltener.

„Unterrichtet Mr. Wan Lo noch hier?" schaltete ich mich ein. „Weil unter Umständen, falls wir kurz mit ihm sprechen könnten ..."

Dr. Liang grinste höhnisch. „Nein, er ist nicht mehr an der Universität. Früher war er einmal hoch geschätzt, wurde jedoch während der Säuberungsaktion der Viererbande seines Amtes enthoben."

„Gut, aber möglicherweise lebt er ja ganz in der Nähe. Ich würde sehr gern mit ihm sprechen, um herauszufinden, ob er meinen Mann getroffen hat."

„Ich kenne Wan Los derzeitige *danwei* nicht", bedauerte Dr. Liang, „werde mich aber danach erkundigen."

„Ich denke, wir sollten Dr. Liang nicht länger in Anspruch nehmen", unterbrach John und forderte Lily und mich auf, uns zu erheben.

In seiner Stimme lag etwas Dringliches, und wir standen auf. Ich griff nach dem Brief, doch Dr. Liang hielt ihn von mir weg.

„Das muß ich den Behörden übergeben. Vielleicht ist es die letzte Korrespondenz meines verstorbenen Kollegen Dr. Zhou. Womöglich liefert es der Polizei Hinweise auf die Personen, die für seinen Tod verantwortlich sind."

Mir stockte das Herz. Genau das hatte ich befürchtet. Ich sah John flehentlich an.

„Aber", setzte er sich für mich ein, „dieser Brief ist der einzige Anhaltspunkt, der Mrs. Matthews zu ihrem Ehemann führen kann. Ich meine –"

„Niemand hat Sie nach Ihrer Meinung gefragt, Mr. Lee", kläffte Dr. Liang. Dann wandte er sich an uns: „Leider kann ich Ihnen den Brief erst morgen zurückgeben, nachdem ich ihn dem Polizeipräsidium der Stadt Fuchow vorgelegt habe." Schließlich fiel ihm noch ein: „Vielleicht kann man dort eine Kopie für Sie machen, Mrs. Matthews."

Ich sah zu, wie Dr. Liang den Brief in die Tasche seines Laborkittels steckte. Ich konnte nicht zulassen, daß er ihn behielt, aber wie sollte ich ihn mir zurückholen?

Im Gänsemarsch verließen wir das Büro. Ich zermarterte mir das Gehirn nach einer Idee, und in meiner Verzweiflung kam mir tatsächlich ein Gedanke. „Dr. Liang", begann ich höflich, „Miß Pullen hat sehr starke Schmerzen an einem Zahn. Vielleicht könnten Sie einen Blick darauf werfen, solange wir noch hier in Ihrem Labor sind."

Lily warf mir einen Blick zu, aus dem das blanke Entsetzen sprach, und wollte sich verdrücken. Doch ich hielt sie fest.

Liang zögerte, sein Unmut war offenkundig. Aber als Leiter der Fakultät würde er das Gesicht verlieren, wenn er sich weigerte, noch dazu in seinem eigenen Labor. Ich hatte ihn in der Hand.

Also nahm Dr. Liang Lilys Kinn in seine freie Hand und drehte ihr Gesicht zum Licht hin, wobei er ihren Mund aufstemmte. Erstaunt wich er zurück. „Was ist denn das?“

Ich spähte ihm über die Schulter. „Ach ja, als Behelfslösung haben wir ein Stück Kaugummi in das Loch gestopft“, erklärte ich.

Er runzelte die Stirn. „So kann ich nichts sehen. Wenn Sie bitte auf einem Behandlungsstuhl Platz nehmen wollen.“ Er wies auf den nächsten Laborplatz. Lily ergab sich in ihr Schicksal und ließ sich vorsichtig nieder.

„Bitte aufmachen.“ Jetzt ganz in seinem Element als Zahnarzt nahm Dr. Liang beide Hände zu Hilfe, um das Licht über Lilys Kopf in die richtige Position zu bringen. Der Brief lugte provozierend aus seiner Tasche hervor.

„Warum stellen Sie sich nicht hierhin, dann können Sie ihre Hand halten“, sagte John zu mir. Sein Blick glitt unmerklich von mir zu Dr. Liangs Tasche und zurück. Ich trat näher heran und nahm Lilys Hand. Auf ihrer Stirn standen Schweißtropfen, und ihre Augen waren glasig vor Entsetzen. Wenn ich ihr nur hätte begreiflich machen können, was sie tun sollte...

„Alles in Ordnung, Lily. Entspann dich einfach.“ Ich sah Dr. Liang an. „Wahrscheinlich denkt sie gerade an das letzte Mal, als sie beim Zahnarzt war.“

Lily und ich sahen uns in die Augen. Während ich weitersprach, starrte ich sie an und sagte eindringlich: „Erinnerst du dich, Lily?“

Offensichtlich erinnerte sie sich noch, denn als Dr. Liang mit der Wurzelkanalsonde Nr. 7 ihren Zahn untersuchte, klappte sie unter Geschrei ihre Kiefer zusammen; die drei Finger seiner Hand quetschte sie genauso, wie ich es mir von ihr erhofft hatte.

John trat näher, um Liang zu helfen. Dabei verdeckte er mich vollkommen, und im Bruchteil einer Sekunde hatte ich den Brief aus Dr. Liangs Tasche gefischt. Ich zog das Papier aus dem Umschlag, den ich dann ohne Inhalt wieder in den Laborkittel des Doktors gleiten ließ.

„Alles okay, Lily“, versicherte ich ihr. Sie hatte ihre Rolle mit Bravour gespielt, aber jetzt mußten wir uns schleunigst aus dem Staub machen. „Es tut mir so leid, Dr. Liang“, bedauerte ich, „Sie sind hoffentlich nicht verletzt?“

„Nein, nein, nichts passiert“, erwiderte er knapp, wobei er seine rechte Hand wie einen verletzten Spatz in der linken wiegte.

„Vielleicht sollten wir mit dieser Angelegenheit doch besser warten, bis wir wieder in Hongkong sind“, schlug ich vor.

„Genau!“ pflichtete Lily mir bei und sprang von dem Behandlungsstuhl auf.

Dr. Liang, der unserem plötzlichen Sinneswandel mißtraute, klopfte auf seine Kitteltasche, um sich zu vergewissern, daß der Brief noch da war. Als er den Umschlag fühlte, entspannte er sich ein wenig.

„Fahren Sie zum Hotel?“ fragte John.

„Das Hotel…“, begann ich.

John unterbrach mich. „Haben Sie nicht gesagt, Sie wohnen im ‚Palast des Friedens und der Freundschaft‘ in der Innenstadt? Wenn der Brief morgen fotokopiert ist, werde ich dafür sorgen, daß er dorthin gebracht wird.“

Er verschaffte uns die Gelegenheit zu verschwinden. Um nicht Dr. Liangs Argwohn zu erwecken, gab ich vor, darüber nachzudenken: „Ja, gut. Ich hoffe, Sie können ihn mir bis zu unserer Abreise zukommen lassen.“

„Spätestens morgen abend werden Sie ihn haben“, knurrte Dr. Liang.

Zum Abschied verbeugten wir uns vor Dr. Liang und eilten aus dem Hörsaal. John begleitete uns bis zur Treppe.

„Vielen Dank“, flüsterte ich. „Aber wo sollen wir –“

„Haben Sie ein Transportmittel?“ Wir schüttelten den Kopf.

„Dann nehmen Sie sich draußen Fahrräder. Hier schließt sie niemand ab. Folgen Sie der Hauptstraße aus Fuchow hinaus, ungefähr zwanzig Kilometer bis zum Gästehaus ‚Goldener Lotos‘. An der Brücke über den Ming werden Sie ein Schild mit Lotosblüten sehen. Übernachten Sie dort, bei Tagesanbruch werde ich zu Ihnen kommen. Vielleicht kann ich Ihnen helfen, Ihren Mann zu finden.“

DIE ZWANZIG Kilometer bis zum Ming zogen sich endlos hin, sicher auch, weil ich fürchtete, jeden Moment von einem chinesischen Sonderkommando aufgegriffen zu werden. In der festen Überzeugung, daß wir verfolgt wurden, schaute ich mich alle paar Minuten um, aber auf der schmalen Straße gab es kaum Verkehr, nur Fahrräder und gelegentlich einen Lastwagen.

Nachdem wir ein paar Kilometer wie wild gestrampelt waren, fand ich es an der Zeit, einen langsameren Gang einzulegen. Lily, die sich ihr Halstuch um die Backe gebunden hatte, radelte mit gesenktem Kopf neben mir her. Sie keuchte vor Anstrengung, und es war unschwer zu erkennen, daß sie Schmerzen hatte. „Warum gehen wir nicht ein Stück zu Fuß?“ rief ich ihr zu. Wortlos stieg sie ab und fiel neben mir in ihren Trott.

Auf einer Anhöhe blieben wir stehen und schauten über das Tal. Weit und breit war kein Baum zu sehen, nur Land, das sich wellenförmig unter uns erstreckte. Ein Fluß, der Ming, wie ich vermutete, wand sich durch das kreuzweise schraffierte Labyrinth von Feldern. Es war ein breiter, rasch dahinströmender Fluß, den nur an einer Stelle eine Brücke überspannte. Nahe der Brücke lag am Flußufer eine Ansammlung von Häusern.

„Wir haben's fast geschafft", sagte ich munter. „Jetzt dürfte es nur noch diesen Hügel abwärts gehen."

Wir stiegen wieder auf die Räder und flogen geradezu die Straße hinunter. Am Rand des Dorfes mußten wir jedoch wegen des verstärkten Radfahrer- und Fußgängerverkehrs erneut absteigen und die Räder schieben. Offensichtlich war Markttag, denn Händler und Käufer verstopften die Straße. Männer, die schwarze Pyjamas und lampenschirmartige Hüte trugen, boten ihre Ware feil: von Drachen und Fächern über Lebensmittel bis hin zu landwirtschaftlichen Geräten. Alte Frauen saßen hinter flachen Kästen und boten Haushaltswaren an.

Lily blieb vor einer niedrigen Pritsche stehen, auf der ein sonderbares Sammelsurium ausgebreitet war: tote Schlangen und Frösche, Felle, verdrehte Baumrinde und modrige Pflanzen. Die alte Frau hinter diesem Stand erhob sich und begann, ihre Ware anzupreisen. Sie hielt Lily dabei ein Glasfläschchen mit einer bräunlich-klebrigen Masse entgegen und zeigte dann auf Lilys Backe. Sie steckte ihren Finger hinein, holte ihn mit der Mixtur überzogen wieder heraus und fuchtelte damit vor Lilys Gesicht herum.

Lily trat zurück und schüttelte den Kopf. Unverzagt machte die Frau selbst den Mund auf und trug die Medizin auf.

Sie lächelte, um uns klarzumachen, daß es ihr guttat, und hielt dann Lily das Fläschchen erneut hin.

„Sie muß so eine Art Heilerin sein", bemerkte Lily ehrfürchtig. „Woher wußte sie, daß ich Zahnschmerzen habe?"

„Das Halstuch um deine Backe spricht Bände. Komm jetzt!"

Aber Lily rührte sich nicht von der Stelle. Sie roch an dem Fläschchen. „Vielleicht sollte ich es probieren. Eine Menge Leute schwören auf die chinesische Medizin." Sie holte ihre restlichen FEC hervor und hielt sie der Alten hin. Die nahm sich drei Geldscheine und gab Lily das Fläschchen.

Lily schraubte den Deckel ab und lugte hinein. Dann tunkte sie ihren Finger in das Gel und rieb, wie sie es bei der Alten gesehen hatte, Zahn und Zahnfleisch damit ein.

„Und?"

„Es fühlt sich an wie ..., nichts, aber wenigstens auch nicht schlimmer."

Kaum hatte sie die Worte ausgesprochen, da versagten ihr die Knie, und sie brach zusammen. Im selben Augenblick bildete eine Ansammlung von Menschen einen Halbkreis um uns. Ich kniete mich neben sie auf den Boden. Sie sah nicht verletzt aus; um ehrlich zu sein, sie grinste mich an wie ein Idiot.

„Ist mit dir alles in Ordnung? Was ist denn passiert?" fragte ich.

„Nichts", stöhnte sie. „Ich stand einfach da, und dann weiß ich nur noch, daß mir ganz schwummrig wurde."

Ich zog sie auf die Füße und half ihr, das Fahrrad aufzuheben. Nachdem sie einen schwankenden Schritt gemacht hatte, kippte sie fast wieder um, so daß ich mit einer Hand ihre und mit der anderen meine Lenkstange festhielt, bis wir den Markt hinter uns hatten.

„Junge, Junge, ist das Zeug stark!" ächzte sie. „Meinst du, es ist rein pflanzlich?"

„Ich habe den Verdacht, daß da Opium drin ist."

Sie blieb wie angewurzelt stehen. „Opium? Ach du heiliger Strohsack! Werde ich jetzt süchtig?"

„Keine Panik! Um dich süchtig zu machen, müßte man schon einiges mehr aufbieten als eine lokale Anwendung."

„Wo ist das Hotel? Ich muß mich unbedingt hinlegen." Sie versuchte schneller zu gehen, aber ihre Beine machten nicht mit.

Bett, das klang auch für mich verlockend. Die Anstrengung der letzten Tage verlangte allmählich ihren Tribut. Ich konnte mich nicht erinnern, jemals so müde gewesen zu sein.

An der Brücke verengte sich die Straße zu einer Fahrspur. Und zu meiner Erleichterung entdeckte ich ein hölzernes Schild mit einer aufgemalten Lotosblume. Wir bogen in einen Pfad ein, der uns zum Gästehaus Goldener Lotos hinaufführte.

Der Goldene Lotos erwies sich als ein mehrstöckiges, langgestrecktes Gebäude aus Stein, das wie eine Armeekaserne in tristem Grün angestrichen war. Und tatsächlich führte uns der Portier in eine schlafsaalähnliche Loggia mit Feldbetten, die durch dünne Musselinvorhänge voneinander getrennt waren. Auf einem wackligen Tisch zwischen unseren Betten standen ein Krug und eine Schale mit hellbraunem Wasser, eine Thermoskanne und eine Teetasse; an einem groben Haken in der Wand baumelten ein paar verbogene Drahtbügel.

Als ich den Vorhang, der unsere beiden Betten voneinander trennte, zurückzog, sah ich, daß Lily – den Kopf zwischen den Händen vergraben – bereits auf ihrer Pritsche saß.

„Erinnerst du dich, wie schlecht es mir nach Antonios und Margies Hochzeitsempfang im El Torito ging? Das hier ist noch schlimmer", stöhnte sie. Sie rollte mit den Augen und erbrach sich prompt in die Schüssel. Es dauerte eine Stunde, bis sie alles losgeworden war. Als sie endlich in einen Erschöpfungsschlaf fiel, streckte ich mich ebenfalls auf meinem Feldbett aus und schloß die Augen. Uns blieben jetzt genau noch 24 Stunden, um Peter zu finden.

Fuchow, China

Dienstag und Mittwoch, 10. und 11. Januar 1986

Voller Verwunderung beobachtet Chun, wie der rundäugige Ausländer, der sich „Peter" nennt, die Nudelsuppe verspeist. Er scheint sehr hungrig zu sein, doch statt sich die Schale ordentlich unter das Kinn zu halten und die Nudeln mit der Brühe in den Mund zu schieben, läßt dieser Peter seine Schale auf dem Tisch stehen und zieht jede Nudel einzeln heraus, wobei er nicht einmal, zum Zeichen des Genusses, ein höfliches Schlürfen von sich gibt.

„Ich wäre Ihnen überaus dankbar, wenn Sie mir etwas über Wan Los Erfindung erzählen könnten", sagt Peter in Mandarin. „Wissen Sie, wo der schwarze Kasten jetzt ist?"

Chun nimmt die Baseballkappe vom Kopf und legt sie auf den Tisch. „Die Erfindung ist in der Hand von Wo Fat."

Mit ernster Stimme erzählt er Peter, wie der Drachenkopf ihn bedrohte, wie er den schwarzen Kasten aus dem Versteck holte, in dem er selbst ihn vorher verstaut hatte, und ihn in die Aalfarm brachte. „Wir stellten den Kasten in den Raum, in dem die Stromversorgung untergebracht ist, aber obwohl ich die Drähte genauso an dem Kasten befestigte, wie Wan Lo es zuvor getan hatte, passierte nichts." Geistesabwesend zupft er an der metallenen Nadel, die an der Kappe steckt.

Peters Blick bleibt an Chuns Händen hängen. „Was ist das?"

„Das hier? Es gehörte Wan Lo, er trug diese Kappe Tag für Tag, ich glaube, sogar wenn er schlief."

„Kann ich sie einmal sehen?" Peter mustert die leuchtende Anstecknadel und löst sie vorsichtig von der Kappe. Zu Chuns großem Erstaunen zerbricht er sie in zwei gleiche Teile und holt ein

weiteres Metallstück von der Größe eines Reiskorns heraus. Auf der flachen Hand untersucht er es, blickt dann zu Chun auf und lächelt.

„Was ist das?" will Chun wissen.

„Haben Sie schon einmal etwas von Mikroschaltungen gehört?" Chun schüttelt den Kopf. „Es ist wie ein Schlüssel, der einen Computer steuert. Das ist das, wonach diese beiden Schlägertypen gesucht haben. Es setzt Wan Los Erfindung in Gang."

„Ist der Kasten ohne ihn nutzlos?" fragt Chun. Peter nickt. „Dann brauchen wir uns ja keine Sorgen darüber zu machen, daß er in Wo Fats Hand ist."

„Wenn er den Kasten hat, wird er früher oder später auch in der Lage sein, den Schlüssel zu duplizieren. Das ist wie bei zwei Teilen eines Puzzles: wenn Sie das eine haben, ist die Form des anderen klar. Wir müssen den schwarzen Kasten finden und zerstören, bevor Wo Fat es schafft, das Puzzle zusammenzusetzen."

„Aber er wird von Männern wie den beiden, die heute morgen hier waren, bewacht. Es ist nicht zu schaffen."

„Wenn Sie mir sagen, wo der Kasten aufbewahrt wird, und mir helfen, in die Aalfarm zu gelangen, erledige ich den Rest."

Chun schüttelt den Kopf. „Um an den Wachen vorbeizukommen, braucht man magische Kräfte", hält er ihm entgegen.

„Ich besitze magische Kräfte", erwidert Peter und holt einen Kugelschreiber hervor. „Hiermit kann ich einen Angreifer aufhalten."

„Das ist nicht möglich", sagt Chun stirnrunzelnd.

„Ich kann es Ihnen zeigen, aber ich brauche ein Versuchsobjekt, etwas Lebendiges."

Chun denkt einen Moment nach. „Eine Henne", schlägt er vor.

Er fängt die Henne ein und hält sie fest, während Peter die Kappe von dem Stift abzieht und ihm zeigt, wie er auf einen winzigen Knopf direkt unterhalb der Stelle drückt, wo die Finger den Stift umfassen. Nachdem er den gefiederten Hals der Henne mit der Spitze berührt hat, bleibt ein kleiner dunkler Fleck zurück.

Für Chun sieht er aus wie ein Tintenfleck. Doch gleich darauf hört die Henne auf, in seinem Arm zu zappeln, und Sekunden später hängt sie schlaff da.

Peter sieht Chun in die Augen. „Es ist ein Risiko, aber wenn Sie mir helfen, den schwarzen Kasten zu holen, wird meine Regierung Sie sehr reich belohnen. Mit anderen Worten, Sie sagen mir, was Sie haben wollen, und Sie werden es bekommen."

Chun starrt ihn an, und noch bevor ihm klar ist, daß er diesen Gedanken im Kopf hat, platzt es aus ihm heraus: „Ich möchte nach Amerika gehen.“

10

Noch vor Sonnenaufgang war ich auf den Beinen; mir blieben nur noch fünfzehn Stunden, um Peter zu finden und hier zu verschwinden. Lily schlief tief und fest, völlig unbeeindruckt von den Geräuschen unserer Schlafsaalgenossen, deren Husten und Schnarchen mich wach gehalten hatten.

Ich schrieb Lily auf einen Zettel, daß ich mich mit John träfe, und ging nach unten, wo er bereits auf mich wartete.

Wir gingen zu einem Straßenimbiß mit Blick auf den Fluß und setzten uns an einen kleinen Tisch. John bestellte uns eine Kanne Tee und kalte Nudeln. „Wo ist Lily?“ fragte er.

„Sie hat Magenprobleme. Aber das Schlimmste scheint sie überstanden zu haben. Ich werde dafür sorgen, daß sie sich in Hongkong behandeln läßt.“

„Sie fliegen heute nacht?“

„Hoffentlich. Wir haben einen Flug um einundzwanzig Uhr gebucht, könnten aber Schwierigkeiten bekommen, das Land zu verlassen. Uns sind die Ausweise gestohlen worden.“

„Ich habe ein paar *guan-xi* am Flughafen. Vielleicht kann ich Ihnen helfen.“

„Danke, aber im Augenblick ist Peter meine Hauptsorge.“ Ich konnte meine Frage nicht länger zurückhalten: „Haben Sie Wan Lo gefunden?“

John nickte. „1972 wurde er der Superior-Aalfarm zugewiesen.“ Er reichte mir ein Foto. „Das wurde 1978 aufgenommen, auf einer Reise in die USA. Sehen Sie, als Deng Xiaoping die Regierung übernahm, wollte er der Welt beweisen, daß Chinas führende Wissenschaftler die Säuberungen der Revolution überlebt hatten. Deshalb schickte er eine Delegation auf eine Reise um die Welt. Wan Lo gehörte dazu. Als die Reise zu Ende war, wurde er wieder in die finsterste Provinz zurückgeschickt, in die Aalfarm, und da ist er bis heute geblieben.“

Ich sah mir das Foto genau an. Der alte Mann hatte eine dunkle, wettergegerbte Haut, und über seine Schulter baumelte ein langer grauer Zopf herab. Seltsamerweise trug er eine Baseballmütze der USC-Trojans.

„Kann ich das behalten?“ John nickte. „Helfen Sie mir, in diese Aalfarm zu kommen.“

John schüttelte den Kopf. „Es wäre sehr gefährlich für Sie, dorthin zu gehen. Sie gehört dem Drachenkopf der T'ung-Yu-Triade. Wissen Sie, was das bedeutet?"

„Ich weiß, daß Wan Lo dort arbeitet", erwiderte ich entschlossen. „Und er ist der einzige Mensch, der wissen könnte, wo Peter ist. Deshalb gehe ich hin, ob Sie mir helfen oder nicht."

Zuallererst mußte ich mein Äußeres so verändern, daß ich wie eine chinesische Arbeiterin aussah. Um die entsprechende Kleidung aufzutreiben, brauchte ich nicht weit zu gehen: Unsere Kellnerin hatte ungefähr meine Größe, und obwohl sie sich zuerst sträubte, änderte sie schnell ihre Meinung, als ich sie den weichen Stoff meiner Jogginghose und die dicke Wolle meiner Socken fühlen ließ und ihr beides anbot.

Ihre Sachen waren sauber, aber abgetragen und unförmig. Doch was ihnen an Stil fehlte, machten sie mit ihrer Aura wett; als ich ihre Hose angezogen und ihre ausgetretenen Sandalen mit einer Schnur an meinen Gelenken festgebunden hatte, war mir, als wäre ich nicht nur in ihre Kleider, sondern in ihre Haut geschlüpft.

Doch ich hatte noch einen langen Weg vor mir, bis ich für eine Chinesin durchgehen würde. John Lee brachte mich zu einem Friseurgeschäft. Er sprach lange mit dem Besitzer, bevor der Mann mir schließlich bedeutete, auf dem Stuhl Platz zu nehmen.

„Was haben Sie ihm gesagt?" fragte ich.

„Daß Sie einen Haarschnitt wie Lin Bao haben möchten." Er zeigte auf eine Werbeaufnahme von einer fernöstlichen Schönheit mit einem schwarzen Bubikopf und Ponyfransen.

Der Barbier teilte mein schulterlanges Haar in der Mitte, um es dann mit fünf Schnitten auf eine gerade Linie direkt unterhalb meiner Ohrläppchen zu verkürzen.

Nachdem ich mich im Spiegel bewundert hatte, setzte ich den kegelförmigen Strohhut der Kellnerin auf und band ihn unter dem Kinn fest. Für John drehte ich mich langsam einmal um mich selbst. „Nun?"

Er musterte mein Aussehen, knöpfte mir die Jacke bis zum Hals zu und zog mir den Hut tiefer ins Gesicht. „Wenn jemand Sie direkt etwas fragt, senken Sie einfach den Blick und sagen *‚duile'*. Das bedeutet: ‚Ja, Sie haben recht.' Versuchen Sie's mal."

„Duile."

„Gut. Und wenn Sie lächeln, denken Sie daran, sich die Hand vor den Mund zu halten. Chinesische Frauen tun das, weil es als unfein gilt, jemanden seine Zähne sehen zu lassen."

WIR RADELTEN auf derselben Straße am Fluß entlang, auf der Lily und ich tags zuvor gekommen waren. Endlich befand ich mich auf dem richtigen Weg zu Peter, dessen war ich mir sicher, und es überraschte mich, wie ruhig ich war.

Die Superior-Aalfarm war eine riesige, von Mauern umgebene Anlage mit einem bewachten Tor, die sich am Ufer des Ming entlangzog. Ein Konvoi von vier Lastwagen, deren Ladeflächen mit Planen bedeckt waren, rumpelte die Straße herauf und hielt vor dem Eingangstor an. Die Wachen schlenderten zu dem vorderen Lastwagen, inspizierten ihn flüchtig und gingen um ihn herum wieder nach vorn zum Führerhaus, um mit dem Fahrer zu schwatzen. Die drei anderen Fahrer stellten ihre Motoren ab und stiegen aus; schließlich standen sie alle im Kreis beisammen und ließen kurze braune chinesische Zigaretten herumgehen.

Wir versteckten unsere Fahrräder und schlichen uns zum letzten Lastwagen in dem Konvoi. John hob eine Ecke der Plane hoch. Die Ladung sah nach Getreidesäcken aus, roch aber wie verwestes Fleisch.

„Ich fahre per Anhalter mit rein, John."

„Das ist zu riskant, Karen. Wenn die Sie nicht erwischen, wird der Gestank Sie umbringen."

Bevor John mich jedoch aufhalten konnte, zog ich mich auf die Ladefläche des Lastwagens hoch und rutschte auf den Stapel Futtersäcke. Die Säcke fühlten sich schwammig an und gaben unter mir nach, so daß ich wie auf einem Kissen gebettet war. Bloß der Gestank! Ich würgte und flehte inständig, mich nicht übergeben zu müssen, während ich ein paar Futtersäcke beiseite schob und mich in den Stapel hineinwand, um mich darin zu verbergen.

Vorsichtig spähte ich durch einen Riß in der Plane, gerade im richtigen Augenblick, um zu sehen, daß die Fahrer zu ihren Fahrzeugen zurückschlenderten. Ich hörte das Geräusch des Schalthebels, dann machte der Lastwagen, in dem ich steckte, einen Ruck vorwärts.

„Ich werde mir ein Auto leihen und Sie mit Lily zusammen hier abholen", hörte ich John noch flüstern, dann konnte ich ihn nicht mehr verstehen.

Kurz darauf hielt der Lastwagen an, und die Fahrertür schlug zu. Ich hörte Männer sich unterhalten, aber ihre Stimmen wurden immer leiser, so daß ich vorsichtig unter der Plane hervorspähte.

Wir standen rückwärts an einer Laderampe. Arbeiter kletterten bereits auf den ersten Lastwagen, schoben die Plane zurück und reichten Futtersäcke hinunter. Da ich keine Möglichkeit sah, unentdeckt hinauszukommen, wartete ich ab. Und als die Plane über meiner Ladefläche zurückgeschlagen wurde, schnappte ich mir einen Sack und sprang hinunter, so, als gehörte ich zur Entlademannschaft. Einige Arbeiter schauten mich neugierig an, aber keiner sagte etwas.

Ich hievte mir den Sack auf die Schultern und folgte der Schlange von Trägern in das Gebäude, wo ich ihn auf einen Förderwagen fallen ließ. Dann ging ich zurück zu dem Laster, um mir die nächste Runde aufzuladen. Als ich ein Kitzeln im Nacken spürte, versuchte ich, mich unauffällig zu kratzen. Zu meinem Entsetzen zog ich zwei sich windende Nacktschnecken hervor! Voller Abscheu wich ich zurück, verlor das Gleichgewicht und ließ den Sack fallen. Der platzte auf, und ein Gewimmel sich windender, fetter weißer Würmer ergoß sich über die ganze Rampe.

Eine Aufseherin wies zwei andere Arbeiter an, mir beim Einsammeln des verstreuten Sackinhalts zu helfen. Ohne zu zögern, fingen sie an, die Würmer aufzulesen. Aber ich konnte es nicht, ich konnte es einfach nicht.

Die Aufseherin schaute mich mit zusammengekniffenen Augen an und begann zu brüllen, ein unverständlicher Wortschwall, der mich in Angst und Schrecken versetzte. Widerstrebend bückte ich mich, um meinen Genossen zu helfen. Ich mußte meine ganze Selbstbeherrschung aufbieten, um meinen Abscheu zu überwinden. Endlich war alles eingesammelt, und wir stellten uns wieder an, um die Futtersäcke zu den wartenden Förderwagen zu schleppen.

Durch einen Lautsprecher krächzte unverständlich eine Stimme, und alle in meiner Gruppe ließen ihre Säcke fallen. Die Aufseherin gab uns die Anweisung, in Reih und Glied den Eingang des Gebäudes zu passieren. Ich hielt den Kopf tief gebeugt, während ich den schlurfenden Gang der anderen imitierte. Als wir drinnen waren, bedeutete sie uns, ihr zu folgen. Das Gebäude hatte etwa die Größe eines Footballspielfelds, in Längsrichtung reihten sich Unmengen flacher Aluminiumtanks aneinander. Zu beiden Seiten der Tanks waren Arbeiter postiert, die Aale aus dem Wasser fischten und in kleinere Behälter umsiedelten. Es war kalt und die Luft stickig vom Fischgestank.

Mein tief ins Gesicht gezogener Strohhut verwehrte mir die Sicht, also schob ich ihn ein wenig nach hinten und schaute mich in der Hoffnung um, einen flüchtigen Blick auf die Trojan-Baseballkappe von Wan Lo zu erhaschen. Zu meiner Überraschung erblickte ich die Kappe auf dem Kopf eines Mannes, der nicht einmal zwanzig Meter von mir entfernt stand.

Auf einen Befehl der Aufseherin traten die Arbeiter an dem Tank vor uns zurück, und wir nahmen ihre Plätze ein. Sobald wir auf unseren Posten waren, wurde eine Schleuse geöffnet, und ein Schwall glitschiger grünschwarzer Körper strömte in den Tank.

Unwillkürlich wich ich zurück. Doch eine Hand schubste mich wieder nach vorn. Natürlich, die Aufseherin! Also tauchte ich meine Hände in das eisige Wasser und machte mich wie alle anderen ans Werk.

Die schleimigen Körper waren schwer zu fassen; sie zu sortieren war so, als würde man seine Hände in eine sich windende Masse von Schlangen halten.

Ohne daß ich viel dazu beigetragen hätte, war der Tank leer, und während ich mit meinen Kollegen darauf wartete, daß der Tank wieder gefüllt wurde, ging ich das Risiko ein, mich umzudrehen. Der Mann mit der Baseballkappe war immer noch da, kehrte mir aber den Rücken zu. Ich mußte mit ihm sprechen, ihn nach Peter fragen. Wie konnte ich nur seine Aufmerksamkeit auf mich lenken?

Genau in diesem Augenblick drehte auch er sich um, und –

Es war Peter!

Sogar ohne seinen Schnauzbart und in den abgetragenen, unförmigen Kleidern eines chinesischen Bauern erkannte ich ihn. Er erkannte mich ebenfalls und starrte mich fassungslos an. Ich wollte losschreien und zu ihm hinrennen, doch in diesem Moment erschütterte eine Explosion das Gebäude, und die Lichter erloschen. Ich wurde zu Boden geworfen. Im Fallen griff ich nach der dünnen Seitenwand des Tanks, die nachgab und aufriß. Eine Welle eiskalten Wassers schlug über mir zusammen.

Die Halle füllte sich mit Rauch. Ich klaubte mir Aale von Nase und Mund und hielt die Hände vors Gesicht, während ich keuchend und hustend nach Luft rang. Nach einer weiteren Detonation hallten hysterische Schreie von den Wänden wider, als in Panik geratene Arbeiter aus dem Gebäude zu kommen suchten. Ich glitt weiter unter die verbogene Seitenwand des Tanks und klammerte mich mit aller Kraft fest. Dann hörte ich durch den Lärm hindurch Peters vertraute Stimme, die meinen Namen rief. „Karen?"

„Peter!" schrie ich und bemühte mich, durch den Rauch hindurch etwas zu erkennen. Eine große Gestalt kämpfte sich zu mir durch. „Hierher!" Ich kroch unter dem Tank hervor und drängelte mich zu ihm.

Als ich seine feste Umarmung spürte, vergaß ich die Angst, die

Nässe und den ekelhaften Schleim der Aale. Und als er sich herunterbeugte, um mich zu küssen, fiel ich, auch ohne das vertraute Kitzeln seines Schnurrbarts, vor Freude und Erleichterung fast in Ohnmacht.

ÜBERWÄLTIGT von dem wilden Durcheinander um uns herum, schmiegten wir uns eng aneinander. Eine dritte Explosion dröhnte durch die Halle und warf uns zu Boden. Peter half mir auf und zog mich gegen den Strom von Menschen tiefer in die Lagerhalle hinein.

Schließlich erreichten wir eine Tür, doch sie hatte keinen Griff. Peter sah sich um. Ein Förderwagen, auf dem die Futtersäcke sich türmten, war in der Nähe stehengelassen worden. Er rollte den Wagen unmittelbar vor die Tür und warf sein ganzes Gewicht dagegen. Die Tür konnte seiner rohen Gewalt nicht standhalten und gab krachend nach. Wir traten in einen Raum von den Ausmaßen einer großen Vorratskammer.

„Hier sind wir für eine Weile sicher", beruhigte Peter mich.

„Und wenn das Gebäude in die Luft fliegt?"

„Wird es nicht." Seine Stimme klang zuversichtlich. „Das sind nur Rauchbomben, die zur Ablenkung ein kleines Chaos inszenieren."

Er knipste die Taschenlampe seines Schweizer Offiziersmessers an. Wir befanden uns in einem Maschinenraum, der mit elektrischen Schalthebeln und Computern vollgestopft war.

Peter leuchtete mir ins Gesicht. „Karen", begann er, während er die Arme um mich schlang, „was um alles in der Welt machst du hier?"

„Dich suchen", antwortete ich. „Um dich zu warnen."

„Wovon redest du?"

Mir dämmerte, daß Peter keine Ahnung hatte von all dem, was Lily und ich in den vergangenen drei Tagen durchgemacht hatten. Ich wußte kaum, wo ich anfangen sollte.

„Cao hat uns gesagt, du wärest in Gefahr und würdest in eine Falle laufen."

„Sie mußte es ja wissen", murmelte er, „sie hat sie mir gestellt. Sie gehört zum *Cheng Pao K'o,* dem chinesischen Geheimdienst. Sie sind hinter dem her, weswegen ich auch hier bin. Ihr Auftrag besteht darin, dafür zu sorgen, daß ich es nicht in die Hand bekomme. Mein Gott, Karen, ahnst du überhaupt, in welcher Gefahr du geschwebt hast?" Peter schloß mich fest in seine Arme. „Cao hat dich offensichtlich benutzt, um mir auf die Spur zu kommen. Sie muß euch beschattet haben."

„Eine ganze Weile ist uns ein Mann gefolgt, aber ich glaube, wir haben ihn abgehängt. Und jemand anders hat uns die Ausweise gestohlen. Meinst du, die arbeiten alle zusammen?“

„Ja und nein. Das ist kompliziert. Der chinesische Sicherheitsdienst besteht aus drei Teilen. Da ist zunächst einmal die Zentrale Äußere Verbindungsabteilung, der Auslandsnachrichtendienst. Ferdy. Und dann Cheng Pao K'o, die Äußere Sicherheit. Das ist Cao. Ferdy ist ihr unterstellt. Der dritte Zweig ist *Chi Pao K'o*. Das ist die Öffentliche Sicherheit, die Polizei. Sie arbeiten alle zusammen, aber jeder von ihnen kocht zugleich sein eigenes Süppchen. Und alle sind scharf auf das, was auch mich hierhergeführt hat.“

„Was kann denn so wichtig sein, daß du dein Leben dafür riskierst?“

„Denk doch bloß, wie die Welt sich verändern würde, wenn Energie genauso verfügbar wäre wie Licht und Luft.“

Er ließ den Lichtstrahl über die nächste Regalreihe wandern, bis er auf einen schwarzen Kasten fiel. „Stell dir vor, wir könnten alle elektrischen Vorrichtungen in unserem Haus für fünfundzwanzig Dollar im Jahr betreiben. Das ist die moderne Version der Entdeckung des Rades. Codewort: Halma. Und mich haben sie hergeschickt, um sie zu holen.“

„Sie zu stehlen, meinst du. Gehört sie nicht ihrem Erfinder Wan Lo?“

Abermals schien Peter erstaunt darüber, wieviel ich wußte. „In den späten Siebzigern besuchte Wan Lo die USA, und jemand von unserer Seite steckte ihm einen Mikrochip mit Daten zu. Dann baute er den Apparat. Aber er gehörte von Anfang an uns. Sieben Jahre lang haben wir versucht, ihn ausfindig zu machen!“

„Funktioniert er denn wirklich?“

„Für den Fall, daß er es tut, können wir nicht zulassen, daß er in falsche Hände gerät.“ Mit Hilfe eines Schraubenziehers brach er den schwarzen Kasten auf und begann, dessen Innenleben herauszureißen.

In diesem Moment ertönte eine Gewehrsalve. Peter öffnete die Tür. Die Deckenbeleuchtung war wiederhergestellt, und die Arbeiter kehrten gerade an ihre Tanks zurück. Doch jetzt patrouillierten Polizisten durch die Gänge und schauten den Arbeitern im Vorbeigehen genau ins Gesicht. Über Lautsprecher begann eine Stimme in Chinesisch Befehle zu bellen.

„Was haben sie gesagt?“ flüsterte ich.

„Sie suchen den *Yang-gui-zi* – den fremden Teufel. Dreimal darfst du raten, wer das ist. Wir müssen unbedingt hier raus.“

Schon war er dabei, von dem Wagen, mit dem er die Tür aufgebrochen hatte, Futtersäcke herunterzuziehen. „Leg dich hier drauf, und ich decke dich zu."

Ich rührte mich nicht von der Stelle. „Und was ist mit dir?"

„Ich rolle dich hinaus."

„Aber sie werden dich sehen!"

„Das ist die einzige Möglichkeit, wie ich dich hier hinausbringen kann."

„Nein, ist es nicht. *Du* legst dich hin, und ich decke dich zu. Mich suchen sie ja nicht."

Ich stieß die Tür ganz auf und schob den Förderwagen hinaus. Glücklicherweise war der Boden immer noch feucht und schlüpfrig, so daß der Wagen trotz Peters Gewicht mühelos dahinglitt.

Die Arbeiter waren wieder auf ihren Posten, und die Polizei bewachte jetzt alle Gänge und Türen. Auf einem Steg über der Halle standen ein unglaublich fetter Mann in einem bestickten Mantel und ein kleiner Mann in einem westlichen Anzug und beobachteten das Geschehen unter ihnen. Sie hatten zwei Leibwächter bei sich, die aussahen, als wären sie einmal Stammkunden eines Bodybuilding-Studios gewesen.

Die Laderampe befand sich am anderen Ende des Gebäudes, also senkte ich den Kopf und warf mein Gewicht gegen den Wagen.

Als ich ihn am ersten Tank vorbeischob, sah niemand zu mir her. Warum auch? Die Futterwagen waren ja ein ganz alltäglicher Anblick, und so, wie ich angezogen war, fiel ich auch nicht auf. Trotzdem hielt ich den Atem an, als ich am ersten Polizisten vorbeikam.

Er beachtete mich nicht, so eifrig war er damit beschäftigt, seinen Abschnitt der Lagerhalle zu kontrollieren. Ich entspannte mich ein wenig und richtete mich auf, um den Wagen besser in den Griff zu bekommen.

Der nächste Polizist stand am Ende des Ganges. Ich wußte, daß ich ganz behutsam um die Kurve fahren mußte, damit kein Sack herunterrutschte. Doch trotz aller Vorsicht rutschte mein Fuß auf dem glitschigen Boden unter mir weg, und ich stürzte auf den Wagen. Zwei, drei, dann vier Futtersäcke glitten zu Boden, und der Förderwagen machte sich selbständig.

Ein Polizist stellte sich dem Wagen, der allein den Gang entlangtrudelte, in den Weg. Unmittelbar neben ihm kam er zum Stehen. Da, wo vorher die Säcke gelegen hatten, erblickte ich den blauen Stoff von Peters Hosenbein. Ich rappelte mich hoch und humpelte auf den

Wagen zu, wobei ich einen heruntergefallenen Futtersack hinter mir herzog.

Der Polizist stand zwischen mir und dem Gefährt. Mit zitternden Händen versuchte ich, den Sack genau an die Stelle zu werfen, wo der blaue Stoff zum Vorschein kam. Doch er packte mich am Arm und wirbelte mich herum, so daß ich ihm ins Gesicht sehen mußte. Eine nicht enden wollende Minute lang betrachtete er mich und kreischte dann aus Leibeskräften: *„Yang-gui-zi!"*

Begierig, diese Yang-gui-zi zu sehen, drängten die Arbeiter sich dicht um mich. Und unter Ausrufen des Erstaunens und der Furcht stoben sie auseinander, als Peter mit einem Schrei von dem Futterstapel aufsprang. Er schnappte sich einen der Säcke und schleuderte ihn auf den Polizisten, der zu Boden ging. Dann wand er ihm das Gewehr aus der Hand und schwang es vor den verdutzten Gesichtern der Arbeiter, die weiter zurückwichen.

„Los, komm!" rief er und zog mich durch die Menge. Niemand versuchte, uns festzuhalten. Verfolgt von ein paar Polizisten, rannten wir durch die Schiebetür an der Laderampe hinaus.

„Hilf mir!" rief Peter, und mit vereinten Kräften zogen wir die Schiebetür hinter uns zu. Peter rammte das Gewehr durch die Griffe. Das würde sie nicht daran hindern, uns zu folgen, sie aber zumindest aufhalten.

Zwischen uns und den Lastwagen stand jetzt noch ein Polizist. Als er uns kommen sah, rannte er auf uns zu und feuerte los. Da wir nicht stehenblieben, zielte er sorgfältiger und wollte gerade auf den Abzug drücken, als ein Arbeiter ihn von hinten ansprang. Beide Männer kamen zu Fall, und die Pistole rutschte über den Boden.

Zu meinem Erstaunen sah ich, wie der Arbeiter dem Polizisten einen Kugelschreiber in den Hals drückte. Augenblicklich hörte der Mann auf zu kämpfen und lag reglos da.

„Schnapp dir die Pistole!" rief Peter mir zu.

Dann rasten wir zum nächsten Lastwagen und kletterten hinein. Das Glück schien uns hold zu sein: der Zündschlüssel steckte! Doch als Peter ihn umdrehte, tat sich nichts. Wie von Sinnen trat er aufs Gaspedal und versuchte es noch einmal. Nichts.

Hinter uns brach die Tür zur Laderampe auf, und zwei Polizisten kamen herausgerannt. Peter schrie: „Runter!", und ich lag gerade auf dem Boden, als eine Kugel von der Seite des Lastwagens abprallte.

Zu guter Letzt sprang der Motor an. Ich versuchte, mich aufzusetzen, um zu sehen, wohin wir fuhren.

Ein heftiger Aufprall drückte das Blech über unseren Köpfen nieder. Jemand war auf das Dach des Führerhäuschens gesprungen. Peter gab Gas und stieg dann auf die Bremse. Ein Körper rutschte die Windschutzscheibe herunter und landete auf der Motorhaube. Mir stockte der Atem: Es war der Mann mit dem öligen Haar, der unsere Ausweise gestohlen hatte. Und er war bewaffnet. „Peter!" brüllte ich.

Mit einem wilden Schrei stieß Peter seine Tür auf, stürzte sich auf den Mann, packte ihn am Bein und brachte ihn mit einem Ruck aus dem Gleichgewicht. Der Lastwagen geriet ins Schlingern, und der Mann verlor die Balance, rollte an den Rand der Motorhaube und suchte mit den Händen verzweifelt Halt auf der glatten Oberfläche. Im letzten Augenblick versuchte er unter Aufbietung aller Kräfte, sein Bein aus Peters Griff zu befreien, und feuerte los. Der Schuß ging ins Leere.

„Karen, die Waffe!" rief Peter.

Ich schloß die Augen und drückte auf den Abzug. Die Kugel durchbrach die Windschutzscheibe und ließ sie zersplittern, so daß ein Scherbenregen auf den Mann niederprasselte. Ich war ebenso überrascht wie entsetzt, als er aufschrie und sich krampfhaft eine blutende Wunde am Oberschenkel hielt. Peter ließ sein Bein los, woraufhin der Mann von der Motorhaube rollte und dumpf auf dem Boden aufschlug.

„Ich glaube nicht, daß Ferdy sich so bald wieder an jemanden heranschleichen wird", konstatierte Peter, während er aufs Gaspedal trat.

Ich traute meinen Ohren nicht. „Das ist Ferdy? Aber das ist derjenige, der unsere Ausweise gestohlen hat. Er ist uns von Hongkong aus gefolgt."

„Genau das habe ich dir doch gesagt. Sie arbeiten zusammen."

Peter lenkte den Lastwagen auf das geschlossene Tor zu. Die beiden Wachen standen mit ihren Gewehren im Anschlag davor. Er zog eine Schachtel Marlboro hervor und warf mir ein paar Streichhölzer zu. „Zünd mir eine an!" drängte er, und ich tat wie mir befohlen.

Er nahm einen langen Zug und prüfte, ob die Zigarette auch wirklich an war. Dann zielte er sorgfältig, warf sie auf die Wachen und riß gleichzeitig das Steuer herum, so daß der Laster sich drehte. Hinter uns hörte ich ein Donnergetöse, und Rauch erfüllte die Luft. Peter wendete erneut, hielt auf das eiserne Torgitter zu und stieg aufs Gaspedal. Den Zusammenstoß vor Augen, stützte ich mich gut ab, doch das alte Schlachtroß ließ uns den Aufprall kaum spüren. Wir waren durch das Tor hindurch und auf der Straße.

Peter fuhr langsamer und hielt an. „Kannst du in die Stadt zurückkommen?“ fragte er.

„Ja. Mein Fahrrad ist da drüben versteckt. Wir können beide damit fahren.“

„Ich kann nicht mit dir kommen. Ich muß noch einmal zurück und Chun holen.“

„Wer ist Chun? Du kannst nicht zurück. Sie werden dich umbringen!“

Er überhörte meinen Einwurf, lehnte sich zu mir herüber und nahm mein Gesicht in beide Hände. „Karen, hör mir zu. Du bist stark und mutig. Jetzt möchte ich, daß du etwas sehr Wichtiges für mich tust.“ Er nahm die Kappe vom Kopf, löste eine kleine Anstecknadel und hielt sie mir hin. „Nimm das hier mit nach Hongkong.“

„Was ist das?“

„Es ist ein Mikrochip, die Energieformel.“ Behutsam zog er die Anstecknadel auseinander und zeigte mir ein noch kleineres Metallstück. „Sie werden nicht nach dir suchen, sie werden ihn bei mir vermuten.“ Er schloß meine Hand um den kleinen Chip. „Versteck ihn, laß niemanden wissen, daß du ihn hast. Und wenn du wieder in Hongkong bist, geh ins Hotel, schließ dich ein und warte auf mich. Ehe du dich's versiehst, bin ich da.“

„Aber –“

Er legte mir einen Finger auf die Lippen. „Schsch. Wir haben keine Zeit zu verlieren.“ Ihm fiel seine Marlboro-Schachtel ins Auge, und er schüttelte ein paar „Zigaretten“ heraus. „Du hast gesehen, was die bewirken. Zünde sie an wie richtige Zigaretten. Dann bleiben dir fünf Sekunden, um sie loszuwerden. Okay?“

Ich nickte und steckte mir die „Zigaretten“ in die Tasche. Dann küßte Peter mich, und ich klammerte mich noch einmal an ihn.

Als ich aus dem Lastwagen stieg, hatte ich Angst und fühlte mich schrecklich verlassen. „Viel Glück!“ rief er. „Ich liebe dich.“

„Gleichfalls“, entgegnete ich. Und schon war er mit einem Auspuffknall davongerast.

Ich wusste, daß ich zum Gästehaus Goldener Lotos zurückfinden konnte, denn es gab nur eine einzige Straße. Doch um mich herum peitschte ein solcher Wind, daß meine Augen tränten und meine Ohren vor Kälte schmerzten.

Eine Hupe ertönte, und hinter mir kam ein Auto rasch näher. Als ich mich umdrehte, sah ich eine rothaarige Frau, die sich wild gestikulierend aus dem Fenster lehnte. Lily! Und John Lee war bei ihr.

Gleich darauf hielt das Auto am Straßenrand an, und Lily kam auf mich zugerannt.

„Ich habe Peter gefunden!“ schluchzte ich und fiel ihr in die Arme.

Sie drückte mich. „Wo ist er? Wir haben den Rauch gesehen und gehört, daß – fehlt dir auch nichts?“

„Ich werde euch unterwegs berichten. Wir müssen schnell hier weg.“

„Schnell geht bei diesem Auto nichts, aber wenigstens fährt es“, erklärte John Lee, während er die Tür des schrottreifen Ford aufstieß. Lily stieg als erste ein und rutschte ganz zu John hinüber, damit wir alle auf dem Vordersitz Platz hatten. Ihre Wange war immer noch geschwollen, aber ich konnte erkennen, daß sich ihr gequälter Gesichtsausdruck verflüchtigt hatte. Genaugenommen wirkte sie sogar selig.

John fuhr auf die Straße zurück, und wir nahmen Kurs auf den Goldenen Lotos. Das Auto schien sich in Zeitlupe fortzubewegen. Unwillkürlich lehnten wir uns alle drei nach vorn, als könnten wir damit die Fahrt beschleunigen.

„Wo ist Peter? Warum ist er nicht bei dir? Geht es ihm gut?“ wollte Lily von mir wissen.

Der Mikrochip brannte mir ein Loch in die Tasche, aber in Johns Gegenwart durfte ich ihn nicht erwähnen.

„Es geht ihm gut. Er wird später in Hongkong zu uns stoßen“, sagte ich ausweichend.

Lily wollte nicht lockerlassen. „Was ist da drin passiert? Hast du diesen Erfinder getroffen?“

„Das erzähle ich dir später“, antwortete ich, während ich mit rollenden Augen in Johns Richtung schielte und den Kopf schüttelte.

„Na, warte nur, bis du *unsere* Geschichte hörst“, verkündete Lily mit einem verschwörerischen Grinsen zu John hinüber. „Erzähl Karen, was du mir erzählt hast. Sag ihr, für wen du arbeitest.“

„Ich arbeite für die Regierung“, sagte John.

„Die Cheng Pao K'o?“ fragte ich.

„Die was?“ wollte Lily wissen.

„Die chinesische CIA“, erklärte er ihr. Dann sah er mich an und fuhr fort: „Das glauben die. Nein, nein, für die Vereinigten Staaten von Amerika.“

„Siehst du?“ In Lilys Stimme schwang ein leichter Triumph mit.

„Ich bin ein Doppelagent. Für unsere CIA."

Das klang sehr vertraut. Es war ermüdend, sich mit all diesen Lügen und Halbwahrheiten auseinanderzusetzen, die um uns herumschwirrten. Jeder Mensch, dem wir begegneten, schien ein Doppelleben zu führen.

„Erzähl ihr, warum du uns das nicht von Anfang an gesagt hast", drängte Lily.

„Nun, ich mußte erst einmal eure Geschichte überprüfen", sagte John. „Den endgültigen Bescheid habe ich erst heute vormittag bekommen."

Mir fiel plötzlich ein, daß ich ihm die wichtigste Frage noch nicht gestellt hatte. „Wie hängt das alles mit Peter zusammen? Wollen Sie sagen, daß Sie mit ihm zusammenarbeiten?"

„In dem Sinne, daß wir alle bei Uncle Sam angestellt sind, ja. Aber ich bin eher ein normaler Agent, während Peter ein Spezialist, ein Einzelagent, ist. Deshalb war ich über seinen Auftrag nicht unterrichtet, bis ich anrief, um euch überprüfen zu lassen", fügte er entschuldigend hinzu. „Wir sind nicht immer so gut organisiert, wie wir es gern wären. Jedenfalls wurde Ihr Mann für diesen einen Auftrag eingeschleust."

Jetzt wurde es Zeit für eine Testfrage. Ich hatte sie auch schon parat: „Und das wäre?"

John wußte, daß ich ihn in der Hand hatte. Wenn er bestätigte, was ich inzwischen wußte, konnte ich ziemlich sicher sein, daß er ehrlich war. Log er aber, wäre er als Spieler der Gegenseite entlarvt.

„Klingt für mich, als wollten Sie eine Partie Halma spielen."

„Halma?" fragte Lily verdutzt.

„Es ist das Codewort für Matthews' Auftrag", erklärte John. „Die Regeln sind einfach: Wer am Ende den Mikrochip hat, gewinnt das Spiel. Und wenn ich mich nicht irre, haben Sie ihn jetzt, stimmt's?"

Lily sah mich an. „Hat er recht?"

Ich schwieg.

„Immer noch nicht überzeugt, daß ich auf Ihrer Seite bin?" fragte John. „Lily, greif doch mal in meine Jackentasche. Ich habe etwas für euch."

Lily zog zwei amerikanische Pässe hervor. „Unsere Ausweise! Wie hast du die denn aufgetrieben?" fragte sie ganz aufgeregt.

„Das sind nicht eure. Sie kommen frisch von der Wäscheleine, mit freundlicher Genehmigung der ständigen Vertretung Amerikas in Fuchow. Seht ihr? Da ist ein offizieller Stempel drauf."

Lily reichte sie mir. Ich sah mir die Fotos an. Das eine zeigte eine Frau mittleren Alters mit dunklem Haar, das andere einen Rotschopf. Sie hätten fast jeden darstellen können, sogar Lily und mich.

„Wie sind Sie an die gekommen?"

„Betriebsgeheimnis. Nun, habe ich den Test bestanden?"

„Soweit es mich betrifft, ja", antwortete Lily. „Schau mal, Karen, wir sitzen doch alle im selben Boot."

„Wenn wir alle im selben Boot sitzen, haben Sie Ihre Tarnung aufgedeckt", wandte ich mich an John.

„Ich habe mein Pensum ohnehin erledigt. Offen gestanden, mich zieht's nach Hause, und das liefert mir einen guten Vorwand."

Lilys Gesicht hellte sich auf. „Du kommst mit uns zurück in die Staaten?"

„Nicht gleich. Jetzt, da Matthews enttarnt ist, soll ich dafür sorgen, daß er sicher aus China hinauskommt. Sobald ich euch ins Flugzeug gesetzt habe, komme ich wieder her, um ihn zu holen und über Taiwan rauszubringen. Etwa zweieinhalb Kilometer vor der Küste liegt die Insel Jinmen. Ich habe ein Fischerboot organisiert, das uns dahin bringt. Dort werden wir von einer Kontaktperson empfangen und nach Taipeh geflogen. Wenn alles nach Plan verläuft, müßten wir morgen um diese Zeit in Hongkong sein."

„Um das zu feiern, können wir ja groß essen gehen", warf Lily ein. „Apropos", sie langte hinter sich auf den Rücksitz, „ich habe uns einen Imbiß mitgebracht. Jetzt, wo du eine Aalexpertin bist, dachte ich, würdest du vielleicht gern gebratenen Süßwasseraal probieren."

„Danke, mein Bedarf an Aalen ist fürs erste gedeckt", gab ich zurück. „Iß du nur."

Lily öffnete einen Pappbehälter, zog ein Stückchen Aal heraus und warf den Kopf zurück, um es zu essen.

„Lassen Sie uns auf den Mikrochip zurückkommen", sagte John. „Sie haben ihn, oder?"

„Ja, ich habe ihn", gab ich zu.

„Sie können ihn nicht einfach so rübertragen, das wissen Sie. Wenn Sie möchten, daß ich –"

Ich fiel ihm ins Wort. „Peter hat ihn mir anvertraut. Ich werde ihn mitnehmen, nur weiß ich noch nicht genau, wie."

Eine Weile fuhren wir schweigend und dachten über das Problem nach. Lily genehmigte sich einen weiteren Bissen, und ich sah zu, wie sie genußvoll kaute.

„Ist was?" fragte sie.

„Wenn du essen kannst, muß es deinem Zahn bessergehen."
„So ist es."
Plötzlich ging mir ein Licht auf. „John", säuselte ich, „sehen Sie eine Möglichkeit, uns in das zahnmedizinische Labor der Universität zu bringen? Ich möchte gern einen Blick auf Lilys Zahn werfen."
John blickte zuerst mich, dann Lily an. Sie schienen beide zu begreifen, was ich dachte. „Ich kann Sie hineinbringen, aber es ist riskant. Dr. Liang und die Polizei könnten jederzeit auftauchen."
„Vergeßt es, ihr beiden! Mir geht's jetzt gut, das habe ich euch doch gesagt." Lilys Stimme war so scharf, daß sie Glas hätte schneiden können. „Keine Kaugummifüllungen mehr in meinen Mund, basta!"
„Es ist eine Sache von ein paar Minuten", versicherte ich John, ohne auf Lily zu achten: „Eine Novocainspritze, ein bißchen Guttapercha, ich setze die Krone wieder ein – du hast sie doch noch, oder?"
„Klar habe ich sie noch", räumte sie widerstrebend ein.
„Es könnte klappen", pflichtete John mir bei.
„Aber ich bin doch Chefköchin", protestierte Lily. „Mein Mund ist mein Werkzeug. Karen? John?"

DIE TORE der Universität standen offen, und auf dem Gelände parkten ein Dutzend Busse, aus denen sich Menschenmassen ergossen.
„Wo gehen denn die alle hin?" fragte ich John.
„Anläßlich des chinesischen Neujahrsfestes gibt es heute abend eine Vorstellung der Turnerinnen und Turner aus Beijing."
Wir parkten hinter dem Gebäude der Naturwissenschaftlichen Fakultät und stiegen aus dem Auto. Drinnen gab es kein Licht, so daß wir uns die Treppe hinauf zum Labor vortasten mußten. Die Hygiene- und Bohrvorrichtungen an den einzelnen Plätzen sahen alt und unheimlich aus.
„Ich schalte den Generator an, damit wir ein bißchen Licht bekommen", sagte John und ließ uns allein. Sobald er außer Hörweite war, drehte Lily sich zu mir um.
„Dafür könnte ich dich umbringen. Und vor Gericht würde man es sogar als Notwehr gelten lassen."
„Lily, stell dir vor, es ist etwas Wichtiges, was du für dein Land tust. Denk an die Geschichte, die du später deinem Patenkind erzählen kannst."
„Klar, sofern ich noch lange genug lebe, um es kennenzulernen."
Das Licht ging flackernd an, und kurz darauf sahen wir John auf

uns zukommen. „Hilf mir, die Jalousien zu schließen“, bat John Lily. „Wenn jemand das Licht sieht, werden sie Verdacht schöpfen.“ Und während sie sich mit den Rollos abmühten, machte ich mich daran, eine der Behandlungseinheiten vorzubereiten.

Ich wußte, daß ich die Innenseite des ausgehöhlten Zahns mit einem nichthaftenden Material auskleiden mußte, um den Mikrochip später leicht wieder entfernen zu können. Paraffin schien sich als geeignetes Mittel anzubieten. Damit konnte ich den Chip umkleiden, ihn dann in den Zahn drücken, damit er sich der inneren Form anpaßte, ihn mit einer dünnen Schicht Zement bedecken und Lilys Krone wieder einsetzen.

„Lily, ich bin soweit“, sagte ich.

Jeanne d'Arc hätte die Szene nicht pathetischer spielen können. Obwohl ihr Kinn bebte, hielt Lily den Kopf hoch erhoben. Als sie sich in dem Behandlungsstuhl niederließ, schenkte sie John ein Märtyrerinnenlächeln, schloß die Augen und ergab sich in ihr Schicksal.

„Wie kann ich mich nützlich machen?“ fragte John.

„Vielleicht sollten Sie Wache halten, für den Fall der Fälle“, antwortete ich.

„Sei tapfer“, richtete er Lily auf und bezog Posten am Fenster.

Ich machte mich an die Arbeit und konzentrierte mich darauf, die offene Zahnhöhle mit Wachs auszukleiden.

Ich hatte ungefähr die Hälfte der Prozedur hinter mir, als ich John leise fluchen hörte. „Liang ist da unten“, zischte er. „Mit dem Polizeichef und seinen Gehilfen.“

„Was machen wir jetzt?“ fragte Lily.

„Wir bringen das hier zu Ende und verschwinden. Ich bin gleich soweit.“

„Ich werde mal sehen, ob ich sie ablenken kann“, fügte John hinzu. „Wenn ihr fertig seid, geht die Treppen im südlichen Teil des Gebäudes hinunter und zum Hinterausgang hinaus. Ich treffe euch am Auto.“ Er gab Lily einen Kuß auf die Stirn. „Das hast du prima gemacht, Kleines“, sagte er, und fort war er.

Mit schnellen Handgriffen setzte ich den Mikrochip in die mit Wachs ausgekleidete Höhlung von Lilys Zahn. Darauf spritzte ich einen Schuß Zement und drückte die Krone an ihren Platz. Ich hielt Lily ein Stück Pappe zwischen die Zähne. „Beiß fest darauf, und zähle bis zweihundert. Wenn dieser Zement etwas taugt, müßte er in etwa drei Minuten trocken sein.“

Während Lily die Pappe zwischen den Zähnen festhielt, brachte ich die Behandlungseinheit wieder in Ordnung. Der ganze Aufwand hatte sich nur gelohnt, wenn wir keine Spuren hinterließen.

„Siebenundachtzig, achtundachtzig, neunundachtzig, neunzig“, murmelte Lily, als ich einen Blick durch die Jalousie warf.

Ich beobachtete, wie John auf die im Halbkreis stehenden Uniformierten zuging und mit ihnen sprach. Plötzlich drehten sie sich wie auf Kommando um und sahen zu meinem Fenster herauf. Dr. Liangs Blicke schienen durch die Jalousie hindurch direkt bis zu mir zu dringen. Er gab den Polizisten ein Zeichen, und zwei von ihnen rannten in das Gebäude.

Ich trat zurück. Hatte John uns verraten? Das herauszufinden war jetzt keine Zeit. „Lily, komm, wir müssen hier raus.“

„Hundertsiebenundzwanzig, hundertachtundzwanzig –“

Ich zog sie auf die Füße und zerrte sie in den verdunkelten Flur, ohne mir darüber im klaren zu sein, ob wir Johns Anweisungen folgen und das Treppenhaus am Südende des Flurs ansteuern sollten oder ob das eine Falle war.

„Ich höre sie“, flüsterte Lily. Und ich hörte sie auch – Stiefelschritte im Treppenhaus.

„Hier entlang!“ Ich stürmte durch die nächstgelegene Tür und zog Lily hinter mir her. Es war ein großer Lagerraum, in dem sich Schachteln, Flaschen und frisch gebügelte OP-Kittel türmten.

Meine Gedanken überschlugen sich. Die gebrauchten Kittel mußten irgendwo im Haus gewaschen werden; wahrscheinlich befanden sich unten im Keller entsprechende Einrichtungen. Was im besten Fall bedeutete, daß es irgendwo eine Wäscherutsche geben mußte. Die Schritte hallten jetzt im Flur wider und stürmten, von Stimmen begleitet, durch einen Raum nach dem anderen. Uns blieb nicht mehr viel Zeit.

Ich tastete so lange an der Wand entlang, bis zu meiner Überraschung eine Platte nachgab. Die Öffnung dahinter war nicht besonders groß. Ich nahm an, daß es ungefähr sieben Meter tief abwärts ging, ein Fall, der nur dann möglich wäre, wenn wir unten auf einem weichen Wäscheberg landeten.

„Lily, komm her. Das hier ist der Wäscheschacht, siehst du?“ Ich zeigte ihr die offene Klappe. „Da gehen wir runter.“

„Bist du verrückt?“

„*Hierzubleiben* wäre verrückt“, entgegnete ich. Während ich mit einer Hand die Klappe aufhielt, steckte ich erst ein Bein in den Schacht, dann das andere. Es war eng darin, was mir aber zupaß kam, denn so konnte ich mich abstützen. Dann ließ ich los. Der drei Sekunden lange Fall endete mit einem sanften Aufprall in einem riesigen Strohkorb mit Wäsche.

„Alles bestens, Lily. Komm runter!" rief ich hinauf.

Mit einem zischenden Geräusch tauchte Lilys Körper auf und landete neben mir in der Wäsche. Erschöpft blieben wir einen Moment liegen.

Da die Soldaten die oberen Stockwerke durchkämmten und John mit Dr. Liang vorn wartete, blieb uns nur ein Weg: durch eins der hinteren Kellerfenster hinauszuschlüpfen und zwischen den Schatten an der Rückseite des Gebäudes unterzutauchen. Bis zur nächsten Ecke krochen wir an der Mauer entlang, um uns dann in den Strom von Fußgängern zu mischen, die der Festhalle zustrebten.

Plötzlich ertönten Gewehrschüsse. Ich drehte mich gerade so weit um, daß ich an einem Fenster im zweiten Stock einen Polizisten sehen konnte, der brüllend in unsere Richtung deutete. „Lauf!" feuerte ich Lily an. Doch sie jagte bereits davon.

ALS WIR uns der Festhalle näherten, schwoll die gewaltige Menge um uns herum an, und wir wurden vom Sog der feierlich gestimmten Menschen mitgerissen. Um mich zurechtzufinden, blickte ich mich um. An der Stelle, wo die Menge in die Halle geschleust wurde, sah ich etwas, was mir den Atem raubte: zwei massige Männer in westlicher Kleidung, diese Bodybuilder, die ich auf dem Steg in der Aalfarm gesehen hatte, streiften am Rand der Menge entlang.

Ich deutete mit dem Kopf auf sie. „Diese Typen da haben mich mit Peter zusammen gesehen."

„Dann sind sie also auch hinter uns her?" Lily erstickte fast an ihrem ängstlichen Schluchzen.

„Nicht hinter uns, hinter mir. Sollte es also Ärger geben, tu so, als würdest du mich nicht kennen, und mach dich aus dem Staub."

„Klar, als ob ich dich einfach hier zurückließe!"

„Du hast den Mikrochip, und den mußt du unter allen Umständen nach Hongkong bringen."

Wir waren nur noch wenige Schritte vom Eingang entfernt. Wenn wir bloß hineinkämen, wären wir fürs erste sicher. Ich hielt die Luft an und drängte vorwärts.

„Nein!" jaulte Lily auf. „Sie kontrollieren die Eintrittskarten!"

Die Männer an den Drehkreuzen sammelten tatsächlich dünne Papierstreifen ein. Wenn wir durchzugehen versuchten, würden sie uns anhalten; drehten wir um, liefen wir geradewegs der Polizei oder – schlimmer – dem Schlägertrupp aus der Aalfarm in die Arme. Blieb uns nur, den Schritt zu zügeln, um ungeduldige Eintrittskartenbesitzer an uns vorbeiwogen zu lassen und um Rettung zu beten.

Sie nahte in der Person eines näselnden Reiseleiters. „Travcoa Tours, Travcoa Tours!" rief er. „Hier entlang!" Er hielt ein rotweißblaues Papierfähnchen hoch und schwenkte es wie das Sternenbanner. Um ihn herum scharte sich eine Menschentraube. Amerikaner!

Der Reiseleiter reichte dem Kartenabreißer ein Bündel Papierstreifen. „Genau siebenunddreißig", erklärte er und fing an, die Leute durch das Drehkreuz zu schieben. „Zählt einzeln durch, wenn ihr hier vorbeikommt, Leute. Beeilung, Beeilung, Mrs. Miller!" rief der Mann einer der Nachzüglerinnen zu. „Ihretwegen verpassen wir noch die Vorführung."

Jetzt, da seine Aufmerksamkeit abgelenkt war, schob ich Lily in die Schlange vor dem Eingang, als gehörten wir zu der Reisegruppe dazu. Der Kartenabreißer zuckte nicht mit der Wimper. „Dreiundzwanzig, vierundzwanzig", zählten wir beim Durchgehen und ließen uns dann von der Menge in den Festsaal treiben. Ich wagte einen Blick zurück. Die Schlägertypen bahnten sich mühsam ihren Weg zum Eingang, wobei einer von ihnen mich ständig im Auge behielt. Gleich darauf hatten wir jedoch den verdunkelten Saal erreicht, wo wir wenigstens vorübergehend sicher waren.

Im Zuschauerraum schlüpften wir auf zwei leere Sitze und warteten wie erschlagen, daß irgend etwas passierte. Obwohl die Vorführung gerade begann, schwatzten und aßen die Leute um uns herum einfach weiter. Die Frau gleich neben Lily zündete sich eine Zigarette an und blies den Rauch zu uns herüber.

Ich sah den Akrobaten zu, die mit ihren geschmeidigen Körpern die unglaublichsten Verrenkungen vollführten, während sie eine menschliche Pyramide auf dem Hochseil bauten. Als das zierlichste Mädchen auf die Spitze gehievt wurde, beging es den Fehler, von der Bühne herunterzuschauen. Der Draht vibrierte, und die Pyramide geriet gefährlich ins Wanken. Ich folgte ihrem Blick in die Seitenkulisse. Unmittelbar hinter dem Vorhang standen vier Polizisten.

Voller Entsetzen beobachtete ich, wie sie die Stufen zum Zuschauerraum hinabglitten. Ich stieß Lily an und wies mit dem Kopf zu den Polizisten hinüber. Ihr Blick folgte meinem, und ihr stockte der Atem.

„Wir müssen hier raus", flüsterte ich.

„Wie denn? Rennen?"

„Genausogut könnten wir uns Zielscheiben auf den Rücken malen. Wir müssen sie ablenken." Ich sah mich um, während ich den Zigarettenrauch von Lilys Nachbarin fortwedelte. „Lily", sagte ich leise, „schau mal, ob du ihre Streichhölzer kriegen kannst."

„Wofür?"

„Tu's einfach."

„Schon gut." Sie sah zu, wie die Frau einen Lungenzug machte und lange Rauchfahnen aus der Nase blies. Dann tat Lily, als rauchte sie; sie streckte die Hand aus und langte der Frau fast in die Tasche, in der sie die Streichhölzer hatte. Die Frau wich zurück und schaute Lily finster an.

Die Polizisten näherten sich schon unserem Gang. Die Zeit drängte. Ich zog vorsichtig eine der magischen Marlboros aus der Tasche. Lily beobachtete mich mit offenem Mund. „Seit wann rauchst du?"

„Seit eben. Besorg die Streichhölzer!" flüsterte ich. Lily holte das zerdrückte Päckchen Kaugummi aus ihrer Tasche. Sie bot es der Frau an und zeigte dabei auf die Streichhölzer.

Finster dreinblickend reichte die Frau Lily das Streichholzbriefchen. Lily nahm die Streichhölzer und gab sie an mich weiter.

Die Polizisten waren nur noch zwei Reihen entfernt. Also hielt ich die Zigarette an die Lippen, riß das Streichholz an der Armlehne meines Sitzes an, hielt die Flamme an die Zigarette und nahm einen Zug. Dann blies ich ganz leicht die glühende Spitze an, um sicherzugehen, daß sie richtig angezündet war.

„Wenn ich bis fünf gezählt habe, lauf zu diesem Ausgang", instruierte ich Lily und zeigte auf eine Tür in der Nähe der Bühne. „Ich folge dir."

„Eins, zwei, drei, vier –", ich hielt inne, während ich sorgfältig zielte, „– fünf!" Nachdem ich die Zigarette dem nächsten Polizisten unmittelbar vor die Füße geworfen hatte, sprangen Lily und ich auf und rannten los. Beim vorletzten Sitz der Reihe stolperte Lily, schlug der Länge nach hin, und ich fiel über sie. Als die „Zigarette" explodierte, lagen wir flach auf dem Boden.

Umgehend verwandelte sich der Saal in ein Tollhaus. Alles war auf den Beinen und strebte durch beißenden Rauch hindurch den Ausgängen zu.

Zum Glück lagen wir auf dem Boden, denn in der ersten Aufregung schossen die Polizisten in die Luft, um die Massenhysterie im Keim zu ersticken. Doch die Panik eskalierte. Um uns herum drängten die Leute weiter in die verstopften Gänge.

Der Rauch verzog sich allmählich, und ich konnte sehen, daß zwei der Polizisten von dem Massenexodus jetzt unaufhaltsam zu den hinteren Ausgängen getragen wurden.

Unsere einzige Hoffnung bestand darin, den Saal durch den Bühnenausgang zu verlassen. „Mir nach, Lily!“ Ich preßte meinen Körper eng an den Boden, kroch dicht an den Sitzreihen den Gang entlang und hielt immer wieder inne, um auf Lily zu warten.

Wir erreichten den Bühnenausgang und stürzten ins Freie. Draußen konnten wir endlich tief durchatmen; dann drückten wir uns in den Schatten des Gebäudes und schauten uns um.

„Travcoa, alles zum Bus!“ Ein paar Schritte von uns entfernt schwenkte der Reiseleiter seinen Wimpel. Zwei seiner älteren Schützlinge kamen auf ihn zu.

„Wo ist der Bus?“ fragte der eine.

„Er steht gleich am Tor“, antwortete der Reiseleiter. „Nummer 373.“

Lily und ich sahen uns an. „Zu Nummer 373?“ fragte sie.

Ich nickte. Wir mischten uns unter die Menge und bewegten uns so schnell wie möglich vorwärts. Als wir am Gebäude der Naturwissenschaftlichen Fakultät vorbeikamen, sah ich in allen drei Stockwerken Licht.

Wie aus dem Nichts tauchte plötzlich eine schwarze Limousine neben Lily auf und versperrte ihr den Weg. Einer der Schläger aus der Aalfarm streckte seinen Arm aus und zog sie ins Auto.

„Nein!“ schrie ich und machte einen Satz auf sie zu; plötzlich spürte ich, wie ein Schraubstock sich um meine Schulter schloß. Ich holte aus, und meine Faust landete in einer Wand aus Fleisch, dem Magen des zweiten Rohlings. Ich boxte weiter, doch er ignorierte die Schläge und renkte mir hinter meinem Rücken fast den Arm aus. Ich gab auf und ließ mich von ihm ins Auto schieben.

In der Limousine saßen ein ungeheuer fetter Mann, der ein chinesisches Gewand trug, und ein kleinerer Mann in einem Dreiteiler.

„Guten Abend, meine Damen“, begann der kleinere Mann in perfektem Englisch. „Ich heiße Liu. Das ist mein Cousin Wo Fat. Bitte, glauben Sie uns, die Behandlung, die Sie durch unsere Leute erfuhren, bedauern wir zutiefst.“

„Wo ist Peter?“ fragte ich mit Nachdruck.

Liu lächelte und sah mich eindringlich an. „Genau das hatten wir von Ihnen zu erfahren gehofft, Mrs. Matthews.“

Mein Herz tat einen Freudensprung. Wenn diese Männer nicht wußten, wo Peter war, mußte er entkommen sein!

„Woher wissen die deinen Namen?“ flüsterte Lily.

„Ich kenne auch Ihren, Miß Pullen, obwohl wir uns noch nicht offiziell vorgestellt wurden. Paßfotos sind nie besonders vorteilhaft, aber sie erfüllen ihren Zweck.“ Er hielt zwei Ausweise hoch, vermutlich unsere.

„Was veranlaßt Sie zu der Vermutung, ich wüßte, wo Peter ist? Da Sie uns ja offensichtlich verfolgt haben, wissen Sie, daß wir uns bei der Aalfarm getrennt haben.“

„Ja, nur scheint er mit etwas sehr Wertvollem, das nicht ihm gehört, verschwunden zu sein. Und wir dachten, wenn wir vielleicht im Gegenzug etwas sehr Wertvolles aus seinem Besitz anzubieten hätten – wie zum Beispiel seine Frau ...“

In diesem Moment kam die Limousine quietschend zum Stehen. Wir hatten das Tor der Universität erreicht. Einer der Wachposten kam mit schußbereitem Gewehr auf das Auto zu, und pflichtschuldig kurbelte der Fahrer sein Fenster herunter. Der Wachmann beugte sich vor und warf einen Blick hinein.

„Hilfe!“ schrie ich. „Lassen Sie uns raus!“

Bevor der Wachposten reagieren konnte, schleuderte Wo Fat ein Messer nach ihm. Es traf ihn am Hals, wo es seinen Adamsapfel durchbohrte, und mit blutüberströmter Uniform sank er auf die Knie. Im Fallen krallte er die Finger zusammen, so daß sein Gewehr aus kürzester Entfernung einen Schuß in Wo Fats Bauch abfeuerte. Verwundert blickte der hünenhafte Mann auf den roten Fleck, der sich auf seiner Robe ausbreitete, bevor er seinen massigen Rumpf nach vorn wuchtete und Liu an seinen Sitz festnagelte. Der kleinere Mann versuchte, sich herauszuwinden, saß jedoch unter Wo Fats gewaltigem Körper in der Falle.

„Schnell, Lily!“

Ich stieß die Tür auf und kletterte hinaus, dicht gefolgt von Lily. Wir kamen jedoch nicht weit. Die beiden Schläger versperrten uns den Weg. Ohne nachzudenken, rannten wir in entgegengesetzter Richtung durch die Reihen geparkter Busse. In der Ferne hörte ich eine Polizeisirene.

Wir schlugen uns zum Bus Nr. 373 durch und stiegen in geduckter Haltung ein, damit uns von draußen niemand sehen konnte.

Lily schaute sich in dem leeren Bus um und warf dann einen Blick aus dem Fenster. „Sie werden merken, daß wir nicht zu ihrer Reisegesellschaft gehören.“

„Ich hoffe, sie machen es uns nicht allzu schwer. Wir sind Amerikanerinnen. Wir brauchen ja nur eine Mitfahrgelegenheit zum Flughafen."

„Du steckst trotzdem in der Klemme. Du siehst nämlich aus wie eine Chinesin."

Meine Kleider hatte ich vollkommen vergessen.

„Hier." Lily zog eine Strickjacke von dem Sitz neben ihr. „Zieh die an." Ich riß mir den chinesischen Kittel vom Leib und schlüpfte in die weiße Strickjacke – über meiner ausgebeulten Baumwollhose wahrlich der letzte Modeschrei!

ES DAUERTE ein paar Minuten, bis der Bus voll war. Über unsere Anwesenheit äußerte sich niemand. Erschlagen von der wochenlangen Reise und der späten Stunde, fielen die Leute erschöpft auf ihre Sitze, und kurz darauf fuhr der Bus los.

Eine halbe Stunde später bog der Bus auf den Flughafenzubringer ein. In der Ferne sah ich ein niedriges Abfertigungsgebäude mit einem Tower. Es gab nur eine Start-und-Lande-Bahn, und auf dem Vorfeld stand eine Turbo-Prop-Maschine. Die Abflughalle war mehr oder minder verlassen, der Abfertigungsschalter zu dieser späten Stunde geschlossen. In der Mitte der Halle türmten sich Taschen aller Art und Größe, auf denen die peppigen Aufkleber von Travcoa Tours prangten.

Lily stupste mich an und deutete mit dem Kopf auf einen Mann, der mit dem Rücken zu uns am Eingang zur Paßkontrolle stand. Es war der Mann mit der Bommelmütze. Wie hatte er uns nur gefunden? Und für wen arbeitete er: für Cao, die Triade oder die Polizei?

„Travcoa-Reisende, aufgepaßt!" verkündete der Reiseleiter gerade. „Jeder von Ihnen holt seine Taschen aus dem Stapel und legt sie da drauf", erklärte er und zeigte auf eine Reihe von Gepäckwagen. „So können wir uns vergewissern, daß nichts fehlt."

Die Reisegesellschaft stürzte sich auf den Gepäckhaufen. Lily und ich warteten, bis ein paar Leute ihre Taschen gefunden hatten, und folgten ihnen zur Paßkontrolle. Bommelmütze stand immer noch dort und musterte jeden, der an ihm vorbeiging. Unsere einzige Hoffnung bestand darin, daß er uns, wenn wir den Kopf gesenkt hielten, nicht erkannte.

Plötzlich entstand am Eingang der Halle ein Tumult, dann sah ich zu meinem Entsetzen Liu mit seinen zwei bulligen Kumpanen. Wie waren sie den Sicherheitskräften entkommen?

Liu bedeutete einem seiner Schläger, am Eingang stehenzubleiben, näherte sich zusammen mit dem anderen von hinten unserer Schlange und schaute den Wartenden der Reihe nach ins Gesicht.

„Was machen wir jetzt, Karen?" flüsterte Lily.

„Ich weiß es nicht. Bleib ganz ruhig", stieß ich zwischen den Zähnen hervor.

„Du hast gut reden, in deinem Mund ist kein Mikrochip einzementiert!"

Jemand klopfte mir auf die Schulter, und ich fuhr hoch. Es war eine Chinesin, die die Uniform der Grenzpolizei trug. „Kann ich bitte Ihre Papiere sehen?" fragte sie auf englisch.

Wir hielten ihr unsere gefälschten Pässe hin, die sie aufklappte, um die Fotos mit unseren Gesichtern zu vergleichen. „Kommen Sie mit", sagte sie und steckte die Ausweise in ihre Tasche.

Hatte sie die Diskrepanz zwischen unseren Gesichtern und den Paßfotos bemerkt? Kamen wir jetzt ins Gefängnis? Sie führte uns geradewegs durch die Paßkontrolle hindurch und einen Gang entlang, an dessen Ende sie vor der letzten Tür stehenblieb. Dann drehte sie den Schlüssel im Schloß und stieß die Tür auf. Der Raum dahinter hatte weder Fenster noch weitere Türen. Es war eine Zelle, vielleicht auch ein Vernehmungszimmer. Die Grenzbeamtin schlug die Tür von außen zu. Ich hörte, wie zugeschlossen wurde. Wir waren gefangen.

Die Zeit verging, und die Angst wich dem lähmenden Gefühl, nicht zu wissen, was als nächstes passieren würde. „Wir werden das Flugzeug verpassen", meinte Lily.

„Das ist wohl unsere geringste Sorge", erwiderte ich gerade, als die Tür aufflog und wir beide hochfuhren. Es war Bommelmütze.

Ich stellte mich vor Lily, bereit, ihren Mund notfalls mit bloßen Händen zu verteidigen, aber er verbeugte sich nur und bat uns auf englisch: „Bitte kommen Sie mit."

Er knöpfte seine Jacke auf und langte sich hinten an den Hosenbund. Auf der Stelle nahmen wir die Hände hoch und beeilten uns, zur Tür hinauszukommen. Dann sah ich, daß er gar nicht nach seiner Waffe gegriffen, sondern seine Mütze hervorgeholt hatte. Er setzte sie auf und bedeutete uns, ihm zu folgen. „Kein Grund zur Sorge", beruhigte er uns freundlich. „Sie sind jetzt in Sicherheit. Der Flugplatz steht unter Bewachung."

Er führte uns durch eine Tür hinaus zum Flugzeug. Nur die Sterne und ein einziger Lichtstrahl, der vom Tower kam, erhellten unseren Weg, als wir über das Vorfeld rannten. Weit und breit keine Passagiere außer uns, nur die Flughafenmechaniker, die die Klötze von den Rädern des Fahrwerks wegnahmen. Wo war Liu? Und wieso brachte uns der Mann, der uns durch ganz China gejagt hatte, ausgerechnet vor den Leuten, die ich für seine Auftraggeber gehalten hatte, in Sicherheit?

Am Fuß der Gangway überreichte uns die Grenzbeamtin unsere gefälschten Pässe. „Ich wünsche Ihnen einen angenehmen Flug nach Hongkong“, sagte sie, drehte sich um und ging davon. Wir stiegen hinauf, und Bommelmütze kam hinter uns her.

Oben neigte die Stewardeß zur Begrüßung den Kopf und winkte uns, ihr zu zwei leeren Plätzen in der ersten Reihe zu folgen. Bommelmütze wechselte noch ein paar Worte auf chinesisch mit ihr, dann verbeugte er sich vor uns. „Nach Ihrer Ankunft in Hongkong werden Sie am Flughafen abgeholt“, erklärte er. „Gute Reise.“

Er verließ das Flugzeug, und die Stewardeß schloß die Tür hinter ihm. Im selben Augenblick begann die Maschine, auf die Startbahn zu rollen.

Ich winkte sie heran. „Entschuldigen Sie, könnten Sie mir bitte sagen, wer dieser Mann war?“

„Ich glaube, er ist ein guter Freund von Ihnen mit sehr vielen *guan-xi*“, antwortete sie und ging weiter ihrer Arbeit nach.

11

Das Flugzeug setzte dumpf auf der Piste auf und hopste noch ein paarmal, bevor es sicher landete. Wir hatten es nicht eilig, aus dem Flugzeug zu kommen und unserem Schicksal ins Auge zu sehen. Leider saßen wir jedoch in der ersten Reihe, und die Stewardeß hielt die anderen zurück. „Wir müssen die Passagiere Reihe für Reihe aussteigen lassen“, war ihre Erklärung. „Bitte machen Sie den Anfang.“

Wir kletterten also als erste aus dem Flugzeug. Einen Augenblick lang stand ich oben an der Treppe und fühlte, wie die kalte Mitternachtsbrise meinen Körper umwehte. Vor meinem geistigen Auge wechselten düstere Bilder von dem, was uns erwartete. Cao würde dasein; es war klar, daß Bommelmütze sie gemeint hatte, als er sagte, jemand würde uns hier abholen. Wenn sie versuchte, uns zum Mitkommen zu zwingen, würden wir uns weigern. Meine Pflicht meinem Mann und meinem Land gegenüber gebot mir, den Mikrochip in Lilys Mund in Sicherheit zu bringen. Wie ich das allerdings anstellen sollte, war mir noch nicht klar.

Über die Treppe gelangten wir in den Abfertigungsbereich, und ich sah, daß das Terminal vollkommen verlassen dalag. Meine Erleichterung darüber, daß wir nicht lange stehen mußten, wurde gedämpft von der Angst, schutzlos und ohne jede Deckung zu sein. Wo waren die Leute alle?

Der Zollabfertigungsbereich hinter der Paßkontrolle wurde von Polizisten mit Gewehren und Schlagstöcken überwacht; an ihren Hüten trugen sie kleine Mikrofonmundstücke, wie sie von Telefonistinnen benutzt werden. Waren sie beim letzten Mal, als wir durch das Terminal gingen, auch schon dagewesen? Ein Grenzbeamter winkte mir zu, und ich ging zu seiner Kabine. Lily wartete immer noch auf ihre Abfertigung. Mit einem kräftigen Gähnen reichte ich dem Beamten meinen gefälschten Paß; damit verschaffte ich mir einen Vorwand, um die Hand vors Gesicht zu halten, als er es mit dem Paßfoto verglich. Nachdem er mir einen flüchtigen Blick zugeworfen hatte, blätterte er die übrigen Seiten meines Ausweises durch.

„Karen!"

Lilys Schrei ließ mich zusammenzucken. Ich schaute gerade noch rechtzeitig hoch, um mitzubekommen, daß sie gewaltsam abgeführt wurde. Die Sache mit ihrem gefälschten Paß hatte nicht geklappt!

„Halt! Tun Sie ihr nichts!" brüllte ich. Ich riß dem Grenzbeamten meinen Paß aus der Hand und rannte hinter ihr her.

Eine Horde von Polizisten stürzte aus allen Richtungen auf mich zu und hielt mich in Schach, während Lily durch eine Seitentür des Gebäudes hinausgeführt wurde. „Lily!" schrie ich. Mir kam die Schrekkensvision, daß ich sie oder den Mikrochip vielleicht nie wiedersehen würde.

Doch es dauerte nur ein paar Sekunden, bis ich durch dieselbe Tür hinauseskortiert wurde. Zu meinem Erstaunen und meiner Erleichterung fand ich Lily wieder mit einem breiten Grinsen im Gesicht. Genaugenommen lachte sie sogar, zusammen mit zwei Männern und einer Frau, die mir den Rücken zukehrten.

Dann bemerkte sie mich. „Karen! Sieh mal, wer da ist!" Und alle drehten sich zu mir um.

Es waren mein Bruder Mitch, seine Exfrau Jae und ein anderer Mann, den ich nicht kannte. Ich lief auf Mitch zu, schlang meine Arme um ihn und ließ den Tränen der Erleichterung freien Lauf.

„Was macht ihr denn hier?" brachte ich schluchzend heraus. „Was ist mit unseren Ausweisen?"

Mitch deutete auf den fremden Mann. „Das ist Les Stevenson vom amerikanischen Konsulat“, sagte er. „Les hat bereits eine Bescheinigung für dich und Lily unterschrieben. Es ist alles geregelt.“

„Die Formalitäten sind erledigt“, bestätigte Les. „Ich hoffe, Sie versuchen nicht, etwas über die Grenze zu schmuggeln“, fügte er augenzwinkernd hinzu.

War es möglich, daß er Bescheid wußte?

Wir verließen den Raum durch einen Korridor, der hinter der Hauptpassage mündete, wo die Einheimischen auf ankommende Reisende warteten. Ich stieß Lily an. Dort stand Cao und spähte jedesmal, wenn die automatischen Türen sich öffneten, angestrengt in den Zollabfertigungsbereich.

Als wir vorbeigingen, drehte sie sich instinktiv um, und auf ihrem Gesicht machte sich Erstaunen breit. Doch bald verwandelte sich das Erstaunen in Ärger und der Ärger in Wut. Sie rannte in unsere Richtung los. Im selben Moment lösten sich einige Männer aus der Menge und stürzten ebenfalls auf uns zu. Doch auf ein Kopfnicken von Les Stevenson hin war unser kleiner Trupp sofort von Polizisten umringt. Wie vom Blitz getroffen, hielt Cao inne; auch ihre Leute blieben stehen.

Sicher und geborgen, wie ich mich seit unserer Abreise aus Santa Monica nicht mehr gefühlt hatte, winkte ich Cao zu und ging aus dem Terminal hinaus in die Nacht.

Mitch wartete mit seiner Geschichte, bis wir in der Limousine des amerikanischen Generalkonsuls saßen. „Am selben Tag, an dem ich mit dir gesprochen hatte, bekam ich einen Anruf von meinem Verbindungsmann. Die Leiche, die sie in dem Auto am St. Andrews Place gefunden hatten, war nicht Fernando Ferrar, sondern jemand anders in seinen Kleidern und mit seinem Personalausweis.“

„Wenn es nicht Fernando war, wer war es dann?“ wollte Lily wissen.

„Die Frage ist eher: Wenn es nicht Fernando war, wir aber *glauben* sollten, er wäre es gewesen, wo *war* Fernando dann? Und was hatte sein Verschwinden mit Peter zu tun?“ fuhr Mitch fort. „Die einzige Möglichkeit, das herauszufinden, schien in einem Gespräch mit Lauren Covington zu liegen.“

„Du hast mit Lauren Covington gesprochen?“ fragte ich ungläubig.

Mitch nickte. „Anfangs wollte sie nicht so recht mit der Sprache heraus. Doch dann tätigte sie ein paar Anrufe und bat mich, mit ihr ein Stück im Auto zu fahren. Um es kurz zu machen, wir trafen uns mit einem Mann namens Sam. Er berichtete mir über Peters Beziehungen zur CIA und den Auftrag, mit dem er hierhergeschickt worden war. Als mir klar wurde, in was ihr da hineingestolpert wart, rief ich unverzüglich Jae an."

Alle Blicke fielen auf Jae. Ich hatte meine Schwägerin nicht mehr gesehen, seit sie meinen Bruder verlassen hatte. Die beiden verhielten sich jedoch nicht wie ein Ehepaar, das über ein Jahr in Trennung gelebt hat. Sie sahen aus wie ein Paar, ein glückliches Paar.

Jae nahm den Faden auf. „Für zwei allein reisende Frauen kann es hier gefährlich werden. Deshalb habe ich mit einem Schwarzen Gürtel aus meiner Shing-Yi-Klasse vereinbart, daß er euch folgt, nur um sicherzustellen, daß euch nichts geschieht."

„Doch nicht ein Glatzkopf mit einer Bommelmütze?" fragte ich.

Jae nickte. „Er heißt Freddy Ko. Zuerst hielt Peter das für unnötig. Doch als er erfuhr, daß sie ihn nach China schicken wollten..."

„Moment mal, Peter wußte von Freddy? Du und *Peter,* ihr habt in Kontakt gestanden?"

Jae lächelte Mitch an. „Mitch erzählte mir, ihr würdet Peter im Peninsula treffen, also rief ich dort an", sagte sie. „Ich hinterließ die Nachricht, daß ihr unterwegs wart."

„Deswegen wußte Peter von unserer bevorstehenden Ankunft", murmelte ich.

Jae fuhr fort: „Mitten in der Nacht – ich glaube, es war die Nacht, als ihr ankamt – rief Peter mich zurück. Eure Anwesenheit schien ihm Sorgen zu machen. Ich erzählte ihm von Freddy, und darauf beschlossen wir gemeinsam, daß Freddy sich um euch kümmern sollte."

Nun holte Les Stevenson ein Foto aus seinem Jackett. „Erkennen Sie diesen Mann wieder?" Er reichte mir das Foto.

Es war eine Vergrößerung des Fotos, das Caos Onkel Li uns von Cao und der Studentengruppe gezeigt hatte. Der Kopf eines der Männer war rot eingekreist. Er trug einen Bürstenschnitt, und seine markanten Gesichtszüge verliehen ihm etwas Adlerartiges.

„Den Mann habe ich noch nie gesehen, wohl aber dieses Foto. Wie sind Sie daran gekommen?"

Les lächelte. „Unsere Karteien sind recht umfangreich. Wie steht's mit diesem hier?"

Er reichte mir ein anderes Foto. Auf dem Bild verabschiedete Cao sich am Bahnhof von dem Mann mit dem öligen Haar – Fernando Ferrar. Doch ehe ich den Mund aufmachen konnte, kam Les Stevenson mir zuvor: „Das ist derselbe Mann, vor und nach einem gesichtschirurgischen Eingriff. Pan Shu alias Fernando Ferrar."

Ich hielt die beiden Fotos nebeneinander und erkannte nach und nach die Ähnlichkeiten. „Ich kann kaum glauben, daß das derselbe Mann ist."

„Glauben Sie es ruhig", entgegnete Les. „Er ist ein Meister der Verstellung. Er würde alles tun, um seine Identität geheimzuhalten. Sogar seine eigene Ermordung vortäuschen, indem er einen Unschuldigen umbringt und dessen Leiche für seine eigene ausgibt."

„Er hatte an alles gedacht", fügte Mitch hinzu, „nur nicht daran, daß er und Lauren sich für ihre Hochzeit einem Bluttest hatten unterziehen müssen. Der Mann in dem Unfallwagen hatte Blutgruppe Null, Pan Shu dagegen A positiv."

Ich sah mir das dritte und letzte Bild an. Es zeigte Cao im Gespräch mit Lily und mir, bevor wir den Zug bestiegen. „Sie haben uns die ganze Zeit beobachtet?"

Les nickte. „Aber nachdem Sie die Grenze überschritten hatten, waren uns die Hände gebunden. Unsere hiesigen Kontaktpersonen sind alle bekannt, und wenn wir sie hinter Ihnen hergeschickt hätten, um Sie herauszuholen, hätten wir Sie unweigerlich zu Zielscheiben gemacht. Wir haben dann beschlossen, Freddy als Beschatter zu benutzen, da er ja ohnehin vor Ort war. Leider erwies er sich, wie Sie ja wissen, als ziemlich unfähig."

„Zum Glück riefst du mich, nachdem ihr Freddy entwischt wart, an, um mich zu bitten, Nachforschungen über Cao anzustellen", setzte Jae die Geschichte fort.

„Warum hast du mich da nicht über Freddy aufgeklärt?" fragte ich.

„Anweisung von Mitch", rechtfertigte sich Jae. „Er meinte, es würde euch angst machen, zu erfahren, daß wir einen Leibwächter hinter euch hergeschickt hatten."

„Was passiert jetzt mit Cao und Fernando?" erkundigte sich Lily.

„Nichts", antwortete Les. „Dieses Spiel haben sie verloren. Wer weiß, wie das nächste ausgeht."

„Und was ist mit uns?" Mir war Lilys Zahn eingefallen. Ich mußte den Mikrochip unbedingt aus ihrem Mund holen.

„Wir bringen Sie an einen sicheren Ort. Dort warten wir auf Peter."

„Geht es ihm gut?"

„John Lee hat uns eine Funkmeldung von Jinmen durchgegeben. Eigentlich müßten sie innerhalb der nächsten Stunden ein Flugzeug nach Taipeh besteigen."

10. Juni 1996

EPILOG

Peter und ich waren für die Hochzeit spät dran. Wieder einmal. Aber diesmal lag es nicht an uns. Und ebensowenig am Verkehr auf der 405. Straße.

Lily und John hatten unsere Tochter gebeten, bei ihrer Hochzeit Blumen zu streuen. Und die zehnjährige Ming Xin – benannt nach dem Fluß in Fuchow – hatte beschlossen, die Blumen dafür im Garten unserer Nachbarn zu pflücken.

Wogegen an und für sich niemand etwas einzuwenden hatte. Nur waren Corbetts Blumenbeete an eine automatische Sprinkleranlage angeschlossen, die sich gerade dann, als Ming Gänseblümchen und Rittersporn pflückte, einschaltete.

Hermies aufgeregtes Bellen versetzte mich in Alarmbereitschaft, doch da war es schon zu spät: Ming Xin war durchnäßt und ihr hübsches Blumenmädchenkleid von Laura Ashley ruiniert. Bis sie wieder trocken und umgezogen war, waren wir reichlich spät dran.

Doch das machte nichts. Als wir fünfzehn Minuten nach dem geplanten Beginn der Trauung endlich ankamen, stand Lily immer noch in der Küche; sie trug eine Schürze über ihrem Hochzeitskleid und war gerade dabei, letzte Hand an den Hochzeitskuchen zu legen.

„Ich kriege sie nicht aus der Küche", beklagte sich John mit einem Lächeln.

„Vielleicht solltet ihr einfach da drin heiraten", witzelte Peter.

Und so kam es, daß Lily und John in der Küche ihres Restaurants „Der Goldene Lotos" getraut wurden, mit einer Gästeschar, die sich rund um die eingebauten Woks drängte. Selten hat eine Trauungszeremonie mich so berührt wie diese. Sie erschien sogar auf dem Titelblatt der *Nation's Restaurant News*.

Während ich zuhörte, wie meine besten Freunde einander das Jawort gaben, ließ ich die Jahre, die seit unserem Abenteuer in China vergangen waren, in Gedanken Revue passieren.

Sobald wir wieder zu Hause waren, suchte ich meinen Professor an der Universität auf und erklärte ihm den Grund für mein Fernbleiben vom Unterricht. Er gestattete mir, die versäumten Prüfungen nachzuholen, und Ende Januar schloß ich das Studium der Zahnmedizin ab.

Wie versprochen schied Peter aus der CIA aus, und während ich drei Tage in der Woche arbeitete, um die Rechnungen zu bezahlen, ging er wieder auf die Universität, um seinen Magister in Mandarin zu machen; dann trat er in eine Handelsgesellschaft mit Sitz in Hongkong ein, die Textilien vom chinesischen Festland importiert. Dort arbeitet er seitdem. Das gibt uns die Gelegenheit, zweimal im Jahr zum Einkaufen nach Asien zu fliegen.

Auf diesen Reisen haben wir oft Gesellschaft. Lily und John begleiten uns, wenn sie es vom Restaurant her einrichten können, um sich im kulinarischen Wunderland Hongkong inspirieren zu lassen. Jetzt, da sie ihr erstes Kind erwarten, wird es allerdings eine Weile dauern, bis sie wieder mitfliegen können.

Mitch und Jae waren vor vier Jahren einmal mit von der Partie, nachdem Jae ihre Zeit als Assistenzärztin im Krankenhaus beendet hatte. Obwohl sie wieder ein glückliches Paar sind, braucht Jae Zeit für sich, um ihrem Shing-Yi nachzugehen. Ich rechne es meinem Bruder hoch an, daß er Jaes Selbständigkeit akzeptiert, und bin froh, daß sie in ihrer Ehe einen Weg gefunden haben, der für beide gangbar ist.

Auf mein Drängen hin kamen meine Eltern 1990 mit. Mit seinen Geschäftsbeziehungen in China gelang es Peter, meinem Vater einen ganz neuen Absatzmarkt zu eröffnen. Dem Wissen meines Vaters über Teppiche und Peters geschäftlichen Verbindungen ist es zu verdanken, daß Vaters Geschäft sich zu einem erfolgreichen Teppichgroßhandel gemausert hat.

Mein Vater wird vermutlich in etwa einem Jahr in den Ruhestand gehen. In den vergangenen zehn Jahren hat er mit zunehmendem Vertrauen mehr Kompetenz auf seinen stellvertretenden Geschäftsführer Chun Sok Lee übertragen. Glücklicherweise hat Chun ein Talent für den Teppichhandel, und es gefällt ihm in der Wohnung über dem Lager in Sherman.

Und was geschah mit Wan Los phänomenaler Erfindung zur Erzeugung von Energie? Nun, letztlich erwies sie sich als nicht ganz so phänomenal. Nachdem der Mikrochip schließlich in der University of California, L. A., angekommen war, konnte man dort den schwarzen Kasten, den Peter damals zerstört hatte, rekonstruieren. Und sie brachten ihn sogar in Gang. Als die Forscher jedoch versuchten, die Formel auf höhere Werte zu übertragen, indem sie den Reaktor mit fünfzehn Millionen Watt speisten und eine Temperatur erzeugten, die die Temperatur im Kern der Sonne fast um das Zehnfache übertraf, erbrachte die Verschmelzung der Atomkerne eine Leistung von lediglich 1,7 Millionen Watt – soviel, wie man braucht, um lächerliche siebzehntausend Hundertwattbirnen zum Leuchten zu bringen. Der Aufwand an Energie überstieg also deren Erzeugung.

Von Peter und mir kann ich wohl mit gutem Gewissen behaupten, daß wir eine solide Grundlage für unsere Ehe geschaffen haben, die auf Vertrauen, Ehrlichkeit und gemeinsamen Erfahrungen beruht. Wir sind jetzt gleich dem chinesischen Schriftzeichen REN zwei Striche, die zusammen eine größere Einheit bilden. Ming Xin ist, glaube ich, ein lebendiger Beweis für diese Verbindung.

Letzte Weihnachten nahm ich Ming mit zum Großkaufhaus Toys "R" Us. Und während sie die Barbies ausprobierte, schlenderte ich durch die Spieleabteilung. Dort lag oben auf einem Regal ein neues Halmaspiel in Miniaturformat. Ich kaufte es und legte es an unserem elften Hochzeitstag in den Kühlschrank, um Peter an unser Abenteuer vor zehn Jahren in China zu erinnern und ihn wissen zu lassen, wie glücklich ich bin, daß wir im selben Team spielen.

CAROL DOUMANI

Foto: Wave Publishing

„Auch nach zwanzig Jahren Ehe gibt es noch Geheimnisse zu entdecken."

Die amerikanische Schriftstellerin Carol Doumani gehörte zu den ersten westlichen Besuchern, als nach den Jahren der Kulturrevolution die Volksrepublik China ihre Tore für Ausländer öffnete. Durch viele weitere Reisen, bei denen sie ihren Mann nach China und Hongkong begleitete, konnte sie sehr differenzierte Eindrücke von der asiatischen Kultur gewinnen. „Mein Mann arbeitet aber nicht für den CIA", betont die Autorin, und ihr Gatte Roy Doumani ergänzt amüsiert, er mache „internationale Geschäfte". Bei einer seiner Geschäftsreisen durch China wurde Roy Doumani wie Lily im Roman von starken Zahnschmerzen gepeinigt und sammelte unvergeßliche Erfahrungen mit chinesischer Zahnheilkunde.

In *Der China-Chip* ging es Carol Doumani nicht nur um eine fesselnde Spionagegeschichte, sondern auch um reizvolle Szenen über Männer mit Doppelleben. „Es ist doch immer wieder spannend", meint sie mit einem Seitenblick auf ihren Mann, „wie wenig man von den Menschen, die einem nahestehen, eigentlich weiß."

Carol Doumani schrieb bereits als Zwölfjährige ihr erstes Buch. „Es war eine Autobiographie, und ich nannte sie *Harfe und Pferde,* denn das war zu jener Zeit mein Lebensinhalt."

Jahre später folgte ein fesselnder Kriminalroman und schließlich mit *Der China-Chip* ein internationaler Erfolg, der mit dem renommierten Benjamin Franklin Award ausgezeichnet wurde.

IM SCHATTEN DES PFERDEMONDES

MORD AUF BESTELLUNG
Originalausgabe: *The Coffin Dancer*
erschienen bei Simon & Schuster Inc., New York

voraussichtlicher Titel der deutschen Ausgabe: *Letzter Tanz*

UMS NACKTE LEBEN
Originalausgabe: *White-Out*
erschienen bei Souvenir Press Ltd., London

DER CHINA-CHIP
Originalausgabe: *Chinese Checkers*
erschienen bei Wave Publishing, Venice, California, USA

Übersetzer:
Mord auf Bestellung: Rüdiger Hipp
Ums nackte Leben: Irmela Arnsperger
Der China-Chip: Juliane Gräbener-Müller

Illustrationen und Fotos:
Im Schatten des Pferdemondes: S. 4 (links), 6/7 (Mond): TCL/Bavaria; (Pferde): Kathi Lamm/Tony Stone; 8 (Mond): TCL/Bavaria; (Pferde): Ralph Perry/Tony Stone; Kapitelvignetten: TCL/Bavaria
Mord auf Bestellung: S. 4 (rechts), 164/165/166 (Schütze): Uwe H. Seyl;
164/165 (Hintergrund): Hubertus Mall
Ums nackte Leben: S. 5 (links), 320/321/322, Kapitelvignetten: Stephen Venables/RGS
Der China-Chip: S. 5 (rechts), 446/447/448 (Dschunke): Amadeus/IFA-Bilderteam;
(Frau): TCL/Bavaria

Die ungekürzten Ausgaben von *Im Schatten des Pferdemondes* und *Der China-Chip* sind im Buchhandel erhältlich. Die ungekürzte Ausgabe von *Mord auf Bestellung* wird voraussichtlich unter dem Titel *Letzter Tanz* in Kürze im Buchhandel erhältlich sein.